गांधी अध्ययन

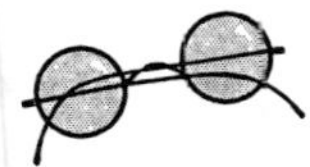

मोहनदास करमचंद गांधी (1869–1948)

महान जननायक एवं चिंतक। असहयोग आंदोलन (1920), सविनय अवज्ञा आंदोलन (1930) और भारत छोड़ो आंदोलन (1942) के प्रणेता। भारतीय स्वतंत्रता आदोलन के महानायक। उन्होंने एक अहिंसक समाज की परिकल्पना की थी और अस्पृश्यता-निवारण की दिशा में महत्वपूर्ण कार्य किए थे। उनकी प्रसिद्ध कृतियाँ हैं: *सत्याग्रह इन साउथ अफ्रीका, हिन्द स्वराज, आत्मकथा अथवा सत्य के साथ मेरे प्रयोग।*

गांधी अध्ययन

दूसरा संस्करण

संपादन

मनोज सिन्हा

एसोसिएट प्रोफेसर

राजनीतिशास्त्र विभाग

रामलाल आनंद कॉलेज (सांध्य)

दिल्ली विश्वविद्यालय

ओरियंट ब्लैकस्वॉन

गांधी अध्ययन [दूसरा संस्करण]

ओरियंट ब्लैकस्वॉन प्राइवेट लिमिटेड

मुख्य कार्यालय
3-6-752 हिमायत नगर, हैदराबाद 500 029 (तेलंगाना), भारत
ई-मेल: centraloffice@orientblackswan.com

शाखाएँ
बेंग्लूरू, भोपाल, कोलकाता, चेन्नई, एर्नाकुलम, गुवाहाटी, हैदराबाद, जयपुर, लखनऊ, मुंबई, नई दिल्ली, नोएडा, पटना, विजयवाड़ा

पहला संस्करण 2008
दूसरा संस्करण 2010
पुर्नमुद्रित 2011, 2016

ISBN : 978 81 250 4023 1

लेज़रटाइपसेटर
A & D. Co., नई दिल्ली द्वारा शिवा 13/15 में टंकणांकित

मुद्रक
बी. बी. प्रेस
दिल्ली

प्रकाशक
ओरियंट ब्लैकस्वॉन प्राइवेट लिमिटेड
1/24 आसफ़ अली रोड
नई दिल्ली 110 002
ई-मेल: delhi@orientblackswan.com

विषय-क्रम

दूसरे संस्करण की भूमिका

पहले संस्करण की सफलता से प्रोत्साहित होकर तथा अध्यापकों एवं छात्रों के सुझावों के आधार पर गांधी अध्ययन पुस्तक के इस दूसरे संस्करण का प्रकाशन किया गया है। पुस्तक में तीन नए अध्याय जोड़े गए हैं। ये पुस्तक को पूर्णता प्रदान करते हैं और पाठ्यक्रम की आवश्यकताओं को भी पूरा करते हैं। अब यह पुस्तक विद्यार्थियों के लिए और अधिक उपयोगी सिद्ध होगी।

अभय कुमार का आलेख 'एक वैकल्पिक आधुनिकता' गांधी द्वारा की गई 'आधुनिकता की समीक्षा' का विश्लेषण करता है। गांधी की आधुनिकता की समीक्षा कई अर्थों में सभ्यता की समीक्षा है। ऐसा करते हुए गांधी ने आधुनिकता का विकल्प प्रस्तुत करने का प्रयास किया। इसे अर्जित करने के लिए उन्होंने 'भौतिकता, सहायक तार्किकता, प्रतिकूल प्रजातांत्रिक संसदीय व्यवस्था' आदि की समीक्षा की। अभय कुमार ने लिखा है कि 'गांधी एक ऐसी सभ्यता चाहते थे जिसकी जड़ें नैतिक विज्ञान और तकनीक में हों'। गांधी की आधुनिकता की अवधारणा की आलोचना भी हुई। अभय कुमार ने गांधी की आधुनिकता की अवधारणा के स्वरूप को स्पष्ट करते हुए लिखा है कि ''गांधी के तकनीकवाद तथा विज्ञान की सांसारिक और उपकरणीय प्रयोग की समीक्षा उत्तर ज्ञानोदय के अनुरूप है जिसे डोनाल्ड वोर्स्टर ने साम्राज्यवादी विज्ञान और देहाती संवेदनशीलता कहा था''। कहना न होगा कि यह आधुनिकता का देशी स्वरूप था।

शंभूनाथ दूबे ने 'गांधीवाद की प्रासंगिकता' का पुनर्मूल्यांकन किया है। गांधी का दर्शन अपने समय की समीक्षा से पैदा हुआ था। अतः उसमें काल की सीमा को भी अतिक्रमित करने की क्षमता है। शंभूनाथ दूबे ने लिखा है कि 'स्थानीयता से उपजी सार्वभौमिकता का अनूठा उदाहरण *हिन्द स्वराज* है।' मानव की चिंताओं को देश-कालिक सीमाओं में बांधकर नहीं रखा जा सकता। उसका रूप देशकालिक होने पर भी उसमें पूरे विश्व को समाहित करने की क्षमता है। शंभूनाथ दूबे ने अपने इस आलेख में यह दिखाने का भी प्रयत्न किया है कि गांधीवाद का महत्त्व एक विकल्प प्रस्तुत करने में है जबकि '...मार्क्सवाद पूंजीवाद का विकल्प न होकर उसका दोष सुधार अधिक है।'

शुभा सिन्हा ने अपने आलेख में गांधी के दर्शन के उदय और विकास का कारणों का विश्लेषण किया है। इसके लिए उन्होंने तत्कालीन समाज के विविध पहलुओं का विश्लेषण किया है। उनका कहना है कि 'यद्यपि गांधी जी के विचारों के पल्लवित एवं पुष्पित होने में अनेकानेक भारतीय एवं पाश्चात्य विचारों एवं ग्रंथों का योगदान रहा है, परंतु उनके प्रस्फुटित होकर मौलिक स्वरूप से लाने का श्रेय स्वयं उनको जाता है।'

मैं अभय कुमार, शंभूनाथ दूबे और शुभा सिन्हा का धन्यवाद प्रकट करता हूँ जिन्होंने ये तीन अध्याय लिखे।

मूल संस्करण की भूमिका

भूमंडलीकरण के इस दौर में बाज़ार हमारे जीवन पर हावी हो चुका है। संसार सिमटता जा रहा है। भौतिकता की ओर हमारी बढ़ती आशक्ति ने नैतिक मूल्यों को हाशिए पर पहुँचा दिया है। साध्य को पाने के लिए साधन की शुचिता को हम महत्त्वहीन बना चुके हैं। विश्व में बढ़ती हुई हिंसात्मक घटनाएँ इसका प्रमाण हैं। ऐसा केवल राजनीति के क्षेत्र में ही नहीं हो रहा है; पर्यावरण, समाज, संस्कृति के क्षेत्र में भी ऐसा ही हो रहा है। विकास के नाम पर प्रकृति का विनाश किया जा रहा है। इस नई व्यवस्था में हम विकल्पहीन होते जा रहे हैं।

कालजीवी होकर ही कालजयी हुआ जा सकता है। महात्मा गांधी की विशेषता उनके कालजीवी होने में है। उनके विचार उनकी देशकाल की समीक्षा की देन हैं। यही कारण है कि आज परिस्थितियों की जटिलता ने गांधी को अत्यंत प्रासंगिक बना दिया है। उनका चिंतन, जिसमें साध्य के साथ-साथ साधन पर भी विचार किया जाता था, आज पुनः महत्त्वपूर्ण हो गया है। यह अकारण नहीं है कि गत वर्ष (2006) को गांधी के सत्याग्रह की शताब्दी वर्ष के रूप में मनाया गया था। सितंबर 1906 में गांधी ने दक्षिण अफ्रीका में सत्याग्रह का आरंभ किया था। अब यह लगने लगा है कि विश्व में शांति प्रक्रिया स्थापित करने में गांधीवादी विचारों की महत्त्वपूर्ण भूमिका हो सकती है। गांधी ने अपने समय की वर्चस्ववादी शक्तियों का प्रतिरोध किया था। यह प्रतिरोध विशिष्ट था क्योंकि इसका आधार सत्याग्रह था। आज आवश्यकता इसी प्रकार के प्रतिरोध करने की है। इस प्रकार, हमारे समय ने गांधी को पुनः जीवित कर दिया है।

हाल ही में दिल्ली विश्वविद्यालय ने गांधी को स्नातक पाठ्यक्रम का अंग बनाया है। बी. ए. (प्रतिष्ठा) के समवर्ती पाठ्यक्रम (concurrent syllabus) के रूप में 'रीडिंग गांधी' का महत्त्व हिंदी और अंग्रेज़ी दोनों माध्यमों में बना हुआ है। गांधी पर अध्ययन सामग्री का अभाव नहीं है। शोध, परिचर्चा और विद्वतजनों द्वारा की गई महत्त्वपूर्ण समीक्षाएँ उपलब्ध हैं। लेकिन दुर्भाग्य से यह सब कुछ अंग्रेज़ी माध्यम में है। यही कारण है कि हिंदी माध्यम में इस पाठ्यक्रम का अध्ययन करने के लिए सामग्री का अभाव है।

पाठ्यक्रम विद्यार्थियों के बीच लोकप्रिय है। विद्यार्थियों के व्यापक हित को ध्यान में रखते हुए विश्वविद्यालय प्रशासन, यहाँ तक कि स्वयं कुलपति महोदय, की ओर से यह आग्रह किया जाता रहा है कि 'रीडिंग गांधी' पाठ्यक्रम पर हिंदी में सामग्री उपलब्ध कराने का प्रयास होना चाहिए। दिल्ली विश्वविद्यालय के राजनीतिशास्त्र विभाग के सहयोग से मैंने इस कार्य को यथासंभव पूरा करने का संकल्प लिया। यह पुस्तक इसी प्रयास का परिणाम है।

इस परियोजना के प्रथम चरण में पाठ्यक्रम के विविध विषयों पर विशेषज्ञों से

पाठ तैयार करने का आग्रह किया गया। स्वीकृति मिलने पर दूसरे चरण में रामलाल आनंद कॉलेज में कुलपति महोदय की अध्यक्षता में एक संगोष्ठी का आयोजन किया गया जिसमें विभिन्न कॉलेजों के विद्वान साथियों ने अपने लेख प्रस्तुत किए। प्रस्तुत पुस्तक उन्हीं लेखों का संकलन है।

यह पुस्तक गांधी को विभिन्न दृष्टिकोणों से समझने का प्रयास है। संकलन में प्रस्तुत सामग्री की विशिष्टता इस बात में है कि यह दिल्ली विश्वविद्यालय के पाठ्यक्रम के लिए उपयोगी तो है ही, इसमें गांधी पर खुली चर्चा को आरंभ करने की भी संभावना है।

प्रस्तुत पुस्तक तीन भागों में विभाजित है। पहला भाग ग्रंथ का व्यवस्थित और वैज्ञानिक रूप से अध्ययन करने से संबंधित है। पुस्तक के प्रथम तीन अध्याय शोध-प्रविधि (research methodology) से संबंधित हैं और पुस्तक के प्रथम भाग का निर्माण करते हैं। इनमें तथ्यगत एवं संदर्भगत अध्ययन की विधियों पर विचार किया गया है। अध्याय 1 में रुचि त्यागी ने इसी मुद्दे पर चर्चा की है। अध्याय 3 में सीमा दास ने क्विंटन स्किनर के आधार पर अपने निष्कर्ष प्रस्तुत किए हैं। इस लेख में सीमा दास ने स्किनर द्वारा प्रस्तुत की गई व्याख्या और बोध के विकल्प पर विचार किया है। अध्याय 2 में पंकजा घई ने टेरेंस बाल की व्याख्या को आधार बनाकर इसी दिशा में अपना लेख प्रस्तुत किया है। इनमें हेडेगर और गेडेमर के विचारों पर भी चर्चा की गई है।

पुस्तक के दूसरे भाग में, जो अध्याय 4 से 6 तक है, *हिन्द स्वराज* पर पुनर्विचार किया गया है। गांधी ने स्वतंत्रता आंदोलन का नेतृत्व तो किया लेकिन उनका लक्ष्य महज राजनीतिक स्वतंत्रता पाना नहीं था। *हिन्द स्वराज* के अध्ययन से यह स्पष्ट हो जाता है कि गांधी के लिए स्वतंत्र राष्ट्र का निर्माण एक सतत प्रक्रिया थी। गांधी के इन विचारों, जिनमें स्वतंत्र राष्ट्र का निर्माण, विकास और सार्वभौमिकता आदि प्रमुख हैं, ने भारत के ही नहीं अपितु पूरे विश्व के चिंतकों को प्रभावित किया है। पुस्तक के द्वितीय भाग में गांधी की इस कालजयी पुस्तक की सफलता और सार्थकता को नए ढंग से विश्लेषित करने का प्रयास किया गया है।

अनिल दत्त मिश्र ने *हिन्द स्वराज* का विश्लेषण अध्याय 4 में किया है। उन्होंने *हिन्द स्वराज* को राजनीतिक सिद्धांत के क्षेत्र में कौटिल्य के *अर्थशास्त्र* के बाद दूसरे बड़े भारतीय योगदान के रूप में प्रस्तुत किया है। उन्होंने स्पष्ट किया है कि *हिन्द स्वराज* आधुनिक राजनीतिक, सामाजिक और आर्थिक विचारों का एक सशक्त विकल्प प्रस्तुत करता है। अनिल दत्त मिश्र का मानना है कि *हिन्द स्वराज* उद्योगीकरण का विकल्प भी प्रस्तुत करता है। इसी प्रसंग में अंजु झाम्ब का लेख 'हिन्द स्वराज और एंथनी जे. परेल' (अध्याय 5) अत्यंत महत्त्वपूर्ण है। इसमें अंजु झाम्ब ने *हिन्द स्वराज* की विशिष्टताओं की चर्चा की है। संवाद शैली में लिखी गई *हिन्द स्वराज* का गुजराती से अंग्रेज़ी में अनुवाद स्वयं गांधी ने किया था। अंजु झाम्ब ने स्पष्ट किया है कि यह पुस्तक साम्राज्यवाद, उपनिवेशवाद और आधुनिक सभ्यता के विरोध में लिखी गई थी और पुस्तक इनका विकल्प भी प्रस्तुत करती है। इसी भाग

में मनीषा पाण्डेय का लेख 'गांधीः आधुनिकता एवं सत्याग्रह तथा भीखू पारेख' (अध्याय 6) भी उल्लेखनीय है जिसमें भीखू पारेख द्वारा किए गए गांधी की आधुनिकता और सत्याग्रह के विश्लेषण की समीक्षा की गई है।

पुस्तक का तीसरा भाग, जो अध्याय 7 से 11 तक है, मूलतः *हिन्द स्वराज* का संदर्भगत अध्ययन है। इसमें राष्ट्रवाद, अस्पृश्यता, सांप्रदायिक एकता, पर्यावरण जैसे विषयों पर गांधी के विचारों का विश्लेषण किया गया है। साथ ही, गांधी की नारी संबंधी धारणाओं पर भी विचार किया गया है। आर. एस. यादव और श्वेता मिश्र ने अपने लेख 'राष्ट्रवाद' (अध्याय 7) में गांधी के राष्ट्रवाद को अपने लेख का विषय बनाया है। इस लेख में राष्ट्रवाद की भारतीय अवधारणा को विकसित करने का प्रयास किया गया है। कहना न होगा कि इस विचार के मूल में गांधी का चिंतन है। इस लेख में भारतीय राष्ट्रवाद की विशिष्टताओं को स्पष्ट किया गया है। साथ ही, यूरोप के राष्ट्रवाद से उसकी भिन्नता को भी दर्शाया गया है। मधु झा ने अपने लेख 'गांधीः नारी विषयक दृष्टिकोण' (अध्याय 9) में नारीवाद के आलोक में गांधी के नारी संबंधी विचारों का विश्लेषण किया है। इस लेख में गांधी की दृष्टि में महिलाओं की सामाजिक-राजनीतिक भूमिका पर विचार किया गया है। मधु झा ने गांधी के नारी संबंधी विचारों की सीमाओं का भी उल्लेख किया है। उन्होंने दिखाया है कि गांधी ने महिलाओं की आर्थिक स्थिति में बदलाव लाने के बजाय उनकी नैतिक स्थिति में बदलाव लाने का प्रयास किया था। अतः यह लेख विचारोत्तेजक भी है। इसी भाग में महेश्वर दत्त ने अपने लेख 'गांधी की दृष्टि में अस्पृश्यता' (अध्याय 10) द्वारा अस्पृश्यता पर पुनर्विचार किया है। महेश्वर दत्त ने स्पष्ट किया है कि गांधी के सामाजिक और राजनीतिक जीवन के मूल में नस्लवाद का विरोध था। और तब, इस विषय पर गांधी के विचार अपना विशिष्ट महत्त्व रखते हैं। इस प्रकार, इस लेख में गांधी की अस्पृश्यता की व्यापक परिभाषा को उसकी संपूर्णता में प्रस्तुत किया गया है। यह लेख विचारोत्तेजक है और ज्ञानवर्धक भी। मनोज सिन्हा ने अपने लेख 'गांधी और पर्यावरण' (अध्याय 11) में पर्यावरण को आधार बनाकर अपने विचार प्रकट किए हैं। यह लेख पर्यावरण और राष्ट्र के अंतर्संबधों पर प्रकाश डालने के साथ-साथ पर्यावरण के अंतर्राष्ट्रीय महत्त्व को दर्शाता है। इस लेख की विशेषता यह भी है कि इसके आधार पर गांधी को पर्यावरण आंदोलन का संरक्षक कहा जा सकता है।

प्रस्तुत पुस्तक सामूहिक प्रयास का परिणाम है। अतः इस प्रक्रिया में सहयोग करने वालों का आभार व्यक्त करना मेरा नैतिक दायित्व बन जाता है।

सर्वप्रथम, मैं कुलपति प्रो. दीपक पेंटल का आभारी हूँ जिन्होंने इस पाठ्यक्रम के लिए हिंदी में सामग्री तैयार करने के लिए शिक्षकों को प्रेरित किया। उन्होंने व्यक्तिगत रूप से रामलाल आनंद कॉलेज में आकर इस पुस्तक से जुड़े प्रत्येक व्यक्ति को प्रोत्साहित किया। साथ ही, वांछित सुविधाएँ प्रदान कीं मैं इस पुस्तक से जुड़े प्रत्येक लेखक की ओर से उनका आभार प्रकट करता हूँ।

मैं राजनीति विज्ञान विभाग के सभी शिक्षकों, विशेषकर प्रो. विद्युत चक्रवर्ती तथा प्रो. नीरा चंढोक, के प्रति अपनी कृतज्ञता व्यक्त करता हूँ जिन्होंने मुझे इस योग्य समझते हुए यह कार्यभार सौंपा। प्रो. सुब्रत मुखर्जी ने रामलाल आनंद महाविद्यालय में आयोजित पाठ्यक्रम-संयोजन कार्यशाला में आकर हमें अपना बहुमूल्य मार्गदर्शन दिया, इसके लिए हम सब उनके ऋणी हैं।

हिंदी में लेखन का अभ्यास कम होने के कारण लेखक-मंडल के समक्ष जो कठिनाइयाँ आईं, उन्हें दूर करने के लिए प्रो. महेंद्र प्रताप सिंह ने अपना बहुमूल्य समय देकर लेखन-कार्य में जो मदद की, उसे व्यक्त कर पाने के लिए हमारे पास उपयुक्त शब्द नहीं हैं। उनके सभी छात्र उनके स्वतः मदद करने के गुण का भरपूर उपयोग करते ही हैं, यही इस लेखक-मंडल ने भी किया।

रामलाल आनंद महाविद्यालय के प्राचार्य डा. डी. के. पब्बी, सांध्य कक्षाओं के प्राचार्य डा. शक्ति चंद शर्मा एवं महाविद्यालय के सभी सहयोगियों का पर्याप्त सहयोग मुझे मिलता रहा है। भाषा-दोष के सुधार में डा. नीलम ऋषिकल्प जी और डा. एस. बी. एन. तिवारी का योगदान मूल्यवान रहा है। संदर्भिका तैयार करने में श्री धरम कुमार ने जो योगदान दिया है, उनके लिए मैं उनका अत्यंत आभारी हूँ। मैं रुचि त्यागी, पंकजा घई, अनिल दत्त मिश्र, अंजू झाम्ब, मनीषा पाण्डेय, आर. एस. यादव, श्वेता मिश्र, मधु झा, महेश्वर दत्त एवं सुमन कुमार का भी आभारी हूँ जिन्होंने मेरे अनुरोध पर बहुत कम समय में ही अपने लेख तैयार करके मुझे सौंप दिए।

मैं यू एन आई (यूनीवार्ता) के वरिष्ठ पत्रकार श्री सत्यप्रकाश का संपादन में सहयोग के लिए आभार व्यक्त करता हूँ।

इस तरह का कोई भी पुनीत कार्य परिवार के सहयोग के बिना संभव नहीं होता है। मैं अपने पिता डा. महेन्द्र प्रताप सिन्हा, पत्नी डा. रोजी सिन्हा, पुत्र पियूष वत्स एवं पराग वत्स को धन्यवाद देता हूँ जिन्होंने घर के अंदर अनुकूल वातावरण बनाने का प्रयास किया जिससे कि मैं अपना समय पुस्तक के लिए दे सकूँ। शब्दों में परिवार के इन सदस्यों के योगदान को व्यक्त नहीं किया जा सकता।

पुस्तक के प्रकाशक ओरियंट ब्लैकस्वॉन से मुझे पूर्ण सहयोग प्राप्त हुआ है। ओरियंट ब्लैकस्वॉन के एसोसिएट पब्लिशर सुश्री सुगंधि कपूर ने इस पुस्तक के प्रकाशन के प्रति जैसी रुचि दिखाई है, वह मेरे लिए अत्यंत उत्साहवर्धक है। मैं उनका आभार व्यक्त करता हूँ। इस पुस्तक के व्यवस्थित संपादन और सुरुचिपूर्ण प्रकाशन का श्रेय ओरियंट ब्लैकस्वॉन के संपादक डा. संजय नाथ को है। मैं उनके प्रति हार्दिक रूप से कृतज्ञ हूँ।

जुलाई 2007

मनोज सिन्हा
रामलाल आनंद कॉलेज
दिल्ली विश्वविद्यालय

बी ए (प्रतिष्ठा) के समवर्त्ती पाठ्यक्रम (Concurrent Syllabus)
'रीडिंग गांधी' पेपर का पाठ्यक्रम

इस पाठ्यक्रम के मूलतः दो उद्देश्य हैं। पहला उद्देश्य छात्रों को ग्रंथ अध्ययन की कला से परिचित कराना है। इसका आशय छात्र की विचारात्मक और तार्किक संरचना को इस रूप में विकसित करना है जिससे वह किसी ग्रंथ को व्यापक सामाजिक-ऐतिहासिक और बौद्धिक संदर्भ में रखकर उसका अध्ययन कर सके। पाठ्यक्रम का दूसरा उद्देश्य छात्रों को गांधी के सामाजिक-राजनीतिक चिंतन से परिचित कराना है। गांधी को आधार बनाकर इन उद्देश्यों को सरलता से पाया जा सकता है।

गांधी को अध्ययन का विषय बनाने के मूलतः तीन कारण हैं। पहला, गांधी पूर्णतः मौलिक चिंतक हैं। दूसरा, उनके कुछ ग्रंथ विचारपरक हैं और तीसरा कारण यह है कि गांधी पर लिखी गई समीक्षाएँ पर्याप्त मात्रा में उपलब्ध हैं। इस पाठ्यक्रम में गांधीवादी चिंतन के सार्थक पक्षों को ही अध्ययन के लिए चुना गया है।

1. ग्रंथ अध्ययन की आवश्यकता

क. ग्रंथमूलक

ख. संदर्भगत

क) टेरेंस बाल के *रिअप्रेज़िंग पॉलिटिकल थ्योरी* (ओयूपी, 1995 का प्रथम अध्याय)।

ख) क्विंटन स्किनर द्वारा संपादित *विजन्स ऑफ पॉलिटिक्स* में 'मीनिंग एंड अंडरस्टेंडिंग इन द हिस्ट्री ऑफ आइडियाज़'

2. गांधी के स्वयं के ही शब्दों में *हिन्द स्वराज* का गहन अध्ययन।

3. गांधी के *हिन्द स्वराज* पर समीक्षाएँ और गांधीवादी विचार।

क) एंथनी जे. परेल द्वारा संपादित *एम. के. गांधी, हिन्द स्वराज एंड अदर राइटिंग्स* की भूमिका।

ख) भीखू पारेख की पुस्तक *गांधी* (1997) का चतुर्थ अध्याय ('सत्याग्रह') और पंचम अध्याय ('द क्रिटिक ऑफ माडर्निटि')।

ग) डेविड हार्डीमान की *गांधी इन हिज टाइम एंड आवर्स* (2003) का चतुर्थ अध्याय ('एन आल्टरनेटिव माडर्निटि')।

4. गांधी और आधुनिक भारत

क) राष्ट्रीयता

ख) सांप्रदायिक एकता

ग) स्त्री से जुड़े प्रश्न

घ) अस्पृश्यता

इस भाग में आर. के. प्रभु द्वारा संकलित गांधी के *इंडिया ऑफ माइ ड्रीम्स* में से 'द मीनिंग ऑफ स्वराज', 'इन डिफेंस ऑफ नेशनलिज्म', 'इंडियाज़ कल्चरल हेरिटेज', 'रिजिनरेशन ऑफ इंडियन वीमेन', 'वीमेन्स एडुकेशन', 'कम्युनल यूनिटि', 'द कर्स ऑफ अनटचैबिलिटी', 'रिलिजियस टालरेंस इन इंडिया' और 'द प्राब्लम ऑफ माइनारिटिज़' को रखा गया है।

1

ग्रंथ अध्ययन: तथ्यगत एवं संदर्भगत

रुचि त्यागी

गांधी की मृत्यु के लगभग साठ वर्ष बाद भी गांधी के विचारों, लेखों तथा उनके द्वारा लिखित पुस्तकों का बारंबार अध्ययन कुछ प्रश्न उठाता है? क्या हम गांधी को कभी समझ नहीं पाए? क्या हम गांधी के विचारों को समझने के प्रयास स्वरूप उन्हें बार-बार पढ़ते हैं? क्या उनके विचारों की व्याख्या के संबंध में कोई दुविधा है? उनके मौलिक विचारों को पढ़ने के स्थान पर हम विभिन्न व्याख्याओं को क्यों पढ़ते हैं, जबकि ये व्याख्याएँ मौलिक विचारों के संदर्भ में पढ़ी और समझी जानी चाहिए?

किसी निश्चित राजनीतिक संदर्भ, विभिन्न राजनीतिक विकल्पों एवं ऐतिहासिक पृष्ठभूमि में ही राजनीतिक विचार पनपते हैं। राजनीतिक विचारों को समझने के लिए उनकी पृष्ठभूमि—समय, स्थान, सांस्कृतिक संदर्भ आदि—को समझना आवश्यक है। यदि संदर्भ बदल जाए अथवा श्रोताओं, व्याख्याताओं के क्षितिज बदल जाएँ, तो उसी विचारक के विचार बदले हुए प्रतीत होने लगते हैं। जिस समय विचार लिखे गए तथा जिस समय वे विचार पढ़े जा रहे हों, यदि दोनों के बीच समय का लंबा फासला हो तो उन्हीं विचारों के स्वरूप तथा मंतव्य एवं उनकी प्रासंगिकता बदली प्रतीत होती है। यही कारण है कि विचारों की व्याख्या एवं पुनर्व्याख्या की संभावना हमेशा बनी रहती है। इस प्रक्रिया में नए विचार एवं सिद्धांत सामने आकर राजनीतिक परंपराओं को विकसित करते रहते हैं।

प्लेटो, मैक्यावलि, मार्क्स अथवा गांधी सभी ने भिन्न-भिन्न परिस्थितियों में अपने विचार लिखे हैं। उनके विचारों को समझने के लिए सर्वप्रथम उन ऐतिहासिक, सामाजिक, आर्थिक एवं मनोवैज्ञानिक परिस्थितियों को समझना आवश्यक है जिनका प्रभाव लेखकों पर पड़ा होगा और जिनके अनुरूप अथवा जिन पर प्रतिक्रियास्वरूप लेखकों की धारणा बनी होगी और अंततः विचारों का सृजन हुआ होगा।

सामान्यतः 'क्लासिक' ग्रंथ ऐसे नैतिक, धार्मिक एवं अन्य विचारों के संग्रह होते हैं जो 'समय की सीमाओं से परे' सार्वभौमिक विचार होते हैं और जिनकी प्रासंगिकता हमेशा बनी रहती है। दूसरी ओर, विचारकों के व्याख्याताओं द्वारा की गई व्याख्याओं पर समय, काल एवं परिस्थितियों का प्रभाव पड़ना स्वाभाविक है। समय एवं स्थान अथवा व्याख्याकारों के लक्ष्यों एवं विचारों के अनुरूप हमें व्याख्याताओं की कई पीढ़ियाँ दिखाई देती हैं और व्याख्याओं एवं पुनर्व्याख्याओं की प्रक्रिया उभरने लगती है। टेरेंस बॉल का मत है कि क्लासिक ग्रंथों के अध्ययन, प्रतिक्रिया तथा उनकी आलोचना की प्रक्रिया के द्वारा ही पश्चिमी परंपरा का विकास हुआ है।[1] यह भारतीय राजनीतिक विचारों एवं परंपराओं पर भी खरा साबित होता है।

व्याख्या का इतिहास उतना ही पुराना है जितना मनुष्य का इतिहास। इसका प्रारंभ 'श्रुति' साहित्य से हुआ जिसकी पीढ़ी-दर-पीढ़ी व्याख्या एवं पुनर्व्याख्या होती रही है। शब्द एवं वर्णमाला के सृजन के साथ 'व्याख्या' की समस्या प्रमुख हो गई। फिर कानूनी एवं धार्मिक ग्रंथों की व्याख्या की जाने लगी। व्याख्या करते समय कई मुद्दों पर ध्यान देना आवश्यक हो गया, जैसे लेखक का व्यक्तिगत जीवन, लेखक का मंतव्य एवं उद्देश्य, तत्कालीन परिस्थितियाँ, ग्रंथ में शामिल वैचारिक तथ्य एवं कथ्य के साथ-साथ व्याख्याता की वैचारिक पृष्ठभूमि आदि। यहाँ यह भी ध्यान में रखना आवश्यक है कि लेखक ने जिस भाषा अथवा शब्दावली का इस्तेमाल किया है उसका अर्थ, संदर्भ एवं मंतव्य क्या था और किस तरह के पाठकों-श्रोताओं को ध्यान में रखकर उसका प्रयोग किया गया था। साथ ही, पाठकों ने उस भाषा को किस रूप में स्वीकार किया और उनकी क्या प्रतिक्रिया रही। इन सभी परिप्रेक्ष्यों को ध्यान में रखना व्याख्या-कर्म के लिए आवश्यक है।

ग्रंथगत संदर्भ

यदि ग्रंथगत संदर्भ को ध्यान में रखा जाए तो संवाद के रूप में लिखा गया *हिन्द स्वराज*, यूनानी विचारक प्लेटो के *रिपब्लिक* की संवाद-शैली के समान है। *भगवतगीता* में कृष्ण एवं अर्जुन के बीच का संवाद भी इसकी पृष्ठभूमि में था।[2] दक्षिण अफ्रीका के भारतीय लोगों के अधिकारों की रक्षा के लिए संघर्ष करते हुए गांधी 1909 में लंदन

गए थे। वहाँ उन्हें क्रांतिकारी स्वराज-प्रेमी भारतीय युवक मिले। इनमें श्यामजी कृष्णवर्मा और वी. डी. सावरकर भी शामिल थे। ये नवयुवक भारत में ब्रिटिश हुकूमत के खिलाफ़ हिंसक साधन अपनाना चाहते थे। उनसे हुई बातचीत का सार गांधी ने काल्पनिक संवाद के रूप में *हिन्द स्वराज* में प्रस्तुत किया है।

लंदन से दक्षिण अफ्रीका लौटते हुए 'किल्डोनन केसल' नामक जहाज पर 13 से 22 नवंबर 1909 को गांधी ने गुजराती में इस पुस्तक को लिखा तथा 1910 में उन्होंने इसका स्वयं अंग्रेज़ी में अनुवाद किया। इसमें संवादक के माध्यम से गांधी ने अपने विचार प्रस्तुत किए हैं। यह पुस्तक गांधी के समग्र परवर्ती चिंतन एवं सार्वजनिक जीवन का प्रेरणास्रोत रहा है। इस कृति के महत्त्व का अंदाज़ा इस बात से लगाया जा सकता है कि इसे टॉलस्टाय, रोमां रोलां, नेहरू एवं राजाजी ने पढ़ा और इस पर अपनी-अपनी प्रतिक्रिया व्यक्त की। इसमें गांधी द्वारा पाश्चात्य सभ्यता तथा ब्रिटिश व्यवस्था की तीव्र एवं सटीक आलोचना की गई थी जिससे परेशान होकर ब्रिटिश सरकार ने *हिन्द स्वराज* का प्रकाशन एवं अध्ययन 'निषिद्ध' घोषित कर दिया। लेकिन इसी *हिन्द स्वराज* को असहयोग आंदोलन के अनेक सत्याग्रहियों ने *बाइबिल* का दर्जा दिया।

कृति में सम्मिलित एवं विश्लेषित तथ्यों के संदर्भ में कृति की व्याख्या करना आवश्यक है। अर्थात व्याख्या करते समय यह ध्यान में रखना आवश्यक है कि लेखक का ग्रंथ लिखने का मंतव्य अथवा उद्देश्य क्या था? ऐसा प्रतीत होता है कि गांधी का *हिन्द स्वराज* लिखने का उद्देश्य था, 'स्वराज का अर्थ स्पष्ट करना, स्वशासन (self-government) तथा आत्मशासन (self-rule) में अंतर स्पष्ट करना, प्रवासी भारतीयों द्वारा अपनाई जा रही राजनीतिक आतंक की नीति का विरोध करना, आधुनिक पाश्चात्य सभ्यता के खतरों को उजागर करना, नैतिक जीवन का महत्त्व दर्शाना, अधिकार-कर्त्तव्य के बीच तालमेल बैठाते हुए ''धर्म'' की पुनर्व्याख्या करना तथा भारतीय परिस्थितियों के अनुकूल एक व्यावहारिक दर्शन का सृजन करना।'[3]

विभक्त, जाति-प्रधान, स्वार्थ-प्रेरित, भ्रमित, सामाजिक चेतना एवं नागरिक मूल्यों से विहीन तत्कालीन भारतीयों के परिप्रेक्ष्य में गांधी की दृष्टि में भारत की स्वतंत्रता तभी संभव थी जबकि देश का पुनर्जन्म हो और उसे पुनर्गठित किया जाए। इस उद्देश्य के लिए गांधी ने राष्ट्रीय पुनर्जीवन के लिए एक समग्र कार्यक्रम के रूप में 'संरचनात्मक कार्यक्रम' का सृजन किया। इसमें शामिल किए गए अति आवश्यक प्रस्ताव थे—हिंदू-मुस्लिम एकता, अस्पृश्यता का उन्मूलन, मद्य-निषेध, खादी का प्रयोग, ग्राम-उद्योगों का विकास, व्यावसायिक शिक्षा, महिलाओं की समानता, स्वास्थ्य

शिक्षा, देशी भाषाओं का प्रयोग, एक सामान्य राष्ट्रीय भाषा को स्वीकृति, आर्थिक समानता, श्रमिकों एवं कृषकों के संगठनों का निर्माण, जनजातियों का समाज की राजनीतिक-आर्थिक जीवन की मुख्य धारा से सम्मिलन, छात्रों के लिए व्यवहार-संहिता, कोढ़ियों एवं भिखारियों की सहायता तथा पशुओं के प्रति सम्मान का भाव।

यहाँ डेविड हार्डिमन की दृष्टि में पश्चिमी सभ्यता के मूल्यों एवं गांधी के वैकल्पिक मूल्यों में विरोधाभास उभरता प्रतीत होता है।[4] गांधी ने पश्चिमी 'आधुनिकता' के कई पहलुओं को पूर्ण रूप से स्वीकार भी किया है, जैसे मानवाधिकार, सभी मनुष्यों की बुनियादी समानता, लोकतांत्रिक प्रतिनिधित्व का सबको समान अधिकार, दबाव के स्थान पर अनुनय-विनय द्वारा शासन का सिद्धांत आदि। यहाँ गांधी को यह आपत्ति थी कि बहुधा पश्चिम ने इन सिद्धांतों को व्यवहार में नहीं अपनाया।

दूसरी ओर, गांधी ने पश्चिम की 'आधुनिकता' की आलोचना करते हुए कई पहलुओं की निंदा भी की, जैसे उपभोक्तावाद, भौतिकतावाद एवं यंत्रीय विवेक (instrumental rationality) के सिद्धांतों की, वैज्ञानिक एवं तकनीकी विकास में विश्वास, बड़े पैमाने पर उत्पादन के तरीके, त्वरित यातायात, एलोपैथिक दवाइयाँ, लोकतंत्र की संसदीय प्रणाली आदि की। इन सबका विरोध करते हुए गांधी ने *हिन्द स्वराज* का अपना विकल्प प्रस्तुत किया।

इस दृष्टि से गांधी का *हिन्द स्वराज* आधुनिक पाश्चात्य सभ्यता के प्रति एक प्रतिक्रियास्वरूप है जिसमें एक तरफ पश्चिम की तीखी एवं कटु आलोचना है और दूसरी ओर पश्चिम के योगदानों का उल्लेख भी है।[5] इसमें जहाँ ब्रिटिश संवैधानिक मूल्यों का हनन करने वाले साम्राज्यवादियों का विरोध है, वहीं हिंसा का मार्ग अपनाने वाले प्रवासी भारतीयों के हिंसक साधनों का खंडन भी है। यह पुस्तक गांधी एवं टॉलस्टाय के बीच ऐतिहासिक संपर्क का प्रतिनिधित्व भी करती है। ऐतिहासिक परिप्रेक्ष्य में यह पुस्तक भारतीय राष्ट्रीय आंदोलन के नरमपंथियों-उग्रपंथियों के प्रति गांधी का दृष्टिकोण भी स्पष्ट करती है।

वैचारिक संदर्भ

बौद्धिक-वैचारिक दृष्टि से *हिन्द स्वराज* पर पूर्वी एवं पश्चिमी दोनों स्रोतों का प्रभाव झलकता है। सुकरात, टॉलस्टाय, रस्किन, थोरो, एमर्सन के साथ-साथ शाकाहारी भोजन, थियोसोफी, ईसाइयत आदि के रूप में पश्चिमी प्रभाव झलकता है, जबकि भारतीय प्रभावों में उपनिषद्, पातंजलि का *योगसूत्र*, *मनुस्मृति*, *रामचरितमानस* तथा *गीता* आदि प्रमुख हैं।

किसी भी चिंतक के विचारों की व्याख्या करते समय यह समझना आवश्यक होता है कि अपने विचारों के पीछे विचारक के क्या उद्देश्य अथवा मंतव्य रहे होंगे? उदाहरण के लिए, भीखू पारेख[6] की दृष्टि में खादी के लिए गांधी के आग्रह का उद्देश्य था कि एक राष्ट्रीय वेशभूषा उपलब्ध हो सके, असमानता पर आधारित समाज में अधिक समानता प्राप्त की जा सके, गरीब लोगों के साथ निष्ठा व्यक्त की जा सके, विदेशी आयात कम किया जा सके और साथ ही शारीरिक श्रम के प्रति सम्मान बढ़ाया जा सके।

क्षेत्रीय भाषाओं के प्रयोग का उद्देश्य था कि आम जनता तथा पश्चिमीकृत संभ्रांत वर्ग के बीच की दूरी को कम किया जा सके, सांस्कृतिक निरंतरता सुनिश्चित हो सके, चिंतन एवं व्यवहार की मौलिकता एवं प्रमाणिकता को प्रेरित किया जा सके और सामूहिक अभिव्यक्ति के देशी साधनों को बढ़ावा दिया जा सके।

क्विंटन स्किनर[7] की दृष्टि में नैतिक एवं राजनीतिक विचारों की अभिव्यक्ति के लिए तारतम्यता या समरसता (coherence) का विशेष महत्त्व होता है। विचारक के समूचे चिंतन से एक समन्वित व्यवस्था का उभरना भी आवश्यक है। लेकिन यह दृष्टिकोण हर दृष्टांत पर लागू नहीं होता। स्किनर ने सेबाइन को उद्धृत करते हुए कहा है कि उन्होंने व्यवस्थित सिद्धांत देने के स्थान पर बिखरे हुए विचार दिए हैं। इसी आधार पर प्लेटो एवं हीगल के न्याय संबंधी विचारों की भी आलोचना संभव है।

हिन्द स्वराज के विभिन्न अध्ययन बहुधा एक दूसरे से अलग और बहुविध विषयों पर आधारित प्रतीत होते हैं। लेकिन पश्चिमी आधुनिकता के विकल्प के रूप में जीवन का एक समन्वित रूप इनमें झलकता है। पूरी पुस्तक को मुख्य रूप से चार भागों में वर्गीकृत किया जा सकता है: 1) प्रमुख अवधारणाएँ—अहिंसा, शिक्षा एवं तकनीक, 2) संसदीय प्रणाली, आधुनिक मशीनों एवं स्वराज के प्रति कांग्रेसी दृष्टिकोण की आलोचना, 3) पाश्चात्य सभ्यता का विश्लेषण एवं समालोचना, तथा 4) गांधी द्वारा प्रस्तावित समाधान।

विचारक के किसी एक ग्रंथ को उसी के द्वारा लिखित अन्य ग्रंथों एवं उसके परवर्ती विचारों के संदर्भ में समझना अनिवार्य हो जाता है। यहाँ स्किनर का यह भी परामर्श है कि लेखक के विचार का विश्लेषण करते समय यह भी ध्यान में रखना अनिवार्य है कि उस विचार-विशेष का लेखक के समग्र-चिंतन पर क्या प्रभाव पड़ा? यदि *हिन्द स्वराज* का विश्लेषण करें तो हम पाएँगे कि यह कृति बहुत बड़ी सीमा तक गांधी के परवर्ती चिंतन का आधार बनी रही और इससे प्रेरित होकर ही गांधी इस निष्कर्ष पर पहुँचे कि भारत के संदर्भ में किसी भी नीति, व्यवस्था, योजना अथवा कार्यक्रम का मूल्यांकन करते हुए यह देखा जाना आवश्यक है कि उसका

कृषि-प्रधान, ग्रामीण भारतीय समाज पर क्या प्रभाव पड़ेगा और केवल तभी उसके औचित्य-अनौचित्य का मूल्यांकन संभव है यहाँ यह भी उल्लेखनीय है कि *हिन्द स्वराज* गांधी के चिंतन का 'बीज' रूप है, जहाँ से विकसित होकर गांधी के राजनीतिक चिंतन का तरु विकसित हुआ। इस पुस्तक में वर्णित कई विचार ऐसे थे जिनका समय के साथ विकास हुआ और कुछ विचार ऐसे भी थे जिनमें बाद में परिवर्तन आता गया। उदाहरण के लिए, *हिन्द स्वराज* में गांधी ने रेलवे, अस्पताल, कानून-अदालतों, कपड़ा-मिलों, प्रेस आदि की आलोचना की[8] जबकि 1921 में उन्होंने यह स्वीकार किया कि इन सबको भारत से खत्म करना संभव नहीं है और इन्हें आवश्यक बुराई के रूप में स्वीकार किया जाना चाहिए।[9] बाद में 1945 में उन्होंने यह कहा कि इन साधनों का मनोरंजन के लिए नहीं वरन उपयोगिता के लिए प्रयोग किया जाना चाहिए।[10]

हिन्द स्वराज में उल्लिखित कुछ वैचारिक मूल्य ऐसे भी हैं जो गांधी के राजनीतिक चिंतन के साथ-साथ विकसित एवं परिवर्तित होते गए। उदाहरण के लिए, वर्ग-संघर्ष को घृणा एवं वर्गों के बीच की दूरी बढ़ाने वाला हिंसक तथा अनुत्पादक साधन मानना; संघर्ष-निवारण के साधन के रूप में 'सत्याग्रह' पर बल; समाजवादी लक्ष्यों को प्राप्त करने के लिए ट्रस्टीशिप, अपरिग्रह (non-possession) एवं अस्तेय (non-stealing) जैसे साधनों को स्वीकृति; पूंजी-श्रम के बीच संघर्ष के निवारण के लिए परस्पर संहार के स्थान पर परस्पर एकीकरण को महत्त्व; 'पूंजी-प्रधान आधुनिक प्रविधि' (capital-intensive advanced technology) के स्थान पर 'श्रम प्रधान, लघु एवं मध्यम दर्जे की तकनीक' (labour-intensive, small-in-scale, intermediate technology) पर आधारित उद्योगों की भारतीय संदर्भ में उपादेयता; केंद्रीकृत संसदीय शासन के स्थान पर ग्राम पंचायतों पर आधारित विकेंद्रित शासन व्यवस्था आदि को अंत तक गांधी ने स्वीकार किया।[11]

क्विंटन स्किनर की दृष्टि में एक अन्य समस्या तब उठती है[12] जबकि व्याख्याता अपने अनुभवों एवं परिस्थिति-परिवेश को लेखक के अपरिचित परिवेश पर लादने की कोशिश करता है। उदाहरणार्थ, व्याख्याता यह निष्कर्ष निकाल सकता है कि सत्रहवीं शताब्दी के मध्य में इंग्लैंड की क्रांति का मूल 'मताधिकार का विस्तार' था। इसी प्रकार लेवलर आंदोलन (Leveller Movement) में 'उदार लोकतंत्र' अथवा 'गणतंत्रीय धर्मनिरपेक्षता' का आधार खोजा जाता है, जबकि 'कल्याणकारी राज्य' अथवा 'सार्वभौम मताधिकार' लेवलर की विषयवस्तु कभी थे ही नहीं।

आजकल एक सामान्य प्रवृत्ति यह उभर रही है कि वर्तमान वैश्वीकरण और उदारीकरण के संदर्भ में गांधी का विश्लेषण किया जा रहा है और विश्व अर्थव्यवस्था

के परिप्रेक्ष्य में गांधी के ग्राम-स्वराज की उपयोगिता एवं सार्थकता खोजी जा रही है। यहाँ यह ध्यान में रखना आवश्यक है कि जहाँ गांधी का समकालीन समाज वैश्वीकृत समाज के स्थान पर साम्राज्यवाद, उपनिवेशवाद, रंगभेद आदि से ग्रसित था, वहाँ ग्रामोन्मुख विकास का गांधी का आग्रह आज के शहर-गाँव विभेद और ग्रामीण-पिछड़ेपन के तहत 'विकल्प' की अपेक्षा 'पूरक समाधान' के रूप में कुछ सार्थकता अवश्य रखता है।

एक समस्या यह भी आती है जब लेखक के यहाँ-वहाँ दिए गए किसी वक्तव्य को उसकी धारणा मान ली जाती है। उदाहरण के लिए, *हिन्द स्वराज* में पश्चिमी सभ्यता के प्रति गांधी की प्रतिक्रिया से यह निष्कर्ष निकाला जा सकता है कि वे पश्चिम के पूरी तरह विरुद्ध थे, जबकि गांधी पश्चिम के अतिवाद एवं उसके अंधानुकरण के विरुद्ध थे, किंतु वहाँ की अच्छाइयों के प्रति निश्चित रूप से उदार थे।

सामान्यतः एक प्रवृत्ति यह भी देखी जाती है कि व्याख्याता किसी लेखक की कृति की व्याख्या अपनी पूर्व-धारणाओं एवं पूर्व-निर्णयों के आधार पर करता है। उसकी कृति की उपयोगिता एवं प्रासंगिकता का विश्लेषण करते हुए सामान्यतः इस ओर ध्यान नहीं दिया जाता कि लेखक का स्वयं का उद्देश्य क्या रहा होगा। उदाहरण के लिए, यह कहा जाता है कि *रिपब्लिक* में प्लेटो ने 'सर्वाधिकारवादी दलीय-राजनीति' को जन्म दिया था। इससे एक ओर यह समझ पाना मुश्किल है कि लेखक का उद्देश्य क्या रहा होगा तथा उसकी सांस्कृतिक पृष्ठभूमि अथवा वैचारिक मान्यता क्या रही होगी तथा दूसरी ओर, व्याख्याता अपनी परिचित धारणाओं को लेखक के अपरिचित परिवेश पर लाद देता है। इस दृष्टिकोण से यदि *हिन्द स्वराज* का अध्ययन किया जाए तो यह स्पष्ट हो जाता है कि इस पुस्तक में गांधी ने एक ओर बीसवीं सदी के पहले दशक में चर्चित 'स्वराज' की विभिन्न धारणाओं की कमियों पर प्रकाश डाला और दूसरी ओर भारतीय परिस्थितियों के अनुकूल एक समाधान खोजने की कोशिश की। इसकी खोज में गांधी ने दोहरा कार्यक्रम प्रस्तुत किया। पहला रचनात्मक कार्यक्रम, जिसके द्वारा नई जीवन-पद्धति एवं नया संगठनात्मक ढाँचा प्राप्त किया जा सके, और दूसरा कांग्रेस के नेतृत्व में राष्ट्रीय आंदोलन, जिसके द्वारा संसदीय स्वराज प्राप्त किया जा सके। भारत की परिस्थितियों के अनुसार एक समाधान की खोज इक्कीसवीं सदी में भी उतना ही प्रासंगिक है जितना यह गांधी के जीवनकाल में था।

यहाँ यह भी संभव है कि अपने विचारों के समर्थन में केवल उन ऐतिहासिक उदाहरणों को चुना जाए जो विचार, विकास, कारण आदि की दृष्टि से अनुकूल प्रतीत होते हों। ऐसे में कई अन्य महत्त्वपूर्ण विचार एवं घटनाएँ उपेक्षित रह जाती हैं। उदाहरण के लिए, सोलहवीं सदी में विचार के 'जन्म' की धारणा महत्त्वपूर्ण रही और

'शक्तियों के पृथक्करण' की धारणा को बहुत मुश्किल से स्वीकार किया गया। अठारहवीं सदी के मध्य में इस विचार को मान्यता मिली। एक विवाद यह भी रहा है कि विचारक के एक विचार का 'उद्गम' कब और कैसे हुआ होगा। यह भी संभव है कि एक ग्रंथ में यदि किसी विचार का उल्लेखनीय मत मिले और वह उस ग्रंथ के समय उतना विकसित न हुआ हो जितना लेखक की अन्य रचनाओं में उभरता प्रतीत हो तो ऐसे में उस विचार का संदर्भ एवं मंतव्य बदल भी सकता है। अतः कुछ बिखरे हुए अथवा किसी अन्य घटना पर आधारित विचारों को लेखक की प्रमुख धारणा नहीं माना जा सकता। संभवतः यही कारण रहा कि लियो स्ट्रास (Leo Strauss) ने मैक्यावलि को व्यक्ति की 'पहली अवज्ञा' (First Disobedience) का आलोचक माना और मैक्यावलि की रचनाओं को अनैतिक एवं अधार्मिक घोषित किया।

टी. एच. ग्रीन की पुस्तक *Lecture on the Principles of Political Obligation* में राज्य एवं नागरिकों के बीच दायित्व के सिद्धांत का एक चित्र उभरता है। दूसरी ओर, गांधी के चिंतन में भी औपनिवेशिक शासन में शासक एवं शासितों तथा जेल अधिकारियों एवं अपराधियों के बीच दायित्व के सिद्धांत का एक दूसरा स्वरूप उभरता है। यहाँ व्याख्याता हॉब्स एवं गांधी की अवधारणाओं में साम्यता या भिन्नता खोजने की कोशिश कर सकता है।[13] लेकिन यहाँ विचारक के विचारों के ऐतिहासिक संदर्भ एवं उसके निहित मंतव्य अप्रासंगिक हो जाते हैं और विचारों का बिल्कुल भिन्न स्वरूप उजागर हो सकता है।

जहाँ तक संभव हो, व्याख्या करते समय यह देखना भी आवश्यक है कि लेखक के विचारों का समसामयिक समाज पर क्या प्रभाव पड़ा है तथा समकालीन समस्याओं की दृष्टि से उन विचारों की क्या प्रासंगिकता है। उत्तर-औपनिवेशिक एवं स्वतंत्रता-प्राप्ति के बाद के काल में गांधी एक ऐसे भारतीय विचारक के रूप में उभरे जिनका भारत में ही नहीं, विश्व के कई क्षेत्रों में प्रभाव देखा जा सकता है। विनोबा भावे के भूदान आंदोलन तथा जयप्रकाश नारायण के 1975 से 1977 के प्रतिरोध-आंदोलन इसके उदाहरण हैं। वैचारिक दृष्टि से भीखू पारेख, आशीष नंदी के साथ-साथ आर. के. नारायण, मुल्कराज आनंद, राजा राव जैसे अनेकानेक विद्वानों के लिए गांधी का *हिन्द स्वराज* विचार, शोध, प्रेरणा और समालोचना का केंद्र रहा है। विश्व स्तर पर भी गांधी के विचारों का प्रभाव काफ़ी व्यापक रहा है। उदाहरण के लिए, लेन्ज़ा डेल वास्तो का 'आर्क समुदाय आंदोलन' (फ्रांस, 1948), मार्टिन लूथर किंग जूनियर का नागरिक अधिकार आंदोलन (संयुक्त राज्य अमरीका, 1960), 1960-70 के दशक के शांति आंदोलन, नेल्सन मंडेला का

रंगभेद-नीति के विरुद्ध आंदोलन, समकालीन हस्ति एवं पर्यावरण आंदोलन गांधी के विचारों से प्रभावित रहे हैं। जॉन बांड्यूरेट, आर्न नेयस, जीन शार्प, फ्रिट्ज शूमेकर आदि गांधी-प्रणीत संघर्ष-निवारण अध्ययनों तथा विकास संबंधी अध्ययनों से जुड़े रहे हैं।

हिन्द स्वराज तुलनात्मक राजनीतिक चिंतन का भी अध्ययन-विषय रहा है। आधुनिक सभ्यता, पश्चिमी राजनीतिक चिंतन तथा मानवीय चिंतन के समन्वय के प्रयासों की दृष्टि से तथा भारतीय परंपराओं को समसामयिक बनाने की दृष्टि से भी यह पुस्तक प्रेरणा एवं शोध का विषय रही है।

स्वतंत्रता, विशेषतः उदारवादी स्वतंत्रता, आत्मशासित स्वराज (self-rule swaraj) पर आधारित स्वशासन (self-government) की उपादेयता; आत्मसंयम एवं आत्मपीड़ा के आधार पर अधिकार प्राप्त करने के साधन के रूप में 'सत्याग्रह', आत्म-अनुभूति और राजनीति के मध्य संबंध, आंतरिक नैतिक सुधार से शुरुआत करके वृहत समाज में सुधार की कोशिश, व्यक्ति के आंतरिक जीवन एवं बाह्य सफलता तथा व्यक्ति एवं राष्ट्र के पुनरुद्धार के बीच तारतम्यता आदि *हिन्द स्वराज* के वर्णित ऐसे विषय हैं जिन्होंने चिंतकों, समीक्षकों एवं आलोचकों को प्रेरित किया है।

ऐतिहासिक संदर्भ

यह भी संभव है कि एक विचारक द्वारा कोई ऐसा तर्क दिया जाए जो किसी पूर्ववर्ती विचारक के विचारों के अनुरूप हो या पूर्णतः विरुद्ध हो। ऐसे में यह निष्कर्ष भी निकाला जा सकता है कि वह अपने पूर्ववर्ती विचारक के विचारों से प्रभावित रहा हो या उसके विरुद्ध रहा हो। जैसे आम तौर पर यह माना जाता है कि एडमंड ब्रुक पर बोलिंगब्रोक का, बोलिंगब्रोक पर लॉक का, लॉक पर हॉब्स का और हॉब्स पर मैक्यावलि का प्रभाव पड़ा। ऐसे में यह भी माना जाता है कि हर विचारक ने अपने पूर्ववर्ती की रचनाओं को पढ़ा होगा, लेकिन ऐसा निष्कर्ष निकालना अपने आप में भ्रांतिपूर्ण हो सकता है।

गांधी की विचारधारा पर ईसा मसीह, ईसाई धर्म एवं ईसाई व्याख्याओं का तथा ब्रिटिश आर्दशवादी विचारक टी. एच. ग्रीन, बहुमतवादी विचारक बेंथम तथा मिल, अल्पमतवादी विचारक जॉन रस्किन तथा हॉब्स-लॉक जैसे अन्य उदारवादी विचारकों का प्रभाव पड़ा। सुकरात, प्लेटो एवं अरस्तु सरीखे यूनानी विचारकों, थोरो लिंकन जैसे अमरीकी विचारकों, रूसी शांतिवादी विचारक लियो टॉलस्टाय, फ्रांसीसी विचारक रूसो आदि के साथ-साथ पश्चिमी राजनीतिक आदर्शों, परंपराओं, व्यवस्थाओं एवं पद्धतियों का गांधी पर प्रभाव देखा जा सकता है। इसी के साथ उपनिषद, *रामचरितमानस*,

भगवद्गीता का कर्मवाद एवं जैन धर्म की अहिंसा संबंधी धारणा और इस्लाम का बंधुत्व गांधी के पूर्व प्रेरणा स्रोतों के रूप में रहे।

जहाँ तक *हिन्द स्वराज* का प्रश्न है, इसके ऐतिहासिक संदर्भ की दृष्टि से कुछ घटनाओं को दृष्टिगत रखना आवश्यक है।[14] उननें से प्रमुख हैं: प्रथम, 1857 के बाद का घटनाक्रम; द्वितीय, नए पेशेवर वर्गों का उदय; तृतीय, बंगाल विभाजन तथा क्रांतिकारी धारणाओं का उदय और अन्य समकालीन घटनाएँ; चतुर्थ, रूस-जापान युद्ध तथा जारशाही के विरुद्ध क्रांतिकारी माहौल; पंचम, दक्षिण अफ्रीका की परिस्थितियाँ और वहाँ गांधी के प्रयोग एवं अनुभव तथा षष्टम, *हिन्द स्वराज* लिखने के लिए तत्कालीन प्रेरणएँ, जिनमें प्रवासी युवा भारतीयों की वह धारणा प्रमुख थी कि अंग्रेज़ों को भारत से निकालने के लिए आधुनिक सभ्यता तथा हिंसा के आधुनिक साधनों को अपनाया जाना चाहिए। यहाँ पर यह ध्यान में रखना प्रासंगिक होगा कि *हिन्द स्वराज* का पूर्ववर्ती भारतीय चिंतन मुख्यतः दो धाराओं से प्रभावित था। पहला, पश्चिम का विचारधारात्मक, बौद्धिक, सांस्कृतिक तथा तकनीकी प्रभाव जिसे भारत के नवोदित सामाजिक वर्गों की स्वीकृति मिल रही थी तथा दूसरा, उन्नीसवीं सदी के सुधार आंदोलनों का प्रभाव जिसने भारतीयों को गहराई से प्रभावित किया था। स्वामी दयानंद के आर्यसमाज, मैडम ब्लावास्की के थियोसोफिकल आंदोलन, स्वामी विवेकानंद के रामकृष्ण मिशन ने भारतवासियों को भारत के गौरव तथा प्राचीन धरोहर की गरिमा और उसकी सांस्कृतिक श्रेष्ठता का भान कराया था। दूसरे शब्दों में, भारतीय जनमानस दो भिन्न सभ्यताओं, विचारधाराओं, जीवन-मूल्यों एवं मानवीय व्यवस्थाओं के बीच ऊहापोह को स्थिति में था। *हिन्द स्वराज* को इसी ऊहापोह का समाधान ढूँढ़ने को एक कोशिश माना जा सकता है।

भाषायी संदर्भ

चिंतन एक ऐसी प्रक्रिया है जिस पर अपने विचारों, अतर्मनन एवं धारणाओं का प्रभाव पड़ता है। यह सर्वकालिक या सार्वभौमिक प्रक्रिया नहीं है। इस पर शब्दों एवं उनके निहितार्थों के साथ व्यक्ति की सोच एवं विवेक सभी का प्रभाव पड़ता है। इसलिए क्विंटन स्किनर एवं टेरेंस बॉल दोनों का यह मत है कि जब किसी कृति का अध्ययन किया जाता है तो शब्दों एवं वाक्यों के अर्थ के साथ यह भी ध्यान में रखना आवश्यक है कि लेखक का अपना मंतव्य क्या था। दूसरे शब्दों में, एक कृति के किसी शब्द (term) का अर्थ समय, परिप्रेक्ष्य एवं भाषा के बदलाव के साथ बदल सकता है। इसलिए यदि किसी शब्द को व्याख्याता अपने दृष्टिकोण से इस्तेमाल करे तो उसका अर्थ बदल सकता है। अधिक संभव है कि लेखक ने इस शब्द का इस्तेमाल

भिन्न अर्थ या संदर्भ में किया हो। उदाहरण के रूप में, इंग्लैंड में 1689 के सहनशीलता अधिनियम (Toleration Act) के समय धार्मिक सहनशीलता चर्च की रक्षा के विरोधियों के प्रति सहनशीलता के रूप में थी, लेकिन जहाँ तक गांधी का प्रश्न है उनकी दृष्टि में 'धार्मिक सहनशीलता', सर्वधर्म सम्भाव के रूप में थी। इसी प्रकार गांधी धर्म को राजनीति से जोड़ने की बात कहते थे। उनका आग्रह था, 'जो लोग यह कहते हैं कि धर्म का राजनीति से कुछ लेना-देना नहीं हैं, वे यह नहीं जानते कि धर्म का अर्थ क्या है।' गांधी के अनुसार धर्म केवल मत, संप्रदाय या पूजा-अर्चना की विधि नहीं है। धर्म से उनका अभिप्राय था, आचार-व्यवहार के सार्वभौमिक नैतिक नियम जिन्हें सभी धर्मों की स्वीकृति प्राप्त हो। यहाँ गांधी राजनीति को सांप्रदायिक नहीं, वरन आध्यात्मिक बनाना चाहते थे और गोपालकृष्ण गोखले की परंपरा के अनुरूप 'राजनीति के आध्यात्मीकरण' के पक्ष में थे।

भाषा की समानता (similarity of terminology) के कारण भी विचारक के किसी एक उद्धरण को उसके सिद्धांत का आधार मान लिया जा सकता है। ऐसे में यह भी संभव है कि संभवतः विचारक जो कहना नहीं चाहता हो, वे विचार उसके ग्रंथ में ढूँढ़ लिए जाएँ। उदाहरण के लिए, *Two Treatises of Government* में जान लॉक के ट्रस्टशिप के संबंध में दो-एक वक्तव्य मिलते हैं और उस आधार पर निष्कर्ष निकाला जा सकता है कि लॉक राजनीतिक ट्रस्ट की धारणा के प्रणेता थे।

इसी प्रकार गांधी जब रामराज का उल्लेख करते थे तो यह अयोध्या के दशरथ-नंदन राम का राज नहीं था। यह रामराज, खुदाई-राज या Kingdom of God on Earth के रूप में था, जिसका लक्ष्य ऐसा जागरूक समाज (enlightened society) का निर्माण करना था, जिसमें हर व्यक्ति का सर्वांगीण विकास संभव हो; असमानता, शोषण, अस्पृश्यता, अभाव, निरक्षरता, बेरोजगारी आदि से मुक्त समाज हो जिसमें बाह्य बंधन एवं नियंत्रण की आवश्यकता न हो और जो स्वतः प्रेरित एवं स्वतः चालित हो। 'अराजकता' के स्थान पर 'सर्वोदय' के लक्ष्य पर आधारित स्वराज गांधी का लक्ष्य था। उल्लेखनीय है कि गांधी का 'स्वराज' केवल मात्र विदेशी शासन से मुक्ति नहीं था, अपितु वह ग्राम स्तर पर एक ऐसी चतुर्मुखी संकल्पना थी, जिसमें हर वयस्क ग्रामीण की राजनीतिक सहभागिता, आर्थिक स्वाबलंबन, सामाजिक समानता तथा नैतिक जागरूकता सुनिश्चित की जा सके। कहने का अभिप्राय यह है कि लेखक द्वारा प्रयुक्त शब्दों एवं भाषावली को व्याख्याता के समय-काल की परिस्थितियों के अनुसार नहीं, वरन लेखक के मंतव्य, दृष्टिकोण और विचारों के संदर्भ में समझा जाना चाहिए। स्किनर ने यह भी स्पष्ट किया है कि कई बार कुछ वक्तव्य भिन्न-भिन्न संदर्भों में अलग-अलग उद्देश्यों के साथ प्रयोग किए जाते हैं।

इन्हें चिंतन का इतिहास नहीं वरन भाषा के प्रयोगों एवं मंतव्यों का इतिहास कहा जाना चाहिए। टेरेंस बॉल के अनुसार एक कृति केवल लेखक का सृजन मात्र नहीं होता है, बल्कि पाठक द्वारा प्राप्त किया गया पाठ्य भी है अर्थात एक कृति का अर्थ (meaning) लेखक एवं पाठक के बीच संवाद की उत्पत्ति होती है। जिस प्रकार मैक्यावलि की रचनाएँ पढ़ी गईं या हीगल के संदर्भ में मार्क्स को पढ़ा गया, उसका पाठकों और व्याख्याताओं पर अपना प्रभाव पड़ा। इसी प्रकार, कई समीक्षकों को लॉक महिला-अधिकारों का सर्मथक एवं पितृ सत्तात्मकता के विरोधी प्रतीत हुए। बॉल की मान्यता है कि एक विचारक के विचार जनता की जागीर होते हैं और अपनी इच्छा, सुविधा या आवश्यकतानुसार उनकी व्याख्या की जा सकती है। उदाहरण के लिए, ग्राम्शी ने मैक्यावलि के *प्रिंस* का विकल्प 'दल' के रूप में ढूँढ़ा और मैक्यावलि के तर्कों का इस्तेमाल बिल्कुल भिन्न एवं आधुनिक संदर्भ में किया। बॉल का मत है कि ग्राम्शी एवं उसके पाठकों को 'राजनीतिक दल' की आधुनिक अवधारणा उपलब्ध थी जो कि मैक्यावलि एवं उसके समकालीन विचारकों को उपलब्ध नहीं थी। यहाँ यह भी ध्यान में रखना आवश्यक है कि श्रोताओं एवं पाठकों की अभिरुचि, अपेक्षाओं, दृष्टिकोण एवं मान्यताओं के अनुरूप विभिन्न तर्कों एवं विचारों को नया रूप दिया जा सकता है। विभिन्न तर्कों, उपमाओं अथवा भाषा के बुद्धिसंगत इस्तेमाल से एक विचार/अवधारणा का स्वरूप एवं संदर्भ पूरी तरह बदला जा सकता है तथा एक ही शब्द को भिन्न रूपों में प्रस्तुत किया जा सकता है। उदाहरण के लिए, लॉक द्वारा प्रयुक्त पैतृक-शक्ति का इस्तेमाल सत्रहवीं सदी के उत्तरार्द्ध में ब्रिटेन में राजकीय-सर्वाधिकारवाद (royal absolutism) के रूप में किया गया।

जहाँ तक गांधी की भाषावली एवं उनके द्वारा प्रयुक्त किए गए शब्दों का प्रश्न है, उन्होंने संभवतः पाठकों एवं श्रोताओं को ध्यान में रखकर भाषा का प्रयोग किया है। इसका प्रभाव यह पड़ा कि जहाँ एक ओर उन्हें 'महात्मा', 'बापू' एवं 'राष्ट्रपिता' का सम्मान मिला, वहाँ कुछ लोगों ने उन्हें मुसलमानों का मित्र एवं तुष्टिकर्ता माना और कुछ लोगों ने उन्हें हिंदू-राष्ट्र एवं हिंदू-राज्य का प्रचारक माना।[15] टेरेंस बॉल की दृष्टि में एक कृति की व्याख्या में चार पहलू निहित हैं:[16]

1) लेखक की हर कृति की व्याख्या होनी आवश्यक है।
2) इन व्याख्याओं की विभिन्न रणनीतियाँ होती हैं।
3) बहुधा ये व्याख्याएँ परस्पर प्रतिस्पर्धी होती हैं।
4) इन व्याख्याओं के लिए समस्या-केंद्रित एवं बहुविध अध्ययन पद्धति अपनाई जानी वांछनीय है।

टेरेंस बॉल के अनुसार विचारक के ग्रंथ की व्याख्या करते हुए निम्नलिखित पाँच बातों को ध्यान में रखना आवश्यक है[17]:

1) ग्रंथ किस 'समस्या' पर केंद्रित है। फिर उस समस्या का अध्ययन करने के लिए ग्रंथगत (Textual), संदर्भगत (Contextual), मार्क्सवादी (Marxist), वास्तविकता-मूलक (Realist) आदि विभिन्न अध्ययन पद्धतियों को समुचित रूप से अपनाया जाना आवश्यक है। अर्थात यहाँ पहला प्रश्न यह उठता है कि विचारक के ग्रंथ की व्याख्या समस्या-प्रधान है अथवा इसमें किसी विशेष अध्ययन पद्धति पर बल दिया गया है। इस दृष्टि से, गांधी के संदर्भ में 'समस्या-केंद्रित' (problem centered) तथा 'बहुविधि अध्ययन पद्धति' (multimethod approach) का सम्मिलित प्रयोग अधिक वांछनीय है।

2) व्याख्या की समस्या ऐतिहासिक, समसामयिक, साहित्यिक, राजनीतिक या किसी भी स्रोत से उभर सकती है। व्याख्याता ऐसे प्रश्न, व्याख्या या उपमा का प्रयोग कर सकता है जिनसे विचारक संभवतः अनभिज्ञ रहा हो। यह आरोप कि प्लेटो या रूसो सर्वाधिकारवादी थे या बेंथम महिला अधिकारों के समर्थक थे अथवा गांधी अराजकतावादी थे, इसी समस्या का प्रतिनिधित्व करता है और पुनर्व्याख्या के लिए प्रेरित करता है।

3) हर कृति को दो संदर्भों में देखा जाना आवश्यक है पहला, उसके सृजन का संदर्भ (अर्थात विचारक का मंतव्य) तथा दूसरा, कृति की पाठकों द्वारा स्वीकृति का संदर्भ।

4) यह ध्यान में रखना आवश्यक है कि पूर्ववर्ती सिद्धांतवादी और परवर्ती व्याख्या का समकालीन समस्याओं पर क्या प्रभाव पड़ा? मैक्यावलि, मार्क्स अथवा गांधी हमारे समकालीन नहीं हैं, किंतु उनके विचारों का आज भी महत्त्व है और वे वर्तमान समस्याओं पर प्रकाश डालते हैं

5) 'बहुलवादी' एवं 'समस्या-केंद्रित' अध्ययन पद्धति राजनीतिक विचारों को समझने में अधिक कारगर साबित होती है।

निष्कर्ष

यह कहा जा सकता है कि यद्यपि नैतिक, सामाजिक और राजनीतिक दर्शन में निरंतरता रहती है तथा कुछ अवधारणाएँ एवं तर्क भी सामान्यतः विद्यमान रहते हैं, तथापि प्रत्येक क्लासिक कृति का अध्ययन केवल इसी निरंतरता के पहलू से किया जाना आवश्यक नहीं है। चिंतक द्वारा 'राज्य', 'न्याय' 'प्रकृति' आदि अवधारणाओं का प्रयोग भिन्न तरीकों, संदर्भ एवं मंतव्यों के परिप्रेक्ष्य में किया जा सकता है।

इसलिए एक विचारक के चिंतन को समझने के लिए उसके विचारों के विभिन्न पहलुओं, भाषा एवं शब्दों के भिन्न-भिन्न प्रयोगों आदि को समझना आवश्यक है। निश्चयतः किसी कृति को समझने के लिए एक ऐसी अध्ययन पद्धति को अपनाया जाना चाहिए जिससे लेखक के मंतव्य को समझा जा सके। कृति की रचना पीछे लेखक का उद्देश्य क्या रहा होगा, किन लोगों के लिए वह लिखी गई होगी, उसमें प्रयुक्त शब्दों तथा उनके भाषायी संदर्भों के बीच क्या संबंध रहे होंगे, इन बातों को समझना भी आवश्यक है। ऐसी सावधानियाँ बरतने के बाद ही अध्ययन में सम्मिलित विभिन्न तथ्यों, उनके सामाजिक संदर्भों तथा भाषायी प्रयोगों को समझा जा सकता है।

वैचारिक-दार्शनिक विश्लेषण तथा ऐतिहासिक प्रमाणों के बीच संबंधों को भी दृष्टिगत रखना आवश्यक है। तदुपरांत ही ऐसे निष्कर्षों पर पहुँचा जा सकता है कि कृति में चिरंतन समस्याओं का कहाँ तक अध्ययन हुआ है और क्या समाधान ढूँढ़ने की कोशिश की गई है? यह भी कि उन समस्याओं का अध्ययन किन संदर्भों में और किस मंतव्य से किया गया है?

कृतियों में कुछ नैतिक मान्यताओं (moral assumptions) और राजनीतिक प्रतिबद्धताओं (political commitments) का उल्लेख मिलता है। आम तौर पर व्याख्याता लेखक के समय की समस्याओं, मान्यताओं एवं सामाजिक परिस्थितियों को अपने समकालीन समाज में खोजना चाहता है। इतिहास में समाधान खोजने की चाहत में अक्सर यह भुला दिया जाता है कि व्याख्याता का समकालीन समाज विचारक के तत्कालीन समाज से भिन्न है, अतः समस्याएँ एवं समस्याओं का समाधान भी भिन्न होना स्वाभाविक है। यहाँ स्किनर[18] हैकर के इस दृष्टिकोण से सहमत नहीं हैं कि राजनीति की केंद्रीय समस्याओं पर समय का प्रभाव नहीं पड़ता। इसलिए स्किनर की दृष्टि में व्याख्याता का 'कृति' के 'तथ्य' एवं 'संदर्भ' के प्रति जागरूक होना आवश्यक है।

टिप्पणी

1 बॉल, टेरेंस, *रीअप्रेज़िंग पॉलिटिकल थ्योरी*, ऑक्सफोर्ड, क्लेरेंडन प्रेस, 1995, पृ. 6-7

2 हार्डिमन, डेविड, *गांधी इन हिज़ टाइम्स एंड अवर्स*, दिल्ली, परमानेंट ब्लैक, 2003, पृ. 67

3 परेल, एंथनी जे. (सं.), *एम. के. गांधीः हिन्द स्वराज एंड अदर राइटिंग्स*, कैम्ब्रिज, कैम्ब्रिज यूनिवर्सिटी प्रेस, 1997, पृ. xiv-xvii

4 हार्डिमन, डेविड, उपर्युक्त, पृ. 66-67

5 वहीं, पृ. xvii

6 पारेख, भीखू, *गांधी*, ऑक्सफोर्ड, ऑक्सफोर्ड यूनिवर्सिटी प्रेस, 1997, पृ. 7-8

7 स्कीनर, क्विंटन, *विज़न ऑफ पॉलिटिक्स*, जिल्द 1: *रिगार्डिंग मेथड*, कैम्ब्रिज, कैम्ब्रिज यूनिवर्सिटी प्रेस, 2002, पृ. 67-72

8 गांधी, एम. के., *हिन्द स्वराज*, अहमदाबाद नवजीवन, 1959, पृ. 23-24

9 *कलेक्टेड वर्क्स ऑफ महात्मा गांधी*, नई दिल्ली, प्रकाशन विभाग, सूचना एवं प्रसारण मंत्रालय, भारत सरकार, जिल्द xxvi, पृ. 260

10 वहीं, जिल्द lxxxvii, पृ. 129

11 शुमेकर, ई. एफ., *स्माल इज़ ब्यूटीफुलः ए स्टडी ऑफ इकॉनामिक्स ऐज इफ पीपुल मैटर्ड*, लंदन, अनाकुओ, 1975, पृ. 46 एवं 157-58

12 स्कीनर, क्विंटन, उपर्युक्त, पृ. 31

13 रतन, राम, *गांधीज थॉट एंड एक्शन*, दिल्ली, कलिंग पब्लिकेशन, 1991, पृ. 69-70

14 देवदत्त, 'हिन्द स्वराजः कान्टेक्स्ट एंड टेकस्ट', देखें नागेश्वर प्रसाद (सं.), *हिन्द स्वराजः ए फ्रेश लुक*, दिल्ली, गांधी पीस फाउंडेशन, 1995, पृ. 3

15 त्यागी, रुचि, *सेक्यूलरिज़्म इन मल्टी रीलिजियस इंडियन सोसायटी*, दिल्ली, दीप एंड दीप पब्लिकेशन, 2001, पृ. 125

16 बॉल, टेरेंस, उपर्युक्त, पृ. 5

17 वहीं, पृ. 31-32

18 स्किनर, क्विंटन, उपर्युक्त, पृ. 39

2

टेरेंस बॉल के व्याख्या सिद्धांत

पंकजा घई

किसी शास्त्रीय ग्रंथ की रचना का संदर्भ समझने के लिए उस ग्रंथ पर लिखी गई टीकाएँ, व्याख्याएँ उतनी ही महत्त्वपूर्ण होती हैं जितनी उस शास्त्रीय ग्रंथ की रचना के समय की परिस्थितियाँ। ये व्याख्याएँ ग्रंथ के लेखक के उद्देश्यों, उसकी अवधारणाओं तथा तत्संबंधी परिणामों को समझने में सहायक सिद्ध होती हैं। यह सिद्धांत *हिन्द स्वराज* पर भी पूरी तरह लागू होता है। गांधी की रचना *हिन्द स्वराज* पर कई विद्वानों ने विभिन्न व्याख्याएँ लिखी हैं। गांधी के विचारों को पूरी तरह से समझने के लिए इन व्याख्याओं का अध्ययन बहुत ज़रूरी है।

व्याख्याओं के महत्त्व को जानकर ही टेरेंस बॉल ने *Reappraising Political Theory* के पुनर्मूल्यांकन की भूमिका में व्याख्या के सिद्धांत स्पष्ट किए हैं। यद्यपि टेरेंस बॉल राजनीतिशास्त्र के संदर्भ में व्याख्या या भाष्य की चर्चा करते हैं, परंतु यहाँ हम व्याख्या का विवेचन शास्त्रीय ग्रंथों के संदर्भ में ही समझेंगे।

टेरेंस बॉल प्रश्न के माध्यम से व्याख्या के आधार को स्पष्ट करते हैं। उनके अनुसार कुछ लोग शास्त्रीय ग्रंथों पर बार-बार लिखी जाने वाली व्याख्याओं के औचित्य अथवा आवश्यकता पर प्रश्नचिह्न लगाते हैं। इन लोगों का विचार है कि राजनीतिशास्त्र अथवा शास्त्रीय ग्रंथों के विशेषज्ञ प्राचीन महान विचारकों के विषय में सतत रूप से लिख रहे हैं। जो कुछ अब कहा जा रहा है क्या वह सब पहले ही नहीं कह दिया गया? रूसो, मिल अथवा मार्क्स या किसी अन्य के विषय में किसी

ने आखिरी बार क्यों नहीं लिखा। अथवा जो मौलिक रचना है क्या वह इतनी अस्पष्ट है कि उसे समझा न जा सके। अथवा केवल अपने पद सुरक्षित रखने अथवा पदोन्नति लेने के लिए लोग लेखों और पुस्तकों की संख्या बढ़ा रहे हैं? मौलिक रचना को सीधे पढ़ने और लेखक के उद्देश्यों को जानने के बजाए लोग एक से दूसरी व्याख्या की ओर उन्मुख क्यों होते हैं।

इन प्रश्नों का उत्तर देते हुए टेरेंस बॉल मानते हैं कि हममें से कई लोग प्लेटो, मैक्यावलि अथवा मार्क्स को नहीं समझ पाए हैं। उनका मानना है कि शास्त्रीय ग्रंथों के विषय में विचार-विमर्श चलता रहना चाहिए ताकि नई पीढ़ी उन ग्रंथों को नए ढंग से पढ़े और अपनी वर्तमान परिस्थितियों के आधार पर उन्हें समझे। इसी बात को आगे बढ़ाते हुए यह कहा गया है कि यह व्याख्याकार कुछ ऐसे महत्त्वपूर्ण पक्षों का समावेश करते हैं जिनके आधार पर हम शास्त्रीय ग्रंथों को पढ़कर, विश्लेषण करके और आलोचनात्मक अध्ययन करके उन्हें नया बनाते हैं

वैज्ञानिक विचारधारा वाले राजनीतिशास्त्र के विद्वानों का कहना है कि चिरकाल से विचारकों के प्रति आराधना-उपासना राजनीतिशास्त्र के वास्तविक सिद्धांतों के विकास में बाधास्वरूप है। ये विद्वान ग्रंथों के ऐतिहासिक अध्ययन और उनकी व्याख्या को महत्त्व नहीं देते अपितु अर्थव्यवस्था, न्याय, राजनीतिक प्रतिभागिता आदि विषयों के अध्ययन को अधिक महत्त्व देते हैं।

दूसरी आलोचना बहुसंस्कृतिवाद के पक्षधरों की है जो कहते हैं कि प्राचीन शास्त्रीय ग्रंथों का दास बनकर नहीं रहना चाहिए क्योंकि ये ग्रंथ किसी खास वर्ग का संरक्षण और समर्थन करते हैं और अन्य को नजरअंदाज कर हाशिए पर रखते हैं। टेरेंस बॉल इन सब मतों को ध्यान में रखकर शास्त्रीय ग्रंथों की व्याख्याओं का विवेचन करते हैं:

1) वे इस बात का समर्थन करते हैं कि व्याख्या अथवा भाष्य अपरिहार्य और आवश्यक है।

2) उनका विचार है कि व्याख्या की विभिन्न पद्धतियाँ विकसित हो रही हैं और एक दूसरे के लिए चुनौती बन रही हैं।

3) ये पद्धतियाँ परस्पर संबद्ध और अनुरूप हैं।

व्याख्या की अनिवार्यता

टेरेंस बॉल का मत है कि व्याख्या से जुड़ा विवाद उतना ही पुराना है जितनी कि मानव-जाति। उनका मानना है कि अलिखित ही सही परन्तु जिन्हें सबसे पुराना माना जाता है उन शास्त्रीय ग्रंथों की व्याख्या होती रही है। कहानी कहने वालों ने कहानियों

को पुनः पुनः सुनाया है और उन कहानियों की पीढ़ी-दर-पीढ़ी व्याख्या, पुनर्व्याख्या होती रही है। लेखन का प्रारंभ होने के साथ ही व्याख्या से जुड़ी नई समस्याएँ सामने आईं और व्याख्याकारों, भाष्यकारों और आलोचकों के सामने इन समस्याओं का एक लिखित 'रिकार्ड' आया। इस विषय में अरस्तु की *Poetic* इस पीढ़ी का सबसे प्रसिद्ध उदाहरण है। उस काल में वैधानिक और धार्मिक शास्त्रीय ग्रंथों की व्याख्या करना एक प्रकार का अपराध था। इन्हीं समस्याओं के मद्देनज़र और व्याख्या-विषयक प्रश्नों पर आधारित होकर 'भाष्यशास्त्र' अथवा 'व्याख्याशास्त्र' (Hermeneutics) का निर्माण हुआ।

प्रश्न उठता है कि शास्त्रीय ग्रंथों का अध्ययन और उनकी व्याख्या की आवश्यकता क्या है? व्याख्या की आवश्यकता का सर्वप्रमुख कारण है: अपने आधारभूत मूल्यों की ओर वापसी; शास्त्रीय ग्रंथों की ओर, लेखकों की ओर तथा लेखकों के आशय को समझने की ओर वापसी। व्याख्याओं और भाष्यों का विधि, साहित्य और धर्म आदि क्षेत्रों से सतत विरोध होता रहा है। विरोध करने वाले रूढ़िवादियों का मानना है कि व्याख्याएँ मूलग्रंथ अथवा लेखक के वास्तविक अर्थ को विकृत बना देती हैं। मार्टिन लूथर किंग इस विषय में अपना स्पष्ट मत देते हैं कि 'व्याख्याएँ' पवित्र ग्रंथों का कूड़ा-कचरा हैं, अतः व्याख्या या भाष्य से रहित अदूषित, अविकृत ग्रंथों के अध्ययन का मार्ग अपनाना चाहिए। *न्यू टेस्टामेंट* के अनुवाद की प्रस्तावना में वे टिप्पणी करते हैं कि उनकी अपनी प्रस्तावना आवश्यक है क्योंकि इससे पूर्व की व्याख्याओं का 'गॉस्पल' के साथ कोई मेल नहीं है और इन व्याख्याओं ने ईसाई लोगों की समझ को विकृत बना दिया है।

वस्तुतः लूथर का व्याख्या संबंधी विचार अपने-आप में व्याख्यात्मक बन गया है, क्योंकि यह प्रचलित व्याख्यात्मक पद्धतियों के विरोध में एक अन्य व्याख्यात्मक पद्धति का समर्थन करता है।

इस प्रकार के 'व्याख्या विरोध' को टेरेंस बॉल बेतुका मानते हैं और स्पष्ट रूप से कहते हैं कि व्याख्या तो अपरिहार्य है। व्याख्या देना है अथवा नहीं देना है, ऐसा कोई विकल्प नहीं है अपितु यह एक आवश्यकता है। भाषा का प्रयोग करने वाली और अर्थ को समझने का प्रयास करने वाली मानव-जाति के लिए व्याख्या अपरिहार्य है।

अपने मत की पुष्टि के लिए टेरेंस बॉल हाइडेगर और गेडेमर के मतों का उल्लेख करते हैं। हाइडेगर स्पष्ट रूप से लिखते हैं कि व्याख्या मनुष्य के लिए एक सत्तामूलक वैचारिक रूप है। गेडेमर ने भी रेखांकित किया है कि भाष्यशास्त्र अथवा व्याख्याशास्त्र व्याख्या करने की कला और अभ्यास पद्धति का विषय नहीं अपितु सत्तामूलक आवश्यकता का विषय है। उनके अनुसार विरासत में मिली सांसारिक एवं पुस्तक

ज्ञान मौलिक ज्ञान नहीं है, बल्कि ये पहले से ही व्याख्यायित हैं। गेडेमर स्वयं अपने दृष्टिकोण को परिवर्तनीय मानते हैं। उनका कहना है कि 'यह दृष्टिकोण ऐतिहासिक रूप से स्थापित किया गया है और इसमें किसी भी प्रकार का परिवर्तन किया जा सकता है तथा इसकी आलोचना की जा सकती है।' वस्तुतः गेडेमर के भाष्य (व्याख्याशास्त्र) का केंद्रीय अभिप्राय यह है कि यद्यपि हम निश्चित रूप से किसी ग्रंथ की समझ या उसकी व्याख्या अपनी पूर्वधारणाओं से प्रारंभ करते है तथापि उस प्रारंभ का अंत हम इन पूर्वधारणाओं को अपरिवर्तित रखकर ही करें, यह आवश्यक नहीं है।

टेरेंस बॉल ने व्याख्या को एक कला माना है जो कि मानव जीवन-कला का एक अभिन्न अंग है। उनके अनुसार यह कला आवश्यकता है विलासिता नहीं, अतः व्याख्या के बिना आगे नहीं बढ़ा जा सकता।

हम सामान्य जीवन में भी प्रतिदिन के कार्यों, व्यवसायों तथा अन्य लोगों के कथनों की व्याख्या करते हैं और उन्हीं व्याख्याओं के आधार पर अपना ज्ञान या समझ निर्धारित करते हैं। इस संदर्भ में टेरेंस बॉल एक घटना प्रस्तुत करते हैं कि कल्पना कीजिए कि मैं एक बड़े-से व्यक्ति को अपनी ओर आते हुए देखता हूँ। उसके हाथ में चाकू है और कपड़े खून से सने हुए हैं। मेरी प्रतिक्रिया इस बात पर निर्भर करती है कि मैंने जो कुछ देखा है, उनकी मैं क्या व्याख्या करता हूँ। इस व्याख्यात्मक संदर्भ पर एक दृष्टि डालने पर कि यह एक मांस का बाज़ार है और मेरी ओर आने वाला व्यक्ति कसाई है और मैं एक ग्राहक हूँ, इस सारे ज्ञान से मैं सही व्याख्या तक पहुँचता हूँ और आतंकित होने के बजाए मैं शांतिपूर्वक अपना पूर्व निर्धारित कार्य करूँगा।

टेरेंस बॉल के अनुसार विषय इससे कहीं अधिक कठिन है। सामान्य रूप से जीवन में अथवा शास्त्रीय ग्रंथ के अध्ययन के समय हम एक अपरिचित वातावरण में होते हैं। उन अपरिचित विचारों, वार्तों, परंपराओं तथा कार्यों को अच्छी प्रकार से समझने के लिए व्याख्या और व्याख्या के स्तर के अनुवाद की आवश्यकता होती है।

इसी प्रसंग में टेरेंस बॉल अच्छी व्याख्या की अपेक्षा करते हैं। चूँकि सही ज्ञान का आधार व्याख्या होती है, अतः व्याख्या का स्तर भी उत्तम होना ज़रूरी है। बॉल के अनुसार अच्छी व्याख्या वह व्याख्या है जो दृष्टि के अपरिचय को समाप्त कर उसे अधिक परिचित बना दे।

व्याख्या का आधार

किसी ग्रंथ की व्याख्या का एक निश्चित आधार होता है। एक व्याख्या की दूसरी व्याख्या से जो भिन्नता होती है वह उसके भिन्न आधार के कारण होती है। टेरेंस

बॉल का मानना है कि सभी व्याख्याएँ अपनी-अपनी समझ, दृष्टिकोण या पूर्वधारणा और विचारधारा से बनती हैं। इसके साथ ही हर व्याख्या में रुचि अथवा इच्छा अंतर्निहित होती है। रुचि अथवा इच्छा का अभिप्राय पुस्तक/ग्रंथ के लेखक में रुचि होना नहीं है। वस्तुतः यह एक दृष्टिकोण होता है जिससे खोज प्रारंभ होती है और व्याख्या की प्रक्रिया प्रारंभ होती है। ये रुचियाँ विभिन्न प्रकार की होती हैं: किसी की रुचि समसामयिक, तार्किक या दार्शनिक हो सकती है।

निश्चित रूप से एक रुचि अन्य रुचियों का निराकरण नहीं करती। ये अभिरुचियाँ संभावित समस्याओं एवं प्रश्नों के लिए उपयुक्त पद्धति का निर्देश भी देती हैं। टेरेंस बॉल के अनुसार संक्षेप में कहें तो सभी व्याख्याएँ अभिरुचियों पर आश्रित हैं। चूँकि ये व्याख्याएँ निश्चित अभिरुचियों पर आधारित होती हैं, अतः उनका तटस्थ अथवा सिद्धांतरहित होना संभव नहीं है। हर व्याख्या में एक परिशीलन मूल्यांकन अंतर्निहित होता है और पुनर्व्याख्या में पुनःपरिशीलन।

व्याख्या पद्धतियाँ

किसी विचारक के शास्त्रीय ग्रंथों की व्याख्या करते हुए विविध प्रकार की पद्धतियों का प्रयोग किया जाता है। वैधानिक, साहित्यिक, धार्मिक ग्रंथों की विविधता के आधार पर उनकी व्याख्या पद्धतियाँ भी भिन्न होती हैं। टेरेंस बॉल के अनुसार व्याख्या करने के विभिन्न आधुनिक सिद्धांतों को उनमें अंतर्निहित बहुत-से दोष और कमियाँ उन्हें एक दूसरे से पृथक करती हैं। उनके अनुसार किसी ग्रंथ की व्याख्या करते हुए निम्न बातों का मुख्य रूप से ध्यान रखना आवश्यक है:

1) शास्त्रीय ग्रंथ किस समस्या पर केंद्रित है? उस समस्या का अध्ययन करने के लिए विभिन्न विचारधाराओं पर आधारित व्याख्या पद्धति को अपनाया जाता है।

2) किसी ग्रंथ को साहित्यिक, राजनीतिक एवं समसामयिक दृष्टि से समझकर उसकी व्याख्या करना ही उचित है।

3) ग्रंथ की व्याख्या करते समय लेखक के उद्देश्य को समझना आवश्यक है।

4) व्याख्या करते समय यह ध्यान रखना अपेक्षित है कि लेखक के विचारों की समाज में क्या प्रासंगिकता है।

5) बहुविध व्याख्या पद्धति का प्रयोग अधिक महत्त्वपूर्ण है।

टेरेंस बॉल के अनुसार 'लेखक का उद्देश्य' से संबंधित प्रश्न सर्वाधिक चिंतनीय है। इस विषय पर भी विवाद दिखाई देता है कि लेखक के उद्देश्य के आधार पर अर्थ निर्धारित करना उचित है या नहीं। वैधानिक, साहित्यिक और अन्य प्रकार की व्याख्याओं से संबंधित विवादास्पद प्रश्नों में से कुछ इस प्रकार हैं—क्या हम किसी

ग्रंथ के लेखक के आशय अथवा उद्देश्य को पहचान या जान सकते हैं? यदि हम जान सकते हैं तो क्या हमें ऐसा करना चाहिए? यदि आँका जाए तो लेखक के उद्देश्य को किस सीमा तक आँका जाए? यदि हम यह समझ जाएँ कि लेखक अपनी पुस्तक में क्या कहना चाहता है तो उससे क्या हम उस पुस्तक अथवा उसके एक अंश का अर्थ समझ लेते हैं? अथवा क्या पुस्तक के अंतर्गत ही अर्थ प्राप्त किया जाना चाहिए? क्विंटन स्कीनर तथा कैम्ब्रिज के नए इतिहासकार इस पद्धति को आवश्यक मानते हैं। कुछ अमेरिकी न्यायविद् और संविधान के विद्वान यह दावा करते हैं कि संविधान निर्माताओं के मौलिक उद्देश्य की खोज ही 'अर्थ' के विषय को स्थापित करती है। यहाँ टेरेंस बॉल का मानना है कि यद्यपि 'मौलिक उद्देश्य' के प्रवर्तक वैधानिक अथवा संवैधानिक व्याख्या के विषय में गलत हैं तथापि वे 'लेखक का उद्देश्य' को महत्त्वपूर्ण मानने वाले नए इतिहासकारों का समर्थन करते हैं।

टेरेंस बॉल ने स्कीनर और अन्य इतिहासकारों के विरुद्ध सतत होने वाली आलोचना का भी उल्लेख किया है। इस पद्धति के आलोचकों का मत है कि लेखकीय उद्देश्य की प्राप्ति अथवा जानकारी अनावश्यक या अप्रासंगिक है। ये आलोचक दावा करते हैं कि स्कीनर का मत कि 'राजनीतिक लेखन (यहाँ राजनीतिक लेखन का अभिप्राय 'ग्रंथ लेखन' ही लिया जाना अपेक्षित है) अन्य क्रियाओं की तरह क्रिया का ही एक रूप है', को स्वीकार कर भी लिया जाए तो अन्य मानवीय क्रियाओं की तरह यह क्रिया भी अनैच्छिक और अप्रत्याशित परिणाम उत्पन्न करने वाली होती है। अतः इन अप्रत्याशित परिणामों के कारण सही व्याख्या का होना संशयात्मक रहता है। टेरेंस बॉल इस आलोचना का निराकरण करते हुए कहते हैं कि यद्यपि यह सही है कि लेखन कार्य सहित सभी क्रियाएँ अक्सर अप्रत्याशित परिणामों को उत्पन्न करती हैं तथापि यह निष्कर्ष नहीं निकाला जा सकता कि उद्देश्य अप्रासंगिक या महत्त्वहीन है। अप्रत्याशित परिणामों के विषय में उनका कहना है कि 'अमुक परिणाम अप्रत्याशित है' इस दावे को तार्किक रूप से वैधता तब तक असंभव है जब तक दावा करने वाला व्यक्ति यह बताने में समर्थ न हो कि लेखक क्या कहना चाहता है; दूसरे वह रेखांकित करे कि अमुक परिणाम उस विषय से भिन्न है जिसको प्रस्तुत करने का लेखक का उद्देश्य या आशय रहा है। अन्य शब्दों में, किसी परिणाम को 'अप्रत्याशित परिणाम' के रूप में स्थापित करने के लिए लेखक के वास्तविक उद्देश्य को अच्छी तरह से पहचानना और समझना आवश्यक है।

शास्त्रीय ग्रंथ की व्याख्या हेतु एक अन्य पद्धति का निरूपण करते हुए टेरेंस बॉल ने स्पष्ट किया है कि ग्रंथ के एक शब्द, एक कथन और यहाँ तक कि पूरे ग्रंथ से

लेखक क्या कहना चाहता है या वे शब्द आदि उस लेखक के लिए और उन्हें पढ़ने वालों के लिए क्या मायने रखते हैं, यह जान लेने से निश्चित रूप से ग्रंथ की ऐतिहासिकता की जानकारी में सहायता मिलती है। परंतु उस ग्रंथ को पश्चातवर्ती पाठकों-लेखकों ने किस रूप में ग्रहण किया है या किस प्रकार उसकी व्याख्या की है, यह जानने के लिए 'लेखक का उद्देश्य' वाली पद्धति अपर्याप्त है। टेरेंस बॉल के अनुसार एक ग्रंथ लेखक द्वारा लिखा गया एक शिल्प मात्र शिल्प नहीं होता अपितु पाठक द्वारा ग्रहण किया गया संप्रेषण होता है। यह संप्रेषण लेखक एवं पाठक दोनों के बीच बातचीत के रूप में होना चाहिए। इस विषय को अधिक इतिवृत्तात्मक ढंग से प्रस्तुत करने के लिए टेरेंस बॉल ने एलेन रयान (Alan Ryan) को उद्धृत किया है। रयान का कहना है कि इस प्रकार के अध्ययन में हम दो विपरीत दिशाओं में फँसे होते हैं। एक ओर हम यह जानना चाहते हैं कि लेखक की समझ कितनी है और वह क्या कहना चाहता या चाहती है, दूसरी ओर हमें उसे स्वीकार भी करना पड़ता है।

जिस ग्रंथ में हमारी रुचि है वह जब एक बार सार्वजनिक रूप से जनसामान्य की पहुँच में आ जाता है तो वह अपने अस्तित्व का निर्धारण स्वयं करता है। किसी भी प्रकार का कॉपीराइट हो, लेखक का अपनी रचना पर एक सीमित नियंत्रण होता है। वह जो कुछ लिखता है, उसके जो निहितार्थ होंगे उन्हें वह स्वयं भी नहीं जानता। उदाहरणतः 1520 से 1980 के दौरान मैक्यावलि, हीगल तथा मार्क्स की मुख्य रचनाएँ किस प्रकार पढ़ी गई हैं, यह उल्लेखनीय है। वस्तुतः लेखक जो लिखता है, उसके निहितार्थ पूर्णतया अप्रत्याशित होते हैं। लेखक के विचारों का प्रयोग उन उद्देश्यों की विवेचना में भी होने लगता है जिन उद्देश्यों की चर्चा उस लेखक ने कभी नहीं की अथवा जिन उद्देश्यों की स्वयं उसने कल्पना नहीं की थी। इसे स्पष्ट करने के लिए टेरेंस बॉल ने एक दृष्टांत प्रस्तुत किया है: 'कल्पना कीजिए कि मैं एक रात देर से घर लौटता हूँ। लाइट जलाता हूँ और बहुत-सी बातें हो जाती हैं। लाइट जलती है जैसा कि मेरा उद्देश्य था, परंतु लाइट जलने से बिल्ली भी जाग जाती है, साथ वाले कमरे में छुपा चोर भी सचेत हो जाता है। पड़ोसी परेशान होता है, बिजली का मीटर घूमने लगता है और मेरा बिजली का बिल बढ़ जाता है। स्विच दबाना मेरी मूल क्रिया है। लाइट का जलना सोद्देश्य वर्णन के अंतर्गत आता है। बिल्ली को जगाना अथवा चोर को डराना मेरा उद्देश्य नहीं था क्योंकि मैं यह नहीं जानता था कि बिल्ली सो रही है अथवा साथ के कमरे में चोर छुपा हुआ है। फिर भी मैंने यह सब किया। उद्देश्य न होने पर भी यह सब मेरी एक उद्देश्यपूर्वक की गई क्रिया से हुआ।'

टेरेंस बॉल के अनुसार ग्रंथ का लेखन कार्य स्विच दबाने जैसा ही है। ऐसा हो सकता है कि मूलभूत विचार और जिस भाषा नियमों में वे विचार लिखे गए, दोनों ही बाद के लेखकों द्वारा ग़लत समझ लिए गए हों अथवा उनकी उपेक्षा कर दी गई हो। अतः ग्रंथ की व्याख्या करते समय यह ध्यान रखना अत्यंत आवश्यक है कि उस ग्रंथ का समाज पर क्या प्रभाव पड़ा है अथवा उस ग्रंथ का क्या अर्थ निर्धारित किया गया है।

अर्थ और संदर्भ

टेरेंस बॉल यह सिद्धांत देते हैं कि किसी भी शास्त्रीय ग्रंथ के बौद्धिक, राजनीतिक और भाषा वैज्ञानिक संदर्भों का महत्त्व है, और इसे सभी स्वीकार करते हैं। ये संदर्भ विभिन्न प्रकार के और परस्पर भिन्न होते हैं। केवल ग्रंथ के संदर्भों में ही नहीं अपितु उन संदर्भों के उप-संदर्भों में भी भिन्नता दिखाई देती है। ये वही संदर्भ हैं जिनके अंतर्गत शास्त्रीय ग्रंथ ग्रहण किए जाते हैं, पढ़े जाते हैं, उनकी व्याख्या और फिर आलोचना होती है। वे पुनः पढ़े जाते हैं और उनकी पुनर्व्याख्या होती है।

इन्हें ही हम किसी ग्रंथ की रचना का संदर्भ, प्रसंग या परिस्थितियाँ कह सकते हैं, जैसे कि लेखकीय उद्देश्य। यद्यपि यह महत्त्वपूर्ण है तथापि सभी विषयों में यह उतनी महत्त्वपूर्ण नहीं होती। उदाहरण के लिए, हम जॉन लॉक के उद्देश्य में उतनी रुचि नहीं रखते जितनी उसकी व्याख्याकारों में, जिन्होंने लॉक के ग्रंथ की व्याख्या की है।

इसी प्रकार कभी-कभी हमारा झुकाव लेखक, ग्रंथ अथवा उसके संदर्भों की ओर उतना नहीं होता जितना उन्हें समझने के क्रम में आने वाली समस्याओं की ओर होता है।

3

क्विंटन स्किनर की व्याख्या पद्धति

सीमा दास

द फाउंडेशन ऑफ मॉर्डन पॉलिटिकल थॉट (1978) के लेखक क्विंटन स्किनर ने 1960 तथा 1970 के दशकों में पुरातन विधि द्वारा राजनीति के इतिहास के अध्ययन की कमियाँ उजागर करते हुए विद्वानों के बीच व्याख्या की पद्धति में पुनः रुचि पैदा की। इस दिशा में स्किनर जिन विद्वानों से प्रभावित हुए उनमें जॉन पॉकोक, जॉन डुन, लुडविग विटगेन्सटाइन, जे. एल. ऑस्टिन, जॉन आर. सर्ल और एच. पी. ग्राइस के नाम प्रमुख हैं। 1978 में 37 वर्ष की उम्र में वे कैम्ब्रिज विश्वविद्यालय में राजनीतिशास्त्र के प्रोफेसर चुने गए। उनकी रुचि व्याख्या पद्धति में जागृत हुई क्योंकि वे प्रचलित उदारवादी तथा मार्क्सवादी व्याख्या पद्धति से असंतुष्ट थे। 1969 में उन्होंने लिखा कि प्रचलित ग्रांथिक (textual) एवं सांदर्भिक (contextual) तरीके अपर्याप्त हैं और एक नए सांदर्भिक तथा ऐतिहासिक तरीके से एक अधिक संवेदनशील व्याख्या पद्धति की आवश्यकता है।

मीनिंग एंड अंडरस्टेडिंग इन द हिस्ट्री ऑफ आइडियाज़

'मीनिंग एंड अन्डरस्टेडिंग इन द हिस्ट्री ऑफ आइडियाज़' लेख में क्विंटन स्किनर ने व्याख्या के विभिन्न उपागमों (approaches) की कमियों का व्यवस्थित रूप से विवेचन किया है। इस लेख को उन्होंने मुख्यतः दो भागों में बाँटा हैः प्रथम भाग में, उन्होंने विचारों के इतिहास के शिक्षण विषय (discipline) की आलोचना की है और

दूसरे भाग में, स्किनर अपना उपागम बताते हैं। उनके अनुसार, किसी भी ग्रंथ को समझने के लिए यह समझना ज़रूरी है कि ग्रंथ एक भाषिक कार्य की समष्टि (complex) है। इसलिए यह जानना ज़रूरी है कि लेखक इसे लिखते हुए क्या कर रहा है। ग्रंथ के बिंदु या विषय को 'परंपरा उत्प्रेरिक भाष्कि संदर्भ' (convention governed linguistic contex) में डालकर समझना चाहिए।

'मीनिंग एंड अन्डरस्टेडिंग इन द हिस्ट्री ऑफ आइडियाज' लेख में स्किनर ग्रांथिक व्याख्या विधि की पूर्वधारणा (assumptions) पर प्रश्नचिह्न लगाते हैं। उनके अनुसार, इसके अंतर्गत विचारों के इतिहासकार का कार्य क्लासिक ग्रंथ का अध्ययन करना तथा विवेचन करना (interpret) करना है। इस प्रकार का इतिहास लिखना इसलिए महत्त्वपूर्ण हो जाता है क्योंकि क्लासिक ग्रंथ में लिखित नैतिक, राजनीतिक, धार्मिक तथा अन्य विचार 'सार्वजनिक विचार' के रूप में 'समयातीत विद्वता' (dateless wisdom) लिए हुए हैं। अतः हम इन 'समयातीत तत्त्वों' (timeless elements) का अन्वेषण कर इन्हें समझने तथा जानने से लाभान्वित हो सकते हैं। अर्थात इन ग्रंथों को अच्छी तरह समझने के लिए यह समझना ज़रूरी है कि इनमें मूलभूत संकल्पना (concepts) के विषय में तथा नैतिकता, राजनीति, धर्म एवं सामाजिक जीवन के विषय में क्या कहा गया है। दूसरे शब्दों में, ग्रांथिक विधि में हमसे यह अपेक्षा की जाती है कि हम इन क्लासिक ग्रंथों को इस प्रकार पढ़ें जिससे यह लगे कि वे समकालिक (contemporary) लेखकों द्वारा लिखे गए हैं। यदि हम उनकी सामाजिक परिस्थितियाँ या बौद्धिक संदर्भ का परीक्षण करने लगेंगे तो हम उन क्लासिक ग्रंथ के सर्वकालिक विवेक (dateless wisdom) को भूल जाएँगे तथा उनका पढ़ा जाना निरर्थक हो जाएगा

क्विंटन स्किनर इन सारी पूर्वधारणाओं पर प्रश्नचिह्न लगाते हुए कहते हैं कि यदि संभव हो तो इन्हें अस्वीकार कर देना चाहिए। वे कहते हैं कि साहित्य की किताब हो अथवा दर्शन की मुख्य प्रश्न एक ही है—किताब को समझने तथा व्याख्या करने की सही विधि क्या होनी चाहिए? दो तरह की विधियाँ प्रचलित हैं: पहली विधि के अनुसार किताब की राजनीतिक, धार्मिक तथा आर्थिक परिप्रेक्ष्य उसका अर्थ निर्धारित करता है तथा उसके समझने का प्रारूप प्रदान करता है; दूसरी विधि किताब की स्वायत्तता को उसे समझने के लिए आवश्यक मानती है। क्विंटन स्किनर दोनों विधियों को ग्रंथ (text) को समझने के लिए अपर्याप्त मानते हैं।

सबसे पहले क्विंटन स्किनर उस विधि की कमियों को उजागर करते हैं जो यह दावा करती है कि ग्रंथ शोध का स्वपर्याप्त विषय है। इनमें अध्ययन का विषय महान ग्रंथों में 'सर्वकालिक प्रश्न एवं उत्तर' खोजना तथा उनकी प्रासंगिकता का पता लगाना

बन जाता है। क्विंटन स्किनर 'प्रतिमान की प्राथमिकता' के खतरे नैतिक, राजनीतिक, धार्मिक एवं अन्य विचारों के इतिहास के संदर्भ में बनाते हैं। वे कहते हैं कि इस प्रकार का अध्ययन ऐतिहासिक निरर्थकता पैदा करता है और फलतः हम जो पढ़ते हैं वह विचारों का इतिहास न बनकर विचारों की भ्रांति बन जाता है। अतः जिस प्रकार व्याख्याकार क्लासिक ग्रंथ की व्याख्या करते आए हैं उसमें हम ऐतिहासिक निरर्थकता पाते हैं। फलतः हमें कई प्रकार की भ्रांतियाँ देखने को मिलती हैं।

सबसे अधिक भ्रांति तब पैदा होती है जब विचारों के इतिहासकार (टीकाकार) क्लासिक लेखकों से यह अपेक्षा करता है कि वे विषय विशेष पर कोई न कोई सिद्धांत (doctrine) प्रतिपादित करेंगे। फलतः 'सिद्धांतों की भ्रांति' पैदा होती है। पहली भ्रांति तब पैदा होती है जब क्लासिक लेखक द्वारा यत्र-तत्र लिखी गई संयोगगत टिप्पणी को टीकाकार किसी अपेक्षित विषय में परिवर्तित कर देता है। फलस्वरूप, दो प्रकार की भ्रांतियाँ उत्पन्न होती हैं। पहली का संबंध 'बौद्धिक जीवन-गाथाएँ' तथा चिंतन के संक्षिप्त इतिहास से है और दूसरी का संबंध 'विचारो के विकास' से है। 'बौद्धिक जीवन गाथाओं' के केंद्र में चिंतक रहता है जबकि 'विचारों के विकास' के केंद्र में एकक विचार का विकास होता है। 'बौद्धिक जीवनगाथाओं' के साथ सबसे बड़ा खतरा कालदोष (anachronism) का होता है। शब्दों की समानता के बल पर कोई विचार क्लासिक ग्रंथकार के विचार बना दिए जाते हैं जबकि सच तो यह होता है कि उस क्लासिक रचनाकार ने उस प्रकार से शायद ही सोचा हो। उदाहरण के लिए, मार्सिलियस ऑफ पाडुआ अपनी किताब *डिफेंसर ऑफ द पीस* में अरस्तू की तरह शासक के कार्यपालिका वाली भूमिका पर टिप्पणी करते हैं और इसकी तुलना सार्वभौम प्रजा के विधायिका स्वरूप भूमिका से करते हैं। अमेरीकी स्वतंत्रता के बाद लिखते हुए आधुनिक टीकाकार, जो कि इस बात से अवगत हैं कि राजनीतिक स्वतंत्रता के लिए कार्यपालिका और विधायिका का अलगाव एक अनिवार्य शर्त है, जब मार्सिलियस की किताब पढ़ता है तो एक भ्रामक विवाद पैदा करता है कि क्या मार्सिलियस 'कार्यपालिका और विधायिका के अलगाव' के सिद्धांत के जन्मदाता हैं? सच बात तो यह है कि मार्सिलियस के उपर्युक्त विचार अरस्तु के *पॉलिटिक्स* के चतुर्थ खंड से लिया गया है और वे राजनीतिक स्वतंत्रता के प्रश्न से सर्वथा अनभिज्ञ थे। इसी प्रकार का कालदोष हमें सर एडवर्ड कोक के बॉनहेम केस के संदर्भ में भी दिखता है जब वे कहते हैं कि इंग्लैंड का 'कॉमन लॉ' (Common Law) कभी-कभी संविदाओं पर हावी हो सकता है। आधुनिक अमेरिकी विवेचक इसे न्यायिक पुनरावलोकन के सिद्धांत के प्रवर्त्तक के रूप में देखते है। सच तो यह है कि सत्रहवीं सदी में लिख रहे सर एडवर्ड कोक को इस सिद्धांत के विषय में कोई ज्ञान नहीं था।

इस विचार का संदर्भ था एक राजनीतिज्ञ की तरह कोक का जेम्स को सुझाव देना कि कानून का परिभाषिक गुण रिवाज/प्रथा होना चाहिए न कि सार्वभौम की इच्छा। टीकाकार द्वारा इस संदर्भ का ध्यान नहीं रखा जाता है और यह भी नहीं देखा जाता है कि क्या सर एडवर्ड कोक की मंशा न्यायिक पुनरावलोकन के सिद्धांत को प्रतिपादित करने की रही थी।

इसके अतिरिक्त, एक अन्य प्रकार का भ्रम पैदा होता है जिसके अंतर्गत ग्रंथकार प्रत्यक्ष रूप से कुछ और बोल रहा हो, पर उसकी मंशा कुछ और थी। उदाहरण के तौर पर, *द लॉज ऑफ एक्लेसियान्टिकल्स पॉलिटी* में रिचर्ड हूकर मनुष्य की प्राकृतिक सामाजिकता पर विचार प्रकट करते हैं। स्किनर के अनुसार, हूकर की मंशा केवल चर्च के ईश्वरजनित प्रादुर्भाव से राज्य के सांसारिक प्रादुर्भाव की भिन्नता दिखाने की थी। परंतु आधुनिक टीकाकार जो हूकर को जॉन लॉक के ऊपर की पंक्ति में देखते हैं, वे हूकर के उपर्युक्त विचारों को 'सामाजिक समझौता' के सिद्धांत में परिवर्तित करने से नहीं चूकते। इसी प्रकार, जॉन लॉक अपनी पुस्तक *सेकेंड ट्रीटीज* में 'ट्रस्टीशिप' पर एक या दो बिंदु प्रकीर्ण टिप्पणी (scattered remarks) की तरह लिखते हैं। परंतु आधुनिक टीकाकार जो कि लॉक के 'सहमति द्वारा सरकार' (government by consent) की शृंखला में देखते हैं, वे प्रकीर्ण टिप्पणियों को इकट्ठा करके लॉक का 'राजनीतिक ट्रस्ट' का सिद्धांत प्रतिपादित कर देते हैं।

इसी प्रकार का प्रतिमान (paradigm) विचारों के इतिहास पर भी लागू होता है। इसमें किसी सिद्धांत को इतिहास के प्रत्येक क्षेत्र में खोजा जाता है। समानता का सिद्धांत हो या उन्नति का या फिर सामाजिक अनुबंध का या शक्ति के अलगाव का, सिद्धांत का आदर्श रूप खोजा जाता है। ऐसा प्रतीत होता है कि कोई विशेष विचार या सिद्धांत इतिहास में सर्वदा उपस्थित रहा है और कई चिंतक उन्हें उजागर करने में सफल रहे हों। यहाँ पर दो प्रकार की ऐतिहासिक निरर्थकता सामने आती है। पहला, आदर्श रूप में सिद्धांत खोजना एक ऐसे इतिहास को जन्म देती है जिसमें आने वाले सिद्धांत का पूर्वानुमान किया जाता है और लेखक को उसके सूक्ष्म दृष्टि के लिए श्रेय दिया जाता है। इस प्रकार माना जाता है कि मार्सिलियस की रचना में मैक्यावलि का पूर्वाभास होता है और मैक्यावलि की सराहना की जाती है कि उसने कार्ल मार्क्स के लिए ज़मीन तैयार की आदि। यह भी माना जाता है कि मांटेस्क्यू ने संपूर्ण रोजगार और कल्याणकारी राज्य के विचार का पूर्वाभास किया और मैक्यावलि ने आधुनिक राजनीति का।

दूसरे प्रकार की निरर्थकता तब पैदा होती है जब यह देखा जाता है कि एक विचार किसी एक समय उभरा तथा किसी विशेष लेखक के कार्य में दिखा। उदाहरण के

लिए, 'शक्ति का अलगाव' का विचार। क्या यह विचार जॉर्ज बुकनान के पुस्तक में था या इस विचार को उसने पूरी तरह से व्यक्त नहीं किया? एक और भ्रांति यह दिखती है कि क्लासिक ग्रंथकार की इसलिए आलोचना की जाती है क्योंकि यह पहले से ही पूर्वानुमान कर लिया जाता है कि लेखक की मंशानुसार उसकी पुस्तक एक विषय विशेष पर सबसे क्रमबद्ध कार्य रहा होगा। उदाहरण के लिए, यह पहले से ही समझ लेना कि *लाज* में हूकर 'राजनीतिक बाध्यता' (political obligation) के आधार को प्रतिपादित करना चाह रहे होंगे, इसलिए हूकर के राजनीतिक विचार की आलोचना की जाती है कि उसने पूर्ण शक्ति का खंडन नहीं किया। उसी प्रकार यह पहले से ही पूर्वानुमान किया जाता है कि *द प्रिंस* में मैक्यावलि का एक मकसद था 'राजनीति में मानव की विशेषताएँ' प्रतिपादित करना। तब, एक आधुनिक राजनीतिशास्त्र के ज्ञाता के लिए यह कहना आसान हो जाता है कि मैक्यावलि का प्रयास एकमुखी और अक्रमबद्ध था। कई बार क्लासिक ग्रंथकार की आलोचना की जाती है कि उसने अपनी रचना के साथ न्याय नहीं किया क्योंकि उसने किसी अनिवार्य विषय पर कोई सैद्धांतिक बात नहीं कही। उदाहरण के तौर पर, राजनीतिक सिद्धांत में 'निर्णय लेने' तथा 'जनमत' की भूमिका, ये सवाल आधुनिक प्रजातांत्रिक राजनीतिक सिद्धांत के केंद्र में हैं जबकि ये सवाल आधुनिक प्रजातंत्र पर पहले लिखने वाले सिद्धांतकारों के समक्ष नहीं थे। परंतु, यह भी पाया जाता है कि टीकाकार अथवा व्याख्याकार प्लेटो के *रिपब्लिक* की आलोचना करते हैं कि उसमें 'जनमत' की जगह नहीं है तथा जॉन लॉक के *टू ट्रीटीज* की आलोचना करते हैं कि उसने सर्वव्यापक मताधिकार के विषय में अपने विचार स्पष्ट नहीं किए।

एक अन्य प्रकार की भ्रांति तब पैदा होती है जब टीकाकार क्लासिक ग्रंथ में प्रतिबद्धता (consistency) तथा संबद्धता (coherence) ढूँढ़ने लगता है। यदि हूकर के *लॉज* में कोई 'संबद्धता' नहीं मिलती है तो संबद्धता ढूँढ़ी जाती है। उसी प्रकार यदि हॉब्स के राजनीतिक चिंतन के केंद्रीय कथ्य के विषय में कोई संशय है तो टीकाकार का यह कर्त्तव्य बन जाता है कि *लेवियाथन* को तब तक पढ़ा जाए जब तक उसमें कोई संबद्धता नज़र न आ जाए। यहाँ पर लेखक की मंशा को दरकिनार कर दिया जाता है। क्विंटन स्किनर के अनुसार यह पूर्वप्रयोग की भ्रांति (mythology of prolepsis) की वजह से भी होता है। उदाहरण के लिए, रूसो की यह व्याख्या की जाती है कि रूसो के राजनीतिक विचार ने सर्वसत्तावाद एवं प्रजातांत्रिक राष्ट्रीय राज्य का दार्शनिक औचित्य का प्रतिपादन किया है, इसलिए रूसो की मंशा भी यही रही होगी और रूसो का योगदान सर्वसत्तावाद के उदय पर रहा है। उसी प्रकार, मैक्यावलि की व्याख्या की जाती है कि वह आधुनिक संसार के द्वार पर खड़ा है।

यह विचार मैक्यावलि का ऐतिहासिक महत्त्व दिखाता है। परंतु, समस्या तब पैदा होती है जब हम इसे मैक्यावेलि की रचना की मंशा भी बताते हैं।

स्किनर के अनुसार मुख्य समस्या तब आती है जब हम क्लासिक ग्रंथ का विवेचन यह समझकर करने लगते हैं कि वह अपने आप में शोध का पर्याप्त विषय है और हम इस विषय पर ज़ोर देते हैं कि प्रत्येक लेखक प्रामाणिक सिद्धांत के विषय में क्या कहता है और इसके आधार पर उसके कार्य का अर्थ और महत्त्व जानने की कोशिश करते हैं। स्किनर के अनुसार, इस प्रकार के उपागम अंतर्निहित विभ्रांत उपागम हैं। साथ ही, विचारों के इतिहास की पुनर्व्याख्या की आवश्यकता है जो तब संभव हो सकती है जब हम प्रतिमान की प्राथमिकता (priority of paradigm) से ऊपर उठें।

क्विंटन स्किनर की व्याख्या पद्धति

स्किनर के अनुसार, यदि हम किसी क्लासिक ग्रंथ को समझना चाहते हैं तो हमें यह समझना चाहिए कि उसमें क्या कहा गया है तथा लेखक क्या कहना चाह रहा है। हमें इस बात का भी ध्यान रखना चाहिए कि संकल्पना बताने के लिए जो शब्द इस्तेमाल किए जाते हैं, उनके अर्थ भी कई बार समय के साथ बदल जाते हैं।

अतः किसी ग्रंथ को समझने के लिए हमें यह समझने का प्रयास करना चाहिए कि उस ग्रंथ में क्या कहने की मंशा रही है तथा उस ग्रंथ को किस प्रकार से ग्रहण करवाने की मंशा रही है। अतः विचारों के इतिहास के विवेचन की सही पद्धति यह होनी चाहिए कि सबसे पहले हमें उन सभी संवाद के क्षेत्रों का निरूपण करना चाहिए जो उस कथन की प्रथा के रूप में हैं। फिर, विस्तृत भाषिक संदर्भ में रचनाकार के सही मंशा को स्पष्ट करना चाहिए। इस प्रकार, पहले हमारे विवेचन का केंद्र भाषिक हो तथा सही विवेचन पद्धति इस प्रकार की मंशा की जानकारी में हो, तब ग्रंथ के सामाजिक संदर्भ को भाषिक कार्य/उद्यम के भाग की तरह समझना चाहिए। समस्या तब उत्पन्न होती है जब हम संदर्भ को गलती से रचना का निर्णायक तत्त्व समझ लेते हैं।

जेम्स टली ने अपने लेख 'The Pen is a mighty sword' में स्किनर के पद्धति लेखन (methodological writing) और उसके आधुनिक यूरोपीय राजनीति के अध्ययन का विवेचन किया है तथा दोनों के बीच संबंध दर्शाने की कोशिश की है। जेम्स टली ने अपने लेख में यह दर्शाया है कि स्किनर का लेखन केवल इतिहास तथा विधि (method) से संबंधित नहीं है, बल्कि उन्होंने दोनों का इस्तेमाल वर्तमान को उजागर करने में भी किया है। जेम्स टली के अनुसार स्किनर की विधि

निम्नलिखित पाँच प्रश्नों का उत्तर प्राप्त करके समझी जा सकती है:

1) विचारात्मक संदर्भ बनाने के लिए दूसरे उपलब्ध ग्रंथों के संबंध में लेखक ग्रंथ लिखते वक्त क्या कर रहा है या कर रहा था?

2) व्यावहारिक संदर्भ बनाने के लिए प्रचलित समस्यागत राजनीतिक कार्य के संबंध में लेखक ग्रंथ लिखते वक्त क्या कर रहा है या कर रहा था?

3) विचारधाराओं को किस प्रकार से पहचाना जाता है और उनकी उत्पत्ति, आलोचना तथा परिवर्तन का सर्वे तथा व्याख्या किस प्रकार से किया जाता है?

4) राजनीतिक विचारधारा और राजनीतिक कार्य में क्या संबंध है? किस प्रकार इससे किसी विचारधारा के प्रसार की व्याख्या होती है और यह पता चलता है कि राजनीतिक आचरण पर इसका क्या प्रभाव है?

5) किस प्रकार के राजनीतिक विचार और कार्य किसी विचारधारा के परिवर्तन तथा प्रसार में शामिल हैं?

स्किनर के अनुसार विश्लेषण से दो सकारात्मक निष्कर्ष निकलते हैं। पहला, विचारों के इतिहास के अध्ययन को समझने की उपयुक्त विधि के विषय में। उनके अनुसार किसी ग्रंथ को समझने के लिए सबसे आवश्यक है यह समझना कि उसके अर्थ की क्या मंशा रही है और किस प्रकार उस अर्थ को ग्रहण कराने की मंशा रही है। अतः किसी ग्रंथ को समझने के लिए उसके संवाद की मंशा को समझना आवश्यक है क्योंकि उस ग्रंथ का लेखक, ग्रंथ को लिखते समय, मन में पाठक विशेष का ध्यान रखता है और अपने कथन के द्वारा कुछ संप्रेषित करने की मंशा रखता है। इसलिए स्किनर के अनुसार सबसे अच्छी विधि होगी कि अध्येता पहले उस कथन के विषय में संवाद के प्रथागत क्षेत्र को स्थापित करे। उसके बाद ग्रंथकार की मंशा को इस व्यापक भाषिक संदर्भ तथा कहे गए कथन में संबंध स्थापित करके स्पष्ट करे। इस प्रकार जब अध्ययन का केंद्र वास्तव में भाषा होती है और सही पद्धति मंशा की जानकारी से संबंधित होती है तो ग्रंथ के सामाजिक संदर्भ के विषय में सारे तथ्यों का अध्ययन इस भाषिक कार्य का भाग बन जाता है।

स्किनर का दूसरा निष्कर्ष विचारों के इतिहास के अध्ययन के महत्त्व के विषय में है। यहाँ सबसे महत्त्वपूर्ण संभावना दार्शनिक विश्लेषण तथा ऐतिहासिक तथ्य के बीच संवाद की है। भूतकाल में कही गई बातों का अध्ययन कुछ विशेष मुद्दा उठाते हैं जो दार्शनिक हित के विषय में बातें उजागर करने की क्षमता रखते हैं।

स्किनर के अनुसार उनकी आलोचना से जो मुख्य निष्कर्ष निकलता है वह विचारों के इतिहास के अध्ययन के दार्शनिक महत्त्व से संबंधित है। उनके अनुसार क्लासिक ग्रंथ में 'शाश्वत समस्या' का समाधान ढूँढ़ना निरर्थक है। कोई भी कथन या विचार

एक संदर्भ विशेष समस्या के समाधान की ओर उन्मुख होता है। स्किनर यह भी स्पष्ट करते हैं कि इसका मतलब यह नहीं है कि क्लासिक ग्रंथ केवल अपने काल विशेष के प्रश्न से संबंधित होता है, हमारे नहीं। उनके अनुसार दर्शन में शाश्वत समस्या है ही नहीं। यहाँ केवल व्यक्ति विशेष प्रश्न के लिए व्यक्ति विशेष समाधान है और उतने ही प्रश्न हैं जितने कि प्रश्नकर्त्ता। स्किनर के अनुसार विचारों के दर्शन के इतिहास में सीख ढूँढ़ने की अपेक्षा हमें अपने लिए सोचना सीख लेना चाहिए। स्किनर कहते हैं कि इसका मतलब यह नहीं है कि विचारों के इतिहास का कोई दार्शनिक महत्त्व नहीं है। क्लासिक ग्रंथ अपनी समस्याओं से संबंधित होते हैं हमारी नहीं, यह तथ्य इन्हें प्रासंगिक बनाता है तथा आज के संदर्भ में इनके दार्शनिक महत्त्व को बतलाता है। क्लासिक ग्रंथ विशेषतः नैतिक, सामाजिक तथा राजनीतिक सिद्धांत के विषय में यह उजागर करते हैं कि कई नैतिक पूर्वानुमान तथा राजनीतिक प्रतिबद्धताएँ हैं। यहीं उनका दार्शनिक तथा नैतिक महत्त्व छिपा है। अक्सर हम अपने समय के बिंदु (vantage point) से भूतकाल के विचारों का अध्ययन करते हैं। यह सही नहीं है क्योंकि मूलभूत विषय पर ऐतिहासिक विभिन्नता यह दर्शाता है कि मंशा तथा प्रथा में भिन्नता होती है। इसके अतिरिक्त, जिसे हम समयातीत सत्य समझ लेते हैं वह हमारे स्थानीय इतिहास और सामाजिक संरचना से जुड़ा होता है। विचारों के इतिहास में यह ध्यान रखना चाहिए कि कोई समयातीत संकल्पना वास्तव में नहीं है। परंतु कई विभिन्न प्रकार की संकल्पनाएँ हैं जो विभिन्न प्रकार के समाज पर आधारित हैं। यह जानने से हम भूतकाल और अपने विषय में एक सामान्य सत्य खोजने में सक्षम हो जाते हैं। स्किनर के अनुसार विचारों के इतिहास में अपनी समस्या का हल ढूँढ़ने से एक पद्धतिगत एवं नैतिक गलती उत्पन्न होती है। परंतु भूतकाल से यह समझना कि क्या आवश्यक है और उसका हमारी स्थानीय संरचना से क्या सरोकार है, हमें अपने विषय के संबंध में समझने का उपाय सिखाती है।

क्विंटन स्किनर की व्याख्या पद्धति और *हिन्द स्वराज*

यद्यपि स्किनर की अध्ययन पद्धति पाश्चात्य-ग्रंथ केंद्रित है तथापि उनकी शैली की उपयोगिता *हिन्द स्वराज* को पढ़ने एवं समझने में काफ़ी महत्त्वपूर्ण साबित हो सकती है। *हिन्द स्वराज* में गांधी ने 'स्वराज' की जो संकल्पना की है वह उस समय प्रचलित उदारवादी तथा उग्रवादी विचारधारा के 'स्वराज' से किस प्रकार भिन्न था, यह समझने के लिए उस समय प्रचलित विचारधारा का अध्ययन बहुत उपयोगी साबित होगा। *हिन्द स्वराज* में गांधी ने कई नई बातें कही हैं। आधुनिक सभ्यता पर गांधी के विचार, शिक्षा पर गांधी की अवधारणा आदि सभी मौलिकता लिए हुए हैं। गांधी *हिन्द स्वराज*

में क्या नई बात कहने की मंशा रखते हैं यह समझने के लिए *हिन्द स्वराज* का 'परंपरागत उत्प्रेरित भाषिक संदर्भ' (conventionally governed linguistic context) में रखकर अध्ययन करना उपयोगी सिद्ध हो सकता है। गांधी ने कुछ ऐसे शब्दों का प्रयोग किया है जिनके कई अर्थ निकाले जा सकते हैं, जैसे स्वराज, चरखा आदि। परंतु गांधी ने इन शब्दों का प्रयोग किसी अर्थ विशेष के संदर्भ में किया है, इसलिए भाषिक संदर्भ और अधिक महत्त्वपूर्ण हो जाता है।

आलोचना

क्विंटन स्किनर का योगदान मुख्यतः दो क्षेत्रों में महत्त्वपूर्ण है। पहला, इतिहास, सामाजिक विज्ञान तथा साहित्यिक आलोचना की अध्ययन पद्धति के विकास में तथा दूसरा, उनकी मौलिक पद्धति द्वारा समकालीन राजनीतिक दर्शन, राजनीतिक चिंतन और कार्य के इतिहास को समझने में। स्किनर के विचारों की आलोचना तथा प्रशंसा दोनों की गई है। मार्टिन होलिस अपने लेख में यह प्रश्न उठाते हैं कि क्या स्किनर लेख की प्रेरणा (motive) की व्याख्या से बच सकते हैं या फिर उनका उपागम पूर्वकल्पना नहीं करता कि लेखक किसी प्रेरणा के तहत कार्य कर रहा है। जोसफ फेमिया क्विंटन स्किनर का लेख 'मीनिंग एंड अंडरस्टेंडिंग' की आलोचना करते हुए लिखते हैं कि रचनाकार की मंशा द्वारा व्याख्या करना व्याख्या का ऐतिहासिक प्रकार नहीं है और हमारी भूतकाल से महत्त्वपूर्ण बातें सीखने की राह में बाधा है। फेमिया के अनुसार, स्किनर द्वारा आलोचित की गई विवेचन पद्धति ही हमें सिखाती है कि किस प्रकार हम आधुनिक राजनीति समझने में भूतकाल का प्रयोग कर सकते हैं। केनिथ मिनोग स्किनर के *द फाउंडेशन ऑफ मॉर्डन पॉलिटिकल थॉट* पर टिप्पणी करते हुए व्यवहार में स्किनर की पद्धति की सफलता पर प्रश्नचिह्न लगाते हैं। उनके अनुसार स्किनर की पद्धति हानिकारक है। केनिथ मिनोग राजनीतिक दार्शनिक के कार्य और राजनीतिक चिंतन के इतिहासकार के कार्य के बीच भेद स्थापित करते हुए करते हुए कहते हैं कि राजनीतिक दार्शनिक स्वतंत्र एवं सर्वव्यापक विचारों का विश्लेषण करता है और इतिहासकार विचारों की ऐतिहासिकता एवं संदर्भ का अध्ययन करता है। मिनोग के अनुसार, स्किनर की पद्धति राजनीतिक दर्शन के क्लासिक के अध्ययन की उचित शैली को नकारती है। नाथन टारकॉव भी *द फाउंडेशन ऑफ मार्डर्न पॉलिटिकल थॉट* पर टिप्पणी करते हुए लिखते हैं कि स्किनर के उपागम की कमियाँ उनके द्वारा की गई मैक्यावलि के विचार की व्याख्या में उजागर होती हैं। जॉन कीन के अनुसार स्किनर ग्रंथ को समझना और ग्रंथ लिखते हुए ग्रंथकार की मंशा को एक समझने की गलती करते है। वे कीन लियोटार्ड की

तरह भूतकाल के परिप्रेक्ष्य वर्णन की बहुलता में विश्वास रखते हैं। स्किनर अपने आलोचकों के संदेहों तथा प्रश्नों के स्पष्ट उत्तर देकर अपने अध्ययन पद्धति की उपयोगिता साबित करते है। फिर भी, उनकी पद्धति में एक बड़ी कमी इसलिए भी महसूस होती है क्योंकि यह पश्चिमी साहित्य, दर्शन अथवा पश्चिमी राजनीतिक ग्रंथों को केंद्र में रखकर प्रारूपित की गई है।

निष्कर्ष

उपरोक्त आलोचनाओं के बावजूद यह स्वीकार करना होगा कि क्विंटन स्किनर ने एक बहुत ही महत्त्वपूर्ण विवेचन पद्धति का निरूपण किया है। इस विवेचन पद्धति ने व्याख्या के कई नए आयाम खोल दिए हैं। स्किनर की विवेचना पद्धति तीन बिंदुओं के इर्द-गिर्द घूमती है—ऐतिहासिक ग्रंथ का विवेचन, विचारधारा की उत्पत्ति तथा परिवर्तन का सर्वेक्षण और विचारधारा तथा राजनीतिक कार्य में संबंध स्थापित करना। इस संदर्भ में क्विंटन स्किनर का योगदान मील का पत्थर साबित होता है।

4

हिन्द स्वराजः विषय और संदर्भ

अनिल दत्त मिश्र

महात्मा गांधी की रचना *हिन्द स्वराज* एक विशिष्ट, अनोखी और मौलिक रचना है। यह कौटिल्य के *अर्थशास्त्र* के बाद राजनीतिक सिद्धांत के प्रति एक महत्त्वपूर्ण भारतीय योगदान है। गांधी एक राजनीतिक कार्यकर्ता थे जिन्होंने अपने आसपास के सामाजिक, राजनीतिक और आर्थिक परिस्थितियो के प्रति अपनी रचनात्मक प्रतिक्रिया पूरी लगन के साथ व्यक्त की। *हिन्द स्वराज* आधुनिक राजनीतिक, सामाजिक और आर्थिक विचारों का एक सशक्त विकल्प हमारे सामने रखता है। यह एक ऐसी पुस्तक है जिसकी उपेक्षा मानव के सामाजिक, आर्थिक और मानसिक विकास के संदर्भ में तथा समकालीन समस्याओं पर होने वाले किसी भी विचार-विमर्श या वाद-विवाद में नहीं की जा सकती है। यह पुस्तक न केवल गांधी के जीवन, विचार और दर्शन को स्पष्ट करती है वरन प्रौद्योगिकी, उद्योगीकरण और वैश्वीकरण से उपजी तमाम आधुनिक विसंगतियों को जानने और समझने की कुंजी भी प्रदान करती है। *हिन्द स्वराज* अभी भी वैश्विक रुचि और उत्सुकता का केंद्र बनी हुई है। यह पुस्तक भारत की राजनीतिक आज़ादी हासिल करने के तौर-तरीकों पर ही रौशनी नहीं डालती, वरन यह मानव-जाति की मानसिक स्वतंत्रता तथा उसके पशुत्व से मनुष्यत्व और फिर मनुष्यत्व से देवत्व तक की यात्रा का खाका भी प्रस्तुत करती है। संक्षेप में कहें तो यह मानव के सर्वोच्च आत्मिक और मानसिक विकास का 'मैग्नाकार्टा' है।[1] वास्तव में, *हिन्द स्वराज* एक ऐसी नवीन वैश्विक व्यवस्था का घोषणापत्र है

जिसमें भौतिक तत्त्वों पर मूल्यों की सर्वोच्चता संपूर्ण और निर्विवाद है। यह अभी भी न केवल भारत वरन संपूर्ण विश्व के आम लोगों की आवाज़ का प्रतिनिधित्व करती है।

हिन्द स्वराज गांधी के नियमित सार्वजनिक जीवन की प्रारंभिक कृतियों में से एक है। गांधी की दूसरी अन्य रचनाएं लेखों, व्याख्याओं, वक्तव्यों, पत्रों व भाषणों के रूप में है। *हिन्द स्वराज* को गांधी की संपूर्ण रचनाओं का सार कहा जा सकता है, क्योंकि यह छोटी-सी पुस्तक गांधी के विचारों का दर्पण है और जिसे महादेव देसाई ने 'केंद्रक' की संज्ञा दी है। गांधी के खुद के शब्दों को उद्धृत करें तो यह एक 'उतार-चढ़ाव वाला जीवन वृत्त' है।[2]

हिन्द स्वराज का अनुवाद गांधी ने स्वयं गुजराती से अंग्रेज़ी में किया है। *हिन्द स्वराज* एक ऐसा बीज था जिसके गर्भ से गांधी विचार रूपी वटवृक्ष का उदय हुआ। गांधी में रुचि रखने वालों के लिए *हिन्द स्वराज* का महत्त्व इसलिए है कि उनकी समस्त प्रारंभिक जिज्ञासाओं का समाधान इसी पुस्तक के द्वारा संभव है। गांधी के विचारों में गहरे गोता लगाने के इच्छुक साधकों के लिए भी *हिन्द स्वराज* ही वह माध्यम है जिसके द्वारा वे गांधी की *आत्मकथा* सहित उनकी अन्य रचनाओं का मर्म समझ सकते हैं।[3]

जटिल दार्शनिक विचारों को सरल और सहज भाषा में प्रस्तुत करना *हिन्द स्वराज* की विशेषता है। *हिन्द स्वराज* की अन्य एक विशेषता यह है कि जितनी बार इसमें पैठ करेंगे उतनी बार नया अर्थबोध प्राप्त होगा। *हिन्द स्वराज* के माध्यम से ही गांधी ने अपने जीवन मिशन की सर्वप्रथम उद्घोषणा की। उन्होंने भारत माता की राजनीतिक स्वाधीनता तथा करोड़ों भारतीयों के नैतिक पुनरुत्थान को अपना मिशन बनाया। *हिन्द स्वराज* हमें घृणा के स्थान पर प्रेम का बीज मंत्र देता है; यह आत्म-बलिदान को हिंसा के स्थान पर प्रतिष्ठित करता है तथा पशुबल पर आत्मबल की सर्वोच्चता का उद्घोष करता है।[4]

हिन्द स्वराज का संदर्भ

हिन्द स्वराज लिखने का तात्कालिक कारण गांधी का इंग्लैंड में भारतीय उग्रवादियों से आमना-सामना होना तथा इन उग्रवादियों का लक्ष्य प्राप्ति हेतु हिंसक साधनों के प्रयोग में विश्वास था। लेकिन एकमात्र यही वह कारण नहीं था जिसने गांधी को यह पुस्तक लिखने की प्रेरणा प्रदान की थी, इसके मूल में इससे कहीं अधिक व्यापक कारण और उद्देश्य विद्यमान थे। संपूर्ण पाश्चात्य और भौतिक सभ्यता की समालोचना उनका मूलभूत उद्देश्य था।[5]

हिन्द स्वराज में तीन प्रमुख मुद्दे बड़े ही प्रभावी रूप में हमारे सामने उभर कर आते हैं। पहला, तत्कालीन भारतीय राजनीति, राजनीतिक घटनाएँ तथा गांधी का इन सबके साथ तुलनात्मक और भावनात्मक संबंध; दूसरा, आधुनिक सभ्यता के विभिन्न अंग-उपांगों की आलोचनात्मक व्याख्या और तीसरा एवं अंतिम मुद्दा था, निष्क्रिय विरोध का जिसे गांधी ने पशुबल का विकल्प कहा था।[6]

हिन्द स्वराज में इन तीन वैचारिक धाराओं का मिलन होता है और इसके परिणामस्वरूप एक नवीन तत्त्व का जन्म होता है, जिसके द्वारा गांधी आधुनिक सभ्यता या आधुनिकीकरण के खिलाफ़ जागृति लाने की वकालत करते है। *हिन्द स्वराज* आधुनिकीकरण की समालोचना है जो गांधी के शब्दों में पाश्चात्य या आधुनिक भोगवादी सभ्यता का पर्याय है। इस पुस्तक की सीमा सिर्फ़ यहीं पर आकर नहीं ठहर जाती वरन यह इससे भी आगे जाकर संपूर्ण जीवन के सिद्धांतों की तह खोलती नज़र आती है। यह जीवन का एक सिद्धांत है जो स्थायी न होकर परिवर्तनशील है। एक नए विकल्प की तलाश में भटक रहा कोई भी सिद्धांत स्थायी हो भी नहीं सकता। यह वास्तव में एक ऐसा गतिशील सिद्धांत था जो गांधी के सार्वजनिक जीवन के गुजरने के साथ-साथ समृद्ध और सुसंस्कृत होता गया। महात्मा गांधी के विचार में 'पार्लियामेंट और मशीन-तंत्र' आधुनिक सभ्यता के दो मुख्य स्तंभ थे। अतः वे इनके भारत में प्रवेश के खिलाफ़ थे।[7]

9 अक्टूबर 1906 को गांधी[8] ने लॉर्ड एम्पीथिल को एक पत्र लिखा जिसमें प्रस्तुत विचारों ने ही बाद में *हिन्द स्वराज* की आधारशिला रखीः

1) भारत में ब्रिटिश शासन के खिलाफ़ अधीरता (बेचैनी) की स्थिति है और परिणामस्वरूप ब्रिटिश लोगों के खिलाफ़ घृणा की सहज उपस्थिति है।

2) ब्रिटिश लोगों की व्यावसायिक स्वार्थों के प्रति अत्यधिक संलिप्तता ब्रिटिश सरकार द्वारा भारतीयों के अधिकारों के हनन का मूल कारण है।

3) दोष ब्रिटिश जनता में नहीं वरन आधुनिक सभ्यता में है जो इंसानियत की मूलात्मा को नकारती है

4) रेलवे, मशीनें, विशिष्ट जीवन शैली आदि आधुनिक सभ्यता के विभिन्न उत्पाद भारतीयों और यूरोपीय दोनों के लिए समान रूप से अहितकर हैं तथा दासत्व का प्रतीक हैं।

5) कलकत्ता और बंबई जैसे बड़े शहरों का विकास सुख के बजाय दुख का कारण है।

6) भारत की दुदर्शा का कारण गाँवों की बर्बादी है।

7) हिंसक साधनों का विकास आधुनिक सभ्यता को देन है।

8) मैं राष्ट्रीय भावना की अभिव्यक्ति में भागीदार हूँ परंतु मैं उन लोगों के साथ सहमत नहीं हूँ जो स्वतंत्रता प्राप्ति हेतु प्रत्यक्ष या अप्रत्यक्ष रूप से हिंसा का इस्तेमाल करने में विश्वास रखते हैं क्योंकि मैं मानता हूँ कि यह अनैतिक है तथा भारतीय सभ्यता की मूलात्मा के खिलाफ़ है।

9) शासक का कर्त्तव्य है कि वह जन-आकांक्षाओं के अनुरूप शासन करे। अगर वह अपने प्राथमिक कर्त्तव्यों को पूरा करने में असफल होता है तो जनता को इस बात का पूरा अधिकार है कि वह उसे अस्वीकार कर दे और उससे सहयोग करने से इंकार कर दे।

हिन्द स्वराज कुछ मूलभूत प्रश्नों को उठाता है। भारत का ब्रिटेन से सामना राजनीतिक और आर्थिक न होकर सभ्यतामूलक था। अभी भी परिस्थितियाँ उस समय से बहुत अलग नहीं हैं जब गांधी ने *हिन्द स्वराज* लिखा था। *हिन्द स्वराज* की उचित समझ के लिए यह ज़रूरी है कि *हिन्द स्वराज* के ऐतिहासिक संदर्भों को समझा जाए। इन ऐतिहासिक संदर्भों में मुख्य हैं [9]:

क) 1857 के बाद भारत में सामान्य विकास,

ख) नए पेशेवर वर्गों का उदय,

ग) बंगाल विभाजन की पृष्ठभूमि में भारत में मौजूद परिस्थितियाँ,

घ) रूस-जापान युद्ध तथा रूसी क्रांति की सरगर्मी,

ङ) दक्षिण अफ्रीका में गांधी के व्यापक अनुभव एवं प्रयोग, तथा

च) गांधी के लिए *हिन्द स्वराज* लिखने का तात्कालिक कारण।

यह पुस्तक उग्रवाद और राजनीतिक हिंसा की ओर आकर्षित प्रवासी भारतीय, भारतीय राष्ट्रीय कांग्रेस के उग्रपंथी और नरमपंथी दलों, भारतीय राष्ट्र (आम भारतीय) तथा ब्रिटिश नागरिकों (जिनमें भारतीय ब्रिटिश शासक वर्ग तथा ब्रिटेन में रह रहे ब्रिटेनवासी दोनों शामिल थे) को संबोधित करती थी।

एंथनी जे. परेल[10] ने *हिन्द स्वराज* लिखने के पीछे के उद्देश्यों को निम्न छह वर्गों में वर्गीकृत किया है:

1) गांधी अपने विचारों को अपने चारों ओर के लोगों, जिनमें भारतीय विशेष रूप से शामिल थे, को जल्दी से जल्दी समझाना चाहते थे।

2) वह 'स्वराज' का अर्थ स्पष्ट करना चाहते थे, जो कि राजनीतिक आज़ादी से अधिक व्यापक और गहरा अर्थ रखने वाला था।

3) गांधी संघर्ष के समाधान हेतु शांतिपूर्ण मार्ग के कपाट पुनः खोलना चाहते थे जो कि भारतीय सभ्यता की विशिष्टता और पहचान दोनों थे तथा वे अपने देशवासियों को, विशेषकर युवाओं को, उग्र रास्तों से दूर हटाकर भारतीय मार्ग पर लाना चाहते थे।

4) गांधी अपने देशवासियों को बताना चाहते थे कि ब्रिटिश उपनिवेशवाद उनका असली दुश्मन नहीं है। उनका असली दुश्मन तो पाश्चात्य सभ्यता है और जब तक वे पाश्चात्य सभ्यता की चकाचौंध से चौंधियाते रहेंगे, तब तक वे परतंत्रता की बेड़ियों में जकड़े रहेंगे, चाहे वे राजनीतिक आज़ादी क्यों न हासिल कर लें।

5) गांधी भारत और ब्रिटिश के राजनीतिक संबंधों पर दोस्ती का रंग चढ़ाना चाहते थे न कि दुश्मनी का। वह ब्रिटेनवासियों को भारतीयों का दुश्मन नहीं मानते थे। वह असली दुश्मन आधुनिक (औद्योगिक) सभ्यता को मानते थे जिसने दोनों पक्षों को जकड़ रखा था।

6) वह *हिन्द स्वराज* के माध्यम से भारत को धर्म का एक ऐसा आधुनिकतम रूप देना चाहते थे जहाँ पर अंतिम व्यक्ति की आवाज़ का भी समान रूप से महत्त्व हो तथा वह भी विकास के सुफल का स्वाद ले सके।

परेल[11] ने इसके बाद गांधी के *हिन्द स्वराज* के ऐतिहासिक संदर्भों की पड़ताल की जो इस प्रकार हैं:

1) संपूर्ण विश्व, विशेषकर पश्चिमी देशों पर आधुनिक औद्योगिक सभ्यता के बढ़ते प्रभाव का *हिन्द स्वराज* ने विरोध किया। परेल के अनुसार, '*हिन्द स्वराज* ने आधुनिक सभ्यता की समालोचना कर आधुनिक राजनीतिक विचार और सिद्धांत को एक महत्त्वपूर्ण योगदान दिया है।' गांधी की आधुनिक सभ्यता की आलोचना का रूख नकारात्मक या प्रतिशोधात्मक नहीं था। उन्होंने इसके ऐसे कई योगदानों की प्रशंसा की है जिनका भारतीय सभ्यता में अभाव था या उस पर समुचित ध्यान नहीं दिया गया था। इन योगदानों में कुछ प्रमुख थे—स्वतंत्रता, समानता, मानवाधिकार, गरीबों की आर्थिक दशा में सुधार की संभावनाओं की तलाश, महिला अधिकारों की स्वीकारोक्ति तथा धार्मिक सहनशीलता। उनकी आलोचना का मुख्य बिंदु ऐसी प्रवृत्तियों को लेकर था जो स्वराज की राह में रोड़े अटकाती थीं; यह कर्त्तव्यों के स्थान पर अधिकारों को बढ़ावा देती थीं; जो नैतिक और आध्यात्मिक प्रगति के स्थान पर आर्थिक प्रगति को तरज़ीह देती थीं तथा विश्व को 'मैं' और 'तुम' में विभाजित करती थीं।

2) दक्षिण अफ्रीका की राजनीतिक स्थिति भी उन अन्य ऐतिहासिक संदर्भों का हिस्सा थी जिसके तहत *हिन्द स्वराज* लिखी गई। दक्षिण अफ्रीका में ही गांधी ने भारतीय राष्ट्रवाद को महसूस और अंगीकार किया। वास्तव में, दक्षिण अफ्रीका ही वह मंच था जिसने गांधी को नेतृत्वकर्त्ता के रूप में स्थापित किया। दक्षिण अफ्रीका में ही उन्होंने इस बात को समझा कि सिर्फ़ औपनिवेशिक शासन ही भारतीयों की दुर्दशा का मूल कारण नहीं है, बल्कि इसके लिए आधुनिक सभ्यता कहीं अधिक दोषी है।

3) गांधी का लंदन में रहने वाले प्रवासी भारतीयों के साथ संवाद। ये प्रवासी भारतीय ब्रिटिश शासन के खिलाफ़ हिंसक संघर्ष करने में विश्वास रखते थे। यहाँ गांधी को कई क्रांतिकारियों से परिचय हुआ और उनके विचारों को जानने का मौका मिला और जिसने अंततः उन्हें *हिन्द स्वराज* लिखने के लिए प्रेरित किया।

4) भारतीय राष्ट्रवादी आंदोलन भी एक महत्त्वपूर्ण ऐतिहासिक संदर्भ था जिसके साये में *हिन्द स्वराज* लिखा गया।

5) पाश्चात्य लोगों, दार्शनिकों तथा विचारों से परिचय ने भी गांधी के विचारों को समृद्ध तथा उत्कृष्ट बनाया जो बाद में *हिन्द स्वराज* में फलीभूत हुआ।

उपरोक्त संदर्भ में लगभग तीस हज़ार शब्दों और 96 पृष्ठों में *हिन्द स्वराज* लिखा गया जिसे गांधी ने इंग्लैंड से दक्षिण अफ्रीका जाते हुए जहाज एस. एस. किल्डोनन पर मूल गुजराती में लिखा। पूरी पुस्तक को 13 से 22 नवंबर 1909 के बीच दस दिनों के भीतर लिखा गया। सारा लेखन वह एक प्रेरणा के आवेश में करते चले गए। पूरी रचना में से सिर्फ़ सोलह वाक्य हटाए गए तथा कुछ शब्दों को ही यहाँ-वहाँ से हटाया गया।[12] जैसा कि गांधी ने स्वयं लिखा है, 'मैंने संपूर्ण *हिन्द स्वराज* अपने प्रिय मित्र डा. प्राणजीवन मेहता के लिए लिखा। सभी तर्कों को दोबारा ज्यों का त्यों उनके साथ हुई वार्ता के आधार पर लिखा।'[13]

यह रचना प्रथम बार *इंडियन ओपीनियन* में धारावाहिक रूप में प्रकाशित हुई तथा बाद में यह पुस्तक के रूप में प्रकाशित की गई, जिसे मार्च 1910 में बंबई सरकार ने राजद्रोहात्मक मानकर प्रतिबंधित कर दिया।[14] इसके बाद गांधी ने नेटाल से इसका अंग्रेज़ी रूपांतर प्रकाशित कराकर इसकी मूल विषयवस्तु को स्पष्ट करने की कोशिश की तथा यह बताने का प्रयास किया कि यह किसी को हानि पहुँचाने के उद्देश्य से नहीं लिखी गई है। अंततः 21 दिसंबर 1938 को *हिन्द स्वराज* पर से प्रतिबंध हटा लिया गया। गोपालकृष्ण गोखले ने इसका अनुवाद देखकर निष्ठुरतापूर्वक इस बात की घोषणा कर दी कि गांधी भारत में एक वर्ष के प्रवास के बाद स्वयं ही इसे रद्दी की टोकरी में फेंक देंगे। 1921 में गांधी ने कहा, 'अपने महान गुरु के प्रति पूरी श्रद्धा रखते हुए मैं यह कह सकता हूँ कि उनकी भविष्यवाणी सत्य सिद्ध नहीं हुई।'[15]

हिन्द स्वराज या भारतीय स्वशासन आधुनिक सभ्यता की कटु आलोचना करता है। पुस्तक के विविध हिस्सों में चार मुख्य विषयों पर प्रकाश डाला गया है— क) अहिंसा, शिक्षा और तकनीक ख) पार्लियामेंट मशीनरी तथा स्वराज के प्रति कांग्रेसी दृष्टिकोण की आलोचना ग) गैर पाश्चात्य मापदंडों के संदर्भ में पाश्चात्य सभ्यता की आलोचना और उसका मूल्यांकन और घ) सुझाव।[16]

शुरुआत के तीन अध्यायों में भारतीय राष्ट्रीय कांग्रेस तथा भारतीय जन-जागरूकता का उल्लेख है। अध्याय चार में स्वराज के सही अर्थ को स्पष्ट किया गया है। आधुनिक औद्योगिक सभ्यता की समीक्षा अध्याय पाँच और छह में की गई है। भारत की दयनीय स्थिति का वर्णन अध्याय सात से बारह के बीच किया गया है। अध्याय तेरह में इस प्रश्न का उत्तर दिया गया है कि गांधी भारतीय सभ्यता को सही मायनों में एक आधुनिक सभ्यता क्यों मानते हैं। सत्याग्रह की संभावनाओं पर चर्चा अध्याय चौदह से सत्तरह में की गई है। अध्याय अठारह-उन्नीस में आधुनिक शिक्षा और तकनीक से संबंधित विभिन्न समस्याओं की गहराई से पड़ताल की गई है। बीसवें और अंतिम अध्याय में निष्कर्ष बताया गया है। प्रथम परिशिष्ट में अतिरिक्त अध्ययन के लिए बीस संदर्भ-ग्रंथों की सूची संकलित है जिसमें से छह टॉलस्टाय के, दो थोरू के, दो रस्किन के और प्लेटो, मैजिनी, दादाभाई नैरोजी तथा आर. सी. दत्त के एक-एक ग्रंथ शामिल हैं।

हिन्द स्वराज उन सब तथ्यों का सार है जिसे महात्मा गांधी ने अपनी 40 वर्ष की उम्र तक में पढ़ा, समझा, सोचा, चिंतन किया तथा अनुभव किया। इंग्लैंड में अध्ययन करते हुए वे उदारपंथी और उग्रपंथी समूहों तथा व्यक्तियों के संपर्क में आए। वहीं पर उन्होंने व्यापक रूप से अध्ययन, चिंतन, मनन और प्रयोग करते हुए पाश्चात्य सभ्यता पर अपनी अनुभवजनित राय कायम की। उनकी चिंतन और विचार प्रक्रिया को टॉलस्टाय, रस्किन, थोरू और एडवर्ड कार्पेन्टर जैसे विभूतियों ने गहराई से प्रभावित किया।

गांधी ने *हिन्द स्वराज* में मशीन-तंत्र पर प्रहार करते हुए इसे आधुनिक सभ्यता का मुख्य प्रतीक माना तथा इसे एक महान पाप के रूप में चित्रित किया है।[17] *हिन्द स्वराज* एक ऐसे आदर्श राज्य की ओर संकेत करती है जहाँ मशीनरी, रेलवे, डाक्टर, वकील तथा आधुनिक सभ्यता के अन्य प्रतीकचिह्नों का कोई स्थान नहीं होगा। यह रूसो का प्राकृतिक राज्य नहीं है वरन मार्क्स का आदर्श समाज है जिसमें राज्य तथा तकनीक के आधुनिक स्वरूपों का स्थान गौण से गौणतम होगा।[18]

उद्योगीकरण के संपूर्ण प्रश्न पर गांधी का चिंतन दो समांतर धाराओं में दौड़ता दीखता है। एक स्तर पर, गांधी गरीबी और बेरोजगारी की समस्या को लेकर चिंतित दीखते हैं। वह जानते थे कि उद्योगीकरण का पाश्चात्य स्वरूप प्रति व्यक्ति निवेश की मात्रा पर आधारित है जो कि भारत में तब तक संभव नहीं था जब तक वह पूर्णतया अधिनायकवादी या तानाशाही तरीकों का इस्तेमाल नहीं करे। गांधी का लक्ष्य कुटीर तथा ग्रामीण उद्योग को पुनर्जीवित करना था। दूसरे शब्दों में कहें तो वह कुटीर तथा हस्तशिल्प उद्योगों से ग्रामीण अर्थव्यवस्था को पुनः पटरी पर लाना चाहते थे

यानि गाँवों का पुनः उदय इसका मतलब यह कदापि नहीं है कि गांधी गाँवों में उत्पादन के लिए प्राचीन काल के आदिम तौर-तरीकों के इस्तेमाल के पक्षधर थे। वह ग्रामीण शिल्प में सुधार के प्रत्येक प्रयास का स्वागत करने के लिए तत्पर रहते थे जो उत्पादकता में वृद्धि कर सकने में समर्थ था। इसके साथ एकमात्र शर्त यह थी कि इससे लोगों का रोजगार न छिने। यहाँ तक कि उन्हें उर्जा (बिजली इत्यादि) के उपयोग को स्वीकार करने में भी कोई गुरेज नहीं था और वे इसके इच्छुक भी थे बशर्ते यह ग्रामीण उद्योगों के लिए सहायक और उपयोगी हो तथा उर्जा संयंत्र पर गाँव वालों का अधिकार हो। दूसरे स्तर पर हम देखते है कि गांधी का उद्योगीकरण के पाश्चात्य स्वरूप पर मौलिक मतभेद था। इस परिप्रेक्ष्य में उनका रूख मार्क्सवादी और उदारवादी रवैयों से भिन्न हो जाता है। मार्क्सवाद तथा उदारवाद जीवन के उपभोगी या भौतिक स्तर में लगातार वृद्धि के पक्षधर हैं और इसे प्राप्त करने के लिए वे प्राकृतिक संसाधनों, खनिजों तथा जीवाश्म ईंधनों के अत्यधिक दोहन पर निर्भर करते हैं। यह मशीनीकरण को बढ़ावा देने वाली प्रवृत्ति है जिसे गांधी मशीनों के प्रति सनक मानते थे। उद्योगीकरण के इस स्तर को प्राप्त करने के लिए कृषि का महत्त्व गौण हो जाता था। कृषि के असीमित और अनियंत्रित दोहन के परिणामस्वरूप गाँवों का उजड़ना तथा वहाँ के लोगों का कंगाल होना अवश्यंभावी है और यह कंगाली की राह निश्चित रूप से भीड़ भरे शहरों की मलिन भरी झुग्गी-झोंपड़ियों की अमानवीय परिस्थिति में खत्म होती है। इन सब के निचोड़ के रूप में हमारे सामने आती है शहरीकरण की ऐसी अनियंत्रित और ताबड़तोड़ प्रक्रिया जो अपराध, वेश्यावृत्ति और इस तरह के न जाने कितनी अनगिनत बुराइयों का जन्म देती है।[19]

आधुनिक तकनीक की आलोचना करते हुए गांधी एक अत्यंत महत्त्वपूर्ण तथ्य की ओर संकेत करते हैं। उनका संकेत उन तत्त्वों की ओर है जो राष्ट्रों के बीच मतभेद, द्वंद्व और अंततः युद्ध का बीज बोते हैं। हाल ही में ब्रिटेन के अत्यंत प्रतिष्ठित 33 वैज्ञानिकों द्वारा जारी 'उत्तरजीविना की रूपरेखा' (Blueprint of Survial) नामक एक वक्तव्य, जो प्रौद्योगिकी पर दिनोंदिन बढ़ती निर्भरता पर प्रश्नचिह्न खड़ा करता है, ने गांधी की आधुनिक प्रौद्योगिकी की आलोचना को और पुख्ता किया है।

ऐसा नहीं था कि गांधी विज्ञान के विरोधी थे। आधुनिक विज्ञान दो मूल तत्त्वों पर आधारित है। पहला तत्त्व वह वैज्ञानिक विचारधारा है जो यथार्थ की प्रकृति को भेदना चाहता है, ब्रह्मांड की समस्याओं में गहरी पैठ करना चाहता है, दार्शनिक प्रवृत्ति के मुद्दों को उठाकर उसे अपने प्रयोगों द्वारा स्थापित या खारिज करना चाहता है तथा ब्रह्मांड और व्यक्ति तथा आत्मा व परमात्मा के एकीकरण के लिए यथार्थ

के गहरे सागर में स्थान बनाना चाहता है। लेकिन विज्ञान का एक दूसरा रूप भी है जो अपने ज्ञान व कौशल का उपयोग मानव-जाति की भौतिक ज़रूरतों को पूरा करने के लिए करना चाहता है। गांधी ने विज्ञान के इसी बढ़ती प्रवृत्ति पर रोक लगाने का सुझाव दिया।[20]

हिन्द स्वराज अंधाधुंध मशीनीकरण के ख़िलाफ़ चेतावनी देता है तथा भविष्य की ओर भी संकेत करता है। जैसा कि पहले ही कहा गया है कि *हिन्द स्वराज* में प्रस्तुत माडल जड़ या स्थायी नहीं है बल्कि इसके उल्टे यह समय के साथ गांधी की वैश्विक होती सोच से साथ परिवर्तित, संवर्धित तथा गतिशील होता जाता है। अतः *हिन्द स्वराज* को गांधी के विचारों के उस ढाँचे के अंतर्गत रखा जाना चाहिए जहाँ यह उनके सक्रिय जीवन के साथ-साथ विकसित व परिपक्व होता है।[21]

हिन्द स्वराज में गांधी ने उस वाद-विवाद को पुनर्जीवित किया जिसने उन्नीसवीं सदी के उत्तरार्ध में भारतीय मानस को आंदोलित किया था तथा उन्होंने इसके माध्यम से पाश्चात्य सभ्यता के खिलाफ़ आवाज़ बुलंद की। उन्होंने एक संतुलित समाज की रूप-रेखा भी सामने रखी जिसकी जड़ें भारत की प्राचीन सभ्यता और उसके मूल्यों में निहित थीं। गांधी ने भारतीय सभ्यता की प्रासंगिकता और महत्ता को पुनर्जीवन प्रदान करते हुए कहा कि दीर्घकालीन हित में भारत के विकास और समृद्धि के अगले दौर को सुनिश्चित करने के लिए इसे हम प्रारंभिक कदम के रूप में समायोजित कर सकते हैं।

गांधी ने *हिन्द स्वराज* में निम्नांकित शीर्षकों के अंतर्गत पाश्चात्य सभ्यता की कटु आलोचना की हैः 1) औपनिवेशिक साम्राज्यवाद 2) औद्योगिक पूंजीवाद और 3) तर्कवादी उपभोक्तावाद।[22] गांधी के अनुसार, भारत में उपनिवेशवाद की विजय का कारण उसकी शक्ति नहीं बल्कि भारतीयों में व्याप्त दुर्बलता थी, जिसने विदेशी ताकतों को पैर जमाने का मौका दे दिया। गांधी पहले व्यक्ति थे जिन्होंने भारत के उपनिवेशवाद को भारत के नैतिक ह्रास का परिणाम बताया।[23] गांधी के अनुसार भारत में ब्रिटिश विजय की आधारशिला हमारे नैतिक पतन के परिणामस्वरूप रखी गई और यह हमारी नैतिकता के गिरते स्तर के साथ-साथ गहरी और स्थायी होती गई।[24] *हिन्द स्वराज* में गांधी ने उपनिवेशवाद की अतिशयोक्तिपूर्ण मार्क्सवादी वैश्विक दृटिकोण का सबसे प्रभावी सांस्कृतिक प्रतिरोध प्रस्तुत किया है। दूसरे शब्दों में, *हिन्द स्वराज* औद्योगिक पूँजीवाद के रूप में पैर पसार रही विकृति का सबसे सटीक, प्रभावी और रचनात्मक जवाब है।[25] गांधी के लिए उद्योगीकरण पाश्चात्य सभ्यता का मुख्य संचालक बल और सबसे प्रधान प्रतीक रहा है। यदि मशीनों के प्रति हमारे देश में सनक पैदा होती है तो हम अपनी भूमि को दुखों के मैदान में बदल

देंगे।[26] 'यह अत्यंत आवश्यक है कि हम बुराई की प्रतीक मशीनों की पहचान समय रहते कर लें। इससे धीरे-धीरे हम उसे दूर हो सकेंगे तथा उनके बिना कार्य कर सकेंगे। यदि मशीनों को हम हम आशीर्वाद के बजाय अभिशाप मान लें तो इनका अंत स्वयं हो जाएगा।'[27] गांधी के अनुसार सांप का जहर मिलों (कारखाना) से कहीं कम खतरनाक है, क्योंकि पहले वाला तो सिर्फ़ शारीरिक नुकसान ही करता है लेकिन बाद वाला हमारे तन-मन और आत्मा तीनों को नष्ट कर देता है।[28]

गांधी के अनुसार एक सच्ची सभ्यता और एक मशीन पर आधारित सभ्यता के बीच का द्वंद्व सदैव बना रहेगा। जहाँ पहले का आधार-वाक्य धर्म के गर्भ से निकली नैतिकता का बीज मात्र है वहीं दूसरे का आधार-वाक्य 'तत्ववादी उपभोक्तावाद' है। आधुनिक सभ्यता में अर्थ और काम का संबंध धर्म से बिल्कुल विच्छेद हो जाता है क्योंकि इसमें उपभोक्तावाद ही सर्वोपरि हो जाता है।

गांधी ने *हिन्द स्वराज* में एक ओर पाश्चात्य सभ्यता के सैद्धांतिक आधार को रचनात्मक चुनौती दिया है, वहीं दूसरी ओर उन्होंने कुछ मौलिक अवधारणाओं का विकास भी किया जो बाद में 'गांधीवाद' कहलाया। स्वराज, स्वदेशी और सत्य ऐसे तीन महत्त्वपूर्ण विषय थे जिनकी उपस्थितिं न केवल उनकी रचनाओं में दिखती है बल्कि उनके सार्वजनिक जीवन में भी पूरी सत्यता के साथ दिखती है। महात्मा गांधी के लिए स्वतंत्रता का मतलब भारत की आध्यात्मिक आज़ादी से था और ऐसी आज़ादी का द्वार प्रत्येक व्यक्ति की सोच में मौलिक परिवर्तन से ही संभव था। स्वदेशी, जिसका मतलब आत्म-सम्मान, आत्मानुभूति तथा आत्मनिर्भरता था, उत्पादन के पारंपरिक व स्वदेशी तकनीकों का गुणगान मात्र नहीं था वरन इसका तात्पर्य एक ऐसे रचनात्मक अनुप्रयोग से था जो उपलब्ध संसाधनों का महत्तम उपयोग जन कल्याण के लिए अर्थपूर्ण ढंग से कर सके। उनके विमर्श का मुद्दा यह नहीं था कि भारत को तकनीक की ज़रूरत है या नहीं वरन उनके लिए मुख्य मुद्दा था—भारतीय ज़रूरतों के अनुरूप तकनीक। सत्य और अहिंसा सात्विक ताकत यानि सत्य बल के मुख्य अस्त्र मात्र हैं। ये दोनों मिलकर सत्याग्रह की रचना करते हैं जिसमें अधिकारों की प्राप्ति के लिए व्यक्तिगत दुखभोग को तरजीह दी जाती थी और उसे उद्देश्य प्राप्ति के लिए ज़रूरी माना जाता था। सत्याग्रह तर्क, नैतिकता और राजनीति का सम्मिलित देशी रूप था। इसके द्वारा विरोधियों के दिल और दिमाग तक पहुँचकर उन्हें मथने की कोशिश की जाती थी।[29]

हिन्द स्वराज की विषयवस्तु

भारत में अपने एक मित्र को लिखे गए एक पत्र[30] में गांधी ने *हिन्द स्वराज* का सारांश प्रस्तुत किया:

1) पूरब और पश्चिम के बीच कोई अलंघ्य दीवार नहीं है।

2) पाश्चात्य या यूरोपीय सभ्यता जैसी कोई चीज़ नहीं है बल्कि एक आधुनिक सभ्यता अस्तित्व में है जो पूर्णतः उपभोगवादी है।

3) आधुनिक सभ्यता के संपर्क में आने से पहले यूरोप के लोग भी एशिया के लोगों की ही तरह थे और दोनों के बीच बहुत सारी चीज़ें एक जैसी थीं।

4) भारत में शासन ब्रिटिश लोग नहीं कर रहे हैं बल्कि रेलवे, टेलीग्राफ, टेलीफोन जैसे आविष्कार कर रहे हैं। इनके माध्यम से आधुनिक सभ्यता भारत के ताने-बाने को छिन्न-भिन्न कर रही है।

5) भारत के बंबई, कलकत्ता तथा दूसरे अन्य महानगर बुराइयों के शरणस्थल के रूप में विकसित हुए हैं।

6) यदि वर्तमान ब्रिटिश शासन के आधुनिक तौर-तरीकों पर आधारित भारतीय शासन स्थापित हो भी जाए तो भी हमारी दशा व दिशा में कोई परिवर्तन नहीं आएगा सिवाय इसके कि इंग्लैंड द्वारा भारतीय धन की निकासी पर कुछ रोक लग जाएगी। लेकिन तब भारत की स्थिति यूरोप या अमेरिका के दूसरे या पाँचवें दर्जे के राष्ट्र के समान होगी।

7) यदि पश्चिम आधुनिक सभ्यता से पूरी तरह तौबा कर ले तो पूरब और पश्चिम का सौहार्द्रपूर्ण मिलन संभव ही नहीं, सुनिश्चित भी है। ऐसा तब भी हो सकता है जब पूरब आधुनिक सभ्यता को पूरी तरह अपना ले। लेकिन तब यह मिलन एक सैन्य संधि के समान होगी।

8) किसी भी व्यक्ति या समूह के लिए संपूर्ण विश्व के सुधार की कल्पना या कोशिश करना नितांत अव्यवहारिक है और यह प्रयास यदि अत्यंत परिष्कृत स्वचालित और अति कृत्रिम साधनों द्वारा किया जाता है तो इसे असंभव ही माना जाएगा।

9) भौतिक सुख-सुविधाओं में बढ़ोत्तरी किसी भी रूप में भौतिकता को प्रेरित या समृद्ध नहीं करेगी।

10) मेडिकल साइंस (चिकित्साशास्त्र) काले जादू का केंद्रीकृत सार तत्त्व है। इस तरह के उच्च चिकित्सीय कौशल से नीम हकीम कई गुणा बेहतर हैं।

11) अस्पताल शैतानी साम्राज्य कायम रखने के औजार हैं। ये दुर्बलता, नैतिक पतन तथा वास्तविक गुलामी लाने वाले मुख्य कारक हैं। चिकित्सीय प्रशिक्षण लेने

की अपनी योजना पर जब विचार करता हूँ तो पाता हूँ कि मैं एक बहुत बड़ा पाप करने जा रहा था तथा अस्पतालों में हो रहे पापों का भागीदार बनने की राह पर था। यदि यौन रोगों या फिर क्षय रोगों के वास्ते कोई अस्पताल नहीं होता तो शायद यौन दुराचारों और क्षय रोगियों की संख्या इतनी नहीं होती जितनी आज है।

12) पिछले पचास वर्षों का घटनाक्रम भारतीय गुलामी का कारण है। रेलवे, टेलीग्राफ, अस्पताल, वकील, डाक्टर आदि जैसे चीज़ों का खात्मा नितांत आवश्यक है और इन्हें जाना ही होगा। हमारे तथा कथित उच्चवर्गीय लोगों को विचारपूर्वक एक सात्विक सरल व सादे जीवन की कला सीखनी होगी क्योंकि इसी के माध्यम से वे सही मायनों में संतुष्ट व सानन्द जीवन जी पाएँगें।

13) भारतीयों को मशीन निर्मित वस्त्रों से पूर्णतया परहेज करना चाहिए, फिर चाहे वे वस्त्र यूरोपीय मिलों के हों या भारतीय मिलों के।

इंग्लैंड ऐसा करने में भारत की मदद कर सकता है और तब ही सही मायनों में वह अपने शासन को न्यायोचित कह पाएगा। इंग्लैंड के बहुत सारे लोग आज इस तरह की सोच रखते हैं।

हमारी प्राचीन सभ्यताएँ और समाज आज की अपेक्षा कई गुणा अधिक सहज, संतुलित और नियमित थी क्योंकि उन्होंने उपभोगवादी प्रवृत्ति को संयमित और संतुलित कर रखा था। तब के लोग आज के यूरोपीय लोगों के मुकाबले कहीं अधिक लंबा व सुखद जीवन जीते थे। मुझे पूरा विश्वास है कि यदि हम संयम और विवेक से काम लें तो हम फिर से पहले वाली निश्चिंतता, सरलता और आनंद का उपभोग कर सकेंगे। मेरा ख्याल है कि प्रत्येक प्रबुद्ध व्यक्ति इससे सहमत होगा और वह ऐसा करना चाहेगा।

इसी प्रकार एक आधुनिक भारतीय विद्वान[31] ने *हिन्द स्वराज* का सार-संक्षेप निम्नांकित बिंदुओं में प्रस्तुत किया है:

1) तथाकथित आधुनिक सभ्यता का पाश्चात्य सभ्यता से कोई लेना-देना नहीं है क्योंकि पश्चिम की आधुनिक औद्योगिक सभ्यता से पहले पूरब और पश्चिम में कोई उल्लेखनीय अंतर नहीं था।

2) पश्चिम द्वारा पूरब का शोषण सभ्यता की वजह से नहीं है यानि वह सभ्यता मूलक नहीं है।

3) ब्रिटेन ने भारत पर आक्रमण नहीं किया वरन औद्योगिक सभ्यता के लालच में हमने खुद उसे अपने ऊपर शासन करने के लिए आमंत्रित किया है।

4) शहरीकरण का शोषक रूप आधुनिक सभ्यता के असली चेहरे को दिखाता है।

5) ब्रिटिश लोगों के स्थान पर भारतीयों के आने से भी हमारी सभ्यता का

समाधान नहीं होने वाला वरन समस्या के वास्तविक समाधान के लिए पूरे तंत्र में समूल परिवर्तन लाने की आवश्यकता है ताकि सभ्यता के मानवीय चेहरे को सामने लाया जा सके।

6) भौतिक हितों में कोई भी सुधार मानव का नैतिक उत्थान नहीं कर सकता। इसके उल्टे जीवन के नैतिक मापदंड में सुधार से भौतिक प्रगति भी परिष्कृत हो सकती है।

7) कानूनी तंत्र लोगों के बीच वैमनस्य का बीज बोता है और शायद ही कभी लोगों के पारस्परिक मिलन में भागीदार बनता है।

8) दवाइयों का वर्तमान व्यवहार बीमारियों को पैदा करने का मुख्य स्रोत है।

9) मशीनों के प्रति दिवानापन अत्यंत खतरनाक है। श्रम का बचत करने वाली मशीनों को तभी उपयुक्त ठहराया जा सकता है जब प्रत्येक व्यक्ति अपने जीवनयापन और रचनात्मक अभिव्यक्ति के लिए काम करे।

10) हिंसा, हिंसा को जन्म देती है। सत्याग्रह बलवानों का अस्त्र है, कायर और कमज़ोरों का नहीं।

11) साध्य व साधन का रिश्ता अटूट है। हम महान लक्ष्यों की उपलब्धि तुच्छ व गलत साधनों से नहीं कर सकते। साधनों की उपयुक्तता हमेशा उपयुक्त लक्ष्यों की उपलब्धि में सहायक होती है।

12) सादा जीवन और उच्च विचार ही शांति और समरसता की कुंजी है।

13) प्राथमिक शिक्षा का मतलब नैतिक शिक्षा होनी चाहिए।

14) ऋषि-मुनियों की इस वाणी में पर्याप्त सत्यता है कि भोगों की प्रवृत्ति में लगाम से ही श्रेष्ठ व संतुलित जीवन का मार्ग खुल सकता है।

15) जैसे ही भारतीय लोग आधुनिक सभ्यता का लालच छोड़ देंगे वैसे ही भारत स्वतंत्र हो जाएगा और वह स्वतंत्रता अधिक स्थायी और सुखकर होगी।

निष्कर्ष

हिन्द स्वराज को गांधी ने अपने विचार और दर्शन को स्पष्ट करने के लिए लिखा। राज्य, समाज और राष्ट्र पर गांधी के विचारों की शायद यह सबसे परिष्कृत और सुस्पष्ट व्याख्या है। यद्यपि *हिन्द स्वराज* एक मौलिक रचना है तथापि इसे लिखने के क्रम में गांधी कुछ प्रमुख पाश्चात्य विचारकों से अत्यधिक प्रभावित दिखते हैं। इस पुस्तक में गांधीवादी राजनीति के कुछ अत्यंत मौलिक सिद्धातों[32] का प्रतिपादन हुआ है। वास्तव में, *हिन्द स्वराज* में भारत में स्वराज की उपलब्धि के लिए गांधी की संपूर्ण रणनीति का सबसे निर्णायक सैद्धांतिक पहलू उभर कर सामने आता है।[33] इसके

अलावा, स्वराज व सत्याग्रह से संबंधित गांधी के समकालिक और राजनीति विचारों का यह सबसे प्रामाणिक दस्तावेज़ है। *हिन्द स्वराज* में गांधी ने अपने पूर्ववर्तियों की अपेक्षा कहीं अधिक नाटकीय और मौलिक रूप से भारतीय समाज के आध्यात्मिक और नैतिक ताने-बाने तथा यूरोपीय राज्यों के हिंसक तथा राजनीतिक रूप से भ्रष्ट प्रकृति के बीच के मौलिक अंतर्विरोधों को स्पष्ट किया है।

गांधी का *हिन्द स्वराज* व्यक्ति, समाज तथा राज्य के आंतरिक और बाहृय द्वंद्वों से उत्पन्न विभिन्न तात्कालिक और समकालीन समस्याओं का जवाब था। लेकिन *हिन्द स्वराज* समकालीन समस्याओं के साथ-साथ भविष्य में उत्पन्न होने वाली समस्याओं का भी एक वैकल्पिक और समुचित समाधान सुझाता है तथा उसके लिए प्रामाणिक तथा मौलिक दृष्टिकोण प्रस्तुत करता है।

टिप्पणी

1 मिश्र, आर. पी., *हिन्द स्वराज*, नई दिल्ली, कंसेप्ट पब्लिशिंग कंपनी, 2006

2 प्रसाद, नागेश्वर, (संपादित) *हिन्द स्वराजः ए फ्रेश लुक*, नई दिल्ली, गांधी शांति प्रतिष्ठान, 1985, पृष्ठ 1

3 परेल, एंथनी जे., *हिन्द स्वराज* एंड अदर राइटिंग्स, कैम्ब्रिज, कैम्ब्रिज यूनिवर्सिटी प्रेस, 1997, पृ. xiii

4 गांधी, एम. के., *हिन्द स्वराज और इंडियन होल रूल*, अहमदाबाद, नवजीवन पब्लिशिंग हाउस, 1938, पृ. 13

5 प्रसाद, नागेश्वर, पूर्व उद्धृत, पृ. 16

6 वहीं

7 वहीं, पृ. 16-17

8 तेंदुलकर, डी. जी., *महात्मा*, 2005, बंबई, विट्ठल भाई के. झावेरी, 1951, पृ. 127-28

9 देवदत्त, 'हिन्द स्वराजः संदर्भ तथा विषय', प्रसाद, नागेश्वर (सं.), *हिन्द स्वराजः ए फ्रेश लुक*, *दृष्टि*, नई दिल्ली, गांधी शांति प्रतिष्ठान, 1985

10 मिश्र, आर. पी., पूर्व उद्धृत

11 वहीं

12 परेल, एंथनी जे., पूर्व उद्धृत, पृ. 14

13 संपूर्ण गांधी वांङ्मय, जिल्द 71, पृ. 235

14 वहीं, जिल्द 10, पृ. 245

15 वहीं 22, पृ. 260

16 देवदत्त, पूर्व उद्धृत, पृ. 33

17 गांधी, एम. के., पूर्व उद्धृत पृ. 94
18 प्रसाद, नागेश्वर, पूर्व उद्धृत, पृ. 17
19 वहीं, पृ. 18-19
20 वहीं, पृ. 23
21 वहीं, पृ. 24
22 चक्रवर्ती, विद्युत, *सोशल एंड पॉलिटिक्स थॉट ऑफ महात्मा गांधी*, लंदन, रतलेज, 2006, पृ. 24
23 वहीं
24 विद्युत चक्रवर्ती, पूर्व उद्धृत, पृ. 25
25 वहीं
26 गांधी, एम. के., *हिन्द स्वराज और इंडियन होम रूल*, अहमदाबाद, नवजीवन पब्लिशिंग हाउस, 1938, पृ. 81
27 वहीं, पृ. 83- 84
28 वही, पृ. 52
29 वही, पृ. 82
30 तेंदुलकर, डी. जी., पूर्व उद्धृत, पृ. 129-31
31 मिश्र, आर. पी., पूर्व उद्धृत, पृ. 22
32 चक्रवर्ती, विद्युत, पूर्व उद्धृत, पृ. 23
33 वहीं

5

हिन्द स्वराज और एंथनी जे. परेल

अंजु झाम्ब

एंथनी जे. परेल द्वारा संपादित पुस्तक *Hind Swaraj and Other Writings* में गांधी की मूल कृति *हिन्द स्वराज* पर चर्चा की गई है। परेल द्वारा इस कृति की ऐतिहासिक, राजनीतिक और दार्शनिक/वैचारिक संदर्भों में पुनर्व्याख्या की गई है। इसमें न केवल गांधी के लंदन और दक्षिण अफ्रीका के अनुभवों का विश्लेषण किया गया है, बल्कि गांधी के विचारों और उनकी सोच पर पश्चिमी विचारकों और भारतीय धार्मिक कृतियों का जो प्रभाव पड़ा है, उसका भी मूल्यांकन किया गया है। *हिन्द स्वराज* को गांधी ने स्वयं गुजराती से अंग्रेज़ी में अनूदित किया है। इस कृति के माध्यम से गांधी ने 'अहिंसा' का महान संदेश पूरे विश्व के सामने रखा तथा यही कृति जीवनपर्यंत उनके लिए प्रेरणा का स्रोत बनी रही।

हिन्द स्वराज ही वह बीज था जिससे निकलकर गांधीवादी विचारधारा पूर्ण रूप से विकसित हुई। गांधीवादी विचारधारा में रुचि रखने वालों को शुरुआत *हिन्द स्वराज* से ही करनी चाहिए। इसमें गांधी के मूल विचारों को सामंजस्यपूर्ण ढंग से प्रस्तुत किया गया है। यह उनकी आस्था का प्रतिबिंब है। *हिन्द स्वराज* के माध्यम से ही गांधी ने अपने जीवन-लक्ष्य की घोषणा की है, जो भारतीयों को नैतिक पुनर्जागरण तथा राजनीतिक मुक्ति की राह पर ले जाता है। अतः इसमें कोई आश्चर्य नहीं कि इस रचना को गांधी के विचारों का मूल दस्तावेज़ माना जाता है।[1]

हिन्द स्वराज को गांधी ने केवल दस दिनों (13 से 22 नवंबर, 1909) में लिखा जब वे लंदन से दक्षिण अफ्रीका लौट रहे थे। 'किल्डोनन केसल' नामक जहाज़ पर लिखी गई पूरी पांडुलिपि को लिखने में जहाज़ के कागज़ों का ही इस्तेमाल किया गया। पूरा वक्तव्य इतनी तीव्र गति से लिखा गया कि जब उनका दाहिना हाथ थक जाता था तो वे बाएँ हाथ से लिखने लगते थे। कुल 275 पृष्ठों में से 40 पृष्ठ बाएँ हाथ से लिखे गए थे। ऐसा लगता था कि वह किसी गहरी प्रेरणा के प्रभाव में लिख रहे हों। पूरे लेख में से केवल कुछ एक शब्द ही बाद में बदले गए। गांधी इसे अपनी मौलिक रचना मानते थे। ऐसा उन्होने अपने मित्र हरमन केलन बेक को एक पत्र लिखकर बताया था।[2]

यहाँ यह स्पष्ट कर देना आवश्यक है कि एंथनी जे. परेल की व्याख्या से पहले भी *हिन्द स्वराज* पर कुछ व्याख्याएँ दी जा चुकी हैं और हर एक व्याख्या अपने दृष्टिकोण से महत्त्वपूर्ण है। पहली व्याख्या गांधी के जीवनकाल में ही सितंबर 1938 में सामने आई। *आर्यन पाथ* मासिक में सोफिया वाडिया ने *हिन्द स्वराज* पर एक विशेष अंक निकाला। इसमें विचार देने वाले प्रमुखतः यूरोपीय विचारक फ्रेडरिक सॉडी, जी. डी. एच. कोल, सी.डी. बर्न्स, जान एम. मरी, जे. डी. बेरेसफर्ड, ह्मूम फासेट, क्लाड हूटन, जिराल्ड हर्ड तथा मैडम रेथबोन थे। *हिन्द स्वराज* पर दूसरी महत्त्वपूर्ण व्याख्या एक संगोष्ठी के परिणामस्वरूप सामने आई और इसे *गांधी मार्ग* में 1973 में प्रकाशित किया गया। इस संगोष्ठी में भारतीय बुद्धिजीवियों ने अपने विचार प्रकट किए। इन बुद्धिजीवियों में प्रमुख थे—सुगाता दास गुप्ता, आर. के. पाटिल, देवदत्त, बदरुद्दीन तैयबजी, आर. सी. मजुमदार, आर. आर. दिवाकर आदि। वर्ष 1985 में एक बार फिर नागेश्वर प्रसाद द्वारा *हिन्द स्वराज ए फ्रेश लुक* नाम से इस रचना की पुनर्व्याख्या की गई तथा आधुनिक भारतीय राजनीति में इसके प्रभाव को स्पष्ट किया गया।

हिन्द स्वराज मिश्रित पाठक वर्ग को संबोधित है जिसमें हिंसा तथा आतंकवाद के प्रति आकर्षित भारतीय, मॉडरेट या नरम दल, एक्सट्रीमिस्ट या गरम दल, आम भारतीय नागरिक तथा अंग्रेज़ आदि सभी सम्मिलित हैं। इसमें सभी भाषाओं, धर्मों और जातियों के लोग शामिल हैं। मध्यम वर्ग के लोग भी पाठक वर्ग में शामिल हैं। अंग्रेज़ों से गांधी का अभिप्राय उस ब्रिटिश शासक वर्ग से है जो भारत में रहता था या फिर ब्रिटेन में। पुस्तक लिखने के कारणों में सर्वप्रथम है गांधी के भीतर उत्पन्न ज्ञान का प्रकाश तथा उससे उभरी एक अभिलाषा जो कुछ कहने के लिए व्याकुल थी। गांधी ने अपने मित्र हेनरी पोलक को लिखा भी था कि 'कोई एक विचार मेरे मन-मस्तिष्क में जन्म ले रहा है।' पुस्तक लिखने से लगभग एक महीना पहले

गांधी ने अपने मित्र को लिखा, 'मुझे लगता है कि मुझे अपने विचार और दबाने नहीं चाहिए। हालाँकि ये विचार नए नहीं हैं लेकिन अब इन्होंने मेरे मन-मस्तिष्क में एक ठोस आकार ग्रहण कर लिया है और ये बाहर निकलने के लिए बैचेन हैं।' *हिन्द स्वराज* के प्राक्कथन में भी यही तीव्रता दिखाई देती है: 'मैंने इसलिए लिखा क्योंकि मैं इन विचारों को अपने अंदर और रोक नहीं पा रहा था।' वर्षों बाद अपने इस अनुभव को स्मरण करते हुए गांधी ने लिखा 'ठीक उसी तरह जैसे कोई व्यक्ति भावावेश में स्वयं को बोलने से रोक नहीं पाता है, मैं भी स्वयं को लिखने से रोक नहीं पाया।'[3]

दूसरे, इस पुस्तक के माध्यम से वे आम लोगों के लिए 'स्वराज' का अर्थ स्पष्ट करना चाहते थे। गांधीवादी विचारधारा में स्वराज एक प्रमुख एवं मौलिक अवधारणा है। हालाँकि गांधी के नाम के साथ अहिंसा को सबसे पहले जोड़ा जाता है, लेकिन इस कथन से भी इंकार नहीं किया जा सकता कि अहिंसा स्वराज प्राप्ति का एक साधन है। साध्य तो निश्चित रूप से स्वराज ही है। स्वराज संस्कृत शब्द 'स्व' और 'राज' से बना है। *हिन्द स्वराज* में इस अवधारणा को दो रूपों में समझाया गया है— क) स्वराज स्वनियंत्रण (self-rule) के रूप में तथा ख) स्वराज स्वशासन (self-government) के रूप में। गांधी के अनुसार सच्चा स्वराज self-rule के रूप में प्राप्त किया जा सकता है। 'स्वराज का अर्थ दूसरों पर नहीं बल्कि अपने ऊपर अंकुश रखना है। जिसने अपनी इंद्रियों पर अधिकार कर लिया उसने सब कुछ प्राप्त कर लिया।'[4] स्वराज की यही रूपरेखा पूरी पुस्तक को एक आधार प्रदान करती है।

तीसरे, गांधी ने यह स्पष्ट किया कि राजनीतिक आतंकवाद और हिंसा भारत की समस्याओं का हल नहीं है। हिंसा और आतंक की नीतियाँ अपना कर कुछ भारतीय युवक 'आत्महत्या की नीति' अपना रहे हैं। 1909 में लंदन प्रवास के दौरान गांधी को कई क्रांतिकारी स्वराज प्रेमी भारतीय नवयुवक मिले। वे शूरवीर तो थे लेकिन उनके जोश ने गांधी को अधिक प्रभावित नहीं किया। उन्होंने लिखा, 'मैने अनुभव किया कि हिंसा भारतीय कष्टों का इलाज नहीं है। भारतीय सभ्यता को आत्मरक्षा के लिए किसी दूसरे उच्च उपाय की आवश्यकता है।'[5]

चौथे, गांधी भारतीयों को यह समझाने के लिए आतुर थे कि आधुनिक सभ्यता उपनिवेशवाद से भी बड़ा खतरा पैदा कर रही है। आम भारतीय तो आधुनिक सभ्यता को एक वरदान मान कर चल रहे थे और उपनिवेशवाद को एक बुराई/अभिशाप। भारतीय यह भूल रहे थे कि उपनिवेशवाद भी आधुनिक सभ्यता की ही देन है। गांधी ने यह भी स्पष्ट किया कि 'भारतीयों के दुर्भाग्य के लिए केवल अंग्रेज़ ज़िम्मेदार नहीं हैं बल्कि यह हम ही हैं जिन्होंने आधुनिक सभ्यता के आगे समर्पण कर दिया है।' *हिन्द स्वराज* को सही मायनों में समझने के लिए यह आवश्यक है कि हम

नैतिक मूल्यों के लिए भौतिक सुख-सुविधाएँ त्याग दें। इस प्रकार के जीवन में हिंसा का कोई स्थान नहीं है। 1929 में उन्होंने दुबारा इसी विचार को स्पष्ट करते हुए कहा था कि 'पश्चिमी समाज जिसे सभ्यता कहता है, वह मेरे लिए निंदनीय है। मैंने *हिन्द स्वराज* में इसकी तस्वीर पेश की है। समय भी इन विचारों में कोई परिवर्तन नहीं ला सका।'[6] गांधी बार-बार पाठकों से यह आग्रह करते हैं कि वे *हिन्द स्वराज* को उनके दृष्टिकोण से देखें कि भारत अहिंसा के पथ पर कैसे अग्रसर हो। और यह तो निश्चित है कि अहिंसा किसी 'फैक्टरी सभ्यता' में निर्मित नही होती, बल्कि इसका निर्माण स्वनियंत्रित ग्राम-प्रदेशों के आधार पर ही हो सकता है।[7]

पाँचवें, गांधी को यह विश्वास था कि *हिन्द स्वराज* के माध्यम से वे भारतीयों को एक व्यावहारिक दर्शन दे सकेंगे जिसमें धर्म का एक आधुनिक स्वरूप प्रस्तुत किया जाएगा। प्राचीन समय में धर्म को केवल कर्त्तव्यों के पुंज के रूप में देखा जाता था या फिर किसी के सम्मान मानदंड के रूप में। गांधी के अनुसार अब समय आ गया है कि धर्म को फिर से परिभाषित किया जाए। अब धर्म के साथ नागरिकता, स्वतंत्रता, समता तथा आपसी सद्भाव जैसी अवधारणाओं को भी सम्मिलित करने की आवश्यकता है। गांधी के अनुसार *हिन्द स्वराज* सिर्फ़ एक राजनीतिक पुस्तक नहीं है 'हालाँकि इस पुस्तक की भाषा राजनीतिक हो सकती है लेकिन मैंने इसमें धर्म का प्रतिबिंब दिखाने का प्रयास किया है। अगर कोई मुझसे पूछे कि *हिन्द स्वराज* का अर्थ क्या है तो मैं इसका अर्थ बताऊँगा—धर्म का राज्य या रामराज्य'।[8] हम चाहे *गीता* पढ़ें या फिर *हिन्द स्वराज*, हमें सीखना यह है कि दूसरों का कल्याण कैसे किया जाए। इस प्रकार हिन्द *स्वराज* के माध्यम से धर्म को पुनर्परिभाषित किया गया है।[9]

इस प्रकार इन सभी उद्देश्यों और मंशाओं को सामने रखते हुए *हिन्द स्वराज* की रचना की गई है। पाठकों को पहली नज़र में यह पुस्तक अत्यंत सरल दिखाई देगी। यह स्वाभाविक भी है क्योंकि गांधी हर वस्तु में सादगी ढूँढ़ते थे। इसलिए उनके विचारों का प्रस्तुतीकरण भी इसी सादगी से हुआ है। पुस्तक में यह दिखाने का प्रयास किया गया है कि आधुनिक भारत कैसा हो? राजनीति को नैतिकता के साथ कैसे जोड़ा जाए? राजनीति को सक्रिय जीवन के रूप में कैसे ग्रहण किया जाए? पुस्तक संवाद शैली में लिखी गई है। यह संवाद शैली प्लेटो के *रिपब्लिक* से प्रभावित है। पुस्तक को समझना और भी सरल हो जाता है अगर हम उसके ऐतिहासिक और वैचारिक/बौद्धिक तथा तात्कालिक संदर्भों को समझ लें जिनके आलोक में यह पुस्तक लिखी गई है।

हिन्द स्वराज का ऐतिहासिक संदर्भ

एंथनी जे. परेल द्वारा *हिन्द स्वराज* के ऐतिहासिक संदर्भ के रूप में सबसे पहले 'आधुनिक सभ्यता' के मुद्दे को उठाया गया है। गांधी द्वारा 'आधुनिक सभ्यता' की यह आलोचना आधुनिक राजनीतिक चिंतन को उनकी महत्त्वपूर्ण देन है। आधुनिक सभ्यता की विभिन्न प्रवृत्तियों के विषय में गांधी की विचारधारा ने ही उन्हें एक चिंतक तथा राजनीति प्रवर्तक बनाया है। कई स्थानों पर उनकी आलोचना के स्वर इतने कटु हैं कि पाठक भ्रमित भी हो सकता है। लेकिन यहाँ यह कहना आवश्यक है कि यद्यपि आधुनिक सभ्यता के प्रति उनका दृष्टिकोण आलोचनात्मक है तथापि यह पूर्णतः नकारात्मक नहीं है। आधुनिक सभ्यता के विभिन्न योगदानों जैसे नागरिक स्वतंत्रता, समानता, अधिकार, जीवन-स्तर में सुधार के अवसर, महिलाओं की परंपरागत रूढ़ियों से मुक्ति तथा धार्मिक सहिष्णुता जैसी अवधारणाओं का गांधी ने स्वागत भी किया है। लेकिन यह स्वागत तभी सार्थक हो सकता है जब स्वतंत्रता को स्वराज के साथ, अधिकारों को कर्त्तव्यों के साथ, आर्थिक विकास को बौद्धिक प्रगति के साथ समाहित किया जा सके।

सभ्यता के विषय में गांधी की अपनी परिभाषा है। उनकी नज़र में 'सभ्यता वह आचरण है जो मनुष्य को उसके कर्त्तव्यों का मार्ग दिखाती है।'[10] सभ्यता के अभाव में मनुष्य बर्बर (पाशविक) प्रवृत्तियों की ओर अग्रसर होता है। आधुनिक पश्चिमी सभ्यता से उनका अभिप्राय उस आचरण संहिता से है जो प्रमुखतः औद्योगिक क्रांति के फलस्वरूप उत्पन्न हुआ। यह स्मरण रखना आवश्यक है कि आधुनिक सभ्यता से केवल उत्पादन के तरीकों में ही बदलाव नहीं आया बल्कि प्रकृति के प्रति मानव स्वभाव, धर्म, नीति, विज्ञान, ज्ञान, तकनीक, राजनीति, अर्थव्यवस्था सभी में बदलाव आया है। प्रकृति जो पहले अपनी इच्छा और नियमों से बँधी थी अब मानव ज़रूरतों तथा इच्छाओं की पूर्ति का साधन बन गई है। औद्योगिक क्रांति के कारण श्रम की अवधारणा भी बदल गई है; अब वह केवल लाभ तथा पूँजी उत्पन्न करने की योग्यता भर बन कर रह गई है। शारीरिक श्रम केवल पिछड़े तथा अनपढ़ वर्ग के करने योग्य कार्य माना जाने लगा है। तकनीकी और औद्योगिक क्रांति के कारण मनुष्यों के स्थान पर मशीनें अपना प्रभुत्व जमाने लगी हैं।

आधुनिक सभ्यता से दो तरह की विचारधाराएँ सामने आई हैं—उदारवाद तथा उपनिवेशवाद/साम्राज्यवाद। जहाँ उदारवादी विचारधारा के साथ औद्योगिक रूप से उन्नत देश जुड़ गए, जैसे ब्रिटेन, फ्रांस आदि, वहाँ उपनिवेशवाद का नाम आर्थिक रूप से पिछड़े देशों के साथ जुड़ गया जैसे भारत। इस मशीन-आधारित आधुनिक सभ्यता ने विश्व को दो भागों में बाँट दिया है—सभ्य तथा असभ्य देश, अर्थात

औद्योगिक रूप से उन्नत देश तथा पिछड़े देश। ऐसा मान लिया गया कि जो औद्योगिक रूप से उन्नत देश हैं वही सभ्य हैं और जो कमज़ोर तथा पिछड़े देश हैं वे असभ्य हैं। गांधी इस वर्गीकरण से निराश हुए और उन्होंने ब्रिटेन द्वारा भारत के शोषण का विरोध भी किया। गांधी ने माना कि इस आधुनिक पश्चिमी सभ्यता में धर्म तथा नैतिकता के लिए कोई स्थान नहीं है। यह सभ्यता भौतिक तत्त्वों पर आधारित है, इसलिए यह शोषण को जन्म देती है। गांधी यह मानते थे कि उपनिवेशवादी शोषण के लिए पूरा का पूरा दोष ब्रिटेन को देना गलत होगा। इसके लिए खुद भारतीय ज़िम्मेदार हैं। 'हिंदुस्तान अंग्रेज़ों ने लिया है ऐसी बात नहीं है, बल्कि हमने उन्हें दिया है। हिंदुस्तान में वे अपने बल से नहीं टिके हैं, बल्कि हमने उन्हें टिका रखा है। हमारे देश में तो वे व्यापार के लिए आए थे। हमने ही उन्हें कंपनी बहादुर बनाया। कंपनी के लोगों की मदद भी हमने ही की। वे हम पर राज करने का इरादा नहीं रखते थे। हम उनको माल बेचते थे। हमने अंग्रेज़ व्यापारियों को बढ़ावा दिया तभी वे हिंदुस्तान में अपने पाँव फैला सके। जब हमारे राजा आपस में लड़े तो उन्होंने कंपनी बहादुर से मदद माँगी। हिंदू-मुसलमानों के बीच बैर तब भी था जिससे कंपनी को मौका मिला। इस प्रकार, हमने कंपनी के लिए ऐसे संयोग पैदा किए जिससे हिंदुस्तान पर उनका अधिकार हो गया।'

गांधी के अनुसार आधुनिक सभ्यता और उद्योगीकरण दोनों साथ-साथ चलते हैं।[11] मशीनें इस आधुनिक सभ्यता का प्रमुख प्रतीक हैं। मशीनों की आलोचना करते हुए गांधी मानते हैं कि मशीनीकरण ने मनुष्य को आलसी बनाया है और श्रम की अवधारणा को बदल दिया है। मज़दूरों की स्थिति बदतर हुई है। उनके काम करने की परिस्थितियाँ खराब हुई हैं जिसके कारण उनके स्वास्थ्य पर बुरा प्रभाव पड़ा है। गांधी के अनुसार, हमें यह समझना है कि मशीनें एक प्रकार की बुराई हैं। उनके बिना भी काम चल सकता है। प्रकृति ने यह कभी नहीं चाहा कि किसी लक्ष्य की प्राप्ति के लिए इनका इस्तेमाल किया जाए। यह तो मनुष्य का बढ़ता हुआ लालच तथा उसकी इच्छाएँ हैं कि प्रकृति के विपरीत जाकर भी वह मशीनों के द्वारा अपने उद्देश्य को साधना चाहता है। इसी लालच और इच्छा ने उपनिवेशवाद और साम्राज्यवाद को जन्म दिया है। इसी कारण मनुष्य ने अपने आर्थिक हितों की पूर्ति के लिए शोषण को जन्म दिया है। उपनिवेशवाद और उद्योगीकरण निश्चित रूप से एक दूसरे के पूरक हैं और मानव समाज के लिए नुकसानदायक। अतः गांधी ने इसकी आलोचना की है।

गांधी के अनुसार एक सच्ची सभ्यता और मशीनों पर आधारित सभ्यता में अंतर है। सच्ची सभ्यता धर्म और नैतिकता पर आधारित होगी, जबकि मशीनी सभ्यता

अर्थ, धन, काम और इच्छा पर आधारित है। सच्ची सभ्यता वह आचरण है जिसमें व्यक्ति अपने कर्त्तव्यों का पालन करता है, नीति का पालन करता है तथा मन और इंद्रियों को अपने वश में रखता है। इस प्रकार हिंदुस्तान की सभ्यता का झुकाव नीति को मज़बूत करने की ओर है, जबकि पश्चिमी सभ्यता/मशीनी सभ्यता अनीति को मज़बूत करती है। पश्चिमी सभ्यता निरीश्वरवादी है जबकि हिंदुस्तान की सभ्यता ईश्वर में विश्वास करने वाली है।[12]

गांधी का मानना था कि केवल अंग्रेज़ों को भारत से हटाने से स्वराज नहीं मिलेगा। हमें अपनी आत्मा को बचाना है। हमें सत्य, धर्म और नैतिकता के मार्ग पर चलना है, तभी हम स्वराज के निकट होंगे।

दक्षिण अफ्रीका की राजनीति

गांधी द्वारा आधुनिक सभ्यता की जो समीक्षा की गई है उसका वास्तविक विकास भारत में नहीं अपितु दक्षिण अफ्रीका में हुआ था। गांधी ने भारत में नहीं, बल्कि दक्षिण अफ्रीका में भारतीय राष्ट्रवाद का बिंब ग्रहण किया था। उनका राष्ट्रवाद स्थानीय, प्रांतीय और राष्ट्रीय रूप लिए हुए नहीं था। वे मानते थे कि 'पहले मैं एक भारतीय, फिर गुजराती और अंत में एक काठियावाड़ी हूँ।' उनके राजनीतिक दर्शन और तकनीकों का विकास चंपारण, खेड़ा या बारदोली में नहीं बल्कि ट्रांसवाल में हुआ था। इस दृष्टि से उनके दक्षिण अफ्रीका के अनुभव बहुत महत्त्वपूर्ण हैं। 'नटाल भारतीय कांग्रेस' तथा 'ट्रांसवाल ब्रिटिश भारतीय सभा' में उनकी भूमिका इस दृष्टिकोण से बहुत महत्त्व रखती है। दक्षिण अफ्रीका में ही गांधी द्वारा भारतीय श्रमिकों तथा व्यापारी विरोधी विधेयकों के विरोध में आंदोलन खड़े किए गए। सत्याग्रह आंदोलन की विभिन्न तकनीकों/तरीकों की खोज भी यहीं हुई। वकील के रूप में गांधी ने यहीं कार्य किया और पत्रकार के रूप में *इंडियन ओपिनियन* पत्रिका का संपादन भी यहीं हुआ। फीनिक्स आश्रम की स्थापना भी दक्षिण अफ्रीका में ही हुई।

तीन प्रमुख मुद्दे ऐसे हैं जो दक्षिण अफ्रीका से जुड़े हैं और उनका वर्णन यहाँ आवश्यक है। प्रथम, दक्षिण अफ्रीका में ही गांधी ने पहली बार यह जाना कि उपनिवेशवादी समस्या/शोषण का मूल आधार आधुनिक सभ्यता ही है। यदि लेनिन ने उपनिवेशवाद को पूँजीवाद के साथ जोड़ा है तो एक कदम आगे बढ़ते हुए गांधी ने उपनिवेशवाद को आधुनिकता के साथ जोड़ दिया है। निश्चित रूप से उपनिवेशवादी शोषण द्वारा उपनिवेशों का नुकसान हुआ तथा उपनिवेशवादी ताकतों की संपन्नता और समृद्धि का विस्तार हुआ। 1896 के दिसंबर में गांधी ने पश्चिमी सभ्यता पर एक भाषण दिया जिसमें उन्होंने पश्चिमी सभ्यता को प्रधानतः हिंसक

बताया और पूर्व की सभ्यता को अहिंसक।[13] गांधी से एक प्रश्न भी किया गया कि अगर गोरे आपको चोट पहुँचाते हैं तो आप अपने अहिंसा के सिद्धांत को किस प्रकार अमल में लाएँगे। गांधी ने कहा कि उन्हें माफ कर देने और उन पर मुकदमा नहीं चलाने की हिम्मत और बुद्धि ईश्वर मुझे देगा।[14]

1908 में एक बार फिर गांधी ने जोहानसबर्ग यंग मेन क्रिश्चियन एसोसिएसन (YMCA) में 'आधुनिक सभ्यता' पर एक भाषण दिया। इसमें गांधी 'द्वारा ईसाई सभ्यता तथा आधुनिक पश्चिमी सभ्यता में अंतर को स्पष्ट किया गया। गांधी के अनुसार आधुनिक पश्चिमी सभ्यता दो प्रमुख सिद्धांतों पर आधारित है। एक 'जिसकी लाठी उसकी भैंस' और दूसरा 'योग्यतम की विजय', लेकिन इन सब में किसी लक्ष्य-विशेष का अभाव है। भारतीय सभ्यता के निर्धारित लक्ष्य हैं। गांधी ने कहा कि 'ऐसी कोई भी सभ्यता जिसमें सभी शक्तियाँ केंद्रित लक्ष्य से हटकर अलग-अलग दिशाओं में जाती हैं वे निरुद्देश्य हो सकती हैं। इसके विपरीत, केंद्रित सभ्यता सदैव एक लक्ष्य को लेकर चलती है।'[15]

1920 में गांधी फिर आधुनिक सभ्यता के मुद्दे को उठाते हैं। *दक्षिण अफ्रीका के सत्याग्रह का इतिहास* में उन्होंने लिखा कि 'न तो व्यापारिक ईर्ष्या और न ही जाति रंगभेद नें उन्हें दक्षिण अफ्रीका में चिंतन के लिए प्रेरित किया। जिस बात ने उन्हें प्रेरित किया वह थी आधुनिक सभ्यता के प्रति उनकी चिंता ने'।[16] दक्षिण अफ्रीका के गोरे यह मानते थे कि वे पश्चिमी सभ्यता के प्रतिनिधि हैं और भारत पूर्वी सभ्यता का प्रतिनिधि। जब दो विरोधी सभ्यताओं को मानने वाले लोग टकराते हैं तो विस्फोट तो होता ही है। भारतीयों को उनके दोषों या कमियों के कारण नहीं बल्कि उनकी सादगी, धैर्य, सच्चाई इत्यादि गुणों के कारण नापसंद किया जाता था।

दूसरा मुद्दा जो दक्षिण अफ्रीका की राजनीति से जुड़ा था वह था गांधी को प्राप्त सामाजिक स्वतंत्रता। इसी कारण वे विभिन्न सामाजिक और राजनीतिक प्रयोग कर पाए। दक्षिण अफ्रीका में वे स्वयं को उन प्रथाओं और बंधनों से स्वतंत्र महसूस करते थे जिनसे भारत में रहने वाले लोग जकड़े हुए थे। इस सामाजिक स्वतंत्रता के बिना फीनिक्स आश्रम की स्थापना कर पाना कठिन था। यहीं गांधी ने आधुनिक सभ्यता के दोषों से दूर, प्रांतीयतावाद और जातिवाद की भावनाओं से दूर रहते हुए अपनी अंतर-चेतना के अनुसार कार्य किए। यही वह स्थान था जहाँ भारतीय महिलाओं ने उन सामाजिक कुरीतियों से मुक्ति पा ली जिन्हें भारत में रहने वाली दूसरी महिलाएँ झेल रही थीं। गांधी ने लिखा है कि 'फीनिक्स एक ऐसी पाठशाला के समान है जहाँ से योग्य पुरुष, महिलाएँ तथा मानव उत्पन्न किए जा सकें। प्रशिक्षण पाने, प्रयोग

करने तथा अनुभव ग्रहण करने के लिए यह उचित जगह है। जो प्रतिबंध भारत में हैं, वे यहाँ नहीं हैं। उदाहरण के लिए, भारत में नारियाँ उतनी हिम्मत के साथ बाहर नहीं आ पातीं जितनी हिम्मत के साथ यहाँ आ पाती हैं वहाँ की सामाजिक रूढ़िया उन्हें जकड़े रहती हैं।'[17]

तीसरा प्रमुख मुद्दा जो दक्षिण अफ्रीका की राजनीति से जुड़ा हुआ था, वह था 1906 से 1909 के बीच उनका लंदन प्रवास। इसी प्रवास के दौरान गांधी उस उभरते हुए मध्यम वर्ग के लोगों के संपर्क में आए जो विदेशों में रह रहे थे। ये लोग धीरे-धीरे आधुनिक सभ्यता के प्रति आकर्षित होते जा रहे थे। उनके काम करने का तरीका हिंसक और अराजकतावादी प्रवृत्तियों पर आधारित था इसी दौरान गांधी ने अपने विचारों का प्रचार करना शुरू कर दिया। गांधी में कूटनीतिक कौशल/चतुरता का विकास भी इन्हीं दिनों हुआ जो ब्रिटिश राजनीतिक संस्थाओं से वार्तालाप के लिए ज़रूरी भी था। आधुनिक सभ्यता के प्रति गांधी का रोष इतना अधिक था कि उन्होंने यह स्वीकार किया कि यह सभ्यता स्वयं ब्रिटेन के लिए विनाशकारी है, लेकिन जब यह सभ्यता भारत में आ जाती है और स्वयं भारतीयों द्वारा प्रचारित की जाती है तो इसके नुकसानों की गणना नहीं की जा सकती।

इस प्रकार गांधी दक्षिण अफ्रीका, जहाँ शुरुआत में वे केवल दो वर्षों के लिए गए थे, की घटनाओं से इतना प्रभावित/प्रेरित हुए कि उन्होंने अपने जीवन के महत्त्वपूर्ण बीस साल यहाँ गुजार दिए। गांधीवादी विचारधारा की शुरुआत दक्षिण अफ्रीका से ही हुई।

भारतीय राष्ट्रवादी आंदोलन

गांधी द्वारा *हिन्द स्वराज* लिखने के पीछे भारतीय राष्ट्रवादी आंदोलन की विभिन्न प्रवृत्तियाँ भी प्रेरक तत्त्व रही हैं। गांधी भारत को एक राष्ट्र के रूप में देखते थे जिसकी अपनी एक पृथक पहचान है। उन्होंने इसके लिए 'प्रजा' का नाम दिया है। गांधी ने यह भी स्पष्ट किया है कि भारतीय राष्ट्रवाद किसी भी तरह हिंसा से अपनी राष्ट्रीय स्वतंत्रता प्राप्त नहीं करेगा, अर्थात हिंसा कभी भी स्वराज प्राप्ति का साधन नहीं होगी। *हिन्द स्वराज* की शुरुआत होती है भारतीय राष्ट्रवाद में इंडियन नेशनल कांग्रेस की भूमिका से और इसकी समाप्ति होती है नरमपंथियों तथा गरमपंथियों को सलाह देने के साथ कि सच्चा स्वराज कैसे प्राप्त हो?

एक वकील के रूप में, एक राजनीतिक कार्यकर्ता के रूप में तथा दक्षिण अफ्रीका में एक पत्रकार के रूप में गांधी को इस बात का ज्ञान हमेशा रहता था कि देश में क्या हो रहा है। गांधी यह महसूस कर रहे थे कि भारत में मध्यम वर्ग आधुनिक

सभ्यता तथा राजनीतिक हिंसा की तरफ आकर्षित हो रहा है। 1907 में हुई नरमपंथियों और गरमपंथियों के बीच फूट इसका उदाहरण थी। नरमपंथियों ने स्वराज को स्वशासन (self- government) के रूप में परिभाषित किया लेकिन यह भी कहा कि यह स्वशासन ब्रिटिश साम्राज्य के अंदर ही होगा तथा इसकी प्राप्ति संवैधानिक उपचारों तथा क्रमिक सुधारों द्वारा होगी। यह ब्रिटिश संसद की तरफ से प्रदान किया जाएगा। यह विचार कांग्रेस के शुरू के दिनों के उदारपंथी नेताओं—ए. ओ. ह्यूम, गोपालकृष्ण गोखले, दादा भाई नोरौजी, बदरुद्दीन तैयबजी और सर विलियम वेडरबर्न के थे। इन सभी का नाम पुस्तक में आलोचनात्मक सम्मान के साथ लिया गया है।

गांधी ने अपने दक्षिण अफ्रीका के अनुभवों से यह सीखा था कि संवैधानिक उपचारों से कुछ भी हासिल नहीं होगा। इन उपचारों से तो मौलिक नैतिक प्रश्न भी हल नहीं होगा जिसमें आत्मा के सुधार की बात की गई थी (आत्मा के सुधार के बिना सच्चा स्वराज प्राप्त नहीं किया जा सकता)। दूसरी तरफ जहाँ तक उग्रपंथियों का सवाल है उन्होंने स्वराज को पूर्ण संप्रभुता के रूप में देखा। इसकी प्राप्ति जहाँ तक संभव हो संवैधानिक उपचारों से हो लेकिन अगर आवश्यक हो तो दूसरे साधन भी प्रयोग में लाए जाएँ। *हिन्द स्वराज* में किसी भी उग्रपंथी का नाम नहीं लिया गया है। यह निश्चित है कि गांधी का झुकाव इन उग्रपंथियों की नीतियों में बिल्कुल नहीं था। गांधी के विचार किसी भी तरह से इनसे मेल नहीं खाते थे। वे जानते थे कि *वन्दे मातरम, मराठा, केसरी* जैसे पत्रों में बाल गंगाधर तिलक, अरविंद घोष आदि क्या लिख रहे हैं। तिलक द्वारा गणपति उत्सव को फिर से शुरू करना या शिवाजी स्मृति की बात करना किसी भी तरह से गांधी के भारतीय राष्ट्रवाद से मेल नहीं खाते थे। न ही वे अरविंद घोष के शक्ति के विध्वंसक रूप से सहमत थे जिसे उन्होंने दुर्गा, भवानी या काली के रूप में देखा था।

यह बात ध्यान देने योग्य है कि उग्रपंथियों द्वारा लिखित कोई भी कृति *हिन्द स्वराज* की परिशिष्ट सूची में सम्मिलित नहीं की गई है जबकि उदारपंथियों द्वारा लिखित पुस्तकों में दादा भाई नौरोजी की *Poverty and Unbritish Rule in India* तथा आर. सी. दत्त की *Economic History of India* इस सूची में शामिल हैं। गांधी के अनुसार ये रचनाएँ उपनिवेशवादी राज्य के विरोध में तर्क प्रस्तुत करती हैं। उपनिवेशवादी शासकों की आर्थिक-व्यापारिक नीतियों ने केवल उन्हीं का हित साधा। आम भारतीयों के हितों का इसमें बिल्कुल भी ध्यान नहीं रखा गया। संक्षेप में, उदारपंथियों ने भारतीय राष्ट्रवाद की दिशा में शुरुआत तो अच्छे इरादों के साथ की थी, परंतु समय बीतने के साथ उनकी सोच, तरीकों और प्राथमिकताओं में अंतर

आ गया। गांधी ने उदारपंथियों की प्रार्थना और अर्चना की संवैधानिक नीतियों तथा उग्रपंथियों के हिंसक अतिवाद का विकल्प *हिन्द स्वराज* में सुझाया है।

इन सारी बातों के बीच मुसलमानों का प्रश्न भी था। अपने दक्षिण अफ्रीका प्रवास के दौरान ही गांधी को इस बात का एहसास हो गया था कि भारत जैसे बहुल समाज में मुसलमानों को किस तरह की समस्याओं से जूझना पड़ रहा है। दक्षिण अफ्रीका के विभिन्न आंदोलनों/अभियानों में उन्होंने मुस्लिम नेताओं के साथ मिलकर कार्य किया था। अपने लंदन के दौरे पर वे मुस्लिम नेताओं के साथ गए थे। गांधी के अनुसार ऐसा कोई कारण नहीं था जिससे भारतीय मुसलमान भारतीय राष्ट्रवाद से अलग किसी अन्य दिशा में जाएं। यही कारण था कि गांधी ने मार्ले-मिन्टो सुधारों का भी समर्थन किया जिसमें भारतीय मुसलमानों को विशेष दर्जा देने की बात की गई थी। इस प्रकार गांधी का राष्ट्रवाद और स्वराज की अवधारणा धर्म और जाति से ऊपर उठकर निष्पक्ष थी। उनकी राजनीतिक दृष्टि भारतीयों को एकल राष्ट्र के रूप में देखती थी; उसके बाद वो वे किसी धर्म या जाति के सदस्य हो सकते थे।

लेकिन *हिन्द स्वराज* के समय कांग्रेस तथा मुस्लिम लीग की राजनीति ही उनकी चिंता का विषय नहीं थी अपितु आधुनिक सभ्यता का प्रश्न भी उन्हें चिंतित किए हुए था। एक तरफ उपनिवेशवादी प्रशासक थे जो यह आभास दिलाते थे कि वही सर्वोच्च सभ्यता का प्रतिनिधित्व करते हैं तो दूसरी तरफ आधुनिक भारतीय मध्यम वर्ग था जो इन विचारों को सही मानता था। गांधी दोनों ही पक्षों को गलत मानते थे। उनके अनुसार न तो आधुनिक राज्य के शासक समाज भला कर रहे थे और न ही मध्यम वर्ग सही था जो भारत को ब्रिटेन, जापान, इटली की राह पर ले जाना चाहता था। भारत के लिए आवश्यकता इस बात की थी कि पिछले पचास सालों में उसने जो कुछ भी सीखा है वह सब भूल जाए। ब्रिटेन के लिए ज़रूरी है कि वह अपनी परंपरागत ईसाई जड़ों/मूल तक जाए और आधुनिक सभ्यता का त्याग करे। भारत और ब्रिटेन दोनों को चाहिए कि आधुनिक सभ्यता में जो कुछ भी मानवतावादी है, उसे अपनी परंपराओं और धर्मों के अनुसार समाहित करें। ऐसा कर पाने पर ही दोनों देश अपनी जनता तथा पूरे विश्व का कल्याण कर पाएँगे। उपनिवेशवाद आधुनिक सभ्यता का ही दुष्परिणाम है। जब यह सत्य हमारी समझ में आ जाएगा तब हमारी समस्या का अंतिम समाधान भी मिल जाएगा।

इस प्रकार *हिन्द स्वराज* का ऐतिहासिक संदर्भ कई तत्त्वों का मेल है। यह कई नैतिक तथ्यों को सामने लाता है जिनका संबंध उपनिवेशवादी शासकों तथा शासित/शोषित दोनों से है। यह पुस्तक आधुनिक युग का एक महत्त्वपूर्ण दस्तावेज़ है।

तात्कालिक संदर्भ

हिन्द स्वराज के पाठकों को पहली दृष्टि में यह अनुभव हो जाता है कि गांधी ने यह पुस्तक हिंसा के पथ पर अग्रसर भारतीय नवयुवकों को ध्यान में रखकर लिखी है। साथ ही, यह पुस्तक उपनिवेशवाद, साम्राज्यवाद और आधुनिक सभ्यता के विरोध में तो लिखी ही गई है।

बीसवीं सदी तक पहुँचते-पहुँचते कुछ भारतीय नवयुवक विदेशों में जाकर बस गए। वे विज्ञान, कानून, तकनीकी तथा औषधि विज्ञान के क्षेत्रों में अपना केरियर बनाना चाहते थे। इन नवयुवकों में राष्ट्रवादी भावनाएँ कूट कूट कर भरी थीं। वे यूरोप के विभिन्न क्रांतिकारी आंदोलनों एवं विचारधाराओं, जैसे मार्क्सवाद, आंतकवाद, आयरिश होम रूल आदि से काफ़ी प्रभावित हुए थे। इनमें से कुछ तो भारत की 'गोपनीय समितियों' के सदस्य तथा समर्थक भी थे जैसे मुंबई की 'अभिनव भारत समिति' और बंगाल की 'अनुशीलन समिति'। विदेशों में रह कर भी इनका समर्थन इन समितियों को जारी रहा तथा इन समितियों के सदस्यों को ये बम बनाने के तरीके, बंदूक चलाना तथा तबाही के दूसरे हथियार बनाना सीखाते रहे। गांधी के अनुसार ये नवयुवक पथभ्रष्ट हो चुके थे और आधुनिक सभ्यता की गिरफ्त में आ चुके थे। ये भारत को भी ब्रिटेन, इटली, जापान की राहों पर ले जाना चाहते थे।

इन अराजकतावादियों में सबसे पहला और महत्त्वपूर्ण नाम है श्यामजी कृष्णवर्मा का (1857-1930) जो एक गुजराती थे। लंदन से स्नातक परीक्षा उत्तीर्ण करने के बाद उन्होंने वकालत की डिग्री भी ली थी। कुछ समय तक भारत में कार्य करने के बाद वे वापस लंदन चले गए और भारतीय राष्ट्रवाद की दिशा में कार्य करने लगे। वे हबर्ट स्पेंसर के विचारों से पूरी तरह प्रभावित थे। इन्हीं के सम्मान में श्यामजी कृष्णवर्मा द्वारा कई छात्रवृतियाँ भारतीयों के लिए शुरू की गईं। इन शैक्षणिक प्रयत्नों का उद्‌देश्य यह था कि भारत के योग्य नवयुवकों को यूरोप और अमेरिका लाया जा सके जिससे उन्हें हिंसक क्रांति की सैद्धांतिक और व्यावहारिक शिक्षा दी जा सके।

इन्होंने लंदन में 1905 में 'इंडिया हाऊस' की स्थापना की ताकि इन नवयुवकों को विदेश में रहने की कोई समस्या न हो। गांधी स्वयं भी अपने 1906 के लंदन प्रवास के दौरान यहाँ रूके थे। इस दौरान गांधी और कृष्णवर्मा के बीच भारतीय राजनीति और स्वराज प्राप्ति जैसे मुद्‌दों पर बातचीत होती रहती थी। 1905 में ही वर्मा ने *The Indian Sociologist* नामक पत्रिका भी प्रारंभ की। स्पेंसर के दो प्रमुख विचारों को इस प्रत्रिका में सम्मिलित किया गया। एक, 'हर व्यक्ति वह सब कुछ करने के लिए स्वतंत्र है जो वह चाहता है, बशर्ते कि यह दूसरे व्यक्ति की स्वतंत्रता के मार्ग में बाधक न बने।' दूसरा, 'आक्रमण का विरोध करना न केवल उचित है

बल्कि परम आवश्यक भी है प्रतिरोध न करना हमारे अहं और हमारी अच्छाईयाँ दोनों को चोट पहुँचाता है।' इंडिया हाऊस में होने वाली उग्र गतिविधियाँ चर्चा का विषय बन गईं और इस संबंध में ब्रिटिश संसद में भी सवाल उठाए जाने लगे। खतरे का आभास होते ही वर्मा लंदन से पेरिस चले गए। 1909 में मदनलाल धींगरा ने विलियम कर्जन की हत्या कर दी और उसके बाद इंडिया हाऊस हमेशा के लिए बंद कर दिया गया। यद्यपि 1906 में गांधी और वर्मा के बीच सौहार्द्रपूर्ण संबंध थे तथापि 1909 तक आते-आते इनके वैचारिक और सैद्धांतिक मतभेद खुलकर सामने आ गए। *Indian Sociologist* के एक अंक में गांधी के अहिंसा के दर्शन को नकार दिया गया तथा उसे सामाज्कि, राजनीतिक तथा नैतिक आदर्शों से परे बताया गया।

जहाँ श्यामजी कृष्णवर्मा में भारतीय अराजकतावादियों को संगठित करने की प्रतिभाशक्ति थी, वहाँ उसके पीछे मस्तिष्क वी.डी. सावरकर का था। सावरकर, जिन्हें वर्मा द्वारा दी गई छात्रवृत्ति प्राप्त हुई थी, तिलक के अनुमोदन पर लंदन आए थे। कुछ समय तक वे इंडिया हाऊस में रहे। उनका लंदन प्रवास 1920 में तब समाप्त हो गया जब क्रांतिकारी गतिविधियों के कारण उन्हें गिरफ्तार करके अंडमान भेज दिया गया। उन्होंने मैजिनी की जीवनी का मराठी में अनुवाद किया तथा एक अत्यंत कल्पनाशील पुस्तक *1857 का भारतीय स्वतंत्रता संग्राम* लिखी। मूल रूप से मराठी में लिखी गई इस पुस्तक का बाद में अनुवाद भी हुआ। इस पुस्तक में दिए गए विचार इंडिया हाऊस में रहने वालों के बीच पढ़े-सुने जाते थे।

सावरकर के विचारों से जो क्रांतिकारी अत्यधिक प्रभावित हुए, उनमें मदनलाल धींगरा प्रमुख थे। वे लंदन के इंपीरियल कालेज के इंजीनियरिंग के छात्र थे। धींगरा द्वारा जुलाई 1909 में विलियम कर्जन की हत्या ने लंदन में रह रहे भारतीय समुदाय के लोगों तथा गांधी को हिला कर रख दिया। इस हत्या द्वारा हिंसा तथा अराजकता को राष्ट्रवाद का जामा पहनाने का प्रयास किया गया। गांधी इन विचारों से बिल्कुल सहमत नहीं थे। लंदन में रहने वाले सभी भारतीय अराजकतावादी यह जानते थे कि धींगरा ने यह हत्या सावरकर के प्रभाव में आ कर की है। सावरकर तथा कृष्णवर्मा दोनों ही गांधी के अहिंसा के सिद्धांतों से सहमत नहीं थे। गांधी द्वारा *हिन्द स्वराज* के लिखने के पीछे सावरकर और दूसरे अराजकतावादियों का कितना योगदान था, इसका मूल्यांकन करना कठिन है। डी. के. कीर जिन्होंने गांधी और सावरकर दोनों की ही जीवनियाँ लिखी हैं उनका मान्ना हैं कि *हिन्द स्वराज* सावरकर के विचारों की प्रतिक्रिया के रूप में लिखी गई थी।

दो अन्य भारतीय क्रांतिकारियों के नाम यहाँ उल्लेखनीय हैं—मैडम भीकाजी रूस्तम कामा तथा वीरेंद्रनाथ चट्टोपाध्याय। भीकाजी रूस्तम कामा एक पारसी

क्रांतिकारी महिला थीं। उनकी गतिविधियाँ मुख्यतः पेरिस से संचालित होती थीं। उन्होंने लाला हरदयाल के साथ मिलकर एक मासिक पत्रिका *वंदे मातरम* निकाली और भारतीयों के लिए स्वराज की माँग की थी। वीरेंद्रनाथ चट्टोपाध्याय सरोजनी नायडू के भाई थे। इन्होंने एक मासिक पत्रिका *तलवार* का संपादन किया था। जर्मनी और रूस में रहते हुए ये साम्यवादी, राष्ट्रवादी विचारों को प्रचारित करते रहे। दोनों ही नई पीढ़ी के भारतीय बुद्धिजीवी वर्ग में काफ़ी लोकप्रिय थे। यूरोप में जो कुछ भी आधुनिक था उस पर वे मोहित थे। इसमें कोई दो राय नहीं है कि गांधी द्वारा *हिन्द स्वराज* लिखते समय इन लोगों की गतिविधियाँ उनके मन-मस्तिष्क में थीं।

भारतीय अराजकतावादियों की गतिविधियाँ केवल ब्रिटेन (यूरोपीय महाद्वीप) तक ही सीमित नहीं थीं, बल्कि कनाडा और अमेरिका में भी आयोजित की जा रही थीं। आयोजकों में प्रमुख थे तारकनाथ दास जो बंगाल की गोपनीय समिति (अनुशीलन समिति) के सदस्य थे। 1906 में वे अमेरिका पहुँचे तथा *Free Hindustan* नामक एक मासिक पत्रिका निकाली। वे भी हबर्ट स्पेंसर के विचारों से पूरी तरह प्रभावित थे। यह पत्रिका इसलिए भी महत्त्वपूर्ण थी क्योंकि यह गाँधी-टॉलस्टाय के बीच एक ऐतिहासिक कड़ी थी। इसी पत्रिका में दास द्वारा लिखित एक पत्र के जवाब में टॉलस्टाय ने अपना प्रसिद्ध व्याख्यान/पत्र *Letter to a Hindoo* लिखा था (यह *हिन्द स्वराज* के परिशिष्ट में सम्मिलित है)। इस पत्र की प्रतियाँ पेरिस में भारतीय क्रांतिकारियों के बीच वितरित की गईं। पेरिस से ही गांधी के एक मित्र प्राणजीवन मेहता ने अपनी एक प्रति गांधी को भेजी। इसकी प्रमाणिकता जानने के लिए गांधी ने सीधा टॉलस्टाय से संपर्क किया। टॉलस्टाय ने न केवल इसे सत्य ठहराया, अपितु इसे अंग्रेज़ी और गुजराती में प्रकाशित करने की अनुमति भी दे दी। इसका अनुवाद तथा संपादन *इंडियन ओपिनियन* में अंग्रेज़ी (दिसंबर 1909) तथा गुजराती (जनवरी 1910) में प्रकाशित किया गया। तारकनाथ दास ने इस पत्र को मासिक पत्रिका *The 20th century* में छापा तथा वीरेंद्रनाथ चट्टोपाध्याय ने इसे *वंदे मातरम* में प्रकाशित कराया। लेकिन इन दोनों ने टॉलस्टाय के विचारों का खंडन किया। इन सभी विवादों के मध्य एक ही प्रश्न प्रमुख था कि भारत को स्वराज की प्राप्ति कैसे हो। टॉलस्टाय के मतानुसार अहिंसा ही वह मार्ग था जिस पर चल कर स्वराज की प्राप्ति हो सकती थी। गांधी ने *हिन्द स्वराज* में इस अवधारणा का समर्थन किया लेकिन तारकनाथ दास और वीरेंद्रनाथ चट्टोपाध्याय ने इसे पूरी तरह से नकार दिया।

वैचारिक संदर्भ

हिन्द स्वराज की प्रस्तावना में गांधी ने स्वीकार किया है कि "जो विचार यहाँ रखे गए हैं वे मेरे हैं भी और नहीं भी हैं। ये विचार मेरे हैं क्योंकि मैं यह उम्मीद करता हूँ कि इन विचारों का अनुसरण किया जाएगा। यह सारे विचार मेरी आत्मा में रचे-बसे हुए हैं। दूसरी तरफ, यह विचार मेरे नहीं भी हैं क्योंकि ऐसा नहीं है कि सिर्फ़ मैंने ही उन विचारों को सोचा हो या लिखा हो। कुछ पुस्तकों को पढ़ने के बाद ही ये विचार बने हैं। अपने दिल के भीतर मैं जो महसूस करता था, उनका इन पुस्तकों ने समर्थन किया है। इन विचारों में मैं कुछ पश्चिमी विचारकों से प्रभावित हूँ तो कुछ भारतीयों के विचारों से भी प्रेरित हुआ हूँ।"[18] काका कालेलकर ने भी एक बार गांधी से कहा था कि *हिन्द स्वराज* पुस्तक में आपने जो विचार दिए हैं, वे मौलिक हैं भी या नहीं, इस पर शंका होती है। वे विचार रस्किन, थोरो, एडवर्ड कारपेंटर, टॉलस्टाय, टेलर, मैक्स नार्डू आदि लोगों के चिंतन से प्रभावित लगते हैं। इन विचारकों ने भी आधुनिक सभ्यता के दोष गिनाए हैं तथा विश्व-बंधुत्व की बुनियाद पर पुरानी सभ्यता का समर्थन किया है।[19]

एंथनी जे. परेल ने यह स्पष्ट किया है कि *हिन्द स्वराज* में दिए गए विचार कुछ ही दिनों में तैयार नहीं हो गए। उसके पीछे सालों का गहन अध्ययन था। ये वे विचार हैं जिन्हें गांधी ने सूक्ष्म रूप से पढ़ा, समझा और स्वीकार किया है। जहाँ एक ओर इस पुस्तक को लिखने के पीछे ऐतिहासिक संदर्भ था तो दूसरी ओर दार्शनिक/वैचारिक संदर्भ भी कम महत्त्वपूर्ण नहीं था। इस संदर्भ में गांधी पर पश्चिम और पूर्वी दोनों ही तरह के स्रोतों का प्रभाव पड़ा। *हिन्द स्वराज* के परिशिष्ट में पुस्तकों की जो सूची दी गई है, उसमें भी गांधी ने यह स्पष्ट किया है कि *हिन्द स्वराज* के पाठकों के लिए इन पुस्तकों का अध्ययन भी उपयोगी होगा।

गांधी का पश्चिमी विचारों से परिचय 1888 में अपनी कानून की शिक्षा के दौरान लंदन में हुआ। इस पाठ्यक्रम में रोमन लॉ तथा कॉमन लॉ भी सम्मिलित था। कानून के अध्ययन में गांधी ने नौ महीने का समय लगाया और कुछ मूल पुस्तकों का अध्ययन किया। ब्रूम का *कामन लॉ,* स्नेल की *इक्विटी,* वाइट और टयूडर की *लीडिंग केसेज़,* विलियम और एडवर्ड की *रियल प्रोपर्टी* आदि। इस प्रकार उनके कानून की पढ़ाई ने उनके राजनीतिक सोच को प्रभावित किया। इस शिक्षा ने उनके अंदर इस विश्वास को दृढ़ किया कि 'नैतिक मूल्य ही सब कानूनों से बड़े हैं'। इसी शिक्षा से वह विभिन्न आंदोलनों में अपना पक्ष विधिपूर्वक रख पाए (गांधी द्वारा अर्जियाँ लिखने, प्रार्थना पत्र भेजने, प्रारूप बनाने, प्रस्ताव प्रस्तुत करने की व्यावहारिक समझबूझ इसी कानून की शिक्षा से आई जिसे उन्होंने न केवल दक्षिण अफ्रीका में बल्कि भारत में भी इस्तेमाल किया)।

'शाकाहार' का मुद्दा गांधी के लिए गंभीर विषय था। विलायत जाने से पहले गांधी की माता ने उनसे मांस न खाने का वचन लिया था, जिसे उन्होंने जीवनपर्यंत निभाया। उन्होंने इस विषय पर अनेक पुस्तकें पढ़ीं। अन्ना किंग्सफोर्ड लिखित *द परफ़ेक्ट वे इन डायट* में शाकाहार को सच्ची सभ्यता के साथ जोड़ा गया है। हावर्ड विलियम्स की *द एथिक्स ऑफ डायट* भी साल्ट की पुस्तक *अन्नाहार* के दृष्टिकोण का समर्थन करती है। विलियम्स ने इस भ्रम को भी दूर किया कि 'भारतीयों (हिंदुओं) की अंग्रेज़ों से पराजय का कारण उनका शाकाहारी होना है। गांधी ने जीवन भर शाकाहार पर अपनी आस्था बनाए रखी। *हिन्द स्वराज* में उन्होंने आधुनिक चिकित्सा पद्धति/डॉक्टरों/अस्पतालों आदि की जो आलोचना की है वह सब इन्हीं विचारों से प्रेरित है। डा. एसिन्सन का लेख भी उन्होंने पढ़ा जिसमें दवा के बदले आहार के हेरफेर से रोगी को निरोग करने की पद्धति का समर्थन किया गया था। गांधी ने भी उस बात को माना है कि आहार में हेरफेर करके असाध्य बीमारियों से बचा जा सकता है।

गांधी की वेदान्त/धर्मशास्त्र/थियोसाफी में रुचि अस्थायी थी लेकिन उनके बौद्धिक विकास में इनका महत्त्वपूर्ण योगदान था। इन्हीं के ज़रिए उन्हें इस बात का एहसास हुआ कि भारतीय धार्मिक साहित्य कितना श्रेष्ठ और धनी है। लंदन में गांधी की पहचान दो थियोसाफिस्ट मित्रों से हुई जो सगे भाई थे। वे *गीता* का अनुवाद पढ़ रहे थे (गांधी ने तब तक *गीता* नहीं पढ़ी थी)। गीता के श्लोकों का गांधी के हृदय पर गहरा असर पड़ा। उन्होंने *भगवद्गीता* को एक अमूल्य ग्रंथ माना। उन्हीं भाइयों ने गांधी को ऐनी बेसेंट से भी मिलवाया। जब गांधी को 'थियोसोफिस्ट सोसायटी' में शामिल होने के लिए कहा गया तो गांधी ने स्पष्ट किया कि 'मेरा धर्मज्ञान न के बराबर है इसलिए मैं किसी पंथ में शामिल होना नहीं चाहता।'[20] मैडम ब्लैवदस्की की पुस्तक *की टू थियासाफी* गांधी ने पढ़ी। इन सभी से गांधी के अंदर हिंदू धर्म की पुस्तकें पढ़ने की इच्छा पैदा हुई। यह विचार भी उनके मन से निकल गया कि हिंदू धर्म अंधविश्वासों से भरा हुआ है। एक बात गांधी के मन में बैठ गई कि त्याग में धर्म है।

दक्षिण अफ्रीका में गांधी की रुचि ईसाई धर्म में भी पैदा हुई। यहाँ गांधी ने न केवल ईसाई धर्म का बल्कि हिंदू धर्म तथा दूसरे धर्मों का भी गहन अध्ययन किया। उन्होंने देखा कि हिंदू धर्म की ही तरह ईसाई धर्म भी घृणा के स्थान पर प्रेम का मार्ग दिखाता है। यह असत्य, अनैतिकता, अन्याय का मार्ग त्यागकर सत्य, नैतिकता और न्याय के मार्ग पर चलने के लिए कहता है। गांधी के 'सत्यागह' के पीछे इन नैतिक आदर्शों का बहुत बड़ा योगदान था। गांधी ने प्लेटो तथा सुकरात के विचारों का भी अध्ययन किया। प्लेटो की तरह वह भी परमात्मा की सर्वोच्चता में विश्वास रखते थे। सुकरात

को गांधी ने एक महान सत्याग्रही माना है जिन्होंने सत्याग्रह का प्रयोग अपने ही लोगों के विरुद्ध किया। *हिन्द स्वराज* के गांधी निश्चय रूप से आधुनिक भारत के सुकरात थे। गांधी के अनुसार केवल साम्राज्यवादियों में दोष ढूँढ़ना ही पर्याप्त नहीं है। भारतीयों को चाहिए कि वे अपनी कमियों को भी देखें। अगर आज हम गुलामी की स्थिति में हैं तो इसके लिए सिर्फ़ विदेशी शासन ही ज़िम्मेदार नहीं है, हमारी अपनी कमियाँ भी उतनी ही ज़िम्मेदार हैं। इस प्रकार अंदर और बाहर दोनों ही बुराइयों को खत्म करना ज़रूरी है।

गांधी के विचारों पर टॉलस्टाय का प्रभाव स्पष्ट देखा जा सकता है। गांधी के अहिंसा संबंधी विचार काफ़ी हद तक टॉलस्टाय से प्रभावित रहे हैं। परिशिष्ट सूची में टॉलस्टाय की छह पुस्तकों को स्थान दिया गया है। ये पुस्तकें मुख्यतः चार विषयों पर हैं—ईसाई धर्म एक नैतिक धर्म के रूप में, सौंदर्यशास्त्र तथा राजनीतिक क्रियाकलाप, नई औद्योगिक सभ्यता की आलोचना तथा भारत में उपनिवेशवाद का प्रश्न। 1894 में जब गांधी ने पहली बार *The Kingdom of God is Within You* पढ़ी तो इसका गहरा प्रभाव उन पर पड़ा। इसमें टॉलस्टाय ने ईसाई धर्म को एक नैतिक व्यवस्था के रूप में देखा है। टॉलस्टाय यह मानते हैं कि *New Testament* के द्वारा कम से कम एक प्रश्न का हल तो ढूँढ़ लिया गया है और वह है संसार में हिंसा का प्रश्न। लेकिन इस संबंध में कुछ रुकावटें भी हैं। आधुनिक सामाजिक वैज्ञानिक किसी भी तरह से अंतर्मन, अंतर्चेतना, आंतरिक जागृति जैसी अवधारणाओं को स्वीकार नहीं करते। अंतर्चेतना से बाहरी या संस्थागत परिवर्तन संभव है, वे ऐसा नहीं मानते। टॉलस्टाय के अनुसार धर्म हमें जीवन की सच्ची दिशा दिखाता है। लेकिन आधुनिक विचारक जैसे स्ट्रास, काम्टे, स्पेंसर, मार्क्स आदि या तो धर्म को अंधविश्वास मानकर इससे इंकार करते हैं या फिर इसका महत्त्व केवल सामाजिक और मनोवैज्ञानिक रूप से महसूस करते हैं। वे मानते हैं कि मानव का उत्तरोत्तर विकास नैतिक मूल्यों या सत्य द्वारा नहीं होता, बल्कि जीवन की बाहरी परिस्थितियों द्वारा प्रेरित होता है। इसका अर्थ यह हुआ कि समाज का भला केवल सत्य को परिभाषित करने से नहीं होगा, अपितु बाहरी राजनीतिक, आर्थिक और सामाजिक परिस्थितियों को सुधारने से होगा। जबकि टॉलस्टाय का मानना है कि बाहरी और आंतरिक दोनों तरह के बदलाव ज़रूरी हैं। जब मानव अपने अंतर्मन की आवाज़ सुनेगा तो ही वह बैकुंठ या मोक्ष या ईश्वर के नज़दीक पहुँच सकेगा। यह अंतर्मन की आवाज़ सत्य और अहिंसा की आवाज़ होगी। गांधी द्वारा स्थापित फीनिक्स आश्रम के सदस्यों के लिए *The Kingdom of God is Within You* पढ़ना आवश्यक था। बाद में गांधी ने इस पुस्तक का गुजराती में अनुवाद किया।

टॉलस्टाय की एक अन्य पुस्तक *What is Art* का भी गांधी ने गुजराती में अनुवाद किया। गांधी ने भी टॉलस्टाय की तरह यह स्वीकार किया कि प्रकृति, कला, सौंदर्य, नैतिकता और राजनीतिक गतिविधियाँ जुड़ी हुई हैं। कला को केवल कला के रूप में या कला के लिए नहीं देखा जा सकता। यह मानव की विभिन्न गतिविधियों से जुड़ी हुई है। कला को अगर प्रकृति या नैतिकता से अलग कर दिया जाए, तो यह जीवन में भ्रष्टता ला देगी। गांधी टॉलस्टाय के इन विचारों से भी प्रभावित थे कि हिंसक युद्ध की तरह अहिंसक युद्ध में भी योद्धाओं को समुचित प्रशिक्षण मिलना चाहिए। गांधी ने दक्षिण अफ्रीका में फीनिक्स और टॉलस्टाय आश्रम तथा भारत में साबरमती और सत्याग्रह आश्रमों की जो स्थापना की थी, उसके माध्यम से सत्याग्रही सहयोगियों को प्रशिक्षित किया जाता था। टॉलस्टाय ईश्वर को एक ऐसी निराकार आंतरिक शक्ति मानते थे जो हमारे भीतर आत्मा के रूप में विराजती है। जीवन के सभी क्षेत्रों में आत्मा के अनुसार आचरण किया जाना चाहिए। एक आदर्श समाज में राज्य अनिवार्य संस्था नहीं है। यह समाज हिंसा पर आधारित नहीं होगा। गांधी इस शासन-मुक्त समाज को 'रामराज्य' की संज्ञा देते हैं।

कला हममें भावनाएँ जागृत करती है। *हिन्द स्वराज* में 'आंतरिक अनुभवों' की बात कही गई है जो हमें स्वराज के निकट ले जाता है। अगर *हिन्द स्वराज* में गांधी चरखा कातने की बात करते हैं तो वह भी एक कला है। चरखा हमें शारीरिक श्रम के महत्त्व को समझाता है और स्वदेशी का पाठ पढ़ाता है।

टॉलस्टाय की अन्य तीन पुस्तकें जो परिशिष्ट सूची में शामिल हैं, वे हैं *How Shall We Escape, The Slavery of Our Times,* तथा *The First Step*। ये मुख्यतः नई औद्योगिक सभ्यता की आलोचना हैं। इन पुस्तकों के माध्यम से मज़दूरों पर होने वाले शोषण का मुद्दा, किसानों की दयनीय दशा, आधुनिक युग में सद्गुणों का अभाव तथा आधुनिकता के दौर में उपभोक्तावाद की तरफ दौड़ आदि विषयों पर विचार दिए गए हैं जिनसे गांधी पूरी तरह प्रभावित हुए थे।

अंत में, टॉलस्टाय की विवादास्पद कृति *Letter to a Hindoo* की बात की गई है। इसके मूल में टॉलस्टाय ने भारत में उपनिवेशवाद का वर्णन किया है। भारत के शोषण के लिए भारतीय भी उतने ही ज़िम्मेदार हैं जितने कि अंग्रेज़। यह अंग्रेज़ नहीं थे जिन्होंने भारतीयों को गुलाम बनाया, यह स्वयं भारतीय थे जो अंग्रेज़ों के गुलाम बने। और अगर अंग्रेज़ों ने भारतीयों को गुलाम बनाया तो यह इसलिए क्योंकि भारतीयों ने यह स्वीकार किया कि शक्ति के बल पर किसी को भी गुलाम बनाया जा सकता है। भारतीय आपस में लड़ते-झगड़ते थे। उनमें कमियाँ और कमज़ोरियाँ थीं। इसलिए भारतीयों के लिए यह शिकायत करना कि उनके दुखों के लिए अंग्रेज़

ज़िम्मेदार हैं, ठीक वैसा ही होगा जैसे कोई शराबी यह शिकायत करे कि उसकी आदत के लिए शराब की दुकानें ज़िम्मेदार हैं। टॉलस्टाय के अनुसार अगर भारतीय हिंसा की प्रवृत्ति छोड़ दें तो एक भी व्यक्ति को गुलाम नहीं बनाया जा सकता। आज भारतीयों के लिए ज़रूरी है कि वे अहिंसा के मार्ग को अपनाएँ। ये सभी विचार गांधी के *हिन्द स्वराज* के विचारों से पूरी तरह मेल खाते हैं गांधी टॉलस्टाय के इस मत से भी पूरी तरह सहमत थे कि 'घृणा करनी है तो पाप से करो, पापी से नहीं क्योंकि पापी का हृदय परिवर्तन संभव है।'

टॉलस्टाय के अलावा गांधी ने कई ब्रिटिश विचारकों का अध्ययन किया जो नई औद्योगिक/पश्चिमी सभ्यता की निंदा करते थे। गांधी के आर्थिक विचार काफ़ी हद तक जॉन रस्किन (1819-1900) के विचारों से प्रभावित थे। रस्किन की दो रचनाओं का गांधी पर काफ़ी प्रभाव पड़ा। इनमें पहला था *A Joy Forever*। इसमें रस्किन ने औद्योगिक सभ्यता की कड़ी आलोचना की है। पुस्तक में कहा गया है कि इस सभ्यता की सबसे बड़ी बुराई यह है कि यह कला और सौंदर्य के प्रति उदासीन है। सच्ची राजनीतिक अर्थव्यवस्था देश की श्रम शक्ति का उचित प्रबंधन है। इसका अर्थ यह होगा कि श्रमिकों को न्यूनतम सुख-सुविधाएँ उपलब्ध हों अर्थात उन्हें रोटी कपड़ा, मकान तो मिले ही, साथ में आराम, स्वास्थ्य, शिक्षा आदि की सुविधाएँ भी उपलब्ध हों। यदि श्रम को सही तरीके से संतुलित किया जाए तो ये सुविधाएँ प्रदान करना कठिन नहीं है। आधुनिक राजनीतिक अर्थव्यवस्था में ये सारी सुख-सुविधाएँ समाज के एक वर्ग तक सीमित हैं, जबकि समाज के अधिकतर लोगों की न्यूनतम आवश्यकताएँ भी पूरी नहीं हो पाती हैं। रस्किन के अनुसार जब तक मनुष्यों की आवश्यकताएँ पूर्ण न हों, विलास का जीवन जीना एक अपराध है। उनका कहना था कि अगर तन ढँकने के लिए कपड़ा नहीं और सर्दी में ओढ़ने के लिए कंबल नहीं, तो उस समय सुंदर लेस से सजे परिधान बनाने का कोई अर्थ नहीं होगा। निस्संदेह गांधी ने इस विचारधारा को भारत के संदर्भ में ग्रहण किया तथा उचित तकनीकी विकास का समर्थन किया

रस्किन की दूसरी पुस्तक *Unto This Last* ने गांधी के विचारों को अधिक प्रभावित किया। गांधी ने लिखा है कि मेरे मित्र मि. पोलक ने यह पुस्तक मुझे रास्ते में पढ़ने के लिए दी थी। पुस्तक को हाथ में लेने के बाद गांधी उसे छोड़ नहीं पाए। गांधी के अनुसार 'उसने मुझे पकड़ लिया।'[21] गांधी ने पुस्तक में लिखित विचारों को अमल में लाने का इरादा कर लिया। बाद में गांधी ने इस पुस्तक का गुजराती में अनुवाद किया और उसका नाम *सर्वोदय* रखा। इस पुस्तक का गांधी पर बहुत प्रभाव पड़ा। वे कहते हैं, 'जो चीज़ मेरे अंदर गहराई से छिपी

हुई थी, रस्किन के ग्रंथ में मैंने उसका स्पष्ट प्रतिबिंब देखा।'[22] इस पुस्तक से गांधी ने सीखा किः

- सबकी भलाई में ही हमारी भलाई निहित है।
- वकील और नाई दोनों के काम की कीमत एक-सी होनी चाहिए क्योंकि आजीविका का अधिकार सबको एक समान है।
- मेहनत-मज़दूरी करने वाले किसान का जीवन ही सच्चा जीवन है।

गांधी के अनुसार, 'पहली चीज़ मैं जानता था। दूसरी को मैं धुंधले रूप में देखता था और तीसरी का मैंने कभी विचार ही नहीं किया था। *सर्वोदय* ने मुझे दीपक की तरह दिखा दिया कि पहली चीज़ में दूसरी दोनों चीज़ें समायी हुई हैं। सवेरा हुआ और मैं इन सिद्धांतों पर अमल करने के प्रयत्न में लग गया।'[23] इस पुस्तक के अध्ययन से दो तात्कालिक परिणाम सामने आए। एक तो गांधी का यह निर्णय कि फीनिक्स आश्रम की स्थापना की जाए। इसी के बाद तीन अन्य आश्रमों की पृष्ठभूमि तैयार हो गई। जोहानसबर्ग में 1910 में टॉलस्टाय आश्रम बनाया गया। इसके अलावा 1915 में अहमदाबाद नें साबरमती आश्रम और 1936 में वर्धा में सेवाग्राम की स्थापना की गई। दूसरा परिणाम था रस्किन के विचारों को *इंडियन ओपिनियन* में 'सर्वोदय' के रूप में प्रकाशित करना। यह नाम गांधी के आर्थिक दर्शन का था। यह शीर्षक उन भारतीयों के लिए था जो अंग्रेज़ी नहीं समझते थे। रस्किन ने आधुनिक राजनीतिक अर्थव्यवस्था द्वारा दिए गए 'प्रतिस्पर्धा' या 'स्वार्थ' को अपनी मानवतावादी अर्थव्यवस्था में 'सामाजिक प्रेम' का नाम दिया। बाद में गांधी ने इसे हिंदू संदर्भ में 'दया' कहा। रस्किन के अनुसार, यदि एक सैनिक 'सम्मान' के लिए कार्य कर सकता है तो एक व्यापारी या उद्योगपति क्यों नहीं। गांधी ने इसे 'सत्य' और 'समता' के रूप में देखा। रस्किन ने जहाँ औद्योगिक समाज में भी हस्तकला के महत्त्व को समझा, वहाँ गांधी ने भी चरखे तथा हाथ से बनी वस्तुओं के महत्त्व को पूरे भारत के सामने रखा।

सर्वोदय का अंतिम अध्याय *हिन्द स्वराज* की भूमिका बन गया। गांधी ने माना कि भारतीय मध्यम वर्ग स्वराज का आकांक्षी था। लेकिन उन्होंने यह भी कहा कि यहाँ स्वराज का अर्थ राजनीतिक सत्ता से लिया गया था। इस राजनीतिक सत्ता की प्राप्ति तभी होनी थी जब बलप्रयोग द्वारा अंग्रेज़ों को भारत से बाहर निकाल दिया जाए। साथ ही, स्वराज के लिए आर्थिक समृद्धि का होना भी ज़रूरी था जिसके लिए उतरोत्तर उद्योगीकरण की आवश्यकता थी। गांधी ने स्वराज की इस अवधारणा को अस्वीकार कर दिया। उन्होंने कहा कि अगर अंग्रेज़ों को बलपूर्वक हिंसा द्वारा भारत

से निकाल भी दिया जाए तथा आर्थिक विकास प्राप्त कर भी लिया जाए, तो भी यह भारतीयों के लिए सच्चे स्वराज की प्राप्ति नहीं होगी। 'सच्चा स्वराज' केवल राजनीतिक सत्ता और आर्थिक संपन्नता की बात नहीं करता अपितु आम लोगों के नैतिक विकास की बात भी करता है। स्वराज केवल उसी के लिए संभव है जो नैतिक जीवन व्यतीत करता है, किसी से साथ धोखा नहीं करता, सत्य के मार्ग पर चलता है तथा अपने कर्त्तव्यों का पालन करता है। गांधी के अनुसार नया भारतीय मध्यम वर्ग अभी नैतिक विकास के इस स्तर पर नहीं पहुँचा था। गांधी ने स्वीकार किया कि उद्योग-धंधे होने अवश्य चाहिए, लेकिन सही तरीके के। उन्नीसवीं सदी में उद्योगीकरण का जो रूप सामने आया है उससे सभ्यता का विनाश हुआ है। इस दिशा में रस्किन और गांधी के विचार काफ़ी मेल खाते हैं। गांधी कहते हैं, 'भारत को एक समय में स्वर्णभूमि के रूप में देखा जाता था। भारत को वापस उसी रूप में लाने के लिए हमें सद्गुणों से युक्त जीवन जीना चाहिए। अगर हम "सत्य" के मार्ग पर चलते हैं तो स्वराज की प्राप्ति आप ही हो जाएगी।'[24]

स्वराज या आधुनिक सभ्यता के प्रति गांधी की चिंता गाँवों के सुधार की इच्छा में प्रतिबिंबित है। यही कारण है कि उन्होंने *हिन्द स्वराज* के परिशिष्ट सूची में हेनरी मैन (1822-1888) की पुस्तक *Village-Communities in the East and West* को सम्मिलित किया है। गांधी के अनुसार, 'स्वराज का कोई अर्थ ही नहीं अगर गाँवों में रहने वाले भारतीयों की दशा में कोई सुधार नहीं होता। मैन के अनुसार भारत जैसे देश में जहाँ जनसंख्या इतनी अधिक है और जो काफ़ी हद तक कृषि पर निर्भर करती है, वहाँ गाँव ही आर्थिक विकास की कुंजी हो सकते हैं। परंपरागत रूप से यही गाँव प्रतिनिधि संस्थाएँ थीं और इन्हें कुछ हद तक न्यायिक तथा विधायी शक्तियाँ भी प्राप्त थीं। लेकिन कोर्ट-कचहरियाँ आ जाने के बाद से गाँवों की इस व्यवस्था का विनाश हुआ और न्यायिक तथा विधायी शक्तियाँ वकीलों के हाथों में आ गईं। गांधी के अनुसार यह आधुनिक सभ्यता का सबसे बड़ा दोष है जिससे भारतीय किसानों का जीवन नरक बन गया है। वे लालची मध्यम वर्ग के लालच का शिकार बन गए हैं। गांधी ने मैन के विचारों का दो प्रयोजनों के लिए इस्तेमाल किया—पहला, भारतीय गाँवों के उत्थान के लिए तथा दूसरा, दक्षिण अफ्रीका में रहने वाले भारतीयों के लिए मताधिकार के सम्र्थन में।

हिन्द स्वराज में नई औद्योगिक सभ्यता के बारे में गांधी की जो विचारधारा है, वह गांधी द्वारा दक्षिण अफ्रीका और लंदन में इन विचारकों के विचारों का अध्ययन करने के बाद ही सामने आई। *हिन्द स्वराज* के परिशिष्ट में एडवर्ड कारपेंटर, मैक्स नार्डू, गॉडफे ब्लाडट, थामस टेलर आदि के नाम शामिल किए गए हैं। एडवर्ड कारपेंटर

की रचना *Civilizaion—Its Cause and Cure* का उल्लेख *हिन्द स्वराज* के अध्याय 6 में किया गया है। इसमें आधुनिक सभ्यता को एक तरह के रोग के रूप में देखा गया है—'सभ्यता वह पड़ाव है जिससे प्रत्येक समाज गुजरता है।' कारपेंटर ने सभ्यता के लिए disease[25] शब्द का इस्तेमाल किया है। गांधी ने भी सभ्यता को बीमारी तो कहा है लेकिन यह भी कहा है कि यह साध्य रोग है और इसका इलाज संभव है। निश्चित रूप से भी गांधी स्वयं इस बीमारी के चिकित्सक थे, कम से कम भारत के लिए तो अवश्य ही।

ब्लाउंट का विचार पत्र *A New Crusade* का प्रभाव भी गांधी पर देखा जा सकता है। इसके मुख्य विचारों—सादगी, कला तथा आकांक्षा—ने गांधी को काफ़ी प्रेरित किया। ब्लाउंट ने यह विचार रखा कि आम आदमी की भलाई में ही समाज की भलाई निहित है। ग्राम्य जीवन ही अच्छे जीवन की उपयुक्त शैली है। हस्तकला और कृषि मनुष्य की भलाई के लिए है तथा यंत्र शैतानों के औजार हैं। बिना कार्य के जीना अपराध बोध को जन्म देता है। कला के बिना कार्य क्रूरता है। इन्हीं विचारों से प्रेरित होकर गांधी ने अपना 'खादी' अभियान शुरू कर दिया। गांधी आश्रमों के सदस्यों के लिए खादी पहनना, खादी कातना, हाथ से बने जूते, बर्तन, फर्नीचर आदि इस्तेमाल करना ज़रूरी कर दिया गया।

टॉमस टेलर की पुस्तक *The Fallacy of Speed* को भी *इंडियन ओपिनियन* में संक्षिप्त रूप से प्रस्तुत किया गया। इसे तीन अध्यायों में विभक्त किया गया: 1) गति तथा जनसंख्या (Speed and Population) 2) गति तथा मुनाफा (Speed and Profit) 3) गति तथा सुख (Speed and Pleasure)। इस पुस्तक के माध्यम से इस मान्यता को चुनौती दी गई कि 'जो तेज़ है वह बेहतर है'। यहाँ गांधी गति को रेलगाड़ियों के साथ जोड़ते हैं। इसी वजह से आम जनता गाँवों से शहरों की तरफ दौड़ रही है। लोग सुख तथा आराम के अवसरों की ओर भाग रहे हैं, बिना सोचे कि इस भागदौड़ की ज़िंदगी के फल क्या हैं। कुल मिलाकर टेलर इस निराशाजनक परिणाम पर पहुँचते हैं कि गति के इस युग में आज स्वास्थ्य की परिस्थितियाँ उतनी उपलब्ध नहीं हैं जितनी धीमी गति के जीवन में थीं। वास्तव में, यह तेज़ गति हमें सुख-शांति-सुविधा दे रही है या हमें विनाश की तरफ ले जा रही है, यह प्रश्न बना हुआ है।

हिन्द स्वराज में मैक्स नार्डु की पुस्तक का नाम *Paradoxes of Civilization* बताया गया है जबकि इस नाम की कोई पुस्तक नार्डू की नहीं है। नार्डू ने *Conventional Lies of Civilization* तथा *Paradoxes* नामक दो पुस्तकें लिखी हैं। संभवत गांधी ने दोनों ही पुस्तकें पढ़ी होंगी। पहली पुस्तक *Conventional Lies of Civilization* का प्रभाव *हिन्द स्वराज* पर ज़्यादा देखा जा सकता है। *हिन्द स्वराज* में आधुनिक सभ्यता के प्रति जो निराशा गांधी ने जताई है वह नाडू के विचारों में भी देखी जा सकती है। उन्नीसवीं शताब्दी की यूरोपीय सभ्यता निराशा के साथ जुड़ी हुई है, फिर चाहे वह कला हो या साहित्य, धर्म हो या नीति, राजनीति हो या अर्थव्यवस्था। इसका कारण है हमारे कार्यों तथा सोच के बीच अंतर तथा हमारे जीवन में सत्य का अभाव। *हिन्द स्वराज* में गांधी ने आधुनिक जीवन और पहले के जीवन में फर्क गिनाएँ हैं फिर चाहे वे खान-पान के हों या रहन-सहन के। नाडू के अनुसार 'पहले की सभ्यता में वस्त्र मोटे, खुरदरे थे, रहने के स्थान भी उतने आरामदेह नहीं थे, खाना उतना गरिष्ठ नहीं था तथा बर्तनों की संख्या भी कम थी। लेकिन आज नगरों का काफ़ी विकास हो गया है। शहरों में रहने वाले आधुनिक लोगों का व्यवहार हाथ से काम करने वालों के प्रति निंदनीय है। इस प्रसंग में डाक्टरों तथा वकीलों को 'परजीवी' कहा गया है क्योंकि वे अमीरों तथा गरीबों का खून चूसते हैं।

आर. एच. शेरार्ड की पुस्तक *The White Slaves of England* में भी निराशावाद स्पष्ट देखा जा सकता है। इस पुस्तक में आम औद्योगिक मज़दूरों के जीवन का कटु सत्य सामने लाया गया है। इन मज़दूरों की दशा दयनीय है तथा ये मालिकों के शोषण का शिकार हैं। इन्हें बहुत कम मज़दूरी दी जाती है। इन्हें न तो स्वास्थ्य संबंधी सुविधाएँ प्राप्त हैं और न ही रहने की ठीक परिस्थितियाँ। फैक्टरियों में काम करने वाली महिलाओं की दशा भी बहुत खराब है। *हिन्द स्वराज* में भी कहा गया है कि 'जिन स्त्रियाँ को घर की रानियाँ होनी चाहिए, उन्हें गाल्यियों में भटकना पड़ता है या कोई मज़दूरी करनी पड़ती है इंग्लैंड में ही चालीस लाख गरीब औरतों को पेट के लिए सख्त मज़दूरी करनी पड़ती है।'[26] शेरार्ड के अनुसार औद्योगिक सभ्यता के कारण धन-समृद्धि तो आई है लेकिन वह समाज में रहने वाले बहुसंख्यक लोगों के लिए नहीं है, न ही भविष्य में इस स्थिति के बदलने की संभावना है। शेरार्ड ने अपनी बात के समर्थन में टी. एच. हक्सले के निराशावादी विचारों को सामने रखा है कि 'मानव-जाति के इस बहुसंख्यक वर्ग के लिए सुधार की आशा न के बराबर है।' गांधी हक्सले के विचारों से तो सहमत दिखाई देते थे पर उसमें छुपी निराशा से नहीं। गांधी मानते थे कि 'अभी भी इस बात की उम्मीद है कि धनी और शक्तिशाली लोगों के हृदयों में नैतिक बदलाव हो, और यही सच्चा स्वराज होगा।'

गांधी अमरीकी विचारक हेनरी डेविड थोरो से भी काफ़ी प्रभावित थे और उनके विचार गांधी के लिए जीवन भर प्रेरणा के स्रोत रहे। थोरो के *On the Duty of Civil Disobedience* के विचार उन्होंने 1907 में *इंडियन ओपेन्यिन* में प्रकाशित किए। वे थोरो के इस विचार से पूर्ण रूप से सहमत थे कि राजनीतिक दृष्टि से सही और

गलत का फैसला अंतरात्मा की आवाज़ के अनुसार होना चाहिए, बहुमत के आधार पर नहीं। बुराई को हम पूरी तरह से दूर कर सकें या नहीं, परंतु बुराई का समर्थन हमें कदापि नहीं करना चाहिए। हालाँकि गांधी की सत्याग्रह की परिकल्पना उनकी अपनी थी लेकिन वे थोरो के दर्शन में उसका समर्थन पाते थे। थोरो की दूसरी पुस्तक *Life Without Principle* भी परिशिष्ट सूची में शामिल है। इस पुस्तक में कुछ ऐसे विचार थे जो अभी गांधी के मन में जन्म ले रहे थे। वे थोरो के इस विचार से पूरी तरह सहमत थे कि 'सद्‌गुणों के बिना राजनीति बेकार है।'

मैजिनी की पुस्तक *Duties of Man* का नाम भी परिशिष्ट सूची में सम्मिलित है। इसका कारण यह था कि आस्ट्रिया के विरुद्ध इटली का संघर्ष तथा इसके एकीकरण ने भारतीयों की चेतना को काफ़ी हद तक जागृत किया था। 1870 के दशक से ही बंगाल का बुद्धिजीवी वर्ग मैजिनी के विचारों का अध्ययन कर रहा था। वी. डी. सावरकर ने मैजिनी के ग्रंथ का मराठी में अनुवाद किया था। सर जान सीले की पुस्तक *Expansion of England* में इटली के इस संघर्ष की तथा एकता के प्रयासों की तुलना भारत के संघर्ष से की गई थी। मैजिनी की पुस्तक को परिशिष्ट सूची में डालने का गांधी का अभिप्राय भारतीय राष्ट्रवादियों को यह संकेत देना था कि इस दृष्टिकोण को अहिंसक तथा नैतिक दृष्टि से समझा जाए, सैन्य बल के संदर्भ में नहीं।

गांधी के विचारों पर उपरोक्त पश्चिमी विचारकों के प्रभाव को देखने के बाद यह कहा जा सकता है कि गांधी पूरी तरह से पश्चिमी सभ्यता के आलोचक नहीं थे। बार्कर के अनुसार, पश्चिमी सभ्यता की उनकी आलोचना केवल कुछ अस्वस्थ प्रवृत्तियों के लिए थी तथा यह किसी भी तरह से संकुचित राष्ट्रवाद या उपनिवेशवाद के विरोध से प्रेरित नहीं थी।

भारतीय दार्शनिक विचारधारा के कारण ही गांधी पश्चिम से एकत्रित अपने विचारों को एक सूत्र में बाँध पाए। गांधी के विचारों पर *भगवद्‌गीता, रामायण* आदि का प्रभाव स्पष्ट देखा जा सकता है। श्रवण पितृभक्ति, राजा हरिश्चंद्र जैसे नाटकों ने भी उन्हें प्रेरित किया और यही विचार आगे 'ट्रस्टीशिप' तथा 'न्यासिता' के सिद्धांतों की नींव डालते हैं। राजा हरिश्चंद्र के नाटक ने उन्हें 'सत्य' की राह पर चलने के लिए प्रेरित किया और श्रवण की पितृभक्ति ने उनके लिए 'कर्त्तव्य' का मार्ग प्रशस्त किया। *रामायण* से तो वे इतने प्ररित हुए कि अपने सपनों का भारत को उन्होंने 'रामराज्य' की संज्ञा दे डाली। तुलसीदास की *रामचरितमानस* को उन्होंने सर्वश्रेष्ठ तथा उच्च धार्मिक पुस्तक माना। श्रीराम के व्यक्तित्व की विशेषताओं से वे इतने प्रभावित थे कि मृत्यु के समय उनके मुख से निकलने वाले आखिरी शब्द

भी 'हे राम' थे हाँलाकि अपनी *आत्मकथा* में उन्होंने स्वीकार किया है कि उनका धर्म ज्ञान न के बराबर है।[27]

विलायत में रहते हुए गांधी ने न केवल भारतीय दर्शन पर किताबें पढ़ीं, बल्कि अन्य धर्मों का भी सूक्ष्म अध्ययन किया। उन्होंने सर एडविन आर्नल्ड की *The Song Celestial,* जो *गीता* का अनुवाद था, और उन्हीं की *The Light of Asia,* जो महात्मा बुद्ध की जीवन-कथा थी, का अध्ययन किया। उन्होंने टॉमस कार्लाइल की *On Heroes and Hero Worship and the Heroic in History* में पैगंबर मुहम्मद साहब की जीवनी पढ़ी। *The Sayings of Zarathustra* आदि भी गांधी ने पढ़ीं।

लेकिन जिस भारतीय विचारक ने गांधी के दर्शन को सबसे अधिक प्रभावित किया वे राजचंद्र (रायचंद्र) थे। हालाँकि वे हीरों के व्यापारी थे लेकिन उनके ज्ञान, शुद्ध चरित्र, आत्म-दर्शन ने गांधी को बहुत प्रेरित किया। गांधी ने राजचंद्र को एक पत्र लिखकर उनसे '27 प्रश्न' पूछे[28] जो आत्मा के रूप, मोक्ष, ईश्वर, वेद, गीता, आर्य धर्म, ईसाई धर्म, बाइबिल, भक्ति, पुनर्जन्म, संसार की रचना किसने की, ब्रह्म, विष्णु, महेश, ईसा मसीह से संबंधित चमत्कार, दुनिया की अंतिम स्थिति क्या होगी, कृष्णावतार, रामावतार, क्या सच्ची बातें हैं, इन सबसे संबंधित थीं। राजचंद्र ने इन प्रश्नों का काफ़ी विस्तृत जवाब दिया, जैसे आत्मा अजर-अमर है; मानव को बाहरी लालसाओं से मुक्ति की बहुत आवश्यकता है, अंतर्चेतना का जागना आवश्यक है। क्योंकि यह सब उतना आसान नहीं है, इसलिए इस जन्म और पुनर्जन्म का सिलसिला चलता रहता है। राजचंद्र ने दूसरे धर्मों पर भी अपना विचार प्रकट किए। उन्होंने गांधी को धर्म का अर्थ भी समझाया। धर्म का अर्थ शास्त्र के नाम से जानी जाने वाली पुस्तकों का रटना नहीं है। वह तो आत्मा का गुण है जो दृश्य या अदृश्य रूप में मनुष्य मात्र में विद्यमान रहता है। धर्म वह साधन है जिसके द्वारा हम अपने आप को पहचान सकते हैं। यह साधन हमें जहाँ से मिल सके वहाँ से ले सकते हैं चाहे वह भारत हो, यूरोप हो या फिर अरब दुनिया। इस साधन का सामान्य रूप सब धर्मशास्त्रों में एक-सा है। असत्य, हिंसा, अन्याय की बात कोई धर्म नही करता। ईश्वर एक है ऐसा सभी धर्मों ने कहा है। धर्म तो बाड़ों की तरह हैं जिसमें मनुष्य कैद है। मोक्ष प्राप्ति के लिए किसी खास धर्म का अनुकरण करना ज़रूरी नहीं है। राजचंद्र ने कुछ और पुस्तकों के अध्ययन के लिए गांधी को प्रेरित किया, जैसे *मणि रत्नमाला, मोक्ष माला, पंचीकरण, मुमुक्षु-पतांजलि के योग सूत्र, मनुसंहिता* आदि। गांधी ने इन सबका गहन अध्ययन किया। यद्यपि गांधी ने राजचंद्र को अपना 'आध्यात्मिक गुरु' स्वीकार नहीं किया तथापि उनकी सत्य की अनेकरूपता की विचारधारा तथा धर्म वही है जिसमें सभी धर्मों के विचार समाहित हों आदि विचारों पर राजचंद्र का प्रभाव स्पष्ट दिखाई देता है।

1909 तक आते-आते गांधी ने भारतीय तथा पश्चिमी विचारों को एकीकृत कर लिया तथा अपने राजनीतिक दर्शन को एक समग्र में पिरो लिया। अब तक उनके सभी विचार स्पष्ट हो चुके थे। 'स्व' का प्रश्न, भारतीय राष्ट्रवाद का स्वरूप, आधुनिक औद्योगिक सभ्यता, उपनिवेशवाद, भारतीय मध्यम वर्ग में बढ़ती हुई स्वार्थवृत्ति, भारत में बढ़ती हुई हिंसा (ऐसे राष्ट्रवादी जो हिंसा/क्रांति के मार्ग पर चल रहे थे) आदि। इन्हीं सभी विचारों के परिणामस्वरूप *हिन्द स्वराज* के प्रमुख तर्क सामने आए।

हिन्द स्वराज

हिन्द स्वराज संवाद शैली में लिखी गई है। संवाद संपादक तथा पाठक के बीच होता है। इसमें गांधी ने अपने लिए संपादक की भूमिका चुनी है। पाठक में सभी भारतीयों को समाहित कर दिया गया है; यहाँ तक कि विदेश में रहने वाले भारतीय राष्ट्रवादी भी जिनसे गांधी की मुलाकात लंदन (1906-1909) में हुई थी। संवाद पद्धति को इसलिए चुना गया क्योंकि इससे विचारों को समझना आसान हो जाता है। इससे आम पाठकों को विचारों की पुनर्व्याख्या करने की रूपरेखा भी मिल जाती है। *हिन्द स्वराज* में उठाए गए सभी विचार आगे व्याख्या के लिए खुले हैं अर्थात इन्हें किसी भी तरह से अंतिम रूप में नहीं देखा जा सकता है। सत्याग्रही की यह विशेषता होती है कि वह दूसरों के विचारों को सुनता और ग्रहण करता है।

हिन्द स्वराज पुस्तक को बीस छोटे-छोटे अध्यायों में बाँट दिया गया है। इनमें से ग्यारह अध्याय ऐतिहासिक विचारों से संबंधित हैं तथा अन्य नौ दार्शनिक विचारों से। ऐतिहासिक विचारों की शुरुआत भारतीय राष्ट्रवाद को जागृत करने में कांग्रेस की भूमिका से होती है। दूसरे और तीसरे अध्याय में बंगाल विभाजन तथा उससे उत्पन्न अशांति और असंतोष की बात कही गई है। गांधी यह स्पष्ट करते हैं कि हर सुधार/बदलाव से पहले असंतोष होता है भारत में अंग्रेज़ी शासन के कारणों और परिणामों की चर्चा की गई है। जहाँ भारत की गुलामी के लिए अंग्रेज़ों के आर्थिक हित तथा व्यापारिक नीतियाँ ज़िम्मेदार थीं वहीं दूसरी तरफ भारतीयों का राजनीतिक और नैतिक पतन भी कम ज़िम्मेदार नहीं था। इसलिए यह कहना बिल्कुल सही प्रतीत होता है कि 'हिंदुस्तान अंग्रेज़ों ने ले लिया हो यह बात नहीं है, बल्कि हमने उन्हें दिया है। हिंदुस्तान में वे अपने बल से नहीं टिके हैं अपितु हमने उन्हें टिका रखा है।' इसके परिणाम भी दुखद ही हुए हैं। एक तो आधुनिक सभ्यता का आगमन हुआ और दूसरा एक ऐसे मध्यम वर्ग का उदय हुआ जो केवल अपने हितों को साधना चाहता है। इसलिए भारत की दशा सुधारने के लिए उसे अपनी परंपरागत सभ्यता की ओर वापस जाना होगा। अध्याय 5 और अध्याय 15 में ब्रिटेन, जापान और इटली

जैसे देशों के उदाहरण दिए गए हैं। लेकिन इन्हें भारत की परिस्थितियों को देखते हुए अस्वीकार कर दिया गया है

दार्शनिक विचारों की शुरुआत स्वराज की प्रकृति को लेकर होती है। हिंदुस्तान कैसे आज़ाद हो, इस पर भी प्रकाश डाला गया है। कुछ अध्याय सच्ची सभ्यता पर प्रकाश डालते हैं। अध्याय 16 में साधन तथा साध्यों के विषय में समझाया गया है। अध्याय 17 में सत्याग्रह को आत्मबल के रूप में देखा गया है और उसी के माध्यम से स्वराज प्राप्ति की बात की गई है। स्वराज की प्राप्ति की दिशा में अन्य साधनों के रूप में शैक्षिक सुधारों और उचित तकनीक की बात भी की गई है। अंत में, कुछ व्यावहारिक सुझाव दिए गए हैं जो नरमपंथियों, उग्रपंथियों, नए मध्यम वर्ग तथा अंग्रेज़ों के लिए हैं।

हिन्द स्वराज के माध्यम से कुछ तर्क प्रस्तुत किए गए हैं। पहला, राजनीतिक जीवन सक्रियता का उच्चतम रूप ग्रहण कर सकता है। लेकिन यह तभी संभव होगा जब इसे धर्म के ढाँचे में व्यावहारिक रूप दिया जाए। यहाँ गांधी धर्म को राजनीति से जोड़ने की बात करते हैं। आधुनिक विश्व में धर्म को स्वतंत्रता, समानता और संपन्नता से जोड़ा जाए। अगर आम भारतीय इस धर्म का पालन करते हैं तो ही वे उपनिवेशवाद और आधुनिक सभ्यता में जो कुछ भी सकारात्मक तत्त्व हैं, उन्हें अपनी संस्कृति में समाहित कर सकते हैं।

दूसरा, कोई भी सभ्यता हमारे व्यक्तिगत या राष्ट्रीय एकीकरण की प्रक्रिया में सहायक हो सकती है और बाधक भी। आधुनिक सभ्यता जो औद्योगिक क्रांति के साथ विकसित हुई है, आज हमारे नैतिक विकास के लिए बाधक है। केवल एक नवनिर्मित भारतीय सभ्यता ही स्वराज प्राप्ति में सहायक सिद्ध हो सकती है। ऐसी सभ्यता ही राजनीतिक हिंसा में कमी लाएगी, लालच कम करेगी तथा दया भाव जागृत करने में, आर्थिक समृद्धि लाने में तथा आध्यात्मिक एकीकरण में सहायक सिद्ध होगी।

तीसरा, स्वराज की प्राप्ति भारत का प्रमुख लक्ष्य है। लेकिन यहाँ गांधी स्वराज के self- rule तथा self-government के अर्थों में अंतर को स्पष्ट करते हैं। स्वराज को अगर self-rule के रूप में देखा जाए तो यह अपने उपर अपना शासन करना है अर्थात हमारा मस्तिष्क हमारी इंद्रियों/लालसाओं को नियंत्रित करे। self-rule अर्थ (धन) और काम (सुख) को स्वीकार तो करता है लेकिन 'स्वशासन' के रूप में देखा जाए तो यह 'प्रजा' का राज है अर्थात rule of the nation है। गांधी ने nation के लिए 'प्रजा' शब्द का इस्तेमाल किया है। ऐसा राज्य 'सुराज्य' यानि अच्छा राज्य होगा। यह 'सुराज्य' तभी संभव है जब भारतीय self-rule के योग्य हो जाएँगे। यह

self-rule राष्ट्र में ही विकसित हो सकता है। *हिन्द स्वराज* में गांधी ने इस बात का समर्थन किया है कि भारत एक राष्ट्र है और उसे स्वशासन प्राप्त होना चाहिए।

भारत एक राष्ट्र है या नहीं इसे लेकर विवाद रहा है। गांधी के अनुसार मुस्लिम काल से पहले भी भारत एक राष्ट्र था। प्राचीन आचार्यों ने इस बात की पुष्टि की है। पूर्व, पश्चिम, उत्तर, दक्षिण में जो भी धार्मिक स्थल हैं वे एक राष्ट्र होने के प्रतीक हैं। मुस्लिम काल से पहले भी भारतीय संस्कृति में बाहर से आने वाले लोग यहाँ की संस्कृति में घुल-मिल जाया करते थे। भारतीय संस्कृति ने हमेशा इस्लाम तथा दूसरे धर्मों के साथ सद्भाव रखा। इसलिए अगर आज भी हिंदुओं और मुसलमानों के बीच कुछ मतभेद हैं तो उन्हें मिटाया जा सकता है। इसी आधार पर आधुनिक भारत की स्थापना हो सकती है।

हिन्द स्वराज के गुजराती संस्करण में स्वराज को ही self-rule और self-government के रूप में परिभाषित किया गया है, जबकि अंग्रेज़ी संस्करण में स्वराज को self-rule या home-rule के रूप में देखा गया है। अच्छे/सच्चे स्वशासन के लिए आत्मशासन ज़रूरी है। इस दिशा में गांधी मानते हैं कि अंग्रेज़ भारतीयों को स्वराज/स्वशासन नहीं दे सकते, इसे तो भारतीयों को स्वयं हासिल करना है। आत्म-बदलाव और आत्म-सुधार से एक बार जब भारतीयों में अपेक्षित बदलाव आ आएगा तो वे स्वराज प्राप्ति के हिंसक तरीके छोड़ देंगे। स्वराज प्राप्ति के लिए सत्याग्रह ही एक तरीका है। यह सोचना निराधार है कि ब्रिटिश राज का अंत हमें अपने आप स्वराज के निकट ले जाएगा। वह सच्चा स्वराज नहीं होगा। बिना अच्छे, सच्चे, स्थिर चरित्र के यह स्वराज संभव नहीं है। यह तभी हो सकता है जब व्यक्ति कुछ सद्गुणों का पालन करे—ब्रह्मचर्य, सत्य, लालच न करना, भय से मुक्ति, यहाँ तक कि मृत्यु के भय से भी मुक्ति। सच्चा स्वराज एक आंतरिक अनुभव है जो आत्मा से ही महसूस किया जा सकता है। यही आंतरिक अनुभव राजनीति को नैतिकता से जोड़ता है। यहाँ गांधी 'चरखे' को एक प्रतीक चिह्न से रूप में देखते हैं—आध्यात्मिक गति तथा प्रगति का प्रतीक और शारीरिक श्रम की महत्ता का प्रतीक, धनी और निर्धन के बीच एकता का प्रतीक और आधुनिक यंत्रों के खिलाफ़ एक आवाज़ का प्रतीक।

चौथा, *हिन्द स्वराज* के अनुसार भारतीय स्वशासन के मार्ग में एक बड़ी बाधा सांप्रदायिक संकीर्ण राष्ट्रवाद है जिसका प्रतिपादन कुछ हिंदुओं तथा मुसलमानों दोनों ने ही किया है। इस बुराई/बाधा का समाधान एक उदार राष्ट्रवादी भावना में निहित है जो 'प्रजा' (nation) की अवधारणा पर आधारित होगा। अगर भारत से विदेशी शासन का अंत करना है तो भारतीयों को सही साधन अपनाने की आवश्यकता है।

नरमपंथियों द्वारा अपनाए गए संवैधानिक तरीके राजनीतिक रूप से अप्रभावी हैं तथा उग्रपंथियों द्वारा अपनाए गए हिंसक, क्रांतिकारी तरीके नैतिक रूप से उचित नहीं हैं। इन परिस्थितियों में सत्याग्रह का मार्ग ही नैतिक रूप से प्रभावी विकल्प हो सकता है। गांधी यह मानते हैं कि आधुनिक राज्य बिना स्वराज के सिर्फ़ ब्रिटिश राज को हटा पाएगा। इससे जो भारतीय राज आएगा वह इंग्लिस्तान स्थापित करेगा, हिंदुस्तान नहीं। *हिन्द स्वराज* के अध्याय 4 में कहा गया है कि हमें अंग्रेज़ी राज्य तो चाहिए परंतु अंग्रेज़ी शासक नहीं। आप बाघ का स्वभाव तो चाहते हैं लेकिन बाघ नहीं। यहाँ बाघ से गांधी का अभिप्राय 'आधुनिक राज्य' से है। सभी बाघों को अपना शिकार चाहिए फिर चाहे वे अंग्रेज़ी बाघ हों या हिंदुस्तानी बाघ। इस प्रकार *हिन्द स्वराज* के माध्यम से भारतीय विशिष्ट वर्ग को चुनौती दी गई थी जो भारत का नया शासक वर्ग बनना चाहता था।

पाँचवा, गांधी द्वारा दिए गए 'अहिंसा' संबंधी विचार भी हमें जागृत करते हैं। *हिन्द स्वराज* में अहिंसा को एक राजनीतिक सिद्धांत के रूप में इस्तेमाल किया गया है। एक सच्चे उद्देश्य/साध्य को प्राप्त करने के लिए साधन भी उच्च तथा नैतिक होने चाहिए। इसलिए स्वराज जैसे महान साध्य को प्राप्त करने के लिए साधन निश्चित रूप से अहिंसा, सत्य, सत्याग्रह, त्याग ही हो सकते हैं, हिंसा नहीं। गांधी मानते हैं कि 'प्रेमबल' तथा 'दयाबल', 'शक्तिबल' से अधिक महान है। अहिंसा का जन्म 'आत्मबल' से होता है और हिंसा का जन्म 'शरीरबल' से। 'आत्मबल' के लिए कुछ विशेषताओं का होना आवश्यक है जैसे सत्यबल, प्रेमबल, तपबल, नीतिबल आदि। आत्मा इन सभी गुणों का प्रयोग तभी कर पाएगी जब हमारा मन/मस्तिष्क हमारी इंद्रियों/लालसाओं को नियंत्रित कर सके। इस प्रकार अहिंसा की नैतिक सफलता अंततः स्व-नियत्रंण पर ही निर्भर करती है।

छठा, *हिन्द स्वराज* में मशीनों के प्रति गांधी का दृष्टिकोण विवादास्पद है। मशीनों की आलोचना करते हुए गांधी इसे एक 'रोग' बताते हैं लेकिन इसका निदान संभव है जो किसी अच्छे चिकित्सक की देखरेख में होगा। गांधी यह स्वीकार करते हैं कि तकनीकी उन्नति देश के विकास में सकारात्मक योगदान दे सकती है। लेकिन यह मानव कल्याण तभी कर पाएगी जब वह नैतिक मूल्यों से युक्त हो। यह सब 'धर्म' के द्वारा ही संभव है—'धर्म' जो 'सत्य' में निहित है और इनकी प्राप्ति आत्मबल द्वारा होगी। भारत के लिए वही तकनीक उचित होगी जिससे आम जनता की ज़रूरतें पूरी हो सकें। आधुनिक सभ्यता/तकनीक के कारण ही धनी और निर्धन के बीच की खाई चौड़ी हुई है। धनी बलवान है और निर्धन कमज़ोर। धनी ने शोषण किया है और निर्धन ने शोषण सहा है। गांधी इस प्रवृत्ति में बदलाव चाहते थे। वे एक ऐसी तकनीक

चाहते थे जिसमें सबका भला हो, सभी की ज़रूरतें पूरी हों। उनका विरोध इस बात को लेकर नहीं था कि भारत को तकनीकी उन्नति चाहिए या नहीं, बल्कि इस बात को लेकर था कि उसे कैसी तकनीक चाहिए। गांधी निश्चित रूप से सत्य, स्वराज, मानव कल्याण, आर्थिक विकास, तकनीको उन्नति में एक संबंध देखते थे।

हिन्द स्वराज में गांधी कहते हैं कि 'ऐसा कोई भी साधन जो भारत की जनता को गरीबी से निज़ात दिला सके, स्वराज स्थापित करने की दिशा में एक कदम होगा।' भारतीयों की न्यूनतम आवश्यकताएँ—रोटी, कपड़ा, मकान, शिक्षा, स्वशासन—पूरी हो सके ऐसा गांधी मन से चाहते थे। अंत में, यही कहा जा सकता है कि *हिन्द स्वराज* में जिन राजनीतिक सिद्धांतों की चर्चा की गई है, वे सैद्धांतिक और व्यावहारिक रूप में साथ-साथ चलेंगे। अगर हम स्वराज चाहते हैं तो हमें अपने अंदर सुधार/बदलाव लाने ही होंगे। इन बदलावों के बिना स्वराज असंभव है। इसलिए गांधी के लिए स्वराज कोई कल्पना या स्वप्न नहीं था।

हिन्द स्वराज को प्रारंभ में टॉलस्टाय के अलावा सभी ने नापसंद किया। मार्च 1910 में भारत सरकार ने विद्रोह के डर से इस पुस्तक पर प्रतिबंध लगा दिया। श्यामजी कृष्णवर्मा ने इस पुस्तक पर प्रहार करते हुए लिखा कि गांधी कष्ट भोगने के ईसाई सिद्धांत को व्यावहारिक रूप दे रहे हैं। यहाँ तक कि गोखले ने भी लिखा कि गांधी द्वारा यह पुस्तक जल्दबाजी में लिखी गई है और भारत में एक साल रहने के बाद गांधी स्वयं इस किताब को नष्ट कर देगें या फिर इसके दर्शन को बदलना चाहेंगे। 1919 के बाद ही *हिन्द स्वराज* को भारत में एक सही पहचान मिली तथा इसे गांधी के विचारों के घोषणा-पत्र के रूप मे देखा गया। लेकिन इसके आलोचक भी कम नहीं थे। भारतीय मार्क्सवाद के प्रवर्तक एस. डांगे ने अपनी पुस्तक *गांधी बनाम लेनिन* तथा एम. एन. राय ने अपनी पुस्तक *India in Transition* में कहा है कि इस पुस्तक का महत्त्व केवल इतना है कि यह धर्मपरायणता और मानवतावाद का संदेश देती है। लेकिन वर्ग संघर्ष के नियमों से यह पुस्तक पूरी तरह अनभिज्ञ है। सर शंकरन नायर ने अपनी रचना *Gandhi and Anarchy* में गांधी को सत्याग्रह से उत्पन्न कथित अराजक प्रवृत्तियों के लिए उत्तरदायी माना है। 1930 के बाद हालाँकि बी. आर. अम्बेडकर गांधी के विचारों के कड़े आलोचक रहे, लेकिन उन्होंने *हिन्द स्वराज* की आलोचना नहीं की।

इसके विपरीत, संयुक्त राज्य अमेरिका में इस पुस्तक को अत्यधिक उत्साह के साथ ग्रहण किया गया। *हिन्द स्वराज* का अमरीकी संस्करण *Sermon on the Sea* के नाम से एच. टी. मजुमदार ने संपादित किया। गांधी के विचारों की जगह-जगह चर्चा होने लगी तथा केंद्रीकरण और विकेंद्रीकरण पर उनके विचार काफ़ी लोकप्रिय

हो गए। 1938 में ब्रिटेन में भी गांधी के इन विचारों की समीक्षा की गई। 1945 में गांधी और नेहरू के बीच भारत के लिए समुचित सामाजिक नीतियों की चर्चा हुई जिसका अंत *हिन्द स्वराज* पर हुआ। अक्टूबर 1979 में गांधी शांति प्रतिष्ठान (Gandhi Peace Foundation) द्वारा प्रकाशित पत्रिका *गांधी मार्ग* ने इस पुस्तक पर एक गोष्ठी का आयोजन किया। इस गोष्ठी में अधिकांश प्रतिभागी गांधी के *हिन्द स्वराज* के विचारों के पक्ष में थे। लेकिन आर. सी. मजुमदार ने गांधी की आधुनिक सभ्यता तथा हिंदु-मुस्लिम समस्या के प्रति उनके दृष्टिकोण की आलोचना की। 1985 में नागेश्वर प्रसाद द्वारा लिखित *हिन्द स्वराज ए फ्रेश लुक* पुस्तक सामने आई जिसमें आधुनिक भारतीय राजनीति पर इसके प्रभावों की चर्चा की गई है। अंत में, इस कथन से इंकार नही किया जा सकता कि गांधी के विचारों का अध्ययन करने वालों के लिए यह पुस्तक एक बुनियाद है, एक प्रारंभिक बिंदु है।

स्वातंत्र्योत्तर भारत में गांधी के विचारों के प्रभावों को कई क्षेत्रों में महसूस किया जा सकता है। भारत में विनोबा भावे द्वारा शुरू किया गया भूदान आंदोलन (1951) इसका एक महत्त्वपूर्ण उदाहरण है। इसके अलावा जयप्रकाश नारायण द्वारा चलाए गए विभिन्न आंदोलन भी गांधीवादी विचारों से प्रेरित थे। भीखू पारेख तथा आशीष नंदी जैसे बुद्धिजीवियों के लिए गांधी उपनिवेशवाद के आदर्श विश्लेषक रहे हैं। आर. के. नारायण, मुल्कराज आनंद, प्रेमचंद आदि ने उन्हें भारतीयों के लिए प्रेरणा का स्रोत बताया है।

भारत से बाहर भी गांधी के विचार कई सामाजिक-राजनीतिक आंदोलनों को प्रेरणा प्रदान करते रहे हैं—मार्टिन लूथर किंग का नागरिक अधिकार आंदोलन, 1960-70 का शांत आंदोलन तथा अनेक पर्यावरण संबंधी आंदोलन आदि।

हिन्द स्वराज में गांधी द्वारा स्वतंत्रता की प्रकृति पर भी विचार किया गया है। स्वराज को अगर हम self-rule के रूप में देखें तो इसका अर्थ आंतरिक स्वतंत्रता होगा। स्व-नियंत्रण के बिना स्वशासन विरोधी प्रवृत्तियों को जन्म दे सकता है। इस संदर्भ में उनकी सत्याग्रह की परिभाषा भी बहुत मूल्यवान है। सत्याग्रह द्वारा हम व्यक्तिगत रूप से कष्ट सहकर अपने अधिकारों को प्राप्त करते है। यहाँ गांधी अधिकारों के साथ कर्त्तव्यों की अवधारणा को भी जोड़ते हैं। इस संदर्भ में *हिन्द स्वराज* की तुलना जे. एस. मिल की *On Liberty* से की जा सकती है।

अंत में, यह कहा जा सकता है कि *हिन्द स्वराज* केवल स्वराज प्राप्ति का मार्गदर्शक नहीं अपितु एक आध्यात्मिक और व्यावहारिक पुस्तक भी है। यह पुस्तक हमें संदेश देती है कि आंतरिक जीवन और बाहरी उपलब्धियों के बीच एक संबंध है। एक भी व्यक्ति अगर चाहे तो वह पूरे समाज में परिवर्तन ला सकता है।

टिप्पणी

1 *कलेक्टेड वर्क्स ऑफ महात्मा गांधी,* नई दिल्ली, प्रकाशन विभाग, सूचना एवं प्रसारण मंत्रालय, भारत सरकार, जिल्द 32, पृ. 489

2 परेल, एंथनी, जे. (सं), *गांधी, फ्रीडम एंड सेल्फ रूल,* ऑक्सफोर्ड, लेक्सिंग्टन बुक्स, 2000, पृ. 16

3 *कलेक्टेड वर्क्स ऑफ महात्मा गांधी,* जिल्द 19, पृ. 277

4 वहीं, जिल्द 32, पृ. 496

5 गांधी, एम. के., *हिन्द स्वराज,* अहमदाबाद, नवजीवन, 1959, पृ. 44

6 वहीं, पृ. 23-24

7 परेल, एंथनी, जे. (सं.), *हिन्द स्वराज एंड अदर राइटिंग्स,* कैम्ब्रिज, कैम्ब्रिज यूनिवर्सिटी प्रेस, 1997, पृ. 108

8 वहीं, पृ. 71

9 गांधी, एम. के., *आत्मकथा,* पृ. 170

10 वहीं, पृ. 170

11 *कलेक्टेड वर्क्स ऑफ महात्मा गांधी,* जिल्द 8, पृ. 244

12 वहीं, जिल्द 9, पृ. 382

13 *आत्मकथा,* पृ. 249

14 परेल, एंधनी, जे., उपर्युक्त, पृ. 7

15 गांधी, एम. के., *हिन्द स्वराज,* पृ. 83

16 वहीं, पृ. 33

17 *आत्मकथा,* पृ. 62-63

18 वहीं, पृ. 271

19 *हिन्द स्वराज,* पृ. 19

20 वहीं, पृ. 22

21 *कलेक्टेड वर्क्स ऑफ महात्मा गांधी,* जिल्द 1, पृ. 90-91

22 वहीं, जिल्द 32, पृ. 593-602

23 वहीं, जिल्द 32, पृ. 11

24 वहीं

25 *हिन्द स्वराज,* पृ. 23

26 वहीं, पृ. 29

27 वहीं, पृ. 49

28 वहीं, पृ. 6

6

गांधी: आधुनिकता एवं सत्याग्रह तथा भीखू पारेख

मनीषा पाण्डेय

बीसवीं सदी में अनेक राजनीतिक अवधारणाओं और चिंतन शैलियों का जन्म हुआ। इनमें गांधी की अवधारणाओं और चिंतन का महत्त्वपूर्ण स्थान रहा है। इसका मुख्य कारण यह है कि गांधी ने उस समय की समस्याओं को लेकर हो रहे विभिन्न आंदोलनों को उनके समग्र रूप में देखा। उनका दृष्टिकोण मुख्यतः व्यक्ति की नैतिक प्रगति से प्रेरित था। इसी दृष्टिकोण के आधार पर उन्होंने एक अंतर्राष्ट्रीय समाज की कल्पना की थी। इस कल्पना को साकार करने के लिए उन्होंने न केवल एक नया जीवन-दर्शन हमारे सामने रखा, बल्कि उसके लिए एक निश्चित कार्यक्रम भी सुझाया। इसी संबंध में उन्होंने सत्याग्रह और आधुनिकता पर अपने महत्त्वपूर्ण विचार भी प्रकट किए।

दक्षिण अफ्रीका में ब्रिटिश सरकार की रंगभेद नीतियों और भारत में ब्रिटिश शासन के समक्ष गांधी की मुख्य समस्या यह थी कि कोई नैतिक व्यक्ति ऐसी अवस्था में किस प्रकार संघर्ष करे। उस समय तक इस संघर्ष के लिए संवैधानिक उपायों या फिर हिंसा का सहारा लिया जाता था। गांधी ने इन दोनों मार्गों को असंतोषजनक बताया। उन्होंने प्रतिरोध एवं संघर्ष के लिए एक नया मार्ग अपनाया और एक नए समाज की रचना के लिए व्यापक कार्यक्रम भी पेश किया। गांधी का नया मार्ग और कार्यक्रम सत्य की शक्ति अथवा आत्मबल पर आधारित था।

सत्याग्रह का अर्थ

गांधी की चिंतन शैली में 'सत्याग्रह' की महत्त्वपूर्ण भूमिका रही है और यह उनके जीवन-दर्शन का अभिन्न अंग है। इसलिए गांधी के जीवन-दर्शन को समझने के लिए उनके सत्याग्रह संबंधी सिद्धांतों को भली-भांति समझना आवश्यक है। सत्याग्रह का अर्थ है 'आग्रह', अर्थात सत्य के लिए नैतिक दबाव डालना। यह 'सत्य' और 'आग्रह' इन दोनों श़ब्दों के संयोग से बना है जिसका अर्थ है—सत्य के लिए दृढ़तापूर्वक आग्रह करना। गांधी के अनुसार अहिंसात्मक उपायों का सहारा लेते हुए सदैव सत्य पर दृढ़ रहना और वचन तथा कर्म से उसी के अनुसार आचरण करना ही सत्याग्रह है। गांधी ने सत्याग्रह के इस व्यापक स्वरूप को अपनाया और उसका सफल प्रयोग भी किया।

सत्याग्रह राजनीतिक तथा सामाजिक क्षेत्र में हो रहे अन्याय, शोषण और अत्याचार के विरुद्ध अहिंसात्मक संघर्ष है। हिंसात्मक संघर्ष व्यक्ति विशेष अथवा समूह विशेष को क्षति पहुँचाता है जबकि अहिंसात्मक संघर्ष अथवा सत्याग्रह का ध्येय अत्याचार का अंत करना होता है। हिंसा से प्रेरित मनुष्य कभी भी स्वयं को क्रोध, घृणा, प्रतिशोध आदि दुर्भावनाओं से परे नहीं रख पाता, परंतु अहिंसा के मार्ग पर चलने वाला सत्याग्रही अपने सौहार्द्रपूर्ण व्यवहार से अपने विरोधी को भी मित्र बना लेता है। सत्याग्रही विरोधी का हृदय परिवर्तन करने में विश्वास करता है और सदा सत्य की विजय चाहता है। इससे यह स्पष्ट होता है कि हिंसात्मक संघर्ष और सत्याग्रह मूलतः एक दूसरे से भिन्न हैं।

सत्याग्रह के अर्थ को पूर्णतया समझने के लिए यह भी जान लेना अति आवश्यक है कि सत्याग्रह मूल रूप से निष्क्रिय प्रतिरोध से भिन्न है। हालाँकि यह सच है कि 1906 में जब दक्षिण अफ्रीका में गोरे शासकों के विरुद्ध उन्होंने आंदोलन छेड़ा था तो उस समय वे उसे निष्क्रिय प्रतिरोध ही कहा करते थे, परंतु बाद में उन्होंने यह महसूस किया कि यह उसकी उचित परिभाषा नहीं है। उनका यह विश्वास था कि निष्क्रिय प्रतिरोध करने वाला व्यक्ति आसानी से नैतिक सिद्धांतों का परित्याग कर देता है। इसलिए उन्होंने अपने आंदोलन को निष्क्रिय प्रतिरोध की संज्ञा न देकर उसे सदाग्रह अथवा सत्याग्रह कहा।

सत्याग्रह तथा निष्क्रिय प्रतिरोध में मूल अंतर यह है कि प्रतिरोध में घृणा, क्रोध, प्रतिशोध आदि हिंसात्मक दुर्भावनाओं की संभावना होती है। परंतु सत्याग्रह के मार्ग में पूर्णतः अहिंसात्मक होना अनिवार्य है। सत्याग्रही विरोधी का विरोध करते हुए भी उसके प्रति स्नेह और प्रेम की भावना रखता है। सत्याग्रही का एकमात्र आधार उसका नैतिक बल होता है जिसका प्रयोग वह अपने लक्ष्य की प्राप्ति के लिए करता

है। सत्याग्रही के लिए लक्ष्य तथा लक्ष्य-प्राप्ति के साधन दोनों महत्त्वपूर्ण होते हैं। इसलिए गांधी का सत्याग्रह निष्क्रिय प्रतिरोध से भिन्न है। यहाँ पर यह भी स्पष्ट करना आवश्यक है कि सत्याग्रह कायर तथा दुर्बल व्यक्ति का हथियार नहीं है। सच्चा सत्याग्रही वही व्यक्ति होता है जिसमें नैतिक तथा आध्यात्मिक बल हो और जो कष्ट सहने की क्षमता रखता हो। कायरता और दुर्बलता का सत्याग्रही के जीवन में कोई स्थान नहीं है। सत्याग्रही स्वेच्छा से जो कष्ट सहन करता है उसे कायरता या दुर्बलता का नाम नहीं दिया जा सकता। गांधी के अनुसार, अन्याय, अत्याचार तथा शोषण का दृढ़तापूर्वक प्रतिरोध करना सत्याग्रह की अनिवार्य शर्त है।

गांधी 'अहिंसा परमोधर्मः' से पूर्ण रूप से प्रेरित हैं। उनके अनुसार अहिंसात्मक सत्याग्रह कुछ मूल दार्शनिक मान्यताओं पर आधारित है जो कि सत्याग्रह के लिए अनिवार्य हैं। सर्वप्रथम, सत्याग्रही को ईश्वर के अस्तित्व में विश्वास तथा उसके प्रति अखंड श्रद्धा होनी चाहिए। उनके अनुसार कोई भी सत्याग्रही नास्तिक नहीं हो सकता। ईश्वर की शक्ति को समझे बिना सत्याग्रही सामर्थ्यहीन तथा दिशाहीन हो जाता है। सत्याग्रही मनुष्य में धैर्य, सहिष्णुता, नैतिक बल, जागरूकता तथा अनुशासन का होना आवश्यक है।

गांधी के अनुसार मनुष्य की अच्छाई में सत्याग्रही का मूल रूप से विश्वास होना चाहिए। उसमें विवेक या आत्मा की आवाज़ को पहचानने की क्षमता होनी चाहिए और उसे एक ऐसा विकल्प खोजने के लिए प्रयत्नशील होना चाहिए जो सभी को स्वीकार्य हो। गांधी का मानना था कि प्रत्येक व्यक्ति के मन में स्नेह, मैत्री, उदारता, करूणा आदि सद्भावनाएँ अवश्य विद्यमान रहती हैं। उनके अनुसार पाप को नष्ट करना चाहिए, पापी को नहीं। उन्होंने अपने जीवन में भी इसी सिद्धांत का आचरण किया। उनका मानना था कि चूँकि कोई भी व्यक्ति स्वभावतः बुरा नहीं होता, इसलिए हमें व्यक्ति-विशेष से घृणा नहीं करनी चाहिए। अपने इन्हीं दृढ़ विश्वासों के आधार पर गांधी ने भारत तथा दक्षिण अफ्रीका में अपने आंदोलनों का संचालन किया।

सत्याग्रही के लिए यह पूर्वशर्त है कि उसका व्यवहार पारदर्शी हो; वह जो भी करे, सार्वजनिक रूप करे, उसमें लुका-छुपी नहीं होनी चाहिए। वह अपने प्रतिपक्षी की मज़बूरी या कमज़ोरी का फायदा उठाने की कोशिश कभी न करे। यदि कभी भी सत्य और अहिंसा के मार्ग से कोई सत्याग्रही विचलित होता था तो गांधी सत्याग्रह को स्थगित कर देते थे। उदाहरण के लिए, 1922 में असहयोग आंदोलन के दौरान जब चौरा-चौरी कांड हुआ जिसमें सत्याग्रहियों ने कुछ सिपाहियों की हत्या कर दी थी तो गांधी ने सत्याग्रह को स्थागित कर दिया और सत्याग्रह के दौरान हिंसा के लिए स्वयं को दोषी माना। अपनी आत्मशुद्धि के लिए उन्होंने उपवास भी किया और अपने

समर्थकों को सत्य और अहिंसा का अर्थ समझाया। गांधी के अनुसार सत्याग्रही की आत्मशुद्धि भी अनिवार्य है। सत्याग्रह आरंभ करने से पूर्व ही सत्याग्रही को अन्याय, शोषण, अत्याचार जैसी बुराइयों से मुक्त हो जाना चाहिए। उसे एक ऐसा व्यक्ति होना चाहिए जिसे अपनी गलती का अहसास हो जाने पर उसे सुधारने का प्रयत्न करे तथा उसे दोहराए नहीं। सत्याग्रही को अपने देश और समाज की निस्वार्थ भाव से सेवा करनी चाहिए तथा उसमें बलिदान देने की क्षमता भी होनी चाहिए। इसके लिए सत्याग्रही में आत्म-त्याग, आत्म-संयम जैसे सद्गुणों का होना भी अनिवार्य है। सत्याग्रही को सदैव इन व्रतों का पालन करना चाहिए।

गांधी के अनुसार सत्याग्रह का प्रयोग केवल समाज के कल्याण के लिए किया जाना चाहिए, न कि अपने व्यक्तिगत लाभ के लिए। व्यक्तिगत लाभ के लिए किया गया अहिंसात्मक प्रयोग सत्याग्रह नहीं कहा जाता है। इस तरह का प्रतिरोध सत्याग्रह के मूल उद्देश्यों की उपेक्षा करता है। गांधी ने इसी उद्देश्य की प्राप्ति के लिए अपने सत्याग्रह का प्रयोग किया तथा दीर्घकालीन उपवास, हड़ताल आदि उपायों का भी भरपूर प्रयोग किया। इसी कारण गांधी सत्याग्रही के सहर्ष कष्ट सहन करने की शक्ति को उसका प्रभावशाली हथियार मानते हैं। सत्याग्रही किसी भी परिस्थिति में धैर्य और अहिंसा का त्याग नहीं करता। अपने विरोधी के अहित की कामना वह कदापि नहीं करता। वह अपने विरोधी को बुराई का अंत करने पर विवश कर देता है तथा उसका हृदय-परिवर्तन करके उसे वह अपना सहयोगी बना लेता है। इस संबंध में उन्होंने स्पष्ट कहा है, 'यदि आप वास्तव में कोई कार्य करना चाहते हैं तो आपके लिए केवल तर्कबुद्धि को ही संतुष्ट करना पर्याप्त नहीं है, हृदय को प्रभावित करना भी बहुत आवश्यक है।'

गांधी के दृष्टिकोण में सत्याग्रह का एक और महत्त्वपूर्ण पहलू यह है कि सत्याग्रही को अपने कष्ट का बखान दूसरों के समक्ष नहीं करना चाहिए। लोगों के समक्ष उसका प्रदर्शन करने से सत्याग्रह की मूल भावना का उल्लंघन होता है। जब सत्याग्रही मौन रहकर अपने प्रतिरोधी द्वारा किए गए प्रतिशोध का सामना करता है तो वह उसे पश्चाताप करने पर मज़बूर कर देता है। वह अन्याय और हिंसा का मार्ग त्यागने पर मज़बूर हो जाता है और उसका सहयोगी बनने के लिए भी राजी हो जाता है। गांधी की मान्यता के अनुसार सत्याग्रह न केवल मानवता से परिपूर्ण व्यक्ति को प्रभावित करता है बल्कि हत्यारे और अपराधी भी उसके प्रभाव से परे होते हैं। गांधी के अनुसार अपराधी को भी सत्याग्रह द्वारा सही रास्ते पर लाया जा सकता है। अपराधी के प्रति सत्याग्रही का रूख सहानुभूतिपूर्ण होना चाहिए।

गांधी ने अपने सत्याग्रह को सक्रिय रूप प्रदान करने के लिए विभिन्न साधनों का प्रयोग किया। इनमें से कुछ साधन रचनात्मक हैं तो कुछ आक्रामक हैं। रचनात्मक साधनों की सूची में विरोध-सभाएं, जुलूसों, सांकेतिक यात्राओं, राष्ट्रीय दिवसों तथा सप्ताहों का आयोजन आदि शामिल थे। इनके अलावा विचार-पत्रों, पत्रिकाओं और लेखों का प्रकाशन करना भी मुख्य रचनात्मक गतिविधियों में शामिल थे। आक्रामक साधनों में हड़ताल, बहिष्कार, रास्ता रोको आंदोलन, सरकारी कार्यालयों पर शांतिपूर्ण धरने तथा पद त्यागना सर्वप्रमुख थे। इन सबके अलावा गांधी ने सविनय अवज्ञा आंदोलन, अहिंसक-असहयोग, कर अदा न करना तथा आमरण अनशन सहित सभी प्रकार के उपवासों का पालन करना आदि मार्गों का भी भली-भांति संचालन किया। इन सभी साधनों के प्रयोग से गांधी ने अनेक समस्याओं और विवादों का हल खोजने में सफलता प्राप्त की। उन्होंने कानून और नैतिकता के औचित्य को कभी नहीं छोड़ा।

सत्याग्रह के संदर्भ में हमारे सामने मुख्य प्रश्न सत्याग्रह की व्यावहारिकता का है, हालाँकि इस पर विभिन्न विचारकों का अपना-अपना मत है।

हिंसा तथा तर्कसंगत परिचर्चा की सीमा

भीखू पारेख के कथनानुसार गांधी का विश्वास था कि आपसी बातचीत तथा विचारों के आदान-प्रदान से ही झगड़ों को निपटाया जा सकता है। यह उनके विचार से न केवल शांतिपूर्ण है, बल्कि उत्पीड़न-मुक्त भी है। इससे न केवल व्यक्ति की नैतिक निष्ठा सुनिश्चित होती है बल्कि दलों की स्वायत्ता भी। परंतु भीखू पारेख का यह मानना है कि इस दृष्टिकोण से समाज की रचना के लिए सबसे पहले यह आवश्यक है कि हर पार्टी गंभीर हो और वह दूसरी पार्टी के मत को भी उतना ही महत्त्व दे। इसके साथ दूसरी ओर यह भी एक सच्चाई है कि मानवीय तर्क सदा ही मनोवैज्ञानिक और भावनात्मक पूर्वाग्रहों से ग्रस्त रहता है। अगर कोई व्यक्ति केवल अपने हितों के लिए चिंतित है तो स्वाभाविक है कि वह दूसरे के हितों का हनन करेगा। यदि वह तर्कसंगत होकर अन्य व्यक्तियों को महत्त्व देता भी है तो उसके पूर्वाग्रह उसे सही दिशा में कार्यरत नहीं होने देते। इसलिए यह आवश्यक है कि प्रत्येक मनुष्य अन्य मनुष्यों को स्वयं के समान ही समझे। दक्षिण अफ्रीका में गांधी ने श्वेत दक्षिण अफ्रीकी लोगों को यह यकीन दिलाने का प्रयास किया कि वहाँ के काले और एशियाई निवासी भी समान अधिकार प्राप्त करने के हकदार हैं। भारत में गांधी ने ब्रिटिश सरकार को यह अवगत कराया कि भारतीय अपने मामले स्वयं सुलझा सकते हैं और शासन भी संभाल सकते हैं।

इसी प्रकार अस्पृश्यता भी एक घृणित प्रथा है और उसका पूर्ण रूप से खंडन होना चाहिए। इन सभी उदाहरणों में क्योंकि एक पक्ष अन्य सभी पक्षों को असमान मानता है, इसलिए वह निरर्थक दलीलें पेश करता है जिससे वह उत्पीड़न को वैध ठहरा सके। गांधी के अनुसार इन सभी परिस्थितियों में मस्तिष्क और हृदय एक हो जाते हैं। जब हृदय किसी व्यक्ति या वस्तु को खारिज करता है तो मस्तिष्क उसे तर्कसंगत मानता है। गांधी के अनुसार, पूर्वाग्रहों से घिरे व्यक्ति से तर्क करना व्यर्थ है।

भीखू पारेख के अनुसार गांधी इस बात में विश्वास नहीं रखते थे कि न्याय और गंभीर परिस्थितियों में तो हिंसा का सहारा लिया जा सकता है, परंतु उसे सामाजिक परिवर्तन का अस्त्र नहीं बनाया जा सकता। गांधी हिंसा को घृणा की दृष्टि से देखते थे क्योंकि हिंसा आत्मा के सत्य को नकारती है। हिंसा व्यक्ति के व्यक्तित्व को झंझोड़ कर रख देती है और उसे ऐसे कार्य करने पर मज़बूर कर देती है जो नैतिकता के विरुद्ध हैं।

पारेख के अनुसार जीवन के अन्य मौलिक तथ्य हमारा ध्यान दूसरी ओर भी केंद्रित करते हैं कि मनुष्य सत्य को विभिन्न दृष्टिकोणों से देखते हैं तथा प्रत्येक जानकारी संशोधनीय है। गांधी के अनुसार हिंसा इन सभी मूल ज्ञान-मीमांसा के तथ्यों का खंडन करती है। हिंसा का परिणाम अपरिवर्तनशील होता है क्योंकि जीवन समाप्त होने पर पुनर्जीवन असंभव है। यदि मनुष्य अपनी कमियों के प्रति जागरूक रहे और उन्हें सुधारने का प्रयास करे, तो वह गांधी के मतानुसार, एक 'श्रेष्ठ मनुष्य' की श्रेणी में रखा जाएगा। परंतु हिंसा की अपरिवर्तनशील प्रवृत्ति के कारण यह संभव नहीं हो पाता है। उनका यह मानना था कि हिंसा के माध्यम से कभी भी चिरस्थायी परिणाम प्राप्त नहीं होते हैं। हालाँकि तात्कालिक परिणाम की प्राप्ति में हिंसा सहायक सिद्ध होती है, परंतु परिणाम टिकाऊ तथा वांछनीय नहीं होता है। फिर भी हिंसा के तात्कालिक परिणामों के कारण समाज हिंसा का इस्तेमाल करता है और अन्य विकल्पों को अपेक्षित महत्त्व नहीं देता है। प्रत्येक हिंसात्मक प्रक्रिया पुनः हिंसा को बढ़ावा देती है और उसका विकृत रूप स्थापित करती है। अंततः गांधी की दृष्टि में किसी अच्छे उद्देश्य की प्राप्ति के लिए कोई गलत कदम उठा लेना तर्कसंगत नहीं है, क्योंकि मार्ग का उचित होना भी उतना ही महत्त्वपूर्ण है जितना कि ध्येय का उचित होना।

आत्मबल

भीखू पारेख लिखते हैं कि विवेकात्मक परिचर्चा तथा हिंसा, इन दोनों मार्गों में गांधी ने त्रुटियाँ पाईं। अतः उन्होंने एक नया नैतिक मार्ग सुझाने की कोशिश की जिसमें ध्येय प्राप्ति के लिए आत्मबल का उपयोग हो तथा जिसमें आंतरिक द्वंद्व से

निपटने के लिए विवेकात्मक परिचर्चा का सहारा लिया जा सके। उन्होंने इस मार्ग का नाम सत्याग्रह बताया। गांधी ने दक्षिण अफ्रीका में रंगभेद के खिलाफ़ अपने आंदोलन में सत्याग्रह का परीक्षण किया और कालांतर में भारत में इसका अंग्रेज़ों के खिलाफ़ सफलतापूर्वक इस्तेमाल किया। गांधी के लिए सत्याग्रह एक ऐसा मार्ग था जिस पर चलकर अपने प्रतिद्वंद्वी की आत्मा को जगाया जा सकता था। सत्याग्रह सत्य के लिए किया गया एक ऐसा दृढ़ आग्रह है जो प्रतिद्वंद्वी के सारे पूर्वाग्रह, स्वार्थ, हठ और वैमनस्य को भेद कर उसकी आत्मा को जगाने में सफल होता है।

गांधी के मतानुसार सत्याग्रही अपने प्रतिद्वंद्वी से झगड़ा नहीं करता बल्कि उसे अपने साथ लेकर सत्य की खोज करता है। सत्याग्रही अपने विरोध से दूसरे व्यक्ति की दुर्भावनाओं को समाप्त करता है। गांधी यह मानते थे कि किसी को भी सिर्फ़ अपने ही दृष्टिकोण से सही होने का विश्वास नहीं होना चाहिए और उसे अपनी सोच में बदलाव के लिए तैयार रहना चाहिए। प्रेम और सहनशीलता दोनों मिल कर ही एक सशक्त बल का प्रमाण दे सकते हैं। कांट और जान राल्स की भांति गांधी भी इस बात से पूर्णतया सहमत हैं कि प्रत्येक समुदाय को एकजुट करने के लिए न्याय अति आवश्यक है। परंतु भीखू पारेख कहते हैं कि गांधी न्याय को अत्यधिक बौद्धिक मानते हैं और उनका यह भी मानना है कि मानव-जाति न्याय को तीव्र और अथाह बनाने में अपना दायित्व निभाए। अगर समाज से अन्याय, शोषण तथा उत्पीड़न जैसी बीमारियों को हटाना है तो एक नीतिपूर्ण समाज की रचना करनी पड़ेगी और मानवता को जागृत होना पड़ेगा। इसी नीतिपूर्ण समाज की रचना करने और मानवता को जागृत करने का कार्य सत्याग्रही उठाता है। गांधी के शब्दों में सत्याग्रही इसी 'मूल नैतिक सत्य' का समर्थन करता है।

गांधी के सभी सत्याग्रह परिस्थितियों की पूरी जाँच-पड़ताल के पश्चात ही लागू किए गए जिसमें सत्याग्रही ने अपने प्रतिद्वंद्वी को सोचने के लिए विवश कर दिया। उसने प्रतिद्वंद्वी को समझौता-वार्ता करने के लिए मज़बूर भी किया। परंतु इस पूरी प्रक्रिया में दोनों पक्षों में वार्तालाप जारी रहता था और बिचौलियों के द्वारा भी एक-दूसरे तक अपनी बात पहुँचाई जाती थी। प्रत्येक सत्याग्रही यह प्रण करता था कि वह किसी भी परिस्थिति में हिंसा का प्रयोग नहीं करेगा चाहे उसकी संपत्ति जब्त कर ली जाए या उसे गिरफ्तार कर लिया जाए। इसी प्रकार, गिरफ्तार होने पर भी उसे विनम्रता का प्रमाण देना पड़ता था।

भीखू पारेख के अनुसार, सत्याग्रह के महात्म्य को गांधी ने आध्यात्मिक प्रभाव के संदर्भ में दर्शाया है। सत्याग्रही अपने नैतिक सदाचार से अपने प्रतिद्वंद्वी की घृणा और

रोष को समाप्त कर देता है। सत्याग्रही की अचल तथा निर्भीक वेदना उसके प्रतिद्वंद्वी को कभी विजय का एहसास नहीं होने देती है। इससे प्रतिद्वंद्वी आत्म-निरीक्षण करने पर मज़बूर होता है जिससे अंत में सत्याग्रही को सफलता मिलती है।

भीखू पारेख की यह मान्यता है कि इनसे यह भी स्पष्ट होता है कि केवल प्रेम और व्यथा ही पर्याप्त नहीं हैं, क्योंकि अगर ऐसा होता तो सत्याग्रही को आंदोलन करने की आवश्यकता नहीं होती। प्रेम और वेदना दोनों मिलकर एक सशक्त बल का प्रमाण देते हैं। गांधी के अनुसार मनुष्य को उसके आत्मबल से परिचित कराना अति आवश्यक है, तभी वह अहिंसा के महत्त्व को समझ पाएगा। हिंसा में तो सब कुछ प्रकट रूप से दिखाई देता है, परंतु अहिंसा एक मौन एवं अप्रदर्शनशील प्रक्रिया है। हालाँकि गांधी का यह मानना था कि स्वेच्छा से पीड़ा सहन करने में बहुत शक्ति होती है जो किसी भी पाषाण-हृदय विरोधी को परिवर्तित करने में सक्षम है, लेकिन यह भी सत्य है कि सत्याग्रही एक आम व्यक्ति होता है और उसकी सहन करने की शक्ति भी सीमित होती है। इसलिए गांधी ने कुछ अन्य उपायों को अपनाया, जैसे आर्थिक बहिष्कार, असहयोग, करों का भुगतान न करना, हड़ताल आदि। गांधी ने फिर अपने विचारों में कुछ परिवर्तन किया और 'अहिंसात्मक संघर्ष', 'शांतिमय विद्रोह' तथा 'सभ्य तरीके से संघर्ष' करने का भी प्रस्ताव प्रस्तुत किया। इससे हमें उनके राजनीतिक यथार्थवाद तथा नैतिक आदर्शवाद से संबंधित विचारों का पता चलता है।

भीखू पारेख के अनुसार, गांधी ने 'भूख हड़ताल तथा अनशन' का मार्ग भी प्रस्तावित किया। नैतिक पथ से भ्रष्ट सत्याग्रही को फिर से नैतिकता का पाठ पढ़ाने के लिए और झगड़ते गुटों को एकजुट करने के लिए गांधी ने मुख्यतः भूख हड़ताल के माध्यम का प्रयोग किया।

गांधी अनशन को न्यायपूर्ण मानते थे। भीखू पारेख के अनुसार गांधी अनशन को व्यक्ति में नैतिकता जगाने का एक माध्यम मानते थे न कि भयदोहन का कोई साधन। वस्तुतः लोग उनको मरता नहीं देख सकते थे क्योंकि वे उनसे बहुत प्यार करते थे। इसलिए अनशन का तरीका अपनाना न्यायसंगत ही था।

गांधी का यह मानना था कि अनशन अथवा उपवास को निज़ी उददेश्यों की पूर्ति के लिए इस्तेमाल नहीं करना चाहिए। उनके अनुसार निम्नांकित परिस्थितियों में ही अनशन का प्रयोग होना चाहिएः पहला, इसका उपयोग सिर्फ़ अपनों के विरुद्ध होना चाहिए। दूसरा, इसका उपयोग किसी स्पष्ट और निश्चित उददेश्य की पूर्ति के लिए होना चाहिए। तीसरा, अनशन जिनके विरोध में किया जा रहा हो उनकी नज़रों में भी उसका कारण नैतिक होना चाहिए। चौथा, इसके प्रयोग से लोगों से अकरणीय

कार्य कराने या कोई महाबलिदान कराने की अपेक्षा नहीं रखनी चाहिए। अंततः अनशन करने का अधिकार सिर्फ उन्हें होना चाहिए जिन्होंने अपना जीवन लोगों की निस्वार्थ सेवा में व्यतीत किया हो।

गांधी का सत्याग्रह सामाजिक और राजनीतिक परिवर्तन के उद्देश्य से किया जाने वाला एक मौलिक माध्यम था जो मानवीय संवेदनाओं को स्पर्श करता था। उनका सत्याग्रह लोगों के बीच की असहमति को दूर करके परस्पर विरोधी मनःस्थितियों को एकाकार करता है और लोगों में नैतिकता का भाव जगा कर विवेकात्मक परिचर्चा का माहौल बनाने में मदद करता है। सत्याग्रह से न केवल वर्तमान विरोध खत्म होता है बल्कि भविष्य में विरोध की संभावनाएँ भी कम हो जाती हैं।

सत्याग्रह की सीमा

गांधी के सत्याग्रह का महत्त्व निर्विवाद है। परंतु भीखू पारेख का कहना है कि ऐसा सोचना कि सारे विरोध विरोधियों में नैतिकता जगा कर दूर किए जा सकते हैं, अतिशयोक्तिपूर्ण होगा। कभी-कभी जब दोनों पक्ष अपनी-अपनी समझ से नैतिकताओं पर अड़े हों तो सत्याग्रह की सफलता पर प्रश्नचिह्न लग जाता है। उदाहरण के लिए, कुछ लोग गर्भपात, युद्ध आदि को नैतिक मान सकते हैं जबकि कुछ लोग इसके विरोध को नैतिक मान सकते हैं। ऐसी स्थिति में सत्याग्रह से इन विरोधाभासों का सुलझा पाना संभव नहीं प्रतीत होता है।

दूसरों की पीड़ा या कष्ट का हर किसी पर असर पड़ता है और इससे सब की नैतिकता जागती है। गांधी का यह सोचना तो पूर्ण रूप से सही था, परंतु भीखू पारेख के अनुसार सत्याग्रह का हर किसी पर अलग-अलग प्रभाव पड़ता है। यह प्रभाव इस पर निर्भर नहीं करता है कि कोई मूलतः कितना पीड़ित है बल्कि इस पर निर्भर करता है कि दूसरे की नज़र में वह कितना पीड़ित है।

भीखू पारेख कहते हैं कि गांधी की यह अवधारणा गलत थी कि सत्याग्रह हमेशा सफल होगा। परंतु गांधी ने हमेशा यह विश्वास दिलाने का प्रयत्न किया कि सत्याग्रह सफलता तक पहुँचाता है। उनका यह विश्वास था कि सभी में नैतिकता जगाई जा सकती है और किसी के भी हृदय को परिवर्तित किया जा सकता है। किसी को मारने से बेहतर स्वयं मर जाना उनकी दृष्टि में सिर्फ़ अपनी नैतिकता बचाना नहीं, बल्कि विरोधियों के भी मन में नैतिकता जगा देने का प्रयास था वस्तुतः उन्होंने ऐसे विरोधियों को अनदेखा किया जिनमें शिष्टता या नैतिकता का सर्वथा अभाव था। सत्याग्रह की सफलता के लिए पीड़ित और पीड़क का एक दूसरे पर किसी न किसी

प्रकार से निर्भर होना अनिवार्य है, अन्यथा पीड़ित के असहयोग का पीड़ा देने वाले पर कोई प्रभाव नहीं होगा। पीड़ित में सत्याग्रह की सफलता का आत्मविश्वास होना भी आवश्यक है, अन्यथा वह अन्याय के खिलाफ़ कोई आंदोलन नहीं कर पाएगा। मार्टिन बुबर ने एक पत्र में गांधी को लिखा था कि शहीद होने के लिए शहादत के गवाह की आवश्यकता होती है। *Jewish Frontiers* के संपादक हेयिम ग्रीनबर्ग ने गांधी को लिखा कि गांधी यदि यहूदी होते और जर्मनी में रह रहे होते तो अपनी आवाज़ उठाने पर मिनटों में उनका सर कलम कर दिया जाता। गांधी ने अपने जवाब में लिखा कि अगर यहूदियों ने सत्याग्रह का मार्ग अपना कर अपनी मौत को स्वीकारा होता तो इसका प्रभाव आम जर्मनवासियों पर तत्काल नहीं तो कुछ सालों के बाद अवश्य पड़ता।

गांधी की अवधारणा के विपरीत संघर्ष की बुनियाद सदैव वैमनस्य नहीं होती और संघर्ष सीमाओं के अंदर भी हो सकता है। असहयोग और सत्याग्रह की तरह संघर्ष पीड़ित के साथ संवेदना रखने वाले भी कर सकते हैं। इसके लिए उन्हें नैतिकता त्यागने की भी आवश्यकता नहीं है। कई बार संघर्ष से वह सफलता पाई जा सकती है जो असहयोग या हिंसा से नहीं मिल सकती है। भीखू पारेख के अनुसार गांधी ने यदि ऐसे प्रयास के साथ सत्याग्रह और अहिंसा की बात की होती तो शायद यह ज़्यादा न्यायसंगत होता। यद्यपि गांधी के सत्याग्रह की सफलता की अपनी सीमाएँ हैं परंतु उन्होंने इसको हमेशा सामाजिक परिवर्तन लाने के लिए एक सफल तरीका माना। कई देशों ने गांधी के इस दर्शन का उपयोग अपनी सामाजिक परिस्थितियों के अनुसार थोड़ा-बहुत फेरबदल करके किया है। उदाहरण के लिए, अमरीका में नीग्रो आंदोलनकारी गांधी के इस दर्शन से बहुत प्रभावित हुए। उन्होंने यह कहा कि गांधी की अहिंसा का पाठ यह विश्व शायद नीग्रो आंदोलन से ही समझ पाएगा। अमरीका के 'सामाजिक अधिकारों के आंदोलन' के समय मार्टिन लूथर किंग के नेतृत्व में काले अमरीकियों ने गांधी के इस दर्शन में आशा जताई। गांधी द्वारा सामाजिक बुराई का अंत करने के तरीकों में काले अमरीकियों को एक नई आशा दिखाई दी। हारवर्ड विश्वविद्यालय के तत्कालीन अध्यक्ष जॉनसन ने अपने संबोधन में गांधी के सत्याग्रह के महत्त्व का बखान किया। मार्टिन लूथर किंग भी विद्वता और नैतिकता के धरातल पर गांधी के दर्शन से संतुष्ट थे। गांधी की भांति किंग को भी हिंसा से घृणा थी, पीड़ा को स्वीकार करने वालों की शक्ति पर यकीन था, अन्याय सह रहे लोगों में आत्मविश्वास जगा पाने का भरोसा था और एक प्रभावकारी संगठन बनाकर प्रभावी नेतृत्व देने की क्षमता थी, हालाँकि उन्होंने बदली परिस्थितियों में गांधी के दर्शन को अपनाने के लिए उसमें उचित संशोधन किए थे। उन्होंने कहा

कि जहाँ ईसा मसीह ने लोगों में अहिंसा का भाव जगाने में मदद की, वहीं गांधी ने अहिंसा का उपयोग बताया। परंतु गांधी के अनशन, आत्मिक शक्ति पर उनका विश्वास, सादा जीवन व्यतीत करने का उनका तरीका और ऐसे ही कई अन्य विचारों का किंग पर उतना प्रभाव नहीं पड़ा।

इस प्रकार किंग के सामाजिक अधिकारों के लिए किया गया आंदोलन यह दर्शाता है कि गांधी के दर्शन को विश्वव्यापी बनाने के लिए अपेक्षित संशोधन किया जा सकता है।

भीखू पारेख की समालोचना व्यक्तिगत प्रतीत होती है जबकि सत्याग्रह की अवधारणा समाज-केंद्रित है, वह किसी व्यक्ति विशेष के हित के लिए नहीं किया जाता है। भीखू पारेख के अलावा कई अन्य विचारकों ने भी सत्याग्रह की अवधारणा पर शंका जताई है। उदाहरण के लिए, आर्थर मूर ने सत्याग्रह की नैतिकता पर संदेह प्रकट किया है। वह मानते हैं कि सत्याग्रह वह व्यक्ति करता है जिसके पास और कोई विकल्प नहीं होता और वह युद्ध को ही संघर्ष का साधन स्वीकार करता है। परंतु मूर की यह अवधारणा सही प्रतीत नहीं होती है क्योंकि गांधी के अनुसार युद्ध से समस्या का हल प्राप्त नहीं होता। उससे केवल मानव-जाति का सर्वनाश होता है और कुछ नहीं। युद्ध से समाज की भलाई कदापि संभव नहीं है।

भीखू पारेख ने सत्याग्रह की जिन सीमाओं की ओर हमारा ध्यान केंद्रित किया है, वह सत्याग्रह का संकुचित दृष्टिकोण है। उनका मानना है कि सत्याग्रह व्यावहारिक जीवन-दर्शन नहीं है। परंतु यह सत्य नहीं है क्योंकि एक आम व्यक्ति भी सफलतापूर्वक सत्याग्रह का प्रयोग कर सकता है। आज भी भारत के संदर्भ में सत्याग्रह बहुत व्यावहारिक है। यदि हम भारत में एक कल्याणकारी समाज की परिकल्पना करते हैं तो ऐसा केवल संवैधानिक तथा अहिंसक साधनों से ही प्राप्त किया जा सकता है। भारत के लिए यही उपयुक्त भी है कि वह युद्ध, हिंसक-क्रांति, उग्रवाद तथा बम की राजनीति का सहारा न ले। भारत के अलावा विश्व के संदर्भ में भी अगर हम सत्याग्रह की प्रासंगिकता को समझें तो यह बात स्पष्ट होती है कि अंतर्राष्ट्रीय स्तर पर भी गांधी के बताए हुए रास्ते लोकप्रिय हुए हैं। विश्व में अनेक आंदोलन गांधी की अवधारणा से प्रेरित थे। विश्व-शांति को बनाए रखने के लिए सत्याग्रह के मार्ग का अनुसरण किया गया है चाहे वह वैश्वीकरण के विरुद्ध हो या फिर विश्व व्यापार संगठन के खिलाफ़। आज का समाज न्यूक्लियर समाज में परिवर्तित हो रहा है, परंतु जिस किसी देश में इसके विरोध में जनाक्रोश पैदा हो रहा है वह सत्याग्रह का मार्ग अपना रहा है। यही नहीं, आतंकवाद, उग्रवाद जैसी बीमारियों को खत्म करने में भी सत्याग्रह का योगदान है। प्रजातंत्र तथा जनतंत्र में सत्याग्रह

एक हथियार के रूप में काम करता है। उसकी शक्ति को प्रबल बनाने में भी सत्याग्रह एक विवेकपूर्ण, उचित तथा आत्मानुकूल विकल्प है। प्रजातांत्रिक एवं निर्वाचित सरकार को साकार रूप प्रदान करने में भो सत्याग्रह का प्रयोग किया जा सकता है। जनतंत्र की कमियों को दूर करने और उसकी गुणवत्ता बढ़ाने में भी सत्याग्रह की भूमिका होती है। इसलिए यह कहा जा सकता है कि गांधी के द्वारा सत्याग्रह का प्रयोग औचित्यपूर्ण था। गांधी का ध्येय था विश्व-शांति को स्थापित करना और इसका औचित्य बढ़ाना। इसलिए हिंसा और अशांति से ग्रस्त विश्व के लिए सत्याग्रह एक महान आदर्श है जिसके अनुसार यथासंभव आचरण करना निश्चय ही मनुष्य के लिए श्रेयस्कर होगा। अतः मानव-जाति के लिए सत्याग्रह की उपादेयता निर्विवाद है।

आधुनिकता की समीक्षा

उन्नीसवीं सदी के आरंभ में आधुनिक सभ्यता एक गंभीर चर्चा का विषय बन गई। उसमें बहुत-सी विशेषताएँ थीं जैसे बुद्धिवाद, उद्योगीकरण, व्यक्तिवाद, वैज्ञानिक संस्कृति, लोकतंत्र आदि। यूरोप में सामंतवादी प्रथा खंडित हुई और कृषि का स्थान उद्योगों ने ले लिया। उद्योगीकरण के क्रम में विज्ञान, तर्क और विवेक को प्राथमिकता दी गई तथा नैतिक, मानवीय और सामाजिक मूल्यों को दोयम समझा गया। इस परंपरा को अधिकतर यूरोपीय चिंतकों ने सराहा और समर्थन दिया, परंतु यूरोप के कई लेखकों, जैसे रस्किन, टॉलस्टाय, एमरसन आदि ने इसका खंडन किया। परंतु इन यूरोपीय लेखकों ने भी विज्ञान आधारित आधुनिकता का खंडन पाश्चात्य सभ्यता के अंतर्विरोधों के आधार पर ही किया। थोरो जैसे चंद लेखकों को यदि छोड़ दिया जाए तो अन्य पाश्चात्य लेखकों ने आधुनिकता के स्वरूप के निरूपण में नैतिक और मानवीय मूल्यों को ही आधार बनाया है। इस संदर्भ में गांधी के विचार अति नवीन और अपरंपरागत प्रतीत होते हैं। गांधी ने 1908 में अपनी पुस्तक *हिन्द स्वराज* का लेखन तब किया जब वह लंदन से दक्षिण अफ्रीका आने के लिए एक जहाज़ में सफर कर रहे थे। इस पुस्तक के माध्यम से उन्होंने आधुनिकता के संबंध में अपने विचारों को चेतना प्रदान किया है। उनके अनुसार, पूजीवाद, उद्योगीकरण तथा आधुनिकता में सामंजस्य है और इसलिए वह इन तीनों को एक-दूसरे का पूरक भी मानते हैं। आधुनिक सभ्यता में इन तीनों को जड़ें विद्यमान हैं।

भीखू पारेख कहते हैं कि गांधी ने हालाँकि इस सभ्यता को यूरोपीय एवं गैर यूरोपीय दृष्टिकोणों से देखा है, परंतु मुख्यतः उन्होंने भारतीय दृष्टिकोण को ही प्राथमिकता दी है। गांधी की विचारधारा के अनुसार प्रत्येक सभ्यता का प्रेरणास्रोत

व्यक्ति ही होता है। अगर इस विचारधारा को दोषपूर्ण माना जाए तो प्रत्येक सभ्यता भी दोषपूर्ण होगी। गांधी के अनुसार प्रत्येक आधुनिक सभ्यता इस दोष से ग्रस्त है। आधुनिक सभ्यता की आक्रामक, साम्राज्यवादी और हिंसक प्रवृत्ति तथा शोषण की प्रक्रिया गांधी के मत की पुष्टि करती है। आधुनिक सभ्यता व्यक्ति को उसकी आत्मा से दूर कर देती है और उसे विषयासक्त बना देती है। इस सभ्यता में रहने वाला मनुष्य आधुनिक उपकरणों पर आश्रित हो जाता है और लालच तथा असंयम का शिकार हो जाता है। इन्हो कारणों ने पूंजी का केंद्रीकरण कुछ पूंजीपतियों के हाथों में हो जाता है जिनका एकमात्र लक्ष्य होता है मुनाफा कमाना। इसी खोज का नतीजा है यंत्रीकरण और उद्योगीकरण। गांधी इस सभ्यता को दोषपूर्ण इसलिए मानते हैं क्योंकि यह सभ्यता केवल कमज़ोर वर्गों का शोषण करती है।

गांधी के अनुसार मशीनीकरण ने कार्यक्षमता और योग्यता को बढ़ावा अवश्य दिया है, परंतु इसने नैतिक मूल्यों के ह्रास में योगदान दिया है। नैतिकता की जगह अनैतिक मूल्यों और संवेदनाविहीन परिस्थितियों ने ले ली है। गांधी मानते थे कि आधुनिक सभ्यता व्यक्ति के नैतिक मूल्यों का पूर्ण रूप से अपहरण कर लेगी। भीखू पारेख की दृष्टि में आधुनिक सभ्यता में सहज रूप से स्थायित्व का अभाव है। यातायात के नए साधनों ने यात्रा को काफ़ी हद तक सुखमय बना दिया है और समय की भी बचत होती है। पर किसी ने भी कभी इस प्रश्न को नहीं उठाया कि जल्दी यात्रा करने या समय सुरक्षित करने से क्या लाभ होने वाला है? आधुनिक सभ्यता की यही व्यग्रता मनुष्य की एकाग्रता को छिन्न-भिन्न कर देती है और उसे पर्यावरण से तथा अन्य मानवों से पृथक कर देती है।

वस्तुतः नैतिक जीवन का ह्रास स्वाभाविक है। आधुनिक सभ्यता मानवीय मूल्यों का निर्धारण करती है और सद्गुणों के लिए नए मानदंड बनाती है। चूँकि आधुनिक सभ्यता में नैतिकता पैदा करने के लिए पारस्परिक संवेदना, सद्भावना और संबंधों की कमी है, इसलिए किसी ऐसे भय की ज़रूरत महसूस होती है जो नैतिकता से परे हो। भीखू पारेख मानते हैं कि आधुनिक सभ्यता में दूसरे से नैतिकता की अपेक्षा रख कर ही लोग नैतिकता का पालन करते हैं जो कि अपने स्वार्थ के लिए किया गया नैतिकता का पालन होता है। गांधी की दृष्टि में स्वार्थपूर्ति के लिए किया गया नैतिकता का व्यवहार वस्तुतः अनैतिक है।

भीखू पारेख के मतानुसार आधुनिकता के परिप्रेक्ष्य में नैतिकता मानव की अंतर्आत्मा पर नहीं अपितु अन्य बाह्य कारणों पर अधिक निर्भर करती है। आत्म-शुद्धि आधुनिक मानव के लिए कोई मायने नहीं रखती है। इस सभ्यता ने मनुष्य को आक्रामक, महत्त्वाकांक्षी एवं स्वार्थी बना दिया है। आधुनिक सभ्यता ने मानव को

उसकी आंतरिक शक्तियों से परे कर दिया है। वह शारीरिक तथा आत्मिक दोनों तरह से निढाल हो चुका है और नित्य स्वयं को बहलाने के नए साधन ढूँढ़ता है। गांधी का यह विश्वास है कि आधुनिक सभ्यता की यह निरर्थकता मनुष्य को पूर्ण रूप से नष्ट कर देगी।

भीखू पारेख की समीक्षा भी गांधी के इस मत को मान्यता प्रदान करती है कि मूल रूप से आधुनिक सभ्यता में मनुष्य द्वारा मनुष्य का शोषण होता है। उपभोक्तावाद की दौड़ में मानव निरंतर दास बनता जा रहा है। गरीब तथा पिछड़े वर्गों का तिरस्कार होता है तथा पिछड़े वर्गों और कमज़ोर जातियों का अमानवीय रूप से शोषण होता है। वस्तुतः गांधी यूरोपीय साम्राज्यवाद को आधुनिक सभ्यता की ही देन मानते थे। इसलिए यह कदापि आश्चर्यजनक नहीं है कि आधुनिक सभ्यता पूर्ण रूप से हिंसा से संपोषित है। चूँकि इस सभ्यता को आक्रामकता, महत्त्वाकांक्षा और प्रतिस्पर्धा जैसे तत्त्वों ने घेरा है, इसलिए मनुष्य स्वयं को सर्वोच्च स्थापित करने में व्यस्त रहता है। यह मानसिकता विभिन्न वर्गों और राज्यों के स्तर पर भी दिखाई देती है। यही नहीं, इस सभ्यता ने प्रकृति और पर्यावरण पर भी घोर अपराध किया है। इसने अपने स्वार्थ की पूर्ति के लिए पशु और पक्षियों का संहार किया है। गांधी के अनुसार आधुनिक सभ्यता के प्रत्येक रोमकूप से हिंसा टपकती है। गांधी के विचार में हिंसा आधुनिक सभ्यता का एक अभिन्न अंग बन गई है, हालाँकि इस सभ्यता ने समानता, स्वतंत्रता, प्रतिष्ठा, शिष्टाचार, गरिमा तथा सामाजिकता जैसे मूल्यों का भी विवेचन किया है।

निश्चल बुद्धिवाद

भीखू पारेख ने लिखा है कि गांधी के अनुसार आधुनिक सभ्यता की एक अन्य कमज़ोरी यह है कि तर्क, बुद्धि और विवेक के स्वभाव और सीमाओं का उल्लेख इसमें कहीं नहीं दिखाई पड़ता। तर्क (reason) को केवल सुनिश्चित तथा सकारात्मक पहलू से आँका गया है और उसे चमत्कारिक समझा गया है। गांधी के अनुसार इससे अविवेकपूर्ण विचारधारा का उदय होता है। तर्क का मानव समुदाय में अपना एक महत्त्व है और मानव जीवन में वह एक अहम भूमिका निभाता है। परंतु बुद्धिवाद में तर्क का हस्तक्षेप गांधी को स्वीकार्य नहीं है। गांधी के विचार में धर्म विश्वास पर निर्भर करता है न कि वह तर्कसंगत होता है। उसी प्रकार नैतिकता और राजनीति में भी तर्क अपर्याप्त है क्योंकि ये ज्ञान, अंतःकरण तथा सहज ज्ञान से अधिक प्रेरित होते हैं। केवल इतना ही नहीं, अनिश्चितता के कारण भी तर्क को मानव जीवन का आधार नहीं माना जा सकता है।

भीखू पारेख के अनुसार बुद्धिवाद मानव संकायों को अनदेखा करता है क्योंकि वह केवल वैज्ञानिक जानकारी को स्पष्ट करना ही सही मानता है। इस धारणा का आधार यह है कि मानव जीवन अत्यंत पारदर्शी है और जो कुछ भी वैज्ञानिक विद्धता के दायरे से बाहर है, वह जानने योग्य नहीं है। बुद्धिवाद की यह निश्चित सोच मानव को उसके अंतःकरण की आवाज सुनने से रोकती है। बुद्धिवाद उन सभी व्यक्तियों और समाजों को अपने प्रभुत्व में रखना चाहता है जो तर्कसंगत नहीं हैं। गांधी का मानना है कि यह साम्राज्यवादी महत्त्वकांक्षाओं का द्योतक है और इसका साक्षात प्रमाण गांधी ने पहले दक्षिण अफ्रीका में और बाद में भारत में देखा। अंततः बुद्धिवाद ने अपनी कठोर रीति-नीतियों के कारण मानव को समजातीय बनाया और उसके व्यक्तित्व को कुचल डाला। परंतु भीखू पारेख मानते हैं कि इसके विपरीत गांधी की मान्यता के अनुसार प्रत्येक व्यक्ति की अपनी अलग पहचान और पृथक व्यक्तित्व होता है और वह मूल रूप से अपनी संस्कृति से जुड़ा होता है। बुद्धिवाद इस अत्यंत महत्त्वपूर्ण सत्य को अनदेखा करता है और मानव निष्ठा व एकाग्रता का उल्लंघन करता है।

गांधी कहते हैं कि आधुनिक सभ्यता शक्ति पर केंद्रित समाज की संरचना करती है। आज का आधुनिक मानव प्रतिस्पर्धा और आक्रामकता से प्रेरित होने के कारण अपने स्वार्थ के प्रति जागरूक रहता है। ऐसी परिस्थिति में केवल एक सर्वशक्तिमान एवं शस्त्रसज्जित राज्य की आवश्यकता होती है जो कि समाज से बेरोजगारी, गरीबी तथा सामाजिक और आर्थिक असमानताओं को दूर कर सके। यही नहीं, आधुनिक सभ्यता में मनुष्य एक दूसरे को अजनबी की भांति देखते हैं इसलिए उनके आपसी संबंधों को केवल नियमों से निर्धारित किया जा सकता है और इन नियमों के पालन के लिए एक शक्तिशाली नौकरशाही की आवश्यकता होती है।

भीखू पारेख लिखते है कि राज्य न केवल राजनीतिक शक्ति पर एकाधिकार स्थापित करता है बल्कि नैतिकता को भी अपने एकाधिकार में लाना चाहता है। एक साधारण व्यक्ति स्वयं को पूर्ण रूप से एकाकी महसूस करता है। इस परिस्थिति में राज्य ही एकमात्र नैतिक स्रोत का आधार बनता है इसलिए राज्य के प्रति अपनी ज़िम्मेदारी को समझना चाहिए क्योंकि राजनीतिक जीवन में भी नैतिकता का अपना एक स्थान है। वस्तुतः राज्य के नियमों का उल्लंघन करना न केवल अस्वीकार्य होगा बल्कि अनैतिक भी होगा राजनीतिक जीवन मूल रूप से नैतिकता पर निर्भर करता है। भीखू पारेख के अनुसार गांधी भी मार्क्स की भांति इस कथन से पूर्ण रूप से सहमत हैं कि राज्य उन गुटों के हितो का संरक्षण करता है जो संगठित और मज़बूत होते हैं। आधुनिक लोकतांत्रिक प्रणाली में भी प्रमुख वर्ग हिंसा के माध्यम से अपने

हितों को साधते हैं। गांधी का मानना है कि लोकतांत्रिक सरकार भी इन वर्गों के दबाव में आकर हिंसक प्रवृत्ति को अपना लेती है। इस परिप्रेक्ष्य में आधुनिक लोकतंत्र भी शक्ति का केंद्र बन जाता है और शक्ति का विकृत रूप देखने को मिलता है। हालाँकि सरकार को जनता के प्रति उत्तरदायी बनाने के लिए चुनाव प्रणाली अपनाई गई है, परंतु वह भी सच्चाई को पूर्णतया दर्शा नहीं पाती। इसलिए गांधी की दृष्टि में संसदीय लोकतंत्र भी नैतिकता के मापदंड पर खरा नहीं उतरता है। परंतु सबसे अधिक अचंभे की बात तो यह है कि आधुनिक सभ्यता को 'सड़ा-गला' मानने के बाद भी गांधी इस सभ्यता को खारिज नहीं करते। उसकी सकारात्मक उपलब्धियों के प्रति भी वह हमारा ध्यान आकर्षित करते हैं। पहली उपलब्धि है उसकी तर्कसंगत वैज्ञानिक जाँच-पड़ताल। गांधी के अनुसार, आधुनिक सभ्यता का दूसरा आकर्षण है प्राकृतिक शक्तियों को मानव के वशीभूत करना। परंतु इस सिलसिले में प्रकृति का अत्यधिक शोषण हुआ है और असंतुलन की स्थिति पैदा हो गई है।

निष्कर्ष

यह कहा जा सकता है कि आधुनिकता की प्रतिक्रिया में गांधी के चिंतन में हमें एक विशेष संदेश मिलता है जिसकी उपेक्षा नहीं की जा सकती। आज के युग में *हिन्द स्वराज* की प्रासंगिकता धीरे-धीरे बढ़ रही है। बहुत-से विचारकों के मतों से इस बात की पुष्टि होती है। उदाहरण के लिए, टी. पैनथम स्पष्ट रूप से कहते हैं कि गांधी के अनुसार भारतीय संस्कृति तथा सभ्यता आधुनिक समाज के लिए स्वास्थ्यकर है तथा भारतीय संस्कृति और पाश्चात्य सभ्यता में सामंजस्य स्थापित किया जा सकता है। भीखू पारेख भी गांधी की अवधारणा को स्वीकारते हैं। गांधी जहाँ एक ओर आधुनिक सभ्यता की कमियों से हमें अवगत कराते हैं, वहीं दूसरी ओर उसकी सकारात्मक उपलब्धियों का भी उल्लेख करते हैं जिसकी चर्चा हम पहले कर चुके हैं। आधुनिकता को केवल यूरोपीय या भारतीय दृष्टिकोण तक सीमित नहीं किया जा सकता। इसको विभिन्न दृष्टिकोणों से आँकना होगा, तभी उसका पूर्ण स्वरूप उभर कर सामने आएगा और हम उसे आत्मसात कर पाएँगे। गांधी वास्तव में एक नई सभ्यता के अग्रदूत थे और पतन की ओर जा रही मानवता के उद्धारक थे। गांधी आज भी हमारे लिए एक प्रकाश-स्तंभ के समान हैं।

7

राष्ट्रवाद

आर. एस. यादव एवं श्वेता मिश्र

राष्ट्रवाद मूल रूप से एक आधुनिक विचार है जिसके जड़ें अठारहवीं सदी में तलाशी जा सकती हैं। यही वह समय था जब राज्य की अवधारणा ने पैर पसारना शुरू किया था। राष्ट्रवाद का उदय इस अवधारणा के फलस्वरूप हुआ है कि राजनीतिक सरोकारों का केंद्र बिंदु राष्ट्र-राज्य (nation state) में निहित है। धीरे-धीरे इस विचार को व्यापक मान्यता प्राप्त हो गई। यद्यपि वैश्विक स्तर पर राष्ट्रवाद के प्रसार में गैर-पश्चिमी तथा गैर-आधुनिक समाज के यूरोपीयकरण तथा आधुनिकीकरण ने मुख्य भूमिका निभाई है तथापि इसके उदय में विभिन्न सिद्धांतों यथा लोकप्रिय संप्रभुता की उत्पत्ति, शासितों के सक्रिय सहयोग से शासन का सिद्धांत, धर्मनिरपेक्षता, तथा उन्नत संचार सेवाओं के प्रचार-प्रसार आदि ने महत्त्वपूर्ण भूमिका अदा की।

इस प्रकार, राष्ट्रवाद को परिभाषित करते हुए यह कहा गया है कि यह एक ऐसा राजनीतिक सिद्धांत है जो आधुनिक समाज के आचार-विचार तथा उसके प्रभुत्व की वैधता को स्थापित करता है। राष्ट्रवाद जीवित या विचारित राष्ट्र-राज्य में बहुसंख्यक लोगों की असीम श्रद्धा, विश्वास और भक्ति का सर्वोच्च प्रस्फुटन है। राष्ट्र-राज्य को न केवल राजनीतिक संगठन के एक आदर्श, सहज और स्वाभाविक स्वरूप में रेखांकित किया जाता है, वरन इसे सांस्कृतिक और आर्थिक गतिविधियों के संपूर्ण ताने-बाने का एक अपरिहार्य ढाँचा भी माना जाता है।

यूरोपीय राष्ट्रवाद के संदर्भ में सामान्य तौर पर यह विचार किया जाता है कि यह जनसांख्यिक स्तर पर जैविक एकता, विशिष्ट क्षेत्रफल, एक समान अर्थव्यवस्था, समान भाषा, समान मनोवैज्ञानिक सोच तथा सांस्कृतिक समानता जैसे विशिष्ट तत्त्वों को समाहित करने वाला है। ई. एच. कार (E. H. Carr) ने इन्हीं तथ्यों के मद्देनजर राष्ट्रवाद की सारगर्भित व्याख्या इस प्रकार की है[1]:

क) एक सर्वसामान्य सरकार का विचार फिर चाहे वह वर्तमान या भूत की वास्तविकता हो या भविष्य की आकांक्षा।

ख) एक विशिष्ट आकार तथा इसके सभी सदस्यों के बीच रिश्तों की सहज, सरल व स्वाभाविक मिठास।

ग) एक सुनिश्चित और सुनिर्धारित क्षेत्रफल।

घ) दूसरे राष्ट्रों और गैर-राष्ट्रीय समूहों से सर्वथा भिन्न और विशिष्ट कुछ मौलिक तत्त्व (जिसमें भाषा प्रमुख है)।

ङ) सदस्यों के कुछ विशिष्ट सामूहिक हित।

च) जनसमूह में राष्ट्र के प्रति भावनात्मक झुकाव।

यद्यपि यह भी सत्य है कि उपरोक्त वर्णित तत्त्वों में से कुछ तत्त्व विकासशील देशों के राष्ट्रवाद में नहीं रहे हैं। इसके अतिरिक्त, राष्ट्रवाद को कभी- कभी उन राज्यों के साथ जोड़कर देखा जाता है जिनकी पहचान एक राजनीतिक ईकाई के रूप में पहले ही स्थापित हो चुकी है। राष्ट्रवाद की भावना का उदय उन जातीय, सामाजिक या सांस्कृतिक समुदायों में भी हो सकता है जिनका स्वतंत्र राजनीतिक या सांस्कृतिक समुदायों में अस्तित्व नहीं है तथा जो अन्य राज्यों के प्रभुत्व में हैं।

भारतीय राष्ट्रवाद

भारतीय राष्ट्रवाद की अपनी विशिष्टताएँ हैं, अतः इस विषय पर गांधी के विचारों के विश्लेषण से पहले भारतीय राष्ट्रवाद के उदय से संबंधित दो अनिवार्य बिंदुओं का स्पष्टीकरण अनिवार्य है। राष्ट्रवाद पर होने वाली किसी भी बहस के लिए ये न केवल अपरिहार्य हैं बल्कि इससे इस पूरे विषय की समझ और भी स्पष्ट हो पाएगी।

1) भारतीय राष्ट्रवाद का उदय यूरोपीय राष्ट्रवाद से बिलकुल भिन्न रहा है। फलतः इसके दायरे में यूरोपीय राष्ट्रवाद के बहुत-से मानदंड शामिल नहीं हो पाते। यूरोपीय संदर्भ में जनसांख्यिक जैविक एकता, विशिष्ट क्षेत्रफल, एक समान अर्थव्यवस्था, भाषाई समीपता, एक समान मनोवैज्ञानिक प्रवृत्ति तथा सांस्कृतिक समानता को आवश्यक माना जाता है।[2] लेकिन भारतीय राष्ट्रवाद का विकास एक विशिष्ट

सामाजिक-आर्थिक तथा राजनीतिक पृष्ठभूमि के साये में हुआ है, सो इसकी प्रवृत्ति तथा परंपरा यूरोपीय राष्ट्रवाद से भिन्न है।

2) भारतीय राष्ट्रवाद कुछ विशिष्ट क्रांतिकारी विचारधाराओं का उपोत्पाद (by product) या आर्थिक व्यवस्था में विभिन्न स्तरों पर होने वाले विकास के फलस्वरूप उपजे विशिष्ट सामाजिक परिवर्तनों का उत्पाद नहीं है। यह किसी भी तरीके से एक विशिष्ट दिशा में समाज का नियोजित विकास नहीं था औपनिवेशिक शासन की चुनौतियों तथा औपनिवेशिक शासन के फलस्वरूप उपजी लोगों की पीड़ाओं ने भारतीय नेताओं को संकट का मुकाबला करने के लिए एक सुदृढ़ और ठोस रणनीति पर काम करने के लिए प्रेरित किया इसके अलावा, विदेशी शासन के परिणामस्वरूप संघर्ष का मुख्य उद्देश्य भारत की स्वतंत्रता हो गई। निष्कर्षतः भारतीय राष्ट्रवाद आज़ादी के लिए इस संघर्ष की ही परिणति था। औपनिवेशिक दासता के मकड़ जाल से निकलने के लिए समय-समय पर अपनाए जाने वाले विभिन्न और प्रायः परिवर्तित तौर-तरीकों ने भारतीय राष्ट्रवाद के स्वरूप और प्रयोजन को भी प्रभावित किया। उपरोक्त विश्लेषण भारतीय राष्ट्रवाद को पाश्चात्य समाजशास्त्रियों के इस आरोप से मुक्त करता है कि भारतीय राष्ट्रवाद 'बिना राष्ट्र का राष्ट्रवाद' है या फिर यह कैम्ब्रिज इतिहासकारों के उस दृष्टिकोण[3] को खारिज करता है कि राष्ट्रवाद का उदय विशिष्ट आदर्शों, विचारों तथा वैचारिक धाराओं को महत्त्व देने के बजाय नाम, पद, एक दूसरे से आगे निकलने की आपाधापी, स्वार्थ तथा व्यक्तिगत हितों को प्रश्रय देने के कौशलपूर्ण और कपटपूर्ण खेल के उत्पाद के रूप में हुआ है।[4] अन्य विकासशील देशों की तरह भारतीय राष्ट्रवाद की जड़ें भी औपनिवेशिक सत्ता के विरुद्ध संघर्ष में निहित हैं।

गांधीवादी दृष्टिकोण

गांधी ने राष्ट्रवाद के बारे में विशेष कुछ नहीं कहा, इसलिए उनकी विचारधारा और दर्शन के संपूर्ण सागर को मथ कर ही राष्ट्रवाद पर उनके विचारों को निर्धारित किया जा सकता है और उनका विश्लेषण किया जा सकता है।[5] लेकिन उनकी दार्शनिक और वैचारिक पृष्ठभूमि को खंगालने से पहले दो चीज़ों पर गौर करना होगा। पहला, भारत के बजाय दक्षिण अफ्रीका वह जगह थी जहाँ भारतीय राष्ट्रवाद नामक पौधे का अंकुरण गांधी के हृदय में हुआ और यह तथ्य ही उनके राष्ट्रवाद को अन्य भारतीय राष्ट्रवादियों से अलग करता है। दूसरा, चंपारण या बारदोलोई के बजाय वह ट्रांसवाल की राजनीतिक पृष्ठभूमि थी जहाँ गांधी ने अपने अद्भुत और अनुपम राजनीतिक दर्शन को विकसित किया।[6]

चूँकि गांधी ने राष्ट्रवाद पर अपने विचारों को किसी एक जगह पर उल्लिखित नहीं किया है, इसलिए उनके विचारों को समझने के लिए उनके संपूर्ण रचनाक्रम पर एक दृष्टि डालना ज़रूरी है। गांधी के अध्ययन के परिणामस्वरूप राष्ट्रवाद के निम्नलिखित तत्त्व उभर कर सामने आते हैं:

1) गांधी का राष्ट्रवाद 'समायोजन' के सिद्धांत से परिचालित था जिसमें भारत के विभिन्न समूहों में राष्ट्रवादी समरसता कायम करना शामिल था।[7] साझे राष्ट्रवाद की उनकी अवधारणा में न केवल धार्मिक समूह शामिल थे वरन जातियाँ व समुदाय भी शामिल थे। रविन्दर कुमार ने सही कहा है, 'चूँकि गांधी के मानस में भारत की वास्तविक तस्वीर वर्गों, जातियों, समुदायों तथा धार्मिक समूहों के एक स्वच्छंद घनीभूत पुँज के रूप में थी, इसलिए वह उपमहाद्वीप के जनमानस को उद्वेलित करने में जितना समर्थ और योग्य थे उतना समर्थ कोई न पूर्व में था और न कोई बाद में हुआ।'[8] ब्रिटिश सत्ता को उखाड़ फेंकने के अपने अभियान में उन्होंने विभिन्न जातियों, वर्गों, धार्मिक तथा क्षेत्रीय समूहों को एक मंच पर एकत्र किया तथा उन्हें अपने साझे राष्ट्रवाद की भावना से ओत-प्रोत कर एक साझे लक्ष्य की प्राप्ति के लिए प्रेरित और स्पंदित किया।

2) यद्यपि गांधी का राष्ट्रवाद औपनिवेशिक सत्ता से मुक्ति से प्रेरित था तथापि वह पश्चिम की राष्ट्रवाद की अवधारणा से कई मायनों में बिल्कुल भिन्न था। वह पश्चिमी राष्ट्रवाद से इस मायने में भिन्न था कि वह अपने उद्‌देश्य प्राप्ति हेतु किसी भी प्रकार के हिंसक तथा आक्रमक तरीकों के खिलाफ़ था। गांधी ने ऐसे राष्ट्रवाद को खारिज कर दिया जिसकी बुनियाद हिंसा पर आधारित हो। वह इस उद्‌देश्य को प्राप्त करने हेतु अहिंसा के सिद्धांतों के उपयोग के पक्षधर थे, क्योंकि उनका मानना था कि प्रेम या आत्मा की ताकत के सामने हथियारों की ताकत निरीह और निष्प्रभावी है। वह यह भी मानते थे कि हिंसा न केवल हिंसक प्रवृत्ति को बढ़ावा देती है वरन यह संवाद के रास्ते को भी खत्म करती है। भारतीय परिप्रेक्ष्य में उनका विचार था कि अपने लक्ष्य की प्राप्ति हेतु ब्रिटिश सरकार को उसकी गलतियों का अहसास कराने का प्रयास होना चाहिए तथा सत्याग्रह द्वारा हृदय परिवर्तन का भी।

3) गांधी का राष्ट्रवाद समाज के वंचित तबकों सहित सभी तबकों की सामूहिक सोच और लक्ष्य की अभिव्यक्ति था। वह जाति या वर्ग पर आधारित नहीं था। गांधी जातीय ऊँच-नीच के खिलाफ़ थे तथा उन्होंने भारत से छुआछूत के उन्मूलन का अथक प्रयास किया था। वह एक ऐसे राष्ट्र के पक्षधर थे जो समाज के विभिन्न वर्गों के बहुलतावादी संस्कृति पर संस्थापित हो। इसका एक आशय यह भी था कि अंग्रेज़ भारत में जातीय मतभेद फैलाकर अपना उल्लू सीधा न कर सकें।

4) गांधी का राष्ट्रवाद धर्म से आबद्ध होने के बावजूद पंथनिरपेक्ष प्रकृति वाला था। यद्यपि गांधी की नज़र में भारत एक ऐसा बहुलतावादी राष्ट्र था जहाँ विविध धर्मों, भाषाओं, पंथों तथा जातियों का समरस तथा रचनात्मक मिलन होता था तथापि जब इसी संश्लेषण और पारस्परिक अस्तित्व के तौर-तरीकों की बात आती थी तो 'वह अनजाने ही हिंदुत्व की ओर झुके नज़र आते थे।'[9]

गांधी द्वारा बार-बार धर्म की बात करने से उनके विचारों को लेकर उलझन और अस्पष्टता की स्थिति उत्पन्न होती है। धर्म की उनकी अवधारणा पारंपरिक धर्म के रूप, विचार, तौर-तरीकों यथा रूढ़ियों, रिवाजों, अंधविश्वासों और कट्टरताओं से सर्वथा भिन्न थी। धर्म के प्रति गांधी के विचार अत्यंत व्यापक थे। वह धर्म को व्यक्तिगत संदर्भ में एक ऐसा नीतिगत ढाँचा मानते थे जहाँ दैनिक जीवन की पवित्रता सुनिश्चित होती थी। इसी प्रकार, राष्ट्र के संदर्भ में उनके धर्म की प्रवृत्ति पंथनिरपेक्ष (धर्मनिरपेक्ष) और वैश्विक प्रकृति वाली थी। गांधी के धार्मिक विचार के बारे में इसी तरह के विचार अन्य विद्वानों ने भी व्यक्त किए हैं। उदाहरण के लिए, एम. एन. राय प्रारंभ में गांधी द्वारा 'राजनीति और धर्म के घालमेल' के कट्टर आलोचक थे लेकिन बाद में उन्होंने महसूस किया कि गांधी के धार्मिक विचारों की जड़ें कहीं अधिक नैतिक, मानवतावादी तथा वैश्विक थीं तथा इसमें किसी व्यक्ति, पंथ, धर्म, समाज या राष्ट्र के प्रति दुराग्रह का लेशमात्र भी स्थान नहीं था।

गांधी द्वारा *हिन्द स्वराज* लिखे जाने के समय यह बात बहस का मुद्दा थी कि धार्मिक आधार पर भारत की राष्ट्र के रूप में स्थापना संभव है या नहीं। उस वक्त उन्होंने राष्ट्र के लिए 'प्रजा' शब्द का इस्तेमाल किया क्योंकि यह शब्द पहले ही अस्तित्व में था। उन्होंने महसूस किया कि 'प्रजा' शब्द की पारंपरिक अवधारणा के आधार पर एक नवीन, आधुनिक तथा साझे भारतीय राष्ट्र का नवनिर्माण संभव हो सकता है।[10] यही कारण था कि उन्होंने *हिन्द स्वराज* में 'प्रजा' की अवधारणा पर आधारित उदार राष्ट्रवाद के विकास की आवश्यकता पर बल दिया तथा उसके लिए लोगों का आह्वान किया। धर्म को धर्मांधता की बुराई से मुक्त करने के प्रयास के क्रम में गांधी ने संगठित धर्म तथा आध्यात्म पर आधारित धर्म के बीच के मौलिक भेद को स्पष्ट किया। सभी संगठित धर्म की अपनी वैधता होती है। इसका मतलब यह होता है कि संगठित धर्मों में एक दूसरे के प्रति सहनशीलता व सम्मान की भावना अपेक्षित है। अतः हिंदू धर्म की तरफ गांधी के झुकाव के बावजूद उनकी सोच धर्मांधता या कट्टरता से पीड़ित नहीं थी बल्कि उनकी सोच कहीं अधिक उदार, सहिष्णु व समरस प्रकृति वाली थी और जब वह धर्म आधारित राष्ट्रवाद की बात करते थे तो उनकी यही उदार व व्यापक सोच काम कर रही होती थी। यह ठीक है

गांधी ने धर्मनिरपेक्ष आदर्शों व अभिगमों की महत्ता को खारिज नहीं किया, परंतु उनके विचारों का यह पहलू किसी भी रूप में उग्रपंथी प्रकृति वाला नहीं था। इसके बजाय वह सांप्रदायिक मतभेदों को आपसी मेल-जोल तथा संवाद द्वारा दूर करने के पक्षधर थे जिसमें सभी समुदायों की भागीदारी सुनिश्चित होती थी। वह एक ऐसे राष्ट्रवाद का निर्माण कर रहे थे जिसकी बुनियाद सद्भावपूर्ण सह-अस्तित्व तथा समन्वय पर आधारित था। कुछ विद्वानों का यहाँ तक मत है कि उनके अंतिम दिनों में उनके धार्मिक बहुलवाद की सीमा 'बहुल' हिंदुत्व से आगे जाकर बहुधर्मी ताने-बाने में गुंथ गई थी तथा उनके धार्मिक विचारों और दर्शन का स्वरूप पूर्णतः वैश्विक हो गया था।[11]

5) गांधीवादी राष्ट्रवाद में अंतर्राष्ट्रीयता का पुट था। उनका विश्वास था कि राष्ट्रवाद और अंतर्राष्ट्रीयतावाद का सह-अस्तित्व मुमकिन है। इसका कारण था कि वे राज्य और राष्ट्र को एक दूसरे से पृथक मानते थे। उनके अनुसार राष्ट्र ऐसे व्यक्तियों का एक अर्थपूर्ण सम्मिलित स्वरूप है जिसमें प्रत्येक व्यक्ति अपनी विशिष्ट अंतःशक्तियों से परिचालित होकर एक साझा मिशन पाने के लिए प्रयत्नशील होता है। वहीं राज्य एक ऐसी मशीनी व्यवस्था है जो राष्ट्र पर थोप दी जाती है। राष्ट्र रचनात्मकता व जीवंतता का पर्याय है और राज्य रूढ़ियों व परिपाटियों का एक आदर्श रूप।[12] गांधी यह सुनिश्चित करना चाहते थे कि राष्ट्र के सामाजिक सरोकारों पर राज्य के तामझाम के काले बादल न छा जाएँ। उन्हें डर था कि राष्ट्र के भाग्य के तथाकथित नियंत्रक के रूप में राज्य लोगों की रचनात्मकता तथा संभावनाओं को लील न जाए। गांधी के अनुसार भारत सिर्फ़ कुछ समुदायों का बहुरंगा समूह मात्र नहीं है वरन यह एक ऐसा राष्ट्र है जहाँ के लोगों की आकांक्षाएँ और आशाएँ साझे हित की भावना से प्रेरित हैं तथा जिनकी प्रतिबद्धता एक आध्यात्मिक सभ्यता की खोज, निर्माण और विकास के लिए है। इस संदर्भ में भीखू पारेख का यह कथन द्रष्टव्य है कि जब-जब और जहाँ-जहाँ उन्होंने 'राष्ट्रवाद' नामक शब्द का प्रयोग किया है, वहाँ उनका तात्पर्य अपने देश के प्रति प्रेम से है। इसलिए राष्ट्रवाद के उनके विचारों को अंतर्राष्ट्रीयवाद के पूरक एवं संपूरक के बतौर समझा जा सकता है, जैसा कि उन्होंने खुद कहा है।

6) गांधी राष्ट्र के समुदायवादी स्वरूप के पक्षधर नहीं थे। वह सभ्यतामूलक संदर्भ में बहुलता व सम्मिश्रण के सरोकारों को अधिक अनुकूल पाते थे। यह बात उस समय और अधिक स्पष्ट हुई जब जिन्ना ने मुस्लिम सांप्रदायिकता के आधार पर एक अलग राष्ट्र की माँग की। गांधी का विचार था कि यूरोपीय राष्ट्रों की तरह भारत की राष्ट्रीयता को परिभाषित करना उचित नहीं है। वह भारत को एक ऐसी सभ्यता का

पुंजस्वरूप मानते थे जहाँ पर सदियों ने विभिन्न जातियों, धर्मों और समुदायों के लोगों ने विविधता, बहुलता और सहनशीलता पर आधारित एक साझी संस्कृति का विकास किया है।

उन्होंने कहा कि भारतीय मुस्लिम सिर्फ़ एक विशेष भौगोलिक क्षेत्र में स्थित होने के कारण ही भारतीय नहीं है, बल्कि वे सांस्कृतिक रूप से भी पूर्णतः भारतीय हैं और हिंदुओं के साथ भारतीय सभ्यता के साझे भागीदार हैं। यद्यपि अन्य समुदायों की तरह उनके भी अपने विशिष्ट रीति-रिवाज हैं तथापि यह तथ्य एक राष्ट्र के भीतर उनके सह-अस्तित्व में किसी भी प्रकार से बाधक नहीं बनता है।

इसलिए गांधी ने एक ऐसे भारतीय राष्ट्रवाद के निर्माण की कोशिश की जिसकी बुनियाद बहुलता तथा समरसता पर टिकी हो तथा जो विविधताओं व भिन्नताओं का न केवल सम्मान करे, बल्कि उनके प्रति उत्साह, उमंग व जीवंतता से भी परिपूर्ण हो। गांधी समुदाय को व्यक्तियों का समूह मानते थे, इसलिए उनके अनुसार आपसी झगड़ों का निपटारा उसी तरह संभव था जैसे हम अपने परिवारों या मित्रों के झगड़े निपटाते हैं।

7) राष्ट्रवाद का उनका सिद्धांत जन-आधारित था। यही कारण रहा कि भारतीय स्वतंत्रता संग्राम के दौरान गांधी के आगमन के बाद एक नवीन किस्म के राष्ट्रवाद का जन्म हुआ। गांधी के आगमन ने राष्ट्रवादी आंदोलन को एक नई दिशा और दृष्टि प्रदान की और इसका स्वरूप बहुजन और बहु-वर्ग आधारित हो गया। देशी सुर एवं शैली की बदौलत इसने महत्त्वपूर्ण राजनीतिक-नैतिक वैधता और प्रभुत्व हासिल किया। गांधी युग से पूर्व राजनीतिक प्रबुद्धता केवल कुछ ऊँचे तबके के लोगों तक सीमित थी। परिणामस्वरूप, समाज में विभिन्न वर्गों के बीच की खाई चौड़ी होती जा रही थी। गांधी ने चंपारण, खेड़ा, बारदोलोई जैसे जगहों पर अपने प्रयोग तथा देशव्यापी व जनव्यापी तथा भारत छोड़ो जैसे अत्यंत प्रभावी आंदोलनों के द्वारा देश के कोने-कोने के लोगों तक अपनी बात पहुँचाई तथा उन्हें एक साझे लक्ष्य के प्रति प्रेरित करके राष्ट्रीय आंदोलन में उनकी सक्रिय भागीदारी सुनिश्चित की। इस तरह प्रथम विश्व युद्ध के समय तक जो आंदोलन कुछ खास लोगों तक सीमित था, उसने हिंदुस्तान के प्रत्येक जनमानस को आंदोलित, स्पंदित व सक्रिय कर दिया।

यह वह समय था जब कांग्रेस पर गांधी का प्रभुत्व था। इसलिए इस समय के कांग्रेस के सभी प्रयासों में गांधीवादी विचाारधारा की प्रमुख और निर्णायक भूमिका होती थी। कांग्रेस के सभी कार्यक्रम 'व्यावहारिक गत्यात्मकता' पर आधारित थे। इस परिप्रेक्ष्य में प्रसिद्ध इतिहासकार विपिन चंद्र का कथन द्रष्टव्य है कि उपनिवेश-विरोधी विचारधारा के साथ-साथ स्वतंत्रता, समानता, लोकतंत्र, धर्म, सामाजिकता, आर्थिक विकास, स्वतंत्र संयुक्त राजनीति तथा गरीबोन्मुखी विचारों की प्रेरणा ने

कांग्रेस की दशा व दिशा बदल दी तथा वह इस बात में सक्षम व समर्थ हुई कि वह राष्ट्रीय आंदोलन को लोकप्रिय जन आंदोलन का रूप प्रदान कर सके।[13] गांधी इस बात से वाकिफ थे कि इस तरह के जन आंदोलनों का लंबा भविष्य नहीं होता है तथा उन्हें लंबे समय तक जारी नहीं रखा जा सकता है। इसलिए बीच-बीच में उन्होंने विराम की रणनीति अपनाई तथा इस दौरान भविष्य के आंदोलन हेतु उनमें नई ऊर्जा तथा जोश भरने का काम किया। इसलिए गांधी ने संघर्ष-विराम-संघर्ष की राजनीति को अपना हथियार बनाया[14] ताकि आंदोलन की चमक-दमक को लंबे समय तक कायम रखा जा सके।

उपरोक्त आंदोलन को व्यावहारिक स्वरूप प्रदान करने के लिए गांधी ने रचनात्मक कार्यक्रम के माध्यम से 13 बिंदुओं को तय किया। इन कार्यक्रमों में सांप्रदायिक एकता, छुआछूत उन्मूलन, मद्यनिषेध, शिक्षा, महिला सशक्तिकरण, स्वास्थ्य व सफाई आदि शामिल थे। लेकिन आल्योसिस का मत है कि उपरोक्त कार्यक्रमों में से केवल तीन—हिंदु-मुस्लिम एकता, छुआछूत उन्मुलन तथा खादी कार्यक्रम—ने ही भारत में उल्लेखनीय लोकप्रियता तथा जनसमर्थन हासिल किया।[15] कालक्रम के अनुसार देखें तो पहले खिलाफ़त आंदोलन के दौरान हिंदु-मुस्लिम एकता परवान चढ़ी, फिर खादी कार्यक्रम को लोकप्रिय बनाने का काम व्यापक स्तर पर चला तथा अंत में छुआछूत उन्मूलन कार्यक्रम चलाया गया।

यद्यपि हिंदु-मुस्लिम एकता को देश विभाजन से पूर्व भारतीय स्वतंत्रता के अंतिम दिनों में फिर से जिंदा किया गया तथापि गांधी ने इसे जन आंदोलन का रूप दिया या नहीं, इस पर विवाद अब भी कायम है। परंतु एक बात स्पष्ट है कि भारतीय राष्ट्रवादी संघर्ष का अंतिम काल गांधीवादी विचारधारा की पूर्ण गिरफ्त में था। इसलिए गांधीवादी राष्ट्रवाद संकुचित व सांप्रदायिक दृष्टि से मुक्त बहुआयामी कलेवर वाला था जिसमें सभी वर्गों और जातियों को एक साथ लाने की व्यवस्था की गई थी। इसमें दबे-कुचले और समाज के पिछड़े तबकों के उत्थान की बात थी ताकि विकास के सुफल का समान बँटवारा सुनिश्चित हो सके और सामाजिक तथा आर्थिक खाईयाँ पाटी जा सकें। यद्यपि धर्मनिरपेक्षता संबंधी उनके विचारों में विवाद की गुंजाइश है तथापि वह धर्म आधारित संकुचित विचारों से सर्वथा मुक्त थे। उन्होंने धर्म को न केवल व्यक्तिगत नैतिक आचार संहिता की परिधि में रखा वरन सांगठनिक स्तर पर भी उसकी गहरी पड़ताल की तथा धर्म के काल्पनिक और वास्तविक तत्त्वों के बीच स्पष्ट सीमा रेखा निर्धारित की।

गांधी रूढ़िवादी राष्ट्रवादी नहीं थे वरन उनकी विचारधारा अंतर्राष्ट्रीयता से अधिक प्रेरित थी। उनका राष्ट्रवाद मानवतावाद को सर्वाधिक तरजीह देता था। उन्होंने

'साम्यवादी' और 'सांप्रदायिक' राष्ट्रवाद को कभी स्वीकार नहीं किया। वह 'लोक मानवतावाद' के पक्षधर थे। चूँकि भारतीय राष्ट्रवाद औपनिवेशिक शासन का विरोध और उसके विरुद्ध संघर्ष से बहुत कुछ प्रभावित है, इसलिए गांधी ने राष्ट्रवाद की इस अनुभूति को जन आंदोलन का रूप प्रदान किया। व्यापक और विशाल जनमानस को लामबंद करने के लिए उन्होंने अहिंसक आंदोलनों को चलाया तथा राष्ट्रीय एकता और अखंडता को अक्षुण्ण रखने के लिए रचनात्मक कार्यक्रमों को देश की जनता के सामने रखा। इसलिए गांधीवादी राष्ट्रवाद को समझने के लिए यह अत्यंत ज़रूरी है कि हम इसी संदर्भ में उनके विचारों और दर्शन को समझें।

आलोचनात्मक मूल्यांकन

वैचारिक विसंगति तथा व्यावहारिक दृष्टि दोनों संदर्भों में कई विद्वानों ने गांधीवादी दृष्टिकोण की समालोचना प्रस्तुत की है:

1) गांधी की सर्वाधिक आलोचना उनके द्वारा राजनीति के साथ धर्म के घालमेल के कारण हुई है। राष्ट्रवाद के मुख्य एजेंडे की शुरुआत हिंदू-मुस्लिम एकता के उस मुकाम पर हुई जब गांधी ने खिलाफ़त आंदोलन को पूर्ण समर्थन प्रदान किया। आल्योसिस का कहना है कि 'यद्यपि खिलाफ़त व असहयोग प्रकट रूप में हिंदू-मुसलमान एकता के उद्देश्य से प्रेरित थे तथापि संपूर्ण रूप से देखें तो इसने धर्मनिरपेक्ष राजनीति के संदर्भ में जनमानस को परिपक्व होने से रोका।[16] गांधी पर यह भी आरोप लगाया जाता है कि उन्होंने राजनीतिक विकास को गलत दिशा में खींचा क्योंकि गांधी की हिंदू-मुस्लिम एकता की खोज ने एकता प्रबंधन का रूख हित आधारित राजनीति से धर्म व संप्रदाय आधारित लाम्बंदी पर केंद्रित हो गया।[17] यही कारण है कि कुछ विद्वान गांधीवादी सोच को धर्मनिरपेक्ष नहीं मानते क्योंकि उनके अनुसार उन्होंने किसी न किसी रूप में धर्म का इस्तेमाल किया है, जिसके भयंकर परिणाम सामने आए हैं। इसने धर्म को सत्ता आधारित राजनीति से ढँकने का एक आवरण प्रदान कर दिया जिसनें धर्म और राजनीति दोनों का क्षरण हुआ है।[18]

2) आलोचना का दूसरा पक्ष भी उपरोक्त धर्म और राजनीति के ही संदर्भ में है। गांधी ने सभी धर्मों के लिए समान सम्मान का भाव दर्शाया और भारत की बहुलतावादी संस्कृति को स्वीकार किया। यद्यपि जिन्ना के साथ बहस में उन्होंने मुसलमानों के लिए कुछ कठोर शब्द जैसे पूर्व-हिंदू, धर्मांतरित, मूलरूप से हिंदू आदि शब्दों का प्रयोग किया तथापि यह वह भारत की साझी सभ्यता और संस्कृति के व्यापक परिप्रेक्ष्य में कह रहे थे। लेकिन फिर भी कुछ विद्वान इस मत पर कायम हैं कि अपनी उदार और व्यापक दृष्टि के बावजूद गांधी के हिंदुत्व के प्रति पूर्वाग्रह को

आसानी से समझा जा सकता है। इसी कारण भीखू पारेख की यह टिप्पणी उल्लेखनीय है कि 'जब (संश्लेषण) और सह-अस्तित्व के तौर-तरीकों को स्पष्ट करने की बात आती है तो वह अनजाने ही हिंदुत्व के प्रति मोह से ग्रस्त नज़र आते हैं।'[19]

3) गांधी के राष्ट्रवादी विचार को लेकर तीसरी समस्या हिंदू-मुस्लिम के संबंध में उनके भ्रम से है। यह आरोप लगाया जाता है कि गांधी भारत में हिंदुओं और मुसलमानों के बीच के मतभेद का पर्याप्त मूल्यांकन करने में बिल्कुल असफल रहे। गांधी जीवन भर इस पर कायम रहे कि दोनों कौमों की साझी सभ्यता व संस्कृति है, सो उनके बीच न पाटी जा सकने वाली कोई खाई पैदा नहीं हो सकती। इसलिए ब्रिटिश शासकों ने इस स्थिति का फायदा उठाकर 'बाँटो और राज करो' की नीति को सफलतापूर्वक क्रियान्वित कर अपना मतलब साधते रहे। गांधी मतभेदों की गहरी आर्थिक और ऐतिहासिक जड़ों को पहचानने में नाकाम रहे तथा इसे मात्र संकुचित हृदय व भावनात्मक असंवेदनशीलता का परिणाम समझते रहे। इसका कारण दक्षिण अफ्रीका के उनके अनुभव हो सकते हैं या फिर अपने पूर्ववर्तियों की तरह भारत में सदियों पुरानी मुस्लिम राज के प्रति उनकी गलत धारणा। लेकिन भारत और दक्षिण अफ्रीका के अपने अलग-अलग संदर्भ थे इसलिए उनके बीच समानताओं की तलाश करना गांधी की गलती थी।[20] इस संदर्भ में कुछ विद्वानों का यहाँ तक मत है कि हिंदू-मुस्लिम एकता के प्रति उनकी गलत धारणा के फलस्वरूप यह मुद्दा अत्यधिक विस्तार तथा अनुचित महत्त्व पा गया।

4) चौथी आलोचना का केंद्र-बिंदु यह है कि गांधी की जन लामबंदी भी 'उद्देश्य और मात्रा' दोनों परिप्रेक्ष्य में विसंगतिपूर्ण थी।[21] इसका कारण है कि औपनिवेशिक सत्ता के खिलाफ़ जन लामबंदी का न तो कोई ठोस एजेंडा था और न ही इसमें सर्वव्यापी भागीदारी थी। इसका उद्देश्य प्रदर्शन की अपनी शक्ति को साबित करना भर था। जन कार्यक्रमों में लोगों की भूमिका नाममात्र थी और अधिकतर समय कुछ खास लोगों के पीछे-पीछे चलना और उनके हुक्म को बजाना ही एकमात्र लक्ष्य था।[22] मार्क्सवादी दृष्टिकोण में, उपनिवेश विरोधी आंदोलन में जनभागीदारी का ऐजेंडा मुख्य रूप से सामंती विरोधी था लेकिन उपनिवेश विरोधी आंदोलन का विशिष्टवर्गीय स्वरूप उसके मजबूत सामंती सामाजिक आधार के कारण संदेहपूर्ण प्रकृति वाला था। गांधीवादी लामबंदी अपने प्रकृति में क्षैतिज (समस्तर) के बजाय उर्ध्वाधर (सीधा खड़ा) था। संरचनात्मक रूप से यह समुदायों का एक विशिष्टवर्गीय ढाँचा था, क्योंकि प्रभावशाली व्यक्तियों और समूहों से इस बात की अपेक्षा की जाती थी कि वे पारंपरिक रूप से दबे-कुचले लोगों को नेतृत्व प्रदान करें। इसका कारण यह हो सकता है कि गांधी का पहला लक्ष्य राष्ट्र की आज़ादी था तथा सामाजिक बदलाव उनके एजेंडा में

उसके बाद आता था। लेकिन यदि उनके संपूर्ण दार्शनिक विचारों की तह में जाएँ तो यह जान पड़ता है कि जन लामबंदी द्वारा वह राजनीतिक लक्ष्य को पाना चाह रहे थे न कि इस लक्ष्य से वह जनसामान्य के एजेंडा को आगे बढ़ाना चाह रहे थे।

5) अंत में, छुआछूत उन्मूलन तथा हरिजन उत्थान गांधीवादी कार्यक्रम में पूर्णतया शामिल नहीं हो सका। यद्यपि गांधी ने इस कार्यक्रम को बड़े ज़ोर-शोर से शुरू किया था तथापि इसकी गति को वे कायम नहीं रख पाए। कुछ विद्वानों का यह भी आरोप है कि गांधी ने अपने आश्रम में एक जनजातीय परिवार को अपनाया, लेकिन वित्तीय मददकर्ताओं के दबाव के आगे वे तुरंत झुक गए तथा उन परिवार को आश्रम से अलविदा कह दिया। इसी तरह कुछ आलोचकों का यह मत है कि हरिजन सेवक संघ को कांग्रेसी प्रचार की एक एजेंसी के रूप में स्थापित किया गया था, न कि समाज में हरिजनों के उत्थान के लिए।[23] मंदिर प्रवेश के मुद्दे पर भी डा. भीमराव अम्बेडकर ने यह महसूस किया कि गांधी का रूख कार्यक्रम को लागू करते समय बेहद रूखा और अनिच्छा भरा तथा आधे-अधूरे मन वाला था।[24] गांधी के इस दोहरे रूख के कारण दलित वर्गों में पृथक राजनीतिक प्रतिनिधित्व की माँग शुरू हो गई। साइमन कमीशन तथा गोलमेज कांफ्रेस में उठाई गई माँगें दलितों की इसी सोच की स्पष्ट अभिव्यक्ति थी। यहाँ भी गांधी ने कठोर रवैया अपनाते हुए इस माँग की पूर्ति रूकवाने के लिए आमरण अनशन शुरू कर दिया। इस मुद्दे पर गांधी की इस कार्रवाई को राष्ट्र की स्वतंत्रता के प्रति उनके दृष्टिकोण के आधार पर उचित ठहराया जा सकता है। लेकिन इसने निश्चित रूप से समाज में उच्च और निम्न वर्गों के बीच मनमुटाव का बीज बो दिया राष्ट्रीय एकता को सुनिश्चित करने के बजाय गांधीवादी कार्यक्रमों ने कुछ हद तक जातीय मनमुटाव को स्थापित करने का काम किया। उपरोक्त तथ्यों ने राष्ट्रीय स्वतंत्रता आंदोलन के दौरान विशिष्ट तथा सामान्य दोनों वर्गों की मानसिकता को कई स्तरों पर गहराई से प्रभावित किया।

उपरोक्त आलोचनाएँ कई स्तरों पर विसंगतिपूर्ण व अतिश्योक्तिपूर्ण हो सकती हैं क्योंकि विभिन्न मुद्दों पर समय-समय पर गांधी के विचार और दर्शन में परिवर्तन दृष्टिगोचर होते रहे हैं। इन सब के अतिरिक्त उनके विचारों को स्वतंत्रता प्राप्ति के उनके संघर्ष के व्यापक ढाँचे में देखने और समझने की ज़रूरत है। स्वतंत्रता आंदोलन के स्वरूप और संदर्भ में समय-समय पर होने वाले परिवर्तनों ने भी उन्हें कुछ मुद्दों को प्राथमिक तथा कुछ मुद्दों को गौण बनाए रखने के लिए प्रेरित किया। यद्यपि व्यापक फलक में देखा जाए तो धर्म के संबंध में उनके विचार उदार और धर्मनिरपेक्ष थे, लेकिन वे निश्चित रूप से हिंदू धर्म के ढाँचे में सुकून महसूस करते थे। इसी तरह कई अवांछित और अनचाही चीज़ों ने भी उनके वैचारिक धरातल पर हलचल

पैदा कर दी। हिंदू-मुस्लिम वैमनस्य तथा एकता का प्रश्न ऐसा ही एक उदाहरण है। देश की आज़ादी को अपना सर्वोच्च लक्ष्य मानने की उनकी सोच ने उन्हें कुछ मुद्दों पर समझौता करने के लिए बाध्य कर दिया।

निष्कर्ष

उपरोक्त विश्लेषण से यह जान पड़ना स्वाभाविक है कि राष्ट्रवाद पर गांधी के विचारों के बारे में कोई स्पष्ट राय कायम करना टेढ़ी खीर है। इस उलझन और दुर्बोध्यता का कारण गांधीवादी दर्शन की जटिलता तथा औपनिवेशिक साम्राज्य के विरुद्ध भारतीय संघर्ष के परिस्थितिजनक संदर्भों में होने वाले त्वरित एवं जटिल बदलाव हैं। स्वतंत्रता संघर्ष के अंतिम तीन दशकों में गांधी के दृष्टिकोण यदि विरोधाभासी नहीं तो परिवर्तनशील ज़रूर रहे हैं। इसी प्रकार भारतीय स्वतंत्रता संग्राम के सामाजिक-राजनीतिक गत्यात्मकता ने हिंदू-मुस्लिम समन्वय व सह-अस्तित्व की अवधारणा को समय-समय पर प्रभावित किया है तथा उसमें बदलाव के बीज बोए हैं। इन सबका गांधी सहित स्वतंत्रता संघर्ष के अन्य नेताओं पर गहरा प्रभाव पड़ा।

संपूर्ण विसंगतियों के बावजूद भी गांधी का राष्ट्रवाद वर्ग, जाति, धर्म या संप्रदाय जैसे संकुचित विचारों से पूर्णतया मुक्त था। राष्ट्र तक के संदर्भ में वह क्षेत्रगत सीमाओं से बँधे नहीं थे तथा राष्ट्रवाद और अंतर्राष्ट्रीयतावाद को वे एक दूसरे का पूरक मानते थे। यद्यपि व्यापक फलक में उनकी सोच धर्मनिरपेक्ष थी तथापि हिंदू-मुस्लिम एकता पर उनकी अवधारणा पेंडूलम की तरह झूलती रही। उन्होंने मुस्लिम समुदाय को भारतीय सभ्यता के बाहर एक स्वतंत्र समुदाय मानने से भी इंकार कर दिया। एक ओर उन्होंने खिलाफ़त आंदोलन के समर्थन के औचित्य को ढूँढ़ना ज़रूरी नहीं समझा, वहीं दूसरी ओर वह राजनीति में धर्म के प्रयोग को उचित नहीं ठहरा सके क्योंकि यह मुस्लिमों के लिए अलग राज्य की स्थापना का मार्ग प्रशस्त करता। इस तरह के अंतर्विरोधों को कुछ विद्वानों ने इस आधार पर सही ठहराया है कि गांधी ने दक्षिण अफ्रीका के अपने आंदोलन में मुस्लिम समर्थन को गलत अर्थों में ले लिया। वहीं कुछ ने इसे गांधीवादी सोच में निरंतर बदलावों का नतीजा माना। फिर भी, भारतीय स्वतंत्रता संग्राम में व्यापक जन भागीदारी सुनिश्चित कर गांधी ने महत्त्वपूर्ण सफलता हासिल की। उन्होंने आंदोलनों की सफलता के लिए कई व्यावहारिक, ठोस और रचनात्मक कार्यक्रम सफलतापूर्वक क्रियान्वित किए।

अंत में, निष्कर्ष के तौर पर यह कहा जा सकता है कि गांधी के विचारों की जो भी सीमाएँ रहीं हो, लेकिन यह तय करना कठिन नहीं है कि उन्होंने भारत की विविधतापूर्ण सामाजिक, राजनीतिक और धार्मिक ताने-बाने के प्रति एक समन्वित

और सामंजस्यपूर्ण रूख लिया। इसी कारण से उन्होंने इसकी व्याख्या व्यापक सभ्यतामूलक संदर्भ में की, न कि हिंदू विचारधारा की संकुचित सोच में और इन सबसे ऊपर देश का स्वतंत्रता संग्राम उनके हृदय का केंद्रबिंदु था। इसलिए उनके वैचारिक धरातल पर कभी-कभी कुछ विचलन दीख जाते हैं।

टिप्पणी

1 कार, ई. एच., *नेशनलिज्म,* 1939, पृ. 20

2 वहीं

3 अल्योसियस, जी., *नेशनलिज्म, विदाउट ए नेशन इन इंडिया,* देहली, ऑक्सफोर्ड यूनिवर्सिटी प्रेस, 1997

4 प्रमुख कैम्ब्रिज इतिहासकारों में शामिल हैं—पार्सिवाल स्पीयर, डंकन, फोर्ब्स, जॉन गैलगर, सी. ए. बेयली. जुडिथ ब्राउन, रॉबिंसन, अनिल सिप्ल, रिचर्ड गोर्डन, डेविड वाशब्रूफ, सी. जे. बेकर, सर वेंलंटाइन चेरोल आदि। विस्तार के लिए देखें दत्ता, वी. एन., 'इंटरप्रेटिग इंडियन नेशनलिज्म' *प्रोसीडिंग्स ऑफ इंडियन हिस्ट्री कांग्रेस,* बोधगया, 1981, पृ. 15-22 (आधुनिक भारत की 42वीं बैठक का अध्यक्षीय भाषण)

5 यादव, आर. एस., 'गांधीयन पर्स्पेक्टिव ऑन इंडियन नेशनलिज़्म' *जर्नल ऑफ गांधीयन स्टडीज,* जिल्द-3, नं. 3, 2005, पृ. 1-15

6 परेल, एथंनी जे., (सं), *गांधी—हिंद स्वराज एंड अदर राइटिंग्स,* कैम्ब्रिज यूनिवर्सिटी प्रेस, लंदन, 1997, पृ. 21

7 हार्डिमैन, डेविड, *गांधी इन हिज टाइम एंड आवर्स,* नई दिल्ली, परमानेंट ब्लैक, 2003, पृ. 12-38

8 कुमार, रविंदर, 'कास्ट, कम्यूनिटि ऑर नेशन? गांधीज् क्वेस्ट फार ए पॉपुलर कन्सेंशस इन इंडिया', *एसेज इन द सोशल हिस्ट्री आफ मॉर्डन इंडिया,* नई दिल्ली, 1993, पृ. 51

9 पारेख, भीखू, *गांधीज पॉलिटिकल फिलासफीः ए क्रिटिकल एक्जामिनेशन,* दिल्ली, अजंता, 1991, पृ. 189

10 फिशर, लूई, *आन महात्मा गांधी* लंदन, 1951, पृ. 430

11 विस्तार के लिए देखें, संगारी, कुमकुम, 'नेरेटिव ऑफ रेस्टोरेशनः गांधीज लास्ट इयर्स एंड नेहरूवियन सेकुलरिज्म' *सोशल साइन्टिस्ट,* जिल्द 3-4, मार्च-अप्रैल 2002, पृ. 3-35

12 अनादवत्त, नलिन, *इन्टरनेशनल पॉलिटिकल थाट्स आफ गांधी, नेहरू एंड लोहिया,* नई दिल्ली, भारतीय काल, 2002, पृ. 33

13 चन्द्र, विपिन, *इंडियन नेशनल मूवमेंटः दी लांग-टर्म आफ डायनामिक्स,* नई दिल्ली, विकास, 1988, पृ. 14-15

14 वहीं, पृ. 20-29

15 आल्योसियस, उपर्युक्त, पृ. 188

16 वहीं, पृ. 184

17 नटराजन, एस., *ए सेंचुरी ऑफ सोशल रिफार्म,* बॉम्बे, एशिया 1909, पृ. 133, कीर, धनंजय, *महात्मा गांधी,* बॉम्बे, पॉपुलर, 1973, पृ. 312, और कुमार, रविंदर, *नेशलिज्म एंड सोशल चेंज,* नई दिल्ली, 1983, पृ. 28

18 दास, अरविंद, एन., *अग्रेरियन अनरेरिस्ट एंड सोशियो-इकानोमिक चेंज इन बिहार, 1900-1980,* दिल्ली, मनोहर, 1983, पृ. 90-100

19 पारेख, उपर्युक्त, पृ. 189

20 वहीं, पृ. 185-188

21 ब्राउन, जूडिथ, *गांधी टाइम टू पॉवर,* लंदन, कैम्ब्रिज यूनिवर्सिटी प्रेस, 1972, पृ. 345

22 घोष, सुनिति कुमार, *इंडिया एंड दी राज,* कलकत्ता, प्राची, 1989, पृ. 23-210., ब्राउन, जुडिथ, *गांधी एंड सिविल डिसओवियस,* कैम्ब्रिज, 1977, पृ. 340, चंद्र, विपिन, *नेशनलिज्म एंड कोलोनियलिज्म इन मार्डन इंडिया,* दिल्ली, ओरियंट लाँग्मैन, 1979, पृ. 128 और पारेख, भीखू, *कोलोनियलिज्म ट्रेडिशन एंड रिफार्म,* नई दिल्ली, सेज, पृ. 211

23 अम्बेडकर, बी. आर., *ह्वाट कांग्रेस एंड गांधी हैव इन टू अनटचेबल्स,* बॉम्बे, ठक्कर एंड कंपनी, 1945, पृ. 143, ब्राउन, उपर्युक्त पृ. 357 और श्रद्धानन, स्वाती, तथा अन्य, *इनसाइड कांग्रेस,* बॉम्बे, फीनिक्स 1946, पृ. 190

24 अम्बेडकर, वहीं, पृ. 7 और 125

8

सांप्रदायिक एकता एवं गांधी

सुमन कुमार

गांधी के मन में सांप्रदायिक एकता का विचार दक्षिण अफ्रीका के आंदोलन के दौरान ही पनप चुका था। दक्षिण अफ्रीका में भारत के विभिन्न प्रांतों एवं क्षेत्रों के लोग रहते थे। उनमें भाषाई, धार्मिक एवं अन्य मतभेद स्पष्ट थे। लेकिन वहाँ भारतीय मूल के सभी लोगों ने अपने संकीर्ण मतभेदों को भुलाकर गांधी को एक समुदाय के रूप में सहयोग दिया। गांधी जब भारत लौट कर आए तो उनकी धारणा बन चुकी थी कि भारत में स्वराज की स्थापना सांप्रदायिक एकता के बिना असंभव है। अपने इसी स्थापना के तहत गांधी ने अपने सभी आंदोलनों में सांप्रदायिक एकता को सर्वप्रमुख रखा।

भारतीय संदर्भ में गांधी ने हिंदू-मुस्लिम एकता को सांप्रदायिक सद्भाव की दिशा में प्रमुख बिंदु माना। यदि उनके बीच एकता स्थापित हो जाती है तो अन्य संप्रदाय के लोग इसकी एकता को और सुदृढ़ एवं प्रगाढ़ करेंगे।

दक्षिण अफ्रीका में गांधी एक मुस्लिम बंधु के विधिवक्ता के रूप में गए थे। वहाँ बसे भारतीय एवं एशियाई लोगों के नागरिक अधिकारों के लिए गांधी ने आंदोलन शुरू किया। वहीं उन्होंने 'सत्याग्रह' का अपना प्रारंभिक प्रयोग किया। अधिकारों की यह लड़ाई न तो हिंदुओं की थी, न ही मुसलमानों की, बल्कि भारतीयों की थी। उन्होंने सभी संप्रदाय के लोगों को आपसी मतभेदों को भुलाकर एकजुट होकर संघर्ष करने को कहा। गांधी लिखते हैं कि 'मैं बीस वर्षों तक मुसलमान बंधुओं के बीच रहा।

उन्होंने मुझसे अपने परिवार के सदस्य की तरह व्यवहार किया और अपने पत्नी एवं बहनों से कहा कि मुझसे पर्दा करने की ज़रूरत नहीं है।'[1] दक्षिण अफ्रीका के प्रवास के दौरान गांधी ने वहाँ न सिर्फ़ हिंदू बल्कि मुसलमान, सिख, पारसी के साथ-साथ विश्व के सभी धर्मों के सच्चे अनुयायियों के संपर्क में आए। अनुभवों ने उन्हें यह भी सिखाया कि हिंदुओं एवं मुसलमानों के बीच सांप्रदायिक सौहार्द्र नहीं है। यह सिर्फ़ ऊपरी सतह तक सीमित है। गांधी ने हिंदू-मुस्लिम एकता के लिए प्रत्येक अवसर का सदुपयोग किया। भारत में आने के पश्चात भी गांधी के दर्शन में 'सांप्रदायिक एकता' एवं 'सत्याग्रह' प्रमुख तत्त्व रहे। 'मैं दो बातों के लिए अपना जीवन समर्पित करता हूं—हिंदुओ एवं मुसलमानों के बीच स्थायी एकता और सत्याग्रह, सत्याग्रह के प्रति ज़्यादा, क्योंकि इसका दायरा विस्तृत है। सत्याग्रह के पालन से एकता स्वयं आ जाएगी।'[2] सत्य यह है कि सभी धर्मों का सार एक है—मानवता। सत्य का पालन सहिष्णुता से होता है न कि उग्रता से।

भारत में सदियों से हिंदू एवं मुसलमान साथ-साथ रहे हैं। गांधी कहते हैं, 'मेरा संपूर्ण भारत का अनुभव यह बताता है कि हिंदू और मुसलमान दोनों एक साथ शांतिपूर्वक रहना जानते हैं। मैं यह मानने के लिए तैयार नहीं हूँ कि लोगों ने कई पीढ़ियों तक साथ रहने के अनुभव को अलविदा कह दिया है।'[3] विरोधाभास या विद्वेष अस्थाई है। हिंदू और मुसलमान दोनों ही बंधु-बांधव हैं।

'भारतीय संस्कृति उन विभिन्न संस्कृतियों का संश्लेषण है जो इस देश में रच-बस गई हैं और जिन्होंने भारतीय जीवन को प्रभावित किया है तथा स्वयं इस धरती की आत्मा से प्रभावित हुई हैं। स्वभावतया इस संश्लेषण का स्वरूप स्वदेशी है जिसमें हर संस्कृति के लिए उचित स्थान सुनिश्चित है।'[4] यह न तो हिंदू है, न ही इस्लामी है। प्रत्येक भारतीय का यह दायित्व है कि वह इस भारतीय संस्कृति की रक्षा करे, इसकी कद्र करे।

'हिंदू-मुस्लिम एकता का अर्थ केवल हिंदुओं और मुसलमानों के बीच एकता नहीं है बल्कि उन सब लोगों के बीच एकता है जो भारत को अपना घर समझते हैं, उनका धर्म चाहे जो भी हो।'[5] राष्ट्रीय जीवन में एकता के लिए प्रेम आवश्यक है। प्रेम धर्म का आधार भी है। प्रेम के आधार पर मैत्री होनी चाहिए। यदि एक संपद्राय भी प्रेम के मार्ग का अनुसरण करेगा तो राष्ट्रीय एकता कायम रहेगी। इसलिए हिंदू-मुस्लिम एकता आवश्यक है। इसक अर्थ यह है कि हमारा लक्ष्य समान हो। हम एक-दूसरे के सुख-दुख के साथी बनें। हम सहिष्णुता की भावना के साथ एक दूसरे को सहयोग करें। गांधी के मन में हिंदुओं के लिए जितना प्रेम था उतना ही प्रेम मुसलमानों के लिए भी था। उन्होंने कहा है, 'मैं जानता हूँ कि यदि मेरे

जीवनकाल में नहीं तो मेरी मृत्यु के बाद हिंदू और मुसलमान, दोनों इसके साक्षी होंगे कि मैंने सांप्रदायिक शांति की लालसा कभी नहीं छोड़ी।'[6] सांप्रदायिक भावना सभी पक्षों को हानि पहुँचाती है चाहे कोई व्यक्ति प्रत्यक्ष या अप्रत्यक्ष रूप से इसमें शामिल हो या न हो। यह एक बहुमुखी राक्षस है।

गांधी के मतानुसार प्रत्येक व्यक्ति को अन्य धर्मों का आदर करना चाहिए। सांप्रदायिक समस्या के समाधान की कुंजी यह है कि प्रत्येक व्यक्ति अपने धर्म की सवोत्कृष्ट बातों को माने और अन्य धर्मों तथा उनके मानने वालों को उचित सम्मान दे।[7] हिंदू धर्म में विश्व के सभी धर्मों की उत्कृष्ट बातों का समावेश है। सभी संप्रदायों का भाईचारा भारतीय संस्कृति की विशेषता है। अंग्रेज़ों के शासनकाल में हमारी यह विरासत नष्ट हो गई है परंतु यह एक अस्थाई घटना है। सांप्रदायिक एकता भारत में स्थापित होकर रहेगी।

गांधी दर्शन सभी धर्म-मजहबों की बुनियादी एकता पर आधारित है। यह गांधी का सर्वधर्म संभाव है। 'मानवता' का संरक्षण सभी धर्मों एवं मजहबों का बुनियादी सिद्धांत है। सभी धर्म यह उपदेश देते हैं कि दुनिया के सब इंसान भाई-भाई हैं। सब इंसान बराबर हैं। न कोई बड़ा है न छोटा। सभी धर्मों ने क्षमा को अपने बुनियादी सिद्धांतों में सबसे बड़ा दर्जा दिया है। धर्म बुराई का बदला भलाई से देने का मार्ग सुझाते हैं। जहाँ भलाई है, वहाँ प्रेम है। जहाँ प्रेम हैं, वहाँ अहिंसा है। जहाँ अहिंसा है, वहाँ सत्य है। जहाँ सत्य है वहाँ धर्म है। गांधी ने जहाँ एक ओर हिंदू धर्म ग्रंथों—वेदों, उपनिषदों, पुराणों और गीता आदि—का अध्ययन किया वहीं दूसरी ओर कुरान और पैगंबर साहब की जीवनी का भी अध्ययन किया। इतना ही नहीं, उन्होंने बाइबिल, गुरूग्रंथ साहिब, बौद्ध धर्म, जैन धर्म तथा पारसी धर्म ग्रंथों का भी अध्ययन किया। इन सब के अध्ययन से उभरे सार-तत्त्व ने उन्हे यह आभास कराया कि सब धर्मों में बुनियादी एकता है।

'धर्म' शब्द की उत्पत्ति संस्कृत के शब्द 'धर्मधृ' से हुई है जिसका अर्थ है—धारण करना, संभालना। जो सबको संभाले और मिलाए रखे वही धर्म है। धर्म हमें कर्त्तव्य का बोध कराता है। यह आचरण एवं व्यवहार की एक पद्धति है। सबके सुख के लिए सोचना और इसके लिए प्रयत्न करना ही धर्म है। धर्म का विस्तार मनसा, वाचा, कर्मणा, तीनों ही रूपों में होना चाहिए। गांधी दर्शन में धर्म का अर्थ एक 'सेक्ट' नहीं है, बल्कि यह एक शक्ति है जो सत्य के आधार पर मानवता के बीच समन्वय स्थापित करती है। वह एकता लाती है और आस्था जागृत करती है। परंतु यह तभी संभव है जब मानव अपने आपको संपूर्ण समुदाय का एक हिस्सा माने। धर्म का मतलब अंग्रेज़ी में 'रिलिजन' होता है। यह धर्म शब्द का तुलनात्मक अर्थ है न कि

शाब्दिक अर्थ। धर्म का संबंध नैतिकता अथवा आचरण के नियमों से होता है। वास्तव में धर्म जीवन-प्रणाली है। यह जीवन के अन्य लक्ष्यों में सामंजस्य लाती है। यह किसी वस्तु का वह मूल तत्त्व है, जिसके कारण वह वस्तु वह है।

नैतिकता मानव जीवन का आधार है। नैतिकता समाज में व्यक्ति की प्रगति की सूचक है। यह 'व्यक्ति' के विकास और व्यक्ति के लिए विकास में अंतर करती है। नैतिकता से परे होकर प्रगति विकास को खोखला बनाती है। विश्व में शांति, सुख एवं समन्वय नैतिकता पर ही आधारित हैं। गांधी के अनुसार धर्म और नैतिकता एक दूसरे के पूरक हैं। 'सच्चा धर्म एवं सच्ची नैतिकता ऐसे बंधन में बँधी हैं कि उन्हें एक दूसरे से अलग नहीं किया जा सकता। नैतिकता के लिए धर्म उसी प्रकार है जैसे बीज के लिए पानी और मिट्टी।[8] किसी भी धार्मिक दर्शन का नैतिकता से टकराव हो ही नहीं सकता है। धर्म नैतिकता के विकास में सहायता करता है। नैतिकता के पालन के बगैर सत्य तक पहुँचना कठिन है। व्यावहारिक जीवन में धर्म और नैतिकता का संश्लेषण होना चहिए। 'धर्म, नैतिकता, नीति आदि शब्द एक दूसरे के पर्यायवाची हैं। धर्म के बिना नैतिकता का जीवन उसी प्रकार है, जैसे बालू में बनाया घर। नैतिकता से अलग धर्म वह पीतल है जिससे कोई आवाज़ नहीं निकलती है यानि वह घंटा नहीं है।

गांधी का हिंदूवाद रूढ़ीवादी नहीं था। यह बचपन से उनके स्वभाव एवं व्यवहार में रचा-बसा था। विश्व के अनेक धर्मों का अध्ययन करने के बाद गांधी ने अपने आप को सनातनी हिंदू घोषित किया। सनातनी हिंदू वह है जिसका धर्म 'मानव धर्म' है। इसमें मजहबी कट्टरता नहीं है। 'सत्य' मेरा धर्म है और अहिंसा इसे प्राप्त करने का एकमात्र माध्यम है। हिंदू धर्म प्रत्येक व्यक्ति से अपनी आस्था के अनुसार 'भगवान' की पूजा करने के लिए कहता है। यही कारण है कि हिंदू धर्म सभी धर्मों के प्रति सहिष्णुता का भाव रखता है।

गांधी की राजनीति में धर्म का महत्त्वपूर्ण स्थान है। उनके अनुसार राजनीति धर्म के समावेश से पुष्ट होती है। धर्म के प्रत्यय को उन्होंने एक व्यापक एवं उदात अर्थ में ग्रहण किया है। इसमें हिंदू, मुस्लिम, सिख, ईसाई सभी धर्म शामिल हैं। अगर इसका एक भी कोना गलत हुआ तो स्वराज की सूरत बदल जाएगी। भारत में अधिकांश विचारकों की यह मान्यता रही है कि धर्म और राजनीति में कोई सरोकार नहीं है। गांधी के अनुसार धर्मविहीन राजनीति का कोई अस्तित्व नहीं है। धर्म एवं नीतिशून्य राजनीति सर्वथा त्याज्य है। राजनीति में धर्म को शामिल करने से उसकी पवित्रता बढ़ती है। राजनीति धर्म की अनुगामिनी है। बिना धर्म के राजनीति एक मुर्दा के समान है। धर्म को गांधी ने उसके सामान्य प्रचलित अर्थ में

ग्रहण नहीं किया है। धर्म का अर्थ कट्टर पंथ नहीं है, उसका अर्थ है एक नैतिक व्यवस्था में श्रद्धा।

धर्म का संबंध किसी जाति या वर्ग विशेष से नहीं है। धर्म 'रामराज्य' की स्थापना करता है। यहाँ रामराज्य का आशय राजा राम के शासन की स्थापना नहीं है। गांधी के राम दशरथ के कुंवर या सीता के पति राम नहीं हैं। उनके रामराज्य का आशय है—धर्म, प्रेम और न्याय का राज्य यानि अहिंसक स्वराज। गांधी ने कहा है, 'राम तो अजन्मा है। वे तो सृष्टि को पैदा करने वाले हैं। संसार के स्वामी हैं। इसलिए हम जिस राम का स्मरण करना चाहते हैं और जिनका अनुसरण करना चाहिए, वे राम हमारी कल्पना के राम हैं दूसरे की कल्पना के राम नहीं।'

भारत की गुलामी के दौर में गांधी ने इस बात की आवश्यकता को समझ लिया था कि यदि साम्राज्यवादी ताकतों से लड़ना है तो हिंदू-मुस्लिम एकता उसकी प्रारंभिक व पूर्ववर्ती शर्त है। इसकी आवश्यकता सिर्फ़ इस संदर्भ में नहीं है कि हिंदू-मुस्लिम एकता हो जाएगी तो देश स्वतंत्र हो जाएगा। इन सांप्रदायिक सद्भाव से आपसी प्रेम एवं भाईचारा बढ़ता है।

गांधी कहते थे कि मेरे ईश्वर के अनेक रूप हैं। कभी मैं उन्हें सांप्रदायिक एकता के रूप में देखता हूँ, कभी छुआछूत के उन्मूलन में देखता हूँ। सभी धर्मों का सार ही ईश्वर की उपासना है। परंतु मैं ऐसा भी नहीं सोचता हूँ कि एक समय ऐसा आ जाएगा जब धरती पर व्यवहार में एक ही धर्म होगा। प्रत्येक व्यक्ति में ईश्वर की परिकल्पना अलग-अलग होती है, इसलिए व्यावहारिक रूप में अलग-अलग धर्म धरती पर बने रहेंगे। ईश्वर सत्य का रूप है। ईश्वर से साक्षात्कार का अर्थ है सत्य से साक्षात्कार।

प्रेम का मार्ग सभी धर्मों का मार्ग है। प्रेम सत्य है और सत्य ईश्वर है। इसलिए सभी धर्म ईश्वर से साक्षात्कार के लिए अलग-अलग मार्ग हैं। गांधी ने इसलिए सभी धर्मों के सम्मान की बात कही। कोई भी धर्म आपने आपको उच्च एवं दूसरे धर्म को नीचा नहीं बताता है।

सहिष्णुता की भावना सांप्रदायिक एकता के लिए आवश्यक है। सहिष्णुता की भावना मज़बूत करने के लिए दूसरे धर्मों का अध्ययन करना आवश्यक है। अज्ञानता एवं अनभिज्ञता रूढ़िवादिता का कारण है। इसी कारण से कट्टरता जन्म लेती है। कट्टरता धर्म से नहीं निकलती है बल्कि धर्म का नाश करती है। धर्म के माध्यम से व्यक्ति अपनी गतिविधियों एवं कार्यों में सत्य का अनुसरण करता है।

सांप्रदायिकता विशुद्ध लौकिकता है। यह एक मनःस्थिति है कि किसी के धर्म अथवा विश्वास पर संकट विद्यमान है और उसका सामना उस धर्म के सदस्यों द्वारा

किया जाना चाहिए। इस प्रकार सांप्रदायिकता धर्म की आड़ लेती है और यह एक आक्रामक विचारधारा है। इसका वास्तविक उद्देश्य सत्ता एवं सुख प्राप्त करना होता है। इसलिए व्यवहार में यह प्रतिक्रियागामी है और संकुचित स्वार्थों का एक रूप है।

गांधी के समय में सांप्रदायिक तनाव के जो कारण थे वे स्वतंत्रता-प्राप्ति के इतने वर्षों बाद आज उसी रूप में विद्यमान नहीं हैं। परंतु सांप्रदायिक तनाव का जो बीज उस वक्त बो दिया गया था, उसकी फसल आज भी पक रही है और देश को इसका दंश समय-समय पर महसूस होता रहता है। सांप्रदायिकता का बीज बोए जाने के कुछ कारण इस प्रकार हैं: 1) हिंदूओं और मुसलमानों के उग्र नेताओं के बीच बढ़ता विवाद, 2) अहिंसा के प्रति वचनबद्धता की कमी, 3) अंग्रेजों की 'फूट डालो और राज करो' की नीति, 4) ईसाई मिशनरियों के द्वारा धर्म परिवर्तन तथा आर्य समाजियों द्वारा पुनःशोधन, 5) गैरज़िम्मेदार प्रेस द्वारा सांप्रदायिक मुद्दों को उछालना, 6) मुस्लिम लीग द्वारा प्रचारित हिंदूओं के प्रति घृणा का भाव एवं जेहाद का आह्वान, 7) मुस्लिम लीग द्वारा अल्पमत के नाम पर धार्मिक उन्माद पैदा करने की हिंदू बहुमत द्वारा बराबरी करने की चेष्टा, 8) लार्ड मिंटो की सांप्रदायिक अलगाव की नीति।

मुस्लिम लीग का अलगाववाद एवं हिंदुओं की उग्रता ने भारत में सांप्रदायिक सद्भाव को नष्ट करने में जो भूमिका निभाई, उसके दूरगामी प्रभाव स्पष्ट हैं। इस समस्या से निपटने के लिए गांधी ने जो मार्ग सुझाया उसे इस प्रकार समझा जा सकता है:

नैतिक उपाय: 1) सहिष्णुता, 2) आपसी विश्वास, 3) भयमुक्त वातावरण, 4) अहिंसा के प्रति पूर्ण समर्पण, 5) समझौता की प्रक्रिया में विश्वास।

धार्मिक उपाय: 1) ऐच्छिक धर्म परिवर्तन न कि बल प्रयोग द्वारा, 2) मस्जिद के समक्ष संगीत से परहेज, 3) आपसी समझदारी से गाय का संरक्षण।

राजनीतिक उपाय: 1) सांप्रदायिक मताधिकार समाप्त करना, 2) सांप्रदायिक आधार पर हित का प्रश्रय न करना, 3) दुर्भावनापूर्ण प्रचार की निंदा, 4) सांप्रदायिक समझौते न करना, 5) राष्ट्रीय प्रतीक जैसे राष्ट्रीय झंडा, राष्ट्रगान आदि के माध्यम से राष्ट्रीयता का विकास।

सांप्रदायिक दंगों को रोकने के लिए गांधी ने अनेक उपाय बताए जिनमें सुधार, पुनर्वास आदि शामिल हैं। परंतु अहिंसात्मक सत्याग्रह इनमें प्रमुख है। भूख हड़ताल दंगों को रोकने का आखिरी प्रयास है जिसका गांधी ने अपने जीवन में पाँच बार सफल प्रयोग किया। सांप्रदायिक एकता की आवश्यकता के बारे में सभी सहमत हैं। लेकिन प्रत्येक व्यक्ति यह नहीं जानता है कि इस एकता का अर्थ राजनीतिक

एकता नहीं है जो आरोपित हो सकती है। इसका अर्थ है हृदय की अटूट एकता। प्रत्येक कांग्रेसी इसके लिए उन सभी लोगों से व्यक्तिगत मित्रता करें जो दूसरे मत के अनुयायी हैं।

आधुनिक राजनीतिक आंदोलन के इतिहास में 'सत्याग्रह' और 'अहिंसा' गांधी की देन हैं जो न सिर्फ़ राजनीति के लिए नहीं, बल्कि संपूर्ण मानवता के लिए वरदान हैं। सत्याग्रह एवं अहिंसा का मार्ग सांप्रदायिक सद्भाव का मार्ग है। गांधी हिंदू-मुस्लिम संप्रदायों में एकता की भावना लाना चाहते थे। परन्तु उन्होंने जितना ही इस समस्या को सुलझाने की कोशिश की उतनी ही वह उलझती चली गई। भारत में राष्ट्र-निर्माण की प्रक्रिया में दोनों ही संप्रदाय के लोगों की भूमिका रही है। 'सत्य' एवं 'अहिंसा' के मार्ग को त्यागने के कारण हिंदू एवं मुस्लिम संप्रदाय के बीच दरार बढ़ती गई और भारत में आज भी सांप्रदायिक सद्भाव का लक्ष्य पूर्ण रूप से प्राप्त नहीं हो पाया है।

गांधी धर्मनिरपेक्षता, राष्ट्रवाद एवं देश की एकता के समर्थक रहे हैं। सहिष्णुता एवं सभी धर्मों का एक समान महत्त्व भारतीय सांप्रदायिक सद्भाव की कुंजी है। सत्याग्रह एवं अहिंसा के मार्ग से अलग हट कर सभी सांप्रदायिक ताकतों, चाहे वे हिंदूवादी हों या इस्लाम के समर्थक, ने गांधी का विरोध किया है। गांधी का सहिष्णुता, प्रेम और अहिंसा का मार्ग धार्मिक राष्ट्रवाद की भावना को शिथिल करता है। धार्मिक राष्ट्रवाद घृणा एवं हिंसा पर फलता-फूलता है।

सभी धर्मों का सार यानि 'सत्य' को प्राप्त करने की कुंजी 'सत्याग्रह' एवं 'अहिंसा' का मार्ग है। यही कारण है कि गांधी ने बदले की भावना की जगह शांति एवं दया के मार्ग पर चलने का सुझाव दिया। उनका कहना था, 'बदले की भावना आदम के समय से प्रयोग की जा रही है और विफल होती रही है। इसके जहरीले प्रभाव को हम झेल रहे है। हिंदुओं को मंदिर के बदले में मस्जिद नहीं तोड़नी चाहिए। यह दासता है। यदि एक हज़ार मंदिरों को भी तोड़ कर मिट्टी में मिला दिया जाए तो भी एक भी मस्जिद को मैं हाथ नहीं लगाऊँगा और इस तरह से अपने विश्वास की सर्वोच्चता को उन्माद के विष से ऊपर रखने की उम्मीद करूँगा।'[9] यह गांधी का नैतिकता का बल है।

गांधी ने रचनात्मक कार्यक्रम के माध्यम से एक निर्भीक, आत्मनिर्भर तथा मानवतावादी समाज को जन्म देने का प्रयास किया। उन्होंने राष्ट्रीय स्वतंत्रता संग्राम के साथ-साथ इन कार्यक्रमों के जरिए भारत को एक सूत्र में बाँधने, सांप्रदायिक सद्भाव का विकास करने और अमीर-गरीब का भेद मिटाने का प्रयास किया। गांधी के रचनात्मक कार्यक्रम में अठारह कार्य शामिल थे। इनमें प्रमुख थेः सांप्रदायिक

एकता, अस्पृश्यता निवारण, शराबबंदी, ग्रामोद्योग का विकास, बुनियादी शिक्षा, नारी उत्थान तथा आर्थिक समानता।

भारत में सांप्रदायिक सद्भाव की संस्कृति हमेशा से रही है। अंग्रेज़ों के आने एवं उनके शासन के मज़बूत होने के साथ-साथ इस परंपरा को सोची-समझी राजनीति के हिस्से के अंतर्गत अस्थिर किया गया। यहाँ अंग्रेज़ी शासन को अपनी नींव मज़बूत करनी थी और इसके लिए यह आवश्यक था कि भारत का सांप्रदायिक सौहार्द का वातावरण नष्ट हो। 15 अगस्त 1947 को जब सारा देश आज़ादी के जश्न में डूबा हुआ था तब गांधी कोलकाता के गांवों में पदयात्रा कर रहे थे। उनका उद्देश्य था भारत में सांप्रदायिक एकता कायम करना। सांप्रदायिक एकता के लिए उन्होंने कई बार उपवास रखे। उपवास से एकता नहीं आती है, परंतु अपने इस प्रयास से गांधी ने देश की जनता एवं शासकों क ध्यान सांप्रदायिक एकता की समस्या की तरफ आकर्षित किया।

गांधी हिंदू-मुस्लिम एकता को आवश्यक मानते थे, परंतु वह यह भी मानते थे कि शक्ति या बल के प्रयोग से यह नहीं हो सकता। गांधी के अनुसार हिंसा के प्रयोग से व्यक्ति अपना आत्म-सम्मान और धार्मिक भाव खो देता है। उनका विश्वास था कि जनता लड़ना नहीं चाहती है यदि नेता न चाहे। इसलिए यदि नेतागण आपसी मतभेदों को भुला दें तथा सार्वजनिक जीवन से वैमनस्य को हटा दें तो जनता तुरंत उनका अनुसरण करेगी जैसा कि सभी सभ्य देशों में होता है।

गांधी के लिए सांप्रदायिक सद्भाव का विकास भारत के स्वतंत्रता संग्राम के साथ-साथ एक समानांतर आवश्यकता थी। इसी सांप्रदायिक सौहार्द का विकास नहीं हो पाने के कारण देश का विभाजन हुआ और गांधी की हत्या हुई। गांधी के अनुसार, 'सभी धर्मों को सांप्रदायिकता के विकराल सर्प ने अपनी कुंडली में लपेट लिया है। परिणामस्वरूप, सभी धर्म अपने आपको दूसरे धर्मों से श्रेष्ठ बताने लगे हैं। यही सांप्रदायिक समस्या की जड़ है। सभी धर्म-मजहबों के मानने वालों को चाहिए कि वे राष्ट्रहित में मिल-जुलकर रहें और आपस में पवित्र हृदय से मित्रता करें।' उन्होंने यह भी कहा, 'मैं एक ऐसे भारत के लिए काम करूँगा जिसमें गरीब से गरीब लोग भी यह महसूस करेंगे कि यह उनका देश है और उनके निर्माण में उनकी आवाज़ भी प्रभावकारी है। ऐसा भारत, जिसमें ऊँच-नीच की भावना का कोई स्थान नहीं होगा और जिसमें सभो संप्रदायों के लोग प्रेमपूर्वक रहेंगे।'

गांधी के जीवन की सबसे बड़ी महत्त्वाकांक्षा हिंदू-मुस्लिम एकता के लिए प्रभावी नेतृत्व प्रदान करना था। किंतु उन्हें सबसे बड़ी असफलता इसी क्षेत्र में मिली। उनके न चाहने पर भी देश का विभाजन हुआ और भयानक खून-खराबा हुआ। गांधी सभी

धर्मों को सहिष्णुता का पाठ पढ़ाते हुए उन्हें एक दूसरे के समीप लाना चाहते थे। दोनों समुदायों के समान हितों की चर्चा करते हुए सांप्रदायिक एकता को उन्होंने स्वाधीनता के लिए आवश्यक माना। स्वाधीनता तो मिल गई, लेकिन सांप्रदायिक एकता न आ सकी।

हिंदुस्तान और पाकिस्तान दो मुल्क बनाए जाने का गांधी ने कभी भी समर्थन नहीं किया। विविधता में एकता के सिद्धांत में उनका हमेशा विश्वास रहा। भारत में 'एकेश्वर धर्म' यानि उपासना की विधि एक हो, ऐसा गांधी ने नहीं माना बल्कि सभी धर्मों के प्रति समान व्यवहार रखना ही उन्होंने सांप्रदायिक सौहार्द की कुंजी माना। भारत में मौलिक एकता हमेशा बनी रही है, लेकिन समय-समय पर इसे विखंडित करने के प्रयास किए गए हैं। गांधी का सुझाया मार्ग भारत तो क्या संपूर्ण विश्व में सांप्रदायिक एकता को कायम रखने में सक्षम है।

टिप्पणी

1 *हरिजन*, 24 नवंबर, 1946, पृ. 410

2 *यंग इंडिया*, 14 मई, 1919

3 *हरिजन*, 16 मार्च, 1947, पृ. 52

4 प्रभु, आर. के. तथा राव, यू. आर., *महात्मा गांधी के विचार*, नई दिल्ली, नेशनल बुक ट्रस्ट, 1994, पृ. 416

5 *यंग इंडिया*, 11 मई, 1921, पृ. 148

6 वहीं

7 *हरिजन*, 4 जनवरी, 1948, पृ. 497

8 वीरराजू, गुम्मादी, *गांधीज फिलॉसाफीः इट्स रिलेवेंस टुडे*, नई दिल्ली, डिसेंट बीक्स, 1999, पृ. 34

9 इंजीनियर, असगर अली, 'गांधीज अप्रोच टू कम्यूनल प्राब्लमून', *गांधी मार्ग*, जिल्द 25, न. 3, अक्टूबर-दिसंबर, 2003

9

गांधी: नारी विषयक दृष्टिकोण

मधु झा

भारतीय जीवन शैली एवं चिंतन में गांधी के कई महत्त्वपूर्ण योगदान रहे हैं। महिला अधिकारों के विषय में उनके विचार एवं योगदान इनमें से एक है। उनके अनुसार पुरुष की तुलना में महिलाओं के लिए कोई अयोग्यता नहीं होनी चाहिए। वह पुत्र और पुत्री के साथ एक समान व्यवहार करने में विश्वास करते थे। उनके लिए किसी भी प्रकार का अन्याय हिंसा का एक रूप था। अन्य समाज सुधारकों की अपेक्षा गांधी की महिलाओं के बारे में छवि और सोच काफ़ी भिन्न रही है। महिलाओं के मुददों को संबोधित करने वालों में गांधी पहले व्यक्ति नहीं थे। सांस्कृतिक पुनर्जागरण और भारत में स्वतंत्रता के लिए राजनीतिक आंदोलन उन्नीसवीं सदी के अंत से ही शुरू हो गया था। गांधी के पदार्पण से पहले महिलाओं के प्रति समाज सुधारकों का रवैया सहानुभूतिपूर्ण होने के साथ-साथ संरक्षणात्मक था। वे महिलाओं को सुरक्षा एवं राहत प्रदान करने में विश्वास रखते थे।

निस्संदेह महिलाओं के जीवन में इन सभी समाज सुधारकों का काफ़ी योगदान रहा है। लेकिन गांधी के पदार्पण के साथ महिलाओं के विषय में एक विशेष नज़रिये की शुरुआत हुई। उनके अनुसार स्त्री न तो पुरुष के भोगने की वस्तु है और न ही पुरुष की प्रतियोगी। गांधी के सामाजिक एवं राजनीतिक चिंतन के अध्ययन से ऐसा प्रतीत होता है कि गांधी एक नारीवादी विचारक थे, जिन्होंने पितृसत्तात्मक मूल्यों के आधार पर लैंगिक समानता के मुददों का निर्माण किया और उन्हें संबोधित भी

किया। हालाँकि इसमें मतभेद है फिर भी गांधी के चिंतन की नींव हमें इन्हीं मतभेदों से प्राप्त होती है। इसलिए महिलाओं के बारे में गांधी के विचारों की समीक्षा बहुत आवश्यक हो जाती है।

समाज में महिलाओं के जीवन एवं भूमिका पर विचार प्रकट करते हुए गांधी ने कई ऐसे प्रश्नों को उठाया है जिनका महिलाओं के जीवन में बहुत महत्त्व है। ये वे प्रश्न हैं जिनसे महिलाएँ अपनी रोज़मर्रा की ज़िंदगी में जूझती रहती हैं। जिन महिला संबंधी मुद्दों पर गांधी ने अपने विचार प्रकट किए हैं उन्हें तीन अलग-अलग शीर्षकों में विभाजित किया जा सकता हैः

1) सामाजिक प्रश्न,
2) राजनीतिक प्रश्न, और
3) व्यक्तिगत प्रश्न।

1) सामाजिक प्रश्न

i) महिलाओं की भूमिका और लैंगिक आधार पर भेदभाव—रोज़मर्रा की ज़िंदगी में गांधी ने झांसी की रानी के चित्रण की अपेक्षा सीता-द्रोपदी के चित्रण पर ज़्यादा बल दिया है। महिलाओं की व्यक्तिगत शक्ति के बजाय उनके नैतिक एवं आध्यात्मिक शक्ति में गांधी की अपार आस्था रही है। गांधी महिलाओं को एक ऐसी नैतिक शक्ति के रूप में देखना चाहते थे जिनके पास अपार नारीवादी साहस हो।

गांधी के अनुसार पुरुष और स्त्री मूलतः एक हैं, इसलिए उनकी समस्याएँ भी एक जैसी होनी चाहिए। दोनों की आत्मा एक है, दोनों एक जैसा जीवन जीते हैं और दोनों की भावनाए भी एक हैं, दोनों एक दूसरे के पूरक हैं। महिलाओं के प्रति स्मृतिग्रंथों के दृष्टिकोण पर टिप्पणी करते हुए गांधी ने कहा है कि निर्दयी परंपराओं को धार्मिक स्वीकृति देना धर्म के खिलाफ़ है।

गांधी के व्यक्तिगत एवं सामाजिक अनुभवों ने उन्हें यह मानने पर मज़बूर कर दिया कि पुरुष ने हमेशा महिला को अपनी कठपुतली के रूप में इस्तेमाल किया है।[1] निस्संदेह इसके लिए पुरुष ही ज़िम्मेदार है लेकिन अंततः महिलाओं को यह निश्चित करना होगा कि उन्हें जीवन में क्या चाहिए और उनके साथ कैसा व्यवहार होना चाहिए? उनका मानना था कि यदि महिलाओं को विश्व में महत्त्वपूर्ण भूमिका निभानी है तो उन्हें पुरुषों को आकर्षित एवं खुश करने के लिए सजना-संवरना बंद कर देना चाहिए और आभूषणों से दूर रहना चाहिए।[2] गांधी का मानना था कि महिलाओं को शारीरिक इच्छाओं के संदर्भ में 'नहीं' बोलने का अधिकार है।

महिलाएँ अपने घर के अंदर एक निरस्त और पुरुषों के साथ लगी वस्तु की तरह जीती हैं और उनका ज़्यादातर समय अपने पतियों की खुशियों को पूरा करने में ही बीत जाता है। महिलाओं की इस घरेलू दासता को गांधी ने अशिष्टता का प्रतीक बताया है। महिला पुरुष की साथी है जिसे ईश्वर ने एक समान मानसिक वृत्ति दी है। उसे भी पुरुष की तरह हर कार्य में हिस्सा लेने का अधिकार है। फिर भी समाज में मौजूद रीति-रिवाज़ों के कारण एक अज्ञानी और अयोग्य पुरुष भी महिलाओं पर अपना प्रभुत्व बनाए रखता है।

गांधी यह मानते हैं कि एक समान होते हुए भी पुरुष और स्त्री के स्वरूप में बहुत भिन्नता है। अतः उनके व्यवसाय भी अलग-अलग होने चाहिए। मातृत्व की भूमिका एक ऐसी भूमिका है जो लगभग हर स्त्री को निभानी है और इसके लिए जिन गुणों का होना ज़रूरी है, उनका पुरुषों में होना अनिवार्य नहीं है।

भारतीय समाज में पुत्रों को प्राथमिकता देने की प्रथा और कन्या शिशु की भ्रूण हत्या गांधी को बहुत कष्ट पहुँचाती थी। इस लैंगिक भेदभाव पर गांधी ने अपने विचार प्रकट किए हैं। उनके अनुसार, पारिवारिक संपत्ति में बेटा और बेटी दोनों का एक समान हक होना चाहिए। उसी प्रकार, पति की आमदनी को पति और पत्नी की सामूहिक संपत्ति समझा जाना चाहिए क्योंकि इस आमदनी के अर्जन में स्त्री का भी प्रत्यक्ष या परोक्ष रूप में योगदान रहता है।[3] यदि एक पति अपनी पत्नी के साथ सही व्यवहार नहीं करता है तो गांधी के अनुसार पत्नी को अलग रहने का भी अधिकार होना चाहिए। एक पिता के कन्यादान के अधिकार की गांधी ने काफ़ी आलोचना की है क्योंकि एक बेटी को किसी की संपत्ति समझा जाना सही नहीं है।

ii) महिला और शिक्षा—गांधी के अनुसार महिलाओं को अपने प्राकृतिक अधिकारों का उपयोग करने और उनका विस्तार करने के लिए शिक्षा एक महत्त्वपूर्ण भूमिका निभाती है। महिला और पुरुष दोनों के लिए प्राथमिक शिक्षा लगभग एक जैसी होनी चाहिए, लेकिन शिक्षा के बाकी स्तरों में भिन्नता होनी चाहिए। चूँकि प्रकृति ने पुरुष और महिला को एक दूसरे से भिन्न बनाया है इसलिए यह ज़रूरी हो जाता है कि उनकी शिक्षा भी भिन्न तरीके से हो। उनके कार्य-क्षेत्र अलग-अलग हैं। जहाँ पुरुष कमाता है वहीं महिलाएँ बचत करती हैं और घर-परिवार की देखभाल करती हैं। इसलिए महिलाओं को अपने जीवनयापन के लिए कमाने की ज़रूरत नहीं है। गांधी के अनुसार एक निश्चित उम्र के बाद स्त्री और पुरुष को अलग-अलग प्रकार की शिक्षा लेने की ज़रूरत है। महिलाओं को घर के संचालन के विषय में और बच्चों की देखभाल के विषय में शिक्षा लेनी चाहिए। पुरुषों के लिए गांधी की सलाह थी कि वे अपनी पत्नियों के शिक्षक बनें और अगर वे उम्र में बहुत छोटी हों तो उनके बड़े होने तक ब्रह्मचर्य व्रत का पालन करें।

iii) महिला और विधवा प्रथा एवं बाल विवाह—बाल विवाह की प्रथा को गांधी भारतीय महिलाओं के लिए सबसे बड़ा अभिशाप मानते थे। इसी से संबंधित था बाल विधवाओं की स्थिति का मुद्दा। जब शारदा अधिनियम में शादी की उम्र 14 साल तक बढ़ाने का प्रस्ताव रखा गया तब गांधी को लगा कि यह सीमा 16 या 18 साल तक बढ़ा देनी चाहिए।[4] जो मां-बाप अपनी बेटी की शादी कम उम्र में करने की गलती कर चुके हों उनके लिए गांधी का आग्रह था कि अगर उनकी बेटी बाल विधवा हो जाए तो उसकी दूसरी शादी करा देनी चाहिए।[5]

दूसरी शादी का समर्थन गांधी ने इसलिए नहीं किया था कि वैराग्य विधान एक पितृसत्तात्मक विचारधारा का हिस्सा है जो महिलाओं के दमन का मुख्य आधार बन जाता है। यह इस बात से ज्यादा प्रेरित था कि गांधी शादी के बाहर शारीरिक संबंध को अनैतिक मानते थे। यहाँ इस बात पर विशेष महत्त्व देने की आवश्यकता है कि गांधी उस विधवापन के खिलाफ थे जो कि महिलाओं पर थोपा गया हो। 'स्वेच्छा से अपनाया हुआ' विधवापन तो एक प्रकार की सामाजिक विशेषता है, जो एक हिंदू विधवा को सामाजिक संपत्ति बना देता है।[6] 'मानवता के लिए वह एक भेंट से कम नहीं है। सहते हुए भी खुश रहने का पाठ हमें एक हिंदू विधवा ही सिखा सकती है।'

गांधी ने विधवाओं के राष्ट्र के लिए समर्पित होकर सेवा करने की अपार क्षमता पर विशेष बल दिया है। विधवाएँ शिक्षा प्रचार करते हुए गाँवों की भीतरी हिस्सों तक पहुँचकर भारत की अनेक समस्याओं का समाधान कर सकती थीं। बाल विधवा होने की स्थिति को समाप्त करने और विधवा जीवन को गरिमा प्रदान करने के लिए गांधी निम्नलिखित नियमों का पालन ज़रूरी मानते थे[7]:

क) किसी भी पिता को 15 साल से कम उम्र में अपनी बेटी की शादी नहीं करनी चाहिए।

ख) यदि 15 साल से कम उम्र में किसी लड़की की शादी हो जाए और वह विधवा हो जाए तो उसके पिता का कर्त्तव्य है कि वह उनकी दूसरी शादी कर दे।

ग) परिवार के हर सदस्य को चाहिए कि वह अपने घर में विधवा को इज़्ज़त की नज़र से देखें और उसे अपना ज्ञान बढ़ाने के लिए उचित अवसर प्रदान करे।

iv) महिला और सती—गांधी के अनुसार पति की मौत हो जाने पर पत्नी को जलाने की प्रथा जागरूकता की निशानी नहीं बल्कि अज्ञानता की निशानी है। आत्मा अमर है और सर्वव्यापी है। शादी का अर्थ गांधी के अनुसार शरीरों का ही नहीं बल्कि आत्माओं का भी मिलन है।

v) महिला और दहेज प्रथा—दहेज प्रथा भी गांधी के आक्रमण का निशाना थी। उनके अनुसार लड़कियों के लिए यह बेहतर है कि वे आजीवन अविवाहित रह जाएँ,

न की एक ऐसे व्यक्ति से शादी कर लें जो दहेज माँग कर उनका अपमान करता हो। जिन शादियों में दहेज माँगा जाए उनमें प्यार हो ही नहीं सकता। उनका मानना था कि जब तक हम शादी को जाति के साथ जोड़ते रहेंगे, तब तक दहेज प्रथा हमारे समाज में बनी रहेगी।[8]

vi) महिला और वेश्यावृत्ति—गांधी का यह विचार था कि वेश्यावृत्ति एक ऐसा अभिशाप है जो पुरुषों को भी उतना ही पदावनत करता है, जितना महिलाओं को। यह एक बहुत शर्मनाक, दुखद और अपमानजनक विषय है कि पुरुषों की हवस के लिए महिलाओं को अपनी शुचिता बेचनी पड़ती है। वेश्यावृत्ति के खिलाफ़ अभियान में वेश्यावृत्ति अपनाने वाली महिलाओं का पुनर्वास सबसे ज़रूरी माना गया। इस कार्य के लिए उन्होंने ऐसी महिलाओं को स्वयंसेवक बनने का आग्रह किया। गांधी के आह्वान पर कुछ महिलाओं ने चरखा को अपनी जीविका का साधन बनाया। इसके विपरीत, हमें यह भी देखने को मिलता है कि गांधी इन महिलाओं के कांग्रेस में शामिल होकर गरीबों, बीमारों की मदद, कताई आदि जैसे समाज सेवा के कार्यों में योगदान देने के कड़े आलोचक थे। उनके अनुसार इन कार्यों से पहले इन महिलाओं का सुधार ज़्यादा ज़रूरी था। कांग्रेस के कार्यकर्ता के रूप में उन्हें स्वीकार करना और उनसे दान लेना तब तक संभव नहीं था जब तक वे वेश्यावृत्ति जैसे धंधे को छोड़ नहीं देतीं।

vii) आधुनिक लड़की—जहाँ मध्यम वर्ग गांधी के साथ खादी पहन कर और जेल जाकर ब्रिटिश शासन के खिलाफ़ अपनी सक्रियता दिखाने में नहीं चूकता था, वहीं आज की मध्यमवर्गीय जागरूक महिलाएँ राजनीतिक गतिविधियों में हिस्सा न लेकर स्वयंसेवी संस्थाओं में समाज सुधार का कार्य करने में ज़्यादा दिलचस्पी दिखा रही हैं। कुछ महिलाएँ सजे हुए माल की तरह हैं जो शादी के लिए बिल्कुल तैयार बैठी हैं। इन सब कारणों से ये महिलाएँ राजनीति से इतनी दूर हो जाती हैं कि वे बाकी बदनसीब बहनों की मदद करने के लिए आगे नहीं आ पातीं।

गांधी की दृष्टि में आधुनिक लड़कियाँ ऐसी जूलियट की तरह थीं जिनके आगे पीछे दर्जनों रोमियो घूमते रहते थे। फिर भी ग्यारह लड़कियों द्वारा पत्र लिखकर प्रश्न पूछने पर गांधी ने यह कहा कि आधुनिक लडकी उनके लिए एक खास अर्थ रखता है।[9] सारी लड़कियाँ जो अंग्रेज़ी शिक्षा प्राप्त करती हैं, ज़रूरी नहीं कि वे आधुनिक लड़कियाँ हों। उनकी टिप्पणी उन भारतीय लड़कियों के लिए थी जो बिना सोचे हुए कथित आधुनिक लडकियों की नकल करना चाहती थीं।

viii) महिला और रोजगार—गांधी स्त्री और पुरुष के अलग-अलग क्षेत्रों में काम करने के पक्षधर थे। महिलाओं के लिए करने योग्य काम इतने ज़्यादा हैं कि

महिला कामगारों की कमी के कारण कई बार पुरुषों को उन संस्थाओं में भी काम करना पड़ता है जो खास तौर से महिलाओं के लिए ही बने हैं। गांधी ने सेवा-कार्य के लिए बुद्धिमान और समर्पित महिला कामगारों की ज़रूरत पर ज़ोर दिया। उनके अनुसार पुरुष और महिला कामगारों के बीच कोई प्रतियोगिता नहीं होनी चाहिए।

गांधी के अनुसार यदि महिलाएँ स्वयं अपनी इच्छा से घर की देखभाल करती हुई खेतों में काम करती हों तो इसमें कोई बुराई नहीं है। आने वाले समय में, गांधी के अनुसार, महिलाएँ केवल अंशकालिक कार्यकर्ता बनना चाहेंगी, क्योंकि उनका मुख्य काम घर की ज़िम्मेदारी उठाना है

2) राजनीतिक प्रश्न

भारत की महिलाओं के प्रति गांधी का सबसे बड़ा योगदान यह रहा कि उन्होंने उनकी समाज में परंपरागत भूमिका को चुनौती दिए बगैर उन्हें भारत के राजनीतिक आंदोलन का एक मुख्य आधार बनाया। 1921 के असहयोग आंदोलन में गांधी ने यह प्रयास किया था कि महिलाओं को इस आंदोलन से जोड़कर महिलाओं के संघर्षों को राष्ट्रीय स्वतंत्रता संघर्ष के साथ जोड़ दिया जाए। लेकिन उन्होंने महिलाओं के लिए ऐसा कार्यक्रम बनाया कि वे घर में रह कर आंदोलन में हिस्सा ले सकती थीं। जहाँ असहयोग आंदोलन में सरकारी शिक्षण संस्थाओं, न्यायालयों और विधायिकाओं का बहिष्कार किया गया, वहीं स्वदेशी कार्यक्रम के तहत सरकारी चीज़ों का बहिष्कार करना, खादी कातना और पहनना अनिवार्य था। ये दोनों ही कार्य महिलाओं की घरेलू भूमिका के साथ पूर्ण किए जा सकते थे। गांधी के अनुसार चूँकि महिलाएँ त्याग और अहिंसा की अवतारणा हैं इसलिए वे खादी कातने जैसे शांत और धीमी गति के कार्य के लिए ज़्यादा उपयुक्त है। जहाँ मध्यम वर्ग की महिलाएँ चरखे के ज़रिए अपनी घरेलू आय को बढ़ा सकती थीं वहीं गरीब महिलाओं के लिए यह एक जीवनयापन का साधन बन सकता था। अमीर घरों की महिलाओं के लिए यह मात्र 'एक कर्त्तव्य और धर्म' की तरह था।[10]

गांधी का खादी कातने और पहनने पर जो ज़ोर और प्रेम था उसने राष्ट्रीयता के संदेश को हर एक घर तक पहुँचाने में मदद की। यह कार्य एक ऐसा माध्यम सिद्ध हुआ जिसने महिलाओं के निजी और राजनीतिक/सार्वजनिक जीवन के अंतर को एक क्षण में समाप्त कर दिया। खादी पहनने का अर्थ था विदेशी शासन का विरोध करना, गरीबों के साथ पहचान बनाना और आत्मनिर्भरता के सिद्धांत का खुल कर समर्थन करना।

परिवार को स्वदेशी जैसे कार्यों के लिए एकत्रित और प्रोत्साहित करने का कार्य महिलाओं को दिया गया क्योंकि उनका अपने बच्चों पर ज़्यादा नियंत्रण रहता है। गांधी की यह धारणा थी कि कोई भी आंदोलन तब तक सफल नहीं हो सकता जब तक देश के ज़्यादातर लोगों की इसमें सक्रिय भागीदारी न हो।

अस्पृश्यता जैसे अभिशाप को हटाने के लिए भी गांधी ने महिलाओं की मदद पर ज़ोर दिया। उन्होंने महिलाओं से आग्रह किया कि वे हरिजनों को इसलिए अछूत न समझें कि वे सफ़ाई जैसे काम करते है, क्योंकि सच्चाई यही है कि हर माँ अपने बच्चों के लिए ऐसे कार्य करती है।

गांधी का विश्वास था कि महिलाएँ सत्याग्रह जैसे अस्त्रों का प्रयोग अपने ही देशवासियों के खिलाफ़ सांप्रदायिकता जैसी समस्याओं को कम करने के लिए कर सकती हैं। उन्हें चाहिए कि वे पुरुषों के लिए तब तक खाना बनाना बंद कर दें जब तक वे इन दंगों को समाप्त करने का वचन न दें।

अंग्रेज़ी सरकार के कानूनों के विरुद्ध गांधी का नमक बनाने के निर्णय ने महिलाओं की राजनीतिक कार्यों में सहभागिता को नए मानदंड तक पहुँचा दिया। हज़ारों की संख्या में महिलाएँ दांडी मार्च में भाग लेने के लिए एकत्रित हुईं। महिला संगठनों ने नमक संबंधी कानूनों को तोड़ने में सक्रिय भूमिका निभाई। फिर भी, इन महिलाओं को इस मार्च में भाग लेने से गांधी ने मना कर दिया क्योंकि उन्होंने महिलाओं के लिए केवल समर्थन प्रदान करने वाली भूमिका की परिकल्पना की थी। लेकिन महिलाओं की इच्छा इसके विपरीत थी। वे पुरुषों की तरह ही स्वतंत्रता के लिए लड़ना चाहती थीं और महिला एवं पुरुष में जो परंपरागत कार्यों का विभाजन था उसे आंदोलन तक में लागू करने के बिल्कुल खिलाफ़ थीं।

दूसरी ओर, गांधी यह मानते थे कि महिलाएँ शराब और विदेशी कपड़ों की दुकानों पर पहरा और चौकसी करके राष्ट्रीय आंदोलन में ज़्यादा मदद कर सकती हैं, क्योंकि उनके पास जो अहिंसा के व्रत के पालन करने की शक्ति है वह पुरुषों में नहीं है। इस आंदोलन के जरिए महिलाएँ अपने आप को स्वतंत्र समझने लगीं। उन्होंने जुलूसों में बिना पर्दे के हिस्सा लिया और अपने धार्मिक पूर्वाग्रहों का त्याग कर दिया।

महिलाओं की राजनीतिक सहभागिता के द्वार खुलने से महिलाओं के प्रश्नों और समस्याओं को राष्ट्रीय स्तर पर लाने में मदद मिली। 1925 में सरोजिनी नायडू का चयन कांग्रेस के अध्यक्ष पद के लिए किया गया। महिला मुद्दों का राष्ट्रीय आंदोलन में समावेश ने कांग्रेस के कई नेताओं में महिलाओं को समान अधिकार मिलने के विषय पर जागरूकता पैदा करने में मदद की। सार्वजनिक जीवन में कार्य करने से

महिलाओं को एक नया आत्मविश्वास प्राप्त हुआ। 1931 के कराची अधिवेशन में कांग्रेस पार्टी ने महिलाओं की राजनीतिक समानता का समर्थन करते हुए एक प्रस्ताव पारित किया। यहाँ यह उल्लेखनीय है कि गांधी ने महिलाओं को किसी भी प्रकार के संरक्षण पर निर्भर रहने से हमेशा मना किया और यही कारण था कि वे महिलाओं के लिए किसी भी प्रकार के आरक्षण के समर्थक नहीं थे।

3) व्यक्तिगत प्रश्न

ब्रह्मचर्य को गांधी ने उच्च जीवन जीने का तरीका माना है ऐसा जीवन जीने का सुझाव वह उन्हीं को देते थे जिनमें आम जीवन जीने की इच्छा नहीं होती थी। आश्रम का सदस्य बनने के लिए यह पहली शर्त थी। आश्रम के अनुशासन का उद्देश्य उन पुरुषों और महिलाओं को सुरक्षा और स्वतंत्रता की अनुभूति प्रदान करना था जो अहिंसा के मार्ग पर राष्ट्रीय आंदोलन में हिस्सा लेने का निर्णय कर चुके थे।

गांधी के अनुसार अपनी वासना पर नियंत्रण किए बिना एक पुरुष अपने ऊपर शासन नहीं कर सकता है और अपने ऊपर शासन किए बगैर स्वराज संभव नहीं है। सांप्रदायिक एकता, खादी, गाँवों का पुनर्निमाण जैसे मुद्दे आत्मा की शुद्धि और आध्यात्मिक शक्ति के बिना पूरा करना मुमकिन नहीं हो सकता।[11]

गांधी की दृष्टि में जिस ब्रह्मचर्य के पालन के लिए वियोजन अपनाना पड़े, उसका ज़्यादा मोल नहीं है। शास्त्रों में ब्रह्मचर्य संबंधी जो नियम दिए गए हैं उनसे गांधी के विचार बिल्कुल भिन्न हैं। गांधी के अनुसार साधारण भोजन आश्रम के सत्याग्रहियों का आत्मविश्वास बढ़ाने के लिए दिया जाता है ताकि वे किसी भी मुश्किल जगह में अपना कार्य संपन्न कर सकें। इसी प्रकार आश्रम के नियम महिलाओं को हर संघर्ष में निर्भयतापूर्वक हिस्सा लेना सिखाते हैं और किसी भी प्रकार के आततायी से निपटना भी।

एक सच्चा ब्रह्मचारी कभी भी महिलाओं से नहीं भागता क्योंकि उसके लिए पुरुष और स्त्री में कोई अंतर नहीं होता। इस मामले में गांधी पश्चिम की जीवनशैली से काफ़ी प्रभावित थे जहाँ स्त्री और पुरुष के बीच कोई अलगाव दिखाई नहीं देता था। गांधी के विचारों में एक सच्चा ब्रह्मचारी वही है जिसका अपने विचार, शब्दों और कार्यों पर नियंत्रण हो। सच्चा सत्याग्रही वही बन सकता है जिसने अपनी लैंगिक इच्छाओं पर विजय प्राप्त कर ली हो।

गांधी के पास ऐसे कई प्रकार के प्रश्न आते थे जो लैंगिक समस्याओं से जुड़े होते थे। इन सब के उत्तर गांधी ने *हरिजन* में देने शुरू किए। उनकी सारी लैंगिक निरोध संबंधी सलाह पुरुषों को संबोधित होती थी, क्योंकि उनके लिए पुरुषों की

लैंगिकता ही महिलाओं के अपमान का मुख्य कारण थी। गांधी के अनुसार शादी-शुदा जोड़ियों के बीच भी लैंगिक निरोध आवश्यक था और इसी कारण वे गर्भ निरोधक उपायों के खिलाफ़ थे। गांधी के अनुसार लैंगिक इच्छाओं को गर्भ निरोधक का इस्तेमाल करके पूरा करना अप्राकृतिक है और परिवार के आध्यात्मिक विकास के लिए नुकसानदायक। भारत की जनता के लिए इसका प्रयोग और भी गलत है, क्योंकि यहाँ के जवान लड़के लैंगिक निरोध के बारे में ज़्यादा नहीं जानते हैं। कम उम्र में शादी होने से नाबालिग वधुओं से भी अपेक्षा की जाती है कि वे जल्दी माँ बनें। गर्भ निरोधक के इस्तेमाल से यह समस्या ज़्यादा बढ़ सकती है। गांधी के अनुसार, स्वयं पर नियंत्रण और ब्रह्मचर्य ही जन्म नियंत्रण का सबसे उत्तम तरीका था। उनके लिए गर्भ निरोधक का इस्तेमाल करने वाली एक वेश्या और एक महिला के बीच एक ही अंतर था। जहाँ एक वेश्या अलग-अलग पुरुष को अपना शरीर बेचती है, वहीं एक महिला केवल एक पुरुष को ही अपना शरीर बेचती है।[12] गांधी का विश्वास था कि पति और पत्नी के बीच कोई भी शारीरिक संबंध केवल संतान प्राप्ति के लिए ही उचित है। इसके बिना यह एक पाप है जो अनैतिक है और जो समाज के लिए हानिकारक साबित हो सकता है। यदि एक शादी-शुदा जोड़ा एक दूसरे को भाई-बहन की निगाह से देखें तो उनका प्यार किसी भी प्रकार की वासना की अशुद्धता से मुक्त हो सकता है।

लैंगिकता के विषय में गांधी के विचार ने एक ऐसा सामाजिक माहौल बनाने में मदद की जहाँ महिलाएँ अपने घर से बाहर सामाजिक और राजनीतिक गतिविधियों और संघर्षों में बिना किसी भय और शर्म के हिस्सा ले सकती थीं। ब्रह्मचर्य को शादी से ज़्यादा महत्त्व देकर गांधी ने कई महिलाओं के लिए अविवाहित रह कर इज्ज़त के साथ समाज में जीना संभव कर दिया। गांधी ने यह भी प्रयास किया कि पुरुष और महिला के बीच आदर्श रिश्ता जो आश्रम में अनुसरण किया जा रहा था, वही राष्ट्रीय आंदोलन में भी निभाया जाए।

महिलाओं से संबंधित गांधी के विचार और वर्तमान भारत में उनका महत्त्व

गांधी पूर्ण समानता पर आधारित स्त्री-पुरुष के आपसी संबंधों के बारे में सूक्ष्म दृष्टि रखते थे। गांधी ने महिलाओं की राजनीतिक, सामाजिक और व्यक्तिगत पहलुओं पर अपने महत्त्वपूर्ण विचार प्रकट किए हैं।

उन्नीसवीं सदी के बाकी धार्मिक समाज सुधारकों की तरह ही गांधी भी महिलाओं के प्रति किसी भी प्रकार के क्रूर व्यवहार के खिलाफ़ थे। मनु तथा प्राचीन भारत के अन्य कानून निर्माताओं ने हमेशा पितृसत्तात्मक व्यवस्था के तहत महिला को

पुनर्त्पादक के रूप में ही समझा है। शास्त्रों और स्मृतियों में महिलाओं को लेकर जो विरोधाभास है उसके लिए गांधी पितृसत्तात्मक समाज की विचारधाराओं को दोष न देते हुए उन पुरुषों को दोषी समझते हैं जिन्होंने उन्हें लिखा है।

गांधी के अनुसार महिला और पुरुष के बीच कर्मों का विभाजन आदिकाल से चल रहा है। गांधी का मानना है कि पुरुष का काम कमाना है और महिलाओं का काम घर-परिवार की देखभाल करना है। समकालीन समय में गृह कार्यों को अवैतनिक काम समझने का तर्क और महिलाओं की आर्थिक स्वतंत्रता की पुकार गांधी के पारंपरिक दृष्टिकोण से काफ़ी भिन्न है। आज की नारी गांधी के विचारों का कतई समर्थन नहीं करेगी। हालाँकि बच्चों की देखभाल और कुछ अन्य कार्य स्त्रियोचित हैं, फिर भी वे बाकी उन सब कार्यों को करने के योग्य हैं जो पुरुष कर सकते हैं। निस्संदेह गांधी ने उदारवाद के निजी/सार्वजनिक मतभेद पर बल देकर महिलाओं को हाशिए पर ही रखा है।

कभी प्रगतिशील और कभी दकियानूसी गांधी सांस्कृतिक समझ-बूझ के कारण लोगों के बीच काफ़ी लोकप्रिय साबित हुए है। *हरिजन* के 1934 के एक अंक में गांधी से पूछा गया कि एक महिला का वर्ण क्या होना चाहिए। गांधी ने जवाब दिया कि चारों वर्ण आज के समय में नाम के लिए मौजूद हैं। फिर भी, एक महिला शादी के बाद अपने पति के वर्ण को स्वीकार करती है और अपने पिता के वर्ण का त्याग। इस प्रकार हम देखते है कि गांधी बड़ी आसानी से समाज में महिलाओं की द्वितीय स्थिति को स्वीकार कर लेते है। उन्होंने यहाँ तक कहा है कि नियम के तहत पत्नी को अपने पति से अलग कोई भी व्यवसाय नहीं करना चाहिए।

अंतर्जातीय शादियों से उत्पन्न बच्चों के विषय में उत्तर देते हुए गांधी ने राजकुमारी अमृत कौर से कहा, 'इन बच्चों को पिता के धर्म के विषय में शिक्षा देनी चाहिए और साथ ही इन्हें माता के धर्म को भी इज्ज़त करनी चाहिए।' यहाँ पर यह कहा जा सकता है कि गांधी ने पितृत्व अधिकारों पर ज़ोर देते हुए मातृत्व के अधिकारों को भी अनदेखा नहीं किया है।

महिलाओं के एक विशेष/खास समूह से गांधी यह उम्मीद रखते थे कि घर और बच्चों की देख-भाल करने से जो खुशी मिलती है, उन्हें उसका त्याग करना चाहिए। इसका कारण यह था कि वह महिलाओं से यह अपेक्षा रखते थे कि वे देश की सेवा करने के लिए हमेशा उपलब्ध और तत्पर रहें। विवाह के बंधन से बँधे होने के बावजूद भी गांधी ने विजयलक्ष्मी पंडित और उनके पति को ब्रह्मचर्य व्रत अपनाने और राष्ट्रवादी कार्य करने की सलाह दी

यह बात साफ़ है कि गांधी के सिद्धांत व व्यवहार काफ़ी उलझे हुए हैं। पश्चिमी नारीवादियों में सुनीति नारीवाद इतनी अहम भूमिका निभाता है कि वहाँ पर समाजवादी नारीवाद बिल्कुल नज़रअंदाज हो जाता है। फोर्ब्स के अनुसार नारीवाद को राष्ट्रवाद के साथ जोड़कर सरोजिनी नायडू और उनकी सहकर्मी महिलाओं ने उग्रवादी आलोचना के विकास को रोक दिया। आज भी भारतीय संदर्भ में नारीवाद उन महिलाओं के लिए अहम मुद्दा बना हुआ है जो महिलाओं की मुक्ति के समर्थक हैं। आज के समय में गांधीवादी नारीवाद की अपेक्षा महिलाएँ अपनी आस्था पश्चिमी नारीवाद पर प्रकट कर रही हैं। पश्चिमी नारीवादियों में यह चलन आ गया है कि वे लिंगवाद ही नही बल्कि वर्गवाद, रंगवाद व उपनिवेशवाद की भी समीक्षा और निंदा करते है। यह विकास गांधी के सत्याग्रह से मेल खाता है। जो समाज में हर प्रकार के उत्पीड़न की खोज और उसके समाधान में विश्वास रखता था।

महिलाओं को राष्ट्रीय आंदोलन में लाने का गांधी का योगदान महत्त्वपूर्ण होते हुए भी आलोचना के परे नहीं है। अधिकतर सक्रिय महिला कार्यकर्ताओं ने रिश्तेदारों, जिनमें से कुछ पुरुष भी थे, की वजह से आंदोलन में हिस्सा लिया और उनकी सहभागिता किस स्तर तक हो, यह पुरुष वर्ग ही निर्धारित करता था। शेष महिलाएँ केवल धरना देना और राष्ट्रीय साहित्यों के प्रचारों जैसे कार्यों तक ही अपने आपको सीमित रखती थीं। समाज में सक्रिय रूप से राजनीति में हिस्सा केवल कुछ महिलाओं, जैसे सरोजिनी नायडू, कमलादेवी और हंसा मेहता तक ही सीमित था।

गांधी के अनुसार महिलाएँ और हरिजन समाज के सबसे अधिक दबे हुए समूहों में से गिने जाते थे, जिनकी आवश्यकताओं पर विशेष ध्यान देने की ज़रूरत थी। हालाँकि गांधी महिलाओं की आर्थिक, सामाजिक स्थिति के उत्थान के लिए कोई विशेष कार्यक्रम का गठन करने में असफल रहे, परंतु हरिजनों और महिलाओं की दबी हुई स्थिति के विषय में समाज में नैतिक प्रश्न उठाने में उनकी महत्त्वपूर्ण भूमिका रही है।

एक अध्ययन से यह पता चलता है कि आर्थिक संसाधनों पर स्वतंत्र नियंत्रण महिलाओं के अधिकारों के संघर्ष के साथ नहीं जोड़ा गया। महिलाओं की आर्थिक निर्भरता और परिवार के संसाधनों पर कोई नियंत्रण नहीं होना, इस स्थिति को दूर करने के लिए गांधी ने कोई भी कार्यक्रम नहीं चलाया।

गांधी ने महिलाओं की आर्थिक स्थिति में बदलाव लाने की अपेक्षा उनकी नैतिक स्थिति में बदलाव लाने के अधिक प्रयास किए हैं। गांधी के लिए लैंगिक समानता का अर्थ व्यवसाय में भी समानता नहीं है। वह पुरुष और महिलाओं के बीच कार्यों के विभाजन में विश्वास रखते थे। यहाँ इस बात पर प्रकाश डालने की ज़रूरत है कि

गांधी पत्नियों के अपने पतियों द्वारा दमन के अत्याधिक खिलाफ़ थे न कि परिवार में उनकी सहायक भूमिका के। जिस सम्मान और आपसी समझ की बात गांधी करते थे वह तो एक पितृसत्तात्मक ढाँचे के तहत ही पनपती थी। अपने व्यक्तिगत जीवन में भी संपूर्ण निर्णय गांधी का होता था और 'कस्तूरबा की केवल सहमति' होती थी। गांधी का अपनी पत्नी से लैंगिक संबंधों के त्याग से लेकर आश्रम के जीवन को अपनाना आदि, सारे निर्णय एक प्रकार से कस्तूरबा पर थोपे ही गए थे।

गांधी की यह टिप्पणी कि जिन बच्चों का जन्म विवाह बंधनों से बाहर हुआ हो, उन्हें समाज में स्वीकृति नहीं मिलनी चाहिए, आज के समय में महिलाओं को अचंभित करता है क्योंकि मानवता के नाते भी गांधी इन बच्चों की सुरक्षा नहीं करना चाहते थे।

महिलाओं के अधिकारों के बारे में संवेदनशील होने के बावजूद गांधी ने महिलाओं को अपने मुद्दों को लेकर एक राजनीतिक मंच बनाने के लिए कभी प्रोत्साहित नहीं किया। राष्ट्रीय हित की सेवा करते हुए ही उन्हें अपनी स्वतंत्रता मिल सकती थी। इसी सोच का फल था कि कांग्रेस के भीतर महिलाएँ महत्त्वपूर्ण राजनीतिक पद नहीं हासिल कर पाईं। संख्यात्मक रूप से राष्ट्रीय आंदोलनों में उनकी सहभागिता बहुत अधिक होते हुए भी निर्णायक स्तर पर उनकी भूमिका गौण थी।

महिलाओं की नैतिक शक्ति के रूप में जो छवि गांधी के मन में बसी थी, उसका मुख्य आधार था लैंगिक इच्छा से उनकी मुक्ति ताकि वे पुरुषों की गुलाम न बनें। गांधी ने कभी भी महिलाओं के लैंगिक जीवन को महत्त्व नहीं दिया। उनके विचार में महिलाओं की ज़रूरतें पुरुष की ज़रूरतों से ही उत्पन्न होती हैं।

इस प्रकार हम देखते हैं कि राजनीति और समाज में महिलाओं की भूमिका को लेकर गांधी के विचारों में कई विरोधाभास हैं, जिनमें सामंजस्य स्थापित करना मुश्किल कार्य है। फिर भी, गांधी उस समय के सामाजिक संदर्भों के तहत अंतर्विरोधों के साथ संघर्ष करते रहे।

गांधी ऐसे समाज के हिमायती थे जो शोषण मुक्त हो, और जहाँ सामाजिक, राजनीतिक और आर्थिक समानता हो। ऐसे समाज का आधार प्रेम, सहयोग और सहानुभूति जैसे मूल्य होंगे और ये सभी मूल्य महिलाओ में अपार मात्रा में मौजूद हैं। ऐसा समाज, महिलाओं के बिल्कुल अनुकूल होगा और उन्हें अपनाा उचित स्थान ऐसे ही समाज में मिलेगा। गांधी के अनुसार सर्वोदय का यही अर्थ है।

गांधी ने महिलाओं के सशक्तिकरण के लिए जो प्रयास किए थे, उनका महत्त्व कभी कम नहीं हो सकता। एक व्यक्ति का राज्य की मदद और आधुनिक सूचना प्रौद्योगिकी के सहारे के बिना करोड़ों शिक्षित और अशिक्षित महिलाओं तक पहुँचना

और उन्हें एकत्रित करना सरल कार्य नहीं था। गांधी ने इस कार्य को संभव कर दिखाया और भारत में महिलाओं को एक नई दिशा दिखाई। हमें उसी दिशा में चलकर, उनका अनुसरण करते हुए, बदलते समय में उनके विचारों को नए प्रकाश में देखना और समझना होगा।

टिप्पणी

1 *हरिजन*, जनवरी 25, 1936, CW Vol. LXH, पृ. 157

2 'गांधी इन सीलोन, टू द वूमेन', *गांधी श्रृंखला* Vol. 11, हिंगोरानी, ए., कराची, 1943. पृ. 195

3 *नवजीवन*, 13 जुलाई, 1924, CWMG Vol. 24, पृ. 381, 82

4 मधु, किश्वर, *गांधी एंड वीमेन*, मानुषी ट्रस्ट, 1986, पृ. 6

5 *यंग इंडिया*, अक्टूबर 14, 1926, CW Vol. 31, पृ. 493

6 *यंग इंडिया*, अगस्त 1926, CW Vol. 31, पृ. 314

7 जोशी, पुष्पा, *गांधी आन वीमेन*, पृ. 104

8 *हरिजन*, 23 मई, 1936, CW Vol. LX, 11 पृ. 435, 36

9 *हरिजन*, 4 फरवरी, 1939, CW MG, LX, 8 पृ. 348-50

10 *यंग इंडिया*, अगस्त 1921, CW Vol. 20A पृ. 496-97

11 तेंदुलकर, डी जी, *महात्मा*, प्रकाशन विभाग Vol. 4A, पृ. 63

12 गांधी, एम. के., *बर्थ कंट्रोल*, पृ. 63

10

गांधी की दृष्टि में अस्पृश्यता

महेश्वर दत्त

आधुनिक भारत में सवर्ण वर्ग के सामाजिक और राजनीतिक सुधारकों में गांधी ही ऐसे प्रथम व्यक्ति थे, जो अस्पृश्यता को न केवल हिंदू धर्म पर एक कलंक मानते थे, बल्कि इस ऊँच-नीच की दीवार को जड़ से समाप्त करना भी चाहते थे। गांधी की दृष्टि में अस्पृश्यता 'एक सौ सिर वाला दैत्य' था।[1] उनकी मान्यता थी कि इस कलंकित रूप के कारण ही समाज के एक वर्ग को अपने पास तक फटकने नहीं दिया जाता और कुछ की छाया लगने से ही छूत लग जाती है।[2] यह एक ऐसी कलंक-कालिमा है, जो जन्म के साथ ही लग जाती है और लाख बार धोओ, छूटती नहीं है। यह बुद्धि और सदाचार की विरोधी है।[3] उनकी दृष्टि में, 'अस्पृश्यता हिंदू धर्म के सुंदर उपवन में उग आए अवांछनीय घास-पात की तरह है, जो इस तरह फैलती जा रही है कि इसके कारण इस उपवन के सुंदर फूलों के मुरझाने का खतरा पैदा हो गया है।'[4] यही कारण था कि गांधी अस्पृश्यता को हिंदू धर्म पर कलंक तो मानते थे परंतु 'हिंदू धर्म का अभिन्न अंग नहीं मानते थे'।[5] वास्तव में, गांधी अंत्यजों की दयनीय स्थिति के लिए सवर्ण हिंदुओं को दोषी मानते थे। इसलिए वह कहते है, 'साम्राज्यवादी सरकार ने जैसे डायरशाही हम पर चलाई, वैसी ही डायरशाही हिंदू धर्म के नाम पर सवर्ण हिंदुओं ने भंगी जातियों पर चलाई है।'[6] यही कारण है कि गांधी ने यह स्पष्ट कहा है 'मैं अस्पृश्यों का समर्थन इसलिए करता हूँ क्योंकि हमने उनके साथ घोर अन्याय किया है।'[7]

गांधी की दृष्टि में वर्तमान अस्पृश्यता की उत्पत्ति हिंदू धर्म के क्रमिक विकास की उस अवस्था में हुई जब गाय की रक्षा करना हिंदू धर्म का एक अंग बन गया और गाय को गौ-माता कहा जाने लगा। इस काल में सामाजिक नियम बहुत कठोरता के साथ लागू किए जाते थे। उस समय कुछ लोग ऐसे थे, जो अधिक सभ्य नहीं थे और गौ-मांस खाते रहे। इसी कारण से उन्हें समाज से तिरस्कृत कर दिया गया और वे तब से अस्पृश्य माने जाने लगे। फिर यह पिता से पुत्र को पीढ़ी-दर-पीढ़ी हस्तांतरित होता रहा।[8] वास्तविकता यह है कि अस्पृश्यता की उत्पति के विषय पर गांधी का कोई शोध कार्य नहीं था गांधी ने स्वयं कहा है, 'अस्पृश्यता की उत्पत्ति कब हुई, इसके बारे में निश्चित रूप से कुछ नहीं कहा जा सकता है, मैंने भी सिर्फ़ अनुमान ही लगाया है और वह सच या झूठ भी हो सकता है। लेकिन एक अंधा भी यह देख सकता है कि यह अधर्म है।'[9] फिर भी वह यह स्वीकार करते हैं, 'इस प्रथा की उत्पत्ति अवनति के दिनों में कुछ काल के लिए अपधर्म के रूप में हुई।'[10] दूसरे शब्दों में गांधी का यह मानना था, 'हिंदू धर्म की अवनति की किसी अवस्था में भ्रष्टाचार आ गया और ऊँच-नीच की भावना ने इसमें प्रवेश करके इसे दूषित बना दिया, तब अस्पृश्यता की उत्पत्ति हुई।'[11] उनके दृष्टिकोण में, यह प्रथा हमारे बीच धर्म के नाम पर आई और हिंदू धर्म में प्रविष्ट हो गई[12] और इसका संबंध घृणा से रहा है।[13] लेकिन इसका मूल आधार धर्म में नहीं है, बल्कि उच्चता के झूठे अहंकार ने इसे जन्म दिया है। अर्थात अपने से दुर्बलों को अपने पैरों तले दबाकर रखने की मनोवृत्ति से अस्पृश्यता पैदा हुई है। यह इतनी लंबी अवधि तक इसलिए बरकरार है क्योंकि हमने उन्हें समाज में घुलने-मिलने नहीं दिया है।[14]

गांधी की दृष्टि में हिंदू धर्मशास्त्रों में तीन प्रकार की अस्पृश्यता का उल्लेख मिलता है: 'प्रथम, जन्म से अस्पृश्य अथवा शूद्र पुरुष और ब्राह्मण स्त्री से पैदा होने वाली संतान, द्वितीय, शास्त्र निषिद्ध कार्य करने वाले लोग और तृतीय, अशुद्ध दशा में रहने वाले लोग। गांधी के मत में प्रथम श्रेणी में आने वाले अस्पृश्य आज नहीं मिलते। यदि किसी जाति को इस श्रेणी का मान भी लिया जाए तो वे शुद्ध रहन-सहन से अस्पृश्यता से मुक्त हो जाते हैं। द्वितीय श्रेणी में शास्त्र निषिद्ध कृत्य करने वाले लोग उचित प्रायश्चित से शुद्ध हो सकते हैं, फिर उनकी संतान तो अस्पृश्य हो ही नहीं सकती है।'[15] तृतीय श्रेणी के अशुद्ध दशा में रहने वाले लोगों के बारे में गांधी की मान्यता है, 'इस तरह की अस्पृश्यता तो स्वच्छता का एक नियम है जो न केवल भारत में बल्कि पूरी दुनिया में विद्यमान है। कोई भी व्यक्ति, चाहे वह वेतनभोगी भंगी हो या माता हो, जब तक गंदा काम करने के बाद स्वच्छ नहीं हो जाते, तब तक वे अस्वच्छ ही रहते हैं। इस प्रकार की अस्पृश्यता को सारा संसार मानता है और यह

स्पृश्यता हिंदू, मुस्लिम, सिख, ईसाई, पारसी सभी लोगों के व्यावहारिक जीवन का एक अंग होती है। परंतु जब गंदा कार्य करने के बाद आदमी नहा-धोकर स्वच्छ हो जाता है, तब उसकी अस्पृश्यता भी समाप्त हो जाती है। इस प्रकार की अस्पृश्यता न तो जन्मागत होती है और न ही स्थाई। इस अस्वच्छ स्थिति में प्रत्येक मनुष्य को कभी न कभी अवश्य रहना पडता है। अतः कर्म के समय कुछ देर के लिए पूरी दुनिया में प्रत्येक व्यक्ति अस्पृश्य हो जाता है, परंतु कर्म के बाद स्वच्छ हो जाने पर उसे अस्पृश्य कहना कहाँ तक उचित है? कर्म के आधार पर किसी को नीच या अस्पृश्य मानना सवर्ण हिंदुओं की पाप दृष्टि है। जब माता अपनी संतान का मल उठाती है; जब डाक्टर हाड़-मांस काटता है तब वे अस्पृश्य होते हैं लेकिन कर्म के बाद उन्हें कोई अस्पृश्य नहीं कहता। इसी तरह मेहतर, नाई, धोबी, चर्मकार आदि कर्म करते समय अस्पृश्य अवश्य हो जाते हैं, लेकिन स्वच्छ होने के बाद उन्हें भी माता और डाक्टर की तरह स्पृश्य क्यों न माना जाए।[16] यही कारण था कि गांधी का यह दृढ़ मत था, 'स्मृतियों और वेदों में जो अस्पृश्यता का उल्लेख है, उसका संबंध जन्म से नहीं बल्कि बाहरी आचरण से है।'[17] इसलिए उन्होंने कहा, 'मनुष्य को जन्म के कारण अस्पृश्य मानने के बदले उसे उसके बाहरी आचरण के कारण अस्पृश्य मानना चाहिए। भीतरी स्वच्छता पर नियंत्रण नहीं हो सकता, परंतु बाहरी स्वच्छता पर नियंत्रण हो सकता है, फिर प्रत्येक सभ्य समाज में यही नियम माना जाता है।'[18] और 'प्रकृति ने भी कोई ऐसा अभेद चिह्न नहीं रखा है जिससे अस्पृश्य अपने बाकी बंधु हिंदुओं से अलग पहचाने जा सकें।'[19] परंतु 'हमने तो एक वर्ग को जन्म से ही अछूत मान लिया, जिसका कोई आधार ही नहीं मिलता।'[20]

गांधी ने गोलमेज सम्मेलन में यह बात स्पष्ट शब्दों में कही कि वे अछूतों के लिए पृथक निर्वाचन के विरोध में संघर्ष करते हुए मिट जाएँगे, क्योंकि उनके मत में अस्पृश्यता हिंदू धर्म का अंग नहीं थी।

गांधी अस्पृश्यता को हिंदू समाज के विकास में बाधक मानते थे। वह लिखते हैं, 'मैं अपनी निज़ी अनुभव से यह जानता हूँ कि यह अस्पृश्यता जिस रूप में आज स्थापित है, उससे हिंदू समाज की प्रगति रुक जाएगी।'[21] वह कहते हैं, 'कभी-कभी लगता है कि यदि हम चेत न पाये तो हिंदू धर्म का अस्तित्व ही खतरे में पड़ जाएगा।[22] इसका तात्पर्य यह नहीं है कि गांधी अस्पृश्यता को हिंदू धर्म का अंग मानते थे बल्कि उनके अनुसार अस्पृश्यता सत्य, अहिंसा के और धर्म के विरुद्ध था। वह कहते हैं, 'यदि किसी दिन मुझे यह पता चले कि वेद, उपनिषद, भगवदगीता, स्मृतियों और अन्य शास्त्रों में अस्पृश्यता का समर्थन किया गया है, तो दुनिया की ऐसी कोई ताकत नहीं होगी जो मुझे हिंदू धर्म से बाँधकर रख सके। तब मैं हिंदू

धर्म को उसी तरह फेंक दूँगा जिस तरह सड़े हुए सेब को फेंक देते हैं।'[23] वह लिखते हैं, 'यदि एक क्षण के लिए भी मुझे यह विश्वास हो जाए कि हिंदू धर्म मुझसे किसी भी प्राणी को छूने में पाप समझने की आशा करता है, तो मुझे हिंदू कहलाने का हक नहीं रहेगा।'[24] बल्कि गांधी का तो यह विश्वास था कि हिंदू समाज एक दरिया है। उसके गर्भ में समाकर सब कचरा साफ हो जाता है। इसलिए उन्होंने कहा, 'ग्रीस, इटली आदि देशों के लोग भारत में आकर समा गए, उन्हें किसी ने हिंदू नहीं बनाया।'[25] वह कहते हैं, 'मैं सनातनी हिंदू होने के साथ यह दावा करता हूँ कि मुझे शास्त्रों का काफ़ी ज्ञान है और यह सुझाव भी देना का साहस करता हूँ कि अस्पृश्यता का आज जो व्यवहार किया जाता है उसका हिंदू शास्त्रों में न तो कोई विधान है और न ही किसी प्रकार की स्वीकृति है। अर्थात यह हिंदू धर्म की कसौटी पर न तो खरा उतरता है और न ही हिंदू धर्म के अनुकूल हैं। हिंदू धर्म का यह मूल नियम है कि सत्य और अहिंसा के अतिरिक्त सब कुछ क्षणभंगुर है, माया है। इसलिए मेरे विचार में छुआछूत मानवता पर एक कलंक है।'[26] फिर 'जो बुद्धि की कसौटी पर खरा न उतरे उसे अस्वीकार करने में, मैं पीछे नहीं रहता।'[27] वास्तव में, गांधी के दृष्टिकोण में अस्पृश्यता हिंदू धर्म पर बाहरी रूप से लगा हुआ एक ऐसा मैला कपड़ा था जो सड़ चुका था। इसतिए इसे धोने के बदले फेंका जा सकता था। यही कारण था कि उन्होंने अस्पृश्यता को हिंदू धर्म के अंग के रूप में कभी भी स्वीकार नहीं किया।

गांधी ऐसे शास्त्रों को मानने के सर्मधक नहीं थे, जिनमें परिवर्तन या व्याख्या की गुंजाइश ही न हो। इसलिए वह कहते है कि 'हम इस भूल में न पड़ें कि प्राचीनकाल में लिखे गए शास्त्रों की एक-एक बात हमारे लिए बंधनकारी है। जो शास्त्र नैतिकता के सिद्धांतों के विरुद्ध हों, वह चाहे कितने ही पुराने क्यों न हों, शास्त्र नहीं हो सकते।'[28] गांधी के मत में शास्त्रों को दो भागों में विभक्त किया जा सकता है। एक शास्त्र वे हैं जिनमें दर्शन के ऊँचे सिद्धांतों का प्रतिपादन किया गया है और जो मनुष्य को आध्यात्मिक विकास का निर्देश देते हैं। दूसरे शास्त्र वे हैं जिनमें सामाजिक अनुशासन के नियम बताए गए हैं और उनकी अवहेलना करने पर दंड देने का विधान दिया गया है।'[29] साथ ही, वह यह भी स्वीकार करते हैं, 'स्मृतियों में कुछ ऐसे संदिग्ध अनुच्छेद अवश्य मिलते हैं, जो एक वर्ग पर कठोर दंड का विधान देते हैं। परंतु उन अनुच्छेदों में भी ऐसा कुछ नहीं दिया गया है कि अस्पृश्यता एक दैवी प्रथा है।'[30] गांधी की दृष्टि में धर्मग्रंथों में छपी बातों को ब्रह्म-वाक्य नहीं कहा जा सकता। उनका मत था कि हर आदमी शास्त्रों के बारे में यह तय नहीं कर सकता कि शास्त्रों का कौन-सा वाक्य प्रामाणिक नहीं है और कौन-सा प्रामाणिक है।

गांधी, बाबासाहब भीमराव अम्बेडकर की तरह यह मानते थे कि कोई ऐसी आधिकारिक संस्था होनी चाहिए जो धर्मग्रंथों के नाम से समस्त साहित्य का पुनर्निरीक्षण करे तथा नैतिक मूल्यों से रहित धर्म तथा आचारनीति के विरुद्ध पड़ने वाले सभी बंधनों को निकाल फेंके और उसके बाद जो शेष रहे, उसका एक संस्करण हिंदुओं के मार्गदर्शन के लिए प्रस्तुत करे। साथ ही उन्होंने इस बात पर ज़ोर दिया कि यह कार्य से सेवा भाव से किया जाए तो यह निश्चित है कि इससे उन लोगों को बड़ा सहारा मिलेगा, जिन्हें ऐसे सहारे की सख्त जरूरत है।'[31]

सामाजिक, आर्थिक और राजनीतिक चिंतन की दृष्टि से वर्ण, जातिप्रथा, अस्पृश्यता और हिंदू धर्म की उत्पत्ति और संरचना के सिद्धांतों की अवधारणा को लेकर गांधी और डा. अम्बेड़कर के दृष्टिकोणों में भिन्नता होने के बावजूद अनुसूचित जातियों का अस्पृश्यता-निवारण, आर्थिक और राजनीतिक उत्थान के उद्‌देश्य, दोनों के एक समान थे।

गांधी जहाँ अहिंसक उपायों से 'अंत्योदय से सर्वोदय' की बात करते थे, वहीं डा. अम्बेडकर संवैधानिक उपायों से नीचे के तल पर बैठे हुए व्यक्तियों के सामाजिक, आर्थिक और राजनीतिक उत्थान की बात करते थे। अर्थात् दोनों ही विचारक सामाजिक, आर्थिक और राजनीतिक विषमता की खाई को समाप्त करके समानता लाना चाहते थे। फर्क केवल इतना था कि गांधी की दृष्टि में अस्पृश्य जातियों के उत्पीड़न का कारण धार्मिक और मनोवैज्ञानिक था। इसलिए वह चाहते थे कि सबसे पहले धार्मिक और मनोवैज्ञानिक बाधाओं को दूर करके अस्पृश्यता का अंत किया जाए। अस्पृश्यता-निवारण कैसे किया जाए इसके लिए जहाँ एक ओर वह अस्पृश्यों को मंदिर प्रवेश के अधिकार से सवर्णों के हृदय परिर्वतन की बात करते थे, वहाँ दूसरी ओर अनुसूचित जातियों के साथ रहकर स्वच्छता, स्वास्थ्य की जानकारी तथा उनके लिए शिक्षा, शुद्ध जल की व्यवस्था से उनके उत्थान की बात करते थे। उनका दृढ़ विश्वास था कि दलितों को जब तक सामाजिक समानता नहीं मिल जाती, तब तक उनका आर्थिक और राजनीतिक उत्थान नहीं हो सकता। दूसरी ओर डा. अम्बेडकर की दृष्टि में उनका उत्थान तब तक संभव नहीं था, जब तक उन्हें नागरिक समानता और राजनीतिक भागीदारी प्राप्त न हो जाए। इसके लिए वे प्रतीकात्मक उपायों के बदले अस्पृश्यता-उन्मूलन के लिए ठोस संस्थागत और स्थाई आधार तैयार करना चाहते थे। इसलिए उनका ज़ोर शिक्षा, नौकरियों और राजनीतिक भागीदारी पर अधिक था। इन्हें प्राप्त करने के लिए वह कानूनी रूप से संवैधानिक उपायों की माँग करते थे।

गांधी की दृष्टि में अस्पृश्य जातियों का उत्थान तब तक संभव नहीं था जब तक अस्पृश्यता-निवारण के कार्यक्रमों को प्रधानता न दी जाए। उनके लिए अस्पृश्यता-

निवारण का अर्थ था, 'सवर्णों की आत्मा से इस कलंक को हटाना'। इसलिए वह एक हरिजन को लिखते हैं, 'मैं अस्पृश्यता के कलंक से अपने को मुक्त करने और पाप का प्रायश्चित करने के लिए ही हरिजन-उत्थान में रुचि लेता हूँ। हरिजनों की उन्नति में बाधा रखने वाले इस कृत्रिम अवरोध के हटने से उनकी नैतिक, सामाजिक, आर्थिक और राजनीतिक स्थिति में तेज़ी से सुधार आएगा। अस्पृश्यता-निवारण से हम सभी एक दूसरे के करीब आएँगे और इस प्रकार भारत के विभिन्न समुदायों के बीच हार्दिक एकता पैदा करेंगे।'[32] गांधी की दृष्टि में अस्पृश्यता ही दलितोत्थान के मार्ग में सबसे बड़ा अवरोध था। परंतु वह यह मानते थे कि अस्पृश्यता-निवारण का कार्य सवर्णों का कर्त्तव्य है, क्योंकि अस्पृश्यता की भावना सवर्णों के हृदय में होती है न कि अवर्णों के हृदय में। इसलिए जब अस्पृश्यता का अंत हो जाएगा तब सभी समुदाय आपस में एकता के सूत्र में स्वतः ही बँध जाएँगे। यही कारण था कि गांधी सबसे पहले सवर्णों को कर्त्तव्य का बोध कराना चाहते थे।

गांधी की दृष्टि में अस्पृश्यता का व्यवहार यह है कि सवर्ण लोग अस्पृश्यों से घृणा करते हैं और उन्हें छूना पाप मानते हैं। इसलिए वह कहते हैं, 'अस्पृश्यता को अस्पृश्यों से नहीं, बल्कि उच्चवर्गीय हिंदुओं से हटाया जाना चाहिए क्योंकि सवर्ण लोग ही अस्पृश्यता को मानते हैं।'[33] यही कारण है कि गांधी सवर्ण हिंदुओं से कहते हैं, 'हम अपने किए पर पश्चाताप करें, उन लोगों के प्रति अपना व्यवहार बदले, जिन्हें आज तक हम शैतानियत भरी प्रणाली से दबाते रहे हैं। हमें उनके साथ सगे भाइयों-सा व्यवहार करना चाहिए। हमें उनकी वह विरासत वापस कर देनी चाहिए, जो हमने उनसे छीन ली थी।'[34] इस तरह गांधी की दृष्टि में अस्पृश्यता-निवारण का यह अर्थ था कि सवर्ण लोग उन्हें हेय दृष्टि से न देखें और अपने किए का पश्चाताप करें।

गांधी सवर्णों के इस तर्क को भी नहीं मानते थे कि अस्पृश्य जब शराब पीना, मुर्दा मांस खाना और गंदा रहने की आदत छोड़ देंगें, तब वे भी अस्पृश्यता का व्यवहार छोड देंगे। इस विषय पर गांधी का उत्तर था, 'उनकी इस स्थिति के लिए हम ही ज़िम्मेदार हैं।'[35] हमने ही उनको सुविधाओं से वंचित किया है, जितनी हम उन्हें सुविधाएँ देंगे, उतनी ही वे सफ़ाई से रहेंगे।[36] गांधी सवर्णों के इस तर्क को भी स्वीकार नहीं करते थे कि अवर्णों का शुद्धि संस्कार करके उन्हें सवर्णों में मिलाया जाए। गांधी के मत में, 'हरिजन भी हिंदू समाज के महत्वपूर्ण अंग हैं, इसलिए शुद्धि किसकी और कौन करेगा? शुद्धि तो अंतरात्मा की होनी चाहिए।'[37] वास्तविकता यह है कि गांधी सवर्णों से यह अपेक्षा करते थे कि वे ऊँच-नीच की गलत धारणाओं को मन से निकाल दें और आगे बढ़कर दलित भाइयों को गले लगाकर उनसे अपने पापों

के लिए क्षमा माँगें और भविष्य में ऐसा नहीं करने की कसम खाएँ। तभी अस्पृश्यता के इस कलंक को हम धो पाएँगे। इस प्रकार के उपायों से गांधी सवर्णों के आत्मपरिवर्तन से अस्पृश्यता-निवारण तथा दलितोत्थान करना चाहते थे।

अस्पृश्य जातियों का मंदिर-प्रवेश, गांधी के दृष्टिकोण में, सवर्णों के आत्मपरिवर्तन और दलितों के सामाजिक-सांस्कृतिक उत्थान का कारगर उपाय था। उनके लिए मंदिर-प्रवेश एक आध्यात्मिक कदम था जिससे सभी का उत्थान संभव हो सकता था। डा. अम्बेडकर के एक पत्र के उत्तर में वह लिखते हैं, 'बहुत-से सनातनी हिंदुओं से हरिजनों के विद्यालयों, कुओं और अन्य सार्वजनिक स्थानों में प्रवेश का सवाल सबसे पहले करता हूँ।'[38] एक अन्य स्थान पर वह कहते हैं, 'मंदिर-प्रवेश के बिना सुधार के सारे उपाय रोग के साथ खिलवाड़ करने जैसे हैं। मंदिरों की आवश्यकता को अस्वीकार करने का मतलब स्वयं ईश्वर, धर्म और भौतिक अस्तित्व की आवश्यकता को अस्वीकार करना होगा।'[39] उनकी दृष्टि में 'मंदिर-प्रवेश ही उन्हें यह विश्वास दिलाएगा कि ईश्वर के समक्ष वे अछूत नहीं हैं।'[40] मंदिर-प्रवेश के बारे में वह कहते हैं, 'जो आज तक यह मानते रहे हैं कि मंदिर केवल सवर्णों के लिए हैं, उनके पूर्वाग्रह को हमें दूर करना चाहिए। हरिजन भाई मंदिर में आएँ, उनके लिए हमें मंदिर के द्वार खोल देने चाहिए। जब हरिजन भाई समझ जाएँगे कि हम उन्हें प्रेम से बुलाना चाहते हैं, तब वे अपने-आप चले आएँगे।'[41]

मंदिर-प्रवेश को गांधी अस्पृश्यों की सामाजिक और आर्थिक उत्थान की कुंजी मानते थे। गांधी के मत में अस्पृश्यों की आर्थिक समस्या का हल तब तक संभव नहीं था, जब तब अन्य लोगों के साथ बराबरी के आधार पर अस्पृश्यों को मंदिर-प्रवेश का अधिकार नहीं मिल जाता। उनकी दृष्टि में अस्पृश्यता-निवारण का कारगर उपाय मंदिर-प्रवेश था और मंदिर-प्रवेश से ही अन्य सुधारों की प्रगति में तेज़ी लाई जा सकती थी। इसी संदर्भ में वह लिखते हैं, 'आप आर्थिक समस्याओं को हल कर भी दें, तो भी उससे हरिजन समस्या हल होने वाली नहीं है, क्योंकि डा. अम्बेडकर आर्थिक और शैक्षिक दृष्टि से हममें से अधिकांश से अच्छे हैं फिर भी माने तो अछूत ही जाते हैं।'[42]

गांधी के मंदिर-प्रवेश का अर्थ यह नहीं था कि इससे दलितों की सभी समस्याओं का हल हो जाएगा बल्कि गांधी का विचार था कि जब मंदिरों के द्वार दलितों के लिए स्वतः खोल दिए जाएँगे तो इससे अस्पृश्यता का निवारण हो जाएगा और जब अस्पृश्यता का निवारण हो जाएगा तो फिर हिंदू और गैरहिंदू का प्रश्न ही नहीं रहेगा। जब ऐसी स्थिति आ जाएगी तब सभी क्षेत्रों में सभी की स्वतंत्र भागीदारी हो जाएगी। दूसरे शब्दों में, गांधी की दृष्टि में धार्मिक समानता के बिना दलितोत्थान का कार्य

संभव नहीं था। क्योंकि उनका यह दृढ़ विश्वास था कि जब तक अस्पृश्यों को मंदिर-प्रवेश का अधिकार नहीं मिल जाता, तब तक अस्पृश्यता का काला दाग उनके शरीर पर लगा रहेगा। यही कारण था कि गांधी के मत में जब तक मंदिर-प्रवेश के संबंध में उन्हें सवर्ण हिंदुओं के बराबर अधिकार और सुविधाएँ नहीं दी जातीं, तब तक उनकी आर्थिक स्थिति में चाहे जितने भी सुधार किया जाएँ, उन्हें सवर्ण हिंदुओं की बराबरी का दर्जा नहीं मिल सकता। मंदिर-प्रवेश को गांधी महत्त्वपूर्ण कार्य तो मानते थे, लेकिन दलितों की माँग पर मंदिरों के द्वार खोलना बहुत बड़े महत्त्व का काम नहीं मानते थे। गांधी का यह कहना था, 'मंदिर-प्रवेश का कार्य ज़ोर-जबरदस्ती से नहीं होना चाहिए। उनकी दृष्टि में यह कार्य सवर्ण हिंदुओं के मत को अनुकूल दिशा देकर ही संपादित किया जाना चाहिए।'[43] परंतु साथ ही उनकी सवर्णों से भी यह अपील थी कि मंदिरों के द्वार अस्पृश्यों के लिए इसलिए खोल देने चाहिए क्योंकि, 'मंदिर बंद करके हमने पाप किया है, इसलिए मंदिरों के द्वारा खोलना अवश्य ही एक धार्मिक पुण्य का कार्य होगा।[44]

गांधी का यह दृढ़ मत था कि अस्पृश्यता का कलंक और अनुसूचित जातियों की दयनीय दशा के लिए सवर्ण हिंदू ही दोषी हैं। यही कारण था कि गांधी के रचनात्मक कार्यक्रम में सवर्ण हिंदुओं को जागरूक करना एक मुख्य उद्देश्य था। परंतु इसका तात्पर्य यह भी नहीं था कि अस्पृश्य जातियाँ सामाजिक और सांस्कृतिक उत्थान के कार्य में भागीदारी न निभाएँ बल्कि यह कि अस्पृश्यों के सामाजिक और सांस्कृतिक उत्थान में जहाँ एक ओर सवर्णों द्वारा प्रायश्चित के उपाय का तरीका आवश्यक है, वहीं अस्पृश्यों द्वारा अपना आंतरिक और बाहरी सुधार भी आवश्यक है। इसलिए वह लिखते हैं, 'अस्पृश्यों का आंतरिक सुधार और स्पृश्यों द्वारा प्रायश्चित, ये दोनों काम साथ-साथ चलने चाहिए।'[45] गांधी कहते हैं, 'हरिजनों को भी जोश के साथ अपने अंदर सुधार करना चाहिए, जिससे सवर्णों को यह कहने का मौका न मिले कि इन जातियों में अमुक बुराई है।'[46]

वह इन जातियों से यह भी कहते हैं, 'जिसे आप अपना अधिकार मानते हैं, उसके लिए आप हिंदू समाज से शिष्टतापूर्वक अवश्य लड़ें, लेकिन साथ ही हिंदू समाज के नियमों का पालन भी करें और व्यभिचार आदि छोड़कर अपने अंतःकरण को निर्मल बनाएँ।'[47] अवर्णों से उन्होंने यह भी अपील की, 'यदि सवर्ण हिंदू आप लोगों पर अत्याचार करें तो आपको यह समझना चाहिए कि दोष हिंदू धर्म में नहीं है बल्कि उसके अनुयायियों में है।'[48] अर्थात वह इन जातियों से यह अपेक्षा करते थे कि वे कोई ऐसा कार्य नहीं करें जिससे सनातनी वर्ग के लोगों को दुख पहुँचे। गांधी अवर्णों को उसी प्रकार का संदेश देते थे, जैसा कि डा. अम्बेडकर भी कहते थे, 'शिक्षित बनो,

संगठित रहो और संघर्ष करो।' गांधी भी अवर्णों से कहते हैं कि अपनी उन्नति तुम्हें स्वयं करनी है। तुम यह समझ कर मत बैठ जाना कि तुम्हारे भले के लिए जो कुछ ज़रूरी हैं, वह सब सवर्ण हिंदू समाज करेगा तुम्हें अपनी ताकत दिखानी है। इसलिए जागो और हिंदुओं ने जिन दोषों को लगाकर तुम्हारा त्याग किया है, उन्हें दूर करके दिखाओ तथा अपने अंदर की कमियों को मिटाओ और अपना उत्थान करो।

वास्तव में, गांधी उदारवादियों की तरह मानवीय दुर्बलताओं को स्वीकार करते थे। वह मार्क्स की तरह दो विपरीत दिशाओं वाले संघर्षपूर्ण वर्गों को स्वीकार नहीं करते थे। गांधी की दृष्टि में मानवीय प्रकृति सुधारवादी थी और इसलिए गांधी को आशावादी माना जाता है। उनकी दृष्टि में सवर्ण तथा अवर्णों ने जो गलतियाँ की हैं, उनका सुधार भी वे स्वयं ही कर सकते हैं। गांधी के मत में एक व्यक्ति या वर्ग बहुत अच्छा और दूसरा बहुत बुरा नहीं होता, बल्कि वे यह मानते थे कि एक बहुत अच्छा तथा दूसरा कम अच्छा हो सकता है। परंतु इसका तात्पर्य यह नहीं था कि कम अच्छे में सुधार नहीं हो सकता बल्कि वह यह मानते थे कि मनुष्य परमात्मा तो नहीं बन सकता, परंतु महात्मा अवश्य बन सकता है। गांधी भी कांट, मिल, ग्रीन और हावहाउस के उस मत को स्वीकार करते थे कि व्यक्ति में सुधार का विषय अंदरूनी होता है, इसलिए उनकी यह मान्यता थी कि किसी भी व्यक्ति या समाज का उत्थान स्वयं उसके नागरिकों के श्रम और व्यवहार पर निर्भर करता है।

गांधी भी डा. अम्बेडकर की तरह यह मानते थे कि उत्थान का कार्य व्यक्ति और समाज की अपनी योग्यता और परिश्रम पर निर्भर करता है। दूसरे शब्दों में, गांधी का यह मत था कि अस्पृश्यता का अंत तब तक संभव नहीं होगा, जब तक सवर्णों की आत्मा में परिवर्तन नहीं आएगा और दलितोत्थान तब तक संभव नहीं होगा, जब तक दलितों में अपने कर्त्तव्यों के प्रति जागरूकता नहीं आएगी। यही कारण था कि गांधी सवर्णों और अवर्णों दोनों को उनके कर्त्तव्यों का बोध कराने के लिए जहाँ एक ओर सवर्णों से अपने किए का प्रायश्चित कराने के लिए दलितों के धार्मिक एवं सार्वजनिक स्थलों में प्रवेश एवं उनके इस्तेमाल का अधिकार दिलाने के लिए आंदोलन चलाते रहे, वहीं दूसरी ओर दलितों की स्वच्छता और शिक्षा के लिए संस्थाओं का गठन करते रहे, मदिरा और मांस त्याग करने पर बल देते रहे। यही कारण था कि अस्पृश्यता-निवारण के लिए वह अनुसूचित जातियों को मंदिर-प्रवेश का अधिकार सर्वप्रथम दिलाना चाहते थे।

गांधी के दर्शन का उद्गम प्राचीन भारतीय वैदिक अहिंसा, सत्याग्रह की परंपरा और पश्चिमी प्रजातंत्र एवं धर्मनिरपेक्षता के सिद्धांतों के समन्वय का परिणाम था। इसलिए गांधी का सामाजिक परिवर्तन का दृष्टिकोण मार्क्स की तरह क्रांतिकारी नहीं

था। गांधी सामाजिक असमानताओं को तो स्वीकार करते थे, परंतु समानता लाने का उनका मार्ग सत्याग्रह और अहिंसा द्वारा क्रमिक परिवर्तन पर आधारित था। उनका दृढ़ मत था कि वर्षों से चले आ रहे पूर्वाग्रहों को समाप्त करने की वैज्ञानिक विधि हृदय-परिवर्तन ही हो सकती है। उनकी दृष्टि में अस्पृश्यता-निवारण या दलितोत्थान के प्रश्न को हल करने के लिए सवर्ण हिंदुओं की आत्मा को बदलना ही एकमात्र मार्ग था, चाहे सफलता मिलने में कुछ वर्ष क्यों न लग जाएँ। इसलिए वह कहते हैं, 'यह रोग ऐसा नहीं है जिसका कोई कानूनी इलाज किया जा सके या जिसे संसद के निर्णय से दूर किया जा सके, इसका उपचार तो पूरी दुनिया में इस बात पर निर्भर करता है कि हम अपने हृदय को बदलें।'[49] इसलिए वह लिखते हैं, 'ज़बरदस्ती करने के उपाय पर मेरा तनिक भी विश्वास नहीं है। मैं लोगों को हृदय और बुद्धि के धरातलों पर समझा-बुझाकर उनसे सत्य की अपनी अवधारणा स्वीकार कराने की कोशिश करता हूँ।'[50] उनकी दृष्टि में केवल स्वतंत्र वातावरण में ही हृदयपरिवर्तन संभव था। वह कहते हैं, 'मैं जिस लक्ष्य को लेकर चल रहा हूँ, वह यह है कि हर सवर्ण हिंदू अपने हृदय से अस्पृश्यता की भावना को निकाल ले और इस तरह अपना पूर्ण हृदय-परिवर्तन करें।'[51]

गांधी सवर्णों के हृदय-परिवर्तन के बिना अस्पृश्यता-निवारण का कार्य असंभव मानते थे। वास्तव में, गांधी अनुसूचित जातियों के उत्थान के लिए दो मार्गों पर बल देते थे। प्रथम, अपने पीड़ित भाइयों के बीच में रहकर उनके कष्टों का निवारण करना। दूसरा, उन लोगों के हृदय को बदलना, जो अपने ही भाइयों को अछूत समझने की प्रथा में विश्वास रखते थे। अस्पृश्यता-निवारण और अनुसूचित जातियों का उत्थान, ये दो बातें एक दूसरे से भिन्न होते हुए भी, गांधी की दृष्टि में एक दूसरे से संबंधित थीं। अनुसूचित जातियों के उत्थान में उनके शैक्षिक, आर्थिक और सामाजिक सुधार की बातें हैं, जबकि अस्पृश्यता-निवारण तब तक संभव नहीं है जब तक सवर्ण इस बात का स्वीकार न कर लें कि किसी व्यक्ति को जन्म के आधार पर छूना पाप नहीं है और जन्म से कोई अपवित्र नहीं हो सकता। गांधी इस बात को भी स्वीकार करते थे कि यह कार्य एक निश्चित समय में किसी भी संत या कानून से संभव नहीं हो सकता। इसका निवारण तभी संभव हो सकता है, जब सवर्णों की आत्मा में परिवर्तन आ जाए। इसलिए गांधी के मत में अस्पृश्यता-निवारण का कार्य क्रमिक परिवर्तन के सिद्धांत पर आधारित है।

गांधी के इस दृष्टिकोण से डा. अम्बेडकर संतुष्ट नहीं थे। डा. अम्बेडकर की दृष्टि में जब तक नागरिक और राजनीतिक अधिकार दलितों को प्राप्त नहीं होंगे तब तक दलितोत्थान का प्रश्न ही नहीं उठता। यही कारण है कि जहाँ गांधी की दृष्टि में

दलितों का उत्थान धार्मिक और मनोवैज्ञानिक साधनों से संभव था, वहीं डा. अम्बेडकर की दृष्टि में वह नागरिक और राजनीतिक अधिकारों से संभव था।

अस्पृश्यता की प्रथा कब और कैसे प्रचलित हुई तथा अछूत किसे कहा गया, इस विषय पर नृवैज्ञानिक, समाजविज्ञानी और इतिहासकारों में मतभेद पाया जाता है। परंतु अस्पृश्य जातियों का इतिहास दास, दस्यु और शूद्र के रूप में वैदिक वर्ण व्यवस्था में प्रारंभ हो चुका था। किंतु उस वर्ण व्यवस्था में व्यवसाय अथवा पेशे को ऊँच-नीच की दृष्टि से नहीं देखा जाता था। व्यक्तिगत योग्यता एवं क्षमता के आधार पर पेशे में परिवर्तन की स्वतंत्रता थी। परंतु वर्ण व्यवस्था ने जातियों का रूप धारण किया और पेशा जन्म के आधार पर निश्चित होने लगा, तब सबसे निम्न कोटि का कार्य करने वाले वर्ग पर अनेक अयोग्यताएँ लाद दी गईं। गांधी और डा. अम्बेडकर दोनों इस तथ्य को स्वीकार करते हैं। ये अयोग्यताएँ कब लादी गईं, यह निश्चित रूप से नहीं कहा जा सकता। परंतु ऐसे प्रमाण अवश्य मिलते हैं कि उत्तर वैदिक काल के अंतिम चरण से भारतीय समाज का बुनियादी ढाँचा जन्मजात असमानता पर आधारित अनेक जातियों और उप-जातियों में बँटता रहा। इस उप-विभाजन के कारण ही कुछ समूह सबसे नीचे रहे जिनके उत्पीड़न का दुर्भाग्यपूर्ण इतिहास ही उनकी पहचान है। इनकी अनेक अयोग्याताएँ रही हैं और इतिहास में इन्हें दूर करने के अनेक प्रयास हुए हैं। जैन-बौद्ध काल से लेकर मध्ययुगीन सूफ़ी संतों तथा आधुनिक पुनर्जागरण काल के सामाजिक सुधारवादियों तक किसी को इसमें खास सफलता नहीं मिली।

बीसंवीं शताब्दी के दूसरे दशक में पहली बार महात्मा गांधी और डा. भीमराव अम्बेडकर ने दलितों की समस्याओं के समाधान के लिए न केवल यथार्थवादी दृष्टिकोण से अध्ययन किया बल्कि दोनों ने इन जातियों के उत्थान के लिए आंदोलन भी चलाए, हालाँकि दोनों की सोच और कार्य करने की दिशा अलग-अलग थी। सवर्ण सुधारकों में गांधी ही ऐसे प्रथम व्यक्ति हुए जिन्होंने अस्पृश्यता की भावना को सवर्णों के ह्दय में पाया। यही कारण था कि वह इस समस्या के लिए सवर्ण हिंदुओं को दोष देते थे और अस्पृश्यता-निवारण के लिए सवर्ण हिंदुओं के दृष्टिकोण में परिवर्तन लाना चाहते थे। इसी वजह से गांधी इस समस्या का समाधान हिंदू धर्म एवं जाति के ढाँचे के अंदर ही करने के पक्ष में थे क्योंकि वह यह मानते थे कि जिस प्रकार दलितों के लिए भौतिक उत्थान आवश्यक है, उसी प्रकार सवर्ण एवं संपन्न वर्ग के लिए आध्यात्मिक उत्थान आवश्यक है। इसीलिए गांधी अस्पृश्य जातियों का उत्थान सर्वप्रथम धार्मिक और नैतिक दृष्टिकोण से करना चाहते थे, जिससे सवर्ण-अवर्ण का भेदभाव समाप्त हो सके और इन जातियों को राष्ट्रीय एकता एवं सामंजस्य की

धारा में लाया जा सके। उनकी दृष्टि में अस्पृश्य जातियों की समस्या सामाजिक और धार्मिक थी।

दूसरी ओर, डा. भीमराव अम्बेडकर की यह मान्यता थी कि हिंदू धर्म में वर्ण व्यवस्था को समाज का आधार देने वाले सवर्ण हिंदुओं के संपूर्ण धर्मशास्त्र वर्ण भेद पर आधारित हैं। वर्ण व्यवस्था के कारण ही शूद्रों को अछूत माना गया। वर्ण यवस्था में ऊँच-नीच के कारण जाति भेद को प्रोत्साहन मिला और जाति भेद के इस वर्गीकरण के कारण अस्पृश्यता का जन्म हुआ। इसलिए जब तक वर्ण, कर्म, पुनर्जन्म और जाति व्यवस्था पर आधारित हिंदू धर्मशास्त्रों को समूल नष्ट नहीं किया जाता, तब तक अस्पृश्यता से मुक्ति नहीं मिल सकती। इसी कारण डा. अम्बेडकर यह चाहते थे कि दलित जातियों का उत्थान अन्य अल्पसंख्यक वर्गों की तरह नागरिक और राजनीतिक अधिकार देकर संभव बनाया जाए।

अस्पृश्यता-निवारण की रणनीतियों में मतभेद होने के बावजूद गांधी और अम्बेडकर न केवल अछूत मुक्ति के समर्थक थे, बल्कि उनके छीने हुए अधिकार भी वापस दिलाने के पक्षधर थे। अस्पृश्यता-निवारण के संदर्भ में दोनों का लक्ष्य एक ही था और वह था अस्पृश्यों को अस्पृश्यता से मुक्ति दिलाना और उनका सामाजिक, आर्थिक तथा राजनीतिक उत्थान करना।

अस्पृश्यता उस परंपरागत मनोभाव तथा व्यवहार-प्रतिमान का द्योतक है, जिसके अनुसार पंचम वर्ग के सदस्य छूने योग्य नहीं होते, और उच्च वर्ग द्वारा उनसे सामाजिक दूरी बनाए रखना भी आवश्यक होता है। इसी प्रकार, अस्पृश्य सदस्यों का भी यह कर्त्तव्य माना जाता था कि वे उच्च वर्ग के सदस्यों से दूर रहें। धीरे-धीरे अस्पृश्यता की यह धारणा केवल उच्च या मध्यम जातियों से ही संबद्ध नहीं रही, बल्कि अस्पृश्यों में भी उच्च जातियों द्वारा निम्न जातियों के प्रति भेदभाव का व्यवहार किया जाता था। इसलिए अस्पृश्यता की मनोवृत्ति जाति से नहीं बल्कि परंपरागत रूप से निम्न व्यवसाय, घृणा और पिछड़ेपन के दृष्टिकोण से संबद्ध रही है।[52] इसलिए अस्पृश्य शब्द का अर्थ ही अछूत हुआ।

मनुस्मृति में पंचम वर्ण या अछूत का कोई उल्लेख नहीं हैं। लेकिन मनु यह स्वीकार करते हैं कि प्रतिलोम विवाह अर्थात ब्राह्मण कन्या और शुद्र लड़के से पैदा होने वाली संतान को हिंदू धर्म में वर्ण संकर मानने के कारण चतुर्थ वर्ण से पृथक रखा जाता है।[53] कौटिल्य ने भी वर्ण संकर जातियों को संपत्ति के हिस्से से वंचित रखा है।[54] अस्पृश्यता के कारणों पर प्रकाश डालते हुए जी. एस. धुरिये ने अपनी पुस्तक *जाति, वर्ण और व्यवस्था* में लिखा है कि इंडों-आर्यन लोगों ने यहाँ के मूल निवासियों को दास बनाकर और सबसे नीचा स्थान देकर घृणा का पात्र बनाया तथा

उन्हें अपनी पूजा पद्धतियों से भी दूर रखा। डी. एन. मजूमदार अपनी पुस्तक *रेस और कल्चर* में धुरिये के मत का खंडन करते हुए कहते हैं कि दलित जातियों की अयोग्याताएँ संस्कार से संबंधित नहीं हैं, बल्कि इसका आधार प्रजातीय और सांस्कृतिक भिन्नता है। इन भिन्नताओं के कारण धीरे-धीरे इतनी कटुता हो गई कि कुछ लोगों को छूना ही अनुचित माना जाने लगा और वे अछूत कहलाए। अस्पृश्यता का एक अन्य कारण व्यावसायिक दृष्टिकोण भी माना जाता है। नेसफील्ड का विचार है कि सामाजिक दृष्टिकोण से जो पेशे अपवित्र माने जाते थे उनसे छुआछूत की भावना पैदा हुई। इस तरह के पेशे अपनाने वाले व्यक्तियों और समूहों को अछूत माना जाने लगा। शूद्रों के एक वर्ग के साथ अस्पृश्यता कैसे जुड़ गई, इस विषय पर डा. अम्बेडकर का मत है कि वैदिक काल में कोई भी अछूत नहीं था। धर्मसूत्रों के काल में अपवित्रता अवश्य थी परंतु अछूतपन की धारणा का विकास नहीं हुआ था। अस्पृश्यता की उत्पत्ति के निश्चित समय की जानकारी चौथी शताब्दी में गुप्त नरेशों द्वारा गौ-वध को दंडनीय घोषित करने और गौ-मांसाहारी लोगों को अछूत कहे जाने से मिलती है।[55] महात्मा गांधी भी अस्पृश्यों की उत्पति के काल को एक ऐसा समय मानते हैं जब गौ वध पर प्रतिबंध लग गया था और जो गाय का मांस खाते रहे उन्हें समाज से तिरस्कृत किया गया। लेकिन गांधी ने इस काल को परिभाषित नहीं किया है। परंतु रामशरण शर्मा का मत है कि हीन व्यवस्थाओं, कार्यों और जातियों की गणना मूलतः मौर्य पूर्व काल में की जाने लगी थी, जिससे पता चलता है कि अस्पृश्यता संभवतः मौर्य पूर्व काल में आई।[56] इस आधार पर अछूतों की उत्पत्ति के दो मुख्य कारण पाए जाते हैं। पहला, घृणित पेशा, और दूसरा, आदिम जातियों का संस्कारविहीन जीवन। पहले दृष्किोण के अनुसार शारीरिक और मानसिक प्रवृत्ति से पंचम वर्ग की उत्पत्ति हुई जबकि दूसरे दृष्टिकोण के अनुसार धार्मिक कारण अछूत वर्ग की उत्पत्ति में सहायक सिद्ध हुआ। अस्पृश्यता के काल निर्धारण में मतभेद के बावजूद यह अवश्य कहा जा सकता है कि अस्पृश्यता मौर्य पूर्व काल में आरंभ हो चुकी थी।

गांधी की दृष्टि में दलित जातियों से संबंधित मूल समस्या अस्पृश्यता-निवारण की थी। उनका यह दृढ़ मत था कि इन्हें जब तक सामाजिक समानता नहीं मिल जाती तब तक उनका आर्थिक और राजनीतिक उत्थान चाहे कितना भी किया जाए, अस्पृश्यता-निवारण संभव नहीं होगा। इसी कारण गांधीवादी दृष्टिकोण आर्थिक और राजनीतिक कल्याण से समस्या का समाधान नहीं मानता, बल्कि पहले सामाजिक पहलुओं पर विशेष ध्यान देने की बात करता है, क्योंकि गांधी सामाजिक, आर्थिक और राजनीतिक जीवन को अलग-अलग टुकड़ों में बाँटकर उत्थान के समर्थक नहीं रहे हैं। दूसरा, गांधी की दृष्टि में अस्पृश्यता-निवारण और दलितों के भौतिक उत्थान

की समस्या केवल उन तक ही सीमित नहीं थी, बल्कि यह सवर्ण हिंदू या संपूर्ण भारतीय समाज की समस्या थी। इसका समाधान न तो अनुसूचित जातियों के दृष्टिकोण से किया जा सकता था और न ही गैर-अनुसूचित जातियों के दृष्टिकोण से। तीसरा, गांधीवादी दृष्टिकोण का एक मूल तत्त्व यह भी है कि सामाजिक परिवर्तन विधान-निर्माण और ज़ोर-ज़बरदस्ती से नहीं लाया जा सकता। सामाजिक परिवर्तन सोच में बदलाव लाकर और अहिंसात्मक पद्धति से ही आ सकता है, क्योंकि ज़ोर-ज़बरदस्ती का प्रभाव केवल तात्कालिक होता है और परिस्थितियों के बदलने पर वह टूट सकता है, जबकि सामाजिक सहमति से परिवर्तन लाने में देर भले ही हो, परंतु उसका प्रभाव दूरगामी और स्थायी होता है। इसलिए गांधीवाद लोगों में सत्य, अहिंसा और नैतिक दृष्टिकोण के प्रचार-प्रसार से जन-जाग्रति उत्पन्न करने पर बल देता है।

दूसरी ओर, डा. भीमराव अम्बेडकर की दृष्टि में दलित जातियों की मूल समस्या वर्ण एवं जाति व्यवस्था से उत्पन्न अस्पृश्यता थी और इस प्रथा को आधार देने के लिए वे हिंदू धर्मशास्त्रों को दोषी मानते थे। उनकी दृष्टि में अस्पृश्यता से मुक्ति तब तक संभव नहीं थी जब तक वर्ण-व्यवस्था से उपजी जातिप्रथा और हिंदू धर्मशास्त्रों की एक सर्वमान्य पुनर्व्याख्या नहीं हो जाती। डा. अम्बेडकर के अनुसार अस्पृश्यता के व्यवहार के लिए हिंदू दोषी नहीं हैं बल्कि वे शास्त्र दोषी हैं जो जाति व्यवस्था की गलत शिक्षा देते हैं। उनकी दृष्टि में जब तक लोग धर्मशास्त्रों की सत्ता पर विश्वास करते रहेंगे तब तक उनके आचरण में परिवर्तन नहीं आएगा। इसलिए वह गांधी के सवर्णों के हृदय-परिवर्तन के कार्यक्रमों पर विश्वास नहीं करते थे। डा. अम्बेडकर का यह निश्चित मत था कि जब तक हिंदू धर्मग्रंथों की पुनर्व्याख्या के बाद एक सर्वमान्य ग्रंथ का निर्माण नहीं होता और पुरोहिताई के पेशे को योग्यता के आधार पर सभी वर्गों के लिए नहीं खोला जाता तब तक अस्पृश्यता से मुक्ति नहीं मिल सकती। दूसरा, डा. अम्बेडकर की दृष्टि में दलितों के शोषण, उत्पीड़न और उनके दीन-हीन होने का मुख्य कारण सवर्ण हिंदू अवश्य थे, परंतु इस समस्या के समाधान के लिए वे सवर्णों से भिक्षा-दान की अपेक्षा नहीं करते थे। उनकी दृष्टि में जब तक दलितों में आत्मबल और स्वयं संगठित होने की चेतना का विकास नहीं होगा तब तक सामाजिक परिवर्तन संभव नहीं होगा। उनके विचार से सामाजिक संरचना में जब तक क्रांतिकारी परिवर्तन नहीं लाया जाता, तब तक भौतिक क्रांति का न तो कोई अर्थ होगा और न ही अस्पृश्यता से मुक्ति मिलेगी। इसलिए वह चाहते थे कि भारत के सामाजिक ढाँचे में मूल परिवर्तन लाने के लिए जातिविहीन समाज की स्थापना की जाए। दलित जातियों के आर्थिक और राजनीतिक उत्थान के लिए

उन्होंने संवैधानिक उपायों पर बल दिया और दलितों में आत्मविश्वास की चेतना से एक नए समाज के निर्माण की कल्पना की। परंतु सवर्ण रूढ़िवादी मानसिकता से लंबे समय तक संघर्ष करने के बाद निराश होकर उन्होंने अंतिम अवस्था में धर्मपरिवर्तन को जातिव्यवस्था और अस्पृश्यता-मुक्ति का साधन माना।

गांधी-अम्बेडकर की दृष्टि से अस्पृश्यता की समस्या और समाधान पर विचार करने के बाद यह स्पष्ट कहा जा सकता है कि स्वतंत्रता के बाद सरकारी कार्यक्रमों में न तो गांधी के रचनात्मक कार्यक्रमों को लागू किया गया और न ही डा. अम्बेडकर के दृष्टिकोण को अपनाने पर बल दिया गया। स्वातंत्र्योत्तर भारत में जातियों का आधुनिकीकरण, सांस्कृतीकरण और राजनीतिकरण अवश्य होता रहा, परंतु जातियों के टूटने और विलीन होकर नागरिक समाज बनने की जगह जातिवादी राजनीति को ही बढ़ावा मिलता रहा है।

टिप्पणी

1 गांधी, मोहनदास करमचंद, *संपूर्ण वाड्मय,* भाग-58, 1947, पृ. 238

2 वहीं, भाग-35, 1970, पृ. 143

3 वहीं, भाग-58, 1947, पृ. 043

4 वहीं, भाग-64, 1976, पृ. 273

5 वहीं, भाग-19, 1966, पृ. 020

6 वहीं, भाग-19, 1966, पृ. 529

7 वहीं, भाग-30, 1969, पृ. 183

8 वहीं, भाग-21, पृ. 261

9 वहीं, पृ. 336

10 वहीं, पृ. 101

11 गांधी, मो. क., *संपूर्ण वाड्मय,* भाग-35, 1970, पृ. 269

12 वहीं, भाग-58, 1947, पृ. 238

13 वहीं, भाग-19, 1966, पृ. 101

14 वहीं, भाग-58, 1947, पृ. 85

15 वहीं, भाग-52, 1973, पृ. 360

16 वहीं, भाग-55, 1973, पृ. 54

17 वहीं, भाग-52, 1973, पृ. 166

18 वहीं, पृ. 164

19 वहीं, भाग-30, 1969, पृ. 183

20 वहीं, भाग-58, 1947, पृ. 128

21 वहीं, भाग-53, 1973, पृ. 283

22 वहीं, भाग-35, 1970, पृ. 101

23 वहीं, भाग-58, 1947, पृ. 006

24 वहीं, भाग-19, 1966, पृ. 554

25 वही, पृ. 335

26 गांधी, मो. क., *संपूर्ण वाड्मय,* भाग-26, 1968, पृ. 259

27 वहीं, पृ. 287

28 वहीं, भाग-35, 1970, पृ. 102

29 वहीं, भाग-53, 1973, पृ. 431

30 वहीं, भाग-58, 1947, पृ. 183

31 वहीं, भाग-64, 1973, पृ. 97

32 वहीं, भाग-58, 1974, पृ. 451

33 वहीं, भाग-19, 1966, पृ. 153

34 वहीं, भाग-19, 1966, पृ. 248

35 वहीं, भाग-63, 1976, पृ. 43

36 वहीं, भाग-19, 1966, पृ. 101

37 गांधी, मो. क., *संपूर्ण वाड्मय,* भाग-54, 1973, पृ. 142

38 वहीं, भाग-53, 1973, पृ. 56

39 वहीं, भाग-54, 1973, पृ. 56

40 वहीं, भाग-53, 1973, पृ. 288

41 वहीं, भाग-56, 1974, पृ. 229

42 वहीं, भाग-56, 1974, पृ. 254-55

43 वहीं, भाग-63, 1976, पृ. 50

44 वहीं, भाग-58, 1974, पृ. 229

45 वहीं, भाग-73, 1976, पृ. 42

46 वहीं, भाग-42, 1971, पृ. 489

47 वहीं, भाग-26, 1968, पृ. 6

48 वहीं, भाग-19, 1966, पृ. 581

49 वहीं, भाग-48, 1972, पृ. 60

50 वहीं, पृ. 474

51 गांधी, मो. क., *संपूर्ण वाड्मय*, भाग-64, 1976, पृ. 40

52 सिंह, रामगोपाल, *भारतीय दलित समस्याएँ एवं समाधान*, भोपाल, मध्य प्रदेश हिन्दी ग्रंथ अकादमी. पृ. 100

53 रूस्तगी, उर्मिला, *मनुस्मृतिः एक मूल्यांकन*, दिल्ली, जे. पी. पब्लिशिंग हाउस, 1951, पृ. 36

54 शर्मा, रामशरण, *शूद्र इन एनसिएन्ट इंडिया*, दिल्ली, मोतीलाल बनारसीदास, 2002, पृ. 157

55 अम्बेडकर, भीम राव, *शूद्र कौन और कैसे*, पृ. 198-99

56 शर्मा, रामशरण, *शूद्र इन एनसिएन्ट इंडिया*, दिल्ली, मोतीलाल बनारसीदास, 2002, पृ. 112

11

गांधी और पर्यावरण

मनोज सिन्हा

महात्मा गांधी ने एक सपना देखा था कि स्वतंत्र भारत में गाँववासियों का जीवन-स्तर सुधरेगा। ग्रामीणों को अभाव के जीवन से मुक्ति मिलेगी। पुरुष और महिलाएँ दोनों आज़ाद होंगे तथा समान अधिकार पाएँगे। यहाँ न प्लेग होगा, न हैजा, न चेचक, न कोई हाशिए पर होगा।

आखिरकार भारत के लिए गांधी का नज़रिया क्या था? और अभी हम कहाँ पर हैं? महत्त्वपूर्ण बात यह है कि हमारी आज़ादी के 60 वर्ष बीत चुके हैं लेकिन हम देश से बेरोजगारी और गरीबी मिटाने का कोई आधार तैयार नहीं कर पाए हैं। हम उस स्थिति में हैं जहाँ असंतुलित विकास के फलस्वरूप समाज अस्तव्यस्त होकर बिखर रहा है। इन सभी बातों को ध्यान में रखकर गांधीवादी अर्थशास्त्र के एक ज्ञाता ने कहा है, 'न तो आधुनिकीकरण, शहरीकरण और न ही उत्पादन की दिशा में पूँजीवादी संबंधों के विस्तार से लोगों का कल्याण किसी तरह से संभव है। आम जनता के जीवन-स्तर में किसी तरह के सुधार का रास्ता तलाशने से पहले परंपरगत क्षेत्रों में मज़दूरों की स्थिति में सुधार करके बढ़ती हुई बेरोजगारी को रोका जा सकता है। यही गांधीवादी आर्थिक चिंतन का सार है।'[1]

अपनी मौत से चार दिन पहले गांधी ने लिखा था, 'हम किसके लिए यह समारोह मना रहे हैं?' वह दिन 26 जनवरी 1948 का था और आज 60 वर्ष बीत जाने के बाद भी हम वही सवाल पूछ रहे हैं। हमें आत्मनिरीक्षण करने एवं गांधी के दर्शन पर

गंभीरता से विचार करने की आवश्यकता है। पूरी दुनिया में 'कल के लिए विश्व को संरक्षित करें' मानव-जाति का नारा बन चुका है। बढ़ती मानवीय आवश्यकताओं और जनसंख्या विस्फोट के संदर्भ में दुनिया की समस्याओं का हल गांधीवादी दर्शन में खोजना है।

नए परिप्रेक्ष्य की ज़रूरत

एडम स्मिथ* के लेखनकाल में लोगों की औसत जीवन अवधि कम थी और जीवन कठिनाइयों से भरा था। मौलिक आर्थिक आवश्यताओं की पूर्ति के लिए निरंतर संघर्ष करना पड़ता था। मानव प्रकृति की कृपा पर आश्रित था। आज स्थिति बिल्कुल उलटी हुई लगती है। विकसित देशों में प्रति व्यक्ति उपभोक्ता का स्तर आज पहले की तुलना में बहुत अधिक बढ़ गया है। उन्नत देशों में उपभोक्ता वस्तुओं की अत्यधिक खपत और अत्यधिक आय की कभी न खत्म होने वाली इच्छा तथा इसके लिए आराम नहीं कर पाने से व्यक्ति के स्वास्थ्य पर प्रतिकूल प्रभाव पड़ता है। इसलिए विकसित देशों में यह सवाल जायज़ है कि क्या प्रति व्यक्ति उपभोक्ता वस्तुओं का उच्चतर स्तर प्राप्त करना ही हमारा यथार्थ लक्ष्य है।'[2]

हमें नए यथार्थ की आवश्यकता क्यों है? आर्थिक गतिविधियों के कारण आज हम वैश्विक स्तर पर पर्यावरण की अपूरणीय क्षति से जूझ रहे हैं। ग्रीन हाऊस गैसों का उत्सर्जन इसका एक ज्वलंत उदाहरण है। जब तक हम इन चीज़ों के प्रति जागरूक होंगे तब तक इतनी देर हो चुकी होगी कि हम बिगड़ती स्थिति को न तो संभाल सकेंगे और न ही संकट को टाल सकेंगे। पर्यावरण में बदलाव के व्यापक प्रभाव होंगे और ये निश्चित तौर पर वैश्विक होंगे तथा हम सभी इससे प्रभावित होंगे। इस तरह पर्यावरण में जो कुछ घटित हो रहा है उसमें हर किसी की हिस्सेदारी है। वैश्विक पर्यावरण हमारे लिए एक साझा संसाधन है। हालाँकि इस साझे संसाधन के इस्तेमाल को लेकर हमारे बीच जो मतभेद हैं उसे सुलझा पाना आसान कार्य नहीं है, क्योंकि जोखिम और अनिश्चितता की स्थिति में हममें से अधिकतर लोगों के रूख में अंतर होता है। लाभ और हानि के मुद्दे पर भी हमारे बीच मतभेद हैं। इसकी भी पहचान की जानी चाहिए और संसाधन के इस्तेमाल संबंधी किसी भी फैसले में इन सभी बातों पर ज़रूर विचार किया जाना चाहिए।

---

*एडम स्मिथ (1723-1790) का जन्म स्कॉटलैंड में हुआ था। वे एक ख्यातिप्राप्त राजनीतिक अर्थशास्त्री तथा दार्शनिक थे। उनकी सबसे प्रसिद्ध कृति द *वेल्थ ऑफ नेशन्स* (1776) है।

गांधीवादी अवधारणा

पर्यावरण की महत्ता के प्रति हमारी जागरूकता कोई नई बात नहीं है और न ही यह पश्चिमी देशों में पर्यावरण के प्रति चेतना से प्रेरित है। कौटिल्य ने चौथी शताब्दी ईसा पूर्व में ही कहा था, 'किसी साम्राज्य का स्थायित्व उसके पर्यावरण पर निर्भर करता है।'[3] गांधी ने भी पर्यावरण के प्रति अपनी चिंता को व्यक्त करते हुए यह आग्रह किया था कि शहरी औद्योगिक सभ्यता का विकल्प 'ग्राम्यकरण' है जहाँ का समाज मानव और प्रकृति के सामंजस्य पर आधारित होता है।

गांधी के विचार एवं चिंतन केवल भारत के लिए ही नहीं, बल्कि संपूर्ण विश्व के लिए प्रासंगिक हैं क्योंकि इनका लक्ष्य मनुष्य एवं प्रकृति में सामंजस्य बिठाना है। लेकिन इस दर्शन की कुछ आलोचनाएँ भी हुई हैं, जैसे प्रथम, गांधी ने गाँव को एक पृथक प्रणाली के रूप में देखा और दूसरे, उन्होंने ग्राम्य मौलिकताओं का चयन किया। लेकिन गांधी की ग्राम्य मौलिकताओं का अर्थ एक ऐसे समाज से नहीं था जहाँ आधुनिक मशीनों और उपकरणों का इस्तेमाल नहीं किया जाता। वह वैसी प्रौद्योगिकी और मशीनों के पक्ष में थे जो ग्रामाणों की पहुँच में हों क्योंकि केवल प्रौद्योगिकी की दृष्टि से विकसित गाँव ही आधुनिक मशीनें चला सकते थे और केवल आर्थिक रूप से विकसित गाँव ही ऐसा करने में सक्षम हो सकते थे। इसलिए यह स्पष्ट है कि गांधी गाँव को तकनीकी और आर्थिक रूप से विकसित करने के विरोधी नहीं थे, लेकिन वह शहरों द्वारा गाँवों के दोहन के विरोधी थे। वह कभी नहीं चाहते थे कि उद्योगीकरण का कीड़ा गाँवों को संक्रमित करे। शहर और गाँव का सह-अस्तित्त्व तभी संभव है जब उनके बीच संतुलन हो और गांधी की अवधारणा इससे संबंधित है। उन्होंने कहा था, 'मेरी योजना के अंतर्गत शहर में उन चीज़ों के उत्पादन की अनुमति नहीं दी जाएगी जो गाँवों में उत्पादित हो रही हों।'[4]

यह आशंका व्यक्त की गई है कि गांधीवादी योजनाओं के तहत गाँव अत्याधुनिक एवं उच्च गुणवत्ता वाली वस्तुओं का उत्पादन करने में सक्षम नहीं होंगे। लेकिन गांधी ने लिखा है, 'जब हमारे गाँव पूर्ण रूप से विकसित होंगे, तो बेहतरीन दक्षता और कलात्मक प्रतिभाओं वाले लोगों का अकाल नहीं होगा। गाँवों में कवि, ग्राम्य वास्तुविद, भाषाविद, और शोधकर्मी होंगे। संक्षेप में यह कहें कि जीवन के लिए आवश्यक कोई ऐसी चीज़ नहीं होगी जो गाँवों में न होगी।'[5]

गांधी ने ग्राम्यकरण की वकालत क्यों की? इसके दो भिन्न पहलू हैं। नकारात्मक पहलू यह है कि यह उद्योगवाद की शोषक प्रवृत्ति पर हमला था तथा शहरीवाद के आधिपत्य के खिलाफ़ था। सकारात्मक पहलू यह है कि यह एक अहिंसक समाज की स्थापना का प्रयास था जहाँ किसी भी व्यक्ति का शोषण संभव न हो।[6]

गांधी अहिंसा के सिद्धांत के सशक्त अनुयायी थे और उनकी नज़रों में एक जीव पर दूसरे का आधिपत्य हिंसा था। ग्रामीण समाज में अनेक ऐसे कारक हैं जो अहिंसक समाज के निर्माण में महत्त्वपूर्ण भूमिका निभाते हैं। प्रथम, अहिंसक पेशागत ढाँचा तैयार करना संभव है। अहिंसक पेशा वैसा पेशा है जो मूल रूप से हिंसा मुक्त है तथा जहाँ एक दूसरे का शोषण नहीं होता है। दूसरा, ग्रामीण जीवन स्वतः स्वदेशी की भावना को बढ़ाता है। स्वदेशी हमारे बीच एक ऐसी भावना है जो हमें विदेशी वस्तुओं के इस्तेमाल से रोकती है। तीसरा, ग्रामीण रोजगार प्रत्येक व्यक्ति को शारीरिक श्रम करने का एक कारण उपलब्ध कराता है। यह शारीरिक श्रम सामाजिक संतुलन बनाए रखने में महत्त्वपूर्ण भूमिका निभाता है। चौथा, गाँवों की भू-आधारित अर्थव्यवस्था न्यासीकरण के सिद्धांतों को प्रचलित कराने में अत्यधिक सहायक होती है। 'समूची धरती भगवान की है' के परंपरागत सिद्धांतों पर अमल करने की सलाह देते हुए गांधी ने तर्क दिया था कि भूमि का स्वामित्व एवं इस्तेमाल सामूहिक होना चाहिए। वह भूमि के मालिकों को न्यासी के रूप में देखना चाहते थे। वह चाहते थे कि संपूर्ण ग्रामीण समुदाय मित्रवत रहें, ताकि अहिंसक समाज की स्थापना हो सके। यहाँ यह स्पष्ट होना चाहिए कि गांधी की गाँव की अवधारणा विकास के आधुनिक तौर-तरीकों के रूप में तय नहीं की गई थी।

मानव पारिस्थितिकी और गांधी

यद्यपि महात्मा गांधी के जीवनकाल के दौरान पर्यावरण और विकास को लेकर व्यापक बहस की गुंजाइश नहीं थी तथापि उनके विचार समय से बहुत आगे थे। जिस पर्यावरण की चिंता हम आज कर रहे हैं, उसके प्रति वह बहुत पहले से ही चिंतित थे। वह धनी परिवार से थे और बैरिस्टर की डिग्री उनके पास थी। वह चाहते तो एक आरामदायक जीवन बिता सकते थे, लेकिन उन्होंने खुद को देश के दरिद्र नारायण के साथ खड़ा किया। उनकी सबसे बड़ी विशेषता थी कि वह दूसरों से जैसा व्यवहार करने की अपेक्षा रखते थे, स्वयं वैसा ही आचरण करते थे। उनके आश्रम इस बात के प्रत्यक्ष गवाह बने हुए थे। आश्रम खुले ग्रामीण परिवेश में स्थित होते थे और वे स्व-सहायता, स्थानीय लोगों के आत्मविश्वास, सहयोगात्मक प्रबंध तथा लैंगिक समानता पर आधारित थे। एन. राधाकृष्णन के अनुसार, 'गांधी ने दक्षिण अफ्रीका या भारत में जो आश्रम या समुदाय स्थापित किए, वे ऐसे सार्थक केंद्र थे जहाँ समुदाय का प्रत्येक व्यक्ति प्रकृति के साथ पूर्ण सामंजस्य स्थापित करके रह सकता था। गांधी द्वारा संस्थापित सामुदायिक जीवन श्रमिक जीवन, वृक्षारोपण, कृषि, साधारण जीवन और शिल्प का समायोग था।' गांधी की इस अवधारणा के बारे में नोबल पुरस्कार

विजेता भौतिकवेता फ्रित्जॉफ केपरा ने भी लिखा है कि गांधी प्रकृति के साथ प्रेम के बारे में केवल बोलते ही नहीं थे, बल्कि अपने आश्रमों के माध्यम से इसे सजीवता से अनुभव भी करते थे। गांधी का दर्शन था—आवश्यकता हो तब भी लालच मत करो, आराम हो तो थोड़ा हो और वह विलासिता न बन जाए।[7]

मानव और प्रकृति के बीच संबंधों को लेकर गांधी के विचार 'वसुदेव कुटुम्बकम' की वैदिक अवधारणा से प्रेरित हैं जिसमें पृथ्वी को जीवों का बहुत बड़ा परिवार माना गया है। औद्योगिक विकास के कारण पृथ्वी के जीवन पर सिर्फ़ दबाव ही नहीं पड़ रहा है, यह खतरे में भी पड़ गया है। सौर प्रणाली में तमाम भौतिक एवं रासायनिक परिवर्तन हो रहे हैं, जो गंभीर चिंता का विषय बने हुए हैं। जीवनोपयोगी प्रणालियों में परिवर्तन से अंततः मानव जीवन की गुणवत्ता सहित विभिन्न जीवों की जीवन क्षमता प्रभावित होती है।

प्रकृति प्रेम एवं गांधी

महात्मा गांधी इस बात पर बल देते थे कि धरती के संसाधनों को समूची मानवता के लिए भगवान का उपहार समझकर मौजूदा और आने वाली पीढ़ियों को ध्यान में रखकर ही इस्तेमाल किया जाना चाहिए। जब तक जीवन-चक्र नहीं टूटता है, तब तक मिट्टी सोना उगलती रहती है और भूमि पर निर्भर लोगों को बेहतर स्वास्थ्य, जीविका और शांति मिलती रहती है। लेकिन जब लोभ, लालच व्याप्त हो जाता है तो प्रकृति का संतुलन बिगड़ जाता है और सभी प्रकार से जैविक ह्रास होता है। प्रकृति में संतुलन बहुत ही नाज़ुक चीज़ है और पारिस्थितिकी तंत्र में थोड़ी-सी भी गड़बड़ी प्राकृतिक संतुलन को तबाह करने के लिए पर्याप्त है। संभवतः उनके विचार वेदांत पर आधारित थे जो धार्मिक मान्यताओं और वैज्ञानिक चिंतन का मिश्रण है।

दुनिया भर के पर्यावरणविद आज गांधी के इस विचार से सहमत हैं कि मौजूदा स्वरूप में औद्योगिक समाज लंबे समय तक क्रियाशील रहने वाला नहीं है। गांधी उद्योगीकरण के खिलाफ़ नहीं थे, वह केवल उद्योग और अमानवीय मशीनी संस्कृति के खिलाफ़ थे। उन्होंने ज़ोर देते हुए कहा था, 'मशीनरी केवल मुट्ठी भर लोगों को लाखों लोगों पर शिकंजा कसने में मदद प्रदान करती है।'[8] उन्होंने उत्पादन के लिए जनता द्वारा लघु उपक्रम लगाए जाने की आवश्यकता पर बल दिया था न कि किसी एक व्याक्ति द्वारा बड़े पैमाने पर उत्पादन करने पर। गांधी की साधारण और किफायती जीवन शैली के बेहतर पारिस्थितिकीय परिणाम थे। उन्होंने भौतिकतावादी होने की तुलना में नैतिक मूल्यों को ज़्यादा तरज़ीह दी।

पीटर के. केली ने फिलिप बेरीगन की पुत्री फ्रेडा बेरीगन का एक लेख 'बिकमिंग एन एडल्ट' पढ़ा जिसमें उसने गांधी द्वारा बताए गए सात सामाजिक पापों को अपने घर की दीवार पर अंकित कर रखने का ज़िक्र किया था वे हैं:

1) बिना सिद्धांत की राजनीति,
2) अच्छे-बुरे की समझ के बिना प्रसन्नता,
3) बिना कर्म के धन,
4) आचरण रहित ज्ञान,
5) नैतिकता रहित व्यवसाय,
6) मानवता रहित विज्ञान,
7) त्याग रहित पूजा।

पीटर के. केली आगे कहते हैं कि हमें इन सात सामाजिक पापों को जानना चाहिए और उनसे दूर रहने का उपाय करना चाहिए।[9]

गांधीवादी समाज

महात्मा गांधी ने विभिन्न सामाजिक मुद्दों पर अपने विचार व्यक्त किए और उनके क्रियान्वयन के लिए व्यापक कार्यक्रम भी बनाए। उनका मानना था कि देश के वाकई आज़ाद होने का दावा तभी उचित होगा जब प्रत्येक गाँव भौतिक जन सुविधाओं से लैस 'विलेज रिपब्लिक' में तब्दील हो जाएगा। प्रत्येक व्यक्ति के लिए रोजगार की गारंटी होगी और उसे अपने आवश्यक ज़रूरतों की पूर्ति के लिए पर्याप्त वेतनमान मिलेगा। उस दिशा में वांछित परिणाम के लिए ग्रामीण एवं शहरी क्षेत्रों में लोगों को सत्य और अहिंसा के सिद्धांतों का पालन करना चाहिए। यद्यपि हमें व्यापक पैमाने पर उद्योग धंधे लगाए जाने की पहल का स्वागत करना चाहिए तथापि हमें लघु उद्योगों पर समान रूप से ज़ोर देना चाहिए। इससे हमारी ग्रामीण अर्थव्यवस्था को फिर से उन्नत बनाने और आर्थिक परिवर्तन लाने में मदद मिल सकेगी। विज्ञान एवं प्रौद्योगिकी में अंधविश्वास के कारण मानवता के गिरने की सीमा का अंदाज़ा गांधी आसानी से लगा सकते थे। उनका मानना था कि यदि आदमी को इस पृथ्वी पर रहना है और पृथ्वी को बचाकर रखना है तो विज्ञान एवं प्रौद्योगिकी का सुनियोजित एवं नियंत्रित विकास किया जाना चाहिए। विज्ञान एवं प्रौद्योगिकी ही अंतिम सीमा नहीं है, अंतिम सीमा है रामराज्य या सर्वोदय। दुनिया अब बहुत छोटी हो चुकी है। एक परमाणु बम का विस्फोट दुनिया को छिन्न-भिन्न कर देने के लिए पर्याप्त है। आज गांधी के विचार बहुत ही प्रासंगिक हो गए हैं।

तार्किक प्रासंगिकता

ऐसा लगता है कि अंतर्राष्ट्रीय समुदाय भी अब गांधीवादी दर्शन की प्रभावोत्पादकता, खासकर विकास के गांधीवादी मॉडल, को आजमाने की दिशा में अग्रसर है। उल्लेखनीय है कि अहिंसा के प्रति पूरी दुनिया में जागरूकता आई है और मानवता के लिए गांधी ने जितने विकल्प सुझाए थे उनमें से ज़्यादातर को आज आजमाया जा रहा है। गांधी ने भौतिकतावादिता और उपभोक्तावाद की उठती लहर के खिलाफ़ लोगों को आगाह किया और व्यक्तिगत आवश्यकताओं को कम करने की सलाह दी। उन्होंने प्राकृतिक संसाधनों को अनुशासित तरीके से इस्तेमाल करने की भी सलाह दी। उनका कहना था कि प्रकृति हर व्यक्ति की ज़रूरतों की पूर्ति के लायक पर्याप्त संसाधन उपलब्ध कराती है, लेकिन वह किसी के लोभ की पूर्ति नहीं कर सकती। गांधी ने ऊर्जा के वैकल्पिक स्रोतों एवं उनके इस्तेमाल पर ज़ोर दिया, हालाँकि उस वक्त उसे नज़रअंदाज कर दिया गया था। लेकिन ऐसा लगता है कि अब लोग जाग उठे हैं तथा वैकल्पिक उर्जा स्रोतों की ओर ध्यान दे रहे हैं।

पारिस्थितिकी संतुलन एवं शांति

गांधी भारत में अंधाधुंध शहरीकरण और उद्योगीकरण के खिलाफ़ थे। उन्होंने कहा कि इससे ग्रामीण और शहरी स्तर पर पारिस्थितिकी असंतुलन पैदा हो सकता है। उन्होंने उद्योगों के विकास के लिए प्रकृति के बेहिसाब दोहन के प्रति लोगों को आगाह किया।

प्रकृति प्रेम गांधीवादी विचार का मूल आधार है। ज़्यादातर देशों ने पारिस्थितिकी असंतुलन के खतरे को महसूस किया है। इसके लिए वृक्षारोपण, भू-क्षरण से सुरक्षा, रासायनिक उर्वरकों के इस्तेमाल में कमी लाना, शहरीकरण की रफ्तार धीमी करना, सिंथेटिक वस्तुओं के इस्तेमाल पर रोक, पेट्रोलियम पदार्थों के अत्यधिक इस्तेमाल पर रोक आदि उपाय किए जा रहे हैं। 1910 में ही महात्मा गांधी ने आधुनिक प्रौद्योगिकी के परिणामस्वरूप पर्यावरण पर संकट दर संकट उत्पन्न होने की भविष्यवाणी कर दी थी। 'प्रकृति अपने नियमों के तहत निरंतर कार्य करती है। लेकिन लोग नियमित रूप से उनका उल्लंघन करते है।'[10]

पुनर्विचार की आवश्यकता

अब आर्थिक-सामाजिक, पर्यावरणीय और सांस्कृतिक मोर्चे पर गंभीरता से पुनर्विचार बेहद ज़रूरी हो गया है ताकि सतत विकास को हकीकत बनाया जा सके। गांधी का

मानना था कि आम व्यक्ति के जीवन शैली में बदलाव के साथ साथ पारिस्थितिकी, कृषि संबंधी पारिस्थितिकी प्रणाली एवं औद्योगिक तथा आर्थिक प्रणाली को एक खास ढंग से संरक्षित रखने और निश्चित तरीके से इस्तेमाल करने की ज़रूरत है।

लोगों को यह समझना चाहिए कि पृथ्वी के संसाधनों को न केवल मानव समुदाय के लिए बल्कि अन्य जीवों के लिए और न केवल उसी पीढ़ी के लिए बल्कि आने वाली पीढ़ी के लिए भी संरक्षित रखने की ज़रूरत है। प्रकृति के साथ तालमेल बिठाते हुए तथा संसाधनों को अनावश्यक इस्तेमाल से बचाते हुए यह कदम उठाना होगा। यह तो स्पष्ट हो चुका है कि संसाधनों को लंबे समय तक संरक्षित रखने की दिशा में हमें उचित पर्यावरणीय नीतियों और पर्यावरण की दृष्टि से बढ़िया प्रौद्योगिकी विकसित करने की ज़रूरत है।

गांधी एवं सतत विकास

गांधी के कार्य एवं लेखन ऐसे समय में हुए जब विकास से संबंधित संभाषण प्रासंगिक नहीं था और इसीलिए उनके लेखन को विकास से संबंधित साहित्य के रूप में पहचान नहीं मिल पाई है। लेकिन अंतर्राष्ट्रीय विकास से संबंधित साहित्य की मुख्यधारा में गांधी के विचारों को पूरी तरह से नज़रअंदाज भी नहीं किया जा सकता। गांधी ने अपने दर्शन के बारे में खुद ही लिखा है, "मैं किसी नए सिद्धांत के प्रतिपादन का दावा नहीं करता। मैंने सामान्यतया अपने दैनिक जीवन की अंदरूनी सत्यता और समस्याओं पर विचार किया है और उन्हें अपने साँचे में ढालने का प्रयास किया है। मेरा पूरा दर्शन वही है जो मैंने कहा है। आप इसे 'गांधीवाद' नहीं कहेंगे। इस बारे में 'वाद' जैसी कोई बात नहीं है और इसके बारे में व्यापक साहित्य तैयार करने या प्रचार-प्रसार करने की कोई ज़रूरत नहीं है।'[11]

गांधी ने साम्राज्यवाद के तहत लोगों पर हो रहे अत्याचारों और जातिगत विद्वेषों को बहुत नज़दीक से देखा था। गांधी के बाद जयप्रकाश नारायण ऐसे व्यक्ति थे जिन्होंने समाजवादी साथियों को इसके लिए आगाह किया था। जयप्रकाश नारायण ने समाजवादी साथियों को लोकतंत्र और संविधानवाद की पकड़ में खुद को घेरे रखने के लिए उत्पादन के पूँजीवादी प्रारूप को अनुमति देने के प्रति सावधान किया था। अपनी विलक्षण दृष्टि के माध्यम से गांधी ने दोनों समकालीन प्रणालियों–समाजवाद और पूँजीवाद–में शोषण के तत्वों की मौजूदगी देखी थी।

गांधी के अनुसार, उत्पादन के पूँजीवादी रूप ने लोगों का दोहन किया है और उनकी आज़ादी को विभिन्न तरीके से सीमित किया है। पूँजीवादी प्रारूप ने उत्पादन की बड़ी-बड़ी इकाइयों को जन्म दिया है और मशीनों ने समाज को दो श्रेणियों में

बाँट दिया है। उत्पादन के पूँजीवादी प्रारूप ने न केवल अपने लाभ के लिए आम आदमी का दोहन किया है बल्कि प्रकृति का भी दोहन किया है।

गांधी के संदर्भ में काका कालेलकर ने लिखा है, 'वह एक व्यक्ति से अधिक एक संस्था और एक ऐसी नई संस्कृति के संदेशवाहक हैं जो भौगोलिक तथा जातीय सीमाओं को नहीं मानते। ज़मीन पर इधर-उधर बिखरे बीजों को अंकुरित होने में थोड़ा समय अवश्य लगेगा। लेकिन उन्होंने भारत का चेहरा ही बदल दिया है, और अब उनका वादा है कि 100 वर्ष बाद भी वह दुनिया का चेहरा बदलेंगे।'[12]

पारंपरिक ज्ञान

यह कहा जाने लगा है कि भौतिक सुख पाने के लिए प्रकृति के प्रति मानवीय सम्मान खत्म हो चुका है। प्रकृति से वस्तुओं का उत्पादन प्राकृतिक जगत के लिए मानवीय ज़िम्मेदारी के खात्मे का प्रतीक है। भारत जैसे देश में लोग वैदिक काल से ही पर्यावरण से संबंधित समस्याओं के प्रति जागरूक रहे हैं। जड़ और चेतन सभी के जीवन का स्रोत बनी पृथ्वी भी प्रेम, श्रद्धा और पूजा की वस्तु मानी जाती है और इसे 'जननी जन्मभूमि' माना जाता रहा है। प्रकृति की महत्ता केवल इससे मिलने वाले संसाधनों के कारण नहीं है। प्रकृति केवल संसाधनों का जखीरा नहीं है, यह तो पूर्ण तंत्र है और हम इसके हिस्से है। विज्ञान द्वारा प्रकृति के रहस्यों पर से अभी तक जो पर्दा हटा है, वह बहुत थोड़ा है। ज्ञानेंद्रियों से प्राप्त ज्ञान आदि हमेशा एक-आयामीय होते हैं, लेकिन प्रकृति की समझ बहुआयामीय कार्य है जिसे अंतर्ज्ञान से ही समझा जा सकता है, संवेदी ज्ञान से नहीं। गांधी ने प्रकृति को ईश्वर से जोड़ने का प्रयास किया, क्योंकि अनंत स्वरूप में प्रकृति का होना ईश्वर की मौजूदगी का अहसास है।

भविष्य की तरह अतीतः पृथ्वी सुक्त

ओ. पी. द्विवेदी एवं नीलम त्रिवेदी ने *पृथ्वी सुक्त एंड एनवायर्नमेंटल स्टिवार्डशिप* नामक अपनी रचना में पृथ्वी सुक्त के विस्तृत अंक की चर्चा की है। *अथर्ववेद* में इसका अर्थ है—पृथ्वी का संबोधन गीत। पृथ्वी सुक्त प्रकृति प्रेम के साथ-साथ यह भी बताता है कि गाँवों और शहरों को किस तरह सुनियोजित तरीके से बसाया जाए ताकि पर्यावरण को खतरा नहीं पहुँचे। साथ ही, हवा, जल एवं भूमि की शुद्धता को कायम कैसे रखना चाहिए। लेखकों ने उपरोक्त सुक्त पर आधारित एक संहिता की चर्चा की जिसे पर्यावरणीय संहिता का नाम दिया गया है। यह संहिता निम्न प्रकार है:[13]

1) मनुष्य का कर्त्तव्य पृथ्वी और ग्रह संबंधी तंत्र की सेवा करना होना चाहिए।

2) राष्ट्रों का लक्ष्य पारिस्थितिकी रूप से सशक्त सतत विकास होना चाहिए।

3) इस तथ्य को जानना चाहिए कि पृथ्वी के सभी जीव समुदाय एक दूसरे पर निर्भर हैं और किसी एक जीव समुदाय को विस्मृत कर देने का सभी जीवों पर गंभीर प्रभाव पड़ेगा।

4) हमें यह ज़िम्मेदारी लेनी पड़ेगी कि वर्तमान और भविष्य की पीढ़ियों के लिए हम पर्यावरण न्यासी एवं अभिभावक की भूमिका निभाएँ।

5) स्थानीय और क्षेत्रीय लोगों में से अनेक के पास उनकी स्थानीय पारिस्थितिकी प्रणाली का अनोखा ज्ञान होता है। ऐसे ज्ञान को संरक्षित रखने की ज़रूरत है।

क्या किया जाना चाहिए

पर्यावरण के क्षेत्र में व्यापक सुधार की आवश्यकता है। इसमें मौजूदा वन क्षेत्रों का संरक्षण एवं उन्हें पुनर्जीवन प्रदान करना, खाली स्थानों का वनीकरण, भू-संरक्षण के उपाय, सफ़ाई एवं प्रदूषण निरोधक उपाय, उर्जा संरक्षण आदि शामिल हैं। हमें एक ऐसी प्रणाली की आवश्यकता है जिसमें औद्योगिक कामगार साफ़-सुथरे माहौल की माँग कर सकें, मलिन बस्तियों में रहने वाले लोग अपनी ज़रूरतों की पूर्ति के लिए शहरी योजनाओं को आधार बना सकें, महिलाएँ पर्यावरण संबंधी समस्याओं के निदान में अपना सहयोग दे सकें। दूसरे शब्दों में, हम लोग अपने जीवन और पर्यावरण के बीच ज़्यादा अच्छे ढंग से सामंजस्य स्थापित कर सकें।

गांधीवादी मॉडल एवं विकल्प

विकल्प के तौर पर गांधीवादी मॉडल ग्रामोन्मुखी, विकेंद्रीकृत और श्रमिक केंद्रीकृत है तथा प्रकृति के साथ सामंजस्य बनाते हुए पूरी तरह से कृषि-आधारित है। वैकल्पिक प्रौद्योगिकी, जिसका लक्ष्य ग्रामीण तथा शहरी क्षेत्रों के प्रत्येक व्यक्ति की आवश्यकताओं की पूर्ति करना है, शहरीकरण की दिशा में बढ़ते कदमों पर अंकुश लगाएगा। पर्यावरण को संरक्षित और सुरक्षित रखने के लिए नीति-निर्माताओं, योजनाकारों और पर्यावरणविदों के बीच पूर्ण सामंजस्य होना चाहिए। विकास की प्रक्रिया की दिशा ऐसी होनी चाहिए कि लोगों की ज़रूरतों और पारिस्थितिकी तंत्र के संतुलन में पूर्ण एकरूपता हो।

गांधीवादी विचारधारा व्यक्तिवाद और समाजवाद का विकल्प उपलब्ध कराती है। गांधी ने जो लक्ष्य निर्धारित किए थे उनमें सत्याग्रह के माध्यम से विदेशी सत्ता की

गुलामी से आज़ाद होना, संरचनात्मक कार्यक्रमों के जरिए लोगों का नैतिक पुनरूथान करना तथा बेरोजगारी और गरीबी उन्मूलन के साथ आर्थिक आत्मनिर्भरता पैदा करना शामिल थे। यद्यपि गांधी ने आधारशिला रख दी थी तथापि इमारत बनना तो अभी बाकी है। उन्होंने एक महत्त्वपूर्ण प्रयास किया था लेकिन सभी संकेतों से पता चलता है कि दुनिया को उनके विचारों पर अमल करना अभी बाकी है।

गांधीवादी हल

आर्थिक विकास की दिशा में गांधी का नज़रिया गरीबी समाप्त करने के लिए पारंपरिक, सामाजिक, आर्थिक ढाँचे का संरक्षण, ब्रिटिश आयातों और आर्थिक दोहन के मद्देनज़र भारतीयों को स्वतंत्रता और आत्मसम्मान दिलाने के प्रयास से जुड़ा है। गांधी का स्वदेशी का सिद्धांत स्थानीय वस्तुओं और अक्षय कच्चे संसाधनों के इस्तेमाल पर आधारित है। ग्रामीण उद्योगों और ग्राम्य जीवन को प्रोत्साहित करने वाली तकनीकों को आज प्रगति के सिद्धांत के रूप में मंजूर किया जाता है।

गांधी के विचार न केवल उनके अपने समय के लिए प्रासंगिक थे बल्कि वर्तमान समय एवं भविष्य के लिए भी प्रासंगिक और आवश्यक हैं। गांधी ने इच्छाओं पर लगाम कसने की वकालत की थी। वह ठीक ही कहते हैं, 'मस्तिष्क निर्बाध उड़ने वाला एक पक्षी है, इसे जितना ही मिलता है, उतना ही और अधिक यह चाहता है। तब भी यह असंतुष्ट रहता है।'[14]

गांधी का समूचा जीवन और कार्य पर्यावरणीय संरक्षण का उदाहरण है। ऐसा इसलिए नहीं है कि उन्होंने पर्यावरण पर अपने विचारों को कलमबंद किया, बाँध का कार्य रोकने के लिए आंदोलन का नेतृत्व किया या नदी की सफ़ाई की, बल्कि इसलिए कि वह सही मायने में सतत विकास के प्रणेता थे। संक्षेप में, हम यह कह सकते हैं कि उनका पूरा जीवन एक संदेश था। उनका जीवन भारतीयों के विकास का मार्गदर्शक था और शेष दुनिया के लिए अनुयायी-पथ।

टिप्पणी

1 तिसडेल, क्लेम, *इनवायरनमेंटल इकानॉमिक्सः पॉलिसिज़ फार इनवायरमेंटल मैनेजमेंट एंड ससटेनेंस डेवेलपमेंट,* केंट, एडवर्ड इल्गर पब्लिशिंग लिमिटेड, 1993, पृ. 193

2 दास, अमृतानंद, *फाउंडेशन ऑफ गांधीयन इकॉनामिक्स,* मद्रास, एलाएड पब्लिशर्स, 1979, पृ. 190

3 ऊमेन, टी. के., *स्टेट एंड सोसाइटी इन इंडियाः स्टडीज इन नेशन बिल्डिंग,* नई दिल्ली, सेज पब्लिकेशन, 1990

4 *हरिजन,* 28 जनवरी, 1939

5 *हरिजन,* 10 नवंबर, 1946

6 ऊमेन, टी. के., *स्टेट एंड सोसाइटी इन इंडियाः स्टडीज इन नेशन बिल्डिंग,* नई दिल्ली, सेज पब्लिकेशन, 1990, पृ. 31

7 केपरा, फ्रित्जॉफ, *दि ताओ ऑफ फिज़िक्स,* लंदन, फ्लैमिंगो, 1991

8 'गांधीज प्रेडिक्शंस ऑन एनवायर्नमेंट कमिंग ट्रूः इवेंट्स एंड कमेंट्स', *गांधी मार्ग,* जिल्द-10, न.7, यू. सी. टी. 1988

9 केली, पीटर, के. 'गांधी एंड द ग्रीन पार्टी', *गांधी मार्ग,* जिल्द 11, न. 2, जुलाई-सितंबर, 1989

10 दत्ता, धीरेंद्र मोहन, *द फिलासॉफी ऑफ महात्मा गांधी,* द यून्विसिर्टी ऑफ विस्कोंसिन, मैडिसन, 1953, पृ. 21

11 वहीं

12 केलकर, काका की प्रस्तावना, वो. के. अहलूवालिया, *फेसेट्स ऑफ गांधी* में, नई दिल्ली, लक्ष्मी बुक स्टोर, 1968 पृ. x

13 कृष्णमूर्ति जे., *एडुकेशन एंड सिग्निफिकेंस ऑफ लाइफ,* नई दिल्ली, बी. आई. पब्लिकेशन प्राइवेट लि. 1987, पृ. 63

14 गांधी, एम. के., *हिन्द स्वराज,* नवजीवन अहमदाबाद, 1959

12

गांधी चिंतन: उदय

शुभा सिन्हा

वर्तमान समय में जब पूरा विश्व खतरनाक हथियारों और युद्ध की दौड़ में लिप्त है तो ऐसी स्थिति में गांधी जी का दर्शन अनायास ही अपनी ओर आकृष्ट करता है। यहां एक तथ्य की ओर ध्यानाकृष्ट करना समीचीन प्रतीत होता है कि तकनीकी अर्थ में महात्मा गांधी कोई व्यवस्थित दार्शनिक नहीं थे और ना ही वे दर्शन के छात्र थे। संभवतः यही कारण है कि उन्होंने केवल प्रत्ययात्मक दर्शन का विकास नहीं किया, बल्कि वैसे ही विचारों को रखा जिस पर उन्होंने स्वयं अमल किया।

वस्तुतः गांधी के वक्तव्यों या लेखनों का अगर गहन विश्लेषण किया जाए तो उन पर अनेक दार्शनिक संप्रदायों एवं विचारकों के साथ-साथ समकालीन पारिस्थितिकी का भी प्रभाव स्पष्ट दिखता है।

आध्यात्मिक आदर्शवाद

गांधी की विचारधारा के केंद्र में ईश्वर या सत्य का समावेश स्पष्टतः दृष्टि गोचर होता है। उनके सत्य संबंधी विचार पर उनकी पारिवारिक पृष्ठभूमि, विशेष रूप से उनकी माता का प्रभाव पड़ा। इसके साथ-साथ टॉल्सटाय के लेखन, बुद्ध की जीवनी एवं गीता के अध्ययन ने भी सत्य के प्रति उनकी निष्ठा को बल प्रदान किया। उनके अनुसार किसी भी सत्याग्रही के लिए सत्य से बड़ा कोई अस्त्र नहीं है। वस्तुतः गांधी के लिए ईश्वर एवं सत्य एक ही सिक्के के दो पहलू हैं, या एक-दूसरे के पर्याय हैं। ईश्वर

के संबंध में उनके विचार रामानुज, शंकर और न्याय के विचार से मिलते-जुलते हैं। ईश्वर को गांधी अनन्त, पूर्ण एवं निरपेक्ष मानते हैं, जो अद्वैत वेदांत का प्रभाव है। उनके अनुसार ईश्वर सत्य है और सत्य ही ईश्वर है। ईश्वर तत्वतः व्यक्ति नहीं बल्कि सत्य स्वयं अपना नियम है।[1] ईसाई मत का प्रभाव भी उनके ईश्वर संबंधी विचारों पर देखा जा सकता है, जब वे बतलाते हैं कि पड़ोसियों से प्रेम नहीं करने पर ईश्वर भी हमसे प्रेम नहीं करते हैं।

गांधी एवं मानव स्वभाव

मानव स्वभाव के विषय में गांधी के विचार उनके आध्यात्मिक और नैतिक सिद्धांतों के साथ परस्पर जुड़ा हुआ है। मानव स्वभाव के वर्तमान स्वरूप तक ही सीमित न रह कर वे उसमें सुधार लाकर एक उत्तम मानव के सृजन में विश्वास करते हैं। उनके अनुसार प्रत्येक मनुष्य में अच्छाई एवं बुराई विद्यमान है। वे स्वयं के विषय में ही लिखते हैं 'क्या हममें पर्याप्त मात्रा में बुराई नहीं है? मुझमें तो काफी है। ....और मैं सदा ईश्वर से अपने को (बुराई से) शुद्ध करने की प्रार्थना करता हूँ। मनुष्य में भेद केवल अच्छाई-बुराई के परिमाण का है।'[2]

संभवतः डार्विन के सिद्धांत से प्रभावित हो उन्होंने यह माना कि मानव जानवर से विकसित है। उनके ही शब्दों में, 'शायद हम सब मूल रूप में जानवर थे। मैं यह विश्वास करने को तैयार हूँ कि हम विकास की धीमी प्रक्रिया द्वारा पशुओं से मनुष्य बने हैं।'[3]

परंतु अपनी नैतिक अवधारणाओं के कारण गांधी डार्विन से भिन्न हो जाते हैं, वे डार्विन द्वारा प्रतिपादित हिंसक संघर्ष को अधोगामी मार्ग मानते हैं, जबकि आदर्श जीवन को उर्ध्वगामी। उनके अनुसार मानव में पशुत्व है इसलिए वह आसानी से अधोगामी मार्ग के प्रति आकर्षित हो जाता है।[4] सहज मानव कमजोरियों के विषय में वे पुनः कहते हैं, मैं उसी तरह दूषित हो जाने वाले शरीर का जामा पहना हूँ, जैसे कि मेरे साथी मनुष्यों में दुर्बलतम लोग पहने हैं, और इसलिए मैं उसी प्रकार भूल कर सकता हूँ जैसे कि कोई और।[5] परंतु गांधी जी मनुष्य में पशुत्व के साथ ही साथ आध्यात्मिक तत्त्व के विद्यमान होने की बात को स्वीकार करते हुए बाइबिल की तरह यह मानते हैं कि उसमें असीम सुधार संभव है। उनके ही शब्दों में, "हम पाशविक बल के साथ उत्पन्न हुए थे, लेकिन हम इसलिए उत्पन्न हुए थे कि हम अपने अंदर रहने वाले ईश्वर का साक्षात्कार कर सकें। यही मनुष्य का विशेषाधिकार है और यही मनुष्य को पशु सृष्टि से अलग करता है। मनुष्य पशु के रूप में हिंसक है, परंतु आत्मा के रूप में अहिंसक है। जैसे ही वह अंतर्निहित आत्मा के प्रति सजग होता है, वह

हिंसक नहीं रह सकता है।[6] उपरोक्त कथन में गांधी एक हिन्दू दार्शनिक की तरह मानव के देवत्व रूपान्तरण में विश्वास करते प्रतीत होते हैं।

गांधी जी के अनुसार मनुष्य मूल रूप से आध्यात्मिक एवं धार्मिक प्राणी है। वे मानते थे कि धर्म एवं नैतिकता से परे राजनीति मानव के लिए फांसी के समान है, क्योंकि मनुष्य दूसरे कार्यों की भांति राजनीति भी या तो धर्म द्वारा अथवा अधर्म द्वारा अनुशासित करता है। परंतु धर्म से उनका तात्पर्य किसी धर्म विशिष्ट से न होकर उस मूल तत्त्व से है, जो हर धर्म में समान रूप से व्याप्त है, उन्हीं के शब्दों में, 'जो मानव स्वभाव की काया पलट कर देता है, जो मानव का आभ्यान्तर सत्य से संबंध स्थापित कर देता है और उसे शुद्ध रखता है। धर्म मनुष्य स्वभाव का वह स्थायी तत्त्व है, जो पूर्ण अभिव्यक्ति के लिए बड़े से बड़ा त्याग करने को तैयार रहता है और जिसके कारण आत्मा तब तक नितांत व्याकुल रहती है जब तक वह अपने और अपने निर्णायक को पहचान नहीं लेती और दोनों के एकाकार की अनुभूति नहीं कर लेती। धर्म का अर्थ है विश्व के सुव्यवस्थित नैतिक शासम में विश्वास।'[7] अतः ऐसा प्रतीत होता है कि गांधी—धर्म एवं नैतिकता में कोई व्यापक भेद नहीं करते थे। उनके अनुसार जहाँ धर्म तत्त्व व्यवहारिक है, वहीं सत्य नैतिकता का सार है। धर्म के विषय में गीता से प्रभावित होकर वे भी मानते हैं कि धर्म संसार से पलायन की सलाह नहीं देता। पुनः सर्वधर्म समभाव के विषय में गांधी जी का मानना है कि मनुष्य द्वारा ज्ञात सत्य सदा सापेक्षिक होता है, निरपेक्ष कभी नहीं होता। उनके ही शब्दों में, 'मैं संसार के सब महान धर्मों के मूल सत्य में विश्वास करता हूँ। मूल में वे सब एक हैं और एक-दूसरे के सहायक हैं।'[8] उनके अनुसार धर्मों की समता की स्वीकृति आवश्यक रूप से धर्म परिवर्तन के लिए किए जाने वाले प्रचार के विरुद्ध है।[9] गांधी जी धर्म को मनुष्य के अन्य क्रियाकलापों की तरह ही सामान्य क्रियाकलाप मानते हैं। उन्हीं के शब्दों में, 'धर्म उनके कार्यों में से कोई एक कार्य नहीं बल्कि सामान्य कार्य हैं।'[10] उपरोक्त कथनों को आगे और व्यापक स्वरूप देते हुए उनका यह मानना है कि धर्म को सामाजिक, आर्थिक एवं राजनीतिक क्रियाकलापों से अलग बांटना न तो संभव है, और न ही आवश्यक। उन्हीं के शब्दों में, 'जो यह कहते हैं कि राजनीति से धर्म का कोई संबंध नहीं है, वे लोग धर्म को नहीं जानते हैं।'[11] वस्तुतः जहाँ "धर्म" शब्द का अर्थ लोग "मजहब" या "मत" से लेते हैं, वहीं गांधी जी इस शब्द का तात्पर्य संस्कृति और अनुशासन की पद्धति से लेते हैं। अतः धर्म आचरण की वह नियमावली है जिसका संचालन जनता की नीति भावना के द्वारा होता है।

सामाजिक-आर्थिक आयाम

गांधी जी के सामाजिक एवं आर्थिक विचारों के पल्लवित एवं पुष्पित होने में जिन समकालीन विचारकों के प्रभाव को देखा जा सकता है, उसमें टॉलस्टाय एवं रस्किन का नाम अग्रणी है, टॉलस्टाय द्वारा प्रतिपादित यह विचार कि 'प्रत्येक मनुष्य को अपने दैविक भोजन के लिए शारीरिक श्रम करना चाहिए' ने गांधी को अत्यंत प्रभावित किया था। पुनः उन्हीं के अहिंसात्मक आंदोलन के सिद्धांत से प्रभावित होकर उन्होंने दक्षिण अफ्रीका में टॉलस्टाय आश्रम की स्थापना की। इसी प्रकार रस्किन द्वारा प्रतिपादित धनलोलुपता से दूर रहने संबंधी विचार और रचनात्मक श्रम का भी उनके ऊपर अत्यंत प्रभाव पड़ा। रस्किन का विचार था कि 'श्रम मधु का उत्पादन करता है न कि मकड़े का जाल बुनता है।'[12]

तत्कालीन कांग्रेसी नेताओं मे दादा भाई नौरोजी एवं रमेश चन्द्र दत्त के विचारों ने उनको काफी प्रभावित किया था। वे स्वयं लिखते हैं कि रमेश चन्द्र दत्त ने जमींदारों द्वारा किए जा रहे शोषण और मालगुजारी वसूली का जो विवरण प्रस्तुत किया उसे पढ़ कर वे रो उठे थे।[13] गांधी जी ने अपने अध्ययन एवं अनुभवों से यह निष्कर्ष निकाला कि आर्थिक समानता सबसे अनिवार्य है। यह तभी संभव है जब सादा जीवन उच्च विचार पर अमल किया जाए, अर्थात् आवश्यकताओं को सीमित कर अधिकतम संतुष्टि प्राप्त करने की कोशिश की जाए। परंतु यह स्पष्ट कर देना आवश्यक होगा कि समानता से उनका आशय पूर्ण समानता नहीं वरन् लगभग समानता था। उन्हीं के शब्दों में, 'आर्थिक समता का अर्थ कभी नहीं समझना चाहिए कि हर व्यक्ति के पास बराबर परिमाण में सांसारिक वस्तुएं हों, लेकिन उनका अर्थ है कि हर एक के पास रहने को ठीक मकान हो, खाने के लिए काफी संतुलित आहार हो और शरीर ढकने को काफी खद्दर हों।'[14] परंतु यह तभी संभव है जब मनुष्य अपनी रोटी स्वयं अर्जित करे तथा वह स्वेच्छा से निर्धनता को अपनाए अर्थात् आवश्यकता से अधिक जमा नही करे। अपने आर्थिक सिद्धांत का विस्तार करते हुए वे कहते हैं कि केंद्रित उद्योग और अहिंसा परस्पर विरोधी हैं। समझ-बूझ कर घरेलू धंधों को अपनाना विश्व शांति की दिशा में आवश्यक कदम है क्योंकि कच्चे माल की प्राप्ति और तैयार माल की खपत के लिए पिछड़े देशों और बड़े बाजारों पर अधिकार करने की शर्त पर ही पनप सकने वाला बड़े पैमाने का उत्पादन साम्राज्यवादी शोषण एवं युद्धों का प्रमुख कारण है। राष्ट्रीय स्तर पर केंद्रित उत्पादन के परिणाम स्वरूप आर्थिक एवं राजनीतिक शक्ति के केन्द्रीयकरण के साथ-साथ लोकतंत्र के दूषित होने की संभावना बढ़ जाती है। अतः विकेन्द्रीकृत आर्थिक संगठन की वकालत करते हुए वे कहते हैं कि इसमें न्यायोचित वितरण की संभावना ज्यादा है

तथा बेकारी, नैतिक, अवनति, शहरीकरण तथा औद्योगिकरण से उपजने वाली विकृतियों की संभावना कम है। उत्पादन एवं वितरण को विकेन्द्रित करने से आर्थिक जीवन बहुत कुछ स्वयं संचालित हो जाता है और धोखेबाजी और सट्टे की गुंजाइश बहुत कम रहती है।[15] समाज में व्याप्त आर्थिक असमानता को अहिंसक मार्ग से दूर करने हेतु उन्होंने ट्रस्टीशिप सिद्धांत का समर्थन किया जिसके द्वारा वे धनिकों को आर्थिक समता का आदर्श अपनाने एवं संपत्ति के संरक्षक की हैसियत से निर्धनों के लाभ के लिए उसका उपयोग करने को तैयार करने के पक्ष में थे। इस सिद्धांत के आलोचकों के प्रत्युत्तर में उनका कहना है, 'मेरा ट्रस्टीशिप का सिद्धांत कोई क्षणिक साधन या धोखाधड़ी की बात नहीं है, मुझे विश्वास है कि वह मेरे अन्य संपत्ति संबंधी सिद्धांतों के बाद भी जीवित रहेगा। उसके पीछे दर्शन और धर्म की स्वीकृति है। यह बात कि संपत्ति वालों ने उस सिद्धांत का आचरण नहीं किया सिद्धांत की असत्यता नहीं, धनवानों की कमजोरी सिद्ध करती है, कोई दूसरा सिद्धांत अहिंसा से मेल नहीं खाता।'[16]

गांधी जी आर्थिक ढांचे मात्र में परिवर्तन की कवायद नहीं करते। उनके अनुसार सामाजिक परिवर्तन हेतु आर्थिक ढांचे में परिवर्तन के साथ-साथ मानव स्वभाव में भी परिवर्तन आवश्यक है। इस परिवर्तन के लिए उन्होंने प्राचीन भारतीय दर्शन में वर्णित कुछ नैतिक सिद्धांतों का सहारा लिया है। इनमें सर्वप्रथम है ब्रह्मचर्य अर्थात् ''ब्रह्म की ओर ले जाने वाला अनुशासन''[17] सत्य गांधी का दूसरा सिद्धांत है। उनके अन्य सिद्धांत हैं—अस्तेय, अपरिग्रह एवं स्वदेशी। उपरोक्त सिद्धांतों के साथ-साथ गांधी जी ने समाज में व्याप्त कुछ सामाजिक विसंगतियों से समाज को मुक्त करने पर भी विशेष बल दिया जिसमें प्रमुख हैं—अस्पृश्यता, रंगभेद, साम्प्रदायिक, असहिष्णुता एवं स्त्रियों को असमान अधिकार आदि।

उपरोक्त नकारात्मक तत्त्वों का अहिंसक मार्ग से समापन करने एवं अन्य सकारात्मक सिद्धांतों के अनुपालन के द्वार गांधी जी ने एक आदर्श समाज के निर्माण की परिकल्पना की, जो एक विकसित समाज के द्योतक होने के साथ-साथ राष्ट्र निर्माण एवं विश्व शांति की स्थापना में भी सहायक होगी।

राजनीतिक आयाम

गांधी जी के राजनीतिक दृष्टिकोण के मूल में विकेंद्रीकरण है। यही कारण है कि वे न केवल राजतंत्र बल्कि सभी प्रकार के अधिनायकतंत्र एवं तानाशाही के विरोधी एवं जनतंत्र के कट्टर समर्थक थे। गांधी जी के आदर्श राज्य की परिकल्पना राज्य विहीन समाज पर आधारित है। इस समाज में अहिंसा, सर्वधर्म समभाव या धार्मिक

सहिष्णुता, समता के साथ-साथ विकेंद्रित व्यवस्था का समावेश होगा तथा राज्य का समाज में कम से कम हस्तक्षेप होगा। ऐसा इसलिए आवश्यक है क्योंकि व्यक्ति के विपरीत राज्य आत्मारहित है एवं संगठित हिंसा पर आधारित है क्योंकि इसकी उत्पत्ति ही हिंसा से हुई है। उनके अनुसार, 'मैं राज्य शक्ति की वृद्धि की ओर अधिक से अधिक डर के साथ देखता हूँ, क्योंकि मालूम चाहे यह पड़ता हो कि राज्य शोषण को कम से कम कर के लाभ पहुँचा रहा है, पर वह मनुष्य के व्यक्तित्व का, जो संपूर्ण प्रगति का आधार है, विनाश करता है और इस प्रकार मनुष्य जाति को अधिकतर हानि पहुँचाता है। हमें बहुत से ऐसे उदाहरण मालूम हैं जिसमें मनुष्यों ने संरक्षक जैसा बर्ताव किया, लेकिन ऐसा एक भी उदाहरण हम नहीं जानते जिससे मालूम हो कि राज्य का जीवन वास्तव में निर्धनों के लिए रहा है।'[18]

वस्तुतः आदर्श या ''राम राज्य'' राज्य रहित जनतंत्र है। यह शुद्ध अराजकता की ऐसी स्थिति है जिसमें सामाजिक जीवन ऐसी संपूर्णता को पहुँच जाता है कि वह स्वयं संचालित हो जाता है। ऐसे समाज में कोई राजनीतिक सत्ता नहीं होती, क्योंकि कोई राज्य नहीं होता।[19] वे राज्य को एक साधन मानते हैं जिसका मूल कर्तव्य सभी के अधिकतम हित की प्राप्ति में सहयोग से है। ऐसे राज्य की संप्रभुता के विषय में उनका मत है कि, ''शुद्ध नैतिक सत्ता पर आधारित जनता की संप्रभुता'' ही श्रेष्ठ है।[20] ऐसा तभी संभव है जब समाज में स्वराज्य हो अर्थात् ''अनुशासनपूर्ण आंतरिक शासन'' हो न कि सभी प्रकार के नियंत्रण से मुक्त। ऐसे राज्य में जनता को राज्य सत्ता के विरुद्ध अहिंसक सत्याग्रह या विरोध करने की पूरी स्वतंत्रता होगी। उन्हीं के शब्दों में, 'सच्चा स्वराज्य कुछ मनुष्यों के राज्य सत्ता प्राप्त करने से नहीं आएगा बल्कि राज्य सत्ता का दुरुपयोग होने पर सबको उसका विरोध करने की क्षमता प्राप्त करने से आएगा।' दूसरे शब्दों में, स्वराज्य जनता को इस प्रकार शिक्षित करने से प्राप्त होगा कि उसमें सत्ता पर नियंत्रण रखने और उसका नियमन करने की क्षमता की चेतना आए।[21]

गांधी जी के राजनीतिक विचार अहिंसक राष्ट्र समाज तक ही सीमित नहीं है बल्कि उन्होंने अंतर्राष्ट्रीयता पर भी अपने विचार स्पष्ट किए हैं। उनके ही शब्दों में, 'पूर्ण स्वराज की मेरी धारणा सब (देशों) से अलग स्वतंत्रता की नहीं, बल्कि स्वस्थ और सम्मानपूर्ण नीति से (देशों) एक दूसरे के सहारे रहने की है।'[22] पुनः वे कहते हैं, विश्व का बुद्धिमान वर्ग आज एक-दूसरे के विरुद्ध युद्ध करने वाले पूर्ण स्वाधीन राज्यों की नहीं वरन् मैत्रीभाव रखने वाले परस्पर आश्रित राज्यों की आकांक्षा रखता है।[23] वस्तुतः अहिंसक अंतर्राष्ट्रीय संगठन एवं निःशस्त्रीकरण की सफलता हेतु, उनका यह मानना था कि साम्राज्यवाद एवं आर्थिक प्रतियोगिता के समापन से ही

यह पूर्णरूपेण संभव हो सकता है। गांधी जी के शब्दों में, 'अंतर्राष्ट्रीय संघ तभी (स्थापित) होगा जब उसमें सम्मिलित सभी छोटे-बड़े राष्ट्र पूरी तरह स्वतंत्र होंगे।....... अहिंसा पर आधारित समाज में छोटे से छोटा राज्य यह अनुभव करेगा कि वह (महत्व) उतना ही बड़ा है जितना कि बड़े से बड़ा राष्ट्र।'[24] अतः गांधी जी न्यायोचित राजनीतिक एवं आर्थिक अंतर्राष्ट्रीय संबंध की स्थापना की बात करते हैं। निःशस्त्रीकरण के विषय में गांधी के विचार सदैव बदलते रहे हैं। पहले उन्होंने कहा 'मेरे स्वशासन में शस्त्र की कोई आवश्यकता नहीं है।'[25] पुनः वे कहते हैं, 'काश! आज मेरे स्वराज्य में सिपाहियों के लिए स्थान होता—क्योंकि मेरे पास संपूर्ण संसार को अहिंसा का पाठ पढ़ाने की क्षमता नहीं है।'[26] पुनः वे लिखते हैं, 'यदि भारत पूर्णरूपेण अहिंसक मार्ग का अनुसरण करता है तो यह विश्व शांति को लिए अग्रणी कार्य होगा।' इतना ही नहीं उनका कहना है कि, 'यदि भारत अपनी अहिंसक शक्ति में वृद्धि नहीं करता है, तो वह न तो अपने लिए और न ही संसार के लिए कुछ प्राप्त करेगा। भारत के सैन्यीकरण का अर्थ है स्वतः अपनी बर्बादी और विश्व की बर्बादी।'[27] इसी तर्क को गांधी जी सभी देशों को अपनाने की सलाह देते हैं, जिसकी पराकाष्ठा अंतर्राष्ट्रीय निःशस्त्रीकरण के रूप में होगी।

गांधी जी के राजनीतिक परिप्रेक्ष्य का एक अहम् पहलू समाजवाद भी है। परंतु उनके समाजवाद की परिभाषा या समझ मार्क्स के सिद्धांत के बिल्कुल विपरीत है क्योंकि उनकी सोच में महज भौतिक परिवर्तन और वह भी हिंसक या अशुद्ध मार्ग के द्वारा उन्हें कतई स्वीकार्य नहीं है। यद्यपि वे भी एक वर्ग विहीन एवं राज्य विहीन समाज की परिकल्पना करते हैं, परंतु वे मानव हृदय से बुरी या आसुरी शक्तियों को संगीन के नोक से हटा कर समाजवादी, सामाजिक व्यवस्था की स्थापना नहीं करना चाहते।[28] ऐसा वे इसलिए कहते हैं क्योंकि उन्हें 'संक्षिप्त हिंसात्मक मार्ग पर चलकर सफलता, प्राप्त करने में विश्वास नहीं।'[29] उनका यह स्पष्ट मानना था कि 'अहिंसा पर आधारित सर्वोदय एक अत्यंत लंबी यात्रा प्रतीत हो सकती है परंतु अंततोगत्वा यही स्थायी एवं छोटा मार्ग है।'[30]

अंततः, निष्कर्ष में यह कहा जा सकता है कि यद्यपि गांधी जी के विचारों के पल्लवित एवं पुष्पित होने में अनेकानेक भारतीय एवं पाश्चात्य विचारों एवं ग्रंथों का योगदान रहा है, परंतु उनके प्रस्फुटित होकर मौलिक स्वरूप में लाने का श्रेय स्वयं उनको जाता है। वस्तुतः उन्होंने अत्यंत गहन से गहन विषयों को जितनी सरलता एवं स्पष्टता से पाठकों के समक्ष रखने का प्रयास किया वह कोई विलक्षण चिंतक ही कर सकता है। संभवतः एच. एलेक्जेंडर ने उनके कृतित्व की सबसे सटीक समालोचना प्रस्तुत की है, 'गांधी को वर्गीकृत कर किसी एक वाद के जाल में नहीं

बांधा जा सकता है। उनकी महानता इसी तथ्य में निहित है कि उनमें एक साथ परंपरावादी, उदारवादी, समाजवादी, क्रांतिकारी, साम्यवादी एवं अराजकतावादी की झलक समग्रता से देखी जा सकती है।'[31]

टिप्पणी

1 *हरिजन*, 23.3.40, पृ. 55
2 वहीं, 10.6.39, पृ. 185-86
3 वहीं 2.4.38, पृ. 65
4 वहीं, 1.2.35, पृ. 410
5 *यंग इण्डिया* भाग 1, पृ. 9[illegible]6
6 *हरिजन*, 11.8.40, पृ. 245 एवं 2.4.38, पृ. 65
7 वहीं 10.2.40, पृ. 445 एवं भाषण, पृ. 307
8 वहीं 6.3.37 पृ. 25-26
9 *बापूज लेटर्स टू मीरा*, नवजीवन प्रकाशन, अहमदाबाद, पृ. 4
10 *हरिजन*, 24.12.1938, पृ. 393
11 गांधी, एम. के., *आत्मकथा*, भाग 5, नवजीवन प्रकाशन, अहमदाबाद, 1959, पृ. 433
12 मेनन, वी. लक्ष्मी, *रस्कीन और गांधी, वाराणसी, सर्वसेवा प्रकाशन, 1956*, पृ. 25-26
13 *हिन्द स्वराज्य*, पृ. 93
14 *हरिजन*, 18.8.40, पृ. 253
15 वहीं, 2.11.34 पृ. 302
16 वहीं, 16.12.39, पृ. 376
17 वहीं, 22.6.47, पृ. 200
18 बोस. एस. के., *कैपिटलिज्म, कम्युनिज्म एंड को-एक्जिसटेंट्स द इण्डियन नेशन*, 17.3.96
19 *यंग इण्डिया*, 2.7.31, पृ. 411
20 वहीं, भाग 2, पृ. 491
21 वहीं, 2.7.31, पृ. 411-12
22 वहीं, भाग 1, पृ. 350
23 वहीं, 26.3.31
24 वहीं, भाग 2, पृ. 863
25 राव., वी. के. आर. वी., *डिसआर्मामेंट एंड डेवलपमेंट*, गांधी मार्ग, नई दिल्ली, मई-जून 1982, पृ. 420

26 गांधी, एम. के., *फॉर पेसिफिस्ट्स,* अहमदाबाद, 1959, पृ. 43

27 *हरिजन,* 21.6.42

28 वहीं, 13.3.1937

29 *यंग इण्डिया,* 11.12.1924

30 एन. के. बोस, *सेलेक्संस फ्रॉम गांधी नवजीवन,* 1948, पृ. 38

31 होरेस, एलेक्जेंडर, *गांधी थ्रू वेस्टर्न आईज,* पृ. 139

13

एक वैकल्पिक आधुनिकता

अभय कुमार

आधुनिकता के संदर्भ में गांधी के विचार अक्सर अपनी पराकाष्ठा पर रहे हैं। 1909 का उनका विवादास्पद *हिंद स्वराज* इस बात का प्रमाण है कि साम्राज्यवादी शक्तियों द्वारा भारत और विश्व के शेष औपनिवेशिक देशों पर थोपी गई पश्चिमी सभ्यता के लगभग हर आयाम को उन्होंने खारिज कर दिया। गांधी के इस ग्रंथ में पश्चिमी सभ्यता के मूल्यों और गांधी को वैकल्पिक नैतिकता के बीच एक प्रश्नात्मक विरोधाभास है। समस्या की शुरूआत "आधुनिकता" शब्द से ही होती है। अंग्रेजी भाषा में इस शब्द की उत्पत्ति अठारहवीं शताब्दी में यूरोप में हुई और इसका प्रयोग अक्सर निदर्शनात्मक दार्शनिक (Paradigmatic Philosophical), वैज्ञानिक और सरकारी विचारों तथा धारणाओं को निर्दिष्ट करने के लिए हुआ और फिर धीरे-धीरे यह पूरे विश्व में फैल गया। गांधी ने हालांकि इस आधुनिकता के कई मुख्य पहलुओं जैसे मानवाधिकार का सिद्धांत, मनुष्यों के बीच मौलिक समानता, प्रजातांत्रिक प्रतिनिधित्व का अधिकार तथा अनुनय-विनय द्वारा शासन के सिद्धांतों आदि सभी को अपनी स्वीकृति दी। इस संदर्भ में उन्हें आधुनिकता का विरोधी नहीं कहा जा सकता बल्कि उन्होंने यह भी कहा कि पश्चिम के लोग जो कहते हैं उसका अनुसरण नहीं करते हैं। उदाहरणस्वरूप, पश्चिम के उदारवादी शासन का व्यवहार औपनिवेशिक देशों के संदर्भ में काफी अलोकतांत्रिक था। यदि इस विवाद को गहराई से देखा जाए तो यह स्पष्ट है कि गांधी ने आधुनिकता के संदर्भ में एक व्यवहार कुशल नज़रिया

अपनाया था। आधुनिकता से उनका संबंध तार्किक था न कि विरोधी।

गांधी की "आधुनिकता की समीक्षा"[1] का तात्पर्य अक्सर उनके भौतिकता और सहायक तार्किकता (Instrumental Rationality) के सिद्धांत वैज्ञानिक और तकनीकी प्रगति जैसे, अधिक उत्पादन, तेज परिवहन, विषम चिकित्सा (allopathy) औषधि और प्रतिकूल प्रजातांत्रिक संसदोय व्यवस्था जैसी चीजों की समीक्षा से है। और जो इन सिद्धांतों में विश्वास करते हैं उनका मानना है कि उन्हें शेष दुनिया पर लागू करना उनका कर्त्तव्य है। इसके विपरीत उन्होंने एक प्रामाणिक सभ्यता की बात की जिसकी जड़ें वैकल्पिक नैतिकता में होनी चाहिए। *हिन्द स्वराज* में उन्होंने इस बात को काफी स्पष्ट किया है।

हिन्द स्वराज

गांधी ने 1909 में *हिन्द स्वराज* की रचना गुजराती में की और 1910 में उसका अंग्रेजी में अनुवाद किया। यह संपादक (गांधी) और पाठक के बीच एक वार्तालाप के रूप में है। यह काफी महत्त्वपूर्ण है कि गांधी की इतनी प्रारंभिक रचना एक संवाद के रूप में है। गांधी ने माना कि अंग्रेजी में ऐसा बौद्धिक तर्क प्रस्तुत करना असामान्य था लेकिन गुजराती में यह बिल्कुल नैसर्गिक साबित हुआ। निसंदेह इस संदर्भ में भगवतगीता[2] का कृष्ण और अर्जुन का संवाद उनके जेहन में था। 1910 में गांधी ने कहा भी कि अपने दोस्तों के बीच इस तरह के संवाद में वे काफी दिनों से व्यस्त थे ताकि समकालीन मुद्दों की सही जानकारी हो सके।[3] हालांकि उन्होंने कभी स्पष्ट नहीं कहा, किंतु ऐसा प्रतीत होता है कि उनकी बातचीत श्यामजी कृष्णवर्मा के नेतृत्व में 1909 में इंडिया हाउस ग्रुप और उग्रवादी हिन्दू राष्ट्रवादी वी.डी. सावरकर के साथ हुई थी। इस समूह ने भारत में अंग्रेजों के विरुद्ध आतंक और हिंसा के प्रयोग की वकालत की। गांधी ने स्पष्ट रूप से इन विचारों को खारिज कर दिया।

हिन्द स्वराज में गांधी ने सभ्यता के विकास की पहचान मशीनों, हथियारों और जटिल तकनीकों तथा लोगों के भौतिक सुख के स्तर से आंकने की इस आम धारणा पर प्रहार किया। ऐसे मापदंड नैतिकता और धार्मिक उपदेशों को नज़रअंदाज करते हैं। वास्तव में तकनीक ने विश्व समुदाय को भयानक नुकसान पहुँचाया है। भारत में अंग्रेजों को अपना शासन स्थापित करने तथा लोगों को कठोरता से नियंत्रित करने में इसने काफी मदद की है। जिस रेलवे को अंग्रेजी शासन के महत्त्वपूर्ण योगदानों में से एक माना जाता है, उसने केवल बीमारियाँ फैलाई और अकाल को जन्म दिया और साथ ही लोगों को धार्मिक अंतरों से भी अवगत कराया जिससे भ्रम और मतभेद पैदा हुआ। उसी तरह छपाई मशीन और समाचार पत्रों ने सूचना देने से ज्यादा

उत्तेजित करने का काम किया जैसा कि गांधी ने 1929 में कहा: 'समाचार पत्रों को पढ़ने से ग्रामीणों को क्या मिला? उन्हें चलचित्र के विकास, परिवहन, हत्याओं की कहानियाँ, विश्व में हो रही क्रांतियाँ, कानूनी दावपेंच की घिनौनी जानकारियाँ, घुड़दौड़ की सूचना, शेयर बाजार और कार दुर्घटनाओं की जानकारी मिली। अधिकतर समाचार इसी प्रकार के थे।

गांधी ने आधुनिक किस्म के यातायात, छपाई, मुद्रण आदि को सभ्यता की परिभाषा मानने से इंकार किया। *हिन्द स्वराज* में इस शब्द को नए ढंग से उन्होंने परिभाषित किया 'सभ्यता व्यवहार का वह स्वरूप है जो मनुष्य को कर्तव्य की ओर प्रेरित करती है। कर्तव्यपालन और नैतिकता का वहन परिवर्तनीय शब्दावली है। अपने मस्तिष्क और अपनी काम इच्छा पर विजय पाना ही नैतिकता का पालन है। ऐसा करने से हम अपने आपको जान पाते हैं।' गुजराती भाषा में सभ्यता (civilization) का अर्थ अच्छा व्यवहार है।[4] गुजराती में जो मौलिक *हिन्द स्वराज* लिखी गई थी गांधी ने उसमें "सुधारो" शब्द का प्रयोग किया जिसमें "सु" का अर्थ "अच्छा" और धारो का अर्थ "जीने का तरीका" होता है। ऐसा कर गांधी ने इस अवधारणा को भारतीय समझ दी। वास्तव में गांधी की यह परिभाषा जितनी गुजराती में अनूठी है उतनी ही अंग्रेजी में भी। हिंद स्वराज से पांच वर्ष पूर्व प्रकाशित हुए बलसारे के गुजराती-अंग्रेजी शब्दकोश के अनुसार सुधारो का अर्थ है (1) सुधार (reformation) (2) सभ्यता (3) अधिकारों की स्थापना और (4) सुधार (improvement) है। "सुधारो दकल कारवो" का अर्थ सुधार करना, नवीनता लाना या यूरोपीय आचरणों का पालन करना[5] है। यूरोपीयकरण और सभ्यता में कोई फर्क नहीं था क्योंकि दोनों ही का काम सुधार है। अंग्रेजों ने अपनी संस्थाओं जैसे नगर-निगम आदि के द्वारा सुधार का काम ही किया।

गांधी इस प्रकार सभ्यता की अवधारणा को समझने का अनूठा और मूलभूत तरीका सामने लाना चाहते थे। उनका "अच्छा जीवन जीने" का अर्थ सांसारिक इच्छाओं को नियंत्रित करना तथा तकनीक की पूजा को नामंजूर करना था। इसके अलावा वे प्रतियोगिता को प्रगति का सर्वोच्च वाहक नहीं मानते थे। उनका मानना था कि पूर्व औपनिवेशिक भारत में लोग अपनी जीविका का पालन गैर प्रतियोगी रूप में करते थे और काफी संतुष्ट थे। इससे उनकी नैतिकता का उत्थान हुआ। उनके अनुसार "जैसे बच्चा अपनी माँ के स्तन से चिपकता है वैसे ही हर भारतप्रेमी अपनी पुरानी भारतीय सभ्यता को पसंद करता था"।[6]

भारतीय अतीत के बारे में यह सही था या नहीं—और बहुत हद तक सही नहीं था—गांधी उन मूल्यों को मौलिक चुनौती दे रहे थे जिनका सूत्रपात उपनिवेशवादी

दौर में भारतीय मध्य वर्ग में बहुत होशियारी से किया गया था और यह वर्ग उसे असली शक्ति समझने लगा था।

भारत में अंग्रेजी हुकूमत ने *हिंद स्वराज* पर पाबंदी लगाकर इसकी सभी प्रतियों को जब्त कर अपनी प्रतिक्रिया जताई। गांधी ने इस पर टिप्पणी करते हुए कहा, अंग्रेजी हुकूमत भारत में आधुनिक सभ्यता जिसमें शैतानों का आधिपत्य है और प्राचीन सभ्यता जिसमें देवताओं का राज था, के बीच एक संघर्ष है। इस पर उन्होंने यह भी तर्क दिया कि अभी तो आधुनिक सभ्यता प्रभावी दिखती है किंतु अंत में पुरानी नैतिक सभ्यता ही सफल होगी। उन्होंने भारतीयों को सुझाव दिया कि पश्चिमी सभ्यता की पूजा करने की बजाय अपनी सभ्यता का समर्थन करें। यदि वे ऐसा करते तो अंग्रेज अपनी मानसिकता बदलते या भारत छोड़ देते। 1914 में उन्होंने काफी समझौतावादी रुख अपनाया और इस बात पर जोर दिया कि अंग्रेजों को गलतफहमी है कि *हिन्द स्वराज* में उनके विरुद्ध नफरत है। उन्होंने माना कि कुछ भारतीयों ने इस पुस्तिका को गलत ढंग से पढ़ लिया। उन्होंने अफसोस जाहिर किया कि कुछ लोगों ने समझ लिया कि *हिंद स्वराज* में अंग्रेजों को जल्द से जल्द हथियारों द्वारा भगाने की बात कही गई है। यह गांधी के उद्देश्यों की सबसे गलत पेशकश थी। उन्हें अंग्रेजों से कोई नफरत नहीं थी। उन्हें भी वे किसी भी अन्य भारतीय की तरह चाहते थे। वे उस समय "विद्यमान यूरोपीय सभ्यता के निंदक" थे।

बाद के वर्षों में गांधी ने माना कि व्यावहारिक रूप से रेलवे, अस्पताल, कचहरी, कपड़ा मिलों जैसी आधुनिक सभ्यता की उपलब्धियों से बच पाना संभव नहीं था। उन्हें इन चीजों को आवश्यक बुराई[7] के रूप में स्वीकार करना पड़ा। 1926 में उन्होंने कहा कि एक आदर्श समाज में इन संस्थाओं और तकनीकों की जरूरत नहीं होगी किंतु इनसे एक बार में छुटकारा पाना संभव नहीं होगा क्योंकि इससे अनावश्यक विघटन पैदा होगा। एक ऐसी भावी दृष्टि की जरूरत है जिसमें हमें इन चीजों से शासित नहीं होना चाहिए। अपनी जिंदगी के आखिरी दौर 1945 में गांधी ने कहा कि रेलवे जैसी सुविधाओं को त्यागने की जरूरत नहीं है बल्कि जरूरत इस बात की है कि इनका प्रयोग एक सुविधा की तरह अनासक्त रूप में होना चाहिए न कि आनंद की वस्तु की तरह।[8]

कुछ लोगों ने *हिंद स्वराज* को पश्चिम और यूरोप पर पूर्वी दृष्टिकोण का प्रहार समझा। हालांकि गांधी इस पुस्तिका में अक्सर पूर्व और पश्चिम के विरोधाभास की बात करते हैं। उनकी मौलिक समस्या पश्चिम में हावी अविवेकी सभ्यता को आत्मसात करने की थी। यह बात उनके 1910 के अंग्रेजी संस्करण के प्राक्कथन से स्पष्ट है जिसमें उन्होंने स्पष्ट किया कि अंग्रेजी शासन और राष्ट्रवादी भारतीयों

द्वारा आधुनिक सभ्यता की बुराइयां जैसे हिंसा के नए तरीकों का अनुमोदन करना उन्हें पसंद नहीं था। अगर अंग्रेज पुरानी मान्यताओं में विश्वास करें तो भारत में उनका सहभागी की तरह स्वागत है। उन्होंने कभी इस बात से इंकार नहीं किया कि पश्चिम से बहुत कुछ सीखा जा सकता है। जैसा कि उन्होंने 1926 में कहाः पश्चिम से बहुत कुछ अपनाकर हम उनका लाभ ले सकते हैं। ज्ञान पर किसी एक जाति और महादेश का एकाधिकार नहीं है। पश्चिमी सभ्यता से मेरा विरोध उनकी इस धारणा से है कि एशियाई, पश्चिम से आनेवाली हर चीज का सिर्फ अंधानुकरण करने के लायक ही हैं।

आधुनिकता पर प्रहार के लिए गांधी की काफी कटु आलोचना हुई, उनके द्वारा भी जो अन्य चीजों के लिए गांधी के प्रशंसक थे। डाल्टन ने *हिंद स्वराज* के तर्कों को अतिशयोक्ति और बेतुका बताया। टॉलस्टाय, रसकिन, थोरो और अन्य महापुरुष जिनकी गांधी ने अपनी कृति में काफी प्रशंसा की, आधुनिक सभ्यता की ही उपज थे। डाल्टन ने गांधी के लहजे को एक अपरिपक्व शैली बताया, जिसमें उन्होंने काफी उग्र विचार रखे और जिसे बाद में अन्य चीजों के साथ समाहित कर समस्याओं को परिवर्तित किया। यह सच है कि बाद के वर्षों में गांधी ने इस संदर्भ में अपने वक्तव्यों को हल्का किया लेकिन जो कुछ उन्होंने *हिंद स्वराज* में कहा था उससे वे कभी मुकरे नहीं। वास्तव में *हिंद स्वराज* का यही अतिरेक इसे एक असामान्य पुस्तिका बनाता है। हालांकि इसमें गांधी ने जो कुछ कहा था उसका बाद में बचाव करना मुश्किल हो रहा था, फिर भी इसने लोगों को सभ्य होने के मूल्यों को समझने पर मज़बूर किया। जैसे-जैसे विश्व युद्ध की बर्बरता और फासीवाद ने पश्चिमी सभ्यता के निकम्मेपन को प्रदर्शित किया, उसी प्रकार इस पुस्तिका की अपील बढ़ती गई। पूंजीवाद के विरोधियों, शांतिवादियों, पर्यावरणवादियों, ईसाइयों और अन्य कई तरह के वर्गों और समूहों ने इसका घोषणा पत्र की तरह इस्तेमाल किया। भारत के काफी मध्यवर्गीय बुद्धिजीवियों ने इसका समर्थन किया क्योंकि यह ग्रामीण और लघु उद्योगों को ज्यादा प्रश्रय देने का हिमायती था न कि शहरी और बड़े-बड़े कारखानों का। ग्रामीण इलाकों में अधीनस्थ वर्गों में इसका काफी प्रसार हुआ और इसकी व्याख्या उन्होंने अपने तरीके से की जिसके काफी मूलभूत नतीजे आए।

एक गांधीवादी सभ्यता

गांधी की समीक्षा चयनित थी। उन्होंने विज्ञान और तकनीक की पूजा और विज्ञान तथा तकनीकी विकास प्रगति का द्योतक है जैसी धारणा पर ध्यान केंद्रित किया। उन्होंने उपभोक्तावाद की निंदा की क्योंकि जो भी आधुनिकतम और परिष्कृत

आविष्कार हुए उसे मूल्यवर्धन (valorisation) का शिकार होना पड़ा। इस प्रक्रिया में मनुष्य नई चीजों को पाने और उपभोग करने में पागल हो जाता है तथा उसका जीवन इच्छाओं का गिरवी हो जाता है। पश्चिमी सभ्यता की आर्थिक और राजनीतिक प्रतिस्पर्धा जो सहयोग की बजाय प्रतियोगिता पर जोर देती है, कि भी उन्होंने निंदा की। उनके अनुसार आधुनिकता के ये तत्व सभ्यता की बड़ी उपलब्धियों के साथ समझौता है जैसे मानव अधिकार का सिद्धांत।

गांधी एक ऐसी सभ्यता चाहते थे जिसकी जड़ें नैतिक विज्ञान और तकनीक में हो, जिसका तात्पर्य था कि खोज और आविष्कार मानवीय जरूरत तथा मानवीय पैमाने पर हो। 1925 में उन्होंने कहा "मुझे लगता है कि विज्ञान के बगैर हम लोग नहीं रह सकते अगर हम इसका सदुपयोग करें।"[9] वे खुद ही विज्ञान से एक विषय के रूप में आकर्षित थे और वैज्ञानिक शोध को उन्होंने उचित ठहराया, यदि यह ज्ञानार्जन के लिए हो न कि मुनाफे और सांसारिक फायदे के लिए। यह हालांकि नैतिक सिद्धांतों के अनुरूप होना चाहिए। उदाहरण के लिए उनके अनुसार चिकित्सा विज्ञानियों द्वारा जीवच्छेदन (vivisection) जानवरों के जीवन के विरुद्ध है। वैज्ञानिक शोध के साथ दूसरी समस्या यह है कि यह सिर्फ विशिष्ट वर्गों के लिए ही है जिनका शारीरिक श्रम से कोई संबंध नहीं है। अनुभव से प्राप्त व्यावहारिक जरूरतों की समझ के बगैर किया गया शोध आम मनुष्य के फायदे का नहीं हो सकता, इसलिए यह अति अनिवार्य है कि एक नई विकसित कताई मशीन की खोज की जाए जो ग्रामीण कारीगरों के लिए उपयोगी हो, न कि ऐसी मशीन जो श्रमिक विरोधी हो और जिसका इस्तेमाल सिर्फ धनी लोग ही कर सकें।

गांधी के तकनीकवाद तथा विज्ञान की सांसारिक और उपकरणीय प्रयोग की समीक्षा उत्तर ज्ञानोदय (post-enlightenment) के अनुरूप है जिसे डोनालड वोर्स्टर ने साम्राज्यवादी विज्ञान और देहाती संवेदनशीलता कहा था। थ्योडोर एडोरनो और मैक्स हार्कोइमर का अनुकरण करते हुए इन्होंने टिप्पणी की कि अठारहवीं शताब्दी के बाद पाश्चात्य चिंतन का सामना दो नैतिक निष्ठाओं के साथ होता रहा। एक तरफ यांत्रिक वैज्ञानिक समझ का प्रयोग प्रकृति पर आक्रमणकारी आधिपत्य (desacrilization) के लिए किया जा रहा था और इस दायरे में वैज्ञानिक ज्ञान का प्रयोग कुछ लोगों ने प्रकृति को छलने और अपना वर्चस्व बनाए रखने के लिए किया। दूसरी तरफ मानवीय क्रियाकलापों के लिए एक नैतिक उपागम, परम उद्देश्य और प्रकृति के साथ सौहार्दपूर्ण सह-अस्तित्व की माँग की जा रही थी। ज्ञानोदय की यह नाजुक स्थिति थी जब मनुष्य का विवेक अधिक से अधिक समानता, स्वतंत्रता तथा भाईचारा प्राप्त करना चाहता था।

अठारहवीं शताब्दी के प्राकृतिक दृश्यों की चित्रकारी में ग्रामीण संवेदनशीलता, शांत घास के मैदान, सौहार्दपूर्ण दृश्य, गायों, भेड़ों और गड़ेरियों के झुण्ड देखने को मिलते थे। यह स्वर्ण युग के स्वप्न का उद्घाटन करता था जो प्राचीन समय से यूरोपीय कल्पना का हिस्सा था जोन जेक्यूस रूसो के ग्रामीण आदिम ने उन्हें नया महत्त्व प्रदान किया। रूसो का मानना था कि कृषि से पूर्व की ग्रामीण सभ्यता मनुष्य के लिए सबसे सुखद थी।

भारत में भी ग्रामीण संवेदनशीलता काफी महत्त्वपूर्ण थी, उदाहरणस्वरूप कविताओं और चित्रों में कृष्ण का ग्वालपन और ग्रामीण रमणीय माहौल का उत्सव जैसा चित्रण।

गांधी की स्थिति द्वंद्वात्मक ज्ञानोदय में एक ग्रामीण के रूप में हमेशा तर्क का मुद्दा रहा है क्योंकि उन्होंने प्रकृति का संबोधन गुजराती "*प्रक्रुति*" से किया है। रेमण्ड विलियम्स के अनुसार प्रकृति शब्द काफी समस्याजनित है क्योंकि इसके अर्थ न केवल बदलते रहते हैं बल्कि कभी-कभी दार्शनिक रूप से विरोधाभासी भी होते हैं। अंग्रेजी भाषा का "नेचर" शब्द लैटिन के "नेचुरा" से लिया गया है जिसका अर्थ किसी चीज का आवश्यक चरित्र और उसका स्तर होता है। इसका अर्थ अन्य कई चीजों के अलावा सांसारिक विश्व में शारीरिक शक्ति तथा विश्व और मानवता को प्रभावित करने वाली कुछ अन्तर्निहित ताकतें भी हैं। हालांकि प्राकृतिक और ईश्वरीय के बीच सांसारिकता अंतर पैदा करती है और एक अवर्णित शक्ति दोनों में सामंजस्य भी स्थापित करती है। साम्राज्यवादी वैज्ञानिक और स्वच्छंदतावादी प्रकृति के साथ सौहार्द रखने का दावा करते हैं किंतु ये काफी हद तक भिन्न हैं। गांधी के विचार काफी हद तक स्वच्छंद संवेदनशीलता से मिलते हैं जिसे उन्होंने ईश्वर का दर्शन बताया है।[10] हालांकि उन्होंने थोरो और अन्य के समान अप्रत्यक्ष रूप से "प्रकृति" तथा संस्कृति में अंतर नहीं किया। थोरो ने अपनी पर्यावरणवादी दृष्टि को पूरा करने के लिए अपने गृह क्षेत्र में जंगलों में, झोपड़ियों में एकांतवास कर, बेर आदि फल खाकर, नदियों और झरनों में तैरकर तथा मानव जाति की मौजूदगी से दूर होकर अपने आपको पूरी तरह अन्तर्ध्यान कर समाहित कर दिया। भारत में काफी साधु तथा त्यागी लोगों ने इसका अनुसरण कर पहाड़ों और जंगलों में एकांतवास कर निर्वाण का रास्ता अपनाया। गांधी मानव समाज में इतनी गहराई से जुड़े हुए थे कि इस तरह का जीवन उनके लिए सम्भव नहीं था। गांधी की "प्रकृति" की समझ कुछ विशेष थी जो गुजराती के प्रक्रुति शब्द में निहित थी जो संस्कृत के प्रकृति शब्द से उद्धृत है तथा जिसका अर्थ 'किसी चीज का मौलिक और नैसर्गिक स्वरूप या किसी चीज की स्थिति, प्राथमिक और मौलिक तत्व है जो परमात्मा के समरूप समझा जाता

है।'[11] यहाँ पर सांसारिक और दिव्य शक्ति तथा प्रकृति और संस्कृति में कोई फर्क नहीं किया जा सकता है।

गांधी के लिए आज की विकसित मशीनी शक्ति प्रकृति की शक्ति के सामने उपहासजनक है। जब 1910 में पेरिस में भूकंप का प्रकोप हुआ तो उन्होंने टिप्पणी की, कि ये इमारतें इसलिए ध्वस्त हुईं क्योंकि इनमें उनसे बचने के सुरक्षात्मक इंतजाम नहीं किए गए थे। 'जो ईश्वर को भूल जाते हैं वही इस तरह के दिखावे में विश्वास करते हैं।' हालांकि मनुष्य अपनी इच्छाओं की पूर्ति के लिए प्रकृति के सामने झुकता है। यह एक दूभर और कभी नहीं समाप्त होने वाला काम है जो विनम्रता से स्वीकारा गया है। महान प्रकृति ने हम सबको पसीना बहाकर जीविकोपार्जन करने के लिए प्रेरित किया है। दूसरे शब्दों में मनुष्य और गैर मनुष्य प्रजातियों में दुर्लभ संपर्क की जरूरत है जैसे मेहनती किसान और पशु-पालन में। ऐसा परिश्रम सिर्फ जीविकोपार्जन के लिए होना चाहिए, किसी और चीज के लिए नहीं। प्रकृति से इससे ज्यादा लेने की कोशिश चोरी से ज्यादा नहीं है। 'जिस चीज की मुझे शीघ्र जरूरत नहीं है वह लेकर यदि मैं रखता हूँ तो मैं किसी और से चोरी करता हूँ। मैं एक साहसिक सुझाव देना चाहता हूँ कि प्रकृति का यह मौलिक सिद्धांत है कि हमारी जरूरतों के अनुसार प्रकृति हमें काफी कुछ प्रदान करती है, यदि हम सिर्फ अपनी जरूरतों के मुताबिक ही लें, तो दुनिया में गरीबी नहीं होगी और कोई भी व्यक्ति भूखा नहीं मरेगा।'[12] प्रकृति और परमात्मा की तुलना करते हुए गांधी ने अपने आपको सर्वेश्वरवादी परंपरा में रखा जो हिन्दू संस्कृति के केंद्र में है। इस दृष्टिकोण से प्रकृति/परमात्मा को इंसान कभी पूरी तरह समझ नहीं सकता, सिर्फ भय के साथ महसूस कर सकता है और सम्मान तथा नम्रतापूर्वक व्यवहार कर सकता है। ऐसी संवेदनशीलता ही पाश्चात्य चिंतन को सर्वेश्वरवादी विचार की तरफ ले जाती है। उदाहरणस्वरूप रूमानी और रहस्यवादी प्रकृति के प्रारंभिक स्वरूप पर हेनरी बर्गसन ने गांधी के जीवनकाल में ही अपनी जैवशक्तिय दर्शन द्वारा प्रकाश डाला था। उनके दर्शन के अनुसार पशु-पक्षी और पेड़-पौधे एक रहस्यमय शक्ति के अनुसार काम करते हैं जिसकी परख पदार्थ विज्ञान और रसायन शास्त्र नहीं कर सकते। जॉन बरोघस ने प्रकृति को एक व्यापक शारीरिक तंत्र के रूप में देखा जिसमें जीवन होता है। जेम्स लवलॉक ने इस अवधारणा को हाल ही में अपने गाइय (Gaia) के विचार से पुष्ट किया है।[13]

अन्य ग्रामीणों की तरह गांधी भी बड़े शहरों से नफरत करते थे जहाँ आधुनिक तकनीक अपने वीभत्स रूप में विद्यमान हो और जहाँ ईश्वरत्व का नामोनिशान नहीं हो। जैसा कि उन्होंने 1916 में कहा, 'ईश्वर का वास ऐसी जगह संभव नहीं है जहाँ

धरती, चिमनी, मिलों और कारखानों के शोरगुल तथा धुएं से भरी हो एवम् सड़कें दौड़ते-भागते इंजनों से जाम हों।' उनका आदर्श था छोटे स्तर का कृषक समुदाय, सामुदायिक खेती और आत्मनिर्भर जीवन। रसकिन और टॉलस्टाय का अनुसरण करते हुए उन्होंने खेती और कारीगरी दोनों ही तरह के शारीरिक श्रम के महत्त्व पर जोर दिया। 1904 में डरबन के पास फोनिक्स में अपने आश्रम में उन्होंने इस तरह की जीवन शैली का प्रयोग किया। ऐसे वातावरण में कृषि और कलाकारी को आध्यात्मिक आयाम मिला। सप्ताह में एक बार आश्रमवासी बहु-धर्म सेवा में एकत्र होते थे और अनेक धार्मिक ग्रंथों का पाठ होता था।

गांधी अपने कृषक और कारीगरी की गतिविधियों में सबसे उपयुक्त तकनीक अपनाने को इच्छुक थे। उदाहरणार्थ आश्रमवासी फोनिक्स से ट्रेपिस्ट मठाधारियों के पास साबुन बनाना सीखने के लिए भेजे गए। परिणामस्वरूप इन उत्पादनों को बेचने से आश्रम की आमदनी में इजाफा हुआ। उन्होंने आदर्श खेती और बागवानी के लिए अच्छे अध्ययन की वकालत की जिससे पास के किसानों को फायदा हो। उन्होंने कहा कि विभिन्न धार्मिक समूहों द्वारा बनाए गए गायों की शरणस्थली का प्रयोग पशु शोध के लिए हो जिससे दूध की पैदावार बढ़ाई जा सके। उन्होंने अपने समर्थकों को गाँवों के सामाजिक-आर्थिक सर्वेक्षण के लिए प्रोत्साहित किया ताकि उन तथ्यों के आधार पर ग्रामीण विकास का अभियान चलाया जाए।[14] गांधी ने समस्याओं के समाधान के लिए विवेकपूर्ण और वैज्ञानिक उपागमों को खारिज नहीं किया यदि वे नैतिक सिद्धांतों के अनुरूप हों।

रचनात्मक कार्यक्रम

इन सभी चीजों को ही गांधी का "रचनात्मक कार्यक्रम" कहा जाता है। उनके अन्य सभी कार्यक्रमों में यह उनके दिल के सबसे करीब था। उन्होंने 1940 में कहा 'मैं रचनात्मक कार्यक्रमों के लिए बना हुआ हूँ। यह मेरी आत्मा का हिस्सा है। राजनीति मेरे लिए एक परेशानी' है।[15] इस कार्यक्रम में समाहित सिद्धान्त हैं—स्वदेशी (अपने यहाँ बना उत्पाद) जिसमें एक गाँव, इलाका और राष्ट्र उतने आत्मनिर्भर हों जितना संभव है। सर्वोदय (जन कल्याण के लिए प्रतिबद्धता) और अपरिग्रह (कुछ नहीं धारण करना)। 1920-21 में असहयोग आंदोलन के दौरान गांधी ने इसका उद्‌घाटन किया। हालांकि ऐसी गतिविधियाँ अक्सर "विकास" के शीर्ष में शामिल की जाती हैं और इसका क्रमिक विकास यूरोप केंद्रित था जो गांधी के लिए अभिशाप था। इसलिए इन्होंने इस शब्द का कभी प्रयोग नहीं किया।

गांधीवाद स्वदेशी तकनीक को बढ़ावा देता है जो अधिकतम लोगों की जरूरतें पूरी

करता है। इसका उद्देश्य शारीरिक काम को उचित प्रतिष्ठा, श्रम का उचित विभाजन और हर प्रकार के काम चाहे जन कल्याण के लिए हो या घरेलू, सभी को बराबर का महत्त्व दिलाना था। इसमें श्रम की बचत का तरीका और तकनीक है, इसे महत्त्व मिलना चाहिए न कि नजरअंदाज करना चाहिए। गांधी ने श्रमोन्मुख आत्म-निर्भरता की खुलकर सराहना की और इसे भविष्य में भारतीय नागरिकों की जरूरत बताया। गांधी के लिए अनुशासित काम के बगैर स्वतंत्रता पाना और उसे बरकरार रखना असंभव था।

गांधी के प्रचार में चरखे का गौरवपूर्ण स्थान था क्योंकि उनका मानना था कि इससे गरीबों को जीने का साधन मिलेगा और अपने लिए कपड़ा बुनकर वे पैसे भी बचा सकते हैं। उनके लिए यह आत्म-निर्भरता की भावना का सार है। 1919 में उन्होंने चरखे का प्रचार शुरू किया और अपने एक समर्थक को सबसे अच्छे चरखे को पाँच हजार रुपये का इनाम देने के लिए राजी किया। शीघ्र ही एक साधारण और सुवाहूए चरखा इज़ाद हुआ। गांधीवादी कार्यकर्ताओं ने इन चरखों को बनवाने के लिए चंदे एकत्र किए और इसे गरीबों में बटवाया। बुने हुए धागों को हस्तकरघा बुनकरों को दिया गया जिससे उन्होंने खादी कपड़ा बनाया। इनके साथ और भारतीय उत्पाद तथा राष्ट्रवादी साहित्य बेचने के लिए खादी भंडार खोले गए। इससे गाँवों और शहरों में इस कार्य में और अन्य गांधीवादी गतिविधियों में एक नई दिशा आई। दामों के मामले में खादी, मिल में बने कपड़ों का सामना नहीं कर पाई और हाथ की बुनाई आर्थिक रूप से सक्षम पेशा नहीं बन पाई। आनेवाले वर्षों में खादी का उत्पादन अमीरों से मिलनेवाली रियायतों से संभव हो पाया। यह रियायत गांधी द्वारा स्थापित अखिल भारतीय बुनकर संघ को दी गई। खादी को इसके महान सांकेतिक महत्त्व के लिए जिंदा रखा गया। शुद्ध आर्थिक अर्थों में यह प्रयोग आत्म-निर्भरता का अच्छा उदाहरण नहीं बन पाया।

इस असफलता से गांधीवादी आर्थिक सिद्धांत को आमतौर पर आलोचना मिली। उस पर उत्पादन के श्रम संचित तरीकों को नज़रअंदाज करने और उत्पादन के पुराने तरीकों को जिससे मजदूरों को कमर तोड़ मेहनत करनी पड़ती थी, को प्रश्रय देने का आरोप लगा। खादी तथा अन्य श्रम-जनित गतिविधियों को छोड़कर बाकी कई ऐसे क्षेत्र थे जहाँ उपयुक्त तकनीक गरीबों के लिए काफी महत्त्वपूर्ण साबित हुई है। उदाहरणस्वरूप, चूल्हे के डिजाइन, गोबर गैस, सौर ऊर्जा तथा हाथ पंप के विकास से महिलाओं की काम करने की स्थिति में काफी सुधार हुआ है। ठीक उसी तरह बैलगाड़ी, हल तथा खेती के और साधनों के विकास से काफी कम लागत पर किसानों की उत्पादकता काफी बढ़ गई। स्थानीय बीज के प्रयोग से स्थानीय मौसम में कृषि

की उत्पादकता बढ़ी, गौशालाओं में पशुओं के प्रजनन से दूध की उत्पादकता काफी बढ़ी, पशुधनों के चारे के लिए विशेष किस्म की घासों की आपूर्ति की गई। तकनीक द्वारा नदियों और नालों के ऊपर बांध बनाने, टंकियों से पानी के रिसाव को रोकने, मानसून के पानी को एकत्रित करने, नदियों के पानी को पंप द्वारा निकालने आदि तथा अकाल से लड़ने में काफी मदद मिली।

यहाँ तक कि खादी को भी सफल बनाया जा सकता था। इसकी सबसे बड़ी समस्या थी कि खादी कताई और बुनाई को पूजा जाने लगा और दूसरी चीजें जो कपासजनित अर्थव्यवस्था के लिए आवश्यक थीं, वे नज़रअन्दाज की जाने लगीं। उजरामा बिलग्रामी द्वारा हाल ही में आंध्र प्रदेश में किया गया शोध दर्शाता है कि कृषि के तरीकों में स्थानीय कपास की ऐसी प्रजातियों को शामिल करने की जरूरत है जिनमें सूखे से लड़ने की क्षमता थोड़ी ज्यादा हो और जो कताई और बुनाई के लिए भी आदर्श हों। ऐसे कपासों की खेती खाद्य फसलों के साथ की जाए जिससे कीटों के प्रकोप को कम किया जा सके। इसे उगाना काफी सस्ता है, फसल विश्वसनीय है और इससे जो खादी तैयार होती है वह काफी अच्छी कोटि की होती है—वैसी नहीं जैसी आज के खादी भंडारों में उपलब्ध है—और इसे बेचने से काफी आमदनी होगी।[16]

इससे यह स्पष्ट है कि सैद्धांतिक तरीकों से वैकल्पिक आर्थिक व्यवस्था की न ही कल्पना की जा सकती है और न तो इसका प्रयोग किया जा सकता है। लोकजनित और पर्यावरण प्रेमी उत्पादन के लिए समस्याओं के धीमे, सतर्क और खुले शोध की जरूरत है। इस प्रक्रिया में कई गलतियाँ होंगी और इसको सुधारने की हमेशा जरूरत है।

गांधी ने इसे काफी अच्छी तरह समझा और वे ईमानदार तथा सावधान सामाजिक सर्वेक्षण के प्रबल समर्थक थे तथा वैज्ञानिक और खुले दिमाग से सोचते थे। ब्रिटिश सामाजिक सर्वेक्षण के महान सिद्धांतों का अनुकरण करते हुए उन्होंने समस्याओं को पहचानने के लिए क्षेत्रों का दौरा, आंकड़े और गवाहों का सहारा लिया। उन्होंने यह काम बिल्कुल तटस्थ होकर किया और इसकी खोज से ही इनके भावी कार्यक्रमों की दिशा निर्दिष्ट हुई। हालांकि इन खोजों से पता चलना अपरिहार्य था कि स्थानीय कुलीन और अधिकारी शक्ति और सत्ता का दुरूपयोग करते हैं। गांधी और उनके समर्थकों का राष्ट्रवादी मुद्दा काफी जगजाहिर था और उसे उग्र रूप देना काफी स्पष्ट था। इसकी वज़ह से स्थानीय अधिकारी पूरी प्रक्रिया को संदेह की दृष्टि से देखते थे और खुले तौर पर विरोधी थे।

गांधी ने इस प्रक्रिया का प्रयोग बिहार के चंपारण जिले में 1917 में किया जहाँ वे नील की खेती के विरोध में किसानों की शिकायतों की जाँच-पड़ताल करने गए थे। स्थानीय अधिकारी इससे खुश नहीं थे और उन्हें शीघ्र ही गिरफ्तार कर लिया गया।

अदालत के सामने उन्होंने अपने वक्तव्य में कहाः देश में मैं मानवता और राष्ट्रवादी भावना की मंशा से आया हूँ। यहाँ मैं नील पैदा करनेवाले किसानों के आमंत्रण पर उनकी मदद के लिए आया हूँ, जिनके साथ न्यायपूर्ण व्यवहार नहीं किया जा रहा है। बगैर समस्या को जाने हुए मैं कोई मदद नहीं कर सकूँगा। इसलिए यदि संभव हुआ तो प्रशासन और खेत मालिकों की मदद से मैं इसका अध्ययन कर सकूँगा। मेरा कोई और मकसद नहीं है और मैं नहीं मानता कि मेरे यहाँ आने से आम शांति को खतरा और जान की हानि होगी। इन मामलों में मुझे अपेक्षाकृत अच्छा अनुभव है। प्रशासन ने हालांकि इसे अलग तरह से सोचा।[17]

भारत के उच्च स्तरीय अधिकारी हालांकि उस वक्त गांधी को अलग नहीं करना चाहते थे जबकि वे युद्ध की तैयारी का समर्थन कर रहे थे फिर भी उन्होंने स्थानीय अधिकारियों के मुकदमों को निलंबित करने और सर्वेक्षण को पूरा होने का आदेश दिया। एक साल बाद खेड़ा जिले में सरकार से किसानों के विरुद्ध शिकायतों में भी यही किया गया। उनके समर्थकों के निर्देशन में इसी तरह का सर्वेक्षण किया गया जैसे 1927 में सूरत जिले के बारदोली तालुका में नरहरी पारिख और 1928-30 में खेड़ा जिले के मतर तालुका में जे.सी. कुमारप्पा के नेतृत्व में। विभिन्न समस्याएं जो सामने आईं उनके उपयुक्त समाधानों और सुझावों के साथ ये परिणाम प्रकाशित किए गए। इन सभी सर्वेक्षणों के प्रकाशित होने से बड़े राष्ट्रवादी प्रदर्शन हुए जैसे 1918 का खेड़ा सत्याग्रह, 1928 का बारदोली का कर नहीं का प्रचार, और 1930-31 में सविनय अवज्ञा आंदोलन के समय कर नहीं का प्रचार। इससे यह स्पष्ट था कि इस प्रकार के काम के गंभीर परिणाम होंगे।

गांधी, समाजवाद और ट्रस्टीशिप का सिद्धांत

गांधी को ऐसा विश्वास था कि जिस तरह की सभ्यता की वे वकालत करते थे समाजवाद उसके अनुरूप नहीं है। सोवियत रूस के बोल्शेविकों के बारे में उनकी धारणा अच्छी नहीं थी बोल्शेविकवाद आधुनिक सांसारिक सभ्यता का आवश्यक परिणाम है। इसकी असंवेदनशील पूजा ने एक धारणा को जन्म दिया और सांसारिक समृद्धि को लक्ष्य समझकर यह जीवन की चमक-दमक में खो गया। उन्होंने दलील दी कि सत्याग्रह द्वारा भारतीय, बोल्शेविकवाद को धरती पर फैलने से रोक सकते थे।

जिस वक्त गांधी ने यह वक्तव्य दिया कुछ भारतीय राष्ट्रवादी जो अपने विचारों से काफी उग्र माने जाते थे, समाजवादी थे। अधिकतर लोगों ने पूंजीवादी व्यवस्था को अनुमोदित किया बशर्ते यह भारतीय अंग्रेजी साम्राज्यवादी शासन के नियंत्रण से

बाहर हो। गांधी पूंजीवादी आधुनिकता की अपनी कठोर आलोचना की वजह से एक अलग छोर पर थे। इस धारणा में 1920 के दशक में एक बदलाव आया जब युवा पीढ़ी ने सोवियत रूस को नकल करने लायक प्रारूप समझा। 1929 की आर्थिक तबाही जो 1930 के दशक में भी जारी रही इस धारणा को पुष्ट करती है। इसलिए हम लोग कहते हैं कि बी.आर.अंबेडकर जैसे लोग 1920 के दशक की अपनी रचनाओं में पूंजीवादी व्यवस्था का अनुमोदन करते हैं, लेकिन 1930 के दशक में वामधारा की तरफ झुकते हैं और समाजवादी धारणा को अपनाते हैं।

गांधी इन बदलावों से अछूते नहीं थे और 1930 और 1940 के दशक में समाजवादी राष्ट्रवादियों से लगातार संपर्क कर रहे थे। उन्होंने समाजवादियों की गरीबी और असमानता खत्म करने तथा सभी के जीने के अधिकार के लक्ष्य को स्वीकार किया। उन्हें लगा कि वे समाजवादियों और कम्युनिस्टों से कहीं ज्यादा इस तरह की भावना से ओत-प्रोत हैं। कम्युनिस्टों की गतिविधियाँ राजनीति से ज्यादा प्रेरित होती थी न कि दिल की दया भावना से। कांग्रेस समाजवादी पार्टी के नेता जयप्रकाश नारायण से उनके काफी करीबी रिश्ते थे और इन मुद्दों पर उनकी काफी बातचीत होती थी। 1940 में उन्होंने कहा 'मैं काफी दोस्तों को जानता हूँ जो कम्युनिस्ट कहने पर खुश होते हैं। वे पंडुक की तरह अहानिकर हैं। उनकी संगति में मैं भी अपने आपको कम्युनिस्ट कहता हूँ। कम्युनिज्म का सिद्धांत अच्छा है और पहाड़ियों की तरह पुराना भी। 1946 में बड़े उद्योगों को राष्ट्रीयकृत करने की समाजवादी धारणा को उन्होंने सहमति दी। हालांकि इस प्रक्रिया में किसी भी हिंसा या जबर्दस्ती के वे खिलाफ थे उनका मानना था कि यह मालिकों की सहमति से होना चाहिए। इस संदर्भ में वे अधिकतर समाजवादियों से मौलिक रूप से असहमत थे। वर्ग संघर्ष की जरूरत के मुद्दे पर गांधी समाजवादियों और कम्युनिस्टों से मूल रूप से असहमत थे। उन्हें लगा कि इससे नफरत बढ़ेगी और विरोधियों के बीच दूरी पैदा होगी तथा यह प्रतिकारक हो सकता है तथा इससे हिंसा फैलेगी। उन्होंने वर्ग संघर्ष के बदले सत्याग्रह की तरफदारी की।

अहिंसक तरीकों से हम पूँजीपतियों को खत्म नहीं करना चाहते बल्कि हम पूँजीवाद को समाप्त करना चाहते हैं। हम पूंजीपतियों को आमंत्रित करते हैं, उनको ट्रस्टी बनाना चाहते हैं जिस पर वे अपनी पूंजी बनाने, उसका वहन करने और उसे बढ़ाने के लिए निर्भर रहते हैं। मजदूरों को इनके मन-परिवर्तन के लिए इंतजार करने की जरूरत नहीं है। यदि पूंजी शक्ति है, तो श्रम भी शक्ति है। शक्ति और सत्ता को रचनात्मकता और विनाश दोनों के लिए ही इस्तेमाल किया जा सकता है। दोनों एक-दूसरे पर निर्भर हैं। शीघ्र ही मजदूरों को जब अपनी शक्ति का एहसास होता

है तो वह पूंजीपति के हिस्सेदार बन जाते हैं और तब वे गुलाम नहीं रह पाते। यदि वह अकेला मालिक बनना चाहता है तो उम्मीद है कि सोने के अंडे देने वाली मुर्गी को वह मार देगा। बौद्धिक और अवसर की असमानता कालान्तर तक रहेगी।[18]

गांधी ने कहा कि हर व्यक्ति में अच्छाई की संभावना है चाहे वह कितना भी लोभी और अत्याचारी क्यों न हो। उन्होंने लोगों में अपरिग्रह और त्याग की भावना पैदा करने की कोशिश की। इसके लिए जरूरत है कि जिसके पास जो कुछ भी है वह सब समाज की भलाई के लिए ट्रस्ट में दान करे। इसके लिए अमीर लोग अपनी संपत्ति उनको दें जो उनके लिए काम करते हैं और श्रमिक वर्ग अपना श्रम उनको दें जिनको इसकी जरूरत है जैसे उनके नियोक्ता। उत्पादन के साधन के मालिकों को एक आरामदेह जिंदगी जीने के लिए सब कुछ मिलना चाहिए न कि दिखावे की जिंदगी के लिए। श्रमिकों के साथ परिवार के एक सदस्य के रूप में व्यवहार करना चाहिए और काम करने तथा रहने की जगह अच्छी होनी चाहिए साथ ही उनके लिए कल्याणकारी कार्यक्रम होना चाहिए।

नियोक्ता, जमींदार और पूंजीपति अपनी सेवा की तरह ट्रस्टीशिप की अवधारणा का पालन करें। मार्क्सवादियों खासकर रजनी पाल्मे दत्त द्वारा इसकी निंदा की गई। उन्होंने इसे "आदर्शवादी कवच में परिचित पूंजीवादी तत्व" के रूप में देखा।

पूंजीवादियों के विचार से इस बात का काफी महत्त्व है जो मुस्कुराहट के साथ रामराज्य की लालसा और सीधे सुनहरे स्वप्नचित्रों को बर्दाशत करते हैं और उन्हें प्रोत्साहित भी करते हैं क्योंकि वे इसके वर्गहित के महत्त्व को समझते हैं और वर्ग शांति को बरकरार रखने में मदद भी करते हैं।

हालांकि मार्क्स और एंजेल्स ने खुद भी राबर्ट ओवेन और दूसरे उन्नीसवीं शताब्दी के उग्रवादियों द्वारा प्रतिपादित स्वप्नदर्शी समाजवाद की आलोचना की, इसलिए नहीं कि यह वर्ग संघर्ष को नज़रअंदाज करता है, बल्कि इसलिए कि यह पृथक सामाजिक प्रयोगों के लिए राजनीतिक संघर्ष को अस्वीकार करता है।[19] स्पष्टतः गांधी इस श्रेणी में नहीं रखे जा सकते क्योंकि वे एक राजनीतिक कार्यकर्ता थे जो व्यापक स्तर पर गरीबों और पीड़ितों के अधिकारों के लिए अथक लड़ते रहे।

हालांकि इसमें कोई दो राय नहीं कि गांधी ने पूंजीवादी उद्यमियों में जो विश्वास पैदा किया वो कहीं न कहीं खो गया। उस वक्त के कुछ ही अपवादी व्यापारी जैसे जमनालाल बजाज और जे.आर.डी.टाटा ही इस तरह के काम के लिए संपर्क किए जा सके। बहुत बड़ी संख्या में अधिकतर पूंजीपति वही सब करते रहे जिससे मज़दूरों की मजदूरी कम हो और उनको मौलिक कल्याणकारी सुविधाएं न मिले। अहमदाबाद में एक घटना हुई जहाँ कुछ मिल मालिक जो गांधीवादी सिद्धांतों का अनुकरण कर

रहे थे उनका गैर गांधीवादी व्यापारियों के साथ लगातार मनमुटव चल रहा था। 1920 में प्रगतिशील उद्यमी अम्बालाल साराभाई जो अपनी औद्योगिक सौहार्द्रता के लिए जाने जाते थे, को कुछ क्षुद्र प्रवृत्ति के बनियों जिनका नेतृत्व सेठ मंगलदास कर रहे थे, ने चुनौती दी जिसका उद्देश्य गांधीवादी संगठन को समाप्त करना था, जिसकी स्थापना उसी साल के शुरू में हुई थी। जब गांधी ने एक हड़ताल की घोषणा की और सेठ मंगलदास पर समझौते के लिए जोर डाला तो इस बेईमान मिल मालिक ने समझौते को बर्बाद करने की पूरी कोशिश की। यहाँ तक कि अपने गृह नगर में भी अधिकतर पूंजीपतियों का हृदय बदलने में वे नाकामयाब रहे।

पाल रिकॉयर के वर्ग संघर्ष के तर्कों से गांधी का तर्क समान लगता है। रिकॉयर मानते हैं कि समाज में जीवन की बहुत सारी चीजें वर्ग की चाहरदीवारी से परे होती है, जैसे—भाषा, संस्कृति, कामुकता तथा राष्ट्रीयता। उनका मानना था कि वर्ग संघर्ष में वर्ग युद्ध के द्वारा शत्रु को मारने का उद्देश्य नहीं होना चाहिए, बल्कि ऐसे समाज का निर्माण होना चाहिए जहाँ दोनों वर्ग अखण्ड और न्याय संगत तरीके से रह सकें, 'कुछ यूरोपीय कम्युनिस्ट पार्टियों (खासकर इटली, फ्रांस तथा स्पेन) ने एक विचार प्रकट किया है कि एक अच्छे अखंडित समाज का निर्माण किया जाए न कि वर्ग संरचना में विघटित समाज का। यहाँ मुद्दा है मुख्य रूप से संगठित करने का न कि दुश्मनों/ विरोधियों को दबाने और बर्बाद करने का'।[20] यह बहुत अर्थों में वही है जो गांधी चाहते थे, जब वे पूंजी और श्रम के संघर्ष में शामिल हुए।

भारत से परे गांधीवादी समीक्षा

हाल के वर्षों में आर्थिक और सामाजिक समस्याओं की गाँधीवादी समीक्षा कई नए अर्थों में विचारार्थ न सिर्फ भारत में बल्कि पूरे विश्व में की गई है। ई.एफ.शुमैकर (1911-77) को इस नई धारणा को शुरू करने का सबसे ज्यादा श्रेय जाता है। वे एक जर्मन अर्थशास्त्री थे जिन्होंने 1930 के दशक में जर्मनी छोड़ दिया और 1940 और 1950 के दशक में अंग्रेजी सरकार के आर्थिक सलाहकार बने। 1955 के बर्मा भ्रमण के बाद वे आश्वस्त हो गए कि तथाकथित "विकासशील देशों" की आर्थिक योजना में कुछ गंभीर समस्याएं हैं। इसमें ज्यादा महत्त्व पूंजी केंद्रित विकसित तकनीक को दिया गया था और ऐसी धारणा थी कि इससे उत्पादकता बढ़ती है और ये देश विश्व अर्थव्यवस्था में प्रतियोगी देश बनेंगे। हालांकि इन छोटे विकसित क्षेत्रों को और अधिक विकसित और मुनाफापरस्त बनाने के लिए इन देशों में आवश्यक लोग, सामग्री और ढांचे की काफी कमी थी। उनके अनुसार हर क्षेत्र विशेष की अपनी विशेष उपयुक्त तकनीकी जरूरत होती है। अधिकतर मामलों में ये श्रम-केंद्रित,

आकार में छोटे और कम लागत के निवेश होते हैं। उन्होंने इसे "मध्यम तकनीक" कहा।

शुमैकर ने इस अवधारणा को अन्य अर्थशास्त्रियों, जो उसी विचार के थे के साथ बातचीत कर विकसित किया जैसे गांधीवादी अर्थशास्त्री जे.सी. कुमारप्पा और गोखले इंस्टीच्यूट पूणे के निदेशक डी. आर. गाडगिल जिन्होंने 1964 में ऐसी ही अवधारणा विकसित की, जिसे उन्होंने "उपयुक्त तकनीक" कहा और तर्क दिया कि यह आवश्यक है कि भारत सरकार इस बात को पूरी प्राथमिकता दे।[21] शुमैकर ब्रिटेन में राष्ट्रीय कोयला बोर्ड के सलाहकार थे और इस बात से आश्वस्त थे कि औद्योगिक देशों में ऊर्जा की फिजूलखर्जी दीर्घकालिक नहीं है और भविष्य में कम ऊर्जा पर ही उत्पादन होंगे। वे ब्रिटेन के काफी महत्त्वपूर्ण संस्थान स्वायल (soil) एशोशिएसन के अध्यक्ष थे और उन्होंने जैविक खेती की वकालत की। उनकी 1973 की प्रभावकारी पुस्तक *स्मॉल इज ब्युटिफुल* विकासवाद की समीक्षा और पर्यावरणीय जागरूकता से भरी है।

अपनी कृति की शुरूआत शुमैकर ने गाँधीवादी सिद्धांतों से की, कि नैतिकता सर्वोपरि है और यह केनेसियन तथा नियो-क्लासिकल अर्थशास्त्रियों की आर्थिक विकास की पूजा की धारणा तथा बीसवीं शताब्दी की सरकारों की विशाल मूर्ति पूजा के विपरीत है। उन्होंने तर्क दिया कि अर्थशास्त्री दावा करते हैं कि वे भाव-रहित सच्चाई पेश करते हैं जबकि वे अपने सार-तत्व को समझने में असमर्थ हैं। इसके बदले में उन्होंने "बुद्ध के अर्थशास्त्र" की प्रस्तावना की और साथ ही कहा कि ईसाई, इस्लाम, यहूदी तथा किसी और बड़े धर्म का अर्थशास्त्र भी इतना ही अच्छा होगा। एक नैतिक अर्थशास्त्र मनुष्य और उसकी जरूरतों को सर्वोपरि समझता है और आर्थिक नीतियाँ उसके इर्द-गिर्द ही विकसित होती हैं।

उन्होंने मध्यवर्ती तकनीक के लिए एक गंभीर गांधीवादी समर्थन पेश किया जैसा कि गांधी ने कहा, दुनिया के गरीबों की मदद ज्यादा उत्पादन से नहीं होगी बल्कि ज्यादा लोगों के द्वारा उत्पादन से होगी। ज्यादा उत्पादन, विकसित, पूंजी-केंद्रित, ऊर्जा पर निर्भर और कम मानव-श्रम वाली तकनीक है, जो मानती है कि अधिकतर लोग अमीर हैं। ज्यादा पूंजी निवेश के लिए जरूरत है काम करने की जगह एक ही हो। ज्यादा लोगों द्वारा किए गए उत्पादन से अमूल्य संसाधन एकत्र होते हैं जिसे पूरी मानव जाति द्वारा धारण किया जाता है, इनके चतुर दिमाग तथा कुशल हाथ उच्च कोटि की मशीनों को मदद करते हैं। ज्यादा उत्पादन की तकनीक अन्तर्निहित रूप से हिंसक, पर्यावरणीय रूप से हानिकारक तथा मानवता के लिए उपहासजनक है। ज्यादा लोगों द्वारा उत्पादन की तकनीक, आधुनिक ज्ञान और अनुभव का सही

इस्तेमाल, विकेंद्रीकरण के लिए सुविधाजनक है, पर्यावरण के नियमों के अनुकूल है, दुर्लभ साधनों के प्रयोग में संजीदा है और मनुष्य की सहायता के लिए बनी है न कि मनुष्य को मशीनों का गुलाम बनाने के लिए। मैंने इसे मध्यवर्ती तकनीक का नाम दिया है क्योंकि यह दर्शाता है कि यह बीते जमाने की पुरातन तकनीक से काफी बेहतर है और साथ ही काफी आसान, सस्ता और अमीरों की महा तकनीक से मुक्त भी है।

गरीब देशों के कुलीन लोगों ने इस पर कड़ी प्रतिक्रिया की कि उन्हें दूसरे दर्जे की तकनीक नहीं चाहिए। शुमैकर ने कहा कि यह उनकी प्रतिक्रिया है जिन्हें रोजगार की जरूरत नहीं है। उन्होंने जिस तकनीक की प्रस्तावना की वह कोई पुरानी तकनीक नहीं थी बल्कि एक रचनात्मक तकनीक थी जो अधिकतर लोगों की जरूरतों के मुताबिक बनाई गई थी। ऐसी तकनीक को विकसित करने के लिए काफी प्रवीणता और कुशलता की जरूरत होगी। अमीर देशों में उपलब्ध उत्पादन के तरीकों की सिर्फ नकल कर इन कुलीनों ने अपने आप को कल्पनारहित परजीवी साबित किया है।

एक वैकल्पिक आर्थिक व्यवस्था के लिए दूसरा शक्तिशाली तर्क करीब-करीब उसी समय इवार इलीच (1926) द्वारा दिया गया। इलीच एक ऑस्ट्रियन था जो 1950 के दशक में न्यूयार्क शहर में कैथोलिक पादरी के रूप में काम करता था। 1960 के दशक में वह प्यूरटो रिको और फिर मेक्सिको चला गया जहाँ उसने चार महत्त्वपूर्ण किताबें लिखीं जो 1970 और 1975 के बीच प्रकाशित हुईं। इनमें से दूसरी पुस्तक *टूल्स फॉर कन्वीवीएलिटी* (1973) में शुमैकर की कई चिंताओं जैसे बड़े स्तर का औद्योगिक समाज और आम जनता के हाशिये पर आने की चिंता प्रतिध्वनित थी। इलीच ने मांग की कि हमें "मित्रवत" मशीन और तकनीक विकसित करनी चाहिए। यह शुमैकर के मध्यवर्ती तकनीक के बराबर थी और विकास को सीमित करने की सीख देने वाली थी।[28]

इलीच की अन्य रचनाएं समकालीन माइकल फूको की कई आधुनिक संस्थाओं की समीक्षा के समानांतर है। अपनी पहली पुस्तक *डिस्कूलींग सोसाइटी* (1971) में इलीच ने आधुनिक शिक्षा पर जोर दिया था, जिसे उन्होंने मुख्य रूप से समाज के सत्तावादी प्रबंधन को बरकरार रखने का तरीका समझा और जिसने अधिकतर लोगों के सीखने के मौके को बढ़ाने के बजाय कम किया। इसके बदले उन्होंने सीखने के विकेंद्रीकृत, गैरस्थापित और बहुआयामी तरीके का प्रस्ताव किया जो छात्रों में आलोचनात्मक और अन्वेषणात्मक मस्तिष्क विकसित कर सके।

मेडिकल नेमेसिस (1975) में उन्होंने आधुनिक स्वास्थ्य व्यवस्था का विस्तृत विश्लेषण किया और बताया कि इसने मरीजों पर अस्वीकार्य नियंत्रण बना लिया है।

कई मामलों में इलाज से लोग ज्यादा बीमार होने लगे जिसे इन्होंने "रचनात्मक औषधि"[23] कहा। हालांकि इस पुस्तक में कहीं भी गांधी का जिक्र नहीं है लेकिन आधुनिक औषधि पर उनका प्रहार *हिंद स्वराज* की याद दिलाता है। गांधी ने अपनी इस कृति में कहा है कि उनकी इच्छा भी भारत की सेवा एक डाक्टर के रूप में करने की थी, किंतु पश्चिमी चिकित्सा ने उनका मन बदल दिया। उन्होंने पाया कि पश्चिमी डाक्टर अपने ज्ञान का उपयोग दूसरों से अपने को अच्छा दिखाने और पैसों से अपनी जेब भरने के लिए करते हैं। वे अमीरों की दलाली करते हैं और ऐसी बीमारियों का इलाज करते हैं जो अधिक उपभोग से होती है किंतु लोगों को शरीर का अनुशासन और भूख को नियंत्रित करना नहीं सीखाते। उन्होंने यह निष्कर्ष दिया, यूरोपीय चिकित्सा को पढ़ना अपनी गुलामी को बढ़ाना है।[24] स्वस्थ जीवन ही सबसे अच्छा इलाज है, और इस तरह का इलाज खुद ही निर्धारित किया जा सकता है। इलीच का भी यही निष्कर्ष था कि अच्छे और सुंदर स्वास्थ्य के लिए संसार में निश्चित रूप से कम से कम और कभी-कभी दवा की जरूरत पड़ेगी। स्वस्थ लोग वो हैं जो स्वस्थ मकानों में स्वस्थ भोजन करते हैं।

इलीच की *इनर्जी एण्ड इक्वीटी* (1974) नाम की एक छोटी सी पुस्तक थी जिसमें तीव्र आवागमन की आधुनिक आसक्ति पर काफी आघात किया गया था। काफी मात्रा में ऊर्जा के उपभोग से पर्यावरण का काफी शोषण होता है और प्रदूषण फैलता है। इमारतों की कीमतें और यातायात की लागत से समाज पंगु हो रहा था। लोगों को कार खरीदने, उनको सुचारू रखने तथा चलाने के लिए घंटों मेहनत करनी पड़ती थी। तर्क दिया गया कि तेज यातायात के साधनों ने इंसानों को आजाद किया, इलीच के अनुसार सच्चाई यह है कि इसने इंसानों को गुलाम बनाया।

पचास साल पहले गांधी ने भी तेज रफ्तार की आधुनिक आसक्ति की निंदा की थी, 'एक समय था जब हम लोग एक घंटे में कुछ मील यात्रा कर लेते थे, आज हम एक घंटे में सैकड़ों मील तय कर लेते हैं, एक दिन हम आकाश में भी उड़ने की इच्छा कर सकते हैं। इसका परिणाम क्या होगा? अव्यवस्था—हम लोग एक-दूसरे के ऊपर लड़खड़ाते हुए चलेंगे, हमारी सांसें रूक जाएंगी'। जब वे लंदन में थे, उन्होंने हर जगह यातायात बाधित पाया। उनके अनुसार ये अपरिहार्य होगा जब ज्यादा लोग लंबी दूरी तय करने के साधनों का इस्तेमाल करेंगे। जब उनसे उनके रेल यात्रा के प्रयोग के बारे में पूछा गया तो उन्होंने कहा, काश इस तरह की यात्रा के बगैर वे अपना काम कर पाते। उन्होंने स्वीकार किया कि आधुनिक यातायात पद्धति कुछ अच्छे लोगों को बड़े स्तर पर महत्त्वपूर्ण सामाजिक काम करने की इजाजत देती हैं, लेकिन उनके अच्छे कामों को यातायात साधनों द्वारा किया गया नुकसान महत्त्वहीन

बना देता है। 'आज अमेरिका से दो अच्छे लोग प्यार और स्नेह का संदेश लेकर आते हैं, लेकिन इन दो अच्छे लोगों के साथ दो सौ लोग अलग-अलग तरह की मंशा से आते हैं। हम लोग जानते हैं कि किंचित कुछ लोग शोषण के नए अवसरों की तलाश में आते हैं।' उन्होंने खुद ही भ्रमण को प्राथमिकता दी जहाँ भी व्यवहारिक रूप से यह संभव हो पाया। उनके दक्षिण अफ्रीका के प्रवास में यह एक नियम था और उन्होंने कभी अपने भ्रमण को सीमित नहीं किया, एक दिन तो वे पचपन मील पैदल चलने में कामयाब रहे।

गांधी की यातायात की आलोचना पर्यावरणीय तत्वों से अछूती है जो इलीच की समीक्षा में है। हालांकि दोनों इस बात से सहमत थे कि यह समस्या नैतिक है क्योंकि तेज यातायात गरीबों की कीमत पर अमीरों को फायदा पहुँचाता है। इलीच ने एक मध्यवर्ती यातायात व्यवस्था का अनुमोदन किया था जो साइकिल और धीरे चलने वाले साधनों पर आधारित थी और आम आदमी द्वारा वहन किए जाने लायक था।

'त्वरित गति से विकसित हुए बगैर, परंपरा और परिधि से बाहर जीवन को संवारने का लक्ष्य कोई भी गरीब देश कुछ ही वर्षों में पूरा कर सकता है, लेकिन इस लक्ष्य की प्राप्ति सिर्फ उनके द्वारा ही हो सकती है जो निरंतर आर्थिक विकास और अनिश्चित ऊर्जा उपभोग को नकार सकता है।' बीस साल बाद सड़क निर्माण की इस आधुनिक आसक्ति पर इन तर्कों के द्वारा ही प्रहार किया जा सका। ब्रिटेन और अन्य जगहों पर काफी प्रभावित और विज्ञापित सड़क विरोधी प्रदर्शनों ने सरकारों को इन सड़क निर्माण योजनाओं को परिवर्तित और स्थगित करने पर मजबूर कर दिया। गरीब देशों के सामाजिक और आर्थिक विकास से संबद्ध गैर सरकारी संस्थाओं के सजग मजदूरों पर गांधीवादी अर्थशास्त्र और रचनात्मक कार्य का काफी प्रभावकारी असर पड़ा। ऑक्सफैम नामक संस्था के इतिहास से हम इसका पता लगा सकते हैं। 1966-1967 में बिहार के अकाल सहायता कार्य में ऑक्सफैम के प्रतिनिधि और गांधीवादी कार्यकर्ता काफी करीबी संपर्क में आए। यह पहला अवसर था जब ऑक्सफैम ने मैगी ब्लैक के शब्दों में 'एक प्रेरणादायी और प्रामाणिक भारतीय संस्था' के रूप में काम किया। उस समय ऑक्सफैम के सभी क्षेत्र निदेशक वैचारिक रूप से हरित क्रांति के सिद्धांतों से प्रतिबद्ध थे, उनका ध्यान उस समय बहुराष्ट्रीय कंपनियों और संस्थाओं द्वारा विकसित ज्यादा पैदावार वाली संकर किस्म की फसलों पर था , जिन्हें सिंचाई के लिए काफी मात्रा में पानी, खाद, कीटनाशक दवा आदि चाहिए जिससे किसानों की निर्भरता बहुराष्ट्रीय कंपनियों पर बढ़ जाती है। गांधीवादी दृष्टिकोण से हरितक्रांति की तकनीक काफी विभाजक थी क्योंकि इसने अमीर किसान जो इसका उपभोग कर सकते थे और गरीब जो नहीं कर सकते थे, के बीच

दूरी बढ़ा दी। ग्रामीण विकास के इस तरह के कार्यक्रम के लिए वे बिल्कुल उत्साही नहीं थे।

ऑक्सफैम के मैदानी कार्यकर्ताओं (field workers) ने गांधीवादी कार्यकर्ताओं की आलोचनाओं को काफी गंभीरता से लिया और अपने आप से आलोचनात्मक प्रश्न पूछने शुरू किए। उन्होंने पाया कि जिन गरीब किसानों को भूमि सुधार के द्वारा भूमि प्राप्त हुई है वे उसे तभी अपने अधिकार में रख सकते हैं जब वे पूरी तरह आत्म-निर्भर हो जाएं और ग्रामीण कुलीनता की पकड़ को तोड़ सकें। यह तभी संभव है जब उन्हें ऋण मिल सके जो कुलीनों के नियंत्रण में नहीं हो या उन्हें छोटे अनुदान दिए जाएं जिससे वे अपना निवेश कर सकें। इस सिलसिले में ऑक्सफैम की सहभागिता गांधीवादियों के लिए एक निर्णायक मोड़ साबित हुई क्योंकि यह पहला अवसर था जब उन्हें ग्रामीण समाज के सबसे ज्यादा जरूरतमंदों की समस्याएं खत्म करने का मौका मिला। इस प्रक्रिया में उन्हें पता चला कि पश्चिमी सरकारों और बहुराष्ट्रीय संस्थाओं द्वारा विकास का जो आडंबर तैयार किया गया था, वह न सिर्फ गरीबों की मदद करने में असफल रहा बल्कि उनकी स्थिति और बदतर हो गई। उन्होंने इसे स्पष्ट नव औपनिवेशिक कार्यक्रम के रूप में देखा।

1970 के दशक में ऑक्सफैम इस मामले की नाजुक स्थिति के लिए चर्चित हो गया। स्थानीय लोगों के साथ काम करने पर इन्होंने जोर दिया और विदेशी क्षेत्रीय निदेशकों को हटाकर स्थानीय लोगों को नियुक्त किया तथा स्थानीय जरूरतों और परंपराओं के प्रति संवेदना दिखाई। हरित क्रांति तकनीक में बदलाव लाकर इसे उपयुक्त तकनीक और ग्रामीण आत्मनिर्भरता के लिए उपयोगी बनाया गया। उदाहरण के लिए छोटे बांधों के लिए राशि मुहैया कराई गई जिससे क्षेत्र के पानी का स्तर बढ़ गया। बाद के वर्षों में पश्चिमी देशों की कई स्वयंसेवी संस्थाओं ने भी इसका अनुकरण किया।

आधुनिक पर्यावरण आंदोलन की शुरूआत गांधीवादी सामाजिक और आर्थिक सिद्धांतों से ही होती है। भारतीय और गैर भारतीय पर्यावरणविदों और कार्यकर्ताओं के लिए गांधी हमेशा ही प्रेरणास्रोत रहे हैं। इनमें से कई लोग मानते हैं कि पर्यावरण संकट की घोषणा गांधी ने *हिंद स्वराज* में ही कर दी थी। हालांकि रामचन्द्र गुहा ऐसा नहीं मानते हैं। इसके लिए हमें गांधी की अन्य रचनाओं को देखना चाहिए। 1928 में गांधी ने कहा था कि यदि अंग्रेजों की तरह भारतीय भी विश्व का शोषण करते तो संसार बहुत जल्द ही नंगा हो जाता।[25] गुहा का तर्क है कि उनके समानता, कम तकनीक और मुख्य रूप से कृषक मानव समाज को पर्यावरणवादी ही माना जाना चाहिए क्योंकि यह एक दीर्घकालिक भविष्य का प्रारूप पेश करता है। किसी दूसरी

रचना में जो माधव गाडगिल के साथ संपादित की, दोनों मानते हैं कि अधिकतर भारतीय पर्यावरणविद् गांधी से सहमत हैं कि यह एक नैतिकता और सभ्यता की समस्या है जिसकी जड़ें सांसारिकता और भोक्तावाद में है और जो लोगों को प्रकृति से अलग करती है और अर्थहीन जीवन जीने को प्रोत्साहित करती है। इस तरह यह भारत और सभ्यता की धरोहर से विश्वासघात करता है और गांधीवादी पर्यावरण ज्यादा सामंजस्यजनित पर्यावरणवाद जो पूर्व औपनिवेशिक था जिसकी कल्पना गांधी ने रामराज्य में की थी कि ओर लौटना चाहते हैं। कुछ गांधीवादी मानते हैं कि प्रकृति के प्रति आदर हिन्दू धर्मग्रंथों में भी वर्णित है।[26]

रामचन्द्र गुहा पर्यावरण आंदोलन की गांधीवादी परंपरा के प्रति काफी सकारात्मक हैं लेकिन उनके ग्रामीण जीवन के प्रति अत्यधिक बल के वे आलोचक हैं। उनका तर्क है कि गांधी और उनके समर्थकों ने पर्यावरण संबंधी शहरी समस्याओं को नजरअंदाज किया जो वर्तमान भारत के लिए काफी महत्त्वपूर्ण है। यह पूरी तरह ठीक नहीं है–अहमदाबाद में गांधी ने मिल मजदूरों के सभ्य जीवन के अधिकारों, मजदूरी को मुनाफे से जोड़ना, काम के समय को कम करना, अच्छे मकान और अच्छी शिक्षा के लिए लड़ाई की। हालांकि यह सच है कि गांधी एक खास तरह के ग्रामीण समाज को महत्त्व देते थे–जिसमें छोटे किसान होते थे और उनके सीमित निर्धारित खेत होते थे। उन्होंने जंगलनिवासियों, असंगठित खेतिहरों और घुमक्कड़ जिंदगी जीने वाले लोगों और उनकी समस्याओं के बारे में काफी कम कहा है। इन बातों से पर्यावरण आंदोलन में गांधी का आदर कम नहीं हुआ। उदाहरणार्थ जब डेढ़ हजार कार्यकर्ताओं ने आनुवंशिक बीज और फसल के विरोध में 1999 में प्रदर्शन किया तो उन्होंने 6 मार्च का दिन चुना जो नमक सत्याग्रह का वार्षिक दिन है और उसे ''बीज सत्याग्रह'' कहा गया। एक सभा को संबोधित करते हुए मशहूर पर्यावरणवादी वंदना शिवा ने कहा, 'जैसे गांधी ने अंग्रेजों के गैर मुनासिब नमक कानून के विरोध में सत्याग्रह किया वैसे ही बीज सत्याग्रह स्पष्ट नियम के विरोध में है जो किसानों के द्वारा बीज संचित करने को अपराध मानता है'।[27] उन्होंने बहुराष्ट्रीय कंपनियों के विरोध की तुलना अंग्रेजी सरकार के विरोध से की।

पर्यावरण आंदोलन में गांधी का महत्त्व सबसे ज्यादा विरोध के अहिंसक तरीके से है। विश्व के कई देशों के पर्यावरणवादियों ने चिपको और नर्मदा आंदोलनों की सफलता का जश्न मनाया और विरोध के गांधीवादी तरीकों को न सिर्फ अपनाया बल्कि उससे और ज्यादा विरोध के रचनात्मक तरीकों का इजाद किया जैसे पेड़ों पर घर बनाना।[28]

टिप्पणी

1 यह टर्चेक की गांधी के तीसरे अध्याय का शीर्षक है और साथ ही भीखू पारेख की गांधी का पाँचवां अध्याय है, ऑक्सफोर्ड यूनिवर्सिटी प्रेस, ऑक्सफोर्ड, 1997

2 आरनोल्ड, गांधी, पृ. 65

3 *इंडियन होम रूल* का प्राक्कथन, 20 मार्च, 1910, सी.डब्लू.एम.जी, पृ. 457

4 गांधी, *हिन्द स्वराज,* सी डब्लू एम जी, पृ. 279

5 बलसारे, *गुजराती-इंगलिश डिक्शनरी,* पृ. 1156

6 *हिन्द स्वराज,* सी डब्लू एम जी, खण्ड-10, पृ. 281

7 *हिंद स्वराज* या *इंडियन होम रूल,* यंग इंडिया, 26 जनवरी, 1921, सी डब्लू एम. जी, खण्ड-22, पृ. 260

8 कृष्णचन्द्र को पत्र, 14 जून, 1945, सी डब्लू एम जी, खण्ड-87, पृ. 129

9 छात्रों के भाषण के जवाब में, त्रिवेन्द्रम, 13 मार्च, 1925, सी डब्लू एम जी, खण्ड-30, पृ. 410

10 मूलचंद अग्रवाल के सवालों के जवाब में, 5 अगस्त 1927, सी डब्लू एम जी, खण्ड-39, पृ. 344

11 मोनियर विलियम्स, *ए संस्कृत-इंगलिश* डिक्शनरी, पृ. 654

12 'आश्रम वोज' का भाषण, वाइएमसीए मद्रास, 16 फरवरी 1916, सी डब्लू एम जी, खण्ड 15, पृ. 171

13 जेम्स लवलॉक, गाइयाः *ए न्यू लुक एट लाइफ आन अर्थ,* ऑक्सफोर्ड यूनिवर्सिटी प्रेस, ऑक्सफोर्ड, 1979

14 पिंटो, *गांधीज विजन एंड वैल्यूज,* पृ. 60-2

15 गांधी सेवा संघ मीटिंग, मलिकंदा, बंगाल, 21 फरवरी 1940, सी डब्लू एम जी, खण्ड-77, पृ. 374

16 रजनी बक्षी, *बापू कुटीः जर्नीज इन रिडीस्कवरी ऑफ गांधी,* पेन्गुइन, नई दिल्ली 1998, पृ. 233-541.

17 कचहरी के सामने गांधी का वक्तव्य, मोतिहारी, चम्पारण जिला, 18 अप्रैल 1917, सी डब्लू एम जी, खण्ड-15, पृ. 345

18 केन यू एवॉएड क्लास वार? यंग इंडिया, 26 मार्च 1931, सी डब्लू एम जी, खण्ड-51, पृ. 296

19 कार्ल मार्क्स एंड फ्रेडरिक *एंजेल्स, मैनिफेस्टो ऑफ द कम्युनिस्ट पार्टीः इन मार्क्स एंड एंजेल्स,* कलेक्टेड वर्क्स, खण्ड 6, लॅवरेन्स एंड विर्साट, लंदन, 1976, पृ. 514-17

20 पॉल रिकॉयर, *लेक्चरर्स ऑन आइडियोलॉजी एंड यूटोपिया, एडिटेड* बाई जार्ज, एच टेलर, कोलम्बिया यूनिवर्सिटी प्रेस, न्यूयार्क 1986, पृ. 263

21 ई. एफ. शुमैकर, *स्माल इन ब्यूटीफुलः ए स्टडी ऑफ इकोनॉमिक्स ऐज इफ पीपुल मैटर्ड*, एबाकस, लंदन 1975, पृ. 46 और 157-8

22 इवान इलीच, *टूल्स फॉर कन्वीवियालिटी*, फोनटाना, ग्लासगो, 1975

23 इवान इलीच, *मेडिकल नेमेसिसः द एक्सप्रोप्रियेशन ऑफ हेल्थ*, रूपा, कलकत्ता, 1975

24 *हिन्द स्वराज*, सी डब्लू एम जी, खण्ड-10, पृ. 278

25 रामचन्द्र गुहा, *महात्मा गांधी एंड द एनवायरमेंटल मूवमेंट इन इंडिया*, इन अर्ने फालान्ड एंड गेरार्ड पर्सून (संपादित), *एन्वायरमेंटल मूवमेंटस इन एशिया*, कर्जन, रिचमौंड 1998 पृ. 67-9

26 माधव गाडगिल और रामचन्द्र गुहा, *इकोलॉजी एंड इक्यूटीः द यूजेज एंड एब्यूजेज ऑफ नेचर इन कंटेम्पोररी इंडिया* रूटलेज, लंदन 1995, पृ. 107

27 पीस न्यूज, मई-अगस्त, 1989, पृ. 11

28 हालांकि भारतीय आंदोलनों जैसे चिपको और नर्मदा को यूरोप और उत्तरी अमेरिका में काफी प्रसिद्धि मिली लेकिन लैटिन अमेरिका में इसी तरह के आंदोलनों को इन भारतीय आंदोलनों की जानकारी नहीं थी।

14

गांधीवाद की प्रासंगिकता

शंभु नाथ दूबे

महात्मा गांधी विशुद्ध राजनीतिक विचारक नहीं थे। उनके चिंतन के केंद्र में मनुष्य का सर्वांगीण विकास था। राजनीति को उन्होंने नैतिकता के एक साधन के रूप में देखा और उसी रूप में अपनाया। उनकी यह विशिष्टता ही उन्हें आधुनिक युग के तमाम विचारकों से अलग कर देती है। वे सच्चे कर्मयोगी थे। व्यावहारिक जीवन में जो समस्याएं समय-समय पर उनके सामने आईं, उनका समाधान करते हुए वे आगे बढ़ते गए। उन्होंने किसी नए "वाद" को जन्म नहीं दिया। इस संदर्भ में उन्होंने स्वयं स्वीकार किया कि "गांधीवाद" नाम की किसी विचारधारा का कोई अस्तित्व नहीं है। वस्तुतः वाद विचारों की एक व्यवस्था (सिस्टम ऑफ थॉट) है। गांधी ने अपने विचारों अथवा सिद्धांतों को विशेष प्रणाली के रूप में विकसित करने के उद्देश्य से किसी ग्रंथ की रचना नहीं की। फिर भी, उन्होंने कुछ निश्चित सिद्धांत अवश्य विकसित किए। इन सिद्धांतों को हम अपनी सुविधा के लिए "गांधीवाद" के रूप में देखते हैं।

वैसे तो गांधी ने इतना लिखा और कहा है कि सम्पूर्ण वांगमय में उसके सौ खण्ड बने हैं। ऐसा अनुमान है कि गांधी जी के वक्तव्य और लेखन से संबंधित अब भी ऐसा बहुत कुछ है जो संग्रहित और प्रकाशित नहीं हुआ है। सौ खण्डों में फैले उनके रचना संसार में *हिन्द स्वराज* ही एक मात्र ऐसी कृति है जो स्वतंत्र रूप से पुस्तक के रूप में लिखी गई है। उनकी आत्मकथा *सत्य के प्रयोग* और दूसरी सभी पुस्तकें

धारावाहिक के रूप में लिखी गई और बाद में पुस्तक के रूप में प्रकाशित हुई। *हिंद स्वराज* को उन्होंने एक बैठक में ही पूरी तरह लिख डाला। इंग्लैंड से दक्षिण अफ्रीका की समुद्री यात्रा के दौरान 13 नवंबर 1909 से गांधी ने लिखना शुरू किया। उनके भीतर एक तूफान बाहर आने के लिए मचल रहा था। वे लिखते चले गए। दाहिना हाथ दुखने लगा तो बाएँ हाथ से लिखने लगे। 10 दिन बाद 22 नवंबर को लेखन पूरा हुआ। 275 पृष्ठों की पांडुलिपि में 40 पृष्ठ बाएँ हाथ से लिखे गए थे। पांडुलिपि को अंतिम रूप देते समय केवल 16 लाइनें काटी गई और जहाँ-तहाँ कुछ शब्द बदले गए।

गांधी के विचार और उनके लेखन को गहराई से समझने वाले विश्व भर के बुद्धिजीवी *हिंद स्वराज* को गांधी के वैचारिक वटवृक्ष का मूल बीज मानते हैं। यही एक पुस्तक है, जिसमें गांधी कोई राजनीतिक सिद्धांत प्रतिपादित करने के निकट पहुँचते हैं। बीसवीं सदी के पहले दशक में लिखी गई यह एक अद्वितीय पुस्तक है जो पश्चिमी विचार, पश्चिमी सभ्यता और विकास के पश्चिमी प्रतिमान पर गंभीर सवाल खड़े करती है। इस पुस्तक में गांधी ने पश्चिम से अपनी वैचारिक स्वतंत्रता की घोषणा की है।

मानव सभ्यता की राह में साध्य क्या हो और साधन क्या, यंत्र और विकास के बीच संतुलन और समन्वय के मानक क्या हों, धर्म का असली रूप क्या है, तथा धर्म और राजनीति के बीच परस्पर संबंध क्या हो, आदि सवालों के साथ-साथ हिंसा, भूख, विकास की गैर बराबरी, नैतिकता और सरोकारों से पीछा छुड़ाती राजनीति, प्रकृति का भयंकर दोहन आदि जैसी वर्तमान समय की ज्वलंत समस्याओं का एक वैकल्पिक समाधान *हिन्द स्वराज* में खोजा जा सकता है। इससे गांधी की दूरदर्शिता का पता चलता है, कि उन्होंने इन समस्याओं को सौ साल पहले ही देख लिया था। *हिन्द स्वराज* को कई दृष्टियों से देखा और विश्लेषित किया गया है। महान लेखक टालस्टॉय ने इसे भारत ही नहीं बल्कि पूरी मानवता के लिए सर्वोच्च महत्त्व की पुस्तक माना था तो दूसरी तरफ गांधी के राजनीतिक गुरु गोपाल कृष्ण गोखले ने कहा था कि यह पुस्तक जल्दी में लिखी गई है और बाद में विचार करने के बाद खुद गांधी ही इस दर्शन को बदल देंगे। इसी तरह, गांधी ने खुद बताया है कि उनके एक मित्र की राय थी कि "यह एक मूर्ख आदमी की रचना है।" इस तरह, देश और दुनिया के बहुत से लोगों ने जहाँ इस पुस्तक की प्रशंसा की थी वहीं इसकी आलोचना भी हुई थी।

गांधी हिन्द स्वराज की आलोचना से कभी विचलित नहीं हुए। *हिन्द स्वराज* में व्यक्त विचारों के प्रति उनका अटूट विश्वास जीवन पर्यंत बना रहा। 1921 में *हिन्द स्वराज* के हिन्दी अनुवाद की प्रस्तावना में उन्होंने लिखा, 'यह पुस्तक मैंने 1909

में लिखी थी। 12 वर्ष के अनुभव के बाद भी मेरे विचार जैसे उस समय थे वैसे ही आज हैं, मैं आशा करता हूँ कि पाठक मेरे इन विचारों का प्रयोग करके उनकी सिद्धता अथवा असिद्धता का निर्णय कर लेंगे।'[1] इसी तरह, सितंबर 1938 में अंग्रेजी मासिक ''आर्यन पाथ'' के *हिन्द स्वराज* अंक के लिए भेजे संदेश में उन्होंने कहा, 'यह पुस्तक मुझे फिर से लिखनी हो, तो कहीं-कहीं मैं उसकी भाषा बदलूँगा। लेकिन इसे लिखने के बाद जो तीस साल मैंने अनेक आंधियों में बिताए हैं, उनमें मुझे इस पुस्तक में बताए हुए विचारों में फेरबदल करने का कुछ भी कारण नहीं मिला।'[2] इतना ही नहीं 5 अक्टूबर 1945 को नेहरू को लिखे एक पत्र में गांधी ने कहा, 'हिन्द स्वराज में मैंने जो लिखा है, उस राज्य पद्धति पर मैं बिल्कुल कायम हूँ। यह सिर्फ कहने की बात नहीं है। लेकिन जो चीज मैंने 1909 के साल में लिखी है उसी चीज का सत्य मैंने अनुभव से आज तक पाया है। आखिर में मैं एक ही उसे मानने वाला रह जाऊँ, उसका मुझे जरा भी दुख नहीं होगा, क्योंकि मैं जैसा सत्य पाता हूँ, उसका मैं साक्षी बन सकता हूँ।'[3]

यहाँ एक बात बिल्कुल स्पष्ट हो जाती है कि *हिन्द स्वराज* में व्यक्त विचारों की प्रासंगिकता को लेकर गांधी के मन में कभी कोई संदेह उत्पन्न नहीं हुआ बल्कि समय बीतने के साथ वे इन विचारों पर और दृढ़ होते गए। जीवन के अनुभवों और प्रयोगों ने इन विचारों की सत्यता को प्रमाणित किया था। उनका सम्पूर्ण कर्म और चिंतन *हिन्द स्वराज* में व्यक्त विचारों के ही इर्द-गिर्द घूमता रहा और राष्ट्रीय स्वतंत्रता के चलाए जा रहे उपनिवेशवाद विरोधी संघर्ष के दौरान वे उस स्वराज को पाने की लगातार कोशिश करते रहे जिसकी तस्वीर उन्होंने *हिन्द स्वराज* में खींची थी।

इसके बावजूद *हिन्द स्वराज* के खिलाफ शुरू से ही ऐसा माहौल बना दिया गया कि इसमें वर्णित बातें यथार्थ से परे कल्पना लोक की हैं। अर्थात् *हिन्द स्वराज* विशुद्ध यूटोपिया है। श्यामजी कृष्ण वर्मा और हिंसक क्रांति के दूसरे प्रणेताओं ने इसकी जबर्दस्त आलोचना की। श्रीपाद अमृत डांगे और एम. एन. रॉय जैसे भारतीय साम्यवादी विचारकों ने इसे गांधी की ईसाई पुण्यशीलता और वर्ग संघर्ष के नियमों से बिल्कुल अनजान कोरी मानवीयता की किताब कहा था। सब तो सब...खुद नेहरू, जिन्हें गांधी ने अपना राजनीतिक वारिस घोषित किया था, भी *हिन्द स्वराज* से सहमत नहीं थे। दरअसल, *हिन्द स्वराज* के विरोध में वे सारे लोग थे जो पश्चिम से प्रभावित थे और भारत को भी पश्चिम जैसा बनाना चाहते थे। इस मुद्दे पर वामपंथी और उदारवादियों की सोच एकसमान थी। वस्तुतः उस समय के ज्यादातर विचारशील लोग *हिन्द स्वराज* में की गई पश्चिम की औद्योगिक सभ्यता और भारत के डॉक्टरों, वकीलों, रेलवे, अस्पतालों आदि की आलोचना से बिदक जाते थे। गांधी ने इन्हें भारत

के मध्यवर्ग को गुलाम बनाए रखने के अंग्रेजी प्रयासों का सहयोगी बताया था और कहा था कि ये अंग्रेजों को भारत से भगाकर उनकी जगह उनके जैसा ही राज करके भारत को इंग्लिस्तान बना देंगे। गांधी को यह स्थिति स्वीकार्य नहीं थी। *हिन्द स्वराज* में वे कहते हैं, 'यह तो आपने अच्छी तस्वीर खींचो। इसका अर्थ यह हुआ कि हमें अंग्रेजी राज्य तो चाहिए, पर अंग्रेज (शासक) नहीं चाहिए। आप बाघ का स्वभाव तो चाहते हैं, लेकिन बाघ नहीं चाहते। मतलब यह हुआ कि आप हिंदुस्तान को अंग्रेज बनाना चाहते हैं। और हिंदुस्तान जब अंग्रेज बन जाएगा तब वह हिंदुस्तान नहीं कहा जाएगा, लेकिन सच्चा इंग्लिस्तान कहा जाएगा। यह मेरी कल्पना का स्वराज्य नहीं है।'[4]

नेहरू पश्चिम से उपजे भारतीय मध्यवर्ग की मानसिकता के उत्तम उदाहरण थे। उनके नेतृत्व में स्वतंत्र भारत की दशा और दिशा निर्धारित करते समय गांधी और गांधीवादी विचारों को लगभग किनारे कर दिया गया। उस समय के परिदृश्य पर टिप्पणी करते हुए सुमित सरकार ने बिल्कुल सही कहा है कि, 'कांग्रेस की लड़ाई राज के खिलाफ रही थी। किंतु जब स्वयं कांग्रेस ही धीरे-धीरे राज बनती जा रही थी। बिना किसी बड़े परिवर्तन के ब्रिटिश राज की संपूर्ण नौकरशाही एवं सैन्य व्यवस्था, "स्वर्गिक" सिविल सेवा और अन्य सब कुछ को ज्यों का त्यों स्वीकार कर लिया गया था; केवल गोरों का स्थान काले साहबों ने ले लिया था।'[5] स्पष्ट है, स्वतंत्र भारत में गांधी की बातों को कोई महत्त्व नहीं दिया गया और देश की बेहतरी के लिए पश्चिमी मानकों को ही स्वीकार कर लिया गया। उसका दुष्परिणाम कुछ ही समय बाद दिखने लगा था और आज उसका भयावह रूप हमारे सामने है। यह सवाल काफी प्रमुखता से हमारे सामने उठने लगा कि स्वातंत्र्योत्तर भारत में विकास का जो रास्ता अपनाया गया है, वास्तव में उसने अपने बारंबार घोषित उद्देश्यों के विपरीत ही फल क्यों दिया है?

इसमें कोई दो राय नहीं कि नेहरू एक "विजनरी" नेता थे। वे भारत को एक सुदृढ़ जनतांत्रिक और खुशहाल राष्ट्र बनाना चाहते थे। इस दृष्टि से उनकी नीयत पर शक नहीं किया जा सकता। लेकिन दुर्भाग्य यह था कि उनका "विजन" पश्चिम से नियंत्रित था। वे यह नहीं देख पाए कि भारत का विकास यहाँ के स्थानीय संदर्भों, परंपराओं, संस्कृतियों, सामाजिक संरचनाओं आदि को ध्यान में रखकर उनके अनुरूप ही हो सकता है। इस दृष्टि के अभाव के कारण पश्चिमी मॉडल को भारत के ऊपर थोप दिया और भारत के अनुकूल *हिन्द स्वराज* के मॉडल की बिल्कुल अनदेखी कर दी गई। इस तरह, स्वतंत्र भारत में *हिन्द स्वराज* को अपनाए बिना ही उसे अप्रासंगिक घोषित कर दिया गया। *हिन्द स्वराज* ही नहीं बल्कि संपूर्ण गांधीवाद के साथ एक

बहुत बड़ा अन्याय यह हुआ कि उसके अनुसार राजनीतिक-आर्थिक व्यवस्था चलाने का प्रयास न के बराबर हुआ। भारत ही नहीं बल्कि दुनिया की किसी भी राजसत्ता ने गांधीवादी मॉडल को अपनाने की कोशिश नहीं की। पूंजीवादी मॉडल को अपनाया गया और उसमें भयंकर खामियां पाई गईं। इसी तरह मार्क्सवादी मॉडल को अपनाया गया और वह असफल हो गया। गांधीवाद को तो अपनाया ही नहीं गया इसलिए, इसकी प्रासंगिकता और अप्रासंगिकता पर चर्चा करना बहुत बेमानी होगा।

जहाँ तक इतिहास और वर्तमान के अनुभवों का सवाल है वहां गांधीवाद का प्रयोग अत्यंत सफल रहा है। इसकी सबसे बड़ी मिसाल भारत का राष्ट्रीय आंदोलन है। उपनिवेशवाद विरोधी संघर्ष में गांधीवादी उपकरण ही सबसे अधिक कारगर रहा। इतनी विशाल जनसंख्या ने संघर्ष के गांधीवादी तरीकों को अपनाया और अन्ततः सफलता भी प्राप्त की। विश्व के संदर्भ में देखें तो लंबे समय तक चलने वाले दो बड़े आंदोलनों—मार्टिन लूथर किंग जूनियर के नेतृत्व में अमेरिका में अश्वेतों का संघर्ष और दक्षिण अफ्रीका में नेल्सन मंडेला का संघर्ष—के प्रेरणास्रोत गांधी ही थे। गांधीवादी रास्तों पर चलकर ही इन आंदोलनों ने अपने लक्ष्यों को प्राप्त किया। आज भी भारत और दुनिया भर में चल रहे तमाम जनआंदोलनों के लिए सबसे कारगर उपकरण गांधीवाद ही है। हिंसक संघर्षों की लगातार असफलता ने दुनिया के सामने कोई और विकल्प छोड़ा ही नहीं है। आज भारत ही नहीं बल्कि दुनिया के बहुत से समाज़सेवी और चिंतक जो संसार को बेहतर बनाने के संघर्ष में लगे हुए हैं, वे सभी किसी न किसी अर्थ में गांधी से जुड़ाव महसूस करते हैं। आज जब दुनिया भर की व्यवस्थाओं ने अपने घोषित उद्देश्यों के अनुरूप फल नहीं दिए तो एक कारगर विकल्प के रूप में गांधीवाद ही बचता है। यही कारण है कि जैसे-जैसे पश्चिमी औद्योगिक सभ्यता की सीमाएँ उजागर होती गईं, विचारवान लोग गांधी और उनके *हिन्द स्वराज* पर लौटकर आते रहे। वर्तमान औद्योगिक सभ्यता के विकल्प को लेकर जब भी बात हुई, लोग गांधी के पास लौटे। आगे जब भी इस सभ्यता की बुराइयों से निजात पाने के लिए कोशिशें की जाएंगी, लोगों को बार-बार गांधी के पास लौटना होगा। दुनिया में हर तरफ बढ़ती हिंसा और प्राकृतिक संसाधनों के अंधाधुंध शोषण से पर्यावरण और मानवीय जीवन पर आ रहे संकट ने दुनिया भर के चिंतकों का ध्यान *हिन्द स्वराज* की तरफ खींचा क्योंकि यह पुस्तक ‘‘सतत विकास’’ (सस्टनेबल डेवलेपमेंट) की संकल्पना को सर्वाधिक प्रामाणिक रूप से रेखांकित करती है।

मानवता की इन चिंताओं से जुड़े होने के कारण *हिन्द स्वराज* एक ‘‘ग्लोबल टेक्स्ट’’ बन गया है। स्थानीयता से उपजी सार्वभौमिकता का अनूठा उदाहरण *हिन्द स्वराज* है। इसलिए पिछले दो-तीन दशकों से *हिन्द स्वराज* को पश्चिमी औद्योगिक

सभ्यता की प्रामाणिक भारतीय आलोचना से कहीं अधिक व्यापक संदर्भ में देखा जा रहा है। इसका एक वैश्विक स्वरूप उभर कर सामने आ रहा है।

दरअसल, गांधी एक ही साथ सार्वभौम और स्थानीय दोनों थे। यही कारण है कि वे एक मौलिक दृष्टिकोण का प्रतिपादन कर पाए। *हिन्द स्वराज* में भारत की गुलामी के कारणों को लेकर उन्होंने ऐसी ही मौलिकता का परिचय दिया है। उनके अनुसार दुनिया का कोई भी देश तभी किसी और देश द्वारा पराजित और पराधीन किया जा सकता है, जब वह देश अपनी विरासत और परंपरा के श्रेष्ठ तत्त्वों से विचलित होकर किसी दूसरी संस्कृति के विधि-विधान और भौतिक ढाँचे के प्रति आकर्षित हो। इसीलिए उन्होंने भारत की आजादी के लिए अंग्रेजीयत और पश्चिमी सभ्यता के प्रति देश के व्यापक हिस्से में व्याप्त आकर्षण को दूर करने पर सर्वाधिक जोर दिया। इसके लिए उन्होंने "असहयोग" और "स्वदेशी" पर बहुत बल दिया।

बहुत से लोग यह मानते हैं कि स्वदेशी का विचार प्रगतिशील न होकर प्रतिगामी है और मध्ययुग की तरफ ले जाने वाला है। लेकिन सच्चाई ठीक इससे उलट है। गांधी की स्वदेशी की अवधारणा कहीं से भी विश्व विरोधी नहीं थी और न ही उसमें कहीं संकीर्णता थी। वे कहते थे कि मेरी भौतिक जरूरतों के लिए मेरा गाँव मेरी दुनिया है, और मेरी आध्यात्मिक जरूरतों के लिए समूची दुनिया मेरा गाँव है। उनके स्वदेशी का अर्थ अपने पड़ोस से उत्पन्न संसाधनों के आधार पर जीवन-शैली बनाने की रणनीति है। लेकिन पश्चिम के मोहपाश में बंधे लोगों और उनके बुद्धिजीवियों ने स्वदेशी की अवधारणा को पूरी दुनिया से कटकर गाँव में ही बने रहने की वकालत के रूप में प्रचारित किया। यह दुष्प्रचार इसके बावजूद चलता रहा कि अमेरिकी पत्रकार लुई फिशर, फ्रांसीसी साहित्यकार रोम्या रोला तथा भारत में रवीन्द्र नाथ टैगोर जैसे लोगों ने गांधी को स्वदेशी की अवधारणा के संदर्भ में कई बार बहस में उतारा और गांधी ने बार-बार बड़ी स्पष्टता से स्वदेशी के अर्थ को समझाया। टैगोर को दिए एक जवाब में उन्होंने कहा था, 'आजाद हवा में मैं भी उतना ही विश्वास रखता हूँ जितना कि वह महान कवि। मैं नहीं चाहता कि मेरे घर के चारों तरफ दीवारें हों और खिड़कियाँ बन्द रहें। मैं चाहता हूँ कि दुनिया भर की संस्कृतियाँ जितना हो सके मुक्त भाव से मेरे आंगन में फलें-फूलें लेकिन मैं यह नहीं स्वीकार करूँगा कि कोई मेरे पावों को ही उखाड़ दे।'[6] पश्चिमी भूमंडलीकरण के बरक्स स्थानीयता और अपने अस्तित्व एवं अस्मिता को न भूलने वाली गांधी की यह वैश्विक समझ आज हमारे लिए सर्वाधिक कारगर है।

आज की दुनिया में हिंसा का सवाल एक बड़ा सवाल है। एक तरह से यह तथाकथित आधुनिक सभ्यता हिंसा की चपेट में है। भय और हिंसा इस सभ्यता के

मूल में है लेकिन यह ध्यान रखने की जरूरत है कि हिंसा का विकल्प हिंसा नहीं हो सकता और न ही हिंसा को हिंसा के सहारे पराजित किया जा सकता है। अन्याय को न्याय से घृणा को प्रेम से, असत्य को सत्य से और हिंसा को अहिंसा से ही समाप्त किया जा सकता है। गांधी ने मानवता को अहिंसा का पाठ पढ़ाया। उन्होंने हिंसा मात्र का विरोध किया। राज्य हिंसा और जनता की हिंसा को अलग न करते हुए दोनों को त्याज्य माना। दरअसल, गांधी ने बहुत पहले ही यह पहचान लिया था कि हिंसा से किसी समस्या का स्थायी समाधान नहीं हो सकता और हिंसा से प्राप्त की गई सत्ता का चरित्र भी अंततः हिंसक ही होगा। यह एक तरह से एक की हिंसा को हटाकर दूसरे की हिंसा को प्रस्थापित करना होगा। कम्युनिस्ट शासनों के दौरान हुई भारी हिंसा ने गांधी की बात को सही साबित किया है। हिंसा के साथ सबसे बड़ी समस्या यह है कि अगर हिंसा को किसी भी हालत में एक बार वैध ठहरा दिया गया तो यह तय करना बहुत मुश्किल हो जाएगा कि कौन-सी हिंसा अच्छी है और कौन-सी बुरी। गांधी ने हिंसा का जवाब सत्याग्रह और आत्मबल से देने की बात कही। उन्होंने *हिन्द स्वराज* में लिखा, 'शरीर बल का उपयोग करना, गोला-बारुद काम में लाना, हमारे सत्याग्रह के कानून के खिलाफ है। इसका अर्थ तो यह हुआ कि हमें जो पसंद हैं वह दूसरे आदमी से हम (जबरन) करवाना चाहते हैं। अगर यह सही हो तो फिर वह सामने वाला आदमी भी अपनी पसंद का काम हमसे करवाने के लिए हम पर गोला-बारुद चलाने का हकदार हैं'।[7] आज हिंसक संघर्ष का कोई भविष्य नहीं है। राज्य की ताकत की तुलना में किसी समूह या संगठन की ताकत निश्चय ही कम रहेगी। इसलिए राज्य को ताकत से परास्त नहीं किया जा सकता। आज लिट्टे जैसा संगठन भी परास्त हो चुका है। आम जनता के लिए हिंसा का मार्ग एक कारगर मार्ग कभी नहीं हो सकता। हिंसक गतिविधि से राज्य को असीमित बल प्रयोग करने का बहाना मिल जाता है। हिंसा के मार्ग को पूरी तरह नकारते हुए गांधी ने भगत सिंह की फाँसी पर अफसोस व्यक्त करते हुए कहा 'हम उनका अनुसरण नहीं कर सकते। हमारी धरती पर लाखों लोग बेसहारा और लाचार लोग हैं। अगर हमने न्याय को प्राप्त करने के लिए हत्या को चुन लिया तो स्थिति बहुत खतरनाक हो जाएगी और हमारी गरीब जनता अत्याचार का शिकार होगी।'[8]

गांधी ने प्रत्येक चीज पर सोचने की एक अलग दृष्टि दी है जो पश्चिम से बुनियादी रूप से भिन्न है। विकल्प के तौर पर मार्क्सवाद के असफल हो जाने के बाद गांधीवाद पर गंभीरता से सोचने की जरूरत आ पड़ी है। दरअसल, 20वीं सदी में पूंजीवाद के विकल्प के रूप में सामने आई तथाकथित समाजवादी व्यवस्थाओं का एक-एक कर ढहते जाना या उनका क्रमशः पूंजीवादी रूपांतरण होते जाना इस बात

की अनिवार्यता को रेखांकित करता है कि 21वीं सदी में पूंजीवाद के विकल्प के तौर पर मार्क्सवाद के अलावा भी कुछ सोचने की जरूरत है। गांधी इस दृष्टि से सर्वाधिक महत्त्वपूर्ण संदर्भ हो सकते हैं।

वास्तव में देखा जाए तो मार्क्सवाद पूंजीवाद का विकल्प न होकर उसका दोष सुधार अधिक है। समाजवादी व्यवस्थाओं ने भी उन्हीं चीजों को विकास की कसौटी माना जिन्हें पूंजीवाद मानता था। इस सोच के मूल में मार्क्स की वह धारणा काम कर रही थी कि तकनीक का विकास एक स्वायत प्रक्रिया है। लेकिन अब तक के तकनीकी विकास और उसके प्रभावों को देखकर यह बात साफ हो जाती है कि तकनीक के विकास की प्रक्रिया स्वायत्त नहीं है बल्कि वह समाज की या वर्ग विशेष की सुविधा से निर्धारित होती है। इस तरह तकनीक का भी एक अपना वर्ग-चरित्र होता है। इसी कारण तकनीक के विकास की कसौटी मानकर चलने वाली समाजवादी व्यवस्थाएँ एक-एक कर पूंजीवादी मूल्यों और व्यवस्था को पूरी तरह कबूल करने लगी। कुल मिलाकर हुआ यह कि पूंजीवाद की जमीन पर ही समाजवाद की इमारत खड़ी करने की कोशिश हमेशा से होती रही और इस प्रयास में समाजवाद को हमेशा मुँह की खानी पड़ी। 20वीं सदी इस बात की साक्षी रही है। इस अर्थ में "विचारधारा का अंत" और "इतिहास का अंत" जैसी बातों में एक तरह की सच्चाई है।

लेकिन विश्व के लिए इन दोनों विचारधाराओं से अलग एक तीसरा प्ररिपेक्ष्य भी है जो कि गांधी का है। यह अलग बात है कि दुनिया को देखने और समझने की एक वर्चस्वशाली अवधारणा बन गई है जिसे पूंजीवाद और साम्यवाद के नाम से जाना जाता है। दरअसल जिस विचार की सत्ता होती है वहीं विचार प्रमुखता पाता है। अधिकांश देशों में पूंजीवादी सत्ता और कुछ देशों में साम्यवादी सत्ता रही है इसलिए दुनिया के लिए इन्हीं दो दृष्टियों को प्रमुख मानने की प्रवृत्ति रही है। यहाँ यह स्पष्ट कर देना फिर जरूरी है कि इन दोनों अवधारणाओं में कोई गुणात्मक भेद नहीं है और दोनों मूलतः यूरोप केंद्रित अवधारणाएँ हैं।

इनके बरअक्स गांधी ने एक वैकल्पिक मॉडल दिया जो सच्चे अर्थों में पूंजीवाद का प्रतिपक्ष है। गांधीजी का मुख्य सरोकार मनुष्य के नैतिक जीवन से था। राजनीति को भी उन्होंने नैतिकता के साधन के रूप में देखा और उसी रूप में अपनाया। इसीलिए उनके नेतृत्व में चलाए गए स्वाधीनता आंदोलन का मुख्य उद्देश्य भारत को नैतिक पुनरुत्थान की ओर ले जाना था।

गांधीवादी चिंतन के इस पक्ष को मार्क्सवादी दृष्टिकोण से समझने पर हमेशा व्यक्ति गलत निष्कर्ष पर ही पहुँचेगा। के. दामोदरन भी एक ऐसे ही गलत निष्कर्ष पर पहुँचते हैं, जब वे यह कहते हैं कि '...उनका दार्शनिक विश्व दृष्टिकोण तथा

उनके बहुत से विचार और उक्तियाँ, अवैज्ञानिक और यहाँ तक कि पीछे की ओर घसीटने वाली थीं।'[9] दस्तुतः किसी भी विचारधारा या चिंतन प्रणाली को उसके ही उपकरणों से समझा जा सकता है, अन्य के उपकरणों से नहीं।

उदारवाद (पूंजीवाद) और मार्क्सवाद की तरह गांधी इस बात के कायल नहीं हैं कि धर्म और विज्ञान क्रमशः मध्ययुगीनता और आधुनिकता के विभाजक बिन्दु हैं। मनुष्य की मनुष्यता के निर्माण में धार्मिक प्रेरणाएँ होती हैं, इस बात को वे स्वीकारते हैं। वे धर्म को नकार कर नहीं चलते। उन्होंने खुद अपने ऊपर कई धर्मों के प्रभाव को स्वीकार किया है। लेकिन ईश्वर और धर्म का उनके लिए विशिष्ट अर्थ है। सत्य को ईश्वर मानना और सत्य को किसी बाहरी धर्म या विचारधारा में न मानकर उसे मनुष्य के भीतर मानना गांधी के चिंतन की विशेषता है। गांधी की आधारभूत मान्यता है कि मनुष्य स्वभावतः अच्छा होता है और किसी व्यवस्था के द्वारा सत्य और अच्छाई को पैदा नहीं किया जा सकता। इसलिए इस बात को ठीक से समझ लेना चाहिए कि वह चिंतन भी आधुनिक है जो मनुष्य को केंद्र में रखकर अपनी विचारश्रेणियाँ बनाता है और वह भी, जो बाहरी कारकों को केंद्र में रखकर अपनी विचारश्रेणियाँ बनाता है। गांधी का चिंतन पहली श्रेणी का है। वे मनुष्य और मनुष्यता को केंद्र में रखते हैं। चूँकि किसी सत्ता या व्यवस्था के द्वारा मनुष्यता या सत्य को पैदा नहीं किया जा सकता, इसलिए, गांधी किसी सत्ता या व्यवस्था को बदलने की जगह मनुष्य को बदलने पर सर्वाधिक जोर देते हैं। इतिहास में अब तक का अनुभव यही बताता है कि मनुष्य को बदले बिना व्यवस्था को बदल देने से न तो कोई सुखद परिणाम सामने आया और न ही कोई गुणात्मक परिवर्तन परिलक्षित हुआ। मानवता की बेहतरी के नाम पर हुई अब तक की तमाम क्रांतियों (बुर्जुआ और सर्वहारा दोनों) की असफलता के मूल में यही बात है कि इन सब ने मनुष्य की जगह व्यवस्था परिवर्तन को अपना लक्ष्य बनाते हुए पूरा ध्यान बाहरी कारकों पर केंद्रित रखा। इस ऐतिहासिक सत्य के बावजूद ए. आर. देसाई जैसे मार्क्सवादी इतिहासकार को मूल आपत्ति ही इस बात पर है कि, ''सामाजिक संरचना के आमूल परिवर्तन को दुनिया की बुराइयों के समाधान के लिए आवश्यक मानने के बदले उन्होंने हृदय परिवर्तन के सिद्धांत को सारी बुराइयों के रामबाण इलाज के रूप में देखा।'[10] आज सामाजिक संरचना में आमूल परिवर्तन करने वाली तथाकथित मार्क्सवादी क्रांतियों की असफलता से इस कथन की निरर्थकता अपने आप स्पष्ट हो जाती है। सच्चाई यही है कि मनुष्य के बुनियादी चरित्र को बदले बिना व्यवस्था परिवर्तन से कुछ भी हासिल होने वाला नहीं है।

दरअसल, गांधी ने भौतिक प्रगति की सीमाओं और इसके मूल में शोषण की अंतर्वस्तु को पहले ही भाँप लिया था। इसी कारण वे भारत की उन्नति के लिए

पश्चिमी सभ्यता के मानकों को गैर जरूरी मानते थे और उसे उस साँचे में ढालने के जबर्दस्त विरोधी थे। उनका दृढ़ विश्वास था कि पश्चिमी सभ्यता मनुष्य को उपभोक्तावाद का रास्ता दिखाकर नैतिक पतन की ओर ले जाएगी। जबकि नैतिक उत्थान का रास्ता आत्म संयम और त्याग भावना की मांग करता है। 1927 ई. में 'यंग इंडिया' के अंतर्गत उन्होंने स्पष्ट लिखा था कि, 'मैं यह नहीं मानता कि इच्छाओं को बढ़ाने या उनकी पूर्ति के साधन जुटाने से संसार अपने लक्ष्य की ओर एक कदम भी बढ़ा पाएगा।...भौतिक इच्छाओं को बढ़ाने और उनकी तृप्ति के लिए धरती का कोना-कोना छान मारने की जो अंधी दौड़ चल रही है, वह मुझे बिल्कुल पसंद नहीं।'[11]

अतः गांधी विकास की ऐसी किसी भी अवधारणा के विरुद्ध थे जिसका लक्ष्य भौतिक इच्छाओं को बढ़ाना और उनकी पूर्ति के उपाय ढूँढ़ना हो और इसी कारण उन्होंने इस तथाकथित आधुनिक सभ्यता को शैतानी सभ्यता कहा। वस्तुतः गांधी यह देख रहे थे कि विकास की इस भौतिकवादी अवधारणा ने ही उपनिवेशवाद को जन्म दिया। वे उपनिवेशवाद को पश्चिमी सभ्यता के अनिवार्य उत्पाद के रूप में देखते थे और उनकी यह दृढ़ धारणा थी कि इस भौतिकवादी सभ्यता को जो भी देश अपनाएगा उसे अनिवार्यतः अपनी जरूरतों के लिए उपनिवेशवादी होना पड़ेगा।

इन सारी चीजों का गहराई से विश्लेषण करने के बाद गांधी ने दुनिया को जो मार्ग दिखाया वह मनुष्य के स्वभाव और चरित्र को नए साँचे में ढालने पर बल देता है। उन्होंने शरीर-श्रम के सिद्धांत के अंतर्गत यह शिक्षा दी कि प्रत्येक मनुष्य को उपयुक्त शारीरिक श्रम करके अपने उपभोग की वस्तुओं के उत्पादन में योग देना चाहिए। इससे न केवल लाखों-करोड़ों लोगों की आवश्यकताएँ पूरी करने में सहायता मिलेगी बल्कि समाज में श्रम की गरिमा भी बढ़ेगी। उन्होंने हर तरह के श्रम को बराबर महत्व देने की वकालत की ताकि ऊँच-नीच आधारित किसी भी तरह की कोई श्रेणीबद्ध संरचना न बन पाए और मानव मात्र को महत्त्व मिले।

गांधी ने श्रम को सारे सामाजिक कार्यक्रम की कुंजी मानते हुए ऐसी अर्थव्यवस्था का समर्थन किया जिसमें विशाल जनसंख्या को उपयुक्त श्रम में लगाया जा सके। इसके लिए उन्होंने तकनीक-प्रधान उद्योगों के मुकाबले श्रम-प्रधान उद्योगों को वरीयता दी। उन्होंने पुंज उत्पादन (मास प्रोडक्शन) के बजाय जनपुंज द्वारा उत्पादन (प्रोडक्शन बाय दि मासेज) की प्रणाली को उचित ठहराया। वस्तुतः गांधी ने अधिक आबादी वाले देशों में पश्चिमी तकनीक की मानव विरोधी भूमिका और उसके वर्गीय चरित्र को स्पष्टतः देख लिया था। इसीलिए उन्होंने पश्चिमी तकनीक को विकास की कसौटी मानने से इंकार कर दिया।

दरअसल तकनीक मूलतः मानव श्रम के बरअक्स होती है। जो लोग आज भी तकनीक को स्वायत और मूल्य निरपेक्ष मानने की जिद किए हुए हैं उनके पास इस सवाल का कोई जवाब नहीं है कि वे समाजवादी (साम्यवादी) व्यवस्था में इन विकसित तकनीकों का क्या करेंगे, क्योंकि समाजवाद का मुख्य लक्ष्य प्रत्येक व्यक्ति को काम देना है जबकि तकनीक की सफलता इस बात में है कि वह अधिक से अधिक व्यक्तियों का काम अकेले करे। इस तरह लक्ष्यों की दृष्टि से समाजवाद और तकनीकी विकास एक दूसरे के विरोधी हैं। हाँ, पूंजीवाद के साथ तकनीकी विकास की संगति है। समाजवादी व्यवस्थाओं के पतन के मूल में इस विरोधाभास को न समझ पाना ही है। लेकिन ऐसा लगता है कि वामपंथी इतिहास से कोई सबक सीखना नहीं चाहते। दुनिया भर के लोगों को वैज्ञानिक ऐतिहासिक दृष्टि का पाठ पढ़ाने वाला वामपंथी चिंतन निश्चय ही इस मामले में इतिहास की उपेक्षा कर रहा है। आज भी वह इस अनुभव जन्य सच्चाई को नकारने में लगा है कि पूंजीवाद और उसके द्वारा विकसित तकनीक में एक तरह की सहधर्मिता है और समाजवाद से इनका बुनियादी विरोध स्वाभाविक है। यही कारण है कि तकनीक आधारित पूंजीवादी व्यवस्थाएँ तो क्रमशः आगे बढ़ती गईं लेकिन इनका अनुसरण करने वाली समाजवादी व्यवस्थाएँ टूटती गईं।

दरअसल जिन तकनीकों को आज हम विकास की कसौटी मानते हैं, वे पूंजीवाद की जरूरतों को ध्यान में रखकर विकसित की गई तकनीकें हैं। इस अर्थ में इन्हें पूंजीवादी तकनीक भी कहा जा सकता है, जो पूंजीवादी व्यवस्था को बरकरार रखने में मददगार साबित हुई हैं। वास्तव में हुआ यह कि द्वितीय विश्वयुद्ध के बाद आसन्न संकट को देखते हुए पूंजीवाद ने अपने आप को दूसरी तरफ परिवर्तित कर लिया। उसने उद्योग क्षेत्र से हटकर सेवा क्षेत्र पर ध्यान केंद्रित किया। अधिशेष धन को वापस उद्योगों में न लगाकर तकनीक, शेयर बाजार और सेवा क्षेत्र में लगाया गया। इससे दो बड़े परिवर्तन हुए जिसने पूंजीवाद को एक नया जीवन प्रदान किया।

पहला बड़ा परिवर्तन यह हुआ कि एक ऐसे उत्तर औद्योगिक समाज का जन्म हुआ जिसमें मानव-श्रम की केंद्रीयता समाप्त हुई और दूसरी चीजें महत्वपूर्ण हो गई। इस समाज में बगैर शारीरिक श्रम के पैसा बनाया जा सकता है। शेयर मार्केट इसका अनूठा उदाहरण है। कुल मिलाकर यह कि औद्योगिक समाज श्रम आधारित समाज था लेकिन अब समाज श्रम आधारित नहीं रहा। यहाँ यह ध्यान में रखना अत्यंत आवश्यक है कि मार्क्स का पूरा विश्लेषण औद्योगिक समाज के संदर्भ में ही है जिसमें उन्होंने मानव श्रम की केंद्रीयता को आधार बनाया है। इस तरह उत्तर औद्योगिक समाज में मार्क्सवाद अपने आप संकटग्रस्त हो जाता है।

दूसरा महत्त्वपूर्ण परिवर्तन तकनीकों की व्यापक उपस्थिति है। तकनीक ने बहुत ही सूक्ष्म तरीके से पूंजीवाद के विरुद्ध प्रतिरोध को समाप्त किया और मार्क्सवादी विश्लेषण की रही सही कसर को भी पूरा कर दिया। एक मामूली से मोबाइल फोन ने टेलीफोन ऑपरेटरों की हड़ताल को नाकाम कर दिया; वहीं इंटरनेट ने अखबारों की हड़ताल को निस्प्रभावी कर दिया। यह कोई चमत्कार नहीं है कि पिछले कई सालों से बैंकिंग सेक्टर को छोड़कर किसी भी क्षेत्र में प्रभावी हड़ताल नहीं हुई। वहाँ भी ए.टी.म. ने हड़ताल के प्रभाव को कुछ हद तक कम किया है। पूंजीवाद के साथ तकनीक के इस मित्रतापूर्ण रूप को देखकर क्या यह कहा जा सकता है कि तकनीक का विकास एक स्वायत प्रक्रिया है? इन सब के बावजूद भी तकनीक को मूल्य निरपेक्ष मानना वैचारिक जड़ता नहीं तो और क्या है? गांधी ने तकनीक के इस रूप को सबसे पहले समझा कि यह शेष दुनिया को गुलाम बनाने की पश्चिमी (पूंजीवादी) साजिश है। अर्थात् यह प्रभुत्व और नियंत्रण का एक जरिया है। आज अधिकांश गरीब देश जिस भूमंडलीकरण की चपेट में हैं वह तकनीक के बिना संभव नहीं था। यह भूमंडलीकरण और कुछ नहीं बल्कि पश्चिम की शर्तों पर शेष दुनिया के व्यक्तित्व हरण की साजिश है। यह भूमंडलीकरण साम्राज्यवाद का ही नया अवतार है जिसे संभव बनाया तकनीक ने। इस तरह, 1909 में ही *हिंद स्वराज* में गांधी ने तकनीकी गुलामी के जिन खतरों के प्रति हमें आगाह किया था, वही आज विकराल रूप लेकर हमारे सामने खड़ा है।

भूमंडलीकरण रूपी दैत्य का सामना करने के लिए आज गांधी का "स्वदेशी" का विचार ही सर्वाधिक उपयुक्त और प्रासंगिक है। गांधी की मान्यता थी कि लोगों को अपने देश में ही बनी वस्तुओं का प्रयोग करना चाहिए ताकि यहाँ की अर्थव्यवस्था सुदृढ़ हो। इसका सांकेतिक अर्थ यह भी था कि लोग अपनी संस्कृति और स्वाधीनता के साथ लगाव अनुभव करें ताकि वे यूरोपीय विचारों और संस्थाओं का अंधानुकरण न करने लगे। उनका यह पक्का विश्वास था कि किसी भी देश का विकास उसकी अपनी संस्कृति और मूल्य परंपरा के अनुरूप ही हो सकता है, दूसरी संस्कृतियों की नकल से नहीं। यही कारण था कि वे विकास और आधुनिकता की पश्चिमी अवधारणा से सहमत नहीं थे। उनका मानना था कि प्रत्येक देश का अपना विकास मार्ग और अपनी आधुनिकता होगी।

विकास की पश्चिमी संकल्पना के अंतर्गत उन्नत समाज के कुछ लक्षणों की पहचान कर ली जाती है, और फिर यह मान्यता रखी जाती है कि समाज अपने निम्नतर रूपों से उच्चतर रूपों की ओर अग्रसर होता है। इसमें यह संकेत भी निहित है कि हमें समाज के उच्चतर रूपों को ही अपना लक्ष्य बनाकर चलना चाहिए। अतः

विकास का अभिप्राय भौतिक प्रगति की दिशा में अग्रसर होना है और इस प्रक्रिया को आधुनिकीकरण कहा गया।

विकास और आधुनिकीकरण को समवर्ती घोषित करने के बाद विकसित या आधुनिक समाज के इन लक्षणों पर विशेष बल दिया जाता हैः शहरीकरण का उन्नत स्तर, साक्षरता का विस्तार, प्रति व्यक्ति आय का उच्च स्तर, अर्थव्यवस्था में वाणिज्य-व्यापार और औद्योगीकरण का ऊँचा स्तर, जन संपर्क के साधनों का विस्तृत और सर्वव्यापक जाल आदि। जाहिर है, ये सारे लक्षण पश्चिमी जगत के उन्नत देशों के लक्षण हैं। इस प्रकार हम पाते हैं कि विकास और आधुनिकीकरण वस्तुतः दूसरे अन्य देशों के पश्चिमीकरण के पर्याय हैं। इस विचार में यह संदेश भी छिपा है कि दूसरे देशों को अपने विकास के लिए पश्चिमी देशों के अनुरूप संरचनाएँ विकसित करनी होगी अन्यथा वे पिछड़े रह जाएँगे।

इस प्रकार हम देखते हैं कि विकास को पहले आधुनिकीकरण से और फिर आधुनिकीकरण को पश्चिमीकरण से जोड़ दिया गया। यहाँ आकर यह विचार श्रृंखला पूरी होती है और विकास को सीधे-सीधे पश्चिमीकरण का पर्याय मान लिया जाता है। यह दृष्टिकोण मूलतः विकास की पूंजीवादी धारणा के साथ जुड़ा है लेकिन दिलचस्प तो यह है कि पूंजीवाद का विकल्प देने का दावा करने वाली मार्क्सवादी सैद्धांतिकी में भी विकास की इसी अवधारणा को स्वीकार किया गया। केवल और केवल गांधी ही एक मात्र ऐसे व्यक्ति हैं जिन्होंने न सिर्फ इस अवधारणा को खारिज किय बल्कि आचरण से भी सही मायने में दुनिया को एक वैकल्पिक रास्ता दिखाया।

आज 21वीं सदी का मूल संघर्ष एकरूपता और विविधता, सार्वभौमिकता और स्थानीयता तथा केंद्रीयता और विकेंद्रीयता के बीच है। जहाँ तक वैचारिकी का सवाल है, दुर्भाग्य से एकरूपता, सार्वभौमिकता एवं केंद्रीयता के मूल्यों के साथ पूंजीवाद और मार्क्सवाद दोनों एक साथ खड़े हैं। ऐसे में कारगर विकल्प गांधी का ही बचता है।

स्पष्ट है, आज की परिस्थितियों का सामना करने के लिए मार्क्सवादी समझ नाकामी है। 20वी सदी के प्रयोगों से यह भी साफ हो गया है कि पूंजीवाद से मौलिक भिन्नता नहीं होने के कारण उसके साथ प्रतिस्पर्धा में यह असफल होने को भी अभिशप्त है। इसलिए आज 21वीं सदी में गांधी को लेकर ही नए प्रयोगों की जरूरत है, क्योंकि उपभोग के नियमन और इच्छाओं के नियंत्रण का उनका संदेश मानवता के भविष्य की रक्षा के लिए सर्वाधिक महत्वपूर्ण है।

टिप्पणी

1 गांधी एम. के., *हिन्द स्वराज,* नवजीवन प्रकाशन मंदिर, अहमदाबाद-14 1949, दिसंबर 2005, पृ. 88 (परिशिष्ट)

2 वहीं, 'संदेश', पृ. 24

3 *हिंद स्वराज* की अवधारणा को लेकर गांधी का पत्र जवाहरलाल नेहरू के नाम, 'राष्ट्रीय सहारा', 'हस्तक्षेप', 14 अप्रैल 2009

4 गांधी एम. के., *हिन्द स्वराज,* वहीं, पृ. 12

5 सरकार, सुमित, *आधुनिक भारत,* छात्र संस्करण 1993, राजकमल प्रकाशन, नई दिल्ली, पटना, 8वीं आवृत्ति 2001, पृ. 2[illegible]

6 *यंग इंडिया,* रामचन्द्र गुहा के लेख "गुरुदेव और महात्मा के मतभेद का मर्म", *हिन्दुस्तान* 13 सितंबर 2008 से उद्धृत

7 गांधीजी, *हिन्द स्वराज* वही, पृ. [illegible]

8 *यंग इंडिया,* 23 मार्च 1931

9 दामोदरन के. *भारतीय चिन्तन परम्परा,* पीपुल्स पब्लिशिंग हाउस (प्रा.) लि., रानी झांसी रोड़, नई दिल्ली, पृ. 472

10 देसाई, ए. आर., *भारतीय राष्ट्रवाद की सामाजिक पृष्ठभूमि* मैकमिलन हिन्दी संस्करण (1976), द्वितीय संस्करण, 1977, पृ. 297

11 *यंग इंडिया,* 1927 ई., ओ. पी. गाबा, *राजनीति-सिद्धांत की रूपरेखा* मयूर पेपरबैक्स, नोएडा, संस्करण 2001, पृ. 413-14 से उद्धृत

परिशिष्ट (Appendix)

प्रमुख गांधी विचारक

टेरेंस बॉल–सांता क्रुज के कैलिफोर्निया विश्वविद्यालय से स्नातक और बर्कले स्थित कैलिफोर्निया विश्वविद्यालय से एम. ए. और पीएच. डी. करने के बाद सैनडियागो के कैलिफोर्निया विश्वविद्यालय में प्रोफेसर रहे। आप आक्सफोर्ड विश्वविद्यालय में भी प्रोफेसर रहे। आपकी महत्त्वपूर्ण पुस्तकों में *रिअप्रेजिंग पॉलिटिकल थ्योरी, ट्रांसफार्मिंग पॉलिटिकल डिस्कोर्स, सिविल डिसओबेडिएंस एंड सिविल डेविएंस* आदि हैं।

क्विंटन राबर्ट डथी स्किनर–(जन्म 26 नवंबर, 1940) सन् 1978 में आपको कैम्ब्रिज विश्वविद्यालय में राजनीतिशास्त्र के प्रोफेसर के पद पर नियुक्त किया गया। 1996 में आप कैम्ब्रिज विश्वविद्यालय में ही माडर्न हिस्ट्री के रिग्स प्रोफेसर बने। आपकी महत्त्वपूर्ण पुस्तकें *द फाउंडेशन ऑफ मार्डन पॉलिटिकल थॉट* (कैम्ब्रिज यूनिवर्सिटी प्रेस, 1985), *विजन ऑफ पॉलिटिक्स* (कैम्ब्रिज यूनिवर्सिटी प्रेस, 2002) आदि हैं।

एंथनी जे. परेल–आप कैलगरी विश्वविद्यालय में राजनीतिशास्त्र के मानद प्रोफेसर रहे हैं। आपकी महत्त्वपूर्ण पुस्तकों में *गांधी: हिन्द स्वराज एंड अदर राइटिंग्स* (संपादित, कैम्ब्रिज यूनिवर्सिटी प्रेस 1997) तथा *गांधी, फ्रीडम एंड सेल्फ रूल* (संपादित, लेक्सिंक्टन बुक्स, 2000) हैं।

भीखू पारेख–(जन्म 1935) जान लंदन स्कूल ऑफ इकानामिक्स के द स्टडी ऑफ ग्लोबल गवर्नेंस केंद्र में सेंटेनियल प्रोफेसर हैं। इसके साथ-साथ आप हल विश्वविद्यालय में राजनीतिशास्त्र के मानद प्रोफेसर भी हैं। लार्ड पारेख की महत्त्वपूर्ण पुस्तकों में *मार्क्स थ्योरी ऑफ आइडेयालॉजी* (जान हापकिंस यूनिवर्सिटि प्रेस, 1982), *कालोनियलिज्म, ट्रेडिशन एण्ड रिफार्म: एन एनालेसिस ऑफ गांधीज पॉलिटिकल डिस्कोर्स,* (सेज, 1989) आदि हैं।

संदर्भिका (Bibliography)

Aendt, Hannah, *Between Past and Future*, New York, Viking, 1961.

Ambedkar, B. R., *Pakistan and Partition of India*, Bombay, Thacker & Co., 1945.

_______________, *Ranade, Gandhi and Jinnah*, Bombay, Thacker & Co., 1943.

Ananthanathan, A. K., 'The Significance of Gandhi's interpretation of the Gita', *Gandhi Marg*, 13, 3 (Oct-1991): 302-15.

Andrews, Charles, *Mahatma Gandhi's Ideas*, New York, Macmillan, 1930.

Ansbor, John J., *Martin Luther King Jr : the Making of a Mind*, New York, Obris, 1984.

Appleby, Joyce, *Liberalism and Republicanism in the Historical Imagination*, Cambridge, Harvard University Press, 1992.

Arrow, Kenneth, *Social Choice and Individual Values*, New Haven, Yale University Press, 1951.

Baber, Martin, *The Writings of Martin Baber*, edited by Will Herberg, New York, Meridian Books, 1958.

Baird, Robert, *Religion in Modern India*, New Delhi, Manohar, 1989.

Bajaj, Janakidevi, *Meri Jeevanyatra*, New Delhi, Sasta Sahitya Mandal, 1965.

Baker, J., I., 'Gandhi and the Gita: Sanskrit and Satyagraha', *Gandhi Marg*, 15, 1 (April 1933): 39-61.

Bakshi, Rajani, *Bapu Kuti: journeys in rediscovery of Gandhi*, New Delhi, Penguin, 1998.

Bandyopadhyay, Sekhar, *From Plassey to Partition. A History of Modern India*, New Delhi, Orient Longman Pvt. Ltd., 2004.

Bandyopadhyaya, Jayantanuja, *Social and Political Thoughts of Gandhi*, Bombay, Allied Publishers, 1969.

Bernays, Robert, *Naked Fakir*, London, Victor Gollancz, 1931.

Bhattacharya, Buddhadeva *Evolution of the Political Philosophy of Gandhi*, Calcutta, Calcutta Book House, 1969.

Bhattacharya, Sailender, *Mahatma Gandhi: the Journalist*, Bombay, Times of India Press, 1962.

Birla, Ghanshyam Das, *In the Shadow of the Mahatma*, Bombay, Vakils, 1968.

Bloom, Alan, *The Closing of the American Mind*, New York, Simon and Schuster, 1987.

Bolton, Glorney, *Tragedy of Gandhi*, London, Allen & Unwin, 1934.

Bondorant, Joan V., *Conquest of Violence*, Berkeley, University of California Press, 1967.

Bose, Nirmal Kumar, *My Days with Gandhi*, Delhi, Orient Longman, 1974, 1999.

Brick, Lucien, 'Gandhi and Jefferson on Democracy and Humanism', *Gandhi Marg*, (July 1995: 175-92).

Brock, Peter, 'Gandhi as a Linguistic Nationalist', *Gandhi Marg*, 20: (Jan 1976) 3-12.

Brown, Judith, *Gandhi: Prisoner of Hope*, New Haven, Yale University Press, 1989.

Bryant, John Fenner A., *Gandhi and Indianization of the Empire*, Cambridge, J. Hall & Sons, 1924.

Chatterjee, Margaret, *Gandhi's Religious Thought*, London, Macmillan, 1983.

Chatterjee, Partha, 'Gandhi Please Stand Up?', *Illustrated Weekly of India*, 15-21 Jan, 1984.

Choudhari, Manmohan, *Exploring Gandhi*, New Delhi, Gandhi Peace Foundation, 1989.

Choudhury, R., *Bapu as I Saw Him*, Ahmedabad, Navjivan Press, 1950.

Crozier, F. P., *A Word to Gandhi*, Williams & Norgate, London, 1931.

Dadhich, Naresh, *Gandhi and Existentialism*, Jaipur, Rawat, 1993.

Dalal, Chandulal Bhagubhai, tr. from Gujarati by Tridip Suhrud, *Harilal Gandhi: A Life*, New Delhi, Orient Longman Pvt. Ltd., 2007.

Dallmayr, Fred, *Beyond Orientalism*, New York, New York University Press, 1966.

Dalton, Dennis, *Non-Violence in Action: Gandhi's Power*, Delhi, Oxford University Press, 1998.

Dantawala, M.L., *Gandhism Reconsidered*, Bombay, Padma Publications, 1944.

Datta, D. M., *The Political Philosophy of Mahatma Gandhi*, Madison,University of Luisconsion Press, 1953.

Desai, Mahadev, *Diary of Mahadev Desai*, Ahmedabad, Navjivan, 1953.

__________, Tr., *The Gita According to Gandhi*, Ahmedabad, Navjivan Publishing House, 1977.

Desai, Narayan, *Agni Kundam Ugetum Gulab*, Ahemadabad, Navjivan Publishing House, 1992.

Deshpande, P. G., *Gandhinama,* Ahmedabad, Navjivan Publishing House, 1948.

Dhawan, G. N., *Political Philosophy of Gandhi*, Bombay, Popular Book Depot, 1946.

Dhupelia, Uma, Mesthrie, *Gandhi's Prisoner? The Life of Gandhi's Son Manilal*, Delhi, Permanent Black, 2004.

Diwakar, R. R., *Glimpses of Gandhiji*, Bombay, Hind Kitab, 1949.

Elwin, V. and Winslow, J, *The Dawn of Indian Freedom*, London, Allen & Unwin, 1931.

Erickson, Erik H., *Gandhi's Truth*, London, Faber and Faber Ltd., 1970.

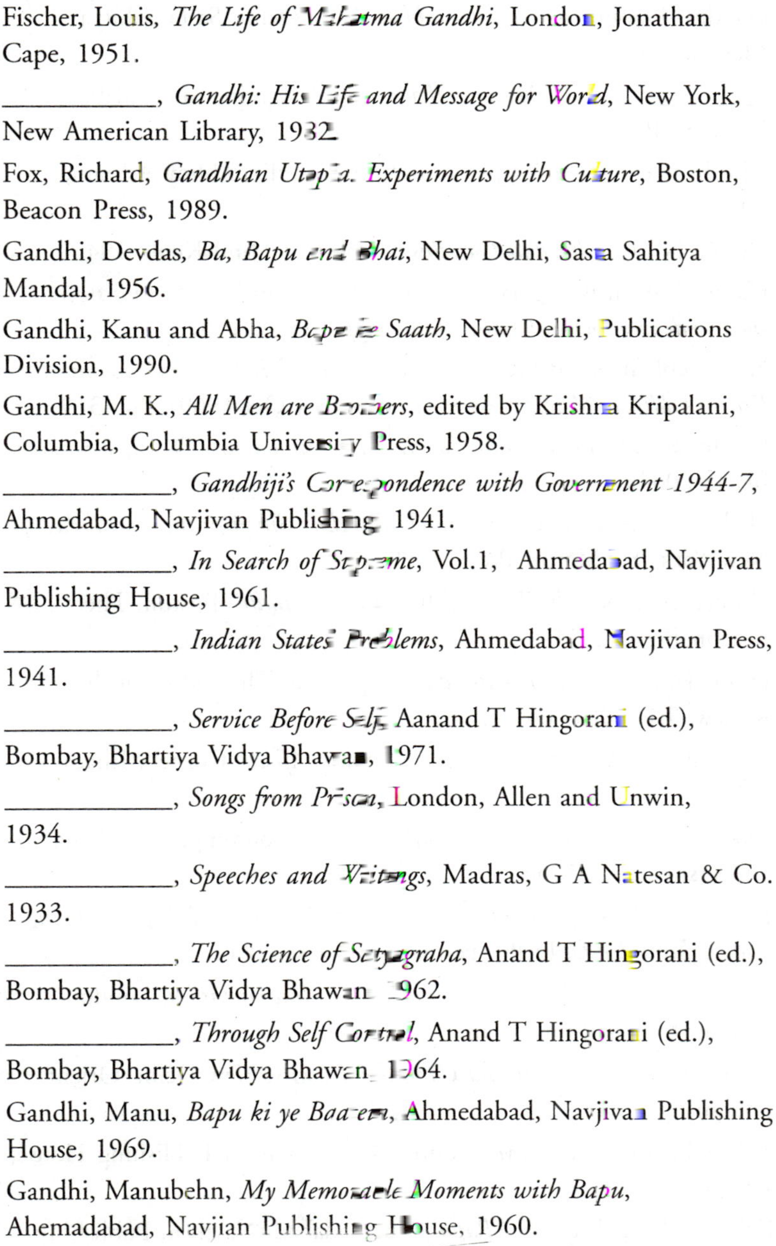

Fischer, Louis, *The Life of Mahatma Gandhi*, London, Jonathan Cape, 1951.

__________, *Gandhi: His Life and Message for World*, New York, New American Library, 1932.

Fox, Richard, *Gandhian Utopia. Experiments with Culture*, Boston, Beacon Press, 1989.

Gandhi, Devdas, *Ba, Bapu and Bhai*, New Delhi, Sasta Sahitya Mandal, 1956.

Gandhi, Kanu and Abha, *Bapu ke Saath*, New Delhi, Publications Division, 1990.

Gandhi, M. K., *All Men are Brothers*, edited by Krishna Kripalani, Columbia, Columbia University Press, 1958.

__________, *Gandhiji's Correspondence with Government 1944-7*, Ahmedabad, Navjivan Publishing, 1941.

__________, *In Search of Supreme*, Vol.1, Ahmedabad, Navjivan Publishing House, 1961.

__________, *Indian States' Problems*, Ahmedabad, Navjivan Press, 1941.

__________, *Service Before Self*, Aanand T Hingorani (ed.), Bombay, Bhartiya Vidya Bhawan, 1971.

__________, *Songs from Prison*, London, Allen and Unwin, 1934.

__________, *Speeches and Writings*, Madras, G A Natesan & Co. 1933.

__________, *The Science of Satyagraha*, Anand T Hingorani (ed.), Bombay, Bhartiya Vidya Bhawan, 1962.

__________, *Through Self Control*, Anand T Hingorani (ed.), Bombay, Bhartiya Vidya Bhawan, 1964.

Gandhi, Manu, *Bapu ki ye Baaten*, Ahmedabad, Navjivan Publishing House, 1969.

Gandhi, Manubehn, *My Memorable Moments with Bapu*, Ahemadabad, Navjian Publishing House, 1960.

Gandhi, Prabhudas, *Jeevan Prabhat*, New Delhi, Sasta Sahitya Mandal, 1967.

_______________, *My Childhood with Gandhiji*, Ahemadabad, Navjivan Publishing House, 1957.

Ghosh, P. C., *From Nagpur to Lahore*, Comilla, Abhoy Ashram, 1931.

Gupta, N., *Gandhi and Gandhism*, Bombay, Hind Kitab, 1945.

Hasan, Mushirul, *Legacy of Divided Nation: India's Muslims since Independence*, Delhi, Oxford University Press, 1997.

Hay, Stephen N., *Between Two World: Gandhis First Impressions of British Culture*, Modern Asian Studies III (Oct 1969), 305-319.

Hardiman, David, *Gandhi: In His Times and Ours*, Delhi, Permanent Black, 2004.

Hick, John & Lamount Hempel, *Gandhi's Singnificance for Today*, New York, St. Martin Press, 1989.

Homer, A. Jack, *The Wit and Wisdom of Gandhi*, Boston, The Beacon Press, 1951.

Hunt, James D., *Suffragettes and Satyagraha*, The Indo-British Review, 9:1 (1981) 65-77.

Huttenback, Robert A., *Gandhi in South Africa*, Cornell, Ithaca, 1971.

Jack, Homer A. (ed.), *The Gandhi Reader*, Bloomington, Indiana University Press, 1956.

Jaffrelote, Christopher, *Dr. Ambedkar and Untouchability: Analysing and Fighting Caste*, Delhi, Permanent Black, 2006.

Jones, E. Stanley, *Mahatma Gandhi—An Interpretation*, London, Hodder & Staughton, 1948.

Jusain, S. Avid, *Gandhi and Communal Unity*, New Delhi, Orient Longmans, 1969.

Kaji, Chandrakant, *Prayer*, Ahmedabad, Navjivan Publishing House, 1977.

Kalarthi, Mukul, *Ba and Bapu*, Ahemadabad, Navjivan Publishing House, 1962.

Kalelkar, D. B., *Bapu ki Jhankian*, Ahemadabad, Navjivan Publishing House, 1948.

Khan Muhammad, A. Faque, *Gandhian Approach to Communal Harmony: A Critical Study*, Delhi, Ajanta Publications, 1986.

Kotturan, George, *Ahimsa: Gautam to Gandhi*, New Delhi, Sterling Publishers, 1973.

Kripalani, J. B., *The Gandhian Way*, Bombay, Vora & Co., 1938.

Kumar, R., *Essays on Gandhian Politics: The Rowlatt Satyagraha of 1919*, Oxford, Clarendon Press, 1971.

Lohia, R., *Mystery of Sir Stafford Cripps*, Bombay, Padma Publications, 1942.

Markovits, Claude, *The Un-Gandhian Gandhi: The Life and After Life of the Mahatma*, New Delhi, Permanent Black, 2006.

Mashruwala, K. G., *Gandhi and Marx*, Ahmedabad, Navjivan Publishing House, 1951.

Mazumdar, Haridas, *I: Mahatma Gandhi*, Ahemadabad, Navjivan Press, 1963.

Miller, Webb, *I Found No Peace*, New York, Simon & Schuster, 1936.

Mukerjee, Hiren, *Indian Struggle for Freedom*, Bombay, Kutub, 1946.

Mukherjee, Subrata and Sushila Ramaswamy (eds.), *Non Violence and Satyagraha*, New Delhi, Deep Deep, 1998.

Namboodaripad, E. M. S., *The Mahatma and Ism*, Delhi, People's Publishing House, 1958.

Nanda, B. R., *In search of Gandhi: Essays and Reflection*, New Delhi, Oxford University Press, 2004.

Nanda, B. R., *The Nehrus: Motilal and Jawaharlal*, George, London, Unwin, 1962.

Narayan, M. K., *Waiting for the Mahatma*, Chennai, Indian Thought Publication, 2003.

Nayar, Sushila, *Bapu ki Karavas Kahani*, New Delhi, Sasta Sahitya Mandal, 1950.

Nikam, N. A., *Gandhi's Discovery of Religion*, Bombay, Bhartiya Vidya Bhawan, 1963.

Noman, Mohammad, *Muslim India*, Allahabad, Kitabistan, 1942.

Pandey, Gyanendra, *Remembering Partition: Violence, Nationalism and History in India*, Cambridge University Press, Cambridege, 2001.

Patel, C. N., *Mahatma Gandhi in his Gujarati Writings*, New Delhi, Sahitya Akademi, 1981.

Power, F. Paul, *Gandhi on World Affairs*, Bombay, Perennial Press, 1961.

Prasad, Rajendra, *Champaran Mein Gandhiji*, Madras, S Ganesan, 1928.

Rao, R. V., *Gandhian Institute of Wardha*, Bombay, Thacker & Co, 1947.

Roy Chaudhury, P. C., *Gandhi and His Contemporaries*, New Delhi, Sterling, 1972.

Sinha, Balvant, *Under the Shelter of Bapu*, Ahmedabad, Navjivan Publishing House, 1962.

Smith, W. C., *Modern Islam in India*, Lahore, Minerva Book Shop, 1943.

Sunderland, J. T., *India in Bondage*, Calcutta, Modern Review, 1929.

Tagore, Rabindranath, *Mahatmaji and Depressed Humanity*, Calcutta, Viswa Bharati, 1932.

Tandon, Vishwanath, '*The Quakers and Gandhi*', Gandhi Marg 19: 2 and 3 (Apr/ July 175), 197-208.

Tendulkar, D. G., *Gandhi in Champaran*, New Delhi, Publication Division, 1957.

Veer Raju, Gummadi, *Gandhian Philosophy: Its Relevance Today*, New Delhi, Decent Book Store, 1999.

Watson, F. and Brown, M., *Talking of Gandhiji*, Delhi, Orient Longmans, 1957.

अनुक्रमणिका (Index)

आशा

46 विदेशी कवियों की 51 कविताएँ

अनुवाद

भुवेंद्र त्यागी

ज्ञान गंगा, दिल्ली

प्रकाशक : ज्ञान गंगा, 2/42, अंसारी रोड, दरियागंज, नई दिल्ली–110002
सर्वाधिकार : सुरक्षित / संस्करण : प्रथम, 2022 / मूल्य : दो सौ रुपए
मुद्रक : आर–टेक ऑफसेट प्रिंटर्स, दिल्ली ISBN 978-93-93111-40-1

ASHA (Collection of 51 poems of 46 Foreign Poets)
Translated by Shri Bhuvendra Tyagi ₹ 200.00
Published by **GYAN GANGA**
2/42, Ansari Road, Daryaganj, New Delhi-110002

आशा जगाती ये कविताएँ
उन सभी को समर्पित हैं,
जिन्होंने थामे रखीं अँधेरों में आशाओं की मशाल
और
उन्हें भी, जो इन मशालों से भर पाए
अपने मन में उजाला।

उम्मीद की आवाज

■ राजेश जोशी

आशा के होते हैं पंख

आशा के होते हैं पंख
आत्मा में बसती यह बात
और बिन शब्दों के निकले धुन
कभी न रुके, कभी नहीं

आँधी में भी सुन सकें मधुर
कितना भी हो तेज तूफान-
झकझोर दे जो नन्ही चिड़िया को
फिर भी बची रहे ऊष्णता

सुना है इसे सबने सर्द जगह
और सबसे अबूझ समंदर पर
फिर भी इसने कभी कुछ
पूछा नहीं मुझसे, कभी नहीं

एमिली डिकिंसन की यह छोटी सी कविता या इस संकलन में संग्रहीत 46 कवियों की 51 कविताओं को पढ़ते हुए कभी, किसी भी स्थिति में हार न माननेवाली, अखिल के हठ-सी मनुष्य की उम्मीद इस अँधेरे समय में भी

हमारी उँगली को थामे रखती है। इन कविताओं को पढ़ते हुए एकाएक पंडोरा की पेटीवाली ग्रीक मिथक कथा की याद आ जाती है। मैं वह लंबी कथा आपको नहीं सुनाऊँगा। बहुत मुख्तसर सा हवाला उसका दूँगा।

पंडोरा को पृथ्वी पर भेजते समय देवताओं ने उसे एक बंद बक्सा या पेटी दी और यह चेतावनी भी दी कि वह इस पेटी को कभी न खोले, लेकिन एक दिन पंडोरा को एक बहुत धीमी सी आवाज सुनाई दी। यह आवाज उसी पेटी से आ रही थी। 'सुंदरी पंडोरा, हम पर दया करो। हमें इस कारा से मुक्त कराओ। अपने कोमल हाथों से इस पेटी को खोल डालो। हमारी प्रार्थना स्वीकार करो।' पंडोरा सोचने लगी कि कौन इस कारा में बंदी है। बहुत ऊहापोह के बाद पंडोरा ने पेटी का ढक्कन खोल दिया। देव सम्राट् ज्यूस ने मानव जाति को दंड देने के लिए इस पेटी में सभी प्रकार की व्याधियों, दुःखों, अपराधों और पापों को बंद करके पंडोरा को भेंट कर दिया था। पंडोरा संयम से काम लेती तो इन सारी व्याधियों को सदा के लिए बंदी बनाकर रखा जा सकता था, लेकिन पेटी के खुलते ही छोटे-छोटे पंखवाले जीवों के रूप में वृद्धावस्था, रोग, कलह, द्वेष, दुःख, क्रोध आदि संवेग सब उड़कर बाहर आ गए और न केवल उन्होंने पंडोरा को अपने डंक मारे, बल्कि वे दूर तक फैल गए। पंडोरा ने कराहते हुए तत्काल पेटी का ढक्कन बंद कर दिया। चारों ओर रोने-कराहने की आवाजें आने लगीं। पंडोरा की मूर्खता के लिए एपीमीथ्युस जब उसे डाँट रहा था, तभी एक धीमी, किंतु मधुर आवाज फिर उसी पेटी से सुनाई दी—'एक बार इस पेटी के ढक्कन को फिर से खोलो पंडोरा, मुझे बाहर आने दो। मैं तुम्हारी पीड़ा शांत करूँगी। मुझे मुक्त करो।'

पंडोरा ने दोबारा पेटी का ढक्कन खोल दिया। देवताओं ने उस पेटी में व्याधियों को भरने के बाद मनुष्य के लिए आशा की देवी 'होप' को भी उसमें रख छोड़ा था। 'होप' उड़कर बाहर आ गई। उसके स्पर्श मात्र से ही पंडोरा की पीड़ा कम हो गई।

हमारा यह समय अनिश्चितता, निराशा, उदासी और अँधेरे से भरा समय है। इस भयावह समय में पंडोरा की पेटी का ढक्कन दोबारा खोले जाने की जरूरत है। उसमें बंद 'होप' या उम्मीद या आशा को बाहर लाने की जरूरत

है। ये कविताएँ पंखवाली आशा की कविताएँ हैं। ये सोच की जीत में विश्वास करने की कविताएँ हैं। जीवन को देखने का नजरिया बदलने की माँग करती कविताएँ हैं। ये कविताएँ हैं, जो मानती हैं कि हार मानना कोई विकल्प नहीं। ये मानती हैं कि बिना आशा के जीवन कभी नहीं होता सच्चा। पंडोरा की पेटी की इस आवाज को सुनाने का काम भुवेंद्र त्यागी ने किया है। बहुत मेहनत से चुनी गई और अनूदित की गई ये कविताएँ पंडोरा की पेटी से आती वह मधुर आवाज है। यह उम्मीद की, आशा की, होप की आवाज है।

यह उम्मीद से भरी मधुर आवाज है, जो कह रही है कि—
ओ मेरे मन कह बार-बार
गुजर जाएगा ये अँधियारा भी...

□

जलती रहे लौ

■ भुवेंद्र त्यागी

कोरोना महामारी के दौरान बार-बार चारों ओर घना अँधियारा नजर आया। हर ओर से मन को विषाद से भरनेवाली सूचनाएँ आईं। दुःख अपार होता गया। लोग विवशता के भँवर में धँसते गए। यह वक्त गुजारना बहुत भारी हो गया। हताशा, निराशा और अवसाद सब पर तारी रहे। दुःखों ने चारों ओर से आक्रमण किया। कितने ही लोग कोरोना संक्रमित होकर बीमार हुए, कितनों की जान नहीं बचाई जा सकी, कितने बेरोजगार हो गए और कितनों का जीना मुहाल हो गया। कोरोना महामारी ने मानवता के खिलाफ एक युद्ध-सा छेड़ दिया। इस युद्ध का मोर्चा दुनिया भर में खुला, जिसमें कष्ट भी हुए और मृत्यु भी।

निराशा, हताशा और दुराशा के समकाल में अनेक पल ऐसे भी आए, जब मन हार मानने के करीब नजर आया, जब लगा कि अब और नहीं लड़ा जा सकेगा। एक सदी के सबसे बड़े संकट से पूरी मानवता जूझी। हर शख्स की अपनी लड़ाई दिखी।

ऐसे गमगीन, मायूस और बेबस वक्त में हमें चाहिए उजाला, जो हमारे मन को उम्मीद से भर दे। हमें चाहिए रोशनी, जो हमारे अंतस में आशा के फूल खिला दे। हमें चाहिए धीरज और साहस, लेकिन उसके लिए जरूरी है मन में आशा का होना।

मुश्किल वक्त में सबसे बड़ी ताकत होती है उम्मीद। यह नहीं भूलना चाहिए कि हर अँधेरे के बाद उजाला होता ही है। इसी उम्मीद पर अँधियारी

रात काटनी होती है। बस मन में यह भरोसा बना रहना चाहिए कि फिर सुबह होगी, फिर बहार आएगी। विजय का यह संकल्प ही आशा के फूलों को महकाए रखता है। यह भी याद रखना चाहिए कि आशा के भी पंख होते हैं और उन पर सवार होकर यह दूर तक जा सकती है।

संघर्ष चाहे कितना भी कठिन हो, चाहे मार्ग में कितनी ही बाधाएँ आएँ, चाहे कितनी भी नाकामियाँ मिलें, चाहे मन-सोचा कुछ भी न हो रहा हो, लेकिन मुकाबले में डटे रहना चाहिए, हार कभी नहीं माननी चाहिए। जब हमें असफलता नजर आती है, ठीक उसी के पीछे तो सफलता खड़ी मुसकरा रही होती है। इसलिए जीवन में असफलता से कभी घबराना नहीं चाहिए, जब लगने लगे कि यह काम मुमकिन नहीं, तो कोई क्या करे? पीछे हटने से तो वह काम होगा नहीं, तब सबकुछ भूलकर पूरी शिद्दत से उस काम में जुट जाना चाहिए। जब सबकुछ खो गया-सा लगे, जब कोई राह नजर न आए, जब कहीं भी उम्मीद की रोशनी न दिखे तो वे संघर्ष याद करें, जो इसी धरती पर कहीं-न-कहीं कोई-न-कोई कर चुका है, लेकिन उसने कभी उम्मीद नहीं खोई।

कोरोना महामारी के दौरान आशा-निराशा के बीच भी लंबी जंग चली। इस दौरान हौसला बढ़ानेवाले शब्द बहुत जरूरी रहे। इसी को ध्यान में रखकर मैंने 'आशा-कविताएँ' सीरीज के लिए 46 कवियों की 51 अंग्रेजी कविताओं का हिंदी में अनुवाद किया। दुनिया के अनेक देशों और अनेक पीढ़ियों के कवियों की ये रचनाएँ एक साथ देखने पर अहसास होता है कि संघर्ष और जिजीविषा संसार की हर संस्कृति में समान रूप से उपस्थित हैं। ये सभी कविताएँ विषम परिस्थितियों में उम्मीद की मशाल थमाकर सार्वभौमिक और सार्वकालिक रूप से हर ओर संबल पैदा करनेवाली हैं।

इन कविताओं में निहित और समावेशित ऊर्जा का असर जरूर होगा और दूर तक होगा…

बस! जलती रहे यह लौ…

□

अनुक्रम

खेल

■ एंड्रिया कोहेन

माँ से कहता हूँ
नोबेल जीत लिया मैंने

फिर से ? वह कहती है
इस बार किसमें ?

इस बचकाने खेल को
खेलते रहते हैं हम

मैं दिखाता हूँ कुछ हूँ नें भी
वह दिखाती है जिंद है वह…

□

हमेशा है आशा

■ विक लेजॉन

प्रिय, रात को जब आसमान आधी रात का
आ गिरता है आपकी हड्डियों पर और लेता है आपको
उदासी से अपने आगोश में

तब अपने भीतर जलाए रखो एक लौ
मुझे पता है कि कितना घना हो सकता है अँधेरा
हो सकता है यह कितना लुभावना

लेकिन कृपया याद रखो
आप ही दिखा सकते हो खुद को रोशनी
आप ही हो इस सबके बावजूद चमकने के काबिल
आखिर आपके साथ हमेशा है आशा।

□

बेहतर तो आएगा

■ एम. बी. विक्टोरिया

भरोसा रखना
चाहे कितना भी लगे
कि अच्छा वक्त आया और चला गया,
पर बेहतर तो आएगा।

बेहतर तो आएगा
अचानक ही जीवन में आपके,
अप्रत्याशित रूप से,
और देखते रह जाएँगे आप।

□

महज शुरुआत

■ कैरोलीन वाइट

एक दिन
बिल्कुल साफ होगा—
जिसे आपने सोचा था
अंत,
वास्तव में था वह
महज शुरुआत।

छिपे होते हैं कुछ दरवाजे
जब तक हम तैयार न हों
उन्हें खोलने के लिए।

□

सँजोए रखो मुसकान को

■ एशली रेल

बुरे दिनों से गुजरते हैं आप
क्योंकि आपके पास नहीं होता चारा कोई।
और कुछ कर ही नहीं सकते आप
बस सँजोए रखो मुस्कान को
और सकारात्मक रहने की करो कोशिश।
रखो ध्यान छोटी-छोटी बातों में खुशी तलाशने पर,
और साधे जा सकने लायक छोटे लक्ष्यों पर
खुद को उद्देश्यपूर्ण महसूस करने पर।
खुद को लगातार याद दिलाने पर
कि और भी बुरा हो सकता है कुछ
तब बेहतर लगने लगेगा सबकुछ।

हार मानना कोई विकल्प नहीं।
दिन भर रोना कोई विकल्प नहीं।
खुद को खोना कोई विकल्प नहीं है।
आपको रखना ही होगा याद
कि सबकुछ ठीक होनेवाला है।
हमेशा ऐसा ही होता है।
आखिर समझ ही गए यह आप।

□

उम्मीद हमेशा बनी रहती

■ जोआना

अँधेरे के समंदर में
रोशनी की तलाश है
लेकिन जिन्हें तुम कभी करते थे प्यार
जूझने को तुम्हें छोड़ गए; निपट अकेला
माँगोगे मदद, तो नहीं आएगा कोई
लेकिन सबसे जरूरी बात, मत खोना उम्मीद
उम्मीद हमेशा बनी रहती
सबसे मुश्किल लम्हों में भी
उम्मीद, मुझे जरूरत है तुम्हारी
उम्मीद, मुझे चाह है तुम्हारी
सहारे के लिए आखिर कुछ तो चाहिए
नहीं रही उम्मीद···
क्या सचमुच नहीं रही?
दानव तुम्हारे अंदर का, मजबूत होता जाता रोज
हम सभी के पास हैं दानव
हर कोई होता है परेशान
जूझ रहा है हर कोई
डटा हुआ है हर कोई
टूटता है हर कोई

उम्मीद करे हर कोई
रोता है हर कोई
पर तुम मत रोना
उम्मीद हमेशा बनी रहती
देवदूत, तुम कहाँ चले गए?
यहाँ अकेले मत छोड़ो मुझको
'मुझे चाहिए मदद तुम्हारी'
जब दिल टूटे
मन मर जाए
दिल हो जाए जार-जार
मैं चुप तो बैठूँगा नहीं
उम्मीद हमेशा बनी रहती
बंधु, मुझे चाहिए अब साथ तुम्हारा
जंग अभी थमी नहीं है
यकीन करो, वक्त अब भी हमारे पास है,
क्योंकि उम्मीद हमेशा बनी रहती
अँधियारे लम्हों में भी
रोशन हो उठता हूँ मैं।

□

सुंदरता एक पेड़ की

■ गैबीमैक

क्या इससे ज्यादा प्यारा कुछ हो सकता है
एक पेड़ की सुंदरता से भी प्यारा?
हवा में झिलमिलाते हैं पत्ते उसके,
झूमता है शान से जो।

उसकी मजबूत जड़ों की ताकत
समाई होती है गहरे तक धरती में।
हर तूफानी आँधी में खड़ा रहता है
अपने भरे-पूरे वजूद के साथ।

सिर उठाए, लचक के साथ
तनीं रहतीं शाखाएँ उसकी।
झुकना, टूटना, लटकना जाना नहीं
ऊर्ध्वगामी हो छू लेता आकाश को।

ताकत की खूबसूरती सँजोए
सिर उठाए खड़ा रहे सदा।
मजबूत लचक की भावना से
पंख लगाए और उड़ना सीखा।

□

हिम्मत मत हारो

■ जेम्स सैडविक

अकसर देख नहीं पाते हम
दर्द में खूबसूरती को।
अकसर देख नहीं पाते हम
हाथ लगे खजाने को।

अकसर देख नहीं पाते हम
हर दर्द के अंत को।
अकसर देख नहीं पाते हम
अपने टूटते दिल को

अकसर देखते हैं बस हम
इल्जामों के परबत को।
अकसर होता है यह सफर
झूठ और शर्म से सराबोर।

हिम्मत मत हारो, छोटे भाई।
निशान तो वक्त पर मिट ही जाएँगे।
बहुत बोझिल होता है यह सब,
लेकिन ठीक हो ही जाओगे।

सुनो, प्यारे।
परबत सख्त बहुत है।
आसमान से आए आशा;
हिम्मत मत हारो, रखो हौसला।

□

जोशीला फौजी

■ डायलन सिम्पसन

घायल हैं, टूटे हुए भी
लेकिन फिर भी हम खड़े हैं तनकर।
कोई चुनौती नहीं, जो ली न जा सके,
और कोई डर भी नहीं, जो डरा सके।

क्योंकि हर दिन एक जंग है,
जिसमें हम हमेशा तो जीतते नहीं,
लेकिन हमारी जिद ही है साहस हमारा।
अपनी पूरी ताकत से लड़ते हैं हम,
और कभी तो वह भी पड़ जाता है कम,
फिर भी हम जारी रखते हैं जंग
जीत लगे चाहे कितनी भी नामुमकिन।

हमारा संकल्प और खुशी के सपने
नहीं हैं केवल मार्गदर्शक हमारे,
हमारी पीठ में खंजर भी हैं वे,
क्योंकि हर्षोल्लास और चमक
के लिए ही तो करते हम संघर्ष।

हर गुजरती हार के साथ,
सुख की संभावनाएँ होने लगतीं धुँधली।
हम फिर लड़ना शुरू करते हैं,
पिछली जंगों में मिले जख्मों के बावजूद,
निश्चित लगते को अनदेखा करके।

हम जब कभी भी खड़े होते हैं,
सिर ताने, जीतते ही हैं आखिर।
तब हम पाते हैं इच्छाशक्ति लड़ते रहने की,
इस कभी न खत्म होनेवाली जंग को जारी रखने के लिए।

लेकिन जीत के उस छोटे से लम्हे के लिए,
हम जिंदगी की खूबसूरती और इसकी पेशकश को लगाते हैं गले।

□

आशा

■ जेमा ट्रॉय

उस पल में मिल सकती है आशा
जब सूरज करता है दिन का आगाज
महसूस किया जा सकता है इसको
अँधेरी रात में जब चमकते हैं तारे
और बिन बरसात उग आए एक फूल
आशा है वह धागा
जो जोड़े शब्दों को आपस में

जब लिखती हूँ कविता
आशा के लिए लिखती हूँ
बची हुई है जान आपकी,
क्योंकि हर धड़कन में होती आशा
साँसों में जाती हवाओं में भी आशा।

□

जागो, उठो और जी लो जिंदगी!

■ फ्रांसिस जॉय टी. चावेस

जिंदगी के हर सफर में
हमेशा एक बुरा दिन होगा ही।
जब आँसू बहते रहें
असफलताओं और निराशाओं से,
दु:खों और दिल टूटने से,
कोई बात नहीं; फिक्र की बात नहीं।
सभी को लगता है मुश्किल यह सब।

जीना भले ही मुश्किल हो,
आप बच जाओगे और रखोगे याद
कि आप कैसे लड़े, दर्द नहीं रहेगा याद।
हँसते हुए साँस लो और सँजो लो आँसुओं को,
आखिर कल हो सकता है सबसे खुशगवार दिन,
और आज तो महज शुरुआत है।
बस ठान लो और चलते रहो।

जरूरी हो तो रो लो, कराहने की जरूरत नहीं,
हर माहिर के सामने भी एक बार तो आता कहर,
इसलिए मत मानो हार।

बहादुर बनो और रखो भरोसा,
आखिर मजबूत हो आप और लड़ ही लोगे।
अपने लिए बनो विजेता,
क्योंकि सिर्फ बेहतरीन के काबिल हो आप।

अतीत को पीछे छोड़ शुरू करो आज से जीना।
दुःख भरे आँसुओं को कहो अलविदा।
बिना किसी हिचकिचाहट के बढ़े चलो।
आप कर ही डालोगे, बस करो इंतजार।
एक बार और, बस एक कोशिश और।
रोशनी दिख ही जाएगी आपको।
जागो, उठो और जी लो जिंदगी!

अड़े नहीं, तो गिरोगे ही

■ लिडिया प्रेस्टन

समय आ गया है
एकदम सामने।
क्या आप कुछ फैसला करोगे
या झुक जाओगे घुटने टेककर?

क्या आप अपना पक्ष रखोगे?
क्या आप दौड़ोगे यह दौड़
या अपमानित होकर,
चेहरा छिपाने की कोशिश करोगे?

आपने रख दी है बात अपनी,
और बहुतों ने सुना आपको।
अब आप क्या करोगे,
जब यह आप पर छोड़ दिया गया है?

क्या अपना भरोसा कायम रखोगे
एक इम्तिहान के दौरान?
क्या आप वही करोगे जो सही है?
क्या आप मुकाबला करोगे?

जो सही है वही करो;
लक्ष्य न होने पाए ओझल।
फैसला करो तो सही करो
चाहे कितनी हो जगहँसाई।

दूसरों के मददगार बनो;
बंधु-बांधवों की करो मदद।
जरूरतमंदों का ख्याल रखो।
उनके काम में हाथ बंटाओ।

दयालु और वफादार बनो।
निष्पक्ष रहो और सच्चे रहो,
दूसरों की ओर निहारो मत।
बदलाव का खुद जरिया बनो।

□

लोच

■ लिना गूछे

जीना कभी आसान नहीं था
आखिर कितना सह सकता है कोई
भले ही झुके हो घात और बोझ से
झकझोरे गए हो भाग्य के कोप से
समय के कहर से हो पस्त
फिर भी संकल्प के साथ आप रहो दृढ़
अस्तित्व के लिए भिड़े रहो
और किसी तरह उठ जाओ फिर से।

□

आशावादी भविष्य

■ मॉर्गन डिअसन

कोई हर्जा नहीं
दु:ख महसूसने में,
शोक मनाने में
जब अच्छा वक्त
हो चुका हो अतीत
और परखा-तोला जा रहा हो
मौजूदा वक्त में।
देखो
भविष्य की ओर
आशा के साथ,
क्योंकि बिन आशा के
जीवन कभी नहीं होता सच्चा।

□

गुजर जाएगा ये अँधियारा भी

■ ग्रेस नोल क्रोवैल

ओ मन मेरे, कह बार–बार
गुजर जाएगा ये अँधियारा भी
गहरे दु:ख भी, सघन शोक भी
रह नहीं सकते कयामत तक
आशा किरण दिखे शायद कल।

गुजर जाएगा ये अँधियारा भी
हवा हो जाएगा इसका दुस्साहस
थम जाएगा, डूबते सूरज संग थमी हवा–सा
आश्वस्त और शांत होकर पाओगे चैन
भुलाकर इस बुरे सपने को।

बारंबार दोहराओ इसको
ओ मेरे मन, हो जाओ निर्भय
गुजर जाएगा ये अँधियारा भी
जैसे गुजरे तमाम दु:स्वप्न अतीत में
जैसे फना हुए तमाम दर्द–ओ–दु:ख सबके।

रात के तारों और भोर के सूरज-सा लाजिम
झूमती घास के संगीत-सा सच्चा
तमाम निराशाओं को बता बता
गुजर ही जाएगा ये अँधियारा भी।

□

बस, सूरज का करो इंतजार

■ लिसा मार्क्स

जब घना अँधियारा हो
और बेइंतहा अकेलापन लगे आपको
जब बारिश रुकने का नाम न ले
और आप पहुँच न पाओ घर,
जब लगे, गँवा दिया है सबकुछ
और आप बस पलायन करना चाहो,
कभी तो रुकेगी बारिश, ये जान लो
बस, सूरज का करो इंतजार।

जब परिवार बन जाए दर्द,
जब आपको न मिले कोई दोस्त,
जब आप सिर्फ चीखना चाहो
लेकिन मुँह से न निकले आवाज,
जब सारी गलती हो आपकी,
और आपको लगे कि बहुत हुआ,
बस, सूरज का करो इंतजार।
धूप खिलेगी, होगी रोशनी।

तूफान तो हमेशा गुजर ही जाए।
हमेशा तो वह रहता नहीं।
बारिश थम ही जाती है, अच्छे मौसम को देती राह।
सबसे उज्ज्वल, सबसे सुखद दिन तो अभी आने हैं।
बस, सूरज का करो इंतजार।
धूप खिलेगी, होगी रोशनी।

जिन लोगों को है जरूरत आपकी,
जो अब भी आपसे करते हैं प्यार
जगमग कर सकते हैं वे अंतस आपका, जैसे करे धूप।
कभी अकेला मत समझो खुद को,
चाहे कुछ भी हो जाए।
सूरज का करो इंतजार।
बस, सूरज का करो इंतजार।

काले बादल तो उड़ ही जाने हैं।
मेरा पक्का वादा समझो।
आपके साथ हम सब भी कर रहे इंतजार।
बस, सूरज का करो इंतजार।

□

आशा करना मत भूलो

■ जॉन मकलाउड

आशा करना मत भूलो
वक्त तो गुजर ही जाता है
सबको दिखनी लाजिम है
वह भोर, जिसका था वादा
जब चल रही हो परीक्षा जीवन में
समंदर की ओर चलें ज्यों नदियाँ
आशा करना मत भूलो
और रहो सदा खुश।

आशा करना मत भूलो
तब भी, जबकि किसी के जीवन पर
देखभाल का बोझ हो भारी
और गहन निराशा से हो मुकाबला
याद करो, गलफड़े कैसे
हो जाते सुंदर और आजाद ?
आशा करना मत भूलो
और रहो सदा खुश।

आशा करना मत भूलें
न ही भूलो उदासी को भूलना
कहते हैं कि रंग सभी
जीवन के करघे पर होते जरूरी,
भोर से पहले अँधेरा भी जरूरी
क्या यह सच देख सकते है सब ?
आशा करना मत भूलें
और रहो सदा खुश ।

□

उम्मीद देती है हौसला

■ केट समर्स

उम्मीद देती है हौसला
तब भी, जब कोई राह न सूझे।
हालात हों चाहे कैसे भी
उम्मीद ही दे सकती है नई सुबह।

'यह भी गुजर जाएगा' की कहावत
उम्मीद से भर देती सबको।
उतार-चढ़ाव आएँ जीवन में बार-बार
फिर भी रखें उम्मीद, न मानें हार।

बेहतर दिनों की आशा
की प्रार्थना दूर करे हताशा।
बस आशीषों पर रखें ध्यान
बैठे-बैठे कभी न लें तनाव।

अपनी आशा कभी मत खोना
आशा और कर्म से ही मिले सोना।
आशा देती जीवन में सुख अपार
अच्छाई रहे साथ, मुश्किलें जाएँगी हार।

□

आएगी, बहार आएगी

■ जे. एल

हमेशा आएगी बहार
मौसम बदलेंगे हमेशा।
लोग आते हैं और जाते हैं,
पुरसुकून होतीं परछाइयाँ उनकी।

हमेशा खिलते रहेंगे फूल
एक बार छँट जाए अँधियार।
जब हर ओर उदासी तारी हो,
मत भूलो, बस छिपता है सूरज।

रोशन दिन जरूर आएँगे।
चलती रहेगी धरती यूँ ही।
चटख रंग पर रखो नजर।
अँधेरा काटने की निकालो राह।

फेफड़ों में भर लो हवा खूब।
पल भर को कर लो आँखें बंद।
रहनुमाओं के लिए देखो जीकर,
यह पल महज कसौटी है।

हो जाओगे मजबूत तुम।
फिर भले दिन आएँगे।
और उम्मीदें लहराएँगी,
फिर मीठी यादें आएँगी।

□

युद्ध के बावजूद

■ एंजेला मॉर्गन

युद्ध के बावजूद, मृत्यु के बावजूद,
मनुष्य के तमाम कष्टों के बावजूद,
मेरे भीतर कुछ हँसता और गाता है
और मेरा मन इसे खूब सराहता है।
युद्ध के बावजूद, नफ़रत के बावजूद
बकाइन खिल रहे हैं मेरे द्वार पर,
ट्यूलिप झर रहे हैं आगे राह पर
युद्ध के बावजूद, रोष के बावजूद।
'साहस!' का सुबह को महिमामंडन,
'आनंद' के व्याख्यान का आलंबन,
और जब मुझे देख मुस्कराते फूल
खिल-खिल जाता मन सबकुछ भूल।

समंदर पर लगता झूमते बादलों का मेला,
चमकती लहरें मुझे बुलाने का करतीं खेला
भले हो मरीचिका पर कोई बात नहीं,
जगह-जगह पर, हर एक जगह पर
निराशा को पीछे छोड़ ही देती आशा।
चाहे गरजें बंदूकें या फिर दहाड़ें तोपें,

खिलते हैं बगीचे, जिनमें गुलाब हों रोपे,
दमकेगी जरूर मेरी आत्मा हर हाल में
उसी मशाल पर जहाँ से आएँ खसखस।
जहाँ सुबह की वेदी हो जाती शफ्फाक
चाँदी के कलश उठाएँ लिली अपने माथ
युद्ध के बावजूद, शरमो-हया के बावजूद।

और मेरे कान में आती है फुसफुसाहट,
'दुःस्वप्न से जागो! देखो और विचारो
कि नश्वर है जीवन, लेकिन परमानंद है
युद्ध के बावजूद, मृत्यु के बावजूद!'

□

बढ़े चलो

■ समाथा लिंच

जब आप हार मानना चाहो
मत छोड़ो आशा
देखो चारों ओर, दुआएँ पाओ हर छोर
बढ़े चलो।

जब आपकी समस्याएँ हों बहुत भारी
मत छोड़ो आशा
कदम-दर-कदम चलते चलो
बढ़े चलो।

जब आपको न सूझे जवाब
मत छोड़ो आशा
दूसरों से बतियाओ, सहारा पाओ
बढ़े चलो।

जब आप हों बहुत निराश
मत छोड़ो आशा
मत मानो हार
बढ़े चलो!

□

आशा के होते हैं पंख

■ एमिली डिकिंसन

आशा के होते हैं पंख
आत्मा में बसती यह बात
और बिन शब्दों के निकले धुन
कभी न रुके, कभी नहीं

आँधी में भी सुन सकें मधुर
कितना भी हो तेज तूफान-
झकझोर दे जो नन्ही चिड़िया को
फिर भी बची रहे उष्णता

सुना है इसे सबसे सर्द जगह
और सबसे अबूझ समंदर पर
फिर भी इसने कभी कुछ
पूछा नहीं मुझसे, कभी नहीं।

□

करो मुकाबला, डटे रहो

■ एडगर अल्बर्ट गेस्ट

जब आपके सामने हो परेशानी कोई भारी,
आँखों में आँखें डालकर निपटो उससे;
तान लो ठुड्डी और मजबूत करो कंधे,
जमा लो पैर और हो जाओ मुस्तैद।
जब इसे चकमा देने की कोशिश हो बेकार,
करो वह सबकुछ जो भी कर सकते हो;
हो सकते हो नाकाम, पर जीत भी तो सकते हो,
करो मुकाबला, डटे रहो

हो सकता है छाए हों काले बादल
और बेहद धुँधला लगे भविष्य आपको
लेकिन कभी न छोड़ना हिम्मत अपनी;
लड़ने के माद्दे को रखना सदा जिंदा।
बुरे से बुरा भी होना हो तय अगर,
जो कर सको सब करने के बाद भी,
बच तो नहीं सकोगे संकट से भागकर,
करो मुकाबला, डटे रहो!

जब हर उम्मीद हो रही हो धूमिल,
जब आप पर टूटा हो मुसीबतों का पहाड़,
इतना रखो याद जिससे जूझ रहे आप
बाकी सब भी उस सबसे चुके हैं जूझ।
संघर्ष न छोड़ो चाहे हो जाओ नाकाम;
चाहे जो भी करो मत मानो हार;
ऊँचा हो सिर, मंजिल पर हो टकटकी।
करो मुकाबला, डटे रहो!

□

कभी मत मानो हार

■ एडगर अल्बर्ट गेस्ट

जब कुछ गलत हो जाता है, जैसा कि कभी होता ही है,
जब आप चलें पैर घसीटकर, तो सड़क पर दिखे चढ़ाई,
जब खीसे में कम हो रकम और कर्जा हो ज्यादा,
और आप मुसकराना चाहकर भी भरते हों आहें,
जब इस सबसे हो परेशान झुके चले जा रहे हों आप–
तब चाहो तो आराम कर लो, पर कभी मत मानो हार।

अजब उतार–चढ़ाव से भरा होता है जीवन।
हम सब कभी–न–कभी होते इससे बावस्ता
बहुत से साथी हट जाते हैं तभी पीछे
जबकि वे जीत सकते थे, गर अड़े रहते;
रुको मत, चाहे कितनी भी धीमी हो रफ्तार–
बस एक और कोशिश बना सकती कामयाब।

मंजिल अकसर होती उससे भी बहुत नजदीक
जितनी लगती लड़खड़ाते, गिर पड़े शख्स को;
संघर्ष करनेवाला अकसर मान लेता तभी हार
जबकि वह उठाने को होता विजेता का ताज;
और अँधेरा घिरने के बाद ही वह समझ पाता,
कि वह स्वर्ण मुकुट के कितना निकट था।

दिखे असफलता, तो समझो सामने ही है सफलता–
संदेह के बादलों पर ज्यों हो चाँदी का लेप,
जब आप कभी बता न सको कितने करीब हो आप,
जब दूर लगती मंजिल, तभी होती बेहद पास;
इसीलिए जब जंग हो सबसे मुश्किल, तो डटे रहो–
सबसे बुरे दौर में तो कभी मत मानो हार।

□

कर गुजरोगे

■ एडगर अल्बर्ट गेस्ट

किसी ने कहा कि यह किया नहीं जा सका
लेकिन उसने हँसते हुए दिया जवाब
हो सकता है कि 'यह हो नहीं सका', लेकिन
कहूँगा नहीं मैं ऐसा कोशिश करने से पहले।
मुसकराहट के साथ वह जुट गया काम में
चेहरे पर जो शिकन थी, उसे छिपा लिया।
गाने लगा वह कि उसने कर दिखाया काम वो
जिसे किया नहीं जा सका था, पर उसने किया!

किसी ने उड़ाई हँसी–'ओह, तुम कर न पाओगे यह;
अभी तक तो ऐसा कोई कर नहीं सका है;'
उतार फेंका कोट उसने और उछाल दी टोपी अपनी
और फिर हुआ यह कि भिड़ गया वह काम से।
उसकी ठुड्डी थी तनी हुई और मुसकान थी बनी हुई,
बिना किसी संदेह या बिना वाग्जाल के,
गाने लगा वह कि वह भिड़ा उस काम से
जो किया नहीं जा सका और उसने कर दिया।

हजारों कहेंगे आपसे कि इसे करना है नामुमकिन,
हजारों करेंगे आपकी नाकामी की पेशीनगोई,
एक–एक करके हजारों आगाह करेंगे आपको,
उन खतरों से, जो होंगे आपके इंतजार में।
लेकिन मीठी मुसकान के साथ जुट जाओ काम में,
उतारकर कोट अपना कूद पड़ो अभियान में;
करते–करते काम शुरू कर दो यह गान भी
किया न जा सके जो, कर गुजरोगे उस काम को।

□

गर साहस हो

■ डोर्सी बेकर

गर साहस हो, तो
न रहे भय
गर साहस हो, तो
रहे न कोई कमजोरी
साहस हो, तो बढ़ें कदम
खतरे की ओर खुद-ब-खुद
और साहस हो, तो
जागृत रहे शक्ति
साहस में एक नायक
लेता सदा आकार
और साहस हो, तो
मुश्किलों की खैर नहीं
साहस देता है
कर्तव्य निभाने का बल
और साहस हो, तो विकृत हाल भी
खिलता है सौंदर्य।

□

हौसला रखो

■ सी. रिचर्ड माइल्स

हौसला रखो, क्योंकि तुम्हें लड़नी है जंग
और जीत जाना है
अँधेरा छाने से पहले ही।
हालाँकि सही समझा जाए इसे शायद ही कभी,
और ऐसे आघात के लिए यह हो सकती है जल्दबाजी,
हौसला रखो, क्योंकि तुम्हें लड़नी है जंग।
मन में रखो, नजर में रखो–
जानते तो हो, देख रहे देव;
अँधेरा छाने से पहले ही कर गुजरो।
भले ही कितना धूमिल दिखे भविष्य
हौसला ही देगा साथ तुम्हारा, इसलिए
हौसला रखो, क्योंकि तुम्हें लड़नी है जंग
टूट पड़ो पूरी ताकत से,
खूँखार दुश्मन से भी घबराओ मत
अँधेरा छाने से पहले ही कर गुजरो।
चलते रहो, बढ़ते रहो आगे–ही–आगे
धरती से ऊपर स्वर्ग की ओर;
हौसला रखो, क्योंकि तुम्हें लड़नी है जंग
अँधेरा छाने से पहले ही कर गुजरो।

□

अपराजेय

■ विलियम अर्नेस्ट हेनले

खंभों के बीच गहरे काले गड्ढे के समान
मुझे अपने आगोश में लेनेवाली रात में
हृदय से आभारी हूँ, मैं सभी देवताओं का
कि मेरे पास है एक अपराजेय आत्मा।

हालात के चंगुल में आकर गिर भले गया
न तो कराहा, न ही रोया बुक्का फाड़कर
कितने ही मौकों पर सिर पर प्रहार हुए
लहूलुहान है सिर मेरा, झुका नहीं है पर।

क्रोध और आँसुओं के इस स्थान से परे
बहुत दूर तक खौफ का साया है पसरा,
चाहे कितने बरस खतरा बरकरार रहे
हमेशा पाएगा वह मुझको बेखौफ ही।

बेमानी है, चाहे कितना सँकरा द्वार हो
चाहे कितने ही लगें आरोप, मिलें दंड,
मैं ही तो हूँ अपने भाग्य का नियंता—
अपनी आत्मा का संचालक मैं ही हूँ।

□

सोच जीत की

■ वाल्टर डी. विंटले

अगर आपको लगता है कि आप हार गए, तो हार ही जाएँगे
अगर आपको लगता है कि आपमें हिम्मत नहीं, तो होगी ही नहीं,
अगर जीतना चाहें, लेकिन आपको लगे कि जीत सकते नहीं
फिर यह लगभग तय है कि आप जीतेंगे तो बिल्कुल नहीं।

अगर आपको लगता है कि आप हारेंगे, तो हारेंगे जरूर
आखिर इस दुनिया का एक यही तो दस्तूर है,
कामयाबी की शुरुआत होती है तमन्नाओं से
मन के संकल्प का ही तो सारा खेल है।

अगर आपको लगे पिछड़ गए, तो पिछड़ ही जाओगे
आगे निकलने को दिखानी होगी जिद फिर,
कोई भी मुकाबला जीतने के वास्ते
भरोसा करना ही होगा खुद पर भरपूर।

जिंदगी की जंग में हमेशा नहीं जीतते
मजबूती या रफ्तार दिखानेवाले शख्स,
जीतनेवाला सिकंदर तो होता है वही
जो सोचता है कि जीत तो होगी उसी की!

□

फिर भी उठूँगी मैं

■ **माया एंजेलो**

आप मुझे खारिज कर सकते हो इतिहास से
अपने कड़वे और विकृत झूठों से,
आप उछाल सकते हो कीचड़ मुझ पर
लेकिन फिर भी, उठूँगी मैं धूल की तरह।

क्या मेरी जिंदादिली परेशान करती है आपको?
आखिर क्यों डूबे हो आप उदासी में?
क्योंकि मेरी चाल है अलमस्त मानो मेरे पास है खजाना कुबेर का
मेरे घर पर लगे हों दौलत के अंबार।

चाँद की तरह और सूरज की तरह,
ज्वार की निश्चितता के साथ,
उमड़ती–घुमड़ती उम्मीदों पर सवार हो,
फिर भी उठूँगी मैं।

क्या आप चाहते थे निराश देखना मुझको?
झुका हो जिसका सिर और नीची हों नजरें?
आँसुओं की तरह नीचे गिर रहे हों कंधे जिसके।
आर्तनाद से हो चुकी हो जार–जार जो।

क्या मेरे अभिमान से ठेस पहुँचती है आपको?
आप अपने दिल पर तो नहीं लेते इसको

क्योंकि मैं लगाती हूँ ठहाके, मानो मेरे पास हों सोने की खानें
मानो मेरे घर के पिछवाड़े उनसे निकलता हो सोना।

अपने शब्दों से आप भेद सकते हो मुझको,
अपनी आँखों से आप काट सकते हो मुझको,
अपनी नफरत से कर सकते हो कत्ल मेरा,
लेकिन फिर भी उठूँगी मैं हवा की तरह।

क्या मेरी कमनीयता करती है परेशान आपको?
क्या आपको अचरज होता है इस पर
कि मैं करती हूँ नृत्य मानो जड़ें हों हीरे
मेरी जंघाओं के संधिस्थल पर?

शर्मसार इतिहास की झोंपड़ियों से
उठूँगी मैं
दर्द से जनमे अतीत के गर्भ से
उठूँगी मैं
काला सागर हूँ मैं उछलती लहरोंवाला असीम,
हर ज्वार से हूँ जूझती, मुश्किलों को बूझती।
आतंक और भय की रातों को पीछे छोड़कर
उठूँगी मैं
स्फटिक से खिले एक भोर में विभोर
उठूँगी मैं
पूर्वजों की दी हुई नियामतों पर सवार हो,
हर गुलाम का मैं सपना हूँ, आशा हर गुलाम की।
उठूँगी मैं
उठूँगी मैं
उठूँगी मैं।

□

साहस

■ क्लाउड मैके

हे एकाकी हृदय सिहरा रहता है तू
शर्मीले उष्णकटिबंधीय फूल-सा जो बंद कर लेता है होंठों को
कोमल उँगलियों के हलके स्पर्श से ही-
क्या कहते हो ? सवाल क्या है आपका ?

आपकी भूखी-गरम निगाहें कितनी तो दुःखदायी
अपनी काल्पनिक कथा का अर्थ छिपाने को,
बहुत ही कमजोर है सुरक्षित जीवन आपका
मेरे मजबूत सोच के खंजर के खिलाफ।

इस अडिग पृथ्वी पर कोई भी हिस्सा,
नंगी चट्टानें भी, जहाँ बनाए घोंसले उकाब ने,
न देगा हमें निर्बाध और मैत्रीपूर्ण विश्राम।
बेशुमार ओस भी इस विशाल भूमि को कर न पाएगी नम।

लेकिन संघर्ष के कोटर-छेनीवाले दाँतों में,
हर जगह नजर आए रंदे की वह चमक,
हम दें भूखों और समझदारों का साथ,
साझा करें अपना जोशीला प्रेम और जीवन उनके साथ।

□

अगर

■ **रुडयार्ड किपलिंग**

अगर आप बनाए रख सको आपा, जबकि आपके सभी नजदीकी
खो रहे हों आपा और आपको ही ठहरा रहे हों कसूरवार इसका,
अगर आप खुद पर तब रखो भरोसा, जब सभी करें संदेह आप पर,
उनकी शंकाओं को दूर करने का भी जतन जरूर करो;
अगर आप कर सको इंतजार बिना थके उस इंतजार में,
या कितने ही झूठ बोले जाएँ आपके बारे में, फँसों मत उनमें,
या कितनी भी की जाए नफरत आपसे, पड़ो मत उसमें,
और फिर भी बहुत अच्छे न दिखें, न ही बहुत बुद्धिमानी से बात करें–
और न तो दिखाओ भलमनसाहत, न ही दिखाओ अक्ल अपनी।

अगर आप देख सको सपना और उस सपने को हावी न होने दो खुद पर;
अगर आप सोच सको और विचारों को बनने न दो मंजिल अपनी;
अगर आपको विजय मिल सके और पराजय भी
और वे दोनों छलिया करें व्यवहार एक समान;
अगर आपमें हो माद्दा दूसरों के उस सच को सुनने का
जो बेवकूफों को फँसाने के लिए दुष्टों ने बुना हो
या उन चीजों को टूटते देखने का, जिनके लिए आपने जीवन लगा दिया,
और घिसे-पिटे औजारों से उन्हें फिर से गढ़ने का।

अगर आप अपनी तमाम जीत का एक ढेर बना सको
और मोल लो खतरा हल्की सी जुंबिश पर उसके ढहने का,
और हारकर फिर से एक नई शुरुआत का
और कभी आह भी न भरो अपने नुकसान पर;
अगर आप भर सको अपने दिल, तंत्रिका और नसों में जोश खूब
हार के बाद भी मुकाबले में जूझते रहने के लिए,
और भिड़े रहने को, जबकि उखड़ रहा हो दम
बस एक जिद हो जो कहे कायनात से–'थमो जरा!'

अगर आप भीड़ से कर सको बात और रख सको सदाचार,
या बादशाहों के साथ भी चलो–छोड़े बिना जनता का साथ,
अगर चोट न पहुँचा सकें आपको शत्रु भी और प्रिय मित्र भी,
अगर सब हों आपके साथ, पर मोह न हो जरा भी पास;
अगर आप एक अक्षम्य मिनट में भर सको
साठ सेकंड में पूरी होनेवाली दौड़ को,
तो आपकी है पूरी धरती और इसका सबकुछ आपका,
और इसी तरह तो जीत लेंगे एक दिन कायनात को।

□

पहाड़

■ लॉरा एडवर्ड्स

अगर आज पहाड़ लगता है बेहद ऊँचा
तो उसको छोड़ो, चढ़ो पहाड़ी पर;
अगर सुबह आपके लिए उदासी लाए
तो फिर बिस्तर में रहना ही बेहतर।

अगर आज का दिन लगे भारी और अपनी योजनाएँ लगें अभिशाप,
तो कुछ फेरबदल में कोई हर्ज नहीं,
बुरे खयाल को आने मत दो पास।

अगर शॉवर चुभे सुई की मानिंद
और नहाते हुए लगे कि डूब जाओगे;
अगर आपने बहुत दिन से नहीं धोए बाल,
तो उतारकर फेंको मत अपना ताज!

एक दिन कभी न होता पूरा जीवन।
आराम करना भी तो हार नहीं है।
मत समझो असफलता इसको,
है यह बस शांत, हितकर वापसी।

•

चिंतित, शंकित मन हो तो
पल भर रुकने में हर्ज नहीं
मुड़-मुड़कर देखेगे दुनिया
जब हो जाओगे कामयाब!

पहाड़ तो होगा उस पल भी
जब दोबारा करोगे कोशिश आप
कितना भी लगे वक्त फतह में,
तब तक बस खुद से करो प्यार!

□

हर सपना साकार हो

■ कैटी ए. ब्राउन

ताज़ी हवा में साँस लो,
सम पर अपना दिमाग हो।
अपने बालों को छोड़ दो,
हवाओं में उन्हें उड़ने दो।

अपनी आँखों को फिसलने दो
उन्हें सारा सौंदर्य देखने दो।
अब भी आते हों विषैले विचार,
तो बहुत जोर से चीख लो।

चिल्लाओ जब तक दर्द रहे,
बेखौफ न हो जाओ जब तक।
नई सुबह में खोलो आँखें,
मिट जाने दो अंधकार को।

तुलना न करो अब खुद की,
न ही गिनाओ अपनी खामियाँ।
नकारात्मकता को दूर करो,
अपनी मंजिल पर नजर रखो।

उदासियों को बुहार दो,
उन्हें हवाओं में झाड़ दो।
आत्म-घृणा को निकाल दो
आने न दो कभी फिर पास।

कोई कितने भी झूठ कहे,
कभी न उन पर ध्यान दो।
खुशी और प्यार को बुला लो
तमाम कुंजियाँ उन्हें थमा दो।

विषैले विचारों पर न ध्यान दो,
सुनो उन्हीं की जो दुलार दें।
सोचते रहना सीखा था कभी,
खूब गहरे उसे अब गाड़ दो।

अपनी मंजिल पर ध्यान दो,
किसी जंग में न कभी हार हो।
नई इबारतों को आकार दो
और हर सपना साकार हो।

□

खुद से हार कभी मत मानो

■ कैटी ए. ब्राउन

मैं चला जा रहा हूँ।
वे मुझसे पूछ सकते हैं, 'कहाँ को?'
खैर, यह तो मैं बता नहीं सकता…
क्योंकि यह तो मुझे ही पता नहीं।

बस यह पता है, बहुत दूर जाना है,
इसके लिए मुझे बनना है मुकम्मल।
पकड़नी है सितारों की राह,
आत्मा के मार्ग पर जाना है।

मुझे अकेले ही जाना है,
विश्वास करना, शिद्दत से खलेगी कमी आपकी।
अनजानी मंजिल का मुझे करना होगा सफर,
पार करने होंगे तमाम समंदर।

देखना, अपना कुछ मैंने खो दिया है।
जो खास है और शानदार भी…
भव्य है उसकी रूपरेखा।
समझना मुश्किल, कैसे उसे खोया।

आखिर मैंने क्या खोया?
सच कहूँ, तो मुझे भी इसका पता नहीं है।
मेरे असमंजस को माफ करने की कृपा करना...
बस इतना पता है, खोजना होगा इलाज इसका।

एक भयानक बीमारी है मुझको,
नाम उसका जरा भूल-सा गया हूँ।
लेकिन जानता हूँ, हवा में बालों को लहराने से रोके।
यह दिल को आजादी महसूसने से रोके।

मुझे लगता है कि 'साहस की कमी' कहते इसको।
लेकिन अगर मैं गलत हूँ, तो गलती सुधारो।
इसलिए मुझे इसमें जुट जाना होगा,
जूझना ही होगा इससे अपने वजूद के वास्ते।

मुझे लगता है, अपना दिल कहीं छोड़ दिया होगा मैंने
या अपना वो हिस्सा, जो मानता है...
मैं जल्द ही वापस आऊँगा, कसम से!
लेकिन जरा देर के लिए तो मुझे जाना ही होगा।

जानता हूँ, सही राह पर हूँ मैं,
और चाहे मुझे पता न हो कि किस डगर
मैं खुद को धोखा दे नहीं सकता...
मैं जानता हूँ, मंजिल की ओर हैं कदम मेरे।

□

देखोगे नहीं मुझे कभी हारते

■ जॉयस अलकांतारा

देख सकते हो आप मुझे जूझते हुए,
देखोगे नहीं कभी मुझे हारते हुए।
बेमानी है, मैं कमजोर हूँ या नहीं,
मैं खड़ा ही रहूँगा सिर उठाए हुए।
सब कहते हैं जिंदगी आसान है,
लेकिन जिंदगी जीना आसान नहीं।
मुश्किल वक्त आता ही है,
लोग करते ही हैं जद्दोजहद
और पड़ते हैं खतरे में भी।
मेरे चेहरे पर खिली रहेगी मुसकान,
चाहे मुझे आए कितना भी रोना।
जीने के लिए लड़ता ही रहूँगा,
भले ही लिखी हो मौत मेरी।
जंग बेशक कितनी मुश्किल हो
कितना भी मुझको पड़े जूझना,
कितनी भी मुश्किल में देखो मुझे···
देखोगे नहीं मुझे कभी हारते हुए।

□

जीवन-मंत्र

■ हेनरी वड्सवर्थ लॉन्गफेलो

देते मत रहो समाचार मुझे शोक के,
जीवन है बस एक खाली सपना!
क्योंकि आत्मा की मृत्यु होती निद्रा उसकी,
कुछ भी जैसा दिखता होता नहीं वैसा।

सच्चा है जीवन और अमूल्य भी!
और कब्र नहीं है मंजिल उसकी;
जर्रा है तू, मिल जाएगा जर्रे में
आत्मा के बारे में वह बताया नहीं था।

न तो सुख है, न ही दुःख है,
हमारी नियति या मार्ग हमारा;
पर हर कल कुछ करने को,
हमें आज से आगे जाना है।

अंतहीन है कौशल, क्षणभंगुर जीवन!
बहुत सख्त और साहसी जिगरा हमारा,
फिर भी बज रहे हैं फुस्स ढोल-से
मानो लाश जा रही है कब्रिस्तान को।

संसार के व्यापक रणक्षेत्र में,
जीवन के हर रणशिविर में,
गूँगे मवेशियों जैसे मत जाओ हाँके!
नायक बनकर उभरो संघर्षों में!

सुखद भविष्य का भी मोह न हो!
मुर्दा अतीत को दफन रहने दो!
मौजूदा पल में ही कुछ कर गुजरो!
मन में हो आशा, भरोसा ईश्वर पर!

महापुरुषों के जीवन दिलाते याद
हम अपने जीवन गढ़ सकते खुद ही,
और विदा लें जब, छोड़ जाएँ पीछे
समय की रेत पर पैरों के निशान;

पैरों के निशान, कि शायद कोई और,
जीवन के सफर को तय करता,
एक लाचार और जर्जर बंधु हमारा,
देखकर उसे जगा ले साहस अपना।

तो चलो, उठो और जाओ भिड़,
हर हाल में जिगरा करके मजबूत;
करते रहो कोशिश, करते रहो हासिल,
साध लो मेहनत और इंतजार भी।

□

अब भी जंग में डटा हुआ हूँ

■ लैंग्स्टन ह्यूजेस

भयभीत हुआ मैं, पराजित भी।
मेरी आशाएँ बिखर गईं हवा में।
बर्फ ने मुझे जमा दिया है,
सूरज ने मुझे तपा दिया है,

लगता है कि उन्होंने मिल-जुलकर
कोशिश की कि मैं

छोड़ दूँ हँसना, प्यार करना और जीना—
लेकिन मुझे नहीं है परवाह कोई!
अब भी जंग में डटा हुआ हूँ!

□

मनोबल

■ रिचर्ड वाटर्स

मुझे कम आँकोगे, तो जोखिम आपका,
कोमलता के भीतर सख्त जान हूँ मैं!
चाहे जो हो जाए, झेलने का है माद्दा
अनुभवों से, कर-करके सीखा सब।

सीखा है अड़े रहना मुश्किल हालात में
बढ़ते रहने की जिद भी मिली है उसी से।
हार मानना या सिर झुकाना कभी सीखा नहीं,
मुझे जो मिला, उसे बचाने को रहा सदा तत्पर!
महफूज रहने की इच्छा तूफानों से डिगी नहीं,
शिद्दत से जानता हूँ जश्न मनाना जिंदगी का।
पिछले संघर्षों ने सिखा दिया यह अच्छी तरह
अड़े रहने की जिद हारने न देगी कभी मुझे!

कुछ खो जाए कभी, तो मैं उसे मानता नहीं
जो भी भुगतना पड़े, पीछे हटना जानता नहीं
मुझे संबल देने को मेरा धीरज सदा मौजूद है,
वही रखता अविचलित, वही देता विजय मुझे।

□

तूफ़ानों के बावजूद

■ एस.सी. लॉरी

तूफानों के बावजूद,
सुंदरता आती ही है, मानो
आना ही था उसको।
अँधेरे के बावजूद,
लौटती ही है रोशनी।
हार के बावजूद,
आपके दिल में
मचलेगा जोश फिर।
टूटने के बावजूद,
महसूसेगा दिल आपका
मानो पहुँच गया है
आनंद लोक में फिर।
ऐसा ही होगा
हमेशा ही। जीते रहो ज़िंदगी।

□

आशा

■ कैथरीन पल्सिफर

जब जीवन में हार रहे हों आप और जरूरत हो आपको थोड़ी सी आशा की।
अपने भीतर गहराई तक झाँको, आपको नजर आ जाएगा उबरने का रास्ता भी।

जब जीवन में हार रहे हों आप और जरूरत हो आपको थोड़े से प्यार की।
अपने सबसे करीबी शख्स के पास जाओ, वह बाकी सबसे बेहतर होगा ही।

जब जीवन में हार रहे हों आप और जरूरत हो आपको मीठी सी हँसी की।
उस दोस्त को खोजो जो दे मुसकराहट, हो सकता है आपका मातहत भी।

जब जीवन में हार रहे हों आप, तो पास आने की इजाजत न दो हार को।
जीवन को देखने का बदल लो नजरिया, यह जीवन को महकाएगा ही।

जब जीवन में हार रहे हों आप, तो खाली बैठकर डूबो मत उदासी में
बस जुटे रहो, कुछ करते रहो और अपने मन में भरकर रखो आशा भी।

जब जीवन में हार रहे हों आप, तो प्रार्थना के लिए निकालो समय भी
गुस्से को होने मत दो हावी आपको मिलेंगी कायनात की सारी दुआएँ भी।

□

जीवन एक अवसर

■ कैथरीन पल्सिफर

जीवन एक अवसर, हर दिन करो कुछ काम नया, हर रोज जियो शिद्दत से।
कोई परियोजना तो है नहीं जीवन, यह तो है सफर खुशियों भरा।

जीवन एक नियामत, रखो सिर-माथे, आनंद लो इसका और रहो सदा खुश।
जीवन एक चुनौती, लेकिन चुनौतियों से हमेशा पा सकते हो पार।

जीवन है जीने के लिए, महज स्पने देखने के लिए नहीं।
जीवन एक अजूबा, अगर कुछ न करके भी संतुष्ट रहो आप।

जीवन एक निर्णय, जो हम सब करते, खुश या दु:खी होने की खातिर।
जीवन एक समय है नई शुरुआत और मुकाम तक पहुँचने का।

जीवन एक संतुलन है, लगे न रहो काम में वक्त निकालो मौज का भी।
आशावादी लोगों के लिए जीवन है एक सोता मधुर आनंद का।

जीवन संभावनाओं का ढेर, जरा देखो तो सही।
जीवन है कर दिखाने को, कभी नहीं पछताने को।
जीवन फूलों की सेज तो नहीं, लेकिन मनचाहा बना सकते हो जीवन को।

□

ठहरो जरा

■ ऐमस रसेल वेल्स

जब आकाश अँधियारा हो
और नीली हो धरती सारी,
और पिशाचों से भरी हो राह आपकी
और झपट रहे हों वे आप पर;

जब न रहे हिम्मत और टूट जाएँ उम्मीदें
और निष्पक्ष महत्त्वाकांक्षा मर जाए,
और आपका स्वप्नलोक जल रहा हो धू-धू
अँधियारे आकाश के नीचे;

जब खुशी-खुशी छोड़ दो लक्ष्य अपना,
घिसटकर न चलो मील भर भी,
तब अपने ढहते अंतस को सँभालो,
और बस ठहरो जरा!

ठहरो जरा! सबसे अँधेरी रात के बाद
आ सकता है सबसे उजला दिन।
ठहरो जरा! अच्छे और भले मानस को,
हमेशा मिल ही जाएगी राह कोई।

ठहरो जरा! कि क्या देवता का अंत हुआ?
उसका प्रेम क्या रीता गीत हुआ?
ठहरो जरा! क्या देवताओं ने मान ली
असुरों के सामने पराजय रण में?

ठहरो जरा! क्योंकि कुछ शक्ति अभी बची हुई है,
डटे ही रहना होगा तब तक;
आपकी नसों में आ सकता है जीवन नया;
उम्मीदों के बल पर पैदा होकर।

एक नए जीवन के लिए ठहरो जरा!
कीचड़ में भी फूल खिलेगा!
बाढ़ में से उठती नजर आएगी
हरी-भरी चोटी अविरत पर्वत की!

सूरज से ध्वस्त हो जाते बादल;
खिल उठती तब धरती सारी;
गरजते असुर जाते फिर भाग,
पहुँच जाते रौरव नरक में!

ठहरो जरा तब तक! जो कर सको वो करो,
कायर देव तो कभी बनना ही मत;
क्योंकि स्वर्ग से कभी किसी को मदद मिली नहीं
जब तक कि उसने नहीं की खुद की मदद।

और जब मर जाएँ आपकी उम्मीदें सारी
और मुसकराना बंद कर दे भाग्य आप पर।
तब उम्मीदों से ही मिलेगी, फिर उठने की राह
तब तक तो बस ठहरो जरा!

□

आशा और निराशा

■ आर्थर वेइरो

सूरज और उस सुस्त हवा से आप करते हो प्यार
जो गुलाब की कली के होंठों को चूमे हौले से,
और देखकर हो जाते हो खुश
कैसे प्यारी मधुमक्खी,
अपने पंखों से गुँजाए मीठी धुन
फूलों के मधुर पराग में।

सरसराती हवा से प्यार है मुझको,
जिसके वेग के आगे झुक जाते पेड़ सारे,
और बिजली की चमक-दमक से,
और गड़गड़ाते बादलों से,
और आकाश से, जिसके असीम विस्तार से
होती शरद ऋतु की तिरछी बारिश।

यह जानकर आप भरते हो आह कि आ गया समय
झाड़ियों और पेड़ों से पत्तों के झड़ने का;
जब शाखों से गिरी हुई कलियाँ
रौंदी जातीं पैरों से हमारे,
और कमजोर लड़खड़ाते कदमों से समा जाता साल
अनंतकाल की धुंध में।

मुझे पतझड़ से कभी भय न लगता,
पूरी हुई आशाओं की महिमा समाई होती इसमें,
हालाँकि नष्ट हो चुके होते फूल,
पर बीज तो अभी बाकी हैं उनके,
कि नवोदित वर्ष के वसंत के साथ,
रोमांच से महकेगा जीवन फिर सबका।

जंगल में जाओ, तो पाओगे तेज हवाएँ
जो कड़कती हुई टहनियों से अलग करें पत्ते
धरती पर मानो बिछा हो कफन,
लग जाते पत्तों के ढेर मोटे,
टूटे फूलों को उड़ा ले जातीं हवाएँ सर्द,
जंगल को खुश करने को नहीं अब ताप।

रूप बदलते जंगल की भूलभुलैया में चलता जाता मैं,
और हालाँकि चिनार को भेदकर आती नहीं रोशनी,
फिर भी वे चमकते हैं खूब,
रक्तिम गुलाब से सूरज की मानिंद,
और झरते हैं उनके पत्ते झिलमिलाती बाढ़ की मानिंद
तपती सूर्य-रश्मियों से, जंगल के ओर-छोर तक।

जीवन के खास वर्ष में बेचारा मानव मन
सभी मौसमों के रहता यह साथ
उन सभी का लेता आनंद,
या एक लबादा लेता ओढ़
मुरझाई उम्मीदों पर और जूझता फिर
सभी चीजों से, फिर न देखे वह चमक कोई।

□

एक आशा

■ रिचर्ड को

बस एक मुरझाया पत्ता बचा है
वन वृक्ष पर,
प्रचंड हवाओं और तूफानों से जूझ
उनके साथ ही–
और हालाँकि साथ छोड़ गए सब साथी उसके,
मुरझाया पत्ता अब भी बचा हुआ है!

मेरे सीने में पलती एक प्यारी सी आशा
वहाँ अकेली रहती है;
झूठे बहकावे के आराम के उलट,
बहुत वक्त हुआ, गए हुए उनको–
बस एक आशा अभी तक वहीं टिकी हुई है,
मेरे अंतस को अँधियारी निराशा से बचाने की खातिर!

ऐसा है कि जब मेरा वक्त आएगा
मिट्टी के ढेले में मिलने का,
देवदूत ले जाएँगे आत्मा को मेरी
उसके ईश्वर से संवाद कराने मेरा!
तूफान मुझे कितना भी झकझोरे,
यह निश्छल आशा जिलाए रखे मुझको!

□

आशा का गीत

■ थॉमस हार्डी

हे मधुर कल!
आज के बाद
नहीं रहेगी
भावना यह दुःख की।
तो चलो, उधार लेते हैं
आशा, जो देगी उजास
जल्द ही बहेगी हर ओर,
किसी भी कालिमा से न होगी फीकी–
किसी भी कालिमा से नहीं!

जबकि हवाएँ देती हैं पंख हमें
छूट गए–से देती हैं राहत,
भोर जब होगी आसमान
हलकी स्वरलहरियाँ आएँगी पास;
और फिर होगा मधुर गान
कामयाबियों की खुशियों का
हमारी सफलता गाथा का
बहुत जल्दी–
जल्द ही!

काली निशानियाँ उतार दो,
चमकते जूते पहन लो,
दुरुस्त कर दो सबकुछ
टूटे हैं बाजे के तार;
बेमानी हैं सब बोल
पछतावे के भाषणों में,
रात का बादल चहक रहा है,
जल्द आएगा दमकता कल–
जल्द ही आएगा!

□

आशा

■ मैरी ई. टकर

काले बादलों के पीछे से सूरज की किरण झाँके जैसे,
गिरने लगे मन, तो उसको थाम ले आशा
हर रात के बाद सुबह होती है जैसे,
उसके उज्ज्वल, सुनहरे प्रकाश को ले आती आशा।

प्यासे फूल को नरम ओस सँभाले जैसे,
गिरते मनोबल को सँभाल ले आशा–
हर दुःख पर मरहम की ठंडक जैसे;
आशा, लाती ही है राहत अनमोल आशा।

ज्वार–भाटे से हिलते अंतस का बने सहारा,
चट्टानों से जब लहरें टकराएँ
कुछ भी हो जाए, पर घबराना मत,
साथ रहे भरोसा गर मन में हो आशा।

पुराने चरवाहों के तारे–सी होती आशा,
दूर से ही भर देती उत्साह अपार;
धरती के फूल जब मुरझाकर झड़ जाते,
उन्हें आकाश में फिर खिला देती आशा।

□

मनोकामनाएँ (डेसिडराटा)

■ मैक्स एरमन

शोर और जल्दबाजी में चलो शांत भाव से,
रखो याद कि मौन में संभव है बेपनाह शांति।
जितना संभव हो बिना कभी झुके हुए
सभी से रखो रिश्ते जो खुशगवार हों।
आराम से और साफ-साफ सच अपना बयान करो;
दूसरे क्या कहते हैं उनको भी सुनो सदा,
मूर्ख और अज्ञानी की भी;
होती अपनी कहानी है।

चीखते और आक्रामक लोगों से कन्नी काट लो,
वे तो देते हैं आत्मा को ही कष्ट सदा।
अगर दूसरों से अपनी तुलना करो,
तो आ सकती है बेचारगी और कटुता;
क्योंकि दूसरे लोग आपसे कभी छोटे होंगे और कभी होंगे बड़े भी।
लुत्फ लो अपनी उपलब्धियों और योजनाओं का भी।

अपने कॅरियर में रखो रुचि, विनम्रता को छोड़ो मत;
वक्त के साथ नसीब बदला, तो पूँजी होगी यही बस।
कारोबार करो, तो रखो सावधानी भी;

छल-कपट से आखिर भरी है दुनिया ये।
गुणों को अनदेखा कभी न करना;
बहुत से लोग ऊँचे आदर्शों पर मरते हैं;
और जीवन में हर कहीं साहस रहे भरा।

असल में जो हो, वही रहो, वही रहो।
खासकर दिखावटी स्नेह कभी करना मत।
कोई प्रेम करे, तो रूखे कभी बनना मत;
सभी तमाम रूखेपन और मोहभंग
होते हैं घास की मानिंद बारहमासी।

वक्त से सदा ही लेते रहो सीख,
जवानी के जोश को रखना सहेजकर।
आत्मा की शक्ति को पोसो, जो बचा ले दुर्भाग्य से।
भयावह कल्पनाओं से कष्ट मत पालो कोई।
थकान और अकेलेपन से जनमते हैं डर कई।
भरे-पूरे अनुशासन से परे,
अपने लिए कोमलता धरे।

'आप संतान हो ब्रह्मांड की,
पेड़ों और सितारों से कम नहीं;
अधिकार यहाँ रहने का आपका।
कौन जाने आप जानो या नहीं,
निःसंदेह खुल रहा ब्रह्मांड जैसा खुलना चाहिए।'

इसलिए परमेश्वर से रखो शांत भाव सदा,
जैसी भी छवि हो उसकी मन में आपके,
और कितना भी श्रम करो, कितनी भी पालो कामनाएँ,
जीवन के शोर-शराबे में आत्मा से शांत भाव रखो।

कितने भी हों दिखावे, काम बेमन के और सपने टूटे हुए,
दुनिया की खूबसूरती में है नहीं कमी कोई।
जोश से भरे रहो।
खुशियों में लगे रहो।

□

चाह जीत की

■ बर्टन ब्रैली

अगर आप किसी चीज को इतनी शिद्दत से चाहो
कि बाहर जाकर लड़ पड़ो उसके लिए,
दिन-रात मेहनत करो उसके लिए,
अपना समय और शांति कुर्बान करो उसके लिए
और अपनी नींद भी तज दो उसके लिए

अगर महज इसकी इच्छा
आपको भर देती जुनून से
थकने नहीं देती कभी,
उसके सामने दूसरी सब चीजें लगने लगती हैं आपको
बेढब और बेमानी

अगर इसके बिना लगने लगता है जीवन बेकार और खाली
और इसी के बारे में होती हैं आपकी तमाम योजनाएँ और सपने सारे,

अगर खुशी-खुशी बहाओ आप पसीना इसके लिए,
झल्लाओ तो इसके लिए, मंसूबे बनाओ तो इसके लिए,
भगवान् या इनसान के तमाम भय खो दो इसके लिए

अगर आप बस अपनी मनचाही चीज का करते जाओ पीछा।
अपनी पूरी क्षमता के साथ,
शक्ति और दूरदर्शिता के साथ,
आस्था, आशा और विश्वास, कठोर हठ के साथ।

न तो घोर गरीबी, न भूख और न दुर्बलता,
न बीमारी न पीड़ा
तन या मन की
आपको कर सकती है दूर आपकी मनचाही चीज से,

अगर जिद और सख्ती से आप उसे घेर लो या उस पर टूट पड़ो,
तो पा ही लोगे उसे!

□

जहाँ खड़े हो, वहीं से करो शुरू

■ बर्टन ब्रैली

जहाँ खड़े हो, वहीं से करो शुरू और अतीत की परवाह करो मत,
अतीत से नहीं मिलेगी नई शुरुआत करने में मदद कोई आपको
यदि आप यह सब छोड़ आए हो पीछे
तो बहुत है, निपट चुके हो आप इससे, गुजर चुके हो आप इससे;
पुस्तक का एक और अध्याय है यह,
एक और दौड़ है, यह जो आप कर चुके हो तय,
बीते हुए दिनों को पीछे मुड़कर देखो मत,
जहाँ खड़े हो, वहीं से करो शुरू

आपकी पुरानी शिकस्तों को दुनिया नहीं देगी तवज्जो
यदि आप कर सको नई शुरुआत और हासिल कर सको कामयाबी,
भविष्य आपका समय है और समय है बढ़ता बेड़ा
और अभी काम बहुत है, बोझ और तनाव भी;
दफन दुःखों और मृत निराशाओं को भूलो,
यहाँ तो नई-नकोर कवायद है मुट्ठी में,
भविष्य तो होता है उसका, जो करे काम और दिखाए हिम्मत,
जहाँ खड़े हो, वहीं से करो शुरू

पुरानी नाकामयाबियाँ तो रहेंगी, पुरानी फतह भी जुड़ेंगी,
जो आज है, वह जल्द ही कल हो जाएगा;
जंग में उतरो और बेखौफ करो मुकाबला,
और अतीत को तो प्राचीन इतिहास पर छोड़ दो;
जो हुआ सो हुआ; कल तो कब का बीत गया
उसने न आपको मान दिया, न ही किया खारिज आपको,
हिम्मत रखो यार, बहादुर बनो और आगे बढ़ो,
जहाँ खड़े हो, वहीं से करो शुरू।

□

जो कुछ बनो, सर्वश्रेष्ठ ही बनो

■ डगलस मैलक

अगर आप पहाड़ी की चोटी पर चीड़ नहीं बन सकते,
घाटी में झाड़-झंखाड़ बनो, लेकिन बनो
नाले के किनारे सबसे अच्छा छोटा झाड़-झंखाड़;
झाड़ी बनो, अगर आप पेड़ नहीं बन सकते।

अगर आप झाड़ी नहीं बन सकते, तो थोड़ी सी घास ही बनो,
और कुछ राजमार्गों को कर दो खुश;
अगर आप कस्तूरी नहीं बन सकते तो बास ही बनो—
लेकिन बनो झील में सबसे जीवंत बास!

हम सभी नहीं बन सकते कप्तान, हमें नाविक बनना होगा,
यहाँ हम सभी के लिए कुछ-न-कुछ है,
करने को बड़ा काम है और करने को कमतर भी काम है,
और जो काम करना है आपके सामने ही है।

अगर आप हाईवे नहीं बन सकते, तो बस एक राह बनो,
अगर आप सूरज नहीं बन सकते, तो एक तारा बनो;
आकार के आधार पर न आप जीतते हो, न ही हारते-
आप जो कुछ बनो, सर्वश्रेष्ठ ही बनो!

□

लेखक परिचय

एंड्रिया कोहेन

एंड्रिया कोहेन (1961) का जन्म अमेरिका के अटलांटा में हुआ था, उन्हें कई फेलोशिप मिल चुकी हैं। उनके सात कविता-संग्रह प्रकाशित हुए हैं। हाल में आया उनका कविता-संग्रह 'एवरीथिंग' काफी सुर्खियाँ बटोर रहा है, उन्हें 2016 में कविता के लिए गोल्डन क्राउन पुरस्कार मिला था। एंड्रिया बहुत सीधी और सरल भाषा में कविता कहती हैं। उनकी ज्यादातर कविताएँ आमजन की रोजमर्रा की जिंदगी को सहजता से विराट् बनाकर प्रस्तुत करनेवाली कविताएँ हैं।

विक लेजॉन

विक लेजॉन जर्मनी की फ्रीलांस लेखिका और कवयित्री हैं। उनका पहला कविता-संग्रह 'अवर प्लेस ऑन अर्थ' 2020 में प्रकाशित हुआ। इसमें सुखद अस्तित्व की कामना करतीं और उसके लिए राह सुझाती कविताएँ हैं। फिलहाल विक अपने दूसरे कविता-संग्रह और पहले उपन्यास पर काम कर रही हैं।

ग्रेस नोल क्रोवैल (1877-1969)

ग्रेस नोल क्रोवैल अमेरिकी कवयित्री थीं। उन्होंने पाँच हजार से अधिक कविताएँ लिखीं। उनकी 36 पुस्तकें प्रकाशित हुईं। पत्र-पत्रिकाओं में उनके लेखन के बारे में सैकड़ों लेख छपे। उन्हें दर्जनों पुरस्कार मिले। वह इतनी

लोकप्रिय लेखिका थीं कि उनका काम सँभालने के लिए उनके पति नॉर्मन ने अपना काम छोड़ दिया था। उनकी लिखीं बच्चों को पुस्तकें बहुत मशहूर हुईं। साहस और संबल देनेवाली कविताओं के उनके संग्रह 'सॉन्स ऑफ करेज' के 25 संस्करण छपे।

एम.बी. विक्टोरिया

एम.बी. विक्टोरिया का कविता-संग्रह 'द लैंग्वेज ऑफ टेजीज' उम्मीदों का गुलदस्ता है। इसमें कुछ गद्यांश भी हैं, लेकिन काव्यात्मकता उनमें भी अंतर्निहित है। इन कविताओं का प्रमुख स्वर यही है कि निराशा भरे समय में एक छोटा सा कदम भी अँधेरे से उजाले की ओर ले जाता है। कवयित्री एम.बी. विक्टोरिया मिडिल स्कूल के विद्यार्थियों को विश्व इतिहास और सामयिक मुद्दे पढ़ाती हैं। इसी से उनकी सम्यक् दृष्टि बनी है, जो उन्हें आशावाद की ओर ले गई है। उनकी कविताएँ जज्बे को जिलाए रखनेवाली कविताएँ हैं।

कैरोलीन वाइट

कैरोलीन वाइट दुःखों से गुजर रहे लोगों का मनोबल बढ़ानेवाली कविताएँ लिखती हैं। उनका लक्ष्य है चुनौतीपूर्ण हालात का सामना कर रहे लोगों को हौसला देना। वह अपनी कविताओं से पाठकों को उनकी अंदरूनी ताकत से परिचित कराने की कोशिश करती हैं। उनके शब्द दर्द पर मरहम की तरह आते हैं, मन में उल्लास भरते हैं। वह कहती हैं, 'मेरी कविताएँ लोगों को यह याद दिलाते रहने की कोशिश हैं कि चाहे उन पर कुछ भी बीते, चाहे वे कितने भी दुःखी और परेशान हों, फिर भी वे बहुत मजबूत और खूबसूरत हैं। अँधेरे में यही बात हमें उजाले की ओर लेकर जाती है।'

एशली रेल

एशली रेल लोगों की मानसिक परेशानियाँ दूर करने का काम करती हैं। उन्होंने अनुभव किया है कि कविताएँ सभी को ज्यादा प्रभावी रूप से प्रेरित करती हैं। इसीलिए उन्होंने कविताओं के जरिए लोगों का आत्मविश्वास

बढ़ाने का काम बखूबी किया है। उनके दो कविता-संग्रह 'नथिंग वाज ए वेस्ट : पोइट्री बाय विमन' और 'अ ब्यूटीफुल डिफरेंस : पोइट्री' प्रकाशित हुए हैं।

जोआना

जोआना ने बहुत लोगों के जीवन में कष्ट देखे हैं और उन्हें दूर करने की कोशिश भी की है। उनका मानना है कि अगर आशा न छोड़ी जाए, तो हर कष्ट दूर किया जा सकता है...आशा ही उस सुख की कल्पना करती है और फिर उस तक पहुँचाती भी है, जो कष्ट के बाद आता है। इसके लिए वह कविताएँ लिखती हैं और उन्हें ऐसे लोगों को सुनाती हैं, जिन्हें आशा की जरूरत है। इसका उन्हें हमेशा अच्छा परिणाम मिलता है।

गैबी मैक

गैबी मैक की कविताएँ सोशल मीडिया पर नजर आती हैं। उन्हें पेड़ों से प्रेरणा मिलती है, प्रेम और सौंदर्य की अनुभूति होती है। उनका कहना है कि उन्हें अकसर खुद के एक ऐसा पेड़ होने की अनुभूति होती है, जिसकी जड़ें उसकी आस्था में गहराई तक उतरी हों। उनकी कविताओं में पेड़ एक रूपक की तरह आते हैं, जो मनुष्यों को जिजीविषा का संदेश दे जाते हैं।

जेम्स सैडविक

जेम्स सैडविक का मानना है कि हमारी रोजमर्रा की जिंदगी में बेहिसाब तनाव और दबाव हैं, इसलिए हमें कभी हिम्मत नहीं हारनी चाहिए और हौसला बनाए रखना चाहिए। उनकी ज्यादातर कविताओं का यही केंद्रीय भाव है। वह साहित्य के जरिए पाठकों को हौसला देने में यकीन रखते हैं।

डायलन सिम्पसन

डायलन सिम्पसन विचारों और भावनाओं के कवि हैं। जीवन की दुर्गम राहों पर लड़खड़ाने से बचने के लिए वह शब्दों का सहारा लेते हैं, जब विचार और भावनाओं का टकराव हो, तो हमेशा किसी नियम को मानने के बजाय

अपने मन की सुनना ज्यादा संतोषजनक हो सकता है। उनकी कविताओं में यही बात घूम-घूमकर आती है। उनका मानना है कि खुशी पाने के लिए लगन की जरूरत होती है और लगन की जोत जलाए रखने के लिए भला कविता से बेहतर क्या हो सकता है!

जेमा ट्रॉय

जेमा ट्रॉय ऑस्ट्रेलियन कवयित्री और कलाकार हैं। स्वयं के मन से किए गए संवाद उनकी कविताओं में परिलक्षित होते हैं। वह प्रकृति, प्रेम, पीड़ा और हर संभव मानवीय अनुभवों से प्रेरणा लेती हैं। निजी अनुभूतियों को वह विराट् फलक तक ले जाती हैं। आशा ही उनके लिए सृजन की प्रक्रिया में मुख्य तत्त्व है। जेमा शब्दों के माध्यम से जीवन में उद्देश्य और उल्लास भरना चाहती हैं। उनका मानना है कि नई राहें बनाने के लिए अपने मन के डर को ही औजार बना लो और कामयाबियों की इबारतें लिखते जाओ।

फ्रांसिस जॉय टी. चावेस

फ्रांसिस जॉय टी. चावेस की कविताओं में तमाम कठिनाइयों, परेशानियों और नाकामयाबियों को भुलाकर, उन्हें पीछे छोड़कर डटे रहने का भाव बार-बार आता है। उनकी कविताओं के केंद्र में जुझारूपन है, जीवट है, जोश है, जिंदादिली है और है जीत हासिल करने की जिद उनकी जिद्दी कविताएँ कामयाबियों की ओर बढ़ने का जज्बा पैदा करती हैं।

लिडिया प्रेस्टन

लिडिया प्रेस्टन एक इनसान के रूप में हर उस मुद्दे पर आवाज उठाती हैं, जिस पर बोलना उन्हें जरूरी लगता है। चाहे कुछ भी हो जाए, वह अपनी मुखरता नहीं छोड़तीं। उनका मानना है कि अकसर लोग सबसे जरूरी लम्हे में मौन रह जाते हैं, जो उनके लिए ही नहीं, दूसरों के लिए भी अहितकारी होता है। लिडिया का यही स्वर उनकी कविताओं में भी मौजूद है। वह शब्दों के माध्यम से यही संदेश देती हैं कि उड़े नहीं, तो गिरोगे ही। उनकी कविताएँ मुश्किलों से भिड़ने के लिए उत्प्रेरक का काम करती हैं।

लिना गूछे

कनाडा में जन्मी, अमेरिका में रहनेवाली फ्रांसीसी मूल की लिना गूछे अपने जीवन के अनुभवों से अंग्रेजी में कविताएँ लिखती है। उनकी कविताएँ आकार में छोटी, लेकिन प्रकार में बड़ी होती हैं। हाइकू उन्हें काफी पसंद है, लेकिन उनकी ज्यादातर कविताएँ मुक्त छंद की हैं। उनकी कविताएँ कई भाषाओं में प्रकाशित हो चुकी हैं। उन्होंने देर से लिखना शुरू किया, लेकिन खूब लिख रही हैं।

मॉर्गन डिअसन

मॉर्गन डिअसन का दृढ़ विश्वास है कि कठिन–से–कठिन परिस्थितियों में भी कविता मन में जो उमंग भरती है, उसकी बदौलत कोई भी किसी भी झंझावात से आसानी से निकलकर आ सकता है। मॉर्गन की कविताओं में भी जिजीविषा की तरंगें उद्दाम रूप से आती हैं। वह छोटी सी कविताओं से व्यापक प्रभाव रचती हैं। उनका मानना है कि कविताओं से जो आशा मिलती है, वह कहीं और से नहीं मिल सकती।

लिसा मार्क्स

लिसा मार्क्स का अपनी कविता के बारे में कहना है, 'मेरी कविताएँ बुरे वक्त के गुजरने और अच्छे दिन आने की उम्मीद के बारे में हैं। हमारे आसपास बहुत नकारात्मकता है, बहुत दुःख है, बहुत निराशाएँ हैं। मेरी कविताओं का स्वर यही है कि यह कभी मत सोचिए कि हमेशा बुरे दिन ही रहेंगे, इसलिए कभी हार मत मानिए। आप अकेले नहीं हैं। जिसको भी लगे कि वह जीवन में संघर्ष नहीं कर पाएगा, उसी के लिए हैं ये कविताएँ। इन्हें मन में रखकर कोई भी मुश्किलों के सामने डटा रह सकता है।'

जॉन मकलाउड

जॉन मकलाउड बचपन से विकलांग थे। उन्होंने खुद को प्रेरित करने के लिए कविता लिखना शुरू किया था। उनका मानना था कि प्रोत्साहित और

प्रेरित करने के लिए स्नेहिल भावना से अगर शब्दों का इस्तेमाल किया जाए, तो वे बहुत संबल देते हैं। जॉन स्कॉटलैंड में एडिनबरा के पास मछुआरों के एक छोटे से कस्बे में रहते थे। उनकी दो पुस्तकें 'पीम बी एवर युअर्स' और 'क्वाइट' 'फ्लोग द लव' छपीं। 2004 में उनका निधन हो गया, लेकिन वह मन में उमंग भरनेवाली कविताओं के रूप में सदा जिंदा रहेंगे।

केट समर्स

केट समर्स इंग्लैंड की युवा कवयित्री हैं। उन्होंने जब से लिखना शुरू किया, तभी से उनकी लेखनी में बहुत संभावनाएँ और सामर्थ्य नजर आती रही है। वह चार साल की उम्र से लेखिका बनना चाहती थीं। बचपन से ही वह खिलौनों की जगह पुस्तकें पसंद करती थीं। उनका एक कविता-संग्रह छप चुका है। वह कल्पनाओं में विचरण करते हुए प्रेरणास्पद कविताएँ रचती हैं।

जे. एल

जे. एल युवा कवि हैं। कोरोना महामारी के दौर में उन्होंने दुनिया भर में लोगों को परेशान होते देखा, तो उनका भी व्यथित और द्रवित होना स्वाभाविक था। इसीलिए उन्होंने सकारात्मक कविताएँ लिखना शुरू किया। इससे उन्हें स्वयं को बहुत संबल मिला। उनका मानना है कि आशा दिखानेवाले शब्द मुश्किलों के वक्त में लोगों को उम्मीद देते हैं और उम्मीद के सहारे किसी भी मुश्किल से पार पाया जा सकता है।

एंजेला मॉर्गन (1875-1957)

एंजेला मॉर्गन पत्रकार थीं। उन्होंने अमेरिका के कई अखबारों में काम करने के दौरान अदालतों के मुकदमों और मानवीय मुद्दों की रिपोर्टिंग की। इस दौरान हुए अनुभव उन्होंने कविताओं में अभिव्यक्त किए। उनकी कविताएँ सामाजिक यथार्थ और टिप्पणियों की कविताएँ हैं। मॉर्गन को जीवन में कई दिक्कतें रहीं, लेकिन उनकी कविताओं में आशा के स्वर हैं। वह अकसर कहा करती थीं कि उम्मीदों से जिंदगी हर तरह के हालात में खूबसूरत बनी

रहती है। उनके चार कविता-संग्रह प्रकाशित हुए। कविताओं के लिए उन्हें कई पुरस्कार मिले।

समाथा लिंच

समाथा लिंच की कविताओं का केंद्रीय भाव जिजीविषा है। वह अपने सृजन के माध्यम से निरंतर आशा का संदेश देती हैं। उनका कहना है कि कभी हार न मानने का जज्बा उन्हें कुदरती तौर पर मिला है और वह इसे दूर-दूर तक पहुँचाना चाहती हैं।

एमिली डिकिंसन (1830-1886)

एमिली डिकिंसन बहुत अच्छी और संभावनाशील कवयित्री थीं, लेकिन उनके जीवनकाल में उनकी केवल 10 कविताएँ छपीं। उन्की मृत्यु के बाद उनकी छोटी बहन को उनकी 1,800 कविताएँ मिलीं, जिन्होंने उनके अलविदा कहने के चार साल बाद उनका पहला कविता-संग्रह छपवाया। बाद में उनकी सभी कविताएँ प्रकाशित हुईं। इसके बाद उनका नाम अमेरिकी कविता के सबसे महत्त्वपूर्ण हस्ताक्षरों में शामिल हो गया। उनकी अपनी विशिष्ट शैली है। उनकी ज्यादातर कविताएँ जीवन और मृत्यु के बारे में हैं। इनमें समाज, प्रकृति और अध्यात्म भी आते हैं। आज भी उन्हें अपने युग की प्रतिनिधि कवयित्री माना जाता है।

एडगर अल्बर्ट गेस्ट (1881-1959)

एडगर अल्बर्ट गेस्ट (1881-1959) ब्रिटेन में जनमे अमेरिकी कवि थे। उनकी कविताएँ रोजमर्रा की जिंदगी में बहुत आशाजनक भाव लेकर आती हैं। वह जन सरोकारों के कवि थे। इसीलिए उन्हें जनकवि कहा जाता है। उन्हों‌ने करीब 11 हजार कविताएँ लिखीं, जो 300 से ज्यादा अखबारों में छपीं। उनके 20 कविता-संग्रह हैं। वह एक अखबार में रिपोर्टर थे। उन्होंने बरसों तक रेडियो और टेलीविजन शो भी किए। कहा जाता है कि जब एडगर अपनी लोकप्रियता के शिखर पर थे, तो उनकी कविताएँ उत्तर अमेरिका के घर-घर में पढ़ी-पढ़ाई और सुनी-सुनाई जाती थीं।

डोर्सी बेकर

डोर्सी बेकर उम्मीद को इनसान का सबसे वफादार दोस्त मानती हैं। उनकी कविताओं में आशा के अनगिनत फूल खिलते हैं। इन फूलों की महक अपने पाठकों को देकर वह यही संदेश देती हैं कि जब तक यह महक है, तब तक कोई भी नकारात्मकता या पराजय पास नहीं आ सकती।

सी. रिचर्ड माइल्स

सी. रिचर्ड माइल्स ने 46 साल की उम्र में 2008 में कविता लिखना शुरू किया। रिचर्ड माइल्स नाम के दो कवि पहले से थे, इसलिए उन्होंने अपने नाम से पहले 'सी' लगा लिया। वह अब तक 1,500 से ज्यादा कविताएँ लिख चुके हैं, उन्हें लगता है कि उनके भीतर पाँच-छह तरह के कवि हैं, इसलिए उनकी शैली में एक स्वाभाविक विविधता है। वह सोनेट से लेकर मुक्त छंद तक में लिखते हैं। उनकी कविताओं में ग्रामीण परिवेश बार-बार आता है। उन्होंने शुरुआत लयबद्ध कविताओं से की थी। बाद में उन्होंने आधुनिक शैली भी अपनाई।

विलियम अर्नेस्ट हेनले (1849-1903)

विलियम अर्नेस्ट हेनले (1849-1903) इंग्लैंड में विक्टोरियन युग के कवि, आलोचक और संपादक थे। उन्होंने हजारों कविताएँ लिखीं, लेकिन उन्हें सबसे ज्यादा प्रसिद्धि मिली 'इनविक्टस' (अपराजेय) से। उनके पिता पुस्तक विक्रेता थे और माँ कवि जोसेफ वॉर्टन के परिवार की थीं। वह अंग्रेजी के प्रोफेसर बने, लेकिन दो साल बाद ही नौकरी छोड़कर पत्रकार और प्रकाशक बन गए। उन्हें विक्टोरियन युग में सैमुअल जॉनसन के समकक्ष कवि माना जाता है। वह तत्कालीन समाज की अंतर्धाराओं से बखूबी परिचित थे और उनकी कविताओं में सामाजिक चेतना की धारा प्रवाहित होती है। वह आशा के कवि हैं। मानवीय जिजीविषा के चितेरे हैं।

वॉल्टर डी. विंटले

वॉल्टर डी. विंटले 19वीं शताब्दी के अंतिम और 20वीं शताब्दी के आरंभिक वर्षों के एक अल्पज्ञात कवि हैं। उनकी कविताओं में प्रतिकूल और विषम परिस्थितियों में भी आशा बनाए रखने और साहस न छोड़ने की जिद दिखाई देती है। वह प्रेरणा के कवि हैं। उनकी कविताएँ हमेशा सकारात्मक बने रहने के लिए प्रेरित करती हैं।

माया एंजेलो (1928-2014)

माया एंजेलो (1928-2014) अमेरिकी कवयित्री और मानवाधिकारों की सशक्त पैरोकार थीं। उनका प्रचुर लेखन उनके मानवीय दृष्टिकोण से ओत-प्रोत है। आधी शताब्दी से अधिक के अपने लेखन काल में उन्होंने कई कविता-संग्रह, 3 निबंध-संग्रह, 7 आत्मकथाएँ, नाटक, टेलीविजन शो और फिल्में लिखीं। उन पर अश्वेत लेखकों का बहुत प्रभाव रहा। वह अश्वेत सौंदर्य की अद्‌भुत चितेरी हैं। माया को दर्जनों पुरस्कार और 50 से ज्यादा मानद डिग्रियाँ मिलीं। उन्हें अमेरिका का सबसे बड़ा नागरिक सम्मान प्रेसिडेंशल मेडल ऑफ फ्रीडम मिला। उन्होंने मानवाधिकार के लिए मार्टिन लूथर किंग जूनियर और मैलकम एक्स के साथ काम किया।

क्लाउड मैके (1889-1948)

क्लाउड मैके (1889-1948) जमैका के लेखक और कवि थे। हर्लेम पुनर्जागरण में उनका अप्रतिम योगदान था, हालाँकि बाद में वामपंथ से उनका मोहभंग हो गया था, लेकिन जब तक वह हर्लेम से जुड़े थे, तब तक उन्होंने पूरी शिद्दत से उसके लिए काम किया। उन्होंने 5 उपन्यास, कई कविता-संग्रह, एक कहानी-संग्रह, दो आत्मकथा और कई साहित्येतर पुस्तकें लिखीं। उनका समग्र कविता-संग्रह उनकी मृत्यु के बाद प्रकाशित हुआ। उनकी कविताओं की संवेदना सार्वभौमिक है। अश्वेत अमेरिकियों की दुश्वारियों और संघर्षों को उन्होंने अपने लेखन में बहुत सघन अभिव्यक्ति दी है। इसीलिए उन्हें चेतना का कवि कहा जाता है।

रुडयार्ड किपलिंग (1865-1936)

रुडयार्ड किपलिंग (1865–1936) उत्तर विक्टोरियन युग के श्रेष्ठ कवियों और कहानीकारों में से एक हैं, उन्हें 1907 में नोबेल पुरस्कार मिला था। उनकी सबसे लोकप्रिय पुस्तक बच्चों के लिए लिखी गई 'जंगल बुक' है, जिस पर दुनिया भर में फिल्में और टेलीविजन सीरीज बनीं। किपलिंग का जन्म मुंबई में हुआ था। उनके पिता जॉन लॉकवुड किपलिंग वहाँ जे.जे. स्कूल ऑफ आर्ट्स के प्रिंसिपल थे। छह साल की उम्र तक किपलिंग यहीं रहे थे। वह पाँच साल तक लाहौर में सिविल एंड मिलिट्री गैजेट के संपादक भी रहे। अमेरिका में उनके घर का नाम 'नौलखा' था। उनकी आत्मकथा 'माय फर्स्ट इंप्रेशन' में उन्होंने विस्तार से भारत में अपने दिनों का जिक्र किया है।

लॉरा एडवर्ड्स

लॉरा एडवर्ड्स लेखिका और कलाकार हैं। उनका पहला कविता-संग्रह 'द माउंटेन' 2019 में प्रकाशित हुआ था। इसकी शीर्षक कविता 'माउंटेन' बहुत चर्चित हुई है। यह अक्षम या हतोत्साहित लोगों को प्रोत्साहित करनेवाली कविता है। इसने मुश्किल वक्त में बहुत से लोगों को संबल दिया है।

कैटी ए. ब्राउन

कैटी ए. ब्राउन की कविताएँ 'हर सपना साकार हो' और 'खुद से हार कभी मत मानो' खराब और संघर्षशील दौर में डटे रहने और प्रेरणा देनेवाली कविताएँ हैं। वह कहती हैं, 'मैं बचपन में बहुत निराश और हताश रहती थी। मेरे मन में कभी कोई उमंग नहीं उमड़ती थी। आखिर 15 साल की उम्र में मेरा वह अवसाद खत्म हुआ, फिर मैंने लिखना शुरू किया। न जाने कहाँ से मेरे शब्दों से आशा का संचार होने लगा। मुझे लगता है कि कविता भी कभी-कभी एक औषधि की तरह आती है पाठक के यहाँ। यही रचयिता का उद्देश्य और सफलता है।'

जॉयस अलकांतारा

जॉयस अलकांतारा पिछले कुछ साल से लगातार अच्छी कविताएँ लिख रही हैं। उनकी कविताएँ जिद और जिजीविषा की कविताएँ हैं। वह मानती हैं कि कविता मशाल की तरह राह दिखाती हुई चलती है और कवि का दायित्व है इस मशाल को जलाए रखना। जॉयस ने सचमुच एक मशाल जला रखी है।

हेनरी वड्सवर्थ लॉन्गफेलो (1807-1882)

हेनरी वड्सवर्थ लॉन्गफेलो (1807-1882) अमेरिकी कवि और शिक्षाविद् थे। वह हार्वर्ड कॉलेज में प्रोफेसर थे। पहला कविता-संग्रह 'वॉयसेस ऑफ द नाइट' (1839) आते ही वह लोकप्रिय हो गए थे। उनकी कविताओं में निहित संगीतात्मकता उन्हें विशिष्ट बनाती है। वह अकसर पुराकथाओं और किंवदंतियों को अपना विषय बनाते थे। उनकी कविताओं में दार्शनिक भाव भी है, लेकिन उनसे प्रवचन के बजाय प्रेरणा निकलकर आती है। वह अपने समय में यूरोप के सबसे मशहूर अमेरिकी कवि थे।

लैंग्स्टन ह्यूजेस (1902-1967)

लैंग्स्टन ह्यूजेस (1807-1882) अमेरिकी लेखक थे। हर्लेम पुनर्जागरण के दौरान वह काफी सक्रिय थे। अश्वेत बौद्धिकों में उनका नाम अग्रणी है। उन्होंने अपनी कविताओं, नाटकों और उपन्यासों में अफ्रीकी-अमेरिकी संवेदनाओं को बहुत सूक्ष्मता से अभिव्यक्त किया। उनकी रचनाओं में अमेरिका में अश्वेत कामगारों का जीवन और उनके संघर्ष, सुख-दुःख और कामयाबियाँ बहुत जीवंत तरीके से आए हैं। येल विश्वविद्यालय के पुस्तकालय में उनकी तमाम पांडुलिपियाँ सुरक्षित हैं। उनका समग्र लेखन और भी कई पुस्तकालयों में है। यह आज भी वंचितों के मन में आशा जगाता है। खासकर उनकी कविताएँ तो बहुत प्रेरक हैं।

रिचर्ड वाटर्स

रिचर्ड वाटर्स का दृढ़ विश्वास है कि अगर किसी के मन में हार न मानने का संकल्प है, तो वह किसी भी परिस्थिति में और कभी हार नहीं सकता। वह खुद हमेशा सकारात्मक बने रहते हैं। उनकी कविताओं में भी यही संदेश होता है कि मुश्किलों में पीछे कभी मत हटो और डटे रहो।

एस.सी. लॉरी

एस.सी. लॉरी लंदन में रहती हैं। वह अपने हर काम और हर रचना के जरिए दूर-दूर तक इनसानियत का जज्बा भरना चाहती हैं। उन्होंने अपने निजी जीवन में कुछ दुःख उठाए हैं, इसलिए वह जानती हैं कि दुःखों से बाहर निकलना कितना जरूरी है। कला और लेखन की एक नई लहर लाना उनका इरादा है। उनका मानना है कि किसी भी तरह की रचनात्मकता या सृजन किसी को भी प्रेरित करने में सक्षम होता है। यही वजह है कि वह अंतस में उमंग भरनेवाले सृजन की हिमायती हैं।

कैथरीन पल्सिफर

कैथरीन पल्सिफर कनाडा में रहती हैं। उन्होंने अपने जीवन में अलग-अलग समय पर अलग-अलग चुनौतियों का सामना किया। समान चुनौतियों का सामना करनेवाली अनेक हस्तियों की जीवनी पढ़कर कैथरीन को तमाम चुनौतियों से पार पाने की राह भी मिली। इसके बाद उन्होंने प्रेरक साहित्य पढ़ना शुरू किया, तब उन्हें लगा कि परेशानियों से बाहर निकालने में शब्दों से ज्यादा सशक्त भूमिका और किसी की नहीं हो सकती। उन्होंने 1998 में पहली पुस्तक 'विंग्स फॉर विजडम' लिखी। उसके बाद से वह निरंतर लिख रही हैं। उनके लेखन का उद्देश्य है-कभी हार मत मानो।

ऐमस रसेल वेल्स

ऐमस रसेल वेल्स उम्मीद की रोशनी फैलानेवाले कवि हैं। उनकी धारणा है कि जब उम्मीद टूट जाए तो नई उम्मीद पैदा करो, क्योंकि वही मंजिल तक

पहुँचाएगी। उनकी कविताओं में बार-बार यह आता है कि चाहे जो हो जाए, उम्मीद करना कभी मत छोड़ो।

आर्थर वेइरो (1864-1902)

आर्थर वेइरो (1864-1902) का जन्म मॉन्ट्रियल में हुआ था। वह बचपन से ही कविताएँ लिखने लगे थे। उनकी कविताओं के पहले श्रोता बरसों तक उनके सहपाठी रहे। उनका पहला कविता-संग्रह 1887 में छपा और पूरे उत्तर अमेरिका में उन्हें एक संभावनाशील कवि के रूप में मान्यता मिल गई। तीन साल बाद दूसरे कविता-संग्रह से वह समकालीन अमेरिकी कवियों की खास जमात में आ गए। मानव मन की संश्लिष्टता उनका प्रिय विषय रही। एक पत्रकार के रूप में वह नित नए लोगों से मिलते थे और उनके मनोभावों को स्मृति में रख लेते थे। वही स्मृतियाँ बाद में कविताओं के रूप में आती थीं।

रिचर्ड को (1821-1873)

रिचर्ड को (1821-1873) एक अमेरिकी व्यापारी थे। उनकी साहित्य में रुचि थी। उनका पहला कविता-संग्रह 30 साल की उम्र में छपा था। उनकी सहज और सरल भाषा और शैली ने उन्हें तुरंत लोकप्रिय बना दिया था। उनकी कविताएँ युवाओं को बहुत प्रेरणा देती थीं। वह जिंदादिली के कायल थे और यही उनके साहित्य का मूल भाव है।

थॉमस हार्डी (1840-1928)

थॉमस हार्डी (1840-1928) का नाम अंग्रेजी साहित्य में सबसे चर्चित कवियों और उपन्यासकारों के साथ लिया जाता है। उन पर अपने पिता की संगीत की अभिरुचि का बहुत प्रभाव रहा। हार्डी पर दूसरा प्रभाव एक स्थानीय कवि विलियम बार्नेस का रहा। इतिहास की रुचि ने हार्डी को सफलताओं और असफलताओं से रू-ब-रू कराया। वह अतीत से सीख लेकर सुखद भविष्य की कामना के साथ लिखते थे। कविता पर एजरा पाउंड से उनकी लंबी चर्चाएँ हुआ करती थीं। हार्डी ने युद्ध पर बहुत प्रभावी

कविताएँ लिखीं। द्वंद्व के चित्रण का उनका शिल्प अनूठा है। उम्र के साथ उनका आशावाद बढ़ता चला गया। यह उनकी कविताओं में उत्तरोत्तर नजर आता है।

मैरी ई. टकर (1838-1896)

मैरी ई. टकर (1838-1896) के पिता एडवर्ड पेरिन एक धनी व्यापारी थे। मैरी के जन्म के समय ही उनकी माँ की मृत्यु हो गई थी। 30 साल की उम्र तक मैरी के दो कविता-संग्रह प्रकाशित हो गए थे। वह उस समय के प्रमुख अखबारों में नियमित रूप से लेख और रिपोर्ताज भी लिखती थीं। उनके तमाम लेखन में मानवीय सरोकार उभरकर आते थे। तत्कालीन समाज में उनकी कविताएँ आशा का संचार करनेवाली थीं।

मैक्स एरमन (1872-1945)

मैक्स एरमन (1872-1945) अमेरिकी कवि और लेखक थे। 'डेसिडराटा' ('मनोकामनाएँ') उनकी विश्व-प्रसिद्ध कविता है। यह कविता उन्होंने 55 साल की उम्र में लिखी थी। उन्होंने आध्यात्मिक विषयों पर प्रचुरता से लिखा। उनके माता-पिता जर्मनी से अमेरिका आए थे। मैक्स ने हार्वर्ड विश्वविद्यालय से दर्शन और कानून की पढ़ाई की थी। उनके शहर में उनकी कांस्य प्रतिमा लगाई गई है। उसके पास ही एक पथ पर 'डेसिडराटा' भी उत्कीर्ण की गई है। यह सचमुच उम्मीद जगानेवाली कविता है।

बर्टन ब्रैली (1882-1966)

बर्टन ब्रैली (1882-1966) अमेरिकी कवि थे। उनकी सबसे मशहूर कविता है—'The Will to Win'('चाह जीत की')। बचपन में मजदूरी करने के बाद वह बड़े होकर पत्रकार बने। उनकी पहली कविता 11 साल की उम्र में ही छप गई थी। उन्होंने विसकॉन्सिन यूनिवर्सिटी का प्रयाण गीत—'विसकॉन्सिन फॉरवर्ड फॉरएवर' भी लिखा था। उनकी ज्यादातर कविताएँ मुश्किलों में मनोबल बढ़ानेवाली हैं। उन्होंने हजारों कविताएँ और सैकड़ों कहानियाँ लिखी थीं।

डगलस मैलक (1877-1938)

डगलस मैलक (1877–1938) अमेरिकी कवि, कहानीकार और पत्रकार थे। मिशीगन राज्य का गीत भी उन्होंने ही लिखा था। वह 'ब्रदर मैलक' के नाम से मशहूर थे। वह वन, लकड़ी कटाई शिविरों, आरा मशीनों और लकड़ी की टालों में पले–बढ़े थे। इसीलिए उनकी कविताओं में प्रकृति सहजता से आती है। उनकी पत्नी हेलेन मिलर भी पत्रकार और 'नेशनल फेडरेशन ऑफ प्रेस विमन' की संस्थापक थीं। डगलस की कविताओं में प्रकृति की उपमाओं और रूपकों से मनुष्यों को प्रोत्साहित करने का भाव है।

□□□